Identidad

Nora Roberts, la autora número 1 en ventas de *The New York Times* y «la escritora favorita de Estados Unidos», como la describió la revista *The New Yorker*, comentó en una ocasión: «Yo no escribo sobre Cenicientas que esperan sentadas a que venga a salvarlas su príncipe azul. Ellas se bastan y se sobran para salir adelante solas. El "príncipe" es como la paga extra, un complemento, algo más..., pero no la única respuesta a sus problemas». Más de quinientos millones de ejemplares impresos de sus libros avalan la complicidad que Nora Roberts consigue establecer con mujeres de todo el mundo.

Su éxito es incuestionable; quienes la leen una vez repiten. Sabe hablar a las mujeres de hoy sobre sí mismas y sus historias llegan a un público femenino muy amplio porque son mucho más que novelas románticas. Nora Roberts ha escrito más de 215 libros que se han publicado en 34 países. Se venden unas 27 novelas suyas cada minuto y 60 han llegado al codiciado número 1 de *The New York Times* en la primera semana de ventas.

Para más información, visita la página web de la autora:
www.noraroberts.com

También puedes seguir a Nora Roberts en Facebook o en Instagram:
❑ Nora Roberts
❑ norarobertsauthor

Biblioteca

NORA ROBERTS

Identidad

Traducción de
Xavier Beltrán

DEBOLS!LLO

Papel certificado por el Forest Stewardship Council®

MIXTO
Papel | Apoyando la
silvicultura responsable
FSC® C117695
www.fsc.org

Penguin
Random House
Grupo Editorial

Título original: *Identity*

Primera edición en Debolsillo: febrero de 2025

© 2023, Nora Roberts
© 2024, 2025, Penguin Random House Grupo Editorial, S. A. U.
Travessera de Gràcia, 47-49. 08021 Barcelona, para todo el mundo,
excepto Estados Unidos, Canadá, Filipinas y Puerto Rico
© 2024, Xavier Beltrán, por la traducción
Diseño de la cubierta: Penguin Random House Grupo Editorial / Helena Boet Serrano
Imagen de la cubierta: © Trevillion / Shutterstock

Printed in Spain – Impreso en España

ISBN: 978-84-663-7926-7
Depósito legal: B-21.359-2024

Impreso en Black Print CPI Ibérica
Sant Andreu de la Barca (Barcelona)

P 3 7 9 2 6 7

Para la familia
La familia en la que naces y la que construyes

PRIMERA PARTE

Planes

Un mal plan es aquel que se no puede alterar.

PUBLIO SIRO

Ser feliz en casa es el resultado final de toda ambición.

SAMUEL JOHNSON

1

Sus sueños y objetivos eran simples y contados. Como hija de un exmilitar, Morgan Albright se pasó la infancia viajando por varios países y continentes. Sus raíces, dirigidas por el trabajo de su padre, crecían cortas y finas para permitir un fácil trasplante. De una base a otra, de una casa a otra, de un estado a otro, de un país a otro durante sus primeros catorce años, antes de que sus padres se divorciaran.

Nunca había tenido otra opción.

Durante los tres años siguientes al divorcio, su madre la había llevado de aquí para allá. A un pueblecito de por allí, a una gran ciudad de por acá, en busca de… algo de lo que Morgan nunca había estado segura.

Con diecisiete años, a punto de cumplir dieciocho, hundió ella misma esas raíces para plantarse en la universidad. Y fue entonces cuando exploró esos objetivos y sueños y decisiones.

Estudió con ahínco, concentrada en una carrera doble, Empresariales y Hostelería, una decisión que la llevaba directamente a su sueño: el de arraigar en un lugar. Con casa propia, con negocio propio.

Y con vida propia.

Estudió mapas, barrios y climas mientras estrechaba sus opciones y decidía dónde plantar esas raíces cuando hubiera cursado las dos carreras. Deseaba vivir en un barrio, quizá en uno viejo y respetado, cerca de tiendas, restaurantes, bares... De la gente.

Y algún día no solo tendría su propia casa, sino también su propio bar.

Objetivos simples.

Con los títulos en la mano, se instaló en un barrio a las afueras de Baltimore, en Maryland. Allí había casas viejas con jardín y, como todavía no se había gentrificado, eran asequibles.

Mientras estudiaba en la universidad, había trabajado de camarera y luego de encargada de un bar al cumplir los veintiuno. Y había ahorrado bastante.

Su padre, el coronel, no asistió a su graduación. Y aunque ella se había graduado con honores, no le mandó a su hija ninguna nota en la que la felicitara por sus logros.

A Morgan no le sorprendió, ya que sabía que había dejado de existir para su progenitor antes incluso de que se secara la firma de él de los papeles de divorcio.

Su madre y sus abuelos maternos sí asistieron. Morgan no supo que sería la última vez que vería a su abuelo, un hombre en la setentena, activo, fornido y sano, que murió el invierno posterior a la graduación. Se resbaló en una escalera. Un mero resbalón. Y se fue.

Aún embargada por la pena, fue una lección que Morgan se tomó muy en serio.

Su abuelo le dejó veinte mil dólares y recuerdos, igual de valiosos, de cuando hicieron excursiones por las Montañas Verdes de Vermont durante las vacaciones de verano.

Con ese dinero, Morgan se mudó de su diminuto piso a una casita. A su casita. Una que había que reformar, pero que disponía de un jardín... que también había que reformar.

Las tres habitaciones pequeñas y los dos baños minúsculos significaban que podía acoger a una compañera de piso para pagar la hipoteca y también las reformas.

Tenía dos empleos. Era camarera en un bar del barrio cinco o seis noches a la semana, un lugar agradable llamado Otra Ronda. Como era propietaria de una casa, aceptó un segundo trabajo como jefa de personal de una empresa familiar de construcción.

Conoció a su compañera de piso en el vivero local, donde fue a buscar plantas enormes para el jardín. Nina Ramos trabajaba en los invernaderos y era una experta en la cuestión. Mañosa y con un jardín que necesitaba ayuda, Nina convirtió esa búsqueda en un algo divertido, y, en aquella misma primavera, la primera con una casa propia, Nina se mudó con Morgan.

Disfrutaban mucho de su mutua compañía y sabían cuándo darse espacio y silencio.

Con veinticinco años, Morgan había alcanzado su primer sueño, y calculaba que llegaría a su objetivo número dos antes de cumplir los treinta.

Su único capricho lo destinó al estrecho camino de entrada para el coche. Tardaría unos cuantos años en terminar de pagar el Toyota Prius, pero así podría ir y volver del trabajo de forma económica e independiente.

Si hacía buen día, iba en bici a su trabajo diurno, pero si necesitaba un coche, lo tenía. Nina decía que el vehículo era el objetivo secundario de Morgan.

La casita de Newberry Street lucía un bonito jardín, una mano de pintura blanca y una nueva puerta principal que ella había pintado de un suave y alegre azul.

Su jefe de Construcciones Greenwald la ayudó a restaurar los viejos tablones de madera, le vendió la pintura a precio de coste y la guio por el camino de las reformas y del mantenimiento.

Morgan había plantado sus raíces y notaba cómo empezaba a florecer.

Le hacía sonreír ver los narcisos que ondeaban sus coloridas trompetillas junto al camino de entrada recién pavimentado. A finales de marzo, el tiempo fue inestable, pero trajo consigo esos preciosos indicios de primavera. El otoño anterior, Nina y ella habían plantado cerezos silvestres en el patio delantero, y vio cómo los capullos querían estallar.

«Pronto», pensó mientras iba con la bici hasta el soporte y la ataba. Era un buen barrio, pero no le parecía necesario tentar a nadie.

Abrió la puerta de casa y, como el coche poco fiable de Nina estaba en la acera, exclamó:

—Soy yo, llegarás tarde. —Cruzó el comedor y, como siempre, pensó en lo mucho que ganaría ese espacio siendo diáfano cuando tirara la pared que encerraba la cocina.

Ya había conseguido ahorrar el dinero necesario para ese proyecto, así que quizá se pondría durante el otoño. Quizá antes de Navidad. Quizá.

—No llegaré tarde —le respondió Nina—. Y ¡tengo una cita!

Nina siempre tenía una cita. Pero, claro, era guapísima y alegre, y solo tenía un trabajo.

Morgan se detuvo en la puerta abierta del dormitorio.

Varios conjuntos, obviamente descartados, cubrían la cama mientras Nina hacía de modelo con otras prendas delante de un espejo de cuerpo entero. Su pelo negro azabache se derramaba sobre la espalda de un vestido rojo que se ceñía a todas las curvas de su cuerpecillo. Sus ojos oscuros brillaron al clavarse en los de Morgan en el espejo.

—¿Qué te parece?

—A menudo me parece que te odio. Vale, ¿adónde vas y con quién?

—Sam me llevará a cenar al Fresco's.

—¡Toma! Pues sí, el rojo te queda genial.

Y la envidió un poco por ello. La única gran decepción que se habían llevado las dos compañeras se debía al hecho de que Morgan era alta y flaca, y Nina, bajita y con curvas, de modo que no podían intercambiar ropa.

—Póntelo. ¿No llevas tres semanas seguidas de citas exclusivas con el buenorro de Sam?

—Casi cuatro. —Nina dio media vuelta—. Así que...

—Cuando vuelvas a casa, no hagáis ruido.

—Me gusta de verdad, Morgan.

—A mí también me cae bien.

—No, digo que me gusta de verdad.

—Ah. —Morgan ladeó la cabeza y observó a su amiga—. No tengo ninguna duda de que él busca algo serio, y sobre todo contigo. Lo lleva escrito en la frente. Si vais en esa dirección, te doy toda mi aprobación como amiga.

Después de ondear su estupenda cabellera, Nina soltó uno de sus soñadores suspiros.

—Estoy bastante segura de que yo ya voy en esa dirección.

—Pues aprobación total. Tengo que cambiarme para ir a currar.

—De un curro a otro. Yo tengo que recoger todo esto y ordenar la habitación. No quiero que Sam piense que soy una marrana.

—No eres una marrana. —Caótica, pensaba Morgan, pero Nina conseguía que el caos se limitara a su espacio personal.

A diferencia del caos alegre de Nina, con paredes pintadas de color lavanda, un tocador lleno de maquillaje y productos capilares y solo Dios sabía qué más, la habitación de Morgan era austera.

Usaba la tercera habitación, pequeña como un armario, a modo de despacho, así que su dormitorio era su refugio. Con paredes azul claro, unos cuantos cuadros que compró a artistas callejeros de Baltimore, colcha y almohadas blancas y una silla pequeña pero cómoda para leer.

Se quitó la ropa de jefa de personal —pantalones grises, blusa blanca, americana azul marino— y se puso la de camarera —pantalones negros, camiseta blanca—. En el cuarto de baño, abrió el cajón en el que guardaba su maquillaje, ordenado para poder elegir con facilidad. Y se cambió del día a la noche.

La melena rubia, corta y escalada, era apropiada para los dos empleos, pero la camarera requería más rímel en los ojos y un pintalabios más intenso.

Tras tantos años de práctica, terminó la transición en cuestión de veinte minutos.

Como ella no iba a cenar en el elegante restaurante Fresco's, corrió hasta la cocina y cogió un yogur de la nevera. Se lo comió de pie mientras se imaginaba haber tirado la pared, nuevas puertas en los armarios y herramientas, algunas estanterías y unos...

—Amiga mía, tienes que ingerir comida.

—El yogur es comida.

Nina, con un albornoz, se puso las manos sobre las caderas.

—Algo que requiera un cuchillo, un tenedor y masticar. Tienes un cuerpo largo y esbelto gracias a la genética, so guarra, pero como no comas estarás muy delgada y demacrada. En serio, una de las dos debería aprender a cocinar. —Levantó un dedo con la uña pintada de color coral y señaló a Morgan—. Estás nominada.

—Claro, sí, me pondré en mi tiempo libre. Además, eres tú la que tiene una madre que cocina como los ángeles.

—Me acompañarás a la cena del domingo. No me digas que tienes que trabajar en tus hojas de cálculo o algo. Sabes que mi madre y mi padre te adoran. Y también estará mi hermano Rick.

Con el yogur en una mano y la cuchara en la otra, Morgan las movió como si borrara una pizarra.

—No pienso salir con tu hermano, me da igual lo guapo que sea. Es una locura. No quiero perderte como compañera de piso porque tu hermano y yo salimos, nos acostamos y rompemos.

Nina sostenía un aro dorado junto a una oreja y un conjunto de tres círculos en la otra.

—¿Cuál?

Morgan señaló los círculos.

—Son más elegantes.

—Vale. Y a lo mejor sales con Rick, os acostáis y os enamoráis.

—No tengo tiempo. Dame dos años, quizá tres, y tendré tiempo.

—A mí también me gustan los horarios y los calendarios, pero no para el amor. Y me has distraído. Tienes que comer.

—Pillaré algo en el bar.

—Cenamos el domingo —insistió Nina cuando Morgan lanzó el envase al contenedor y lavó la cuchara—. Le voy a decir a mi madre que te apuntas, y, en cuanto lo sepa, no habrá marcha atrás.

—Me encantaría ir, en serio. A ver cómo llevo la semana. En Greenwald estamos hasta arriba de trabajo. La primavera hace que todo el mundo quiera remodelar o pintar o construir porches. —Cogió el bolso y siguió hablando—: Pásalo muy bien esta noche.

Que no te quepa ninguna duda. Llamaré a mi madre antes de ponerme guapa.

—Tú siempre estás guapa.

Morgan corrió hacia el coche. Feliz por haberse ahorrado unos cuantos minutos, condujo cuatro kilómetros y medio hasta el centro.

Las tiendas que formaban lo que los locales llamaban la Milla del Mercado (que en realidad ocupaba algo más de una milla y media) cerrarían al cabo de una hora. Pero los restaurantes y las cafeterías conseguían que Market Street estuviera iluminada y abarrotada hasta bien entrada la noche.

La mayor parte de los edificios, de ladrillos pintados de rosa o de blanco, albergaban un local en la planta baja y pisos en las plantas superiores. Otra Ronda no era ninguna excepción y alquilaba habitaciones a clientes o a empleados que no tuviesen problema en vivir encima de un bar.

Giró en Market Street y pasó junto a la puerta trasera del bar para acceder al aparcamiento. Después de cerrar el coche, cruzó la gravilla hasta la puerta de la cocina y se adentró en el calor y los ruidos.

Otra Ronda ofrecía hamburguesas, almejas al vapor, nachos con patatas fritas, aros de cebolla, pepinillos fritos y tres variedades de alitas de pollo.

Cuando abriera su propia taberna, Morgan aspiraba a plantear una oferta gastronómica mayor y, con suerte, sorprendente.

Pero quizá debería aprender antes a cocinar, porque una nunca sabía cuándo le iba a tocar echar una mano en la cocina.

—Hola, Frankie. —Mientras dejaba la chaqueta en un gancho, saludó a la mujer que se ocupaba de la parrilla—. ¿Cómo va la cosa?

—Bastante bien. —Con su melena de pelo negro remetida en un gorro blanco, Frankie les dio la vuelta a tres hamburguesas enormes—. Roddy y sus hermanos han venido a cenar algo antes del torneo de dardos. Da gracias por no haber estado aquí durante la hora feliz. No cabía ni un alfiler.

—A mí me gusta.

Saludó a dos cocineros, al friegaplatos adolescente y a la camarera que entró a coger una comanda de abundantes nachos.

Aunque faltaban diez minutos para que empezase su turno, cruzó la puerta y se dirigió a la barra.

Allí los ruidos eran distintos, pensó. No el chisporroteo de la carne sobre la parrilla, el chasquido de los cuchillos ni el traqueteo de los platos. Las voces llenaban el amplio local, formado por una alargada barra negra, mesas y reservados. La música salía de la gramola, pero no demasiado alta como para eclipsar las conversaciones.

Vio a Roddy y a sus hermanos, clientes habituales, en el reservado que solían ocupar junto a la diana, donde bebían cerveza y engullían frutos secos. Una Coors para Roddy y para su hermano Mike, supuso, y una Heineken para Ted. Si su padre se les unía, pedía una cerveza de barril.

Se encaminó hacia detrás de la barra, donde trabajaban los camareros.

Relevó a Wayne, que estaba añadiendo una rodaja de lima a una botella de Corona.

—Ahora está un poco más tranquilo —le dijo Wayne, y le dedicó su sonrisa radiante de alto voltaje—. El tío del final de la barra todavía no ha pagado. Lleva dos vodkas con tónica, así que échale un ojo.

Sirvió la Corona a otro cliente y hablaron brevemente antes de que se volviera hacia Morgan.

—Está esperando a su cita de match.com. Es la primera vez que quedan, la tía llega tarde y él está nervioso.

Era mono, decidió Morgan, con pintas de empollón. Apostaría dinero a que había instalado un montón de videoconsolas en su salón.

—Vale.

—Bueno, pues me marcho. Que vaya bien.

Como siempre, Morgan comprobó las provisiones —el hielo,

las limas y los limones, las aceitunas, las guindas—. Sirvió un par de comandas en unas mesas y estaba a punto de coger otra Corona cuando vio a una mujer de unos treinta años que entraba en el bar y miraba nerviosa alrededor antes de acercarse al chico de la barra.

—¿Dave? Soy Tandy. Siento mucho llegar un poco tarde.

—Ah, no te preocupes. —El tío se alegró al instante—. Encantado de conocerte. ¿Quieres que vayamos a una mesa?

—Aquí ya estamos bien, ¿no te parece? —Se sentó en el taburete, a su lado.

Morgan se colocó detrás de la barra mientras los dos se sonreían con expresión de ansiedad y esperanza.

—Hola. ¿Qué te pongo?

—Ah. Mmm. ¿Me pones una copa de *chardonnay*?

—Pues claro. Me encantan tus pendientes.

—Ah. —Tandy se llevó una mano a la oreja izquierda—. Gracias.

—Son muy bonitos —añadió Dave—. Estás muy guapa.

—Gracias. Tú también. —Se rio en tanto Morgan le servía el vino—. Es que no lo sabes, ¿verdad? Estaba tan nerviosa que he dado vueltas a la manzana. Por eso llego un poco tarde.

—Yo estaba tan nervioso que he llegado veinte minutos antes.

Ya habían roto el hielo, pensó Morgan mientras servía la copa.

Y esa era una de las razones por las cuales le encantaba trabajar en un bar, admitió para sus adentros. Una nunca sabía qué podía empezar, qué podía terminar, florecer o romperse en un agradable bar de barrio.

Para cuando Roddy y sus hermanos se hubieron zampado las hamburguesas, el local comenzó a llenarse. La pareja de match. com al final decidió ocupar una mesa y pedir un plato de nachos.

Morgan apostó consigo misma a que asistiría a su segunda cita allí.

El tío de los vodkas con tónica pagó y dejó una mísera propina.

Los dardos se clavaban en la diana ante los gritos de alegría y los abucheos de los mirones.

Entró un hombre de treinta y pocos. Parecía una estrella de cine de incógnito con el pelo rubio oscuro, los rasgos cincelados, el cuerpo fibroso con vaqueros, botas y un jersey azul claro que tal vez fuese de cachemira. Se sentó en un taburete.

—Bienvenido a Otra Ronda. —Morgan se le acercó—. ¿Qué te apetece?

—Muchas cosas. —Le sonrió; era sociable y encantador—. Pero empezaremos con una cerveza. ¿Tenéis alguna artesanal de barril?

—Claro que sí. —Aunque habían imprimido unas listas en unos tarjetones que reposaban sobre la barra, Morgan las recitó.

—A lo mejor puedes elegir tú por mí.

—¿Qué andas buscando?

—Otra pregunta cargada de implicaciones.

Morgan le sonrió. El tío buscaba hablar un poco, supuso, además de beber una copa. Y no había ningún problema.

—En una cerveza.

—Suave pero no sosa, intensa pero no invasiva; más bien tostada.

—Prueba esta. —Cogió un vasito y sirvió un poco.

Mientras él la paladeaba, la contemplaba por encima del vaso.

—Me sirve. Buena elección.

—Es mi trabajo.

Antes de que le respondiera algo, una de las camareras se le acercó.

—Mesa de chicas allí, atrapadas en los noventa. Cuatro cosmopolitan, Morgan.

Y se marchó a la cocina con una bandeja de copas vacías mientras ella se ponía con los cócteles.

—Lo tienes controladísimo —comentó el recién llegado al observarla mezclar los ingredientes.

—Más me vale. ¿Has venido aquí por negocios?

—¿No parezco de aquí?

Bien visto, pensó Morgan. La ropa que llevaba sugería dinero, pero no de forma ostentosa.

—No has venido nunca por aquí.

Unos gritos retumbaron por el local.

—Torneo de dardos —le explicó.

—Ya lo veo. ¿Una competición seria?

—Pues en eso están. ¿Te pongo algo más? ¿Quieres echar un ojo al menú?

—¿La comida está buena?

—Sí. —Cogió una carta y la dejó a su lado—. Mírala y tómate tu tiempo.

Tras haber preparado los cócteles, Morgan se desplazó por la barra. Cogió comandas, sirvió copas y charló con los clientes habituales. Al final, volvió a la otra punta.

—Probaré una hamburguesa Market Street, a no ser que me digas que estoy cometiendo un error.

—Por algo es una clásica. Si te apetece un poco de chispa, acompáñala con las patatas fritas picantes.

—Conmigo siempre aciertas. —Levantó las manos.

Morgan se rio e introdujo la comanda en la máquina.

Roddy, un hombretón de casi dos metros y más de ciento diez kilos, se acercó a la barra.

—Otra ronda, cielo. ¿Cómo va la cosa? —le preguntó sin más al tío atractivo mientras Morgan preparaba las cervezas.

—Cerveza fría, camarera guapa y deporte en directo. Una buena combinación.

—Pues sí. En las semifinales quedé primero. Deséame un poco de suerte para las finales, Morgan.

Ella se inclinó hacia delante y le rozó los labios con los suyos.

—A por ellos.

—Y que lo digas. —Cogió las cervezas y se marchó.

—¿Es tu novio?

—No, no. —Miró hacia el nuevo cliente—. Roddy y sus hermanos, los que juegan a los dardos, son clientes habituales. De hecho, trabajo con su novia en mi otro empleo.

—¿Tienes dos empleos? Qué ambiciosa. ¿De qué es el otro?

—De jefa de personal en una empresa de construcción. ¿Tú a qué te dedicas?

—Me gustaría decir que a lo que me gusta, porque por lo

menos lo intento. Trabajo en informática. Estaré por la zona un par de meses para una consultoría.

—¿De dónde eres?

—Viajo mucho. Soy originario de San Francisco, pero ahora vivo en Nueva York; bueno, casi todo el tiempo. ¿Tú eres de aquí?

—Ahora sí.

Se aproximó otra camarera, que recitó del tirón otra comanda.

—Soy hija de exmilitar —dijo mientras la preparaba.

—En ese caso, te suena la vida nómada.

—Pues sí. Y me alegro de haberla dejado atrás.

Cuando le sirvió la hamburguesa, el tío se quedó mirando el plato un buen rato.

—No escatimáis con las porciones.

—La verdad es que no. ¿Quieres ir a una mesa?

El chico le lanzó una encantadora sonrisa.

—Me gustan las vistas desde aquí. Me llamo Luke —añadió—. Luke Hudson.

—Morgan. Encantada de conocerte.

Él comió, pidió una segunda cerveza y presenció el torneo de dardos. Le hizo preguntas, pero no pareció invasivo. Una conversación de bar, en opinión de Morgan. Ella también le hizo preguntas.

Luke se alojaba en un hotel de por allí. Su empresa le podía alquilar una casa, pero a él le gustaban los hoteles, y le encantaba adentrarse en la vida local dondequiera que viajase.

Le preguntó dónde habían destinado a su padre, en qué lugares le gustó más vivir. Una charla trivial mientras Morgan mezclaba bebidas, limpiaba la barra y conversaba con otros clientes.

—Debería irme —le dijo Luke—. No iba a quedarme tanto tiempo, pero me da la impresión de que ya he encontrado mi bareto preferido.

—Es uno muy bueno.

—Nos vemos. —Cuando se levantó, la sorprendió al tenderle una mano para estrechársela. Y la retuvo mirándola a los ojos con una sonrisa—. Ha sido estupendo pasar este rato contigo, Morgan.

—Me ha gustado hablar contigo.

—Lo repetiremos.

Pagó en metálico y dejó una propina muy generosa.

Un par de noches más tarde, Luke llegó cuando ya hacía rato que había empezado el turno de Morgan. Era la noche del juego de preguntas y respuestas, y el nivel de ruido fue haciéndose ensordecedor a medida que las distintas mesas y grupos chillaban las respuestas.

—Escoge otra cerveza artesanal —le pidió a Morgan—. Algo… aventurero. —Miró atrás, hacia los jugadores—. ¿Hoy no hay dardos?

—Hoy toca jugar a preguntas y respuestas. Cualquiera puede participar, así que responde a voz en grito cuando te apetezca.

—¿Cuál es el premio?

—La satisfacción de acertar. —Le ofreció un vaso para probar.

—Interesante y aventurero —decidió—. Percibo cierto regusto a cerezas. Ponme una.

—¿Te apetece algo para acompañarla? —Le sonrió y le sirvió la jarra.

—De momento, solo la cerveza. Ha sido un día muy largo.

—¿Cómo es la vida en el mundo de la informática?

—Como la cerveza, interesante y aventurera. ¿Qué tal va en tu mundo?

—Muy atareada, pero me gusta.

Morgan sirvió comandas, fue de un lado a otro de la barra. Cuando el juego llegó a su apogeo, tuvo un pequeño respiro.

—¿Qué haces cuando no estás atareada? —le preguntó Luke.

—Si algún día consigo dejar de estarlo, te lo diré.

—Hay que descansar un poco. Para la mente, el cuerpo, el espíritu y demás. Descríbeme tu día libre.

—Pues a mi casa le iría muy bien una mano de pintura, pero todavía no. Y como se acerca la primavera, nos pondremos a plantar cosas.

—¿Nos?

—Mi compi de piso y yo.

—¿Es un tío hábil?

—Es una tía, y se le da superbién plantar y embellecer fachadas. Trabaja en un vivero. Dentro de casa, Nina no es tan diestra, pero a mí no se me da mal.

—Trabajas en una empresa de construcción. —La señaló—. Eres diestra.

—Eso ayuda.

—Cuando eres el propietario de una casa, hay que hacer mucho mantenimiento. Supongo que por eso nunca me ha dado por ahí. No soy nada diestro. Y luego está el trabajo. —Volvió a señalarla con un dedo—. Hija de exmilitar, así que te apetecía arraigar en algún sitio.

—Exactamente.

Preparó un cóctel con whisky y sirvió dos jarras de cerveza antes de que Luke le dirigiera la palabra de nuevo.

—¿Qué te hizo elegir esta zona? Si no te importa que te lo pregunte.

—Era exactamente lo que quería. Un sitio con cuatro estaciones; lo bastante cerca de la ciudad sin ser la ciudad en sí; no es un pueblo pequeño ni grande, está justo en el medio.

Le preparó un cuenco lleno de galletitas saladas.

—Es una zona agradable, ideal para las mejoras que por lo visto estás haciendo en tu casa. Por eso estoy aquí. Hay arrendadores y empresas que quieren incrementar la tecnología, un par de proyectos donde la gente que lo desee pueda optar por casas inteligentes. Casas viejas con nuevos compradores que opten por darles una vuelta o actualizarlas. —Se encogió de hombros—. Yo me dedico a la parte de la infraestructura. Hoy en día todo el mundo tiene despachos en casa, y yo ayudo a instalarlos. Seguro que tú tienes uno.

—Sí. No es demasiado inteligente, pero me va bien.

Las preguntas y respuestas terminaron con vítores y abucheos, y con una ronda de bebidas y picoteo. Mientras Morgan trabajaba, se dio cuenta de que Luke había entablado una conversación con otro cliente. Sobre béisbol. Al parecer, sabía lo suficiente como para hablar con claro entusiasmo.

—¿Te pongo otra?

—Sí, claro. ¿Qué me dices, Larry? Yo invito.

—Venga, gracias. ¿Cómo va el coche de Nina?

—Apenas va.

—Debería traérmelo. —Larry negó con la cabeza y se frotó la corta barba.

—Se lo diré. Larry es el mejor mecánico de aquí a Baltimore —le contó a Luke—. Ha conseguido que el coche de Nina funcione después de la fecha de caducidad.

—Hago lo que puedo. ¿Todavía te gusta el Prius?

—Es perfecto.

Morgan dispuso las bebidas delante de ambos y llenó otra ronda para una mesa de seis. La conversación de Larry derivó en coches y motores, y Luke pareció saber también bastante como para no perder el hilo.

—Me tengo que ir. —Larry se puso en pie—. Mi mujer habrá llegado a casa o estará a punto. Es la noche de su club de lectura, que es una excusa para beber vino y cotorrear. Ha sido un placer, Luke. Gracias por la copa.

—De nada.

—¿Otra ronda? —le preguntó Morgan.

—Dos son mi límite. Debería marcharme, mañana me espera un día ajetreado. —Pagó la cuenta y dejó una buena propina—. Te diría que no trabajes demasiado, pero seguro que lo harás. Me ha encantado volver a verte.

—Buena suerte en el mundo de la tecnología.

Luke le lanzó una sonrisa y se fue.

Apareció de nuevo en una abarrotada noche de viernes. Morgan estaba con el camarero de media jornada de los findes, que la ayudaba a controlar a la muchedumbre. Luke se inclinó sobre la barra, ya que no había ningún taburete libre.

—Sorpréndeme. Ha sido una semana muy buena.

—Felicidades. ¿Finde libre?

—Bueno, un poco de papeleo y de organización mañana,

pero sí. ¿Alguna sugerencia sobre cómo debería pasar el resto del finde?

—Podrías ir hasta Baltimore. Visitar el centro de Inner Harbor, el acuario, y es el día inaugural de la temporada de béisbol de los Orioles en Camden Yards.

—¿Quieres hacerme compañía y enseñarme la ciudad?

Morgan no podía decir que la propuesta la pillara desprevenida. Sabía cuándo un hombre se interesaba en ella. Le restó importancia; formaba parte del trabajo.

—No puedo. El sábado tengo que hacer cosas por casa y por la noche me toca currar. Y el domingo ya lo tengo a tope. Pero gracias por la propuesta.

Luke probó la cerveza que le ofrecía.

—Me estoy educando en las cervezas artesanales de la zona. Me gusta, ponme una. —Esperó a que se la sirviera—. Oye, si te avasallo o ya estás con alguien, dímelo sin problemas. No pasa nada. Pero ¿te gustaría que fuéramos a cenar juntos algún día? Una noche en la que no te toque trabajar. Sin presión —añadió al verla dudar—. Solo cenar y hablar un poco. ¿Te gusta la pizza?

Por alguna razón, el tono desenfadado la relajó.

—Sospecho de las personas a las que no les gusta.

—La de Luigi's está muy buena.

—Es que es uno de los mejores sitios de por aquí.

—Pues un poco de pizza y de vino. Podemos quedar allí.

No tenía una cita de verdad desde… Ni siquiera quería hacer las cuentas. Qué coño, ¿por qué no?

—Estoy libre el lunes por la noche.

—¿A las siete en Luigi's?

—Vale. Suena bien.

—¿Te parece que nos demos el número de móvil? Espero que no cambies de opinión, pero por si al final cambias…

Morgan sacó el móvil del bolsillo y cogió el de él para poder añadirse en la lista de contactos.

—Si tienes pensado quedarte un rato y quieres sentarte, la pareja que está a tres y cuatro taburetes de aquí seguramente se vaya cuando termine las copas y los nachos.

—Gracias. Esperaré.

Morgan le lanzó una sonrisa y volvió al trabajo.

Luke ocupó un taburete, bebió sus dos cervezas y se marchó justo después de medianoche.

—Nos vemos el lunes por la noche —le dijo—. Disfruta del fin de semana.

—Tú también.

—Qué pedazo de tío. —Gracie, la camarera, se lo quedó mirando—. Y te pone ojitos en todo momento, amiga.

—Quizá. Parece majo, tranquilo, y solo estará por la zona durante un par de meses.

—Las oportunidades hay que cazarlas al vuelo.

—Quizá —repitió.

2

Morgan se pasó el sábado por la mañana en casa. Hizo la colada, limpió, soñó con espacios diáfanos, nuevas pinturas y nuevas encimeras. Hizo la compra semanal, incluida la lista de Nina, y dejó el recibo en la mesa de la cocina para que arreglaran cuentas como todos los meses.

Cuando Nina volvió del trabajo por la tarde con unos cuantos pensamientos, bolsas de tierra y de turba, sacaron los tiestos del armario. Algún día, pensó Morgan, querría poner unas jardineras en la ventana. Pero también quería nuevos postigos y un bonito porche delantero.

Según sus cálculos, se lo podría permitir la primavera siguiente. Por el momento, debería conformarse con las macetas de pensamientos.

—Háblame de ese tal Luke.

Con la sudadera abrochada ante aquel aire impropio del mes de abril, Morgan abocó un poco de tierra alrededor de los alegres pensamientos.

—No hay gran cosa que contar. Trabaja en informática, y debe de ser bueno o su empresa no lo mandaría durante semanas y meses para ocuparse de un territorio. O comoquiera que lo llamen. Además, viste bien. No en plan arrogante, sino bien.

—Me dijiste que estaba tremendo.

—Sí, porque es verdad. Es educado y agradable. Y su límite

son dos cervezas. Es una cita para comer pizza con un tío, Nina. No estamos escogiendo la vajilla.

—¿Cuándo fue la última vez que quedaste con un tío para comer pizza o para hacer cualquier otra cosa? —Nina se subió la gorra.

—No vayas por ahí.

—Eres tú la que no va por ahí porque siempre sonríes y dices que no. ¿Por qué le has dicho a él que sí? ¿Porque está tremendo?

—Que esté tremendo no hace ningún daño. —Morgan se encogió de hombros con cierta timidez—. A veces soy superficial. Pero es un tío interesante, y no solo habla. También escucha. Es agradable. Creo que es muy majo.

—Y algo temporal.

—Sí, y temporal, y ahora mismo eso es un plus. También será agradable que dentro de…, pongamos, cinco o seis o siete años quizá sea algo estable.

Sus ojos, de color verde botella como los de su padre, se volvieron soñadores.

—Enamorarse, tomarse un tiempo, pensar en construir una familia. Primero tengo que haberme establecido. Dios, ¡estas flores son preciosas! Qué lista fui al escoger a una jardinera como compañera de piso, ¿eh?

—La más lista de todas. Cuando llegue el momento, y está claro que Sam va por ese camino, querré un patio enorme y silvestre para tener un jardín enorme. La casita me da igual, pero que el patio sea muy grande.

Se tumbó sobre la fría hierba.

—Con árboles que den sombra y plantas ornamentales, con caminos que avanzan entre jardines de corte y jardines de mariposas. Con una pajarera y adornos acuáticos. Quiero todo eso.

—Deberíamos comprar una pajarera. —Morgan se estiró a su lado—. No sé qué es un jardín de corte, pero ahora quiero uno.

—Yo me ocupo. —Nina extendió el brazo y le dio un apretón en la mano—. Me encanta vivir aquí. No es el gigantesco patio de mis sueños, pero tiene mucho potencial. Sobre todo porque me dejas a mi bola.

—Cada una se esmera en lo que se le da mejor.

—Deberías invitar al buenorro para cenar.

—No sabemos cocinar.

—Algo podremos preparar. Le puedo pedir a mi madre algo sencillo pero impresionante. Se le ocurrirá algún plato. Limpiaremos esto y luego iremos a decidir qué te pones en tu cita.

—Es solo para comer pizza, Nina.

—Hoy es pizza, mañana ¿quién sabe? Las citas son mi fuerte. Creo que, en una cita para comer pizza con el buenorro viajero, pega un estilo desenfadado y sexy.

—Es probable que no tenga nada de ese estilo.

—De eso también me encargo yo, hazme caso.

Morgan se preguntó si el buenorro viajero se pasaría por la Ronda el sábado por la noche, y luego se preguntó qué significaba que la decepcionara un poco su ausencia.

Se dijo que no pasaba nada, puesto que estaban de nuevo hasta arriba. Y había aceptado un breve turno por la tarde cuando a la camarera del domingo tuvieron que hacerle una apendectomía de emergencia.

Ese domingo, fue directa del trabajo a la cena con la familia de Nina, donde disfrutó de una paella estupenda y de un montón de risas.

El lunes, después de trabajar, volvió a casa en bici. Como se había pasado una parte de su escaso tiempo libre del finde calculando y recalculando su presupuesto personal para decidir cuánto se podía gastar, habló con su jefe de la empresa de construcción acerca del presupuesto para derribar la pared y reformar la cocina: nuevos apliques, nuevas encimeras, nuevos armarios. Obras.

Con ese cálculo en mente, volvió a casa en bici y adaptó sus planes para que encajaran con esas cuentas. Pintaría los armarios en lugar de cambiarlos; por el momento, porque se negaba a renunciar a la isla de la cocina de sus sueños.

Cuando aparcó la bici, Nina apareció en la puerta principal.

—Vas con el tiempo justo.

—Falta una hora y media. Más o menos.

—Entra, amiga mía. Tenemos trabajo que hacer. Me ocuparé de maquillarte.

—Ya sé maquillarme.

—Sabes maquillarte en plan jefa de personal y en plan camarera un poco sexy. Pero ¿sabes maquillarte en plan cita desenfadada y sexy para ir a comer pizza?

—Eso es muy específico, pero es probable que sí.

—Nada de probabilidades. —Nina chasqueó los dedos en el aire—. Ve a mi cuarto de baño. Ya lo tengo todo listo. He cogido un taburete, ya que eres quince centímetros más alta que yo.

—Dieciséis centímetros.

—Eso, tú restriégamelo, jirafa.

Siendo Nina, tardó casi la mitad del tiempo del que disponía Morgan para perfeccionar su labor.

—Creo que la cara me pesa dos kilos más.

—Cada gramo extra merece la pena. Tú mírate. Tienes unos ojos verdes preciosos, pero ¡ahora deslumbran! Qué buena soy.

Morgan no podía rebatírselo porque sus ojos se veían enormes y el verde más intenso, y su piel brillante y lisa a pesar de (¿o gracias a?) la sucesión de capas y a la mezcla de productos.

—El brillo rojo en los labios te queda genial —decidió Nina mientras examinaba los resultados de su obra—. El mate habría sido demasiado sexy. Así está bien. Tienes los labios perfectos, lo bastante carnosos y lo bastante anchos. Ve a vestirte.

—¿Qué vas a hacer esta noche?

—Nada, me quedaré en casa. —Nina la siguió a su habitación para asegurarse de que Morgan se ponía lo que ella ya había seleccionado.

—¿En serio?

—Hay muchas sobras de la cena de ayer de mi madre. Me tomaré una noche de descanso y belleza. Un baño de espuma, una mascarilla en el pelo, otra facial. Un largo baño de espuma con una copa de vino y velas. Una noche de autocuidados. Y luego quiero que me cuentes tu cita con todo lujo de detalles.

—Que solo es un poco de pizza. —Tantos preparativos la ponían nerviosa.

—Por algún sitio hay que empezar. Dios, tienes un culo precioso —añadió cuando Morgan se introdujo en los vaqueros ceñidos—. Unas piernas más largas que un día sin pan rematadas en un culito respingón.

—¿Me estás tirando los tejos? —Morgan miró hacia atrás y meneó el culo.

—Si el buenorro viajero no lo hace, es que tiene algún problema.

—No busco que me tire los tejos. —Morgan se puso el jersey azul claro—. Quizá, depende de cómo vaya, unos cuantos arrumacos estarían bien.

Bajo la mirada atenta de Nina, se cambió los pendientes por unos más grandes, se calzó sus mejores botas y se puso la chaqueta de piel gris, un regalo de Navidad de su madre.

—¿Voy bien?

—La personificación del estilo sexy y desenfadado. —Nina sacó un pequeño aerosol del bolsillo—. Cruza el humo de espray —le ordenó, y pulverizó el aire.

Después de poner los ojos en blanco, Morgan obedeció.

—Perfecto. Y ahora vamos a beber algo.

—Ya tomaré una copa de vino con la cena.

—Ahora vas a tomar un cuarto de copa de vino para calmarte un poco. Y si te vuelves loca y con la cena te bebes un par, vete a dar una vuelta con tu cita por Market Street hasta el parque y el estanque, y luego regresáis. De hecho, necesitas mi fular azul de flores. Será el toque perfecto.

A las siete en punto, a pesar de que Nina le insistió en que no debía llegar puntual, Morgan entró en Luigi's.

En el establecimiento sonaba el típico rumor de conversaciones que en su opinión debía haber en un buen restaurante, y le llegaron los aromas de salsas y especias y queso fundido.

Sintió alivió al ver a Luke ya sentado en el reservado, y la sonrisa que esbozó al verla no le hirió el ego lo más mínimo.

Salió del reservado cuando Morgan se acercó, le cogió la mano y le dio un suave beso en la mejilla.

—Estás guapísima.

—Gracias. Espero que no hayas tenido que esperar mucho.

—Acabo de llegar. La chaqueta es preciosa —comentó cuando la ayudó a quitársela.

—Un regalo de mi madre.

—Tiene un gusto excelente. Cuando he llegado, he pedido una botella de tinto. Espero que te parezca bien. La podemos cambiar si te apetece otra cosa.

—El tinto me va bien. ¿Qué tal el fin de semana?

—Productivo. Acepté tu consejo y me fui al Inner Harbor. —Le lanzó a la camarera su sonrisa radiante cuando les trajo la botella de vino.

—¿Ya han decidido lo que desean?

—¿Nos podrías dejar unos cuantos minutos?

—Sin problema. Tómense el tiempo que necesiten.

—Por una velada agradable con buena compañía. —Luke levantó la copa—. En realidad, pensaba que a lo mejor cambiabas de opinión.

—Y ¿quedarme sin pizza gratis?

Luke se rio.

—¿Con qué te gusta?

—Con cualquier cosa o con nada. Una pizza siempre está bien.

—Hablamos el mismo idioma. Bueno, ¿qué tal tu finde?

—También productivo. Nina y yo hemos plantado pensamientos. Me arrancan una sonrisa cada vez que entro o salgo de casa.

—La compañera de piso que trabaja en un vivero.

—Exacto.

—Sois buenas amigas.

—Pues sí. —La primera amiga real y permanente que había hecho en su vida nómada—. Es estupendo vivir con alguien que entiende tus ritmos. Por lo general, se levanta y se marcha antes de que yo me despierte para ir a trabajar, y suele estar acostada cuando vuelvo a casa del bar.

—Eso seguro que ayuda. Es decir, las dos tenéis vuestros propios horarios, así que disponer de vuestro propio espacio suma.

—Sí, y cuando estamos juntas, nos lo pasamos bien. ¿Es raro no tener una rutina firme, vecinos ni amigos?

—Ahora mismo, a mí me va de perlas. —Luke se recostó en el asiento; estaba cómodo consigo mismo, irradiaba seguridad. Y a Morgan le pareció muy atractivo—. Algún día supongo que querré asentarme e instalarme en algún sitio. Pero así viajo por casi todo el país y conozco a mucha gente interesante. —Esbozó su rápida y deslumbrante sonrisa—. Como tú.

El ritmo de Luke era el adecuado, decidió Morgan. Coqueteaba lo justo con ella.

—Debe de gustarte el trabajo, y tengo que pensar que se te da muy bien.

—Me encanta. Crear sistemas que encajan con las necesidades de los clientes. Arreglar problemas, facilitar la vida de la gente, expandir sus horizontes. Quizá algún día podrías enseñarme tu casa para que te diese unas cuantas ideas.

—Quizá.

Luke sonrió de nuevo.

—En fin, vamos a por la pizza.

Morgan terminó bebiendo dos copas de vino y disfrutando de cada minuto de la cita. Él le contó unas cuantas historias, como aquella en la que había diseñado el sistema de un rancho en Butte, en Montana, y pudo contemplar a los bisontes pastar en el prado.

Y Luke escuchó los planes de ella sobre una nueva cocina, e incluso le hizo varias sugerencias, que eran lo bastante buenas como para que Morgan las añadiera a su lista de sueños y esperanzas.

Y le propuso ir a dar una vuelta.

La brisa nocturna era algo fría, pero resultaba agradable después del calor del restaurante. Y había pasado mucho tiempo desde la última vez que paseó con alguien cogida de la mano de esa persona.

Ya casi eran las diez, mucho más tarde de lo que había planeado, cuando Luke la acompañó hasta su coche.

—Me gustaría volver a verte así. No es que no me guste sentarme en un taburete en el bar mientras trabajas. Pero me gustaría volver a verte. Mi horario es flexible. Me puedo adaptar al tuyo.

A lo mejor Nina se había metido en su cabeza, pero acabó invitándolo a cenar.

—El lunes que viene en mi casa. Es el día que me va mejor.

—¿Cocinas?

—No. Voy a tener que añadirlo a mi lista de cosas por aprender, pero no.

—Nina cocina, pues.

—No, pero su madre sí, y ya nos echará una mano con alguna receta si estás dispuesto a arriesgarte.

—La aventura es lo mío. ¿A las siete te va bien?

—Claro. A las siete me va genial.

—Ahí estaré. ¿Me das la dirección?

Morgan tendió una mano para que le dejara su móvil y añadió su dirección en su contacto.

—Te puedo indicar cómo llegar, si quieres.

—Me llevo muy bien con el señor Google. Pero seguiré dejándome caer por el bar. Quizá incluso pruebe suerte con los dardos.

—Roddy es invencible.

—Me arriesgaré.

Luke se inclinó hacia delante, y Morgan interpretó ese gesto como un ligero arrumaco. La cantidad justa de arrumaco por la forma en que le rozó los labios con los suyos. No presionó, pero la impactó. Y las mariposillas que hacía muchísimo tiempo que no experimentaba fueron la guinda para aquella velada.

—Buenas noches, Morgan.

—Buenas noches. Me lo he pasado muy bien.

—Yo también. Cuidado con el coche.

Morgan tuvo cuidado con el coche, aunque iba flotando un poco por la emoción del beso de buenas noches.

Y cuando entró en casa flotando, Nina, brillante por sus cremas y cómoda en su pijama, la estaba esperando.

—Vale, nada más verte sé que ha sido una primera cita espectacular. ¡Cuéntame! ¿Te ha tirado los trastos?

—Lo justo y necesario. Me cae muy pero que muy bien. —Con un suspiro de felicidad, se desplomó en una silla—. Es agradable y resulta divertido hablar con él. Ha visitado un montón de sitios y tiene anécdotas muy buenas. Y sabe escuchar.

Irguió los hombros y luego los bajó.

—Y cuando se despidió con un beso, me dio un vuelco el corazón.

—¿Qué clase de beso? Descríbemelo con detalle.

—Pues diré que ha sido suave, y solo un poco soñador. Sin presión, sin oleada de calor. Un roce simple y efectivo. He terminado invitándolo a cenar el lunes que viene.

—¡Hala! —Nina se levantó y se puso a bailotear—. Hostia puta. No te habrá drogado, ¿no? ¿Ha usado algún truco para controlar tu mente?

—Es un tío majo, guapo e interesante. Nada más.

—Es más que suficiente. Le pediremos a mi madre que nos ayude a cocinar algo. ¿O quieres que el lunes me esfume?

—No. —La respuesta fue inmediata y categórica—. Por favor, no te esfumes. No lo habría invitado a no ser que tú también estuvieras.

—¿Se lo propongo a Sam?

—Sí, así compensamos un poco la cosa. Nada elaborado, Nina. Una cena sencilla y agradable. Sigamos por la vía desenfadada.

—Desenfadada y sexy. Lo tenemos controlado, Morgan.

—Y, si no, pues pedimos comida para llevar. —Se levantó—. Tengo que prepararme para acostarme. Tú también deberías. Mañana empiezas a currar a las ocho.

—Ya voy, ya voy, pero antes le voy a mandar un mensaje a mi madre para que piense en lo que podríamos preparar. No te voy a desear que sueñes con los angelitos porque está cantado. Nos vemos mañana. Ay, ¡me muero por conocer al tío al que Morgan Albright ha invitado a cenar!

Luke pasó por el bar el martes por la noche. Entabló enseguida una conversación con ella y con algunos de los clientes habituales. Perfeccionó sus habilidades con los dardos durante un rato, no se le daban demasiado mal. Bebió sus dos cervezas y comió unas cuantas alitas de pollo.

—Conque te has echado novio. —Gracie meneó las cejas.

—No. Solo estará por aquí durante un par de meses.

—No he dicho que fuera para siempre. —Cuando las luces del bar parpadearon para avisar de que iban a cerrar en breve, Gracie irguió los hombros—. Se le ve muy tranquilo. Yo no me fío de los tíos tranquilos. Hace quince años estuve con mi casi primer marido. Era muy tranquilo. Tanto que se escabulló de mi cama y se metió tranquilamente en la de mi prima Bonnie.

—Pues es una suerte que no sea mi casi primer marido.

—Así que vas a disfrutar de la tranquilidad.

Y por qué no, pensó Morgan cuando lo vio aparecer la noche del juego de las preguntas y respuestas. El hecho de que participara en el juego le hizo ganar varios puntos en la tarjeta de puntuaciones de ella.

Había conocido a un tío interesante que obviamente se sentía atraído por ella y, dado su complicado horario, no disfrutaban de demasiado tiempo a solas. Y a los dos les parecía la mar de bien.

Eso no quería decir que no pensara en la noche del lunes con miedo a cocinar de verdad y ansiedad, debido al síndrome de la segunda cita.

El lunes, ahorró algo de tiempo y salió de su empleo diurno una hora antes. Volver en bici a casa, con un tiempo que por fin se había suavizado llegado el mes de abril, la puso de buen humor.

En cuestión de unas pocas semanas, la primavera entraría de lleno y empezarían a estallar los colores por todas partes. Vio que algunas de las forsitias de su vecino ya se habían animado y lucían unos capullos amarillos intensos, y el gran sauce de la esquina de su casa empezaba a cubrirse de verde.

En su propio jardín, los tulipanes florecían con el color del pintalabios rojo y las azaleas, que Nina había aconsejado plantar en la primera reunión de jardinería que tuvieron, habían brotado y tardarían bien poco en presumir de tonos rosados.

Quizá fuera una tontería, pero tener aquellas flores la ayudaba a sentirse parte del barrio.

Aparcó la bici, sonrió a los pensamientos y entró en casa, donde sonaba música a todo volumen.

Obviamente, Nina había llegado antes.

Dejó las llaves en el cuenco de la mesa junto a la puerta, colgó la chaqueta, guardó el bolso en el armario y se dirigió hacia la cocina y el caos.

Nina se había recogido el pelo en una coleta y llevaba un delantal manchado con Dios sabía qué. La madre de Nina le había dado un delantal y le había enviado uno a Morgan.

La pegajosa encimera estaba abarrotada de botellas, tarros, saleros y pimenteros. Desde donde se encontraba Morgan, daba la sensación de que un poco de cada sustancia había salpicado y manchado el nuevo babero de Nina.

—¡Lo he conseguido! —Los ojos de Nina estaban muy abiertos y traslucían su agitación— . He preparado el marinado para las chuletas. Lo he conseguido, Morgan. —Abrió la puerta de la nevera—. ¿Lo ves?

Con cuidado, Morgan se asomó y observó el papel film que cubría el cuenco de cristal que la madre de Nina les había dejado para aquella receta en particular.

—¡Lo he hecho con estas manitas!

—Y tiene la pinta —se inclinó y olisqueó— y el olor que debería. ¿Necesitas sentarte un rato?

—Puede. Las patatas tendrás que hacerlas tú. Al invitar a hombres a cenar, hay que preparar carne con patatas. Y, como estamos en abril, espárragos. Y tenemos que cocinarlo todo, poner la mesa y que quede bonita, y luego arreglarnos para estar guapas.

—¿En qué estábamos pensando?

—Ya es demasiado tarde para eso. Con la mesa no hay problema, ya sabes cómo hacerlo. Pero si ves que te cuesta, te puedo echar una mano. En el canal HGTV siempre enseñan cómo poner una mesa bonita. Y me encargo yo de las malditas patatas, si quieres. Si tú te ves capaz de preparar el marinado, yo me ocupo de las malditas patatas. Déjamelas a mí.

Morgan se puso un delantal. Para cuando hubo frotado las patatas y las hubo cortado en trozos como pedía la receta de la madre de Nina —y se inquietó cuando los trozos no tenían el mismo tamaño, y ¿qué podía significar eso?—, le agradó ver que su mandil no se parecía tanto a un cuadro de Jackson Pollock como el de Nina.

Siguió las indicaciones de la madre de Nina al pie de la letra, que no fue precisamente fácil, ya que, en lugar de medidas precisas, la mujer le pedía que usara los ojos y la nariz.

Y a ello se puso Morgan. Mezcló las especias en un cuenco y olisqueó y observó. Después de juntarlo todo y añadir el aceite, dispuso las patatas en una bandeja de horno y cruzó los dedos.

Al final le dejó la mesa a Nina, tarea en la que su amiga brillaba, y se esmeró en limpiar la cocina, tarea en la que ella brillaba.

Agotada, se cambió la ropa del trabajo y se puso unos pantalones caqui cortados y una camiseta rosa, y se preguntó con la mano en el corazón cómo la gente conseguía hacerlo todos los días.

Y todavía les quedaba lidiar con los espárragos y calentar el pan. Volvió a ponerse el delantal.

Nina, fresca como una lechuga, regresó por el pasillo.

—Aceitunas, queso y crudités de verduras. Eso sí que se nos da bien. Es una pena que la cocina sea tan pequeña, no hay suficiente espacio para que charlemos con calma.

—La primavera que viene —le prometió Morgan—. En realidad, huele muy bien, Nina. Como si supiéramos lo que estamos haciendo. —En la cocina, se pusieron una al lado de la otra para contemplar el horno—. Y tampoco pinta nada mal. ¿Seguro que serán suficientes diez minutos para los espárragos?

—Mi madre controla —le aseguró Nina con voz solemne—. Pero los cortamos antes de que lleguen, que será en breve. Y luego, sobre las siete y cuarto o así, nos ponemos a preparar los espárragos. ¿De qué cinco minutos quieres encargarte? ¿Del salteado o del vapor?

—Por Dios, del vapor.

—De eso quiero encargarme yo. Bueno. —Nina extendió un puño—. A la de tres.

—Mierda —siseó Morgan cuando la piedra de Nina venció a sus tijeras.

A las siete, habían bajado la música, el horno estaba a temperatura baja, las crudités, preparadas.

Llamaron a la puerta a la hora indicada.

—¡Fuera los delantales! —ordenó Nina.

Fueron juntas a abrir la puerta y vieron a dos hombres en el umbral.

—Hemos llegado al mismo tiempo. —El adorable de Sam con sus gafas de carey le dio un ramo de tulipanes rosas a Nina y una botella de vino a Morgan.

—Yo lo haré al revés. —Luke le dio a Morgan unos cuantos jacintos lilas en un jarrón de cristal—. Hola, Nina. Soy Luke. —Y le entregó otra botella de vino.

Y después de tanto trabajo y tanta preocupación, todo fue como la seda.

Abarrotaron la cocina con la excusa de tomar una copa de vino. Parecía que Luke y Sam congeniaban deprisa; el informático y el tío que jugaba a videojuegos tenían muchas cosas de las que hablar.

Con la esperanza de que la buena suerte siguiera acompañándolos, Morgan untó mantequilla en la sartén para los espárragos.

—No hay nada como una buena comida casera cuando estás de viaje. —Luke le dio un beso en la mejilla como si tal cosa—. Te lo agradezco de corazón.

—Esperemos que termine siendo comida casera y no un grito de socorro.

Él se echó a reír.

—Huele delicioso. ¿Te importa si me voy a lavar las manos?

—Claro. En el pasillo a la izquierda del salón, la puerta de la derecha.

—Empieza la cuenta atrás de diez minutos —anunció Nina, y Sam la rodeó con un brazo.

—No me puedo creer que lo hayáis hecho vosotras. Os

habéis pasado el día trabajando y después habéis preparado una cena como esta.

—Todavía no la has probado —le recordó Morgan.

—Os habéis pasado el día trabajando —repitió Sam, y le dio un beso a Nina en la coronilla— y además habéis preparado la cena.

Satisfecha, Nina levantó la cabeza para darle un beso.

—Venga, allá vamos. —Morgan metió los espárragos en la mantequilla derretida y cronometró cinco minutos en el móvil. Los removió e intentó usar los ojos y la nariz con la sal y la pimienta.

Mientras se afanaba con la sartén, Sam ayudó a Nina a sacar las chuletas y las patatas del horno y a meter el pan para que se calentara.

—Trabajo en equipo. Ya han pasado mis cinco minutos. Te toca, Nina.

Cambiaron de posición: Morgan colocó las chuletas en una bandeja —de la madre de Nina— y añadió el romero fresco a modo de decoración —como le habían indicado—.

—Lo siento. —Luke volvió a la cocina—. Me han llamado y tenía que cogerlo.

—No pasa nada, estamos ya en la fase final. —Morgan se lo quedó mirando—. ¿Todo bien?

—Sí, sí, era un cambio de horario mínimo para mañana. ¿Puedo ayudar en algo?

—¿Por qué no descorchas el vino? Por si lo necesitamos.

En la mesa, ya con los platos servidos, Sam fue el primero en probar bocado.

—Cielo —le dijo a Nina, y le sonrió a Morgan—. Cielo número dos.

Nina probó un trozo de chuleta.

—Madre mía. Esto se nos da bien, Morg. Y ahora, ¿qué hacemos?

—Viajáis por el país preparando comida casera. Señoritas... —Luke levantó la copa de vino—. Por las chefs.

—Y por mi madre. Estará orgullosa de nosotras, Morgan.

A pesar de ser un día muy largo, Morgan disfrutó de cada

minuto. Una cena auténtica, en su casa; la primera que no incluía comida para llevar o a domicilio. Conversación, risas, unas cuantas caricias de la mano de Luke sobre la suya.

Le pareció enternecedor que los chicos insistieran en encargarse de limpiar, y se relajó con una taza de café y una porción de tarta *red velvet* comprada en una pastelería.

—Me da rabia ser un aguafiestas. Esta noche será una de las mejores de mi viaje, pero el cambio de horario hace que mañana tenga que estar en otro sitio a las ocho.

—¿Adónde te vas? —le preguntó Sam.

—Me llevarán hasta Baltimore. Un especulador ha comprado un par de casas adosadas y quiere conectarlas para formar una y que sea inteligente. Me da la sensación de que tendré que quedarme un par de días. Quizá tres. —Se encogió de hombros—. Al final de la semana pasada me lo colaron en la agenda. Es amigo de uno de los jefes.

—A las ocho en Baltimore. Te tocará madrugar.

—Sí, está claro, pero es un reto interesante. —Asintió en dirección a Nina—. Convertir un par de viejas casas adosadas en una minimansión inteligente… y mantener la historia del lugar. —Miró alrededor—. Me gustaría abordar tu reforma, Morgan. Tu casa tiene una estructura muy buena.

—Eso creo. Cuando haya tirado la pared, quizá añada domótica, además de espacio.

—Cuando lo hagas, llámame. Me aseguraré de poder participar. Te lo prometo. Gracias, Nina, y gracias a tu madre. —Se puso en pie—. Todo estaba delicioso. Y ha sido un placer conocerte, Sam. La semana que viene debería tener tiempo para echar un vistazo a tu sistema. Siempre hay forma de añadir algún detallito valioso.

—Sería fantástico.

Morgan lo acompañó hasta la puerta.

—Me pasaré por el bar cuando haya vuelto. Dentro de un par de días. ¿Te importa si te escribo de vez en cuando desde mi solitaria habitación de hotel de Baltimore?

—Claro.

—¿Podré llevarte a cenar a algún sitio cuando vuelva? Quizá podríamos dejar atrás la pizza e ir a por algo más elaborado.

—Me parece bien.

Cuando la besó, con un poco más de intensidad que la primera vez, con el cuerpo arrimado un poco más al suyo, pensó que en realidad le parecía muy bien.

—Buena suerte en Baltimore.

—Si eres bueno, no necesitas suerte, pero la acepto. Buenas noches, y gracias, muchas gracias, por la cena.

Morgan lo vio irse con el coche por la curva de la calle en una noche de abril en que había empezado a chispear.

En cuanto cerró la puerta de casa, entendió que tal vez, de una forma un tanto extraña, se había echado novio. De manera temporal.

Nina asomó la cabeza.

—He oído que se cerraba la puerta... ¡Me ha caído muy bien!

—A mí también. —Sam se le unió.

—Y a mí, así que es unánime.

—Deberías invitarlo a cenar a casa de mi madre el domingo que viene. Es tu mamá de Maryland, y le encantará conocerlo.

—Quizá. Me lo pensaré. Ahora me voy a la cama ya. ¿Nos vemos por la mañana, Sam?

—Eso apuntan los rumores —respondió Nina, y lo hizo son reír.

Morgan se preparó para acostarse. En cuanto se sentó en la cama, recibió un mensaje de texto de Luke.

Nos vemos el miércoles, el jueves como muy tarde.
Te echaré de menos hasta entonces.

A pesar de sonreír y de notar cómo la embargaba el calor, dudó. Pero al final negó con la cabeza y respondió con la verdad.

Yo también te echaré de menos. Buenas noches.

Cuando se tumbó entre las sábanas, seguía sonriendo.

3

Teniendo en cuenta los años y la falta de mantenimiento por parte de su propietaria, no fue ninguna sorpresa que el martes por la mañana el coche de Nina decidiera no arrancar.

Sam el servicial la llevó en coche hasta el trabajo, y Larry, sin dejar de negar con la cabeza, lo aceptó en su taller mecánico.

Nina volvió a casa quejándose de cierto malestar de garganta y de las malas noticias de Larry en cuanto a la reparación de su vehículo.

—Hay que cambiar la batería sí o sí, algo sobre las correas del ventilador y algo más de lo que no me he enterado, y la transmisión. Larry calcula unos cinco mil dólares. —Movió las manos en el aire—. Puf, sin coche me quedo.

—Lo siento. Lo siento mucho. —Y, como lo sentía de verdad, Morgan añadió un fuerte abrazo—. Necesitas un poco de té con miel. Yo me encargo.

—Gracias. —Con los ojos hundidos y su bonita piel pálida, Nina se desplomó en una silla—. Odio los resfriados de primavera, y es lo que me parece que estoy incubando. Entre eso y los cinco mil pavos, me siento como una mierda.

—¿Te apetece un poco de sopa? —Morgan abrió un armario y sacó una lata—. De pollo y estrellitas. No es la sopa de pollo de tu madre, pero bueno.

—Me sirve. Creo que me daré una ducha caliente y luego

me meteré en la cama con el pollo y las estrellitas, una tostada y té, y me pondré una peli alegre. Y pasaré página de este día de caca.

—Ve a la ducha y métete en la cama. Yo te preparo la comida del día de caca y te la llevo.

—La mejor casera del mundo. Te daría otro abrazo, amiga, pero no quiero contagiarte lo que sea que estoy pillando.

Cuando Morgan le llevó la bandeja, Nina estaba tumbada en la cama con el portátil y una caja de pañuelos.

—Gracias. Muchas, muchísimas gracias. Ya me siento mejor.

—Quizá mañana deberías pasarte el día guardando cama. —Después de dejar la bandeja, Morgan le puso una mano en la frente—. No me parece que tengas fiebre.

—Es un asqueroso resfriado de abril, y en el curro estamos a tope.

—Si quieres ir a trabajar, te puedes llevar mi coche.

—Me llevarán y me traerán, pero gracias. Muchísimas gracias otra vez.

Nina cogió la taza de té, sopló y bebió un sorbo.

—Ay, es justo lo que necesitaba. Te debo una.

—Cuando el otoño pasado tuve dolores de barriga, ¿quién me cuidó?

Yo, porque somos amigas. Me quedaré frita enseguida y mañana estaré como nueva.

—Mándame un mensaje si necesitas algo. No te escribiré por si ya estás durmiendo, pero cuando vuelva a casa me pasaré para asegurarme de que estás descansando.

—Tengo todo lo que necesito, y me tomaré un antigripal. Eso me ayudará a descansar, seguro. —Se metió una cucharada de sopa en la boca—. No es la de mi madre, pero la sopa de pollo y estrellitas siempre funciona. Que vaya bien en el curro.

En cuanto regresó a casa después del trabajo, Morgan la encontró durmiendo a pierna suelta. Y cuando por la mañana vio la casa vacía al despertarse, asumió que Nina estaba mejor.

A media mañana, Luke le mandó un mensaje para decirle que probablemente debería quedarse otro día más en Baltimore. Morgan lo leyó en lo que generaba una factura para una reforma completa del cuarto de baño y cogía el teléfono para hablar de precios para añadir un lavamanos extra.

Estaba sentada en su mezcla de despacho y recepción con vistas al aparcamiento. No le importaba el paisaje, ya que le permitía ver quién iba y venía por la calle.

En el rincón había una exuberante sansevieria, que, según tenía entendido, había colocado allí unos veinte años antes la esposa del jefazo máximo. Se alzaba más de un metro ochenta y ocupaba una maceta roja que Morgan no podría rodear con los brazos.

Bill Greenwald, el jefe de segunda generación, le contó que su madre había insistido en que sería un amuleto de la buena suerte para la empresa. Mientras siguiera creciendo, también crecería el negocio.

Su esposa, Ava, se ponía un casco de obra y un cinturón con herramientas para trabajar con los demás. Todo el mundo sabía que en la obra Ava era la jefa y no había que hacerla enfadar.

Bob, el hermano de Bill, era abogado y se encargaba de las cuestiones legales. Bill y Ava tenían dos hijos, Jack y Ella, que trabajaban con sus padres.

Morgan a menudo pensaba que, cuando llegara el momento de abrir su propio negocio, echaría de menos trabajar para los Greenwald y sus tensas discusiones familiares.

Mientras leía el mensaje de texto, Bill apareció con su habitual uniforme de vaqueros de carpintero, camiseta y camisa de franela desabrochada.

Tenía el pelo salpicado de canas debajo del casco de Construcciones Greenwald, ojos amables detrás de unas gafas cuadradas de montura metálica y brazos abarrotados de músculos.

—Ay, esa carita. ¿Has recibido un mensaje de tu nuevo novio?

—Es nuevo, pero yo no diría que es mi novio.

—Cuando se sabe, se sabe. —La señaló con un dedo—. Mi padre contrató a Ava, y trabajé con ella durante un mes o así.

Pensaba que solo sabía usar un martillo y que tenía un carácter de armas tomar. Y luego un día soltó una carcajada. Ya sabes a cuál me refiero.

A una estruendosa y grosera.

—Sí.

—Esa risotada fue mi ruina. «Es ella, Bill —me dije—. No hay vuelta de hoja. Más vale que te vayas acostumbrando». En septiembre hará veintisiete años, y ya estoy bastante acostumbrado. Como digo, cuando se sabe, se sabe. En fin, me voy, que he quedado con el inspector de los Moreni. Luego me pasaré por la demolición de los Langston, a ver si consigo oír esa carcajada. Si todo va bien, debería volver sobre las tres. Si no, ya te avisaré.

—Yo me quedo al mando.

—Como siempre.

Y le gustaba quedarse al mando, pensó Morgan cuando Bill se marchó y ella finiquitó algo más de papeleo.

Llenó la botella de agua del surtidor y, acto seguido, tras sentarse en su mesa, le contestó a Luke.

Espero que signifique que va bien. Si vuelves para el domingo y estás libre, ¿quieres acompañarnos a cenar a casa de los padres de Nina?

Pasaron varios minutos, pero terminó respondiendo.

¡Suena genial! Todo va bien, sí, y volveré para entonces.

Me alegro. La cena de los domingos es muy pronto. Por lo general, vamos sobre las cuatro y comemos sobre las cinco. Te aviso: mucha gente, mucho ruido y mucha comida.

Me apunto sin pensarlo. ¿Te recojo a las cuatro?

Perfecto.

Espero verte el viernes por la noche, pero el domingo sin falta.
Me tengo que ir.

Y añadió el emoticono de una flor.

Cuando en su pantalla apareció la carita sonriente que le mandó ella, Luke usó su tarjeta de solenoide para abrir el triste cerrojo de la puerta trasera de Morgan.

La gente, y sobre todo las mujeres, era gilipollas.

Observó la casa que, en su escala, solo llegaba a cuchitril. Aun así, la estructura era recia y la ubicación la volvía valiosa.

Sería un visto y no visto, se recordó, y se dirigió hacia el despacho de ella. Iba a desinstalar el software que había instalado durante su «momento cuarto de baño» del lunes por la noche anterior.

No quería dejar ningún tipo de rastro.

Y en cuestión de unas horas pondría fin a unas semanas muy provechosas. Y se la quitaría de encima.

Morgan lo vería antes de lo que esperaba.

Él se imaginaba matándola en el aparcamiento del bar, junto a su coche. Pero si no era la última en salir, como solía ocurrir, se metería en su coche, agachado en el asiento trasero.

Y ¡sorpresa! El último acto de la función. Se desharía del cuerpo y le llevaría el coche a un colega de Baltimore. Cambiaría el Prius de persona concienciada con el planeta y se iría tan campante.

Por lo menos no había tenido que tirársela. Pero, claro, era un hombre consciente de sí mismo y supo desde el principio que Morgan Albright no sería una tía fácil. Ahorraba tiempo, esfuerzos, y demás gilipolleces.

Pero qué fácil había sido en todos los demás sentidos.

Con las manos enfundadas en guantes quirúrgicos, abrió el portátil de ella.

Lo encendió y se preguntó sinceramente por qué esa tía no había podido o querido gastar el dinero que ganaba con tanto esfuerzo para tener un mejor equipo.

Ya había empezado a desinstalarlo todo cuando oyó unos pasos detrás de él. Se giró con una sonrisa inocente cuando Nina, que sin duda había vivido días mejores, apareció en el umbral de la puerta.

—¿Luke? —Con voz ronca, tosió su nombre—. ¿Qué haces aquí?

—¡Hola! He convencido a Morgan para que me deje instalarle unas cosas en el ordenador. He entrado por la puerta trasera. No quería despertarte. —Era evidente que estaba enferma, decidió, así que tocaba improvisar.

Y lució su mejor expresión de empatía.

—Me ha dicho que no te encontrabas bien y que seguramente dormías. Siento haberte despertado.

—Un resfriado de primavera. Horrible. Mi jefe me ha mandado a casa y me ha traído. Estaba… ¿Cómo ha sabido Morgan que no estaba trabajando? ¿Angie la ha llamado?

Demasiado complicado, decidió. Y Nina debió de ver algo en sus ojos, porque él lo vio en los de ella; un brillo que decía: «Huye».

Antes de que se le escapara, cogió el portátil y lo lanzó con todas sus fuerzas. El ordenador se estampó en un costado de la cabeza de Nina, y el otro costado se estampó contra el marco de la puerta.

Apenas hizo algún ruido.

Cuando Nina se desplomó, él cogió de nuevo el portátil —total, era una mierda de ordenador— y la golpeó otra vez.

Por culpa de ella, la situación se había vuelto complicada y ya no podría acabar con Morgan.

Tocaba hacer un cambio.

—Estabas en el lugar equivocado —le dijo cuando se agachó y la arrastró hacia la parte trasera para ahogarla con sus manos—. Era un mal día para ponerse mala, zorra. No eres la que debía ser, pero tendrás que servir.

Y exprimir una vida y darle muerte lo llenó de emoción, como le ocurría siempre.

Aunque Nina movió los ojos y tamborileó con los talones, no llegó a recobrar la consciencia.

Él la dejó en el suelo junto al ordenador roto.

Mientras asimilaba lo sucedido, se dirigió a la cocina y encontró una bolsa de basura. La llenó con el portátil de Nina, su móvil, unas cuantas joyas que no le parecieron dignas de empeñar, y encontró ciento cincuenta y ocho dólares entre su bolso y el cajón de la ropa interior.

Se encaminó a la habitación de Morgan. La tía tenía, de hecho, un par de joyas bastante decentes. Pendientes de diamante —pequeños, pero con buen color y corte— y un relicario de oro —de aspecto antiguo, probablemente fuera una joya de familia—. Las guardó junto a algunas baratijas.

«El que guarda siempre tiene», se le ocurrió mientras cerraba la bolsa.

Los pardillos siempre dejaban algo de dinero en casa. Encontró los cinco billetes de veinte de Morgan enrollados en un par de calcetines de deporte.

Cogió sus llaves del cuenco de la puerta delantera y salió como había entrado.

Con un golpe de codo, rompió uno de los paneles de cristal de la puerta trasera.

Un asalto a plena luz del día que había salido mal y había acabado en tragedia, eso era lo que parecería.

Qué pena, qué triste.

Abrió el coche con la llave y dejó la bolsa con las cosas en el maletero.

Salió del camino de entrada y condujo en dirección opuesta al centro. Mientras se dirigía hacia Baltimore, tarareó la versión de Billie Eilish de «Yesterday».

Una llovizna golpeó a Morgan cuando estaba a punto de salir del trabajo. Miró la previsión en el móvil. Un chaparrón rápido que iba hacia el oeste.

Decidió esperar a que amainara y le mandó un mensaje a Nina para informarla y preguntarle si quería que llevase algo de comida china.

La falta de respuestas le hizo fruncir el ceño.

—Será que sigue resfriada, quizá —murmuró mientras observaba la lluvia—. O que se ha echado después del trabajo.

Pidió unos fideos extras y gambas con salsa agridulce por si acaso.

Al cabo de quince minutos salió bajo un cielo soleado y un ambiente húmedo. Se detuvo para ir a coger la comida y la guardó en la cesta de la bici junto a su bolso.

Esperaba que en el bar fuera una noche tranquila, ya que los miércoles no solía llenarse. Todavía no habían inaugurado la terraza, pero lo harían pronto.

Cuando abriera su propio negocio, quería disponer de una zona al aire libre con pérgola, y colocaría estufas para que los clientes pudieran usarla siempre y cuando no hiciese demasiado frío ni lloviese a cántaros.

Más asientos, más ventas, más beneficios.

Cuando no vio su coche en el camino de entrada, le dio un vuelco el corazón. Y entonces se dio cuenta de que Nina debía de haber necesitado ir a algún lado. Quizá a comprar más jarabe.

Aun así, siempre le escribía.

Entró y asintió al ver el cuenco de las llaves vacío. Colgó la chaqueta, guardó el bolso y se dirigió a la habitación de Nina.

Había vuelto a casa y había salido, decidió. La caja de pañuelos seguía sobre la cama.

Más té y miel, advirtió, y fue a la cocina a poner el hervidor y a guardar la comida.

Se quedó paralizada por completo cuando vio el cristal roto de la puerta y las esquirlas por el suelo.

Dio un paso atrás, ya sin aliento, y sacó el móvil del bolsillo. Su cerebro no pensaba en nada más que en llamar a la policía.

—Policía, ¿en qué lo puedo ayudar?

—Han entrado, han entrado en casa. Por la puerta de la cocina.

Miró hacia las habitaciones y luego hacia su despacho.

Y fue cuando vio la mano, el antebrazo y la sangre en el pasillo.

—¡Dios mío! Dios mío. ¡Es Nina! —Corrió hacia el despacho y se agachó en el suelo—. Dense prisa, por favor. Newberry Street, número 229. Está herida. Hay sangre. No se mueve.

—La ayuda está en camino. ¿Me puede decir cómo se llama?

—Morgan. Nina está herida, hay sangre. Creo... Creo que está muerta. No. No. No. ¿Qué puedo hacer? ¿Qué debería hacer?

—Morgan, ¿hay algún intruso en su casa?

—No lo sé. No lo sé. No respira. No le encuentro el pulso. Ayúdenme.

—La ayuda va de camino. ¿Oye las sirenas? Debería salir a la calle, Morgan, y esperar a que lleguen la ambulancia y la policía.

—No pienso dejarla aquí. ¿Intento hacerle la reanimación cardiopulmonar? Me..., me la enseñaron en una clase. Está helada. Dios, está congelada. Debería taparla con una manta.

—¿Nina está helada?

—Iré a por una manta.

—Morgan, la ambulancia está estacionando ya. ¿Oye las sirenas? Vaya con ellos, Morgan. Vaya a abrir la puerta.

Echó a correr y se desvió para coger la manta del sofá antes de abrir la puerta de casa.

—Rápido, por favor. Está helada y sangrando. No reacciona.

Corrió detrás de los médicos de urgencias y se quedó con las manos sobre los labios.

Una médica, una mujer de pelo rojo oscuro con amables ojos azules, la miró.

—Señorita, ¿cuánto tiempo lleva así?

—No lo sé. Yo acabo de llegar. He salido tarde, llovía, he ido a por comida china, y he vuelto a casa y he visto el cristal roto y luego a Nina. ¿Pueden reanimarla?

—Hora de defunción —murmuró el otro médico, y la mujer se acercó a Morgan.

—Tomemos asiento.

—¿No se la llevan al hospital? —Algo duro y pesado le constreñía el pecho. No podía respirar. Notaba un zumbido agudo en los oídos—. Tiene que ir al hospital.

—Lo siento, lo siento mucho, pero no hay nada que podamos hacer. Su amiga está muerta.

—No. No.

—Lo siento. Está usted en shock. Sentémonos.

—No. No —repitió Morgan, aun cuando la médica la acompañó hasta el sofá—. He… he tirado la comida para llevar. Se me ha caído al suelo.

—Ya nos preocuparemos luego por eso.

Guio a Morgan hasta el sofá y la cubrió con la manta al ver que empezaba a temblar.

—Mi compañero está en ese pasillo con la fallecida. La que ha llamado a la policía se encuentra conmocionada. El cuerpo está frío, hace por lo menos un par de horas de la muerte. ¿Puede decirme cómo se llama?

—Morgan. Morgan Albright. Ella es Nina, Nina Ramos. —Las lágrimas empezaron a aparecer—. Por favor, ¿no la pueden ayudar?

—Voy a ir a por un vaso de agua. Quédese aquí sentada y hable con el oficial.

—Señorita Albright. —El policía tomó asiento a su lado. Morgan intentó concentrarse en su rostro, pero la cara no dejaba de emborronarse—. Soy el agente Randall. ¿Me puede contar lo que ha pasado?

—No lo sé. No lo sé. Estaba lloviendo. No quería volver a casa con el chaparrón y he esperado, y me apetecía comida china, así que he ido a comprarla. Nina no me ha contestado cuando le he escrito, pero está resfriada, así que he pensado que a lo mejor se había echado una cabezada. A lo mejor. Y mi coche ha desaparecido, y el suyo está en el taller, así que era posible que lo hubiera cogido para ir a por algo. Y no me importa. Sabe que no me importa.

—¿Su coche? ¿Qué clase de coche?

—Mmm. Gracias. —Todo se le antojaba muy lejano, como la imagen errónea de un telescopio. Aceptó el vaso de agua y usó las dos manos temblorosas para acercárselo—. Un Prius.

—¿De qué color y de qué año? ¿Recuerda la matrícula?

—Es azul. Azul oscuro. Del 2019. No…, no recuerdo la matrícula. No puedo acordarme.

—No pasa nada. ¿Ha regresado a casa y ha encontrado a Nina?

—He regresado a casa y he ido a su habitación. Debía de haber vuelto del trabajo, porque tenía la caja de pañuelos sobre la cama. Está resfriada. Y me disponía a prepararle un té. He puesto el hervidor. He olvidado apagarlo.

—Lo he hecho yo —le dijo la médica—, tranquila.

—He visto el cristal roto. Lo he visto y me he asustado y he llamado a la policía. Y luego la he visto a ella. He visto su brazo y la sangre.

—¿Dónde estaba usted antes de volver a casa?

—En el trabajo. En Construcciones Greenwald. Ha empezado a llover.

—Sobre las cinco, más o menos. Ha amainado enseguida.

—Sí. He mirado la previsión y he decidido esperar, y he llamado para encargar la comida.

—¿Cómo ha vuelto a casa?

—En bici. Si no hace mal tiempo, suelo ir al trabajo de día en bici. Y si Nina no tiene una cita y yo tengo tiempo, por lo general comemos algo antes de que me vaya a trabajar otra vez.

—¿En la misma empresa?

—No, no. En Otra Ronda.

—Es usted la camarera —dijo Randall—. Ya decía yo que me sonaba haberla visto en algún lado. He ido a su bar varias veces. Señorita Albright, ¿hay alguien a quien podamos llamar, algún sitio donde pueda pasar la noche?

—Vivo aquí.

—¿Podría pasar la noche en otro sitio?

—No sé… —Y de pronto lo encajó, fue como un fuerte golpe, y todo recuperó la nitidez—. Está muerta. Nina está muerta. Alguien ha entrado y le ha hecho eso. No tenemos nada que sea de valor. No tenemos nada.

—¿Qué le parece si damos una vuelta por si ve que falta algo? ¿Le parece bien ir a la habitación de Nina?

Morgan se levantó y se dirigió con una espantosa claridad hacia la habitación de su compañera.

—No veo su ordenador. Sus padres le regalaron un MacBook por Navidad. No la pasada, sino la anterior. Era rosa. La funda. Y su móvil... Un iPhone. Pero podría llevarlo en el bolsillo. —Respiró hondo—. Alguien ha revuelto sus cajones. Es desordenada, pero no guarda las cosas así.

—¿Puede echar un vistazo sin tocar nada?

—Las cajas están en el suelo. Las cajas de sus joyas. No había nada importante, pero guardaba las joyas en esos organizadores, y están en el suelo. Tenía algo de dinero en metálico, no sé cuánto, pero un poco, con la ropa interior. No debía de haber más de cien dólares.

—¿Algo más?

—No lo sé.

—Iremos a su habitación.

Morgan cruzó el pasillo y respiró hondo.

—Yo no soy desordenada. Alguien ha revuelto mis cosas. Tenía..., ay, Dios, tenía unos pendientes pequeños de diamantes y un antiguo relicario de oro que era de mi bisabuela. Lo demás eran baratijas. En esos calcetines del suelo había escondido cinco billetes de veinte.

Cerró los ojos y notó cómo su propio cuerpo quería balancearse. Se lo impidió poniéndose tensa.

—Mi ordenador está en mi despacho. La otra habitación en la que..., la otra habitación. Estaba en el suelo. Estaba en el suelo y roto, y había sangre. Antes no me he fijado. La han golpeado con él. Estaba roto y ensangrentado en el suelo. La han golpeado y la han matado. Y yo no estaba en casa para ayudarla. —Se enjugó las lágrimas, que no paraban de caer—. Las llaves de mi coche no estaban en el cuenco junto a la puerta. Las han visto y se han marchado en mi coche después de hacerle eso a Nina. —Respiró hondo—. La matrícula es 5GFK82.

—Es una información muy útil.

—Deben encontrar a quien lo haya hecho. Nina les habría dado lo que quisieran. No tenían por qué haberle hecho eso.

Trabaja en el vivero Floreciente. Alguien la habrá traído a casa, porque su coche está en el taller. O sea, que alguien sabe cuándo ha vuelto a casa. Su madre…

Eso la rompió, así que se desplomó en el suelo y vertió todas las lágrimas que le anegaban los ojos.

Quisieron darle un calmante suave, pero no lo aceptó. Los sentimientos eran lo único que le quedaba, y no estaba dispuesta a dejar de sentir. Le urgieron a que buscase otro sitio donde quedarse mientras hacían cuanto tenían que hacer.

Morgan se negó.

Se quedó sentada fuera, sola. Se obligó a llamar al bar, lo que le provocó una nueva oleada de lágrimas, y le propusieron pasar la noche en otras casas.

Bill se presentó; Morgan supuso que su jefe de la noche había llamado a su jefe del día. No dijo nada, tan solo se sentó a su lado y la rodeó con los brazos.

—Vas a venir ahora mismo conmigo a mi casa —le dijo cuando hubo dejado de sollozar.

—No puedo. No puedo. Si me marcho ahora, me da la impresión de que nunca podré volver aquí. Si no duermo aquí, me dará la impresión de que jamás podré volver a vivir aquí. Es mi casa. Necesito estar en mi casa.

—Voy a arreglar el cristal roto y a poner un cerrojo en la puerta. No pienso dejarte aquí hasta que me digan que me puedo ir. Y le pediré a Ava que me traiga el coche. Te lo voy a prestar. Yo me quedo con la camioneta. No pienso dejarte aquí sin coche. Es innegociable.

—Vale. Gracias. Tienen que encontrar mi coche para encontrar al culpable. Y luego lo tienen que meter en la cárcel de por vida.

—Y que lo digas, corazón. Mañana no vayas a trabajar. No vuelvas a trabajar hasta que te veas capaz. ¿Queda claro?

—Quiero…, necesito… ir mañana a ver a la familia de Nina. No quiero irrumpir esta noche en su casa. Creo que esta noche no debería ir. Y Sam… La policía me ha dicho que hablarían con él, no han querido que se lo contase todavía. No soy tonta, quieren asegurarse de que Sam no ha estado aquí. Él nunca le habría hecho daño, pero deben hablar con él. Y yo debo hablar con él mañana.

—Si precisas cualquier cosa, hay un montón de gente más que dispuesta a ayudar. Por aquí eres una persona querida, Morgan. —Le dio una palmada en la rodilla—. Voy a ver si consigo arreglar la puerta.

Cuando, pasada ya la medianoche, se quedó sola al fin —parecía que hubiesen transcurrido días en lugar de horas—, miró la tarjeta que le había dado uno de los agentes. Para una limpieza de la escena del crimen; la escena del crimen que habían despejado, como si fuera una mesa con platos sucios.

La escena del crimen donde Nina había muerto.

Pero Morgan no pensaba llamar a ese número. Se trataba de Nina, y lo haría ella misma. Era lo último que podía hacer por alguien a quien había querido como si fuera una hermana.

Por lo tanto, a altas horas de la madrugada en una casa en la que el silencio hacía eco, cogió el cubo y la fregona.

Se habían llevado el portátil de Nina, era una prueba. Habían hecho fotos y vídeos, y habían buscado huellas. Los detectives habían hablado con ella; preguntas y más preguntas, una y otra vez. Pero habían dejado la sangre en el suelo, en el marco de la puerta, en la pared de su despacho.

Tardó bastante tiempo, más todavía porque le entraron arcadas una vez y se desmoronó dos veces. Pero lo consiguió. Y volvería a limpiarlo todo cuando fuera de día si era necesario.

Tiró la comida china y se dio permiso para beber una copa de vino con la esperanza de que la ayudara a dormir.

Y en el silencio y en el vacío, se tumbó en la cama de Nina y abrazó la almohada que olía al champú de su mejor amiga.

Aunque creía que se había quedado sin lágrimas, lloró de nuevo.

Cuando el alba rompió en una nueva mañana del mes de abril, finalmente se sumió en la paz del sueño.

4

Morgan intentó no hundirse en un pozo de pena. No podía zambullirse, no podía permitirse sumergirse en la tristeza. Debía volver a hablar con la policía, responder a más preguntas, hacer una declaración formal. La pena no la abandonó ni las aguas del pozo perdieron profundidad.

La familia de Nina se había convertido en su familia, y no podía ayudarlos si se hundía. Se sentó con ellos, lloró con ellos e hizo lo imposible por echar una mano con la organización del funeral.

Sus dos jefes insistieron en que se tomase una semana libre, y varios compañeros de trabajo le llevaron comida. Guisos, platos de pasta, jamón, pollo.

Lo compartió todo con Sam. Si él no estaba con la familia de Nina, estaba con ella.

Sam también nadaba en un pozo.

Se sentaron juntos para picotear el último guiso que le habían traído.

—¿Todavía no se sabe nada de tu coche?

—No. —Como Sam había comprado una botella de vino para contribuir a la comida que ninguno de los dos deseaba, Morgan bebió un sorbo de su copa—. Supongo que ha desaparecido. Los polis no me lo han dicho así tal cual, pero lo que hacen lo deja más claro que el agua. Hoy he firmado los papeles del seguro.

—¿Tienes pesadillas? —Sam le acarició la mano con suavidad.

—Pues sí.

—Yo también. Sigue en pie la oferta de que me quede una noche si quieres o de que nos hagamos compañía.

—Lo sé.

—Si estás teniendo una noche horrible, llámame.

—Lo mismo digo. —Morgan lo acarició a él—. Bill ha sido muy generoso dejándome su coche, pero necesito empezar a buscar uno. Antes de volver al trabajo.

—Si quieres que te ayude con eso, pídemelo.

—Gracias.

No comentó que la indemnización del seguro sería muchísimo menor de lo que había pagado por el coche —que era usado y tenía un buen kilometraje a sus espaldas—, menos el deducible alto.

Pero aquel era un problema que habría de solucionar otro día.

—Hoy hemos terminado de guardar todas sus cosas. La hermana de Nina, su madre y yo.

Sam asintió y la miró a los ojos.

—Antes de venir aquí, he pasado a ver a sus padres. Las fotos que los has ayudado a escoger para el servicio son perfectas.

—No me culpan a mí.

—Porque no tienes culpa de nada.

—Mi cabeza lo sabe. O casi lo ha entendido del todo. Pero… nunca jamás imaginé que alguien pudiese entrar aquí. En serio, ¿qué ha sacado el hijo de la gran puta? Ni siquiera el coche vale tanto. Ojalá hubiera puesto mejores cerrojos o invertido en un sistema de alarma.

—Para. —Esa vez, Sam le apretó la mano—. No digas eso. Nina me contó que su jefe la mandó a casa, así que podríamos pensar qué habría pasado si no la hubiese mandado a casa. Podríamos pensar qué habría pasado si yo le hubiese traído algo para el resfriado, para prepararle una sopa o algo. Hay un montón de «y si…». Pero lo cierto es que no hay más culpable que la persona que lo ha hecho. Nadie más.

Como lo sabía, Morgan asintió. Aun así…

—Fue durísimo empaquetar las últimas cosas suyas, Sam, y sacarlas de su cuarto. Y volver a entrar en su dormitorio y que no quedase nada suyo.

—Le encantaba vivir aquí contigo. Yo sabía que me iba a costar Dios y ayuda convencerla para mudarse conmigo porque le encantaba vivir aquí contigo.

Las lágrimas ascendieron por su garganta, ardientes.

—¿Ibas a pedírselo?

—Iba a esperar un poco más. —Con una media sonrisa, Sam se dio golpecitos en la sien—. Estrategia pura. Sé que llevábamos en serio unas pocas semanas, pero yo llevaba en serio con ella desde hacía mucho más.

—Nina lo sabía.

—¿De verdad?

Y en sus ojos Morgan vio la pena, inconmensurable como la suya propia.

—Claro que sí. Para ella no eras un simple rollo, Sam. Habría hecho falta que la convencieras y algo de tiempo, pero te habría dicho que sí.

—¿Cómo vamos a superarlo, Morgan? ¿Qué vamos a hacer sin ella?

—No tengo ni idea. Recuerdo que pintamos su habitación antes de que se mudara. Solo tuve esta casa unas semanas antes que ella, así que en realidad Nina estuvo aquí casi desde el principio. Cuando terminamos, tenía pintura lila en el pelo y en la cara.

Morgan era capaz de verlo, de ver a Nina como si hubiera sido el día anterior.

—Y recuerdo que me enseñó a plantar flores, que nunca aceptaba un no como respuesta y que me arrastró a mi primera cena de la familia Ramos.

—No hay nadie como ellos.

—Quería emparejarme con su hermano Rick.

—Ya, sí. —Sam bebió un poco de cerveza—. Pero no.

Su comentario le arrancó media carcajada de la tensa garganta.

—Recuerdo la noche que te llevó a la Ronda para que pudiera evaluarte.

—Bebimos chupitos de tequila.

—Vosotros sí. Ay, Dios, y la noche que preparamos la cena. Cuando regresé a casa del trabajo, estaba justo ahí. Parecía que hubiera estallado una bomba en la cocina. Tenía los ojos abiertos como platos porque había conseguido preparar el marinado para las chuletas.

—Fue una noche estupenda.

—Una noche excelente.

—¿Todavía no sabes nada de Luke? —Sam jugueteó con la comida de su plato.

—Creo que, como mi coche, ha desaparecido. No me ha contestado al mensaje ni a la llamada en la que le contaba lo de Nina. Hay gente incapaz de gestionar trastornos emocionales o que no quiere hacerlo. —Se encogió de hombros—. Me alegro de saberlo antes de que la cosa fuera a más.

—Me pareció un tío de fiar.

—Estaba de paso... Y fue de frente con eso desde el principio. Pero fue de fiar en su momento. —Se volvió a encoger—. Pero ya no está. Y no importa —dijo, y no faltaba a la verdad—. Luke ya no importa.

Antes de irse, Sam comprobó que los cerrojos de la puerta trasera estuvieran bien.

—Nos vemos mañana. O puedo venir a recogerte y vamos juntos, si quieres.

—Tengo el coche de Bill.

—Nunca he asistido a una misa funeraria.

—Yo tampoco. —Y la mera idea le revolvía las tripas—. Lo superaremos juntos.

—Vale. —Le dio un abrazo, como hacía siempre—. Cierra la puerta con llave cuando me haya ido.

Morgan sabía que Sam esperaba a oír el clic de la cerradura, igual que sabía que ella misma iría a echar un vistazo a los cerrojos de la puerta trasera de nuevo como una obsesión. Y luego, otro a la puerta delantera antes de irse a la cama.

Sola, entró en la habitación vacía de Nina, donde las alegres paredes mostraban un color más oscuro donde se habían colgado los cuadros.

Carteles de flores, siempre flores para Nina. Y el recuadro descolorido en el que había colocado el corcho para clavar los dibujos de primas pequeñas, sobrinas y sobrinos. También había colgado notas para sí misma, tarjetas de visita.

No había nada más que aquellas formas para dar fe de que Nina Ramos vivió ahí.

Morgan tendría que buscar una nueva compañera de piso. No podía pagar la hipoteca y todo lo demás sin ese ingreso extra. Pero no sabía cómo iba a soportar que otra persona ocupara aquella habitación.

Apagó las luces, cerró la puerta y se dijo que lidiaría con ello porque no le quedaba otro remedio.

A la mañana siguiente, a las diez en punto, estaba sentada con Sam en un banco de la iglesia detrás de las filas ocupadas por la familia de Nina: sus padres, abuelos, hermanos, primos, tíos, sobrinos; algunos parientes habían viajado desde otro estado y algunos venían tan lejos como de México.

Familiares, amigos, compañeros de trabajo, gente con la que había ido a clase y clientes del vivero abarrotaban la iglesia. Uno de sus primos cantó una canción preciosa.

Aunque el panegírico principal corrió a cargo de la hermana, otras personas tomaron la palabra. Como la madre de Nina le había pedido que hiciera un breve discurso, Morgan se dirigió hacia el ataúd cubierto de flores y habló sobre su amiga, sobre cómo Nina la había ayudado a convertir su primera casa en un hogar, la había enseñado a plantar su primer jardín y le había dado una familia cuando se encontraba muy lejos de la suya.

Fue como un sueño; el ritual, la música, las flores, las palabras... Incluso las suyas propias.

Cuando terminó, se preguntó por qué no se sentía diferente que cuando había empezado el discurso. Al ir en coche con los demás hacia el cementerio, se le había ocurrido que, después del entierro, después del ritual y de esas palabras, notaría cómo se aliviaba ligeramente su pena y lograría cierta sensación de cierre, o cuando menos del escozor que le despertaba la muerte de su amiga.

Pero cuando volvió a sentarse al lado de Sam, esta vez aferrando la mano de él por si flotaba a la deriva sin esa ancla, no cambió nada. El cura habló un poco más, y Morgan percibió cierto consuelo en esas palabras, aunque fuera incapaz de sentirlo en su cuerpo.

El aire frío de abril la golpeó en la cara, vio el verdor de la hierba, los grises y el blanco de las lápidas de mármol. Y las flores, muchísimas flores para Nina.

En algún punto, no lejos de allí, cantaba un pájaro.

El sol pasó veloz sobre la madera pulida del ataúd. Iluminó el manto de flores blancas que lo tapaba.

Morgan pensó en Nina, que estaba en el interior con el vestido rosa claro que su madre había elegido. No habían abierto el féretro, pero su madre quiso que llevase ese vestido rosa y una flor blanca en el pelo.

Pero Nina no estaba allí, se percató Morgan de pronto. Nina no estaba dentro de aquella caja con un vestido rosa y una flor en el pelo.

Su amiga se había ido adonde se marchaban aquellos que nos abandonan. Se había ido antes de que Morgan volviese a casa y la encontrase tumbada en el suelo.

Ya entonces se había ido.

Las tumbas y las piedras y las palabras y la música no eran para los muertos, sino para los vivos a los que dejaban atrás.

Con aquella idea en mente, y sin saber por qué, se permitió hundirse brevemente. Durante unos instantes, apoyó la cara sobre el hombro de Sam y dejó que la pena cogiera las riendas.

Cuando pudo volver a respirar y a sentir el aire frío de primavera, avanzó con un diminuto paso hacia el cierre.

Abrazó a los familiares, uno a uno. Les dio e intercambió el pésame con un dolor de cabeza que arreció como una tormenta.

Conforme caminaba hacia el coche de Bill, pensó que empezaba la última parte. La última parte de aquel ritual para los vivos. Irían a la casa de la familia de Nina para comer y estar juntos.

Aquella sensación de comunidad la ayudó más de lo que se había imaginado. Gracias a la comida, la bebida, las lágrimas y algunas risas a medida que la gente contaba anécdotas y recuerdos.

Aun así, se marchó al cabo de una hora porque el dolor de cabeza la arrasaba y el cansancio hizo acto de presencia. No había nada que le apeteciera más que quitarse el vestido negro —que sabía que jamás se pondría de nuevo—, tumbarse y dormir un poco.

Estar sola antes de tener que enfrentarse a lo que se avecinaba. Debería enfrentarse nuevamente a la vida.

Al aparcar en el camino de entrada de casa, dos personas salieron de un vehículo estacionado en la curva de la calle. Morgan se detuvo cuando los vio echar a caminar hacia ella con traje negro.

No eran periodistas, pensó. A lo largo de la última semana, había aprendido a identificarlos y a evitarlos.

¿Más agentes de policía?, se preguntó. ¿Alguien de la compañía de seguros? ¿Por qué se presentaban en ese momento? ¿Qué más querían de ella? ¿Qué más podría decirles?

—¿Señorita Albright? —El hombre de traje, con pelo cano y cuerpo fornido, le mostró una placa. También la mujer, de piel oscura, pelo corto, rizos negros y ojos marrones que irradiaban una extraña frialdad.

—Somos Morrison y Beck, agentes especiales del FBI. ¿Podemos hablar con usted?

Mientras el dolor de cabeza la golpeaba una y otra vez, Morgan contempló las placas identificativas.

—¿El FBI? No entiendo.

—Sabemos que ha tenido un día difícil, pero le agradeceríamos que nos dejara entrar y explicarnos.

—¿Se trata de Nina?

—Sí, señorita.

Morgan vio cómo el cierre hacia el que había dado un paso se alejaba de nuevo.

—Muy bien. —Los guio—. Ya he hablado con la policía y he declarado. Sinceramente, ya no sé nada más.

Abrió la puerta de casa y entró.

—Les puedo preparar café, si quieren —les ofreció, solo porque pensó que era su deber.

—Si no es mucha molestia. —La mujer, la tal Beck, asintió ligeramente.

—No, no pasa nada. Siéntense. Tardo un minuto.

En lugar de sentarse en el comedor, Morrison la siguió y se quedó junto a la puerta de la cocina.

—Tiene una casa muy bonita.

—Gracias. —Vio cómo los ojos del policía se clavaban en la puerta trasera en tanto ella empezaba a preparar el café—. Bill, mi jefe, arregló la puerta. La policía…, los detectives que vinieron después de los agentes de ese día y los de la escena del crimen me dijeron que no pasaba nada por arreglar el cristal roto y poner un cerrojo.

—Por supuesto.

—Antes había un cerrojo de los circulares. El tío rompió el cristal, metió la mano y lo abrió.

—¿El tío?

—El tío, la tía, los tíos. No lo sé.

—¿Su amiga había vuelto a casa del trabajo de forma inesperada?

Otra vez, pensó Morgan. Otra vez debía repetirlo todo.

—Estaba enferma y la mandaron a casa. Estaba resfriada, y en el trabajo empeoró. El compañero de trabajo que la trajo en coche porque el suyo estaba en el taller dijo que se detuvieron para que comprara un antigripal. Debió de acostarse en la cama, ya que la botella estaba en la mesita de noche y había una caja de pañuelos al lado.

Morgan se afanó en coger tazas, leche, azúcar, cucharillas y una bandeja.

Lo repetiría de nuevo, pensó, y luego se marcharían y la dejarían dormir.

—Los detectives comentaron que pareció que el tío fue a mi despacho, para empezar por ahí o para ocultarse si la oyó. La casa debería haber estado vacía, pero no fue así. Él se coló allí y Nina entró o iba a entrar, y el tío la mató. ¿Cuántas veces tengo que contar lo mismo?

—Permita que lleve yo la bandeja.

Morgan se la cedió porque quería sentarse. Quería sentarse y terminar con aquello de una vez.

Beck cogió la bandeja en cuanto regresaron al salón.

—¿Deja las llaves del coche en la casa, a simple vista?

—Sí. Por Dios. —La parte razonable de su cerebro sabía que estaban trabajando, pero al resto de su cuerpo le traía sin cuidado—. Todo eso ya se lo he contado a la policía. Las pongo en un cuenco junto a la puerta. Entro, las dejo ahí y siempre sé dónde están. El tío creyó que no había nadie en casa, eso es lo que piensan los detectives.

Histérica, se apretó los ojos con los dedos.

Que acabaran de una vez.

—Entró y mató a Nina porque la encontró aquí. Robó sus joyas y las mías, que no valen gran cosa; yo escondía cien dólares en un calcetín, y el tío se los llevó, además del dinero que guardaba Nina en su cajón. No debía de ser una gran cantidad. También cogió su MacBook y su móvil. No le sirvió mi ordenador porque se lo cargó al cargársela a ella. De todos modos, tenía cinco años y no vale demasiado. Y luego cogió las llaves del cuenco y se esfumó con mi coche. No sé nada más.

Beck abrió un estrecho maletín y sacó una fotografía.

—¿Reconoce a este hombre?

Llevaba el pelo más largo y lucía un corte despeinado con esmero, pero por lo demás…

El dolor de cabeza le provocó náuseas.

—Luke Hudson.

—¿De qué lo conoce?

—Apareció hará unas tres semanas en el bar en el que trabajo por las noches. Otra Ronda. Entró en el bar. Yo sirvo a los clientes. Quería una cerveza artesanal y empezó a hablar conmigo. Dijo que permanecería por la zona durante unos pocos meses. Trabajaba en una empresa de informática para instalar casas y despachos inteligentes.

Como le temblaban las manos, se las metió debajo de los muslos.

—Pero intuyo que no es verdad, ¿no? De lo contrario, no estarían ustedes aquí. ¿Fue él? No entiendo cómo pudo ser. ¿Lo hizo él?

—¿Estuvo alguna vez aquí, en su casa? —insistió Morrison ignorando su pregunta.

—Una vez. Cenamos juntos. Nina, él, Sam y yo; Nina salía con Sam Nichols. Los invitamos a cenar a los dos el…, el…, el… —Se detuvo y apretó los labios—. El lunes por la noche antes de que muriera Nina. Mi noche libre.

Beck escribió algo en una libreta. Morgan empezó a frotarse con las manos los brazos, que se le habían enfriado.

—Verán… Fue varias veces al bar. Bebió cerveza artesanal, comió algo, hablamos. Era agradable pero no agresivo. Charló con algunos otros clientes. Después de pasarse varias veces, me preguntó si quería cenar con él. Una cita desenfadada, una pizza, y decidí que por qué no. Quedamos en Luigi's y comimos pizza y bebimos vino.

—¿Tuvieron relaciones sexuales?

—No. —Morgan miró a Beck—. Solo estuvo en el bar unas cuantas ocasiones. Cenamos pizza una noche, y Nina y yo decidimos invitarlos a Sam y a él a cenar a casa; el lunes es mi noche libre. Eso ya se lo he dicho —recordó—. Tengo libres las noches del domingo y del lunes, a no ser que en el bar falte personal.

—Así que vino a cenar a su casa —la alentó Morrison.

—Sí. —Volvió a ponerse las manos debajo de los muslos—. Nina y yo cocinamos… Era la primera vez que alguna de las dos preparaba una cena real. Y él me dijo que le habían cambiado el horario y debía irse a trabajar dos o tres días a Baltimore. Me mandó unos cuantos mensajes durante el tiempo que estuvo fuera.

—¿En algún momento de la noche los dejó solos a los tres?

—No, estuvimos… —Liberó las manos y se apretó de nuevo los ojos con los dedos. El dolor de cabeza se había desplazado hasta allí—. Sí. Sí que nos dejó solos. Me preguntó si podía ir a lavarse las manos. El cuarto de baño está por ahí. —Se lo señaló—. Cuando volvió, se disculpó por haber tardado tanto y dijo que había tenido que atender una llamada.

—¿Durante cuánto tiempo se ausentó?

—No lo sé. Estábamos bebiendo vino, hablando y... Un momento. Un momento. —Se pasó las manos por el pelo—. Los espárragos. Creo... Sí, casi diez minutos. ¿Fue él? ¿Quién es? ¿Por qué iba a hacerlo? ¿Por un MacBook y un Prius de segunda mano? Es una locura.

—Se llama Gavin Rozwell y a eso es a lo que se dedica. Es un psicópata, un estafador, un asesino en serie. Y usted, señorita Albright, es su tipo.

—¿Soy su tipo? ¿Qué tipo?

—Rubia, delgada, soltera, entre veinticuatro y treinta años. El nombre andrógino es un plus.

Morgan oyó las palabras de Beck, pero parecían pertenecer a algún extraño idioma que no reconocía.

—¿Cómo?

—Es más sencillo que le robe la identidad y se convierta en Morgan Albright. La debió de seleccionar y de investigar antes de entrar en el bar.

—Sigue siendo una locura —insistió—. ¿Por qué iba a querer robar mi identidad? No soy nadie. No tengo nada.

—Tiene esta casa —puntualizó Morrison—. Tiene un coche. Tiene dos empleos, así que es indudable que tiene una cuenta bancaria.

—Y lo primero y más importante de todo —añadió Beck— es que lo disfruta. ¿Tiene usted alguna tarjeta de crédito?

—Una. La uso básicamente para pagar la comida y la gasolina, y la pago mes a mes. Es positivo aumentar la solvencia crediticia.

—Es probable que se haya metido en su cuenta, que haya pedido otra tarjeta y la haya agotado hasta el límite. ¿Suele hacer las transacciones por internet?

—Sí. Mi horario de trabajo...

—¿Ha entrado en su cuenta bancaria en la última semana?

—No. ¿Por qué iba a hacerlo? Acabamos de enterrar a Nina. Hoy. Hemos enterrado a Nina hoy.

—¿Podría entrar ahora?

Estuvo a punto de levantarse para ir al despacho y abrir el ordenador antes de acordarse. Y cogió el móvil.

El color que tuviese en la cara desapareció por completo.

—No puede ser. Es imposible. Pone que me quedan menos de doscientos dólares. Tenía unos doce mil. Llevo años ahorrando. Es un error.

—Es un robo cibernético, señorita Albright. Lo siento mucho —prosiguió Morrison—. Es posible que la situación sea aún peor. Es usted propietaria de una casa, y eso es lo que pone él en su punto de mira. Es muy probable que haya usado su identidad y la información que ha obtenido de su ordenador para usar su casa en un crédito hipotecario, quizá para un negocio. Habrá utilizado compañías de préstamos en lugar de bancos y aceptado un interés más alto para acortar los plazos. El programa que debió de haber instalado en su ordenador durante esos diez minutos le permitió acceder a sus cuentas.

—Es muy hábil con esas cuestiones —continuó Beck—. Lo más seguro es que entrara en la casa y que no rompiera el cristal de buenas a primeras. Desinstaló el programa y se marchó. Pero la señorita Ramos estaba en casa y lo vio. Él escenificó el robo, se llevó objetos de valor y el dinero para cubrirse las espaldas.

—Señorita Albright —Morrison esperó hasta que los ojos vidriosos de ella se clavaron en su rostro—, sentimos mucho lo que le ha sucedido. Sentimos mucho lo que le ha sucedido a su amiga. Mi compañera y yo llevamos años detrás de Rozwell. Lo que ocurrió aquí no nos llamó de inmediato la atención porque la señorita Ramos no es su tipo ni su víctima habitual. Era bajita, tenía pelo oscuro, nombre femenino, no era propietaria, y luego está lo del robo torpe. Pero después apareció un artículo en internet que la mencionaba a usted. Mencionaba su casa y su coche.

—Y usted sí es su tipo —intervino Beck—. Cuando hubiera terminado de robarle todo su dinero, la habría matado. Sabe su horario, sus costumbres, se había ganado su confianza. Se habría quedado con usted a solas y le habría hecho lo que le hizo a la señorita Ramos.

—Pero está viva. Es la primera de sus víctimas con la que hemos tenido ocasión de hablar.

—Tengo que… —Se levantó y corrió hasta el cuarto de baño. Cuando terminó de vomitar, se echó agua a la cara y recogió un poco con las manos para enjuagarse la boca y la garganta.

En el espejo vio un fantasma de sí misma, pálida y con ojos vidriosos. Ahora que había desaparecido su malestar, tan solo la embargaba el entumecimiento.

Regresó al comedor y se dejó caer sobre una silla.

—¿Qué se supone que debo hacer?

—Sé que es un buen golpe —empezó a decir Morrison—. Sé que es un momento muy pero que muy complicado. ¿Quiere que llamemos a alguien?

—No. ¿Qué se supone que debo hacer?

—Es usted la primera a la que hemos podido interrogar —repitió Beck—. La única superviviente de la que tenemos constancia. Debe contarnos todo lo que recuerde. Lo que hizo, lo que le dijo. Nos ha comentado que le mandó mensajes, nos gustaría disponer de una copia. En cuanto al robo de identidad y a su situación, le aconsejo que contrate a un abogado cuanto antes para intentar lidiar con las consecuencias.

—¿Con qué dinero? —saltó—. Estoy arruinada. Entró en mi bar un martes por la noche —recordó, y les contó todo lo que le vino a la mente.

Todo empeoró y siguió empeorando.

A lo largo de las siguientes seis semanas, el verdadero alcance del daño que le había hecho Gavin Rozwell le cayó encima como un peso muerto. Había conseguido devolver su último recibo de la hipoteca y quedarse los dos últimos ingresos económicos, sus dos sueldos. Había tirado de tarjeta de crédito hasta alcanzar los 8.321,85 dólares y también había pedido otras dos para hacerse con un total de aproximadamente quince mil.

Había pedido un crédito hipotecario con su casa, a su nombre, usando todos sus datos económicos. Las mejoras que Morgan había hecho con cuidado y dificultad habían incrementado el valor de la casa desde que la compró, y su solvencia financiera era excelente. Gavin había pedido el máximo permitido y se había marchado con veinticinco mil dólares. Y a eso había que sumarle un préstamo para un negocio que había solicitado, con su casa como aval, por otros veinticinco mil.

No debería haber podido solicitar dos préstamos de dos prestamistas diferentes, pero lo había conseguido. Y, como le contaron a Morgan, no era la primera vez que lo hacía.

El pago del seguro por el robo de su coche apenas cubría la cantidad que había invertido en el vehículo.

No le quedaba nada más que deudas, un embrollo legal y la pena.

Y lo que curiosamente le pareció peor: Gavin había usado el MacBook para adueñarse de los pocos ahorros de Nina en las horas que pasaron entre su muerte y el momento en el que Morgan la encontró.

No había rastro de orgullo que tragarse cuando llamó a su abuela y le pidió el dinero para contratar a un abogado. Aunque sus dos jefes se habían ofrecido a ayudarla económicamente, eso sí que no lo pudo consentir.

Y, por más que la avergonzara, tuvo que aceptar la oferta del coche de Nina.

Debía trabajar y necesitaba algún medio para ir a los dos trabajos.

Aquel verano no plantó ningún jardín.

Un domingo por la mañana, a mediados de julio, se enteró de otro préstamo a su nombre cuando dos hombres se presentaron en su casa.

Un simple vistazo se lo confirmó, eran recaudadores, así que apagó la cortacésped y esperó.

—Buscamos a Morgan Albright.

—Soy Morgan Albright.

—No te pareces a él. —Los dos hombres se miraron.

—Porque no soy él —dijo con poca energía—. Si se trata del crédito hipotecario, del préstamo para el negocio o de los cargos de las tarjetas de crédito, mi abogado se encarga de eso.

—Te has atrasado, Morgan. El señor Castle te prestó veinte mil de buena fe. A pagar, con intereses incluidos, el uno de julio. Y los intereses se duplican cada día que pasa desde el uno.

—No conozco a ningún señor Castle y no me ha prestado nada. Me han robado la identidad y os puedo dar el contacto de mi abogado y el de los agentes del FBI que lo están investigando.

—Al señor Castle no le interesan tus problemas, chica. Morgan Albright aceptó el dinero, Morgan Albright debe pagar.

—Qué te parece si nos das el diez por ciento como muestra de buena voluntad —le propuso el segundo—. No quieras meterte en problemas.

Fue como si le hubieran pedido la luna y un par de planetas.

—¡Lo único que tengo son problemas! No tengo el diez por ciento de nada porque él me lo ha quitado todo. Estáis buscando a un tío llamado Gavin Rozwell. Él se llevó el dinero del tal señor Castle. —Levantó las manos—. Tengo dos trabajos y apenas consigo pagar las facturas. Se me acumulan los honorarios del abogado porque pidió otros dos préstamos a mi nombre, y es una pesadilla. Por el amor de Dios, agredió y estranguló a mi amiga. Id a buscarlo. Id a buscar a ese hijo de puta porque no parece que los polis sean capaces de dar con él.

—Menuda historia. Solo te servirá para ganar una semana. Cuando volvamos, no seremos tan educados.

Morgan llamó a la policía y a los agentes especiales.

A la mañana siguiente, vio que al coche de Nina le habían pinchado las ruedas.

Ya no le quedaban lágrimas. Quizá fuese al trabajo temblando, pero no le quedaban lágrimas. No se lo contó a Bill ni a nadie, solo a la policía. La mera idea de contárselo a alguien la agotaba.

Para poder pagar la hipoteca —nadie quería alquilar la habitación de una mujer asesinada—, cogió turnos extras los lunes por la noche.

Un regalo de su jefe, era consciente, pues en el bar no la necesitaban.

En lugar de volver a casa en bici, cambiarse y quizá prepararse un sándwich, al ver los neumáticos pinchados había cogido la ropa del bar. Se cambió en el cuarto de baño de Construcciones Greenwald e hizo cuanto pudo con el maquillaje.

Le tocaría volver a casa en bici pasada la medianoche, pero tenía faros y chaleco reflectante. «No pasa nada», se dijo.

Sirvió a los clientes habituales, mezcló cócteles para turistas.

Un hombre se sentó en un taburete vacío. De cuerpo fornido, de cincuenta y pico años, con el pelo negro peinado en forma de onda. Llevaba una camisa de golf azul de marca Lacoste y pantalones caquis de verano.

—Buenas noches —la saludó.

—Sí que lo son. ¿Qué le pongo?

—Bombay con tónica y un poco de lima. Un sitio muy bonito —añadió al mirar alrededor—. Da buena vibra.

—Eso creemos. ¿Es su primera vez aquí?

—Sí. Estoy de paso. ¿Eres de la zona?

—Ahora sí.

Cuando le sirvió la bebida, el hombre le tendió una servilleta con un número escrito.

—Es lo que debe hoy por hoy. —Y levantó una mano—. No quiero ocasionarte ningún problema. He venido a hablar contigo cara a cara en un sitio público.

A Morgan se le cerró la garganta cuando intentó tragar saliva, y no pudo.

—No tengo dinero.

—He dicho que es lo que me debe él. —Señaló el papel—. No tú. Nos la ha jugado a los dos. Mis hombres me han contado tu historia. Me cuentan muchas historias tristes, muchas que son auténticas gilipolleces, pero la tuya la he comprobado. —Levantó la copa y se la quedó mirando mientras bebía—. La cantidad justa de Bombay. Bueno, he venido a decirte que por mi parte no tendrás ningún problema. —Se guardó la servilleta en el bolsillo—. No es una deuda que debas pagar tú. No me parecía correcto sumarla a tu lista de problemas, así que puedes tacharla. —Bebió un poco más—. Ese cabrón me contó una historia triste. Se le da muy bien. No hace falta que ahondemos en eso. Me toca los cojones. Me dio tu nombre, tu dirección, dónde trabajas. Los dos empleos. ¿Hay algo sobre él que sepas que no haya aparecido en los periódicos y demás?

—No lo sé. No he leído nada. No he podido.

El hombre asintió.

—He leído lo que le pasó a tu amiga, he visto su foto. Qué guapa era. Solo un cabronazo les hace eso a chicas guapas.

Sacó un fajo de billetes y dejó dos de cincuenta sobre la barra.

—Estamos en paz. Te doy mi palabra, y mi palabra es la ley. Siento mucho que estés pasando por esto.

—Señor Castle. —Empujó los billetes hacia él—, es demasiado.

Él negó con la cabeza.

—Yo pago mis deudas —dijo, y se marchó del bar.

Cuando Morgan salió de casa a la mañana siguiente, el coche de Nina tenía cuatro neumáticos nuevos.

5

El verano dio paso al otoño sin que Morgan experimentara su habitual alegría con el cambio de estaciones.

Debía encarar la realidad.

Haciendo malabarismos y más malabarismos, había intentado seguir adelante. Sin embargo, los honorarios del abogado sobrepasaban el importe que le había pedido a su abuela que le prestara.

Y era incapaz de pedirle más, sobre todo porque veía con suma claridad que su vida se convertía en un bucle sin fin de trabajo, facturas, deudas y preocupaciones.

Su madre y su abuela querían que fuese con ellas, pero Morgan no se atrevía a enfrentarse a ellas y declinaba la oferta.

Ni siquiera trabajando casi ochenta horas a la semana conseguía salir a flote. El coche de Nina —que siempre sería el coche de Nina— necesitaba nuevas reparaciones, y, aunque sabía que Larry le rebajaba el precio al máximo, era un mordisco a su presupuesto.

Su lavadora había decidido rebelarse e inundar la casa el día después de que hubiera sacado el dinero justo de su presupuesto para cambiar los neumáticos lisos de su bicicleta.

Y fue entonces cuando le cortaron la luz.

Había pagado la factura, pero por lo visto Gavin Rozwell había dado un paso más. Con su número de cuenta, había anulado el contrato de servicio. Cuando se dispuso a arreglarlo, con la insistencia del representante de la compañía eléctrica de que le devolverían la luz si pagaba unas tasas obligatorias, Morgan se enteró de que Gavin había cancelado el seguro de hogar y había presentado una enorme y fraudulenta declaración contra su seguro médico.

Todo podía arreglarse, le aseguraba el abogado. Por más honorarios legales, más gastos de juicios y más dinero invertido con la esperanza de recuperarlo más tarde.

Llegado el mes de noviembre, Morgan aceptó que estaba desesperada y que no volvería a salir a flote una tercera vez.

Acompañada de Sam, visitó la tumba de Nina y su impoluta lápida blanca. El viento soplaba con fuerza y desparramaba las hojas secas, y el cielo se cubría de espesas nubes grises cuya lluvia sería helada cuando cayera.

No habían comprado flores. Habían convenido en que a Nina no le haría ninguna gracia que pusieran flores sobre su tumba para que se marchitaran y murieran a la fría intemperie.

—Sé que ya no está. —Morgan ladeó la cabeza hacia el hombro de Sam—. Pero a veces todavía noto su presencia en la casa. Y me reconforta. ¿Es muy raro?

—Yo creo que no. —La rodeó con un brazo—. En mi caso, ceno con su familia cada pocas semanas porque me reconforta. Hace tiempo que no coincido contigo.

—Apenas tengo tiempo de coger aire.

—Lo siento mucho, Morgan. No dejo de esperar que todo se te solucione.

—Voy a poner en venta la casa.

—No me digas. —Dio un paso atrás y le sujetó los brazos—. Debe de haber algo más que puedas hacer.

—No puedo aferrarme a la casa. Si pago la hipoteca, no llego a pagar todo lo demás. Si pago todo lo demás, no consigo pagar la hipoteca. Estoy sepultada entre honorarios legales, pero los golpes no paran de llegar. —Respiró hondo—. ¿Podemos dar una vuelta? Me da la sensación de que se lo estoy volcando todo a Nina, y eso sí que es raro, porque, como ya he dicho, no está.

—Caminemos. —Sam le sujetó la mano—. Tiene que haber alguna forma de que yo te ayude. Hay mucha gente dispuesta a echarte una mano, Morgan.

—Ya lo sé, pero Gavin no solo me ha arruinado a mí, también ha convertido mi casa en una ruina. Le ha arrebatado la alegría, Sam. Ahora solo es una carga, no mi hogar, sino otro peso que he de levantar día tras día. No sé cuánto tiempo voy a tardar en recuperarme, pero sé que tardaré años en volver a la situación en la que estaba.

—Qué hijo de puta. ¿Por qué no encuentran a ese hijo de puta?

—No lo sé. Al principio, cuando empezó a pasar por el bar, Gracie (ya sabes, la camarera de la Ronda) dijo que era un tío tranquilo. Y que no se fiaba de los tíos tranquilos. Dios, cuánta razón tenía.

—¿Qué vas a hacer?

—Vender la casa. La agente inmobiliaria me recomienda que espere a marzo o a abril, y que de todas formas es posible que tarde en venderse. Pero tengo que ponerme ya. Seguiré viviendo allí hasta que la venda porque no me queda otra, pero debo empezar a moverlo.

Miró hacia las lápidas, los monumentos, las flores que se marchitarían y morirían.

—Y luego me mudaré a Vermont.

—Joder, Morgan.

—No me puedo quedar aquí e ir hacia atrás. No me puedo mudar a un piso sabiendo que todo lo que tenía ha desaparecido. Sabiendo que cada vez que voy al trabajo o al súper le echo gasolina al coche de Nina. No puedo.

—Lo entiendo, Morgan, de verdad.

—Anoche hablé con mi madre y con mi abuela. Me quedaré con ellas. Supongo que tampoco pueden decir que no.

—A lo mejor podrías esperar hasta principios de año con la venta y así te das un poco más de tiempo.

—Ya no es una casa —le repitió—. Y los trabajos solo son trabajos. Me levanto, voy a currar, me doy la vuelta, voy a currar, me meto en la cama, y todo lo hago preocupada, preocupada en todo momento. No quiero vivir así.

—Tómate un descanso de esa rutina. Ven conmigo a una cena familiar.

—No puedo, en serio. Me insistirán para que vaya en Acción de Gracias, ya han empezado a pedírmelo. Y por teléfono es más fácil inventarse excusas. Este año no puedo fingir dar las gracias por nada. No se lo digas, por favor. —Se detuvo y le cogió las dos manos a Sam—. Se lo contaré yo cuando venda la casa.

—Si es lo que quieres.

—Sí. Me tengo que marchar. La agente inmobiliaria me ha sugerido un montón de cosas que hacer antes de comenzar a enseñar la casa. —Se le llenaron los ojos de lágrimas—. Tengo que pintar por encima de las paredes lilas. Las de la habitación de Nina.

—A ella no le importaría.

—No. —Morgan miró atrás, hacia la piedra blanca—. Lo comprendería.

La pintura era barata y la tarea también lo era. Pintó las paredes con un blanco neutro que decidió que odiaba con todas sus fuerzas. Siguió los consejos de los programas de reformas y decoración, y lo hizo de forma premeditada para venderla cuanto antes.

Quitó objetos personales, guardó en cajas las fotos y alguna que otra baratija absurda. Despejó cada centímetro de lo que había sido su hogar y que en esos momentos tan solo representaba una batalla que había perdido.

La casa estuvo seis semanas en venta sin recibir ni una sola oferta antes de que la agente le aconsejara bajarle un poco el precio.

Morgan aceptó y volvió a limpiar la casa para lo que la agente denominó una visita posnavideña. Para mediados de enero, y tras otra reducción del precio, vendió los muebles del salón, lo cual la ayudó a pagar las facturas y le dio un respiro.

Y empezó a investigar qué significaba la bancarrota.

Recibió una oferta.

—Son veinte mil dólares menos de lo que pedimos, así que están regateando. Te aconsejo que respondamos con...

—Acepta la oferta. —Era un domingo por la noche y estaba sentada a la mesa, consciente de que la gente había visitado la casa de nuevo mientras ella tomaba un café por ahí. La habían visitado, juzgado, criticado y habían imaginado lo que cambiarían.

—Morgan, sé que no ha sido fácil para ti, pero después de pagar los gastos no tendrás suficiente dinero para cubrir lo que debes. Déjame actuar a mí. Déjame negociar.

—Muy bien. —Se quedó mirando el cuenco de sopa enlatada que había intentado cenar—. Pero te doy permiso para aceptar la oferta si se echan atrás con tu contraoferta. Para aceptar su oferta como definitiva si terminan haciendo una. Necesito pasar página.

—Entendido. Ya te contaré.

—Gracias.

Dejó a un lado la sopa y cogió el viejo ordenador que Sam le había dado. «No me lo discutas, Morgan —recordó que le dijo—. Cógelo de una santa vez».

Lo había cogido de una santa vez y se puso a hacer números.

Belinda, la agente inmobiliaria, estaba en lo cierto, claro. La oferta que estaba sobre la mesa no cubriría la deuda. Pero en lugar de deber cerca de trescientos mil dólares, solo debería unos siete mil.

Y con eso era capaz de vivir. En esos instantes vivía en una situación mucho peor.

Belinda volvió a llamarla.

—Los compradores están dispuestos a llegar a un punto medio. Me gustaría hacer una contraoferta.

—Acepta lo que proponen, por favor. Acéptalo y punto. Así podré pasar página.

—Te entiendo, pero no me gusta que te conformes con menos de lo que vale.

—Belinda, en esta casa asesinaron a una mujer. Las dos sabemos que eso baja el precio para la mayoría de los compradores.

—Mereces algo mejor.

—Me quedaré lo que me den. ¿Cuándo podremos firmar la venta?

—Dentro de treinta días.

—Vale, lo tendré todo listo. Y muchas gracias. De verdad.

Se recostó en la silla, cerró los ojos y se dio cuenta de que no sentía nada más que alivio.

Los treinta días pasaron muy deprisa. Les dio la noticia a sus jefes, ayudó a formar a sus sustitutos. Como no lo iba a necesitar, vendió o regaló el resto del mobiliario, el contenido de los armarios de la cocina, incluso los productos de limpieza.

Por más que se hubiera preparado, despedirse de aquella casa resultó más duro de lo que había imaginado.

La mañana de la firma y entrega de llaves, cuando cerró la casa vacía por última vez, el alivio al que pretendía aferrarse se transformó en tristeza.

Ya lloraría más tarde. Se prometió abandonarse a un llanto de campeonato, pero más tarde.

Tras firmar todo el papeleo, y al ver a los nuevos propietarios encantados, la reconfortó que alguien fuese a adorar lo que ya no podía ser suyo.

Quizá terminaran derribando la pared de la cocina y construyendo un porche delantero precioso.

Salió del despacho del notario con un cheque que a duras penas equivalía a algo más del salario de dos semanas. Como le pareció mejor no acordarse de lo feliz que había salido de ese mismo despacho al convertirse en propietaria de una casa, bloqueó aquel recuerdo.

Se subió al coche de Nina con las maletas ya preparadas y condujo en dirección al norte.

Cuando hacía su visita anual a Vermont por Navidad —a excepción de la última, que había pasado sola en casa—, solía coger el tren. Era un trayecto alegre, pensó, con una sola maleta, una bolsa con regalos y la felicidad propia de las fiestas.

El trayecto desde las afueras de Baltimore hasta Westridge,

en Vermont, duraría unas buenas ocho horas, según el GPS de su móvil.

Morgan esperó llegar sin tener que parar en ningún lado para dormir. Y con la esperanza mayor aún de que el coche de Nina aguantase el viaje.

Condujo y se alejó de los primeros indicios de primavera hasta el férreo agarre del invierno, con árboles temblorosos y una fuerte borrasca de aguanieve.

Después de rodear Filadelfia y luego Nueva York, se detuvo para poner gasolina y estirar las piernas. En el aparcamiento comió la mitad del sándwich de mantequilla de cacahuete y jalea que se había preparado y observó cómo una pareja sacaba a pasear a un enorme perro de pelo rizado.

En sus planes a largo plazo había incluido un perro, recordó, después de haber abierto su propio negocio. No un perro enorme, se dijo, pero tampoco uno de esos chiquitillos. Un perro de tamaño normal que se aovillaría a sus pies mientras hiciera el papeleo y que correría por el patio trasero —nada de cavar agujeros en el jardín—. Un perro cariñoso y de buen carácter al que educaría ya siendo un cachorro juguetón.

Visualizó a su perro imaginario estirado en el porche trasero, completamente terminado, para tomar el sol; sentado pacientemente en la alegre cocina americana mientras le llenaba el cuenco de la comida y el del agua; saludándola moviendo la cola cuando volviese a casa del trabajo.

Necesitaría una puerta para perros, por supuesto, que le permitiese salir de la cocina rumbo al porche y al patio. Y...

Se detuvo y cerró los ojos.

—Basta. Ya basta. Eso se acabó.

Como se le había ido el hambre, envolvió la segunda mitad del bocadillo y retomó el viaje.

Atravesó Connecticut y se adentró en Massachusetts. La nieve, blanca y espesa, cubría ambos lados de la autopista, y el cielo, gris plomizo, sin duda prometía más copos. El viento soplaba desde las altas colinas y mandaba por los aires la nieve, que flotaba a la deriva.

El tráfico se redujo hasta que Morgan se sintió casi tan a la deriva como la nieve. Se detuvo de nuevo y caminó en aquel gélido ambiente. Como ya apenas había luz del sol, estuvo a punto de rendirse.

Y de quedarse en un motel decente en busca de un rincón tranquilo y cálido donde dormir. Sin embargo, optó por comprar un café largo y enviarle un mensaje a su madre para informarle de que llegaría al cabo de unas pocas horas.

> Aquí estaremos. Te espera una enorme olla de estofado de ternera. Conduce con cuidado.

Añadió un emoticono de un corazón; como Morgan se vio obligada, respondió con otro.

Después de ignorar los carteles de alojamiento, avanzó hasta Vermont y las Montañas Verdes.

Era un sitio precioso. Quizá congelado por aquel entonces, pero precioso. Era innegable, y ella siempre había disfrutado de esas vistas en sus visitas navideñas, así como durante las excursiones que hizo en verano siendo pequeña.

Las montañas y los bosques y los valles, cubiertos de nieve, formaban una pintura invernal, una imagen propia de aquellas tierras. Condujo y atravesó aquel lugar de ensueño, y sintió algo parecido a la liberación cuando la luna, que no era más que una rendija, se asomó entre las nubes para arrojar su luz azulada sobre el manto blanco.

Morgan había paseado por el bosque con su abuelo en sus visitas veraniegas, infrecuentes y demasiado cortas. Su abuelo conocía todos los caminos. La sorprendió echarlo más de menos allí, a medida que se acercaba adonde él había vivido su vida, que en cualquier otra parte.

Su abuelo la había escuchado cuando le contó sus sueños.

Siendo justos, su abuela y su madre también, aunque siempre le había parecido que su madre se distraía un poco. Pero su abuelo la escuchó, como si en aquel instante no existiera nada más que sus palabras y sus deseos.

Pensó en él mientras atravesaba su mundo y recordaba las pocas cosas que le había enseñado: a golpear un clavo con un martillo sin aplastarse el pulgar; a usar un compás; a reconocer la huella de un ciervo o de un oso; a pescar, algo que hacía no solo por placer, sino para pasar tiempo con él.

Su abuelo ya no estaría allí, recordó, y esa fría y dura certeza le acongojó el corazón.

Morgan siguió adelante, rumbo al oeste, por la carretera que dejaba atrás el bosque, y cruzó los pueblos, las afueras, las aldeas y sus inmediaciones.

Y por fin, casi diez horas después de haber salido, llegó a la recia y vieja casa estilo Tudor cubierta con una capa de nieve y luces en las ventanas, por cuyas dos chimeneas se alzaban sendas columnas de humo.

Después de aparcar delante del camino de entrada y soltar un suspiro por haber llegado, bajó del coche, con piernas temblorosas, y sacó las dos maletas del vehículo.

El frío era cortante como cuchillos enfundados en hielo, y el gemido del viento retumbaba entre los árboles congelados.

Pero su familia había quitado la nieve de la entrada y del ancho camino de ladrillos. Al límite de sus fuerzas, Morgan subió con las maletas el par de escalones que daban a la puerta cubierta y llamó.

La puerta se abrió al instante, señal de que la estaban esperando. De inmediato se vio ante personas con quienes compartía su ADN. Muy parecidas, con complexión esbelta, ojos azules y valientes, y huesos eternamente bellos en el rostro.

Al instante, se vio rodeada por brazos femeninos y por el olor de aquellas mujeres.

—Que no entre el frío, Audrey. Deja que vea bien a esta muchacha.

Olivia Nash la sujetó por los hombros para apartarla y poder examinarla bien.

—Estás hecha polvo, ¿eh?

—Ha sido un viaje muy largo, abuela.

—Venga, quítate el abrigo. Te daremos un poco de guiso. Te

diría que lo acompañaras con whisky, pero, si no recuerdo mal, nunca llegó a gustarte.

Su madre le cogió el abrigo, la bufanda y el gorro, y se quedó a su lado con las prendas en las manos observándola a su vez.

—¿Qué te parece una copa de vino con el guiso?

—Sería estupendo. —Aunque no le apetecía ni lo uno ni lo otro. Le apetecía tumbarse en una cama y estar en una habitación a oscuras.

Pero dejó que la guiaran y la llevaran del vestíbulo al salón, con un fuego bien vivo, y luego al despacho —que tiempo atrás había sido el refugio de su abuelo— para pasar al espacio que habían remodelado con una sala amplia con un sofá acogedor, zona de comedor y cocina grande, que daba al patio nevado y a los bosques que se alzaban más allá. Todo impoluto y, como las dos mujeres que vivían allí, tan práctico como femenino.

—Siéntate junto a la encimera —le ordenó Olivia—. Audrey, tú ve a por el vino y yo me encargo del guiso.

Se pusieron en marcha formando tan buen equipo que Morgan supo que sabían cómo trabajar juntas, estar juntas y vivir juntas.

Su abuela había dejado que el cabello se le volviera gris como el acero y lo llevaba corto como si fuera un chico. El paso de los años no le había doblegado la fuerza de voluntad. En opinión de Morgan, no se movía como una mujer que veía aproximarse la setentena por el retrovisor.

De la olla que se encontraba sobre el resplandeciente fogón, le sirvió el doble de guiso que Morgan habría podido comerse en su mejor momento.

Audrey dejó una copa de vino tinto sobre la encimera y le pasó una mano a su hija por el pelo.

—También tenemos una hogaza de pan de masa madre. La he horneado esta mañana.

—¿Tú?

—Una amiga me pasó el cultivo de masa madre el otoño pasado, así que por lo menos debía intentarlo. Me gusta, y se me da bastante bien. Creo.

Cortó una generosa rebanada de un pan redondo en la tabla de cortar.

Su madre seguía llevando largo el pelo de color trigo bajo el sol, recogido en una perfecta coleta. Sus manos, que a Morgan siempre le habían parecido muy elegantes y delicadas, le acercaron la bandeja de la mantequilla.

—Dime qué te parece.

—Estás muy delgada. —Olivia dejó el plato, una cuchara y una servilleta de tela delante de Morgan—. Ya le pondremos remedio. Le pondremos remedio —repitió, y le dio un rápido apretón en la mano—. Bebamos un poco de vino con ella, Audrey.

—Ay, sí, por favor.

Mientras su madre servía otras dos copas —Morgan reparó en que eran de la marca Waterford—, comió una cucharada de guiso.

—Delicioso. —Y acto seguido picoteó la rebanada de pan. Sorprendida por poder hablar con sinceridad, sonrió—. Está buenísimo. Muchas gracias por dejarme venir.

—No pienso oírte. —Olivia levantó un dedo en el aire y cogió la copa de vino con la otra mano—. No quiero oír nada de eso. Eres mi única nieta. Tu madre es mi única hija. Este es tu hogar. Aunque construyas otro en algún otro lugar, este siempre será tu hogar. Y ahora estaremos las tres aquí. Por nosotras tres. —Y alzó la copa.

Tras asentir, Morgan también alzó la suya y bebió un sorbo.

—Habéis..., mmm, puesto puertas de cristal en algunos de los armarios de arriba. Queda muy bonito.

—Y también tienen luz. —Olivia se acercó y pulsó un interruptor que iluminaba las copas y la vajilla buena—. Lo decidimos..., ¿cuándo fue, Audrey?

—La primavera pasada, durante la limpieza a fondo que hicimos. Te mandé fotos, ¿no, Morgan?

—Sí, pero verlo en directo... Siento no haber venido por Navidad. Sé que las dos queríais que estuviera aquí, pero...

—Vamos a dejarlo de momento. —Olivia ocupó uno de los

taburetes—. Lo aparcamos para otro día. Hablaremos de todo eso, de todo lo que necesites hablar, y repito lo que he dicho: le pondremos remedio. Esta noche, basta con que estés aquí.

Morgan asintió de nuevo y comió más estofado.

—¿Cómo va la tienda?

—Uy, a tope, ¿verdad, Audrey?

—Es invierno. —Audrey se sentó en otro taburete—. A la gente le encanta visitar el pueblo y encontrar algo de aquí que llevarse a casa. Vamos a abrir una cafetería para servir vino y café y té.

—¿En serio?

—Tu madre me ha convencido. No ha parado de insistir hasta conseguirlo. —Olivia miró a su hija, puso los ojos en blanco y se echó a reír—. Odio que tenga razón y que me haya costado dar el paso. Si todo va bien, la semana que viene estará en marcha.

—Cafés y tés sofisticados, chocolate caliente para esta época del año. Cafés y tés helados, limonada casera y demás para la gente que venga en verano. Y vino durante todo el año.

—Suena genial. —Aunque no se imaginaba a su madre teniendo esa idea—. ¿Dónde lo vais a montar?

—Ese es el paso que más me ha costado dar. Me insistió hasta que cedí. Compramos la vieja tienda de antigüedades falsas de al lado. Hemos tenido que derribar la maldita pared que separaba los edificios y arreglar el desaguisado. Se aprovechó de mi avanzada edad y de mi mente débil.

—Más quisiera. Vamos a poner unas cuantas mesas y reservados, venderemos galletas, bollitos…, cosas sencillas. La gente puede comprar algo, tomar un café o tomar un café y comprar algo. O tomar vino y comprar más —dijo Audrey con una carcajada.

—Limpiamos la inútil y vieja chimenea que había en el local, la reformamos y pusimos un adorno eléctrico.

—Eso es… una genialidad.

—Con la chimenea estuvimos a la greña, ¿verdad, mamá? Una chimenea con leña de verdad añadiría el toque auténtico de Vermont, pero así es más seguro y limpio.

Mientras comía y las escuchaba hablar de esos detalles, Morgan pensó que no le habían informado de nada de todo aquello. Porque habían sabido que había estado sumida en sus propios problemas.

Al final, apartó el plato.

—Ya no puedo más. Está buenísimo. Y el pan también, mamá. Estoy muy impresionada. Es que no puedo comer ni un bocado más. El trayecto me ha agotado. Si no os importa, me gustaría ir arriba, instalarme y dormir un poco.

—No tienes por qué pedirnos permiso. —Olivia se levantó—. Te ayudaremos a instalarte.

Subieron sus cosas al dormitorio que siempre había ocupado, a dos puertas de la habitación de matrimonio y justo delante de la de su madre.

Cuando entró, sin embargo, advirtió unas cuantas novedades.

En las paredes ya no había papel con dibujos de flores. Las habían pintado de un azul tranquilizador que resultaba suave en contraste con las molduras oscuras. Los suelos resplandecían, como siempre, pero estaban adornados con una alfombra azul y crema con un sutil dibujo floral.

Habían cambiado la cama a una doble con cabecero y piecero de latón, cubierta por un edredón blanco, fundas de almohada blanquiazules y una manta doblada a los pies con tonos azulados.

En lugar de embellecer las paredes, las flores rosas se encontraban en un jarrón sobre la cómoda. En un rincón había una silla, acompañada de una mesita redonda y una lámpara.

—Es precioso.

—Y hay algo mejor aún.

Olivia abrió la puerta que daba a un baño anexo. Disponía de una ducha enorme y de un tocador azul oscuro con superficie blanca veteada de azul. En unos estantes había toallas mullidas y el toque femenino de botes de cristal llenos de sales de baño, aceites y algodones.

—Es muy… No era necesario que hicierais todo esto.

—Ya basta, cielo. Las mujeres Nash, y tú tienes mucho de las Nash en ti, hacemos lo que debemos hacer —añadió Olivia—.

Quizá no de entrada ni en todo momento, pero tarde o temprano y casi siempre.

—Solo hemos cogido la habitación de al lado para hacer el baño y el vestidor. Seguimos teniendo un montón de dormitorios por si hay invitados. Es agradable que cada cual cuente con su propio cuarto de baño.

—Así es más fácil que vivamos juntas —terminó Olivia—. En el fondo del pasillo sigue estando el gran cuarto de baño, y en la planta de abajo, el aseo. La gran casona necesitaba algunos cambios. —Entornó los ojos y miró a su hija—. Pero eso no significa que vayamos a hacer añicos el resto de los cuartos de baño en el futuro inmediato.

—Tarde o temprano. —Audrey se limitó a sonreír—. ¿Te ayudamos a deshacer las maletas, cariño?

—No, no. No son tantas cosas.

—Te dejaremos descansar un poco. —Olivia dio un paso adelante y la besó en la mejilla—. Si tienes sed, en el armarito que hay debajo de las estanterías del cuarto de baño encontrarás botellas de agua. Y ya sabes dónde estamos si necesitas algo.

—Sí. Y vais a tener que aceptar que os dé las gracias. Gracias a las dos. Es precioso, de verdad.

Audrey la abrazó y apoyó la mejilla en la de su hija.

—Buenas noches, Morgan. —Y las dos mujeres se marcharon y cerraron la puerta.

Como necesitaba hacerlo cuanto antes, lo primero que hizo fue deshacer las maletas sin pensar demasiado dónde guardaba qué. Tan solo quería quitárselo de encima y apartar esas cosas de su vista, además de las maletas.

Dado que tenía la impresión de que hacía un año que llevaba la misma ropa, se desnudó y sacó pantalones de pijama y una camiseta del cajón de la cómoda donde acababa de poner las prendas.

Se metió en la ducha y dejó que el agua la arrullase. Estaba muy caliente.

Se abandonó al ataque de llanto mientras el vapor la envolvía y el agua formaba regueros sobre los azulejos.

Había perdido, había fracasado. Ya no le quedaba nada de sí misma.

Lloró por Nina, su maravillosa amiga.

Lloró por su casa, en la que ahora vivía otra gente. Por los trabajos que le encantaban, la vida que había construido y el futuro que había visualizado.

Cuando se hubo vaciado, cerró el grifo y se puso el pijama.

Como le habían enseñado, colgó la toalla para que se secara antes de empezar su rutina nocturna.

Se sentó a un lado de la cama y escuchó el viento y cómo se asentaba la casa.

Una casa en la que había vivido, en la que tenía un dormitorio precioso gracias a la generosidad de dos mujeres que la querían mucho.

—Y ahora, ¿qué? —se preguntó—. ¿Qué hago ahora? ¿Por dónde empiezo?

«Mañana», se dijo mientras se tumbaba debajo de las sábanas almidonadas y del mullido edredón. Ya lo pensaría al día siguiente. O al otro.

O a saber cuándo, pensó, y apagó las luces y cerró los ojos.

Y se zambulló en el sueño como una piedra en un río.

6

Se despertó desorientada y durante unos segundos creyó que estaba soñando. La bonita habitación, con los tranquilizantes tonos azules, y el modo en el que la luz se filtraba por las ventanas; todo parecía muy extraño y ajeno.

Y entonces lo recordó y tuvo que reprimir el profundo deseo de cerrar los ojos y escapar de nuevo al mundo de los sueños.

No era el camino, se dijo a sí misma. Sumirse en un sueño no resolvía nada. Cuando se despertase, Nina seguiría estando muerta, y la vida que ella había construido, hecha pedazos.

Debía seguir adelante, como fuese y adonde fuese. La única opción era seguir adelante. Y moverse.

Se levantó, se vistió. Por una costumbre arraigada, hizo la cama y ahuecó las almohadas antes de bajar las escaleras.

Olivia estaba sentada en la isla de la cocina, con una sudadera negra. Las letras blancas decían sin más:

disiento

Bebió un sorbo de una gigantesca taza de café mientras intentaba resolver un crucigrama en la tableta.

—¿Quién disiente? —Morgan señaló las letras.

—¿Cómo estás? Deja que te prepare un café. Cuando remodelamos la cocina, compramos una cafetera muy moderna.

—Ya lo hago yo. Soy camarera... Bueno, era —se corrigió Morgan—. Las cafeteras no pueden derrotarme. Siento haber dormido hasta tan tarde.

—Después de un trayecto tan largo, esperaba que durmieras más todavía. ¿Te apetece desayunar algo?

—No, ahora no, gracias. No os preocupéis por mí, en serio.

—Las abuelas estamos destinadas a preocuparnos por nuestros nietos. Nos hace felices. ¿No quieres que sea feliz?

—Las cafeteras no pueden derrotarme —masculló Morgan mientras el grano se molía y el café líquido caía en la taza que había dispuesto debajo—, pero las abuelas sí.

—Porque somos muy sabias, y la sabiduría perfecciona la astucia. Y veo que sigues tomando el café con leche y azúcar.

—Pensaba que a esta hora ya estarías en la tienda.

—Tu madre se encarga del turno de la mañana. Acaba de marcharse.

Morgan bebió un sorbo, asintió y se recostó en la encimera.

—Es decir, que hacéis turnos para vigilarme.

—Eso parece —respondió Olivia como si tal cosa—. Y le he pedido esta mañana libre porque creo que ahora mismo te resultará más fácil contarle a tu abuela lo que te pasa por el corazón y por la mente que a tu madre. Si me equivoco (y ¿cuándo me equivoco yo?), ya cambiaré el turno con Audrey.

—Lo que me pasa por el corazón y por la mente. —Morgan cerró los ojos—. Lo he perdido todo, pero lo más importante es mi mejor amiga. —Abrió los ojos—. La madre de Nina me dijo que le escribiste, igual que mamá. Significó mucho para ella.

—Solo conocíamos a Nina a través de ti, pero había entrado a formar parte de nuestra familia.

—Después de que Nina... En fin, lo he perdido todo: mis ahorros se han esfumado; mi casa ahora es la casa de otra gente; mi coche, y ya sé que en realidad no es nada, pero me encantaba ese coche, joder; mis planes; mis metas; mi orgullo; mi sensación de seguridad y de confianza. Puf. —Movió los dedos en el aire—. Hace un año, hace solo un año, lo tenía todo bajo control, todo programado. ¿Y ahora? Ahora no tengo nada, literalmente, y estoy viviendo en la casa de mi abuela.

—Muy bien. —Olivia cogió la taza y bebió un sorbo—. Tienes derecho a sentir todo eso. De hecho, yo en tu lugar habría organizado una fiesta de la rabia del primer orden.

No una celebración de sus miserias, observó Morgan. Olivia Nash no se regodeaba en sus miserias.

—Ya he tenido varias.

—Bien, eso es muy sano. Te las mereces. Tienes derecho a sentir todo eso —repitió Olivia—, aunque estés equivocada.

—¿En qué estoy equivocada?

—¿Dices que no tienes nada? Tienes a Morgan Nash Albright, hombre ya, y no lo olvides nunca. Y esta no es la casa de tu abuela, es la casa de la familia Kennedy-Nash. Y pongo a tu abuelo en primer lugar.

»Cielo, dedica todo el tiempo que necesites a darle vueltas, a dormir hasta tarde, a enfadarte, a maldecir al dios que más te convenga. Te han convertido en una víctima, y para una mujer fuerte e inteligente, y tú eres las dos cosas, eso es tan devastador como una gran putada. Cuando hayas terminado, ya se te ocurrirá qué hacer para pasar página.

—Sí que es una putada. Es una gran putada. ¿Por qué nadie me lo ha dicho hasta ahora?

—Porque nadie más es tu abuela. ¿No lo acabas de decir tú misma?

—Cuando lo pienso, me siento culpable. —Pero se dio cuenta de que ya no se sentía así porque había sido su abuela quien lo había dicho primero—. Todo el mundo se compadece de mí, pero…

—Nadie se cabreó por ti o nadie te lo demostró. Créeme, yo estoy muy cabreada por ti. Y tu madre también, pero ella de una manera más delicada. Me gustaría patearle los huevos a ese cabrón hasta dejárselos azules y luego arrancarle el pito desde la base. —Se encogió de hombros y bebió un poco más de café—. Pero es que yo no soy tan delicada.

—No sé por qué —dijo Morgan al cabo de unos instantes—, pero eso me ayuda mucho.

—Me alegro.

—Tengo que encontrar trabajo.

—Ahora mismo, nada de «tengo que». Siéntate, te voy a preparar una tortilla.

—Abuela...

—Nadie rechaza una de mis tortillas. —Olivia se levantó—. Que te sientes. Te voy a pedir un favor.

—¿Cuál?

—Que te des dos semanas. Duerme, come, lee, ve películas, da paseos, haz un muñeco de nieve; lo que quieras. —Cogió huevos, queso y espinacas frescas—. El estrés del último año es evidente, cielo mío. Es evidente.

Era difícil de rebatir, pensó Morgan al tomar asiento. Ella misma lo veía cada vez que se miraba en el espejo.

—Tómate un tiempo. Si necesitas algo práctico que hacer, pues vale. Ven a la tienda y te dejaremos a trabajar unas horas a la semana. Si no, es el momento de que te pongas al día contigo misma.

—Necesito una forma de ganarme la vida.

—Sí, claro que sí, y ya la encontrarás. Dos semanas libres no lo van a cambiar. Y tu madre y yo queremos pasar tiempo contigo. Creo (y, como ya he dicho, ¿cuándo me equivoco yo?) que necesitas pasar un tiempo con nosotras.

Morgan no dijo nada mientras Olivia batía los huevos en un cuenco en lo que en el fogón se calentaba una sartén.

—Me siento una fracasada, abuela.

—Ya se te pasará, porque no lo eres y nunca lo has sido. Lo que te ha sucedido es que el mundo que tenías debajo de ti se ha derrumbado. Yo sé lo que es eso. A mí también me ocurrió.

—Cuando murió el abuelo.

—Sí, pero compartimos una vida juntos y tengo muchísimos recuerdos. Puedo escoger uno, como un bombón de una caja, y todos tienen su propio sabor. Pero me refiero a hace muchos años. Perdí a un hijo.

—¿Cómo? —Morgan se irguió en la silla—. ¿Cuándo? No lo sabía...

—Tu madre no había cumplido los dos años, así que no se acuerda. No se lo conté hasta que murió Steve.

—Lo siento mucho.

—Steve y yo construimos esta casa, esta casa grande y maravillosa, y teníamos pensado llenarla de niños. Queríamos por lo menos cuatro, y cuando nació Audrey fuimos muy felices. Nuestra niña, nuestra primera hija. En realidad, fue muy sencillo. Y entonces, siguiendo nuestro plan, llegó el segundo. —Vertió los huevos en la sartén y añadió el queso y las espinacas—. Embarazada de ocho meses. Estábamos a punto de terminar el cuarto del bebé, intentando decidir el nombre; lo típico. Y algo se torció. Todo se torció. Perdí al bebé y la posibilidad de tener otro. Era un niño. No tuvo la oportunidad de coger aire ni una vez.

—Ay, abuela.

—Con la pena, y sé cómo se siente la madre de Nina porque yo también me sentí así, pero con la pena me sentí una fracasada. Perdí a mi hijo y ya no podría tener más. —Olivia le dio la vuelta a la tortilla con el estilo de un chef francés—. Lo superamos, pero fue muy difícil. Fue espantoso. Teníamos a nuestra hija preciosa. Steve tenía su trabajo. Yo empecé con la alfarería. —Se echó a reír—. Se me daba fatal y nunca llegué a aprender. Soy una mujer de negocios, no una artista, pero intentarlo me infundió un fuerte respeto y admiración por los artistas y artesanos. Y eso me dio un nuevo rumbo.

—La taza verde torcida en la que el abuelo guardaba los lápices en su despacho —recordó Morgan—. Un día me dijo que la habías hecho tú.

—Se suponía que era un jarrón. —Olivia negó con la cabeza—. Tu abuelo me quería mucho. «Véndelo todo, Livvy —me decía—. Sabes cuándo un artículo es de calidad y sabes vender. Solo necesitas un lugar donde venderlo».

—¿Hecho a Mano fue idea suya?

—Otro bombón de la caja. Así que arrinconé lo de hacer horrorosos objetos con barro y pusimos la tienda, que al principio fue muy pequeña. Pero creció, igual que Audrey. Y volví a tener el mundo a mi disposición. Uno diferente del que siempre había imaginado, pero bueno. —Dejó el plato con la tortilla delante de Morgan—. Harás nuevos planes, construirás un nuevo mundo. Ahora, come.

—Gracias. Gracias por contármelo. Abuela, ¿me puedo quedar esa taza? ¿La taza verde torcida? Me recordará a él, a ti y a la necesidad de encontrar un nuevo rumbo.

Olivia rodeó la isla y le dio un beso a Morgan en la sien. Y la abrazó durante un minuto.

—Pues claro que sí. Y métete esto en tu cabecita. El hombre que te ha hecho todo eso… lo pagará, de una forma u otra, te enteres tú o no, pero lo pagará. El karma no es solo muy cabrón, sino que es cabrón y justo. Y no va a poder contigo porque no se lo vas a permitir. Dos semanas —añadió.

—Dos semanas. —Morgan asintió—. Te quiero, abuela.

—Claro que sí. Y yo también te quiero a ti. Ahora, a comer.

Morgan comió y durmió. Dio paseos y se sentó frente al fuego con un libro. El tercer día, se preguntó cuánto más podría seguir así sin perder la cabeza.

A lo mejor su abuela le había pedido que se tomara dos semanas, pero los engranajes de Morgan le exigían mantenerse ocupada. El tercer día, cuando Olivia y Audrey estaban trabajando, se sentó frente al portátil de segunda mano y abrió la hoja de cálculo que había creado meses atrás.

La realidad no había cambiado desde la última vez que la había abierto. Seguía estando igual de arruinada. Sin embargo, esa vez se puso con las proyecciones de futuro. Era innegable que podría vivir en la preciosa habitación azul todo el tiempo que quisiera o necesitase, sin pagar nada, pero sus engranajes también le pedían arrimar el hombro.

Podría encargarse de algunas tareas domésticas, pero su familia ya había contratado un servicio de limpieza semanal, y las tres mujeres que se ocupaban de la casa Tudor vieja y laberíntica llevaban más de diez años haciéndolo.

Si decidía llevar a cabo la limpieza, le quitaría el trabajo a esa gente.

Era inaceptable.

La colada… El trío de limpieza ya casi la habían hecho entera.

Podría encargarse de la compra, de algo, pero tampoco podría someter a su madre y abuela a su comida, a no ser que mejorara muchísimo en la cocina.

¿Hacer la compra y fregar los platos después de comer? Así estaría ocupada unas tres horas a la semana, que no empezarían a llenar el vacío.

Necesitaba trabajar. Un empleo. Necesitaba ganar dinero.

¿Qué debía hacer para empezar? Conducir hasta el centro, echar un vistazo, visitar la tienda. Y no, no pensaba trabajar allí. Era demasiado parecido a vivir gratis.

Se maquilló y, como hacía meses que no se permitía ir a una peluquería profesional, cogió unas tijeras e hizo varios cortes.

Estaba claro que jamás la contratarían en un salón de belleza, pero el resultado no fue tan malo.

Se vistió con algo que no fuera un pantalón de chándal. Unas mallas de invierno, botas y un jersey rojo encima de una camiseta térmica. Antes de que pudiera cambiar de opinión y encerrarse de nuevo en su habitación, cogió el abrigo, el gorro de lana y la bufanda, y salió al frío helador e implacable de la invernada.

Y rezó por que el coche de Nina arrancase.

Le costó un poco, tosió y luego resopló, pero acabó encendiéndose.

Al cabo de menos de diez minutos, Morgan pasó junto a los árboles cubiertos de nieve, cruzó el estrecho puente sobre un río helado y viró hacia la calle principal.

Supuso que Westridge estaba a caballo entre un pueblo grande y una ciudad pequeña. Era pintoresco, sin duda, sobre todo cubierto de nieve. Morgan sabía que la localidad atraía turistas durante todo el año. Deportes de invierno o de verano, la caída de las hojas en otoño, las excursiones de primavera. Cazar, pescar, pajarear.

El resort de Westridge, con cabañas elegantes y suites de hotel más elegantes aún, atraía a la gente adinerada a esa zona y ofrecía todas esas actividades, además de una gastronomía excepcional, una bodega increíble y dos bares, uno muy modesto y otro más de postín con espejos en las paredes y una chimenea de piedra donde servían a la gente después de hacer esquí o lo que los hués pedes quisieran.

En el pueblo había una amplia variedad de restaurantes —que iban desde la típica cafetería americana hasta los típicos establecimientos de tres estrellas—, tiendas, boutiques de lujo, artículos de deporte, recuerdos con sabor a Vermont, galerías de arte y más.

La mayoría de esos establecimientos se agolpaban en High Street, incluido el Hecho a Mano de su abuela. O, como habían añadido en el cartel y advirtió Morgan, HECHO A MANO, CAFÉ Y VINO.

Incluso en esas últimas semanas de invierno y antes de recibir la dentellada de la primavera, el local…, en fin, tuvo que admitir que estaba bastante lleno. Como no dominaba aquel municipio, empezó a buscar un sitio donde aparcar. Le parecía recordar un pequeño aparcamiento detrás de Hecho a Mano, pero no sabía cómo dar con él a través de las empinadas calles y las intersecciones con mucho tráfico.

Aun así, el sitio que terminó encontrando en la calle le permitió echar un ojo a las principales zonas comerciales y a posibles oportunidades.

Restaurantes, venta al por menor, cafeterías, una pastelería, un bar exclusivo. Serviría mesas si no le quedaba otro remedio, pero el bar ocupó el número uno de su lista. En las calles secundarias vio una galería, edificios bajos, más tiendas, la consulta de un doctor y una bodega de vino con un bar pequeño. El número dos de su lista.

Se prometió que un día menos ventoso exploraría mejor los alrededores. Pero por el momento se detuvo delante de Hecho a Mano, Café y Vino.

Alguien, pensó, había elaborado artesanalmente y con destreza los artículos del escaparate. Mesas y estanterías de distintas alturas atestadas de objetos de vidrio soplado y de cuencos de madera y de arcilla. Una manta gris claro cubría el respaldo de una mecedora.

En el interior encontró calidez, no solo en el aire, sino también en la luz y en el brillo de los tablones de madera del suelo. Las paredes estaban forradas de cuadros. Unos armarios antiguos lucían joyas artesanas y pequeños artículos de cerámica, plata y cobre. Había otro con una sucesión de velas. Las estanterías resplandecían con objetos de vidrio soplado.

Una alargada librería, que era muy antigua, hacía las veces de mostrador, donde parloteaba una mujer con un cliente mientras envolvía las compras. Detrás de ella, un espléndido pavo real de cristal extendía la cola.

La mujer del mostrador levantó la vista y sonrió.

—¿Puedo ayudarte en algo?

—Todavía no, gracias. Solo estoy mirando.

Y deambuló sin más. Se dio cuenta de que su madre y su abuela habían hecho muchos cambios desde la última vez que visitó la tienda. Había mesas de madera o de hierro forjado con más artículos de alfarería, lámparas, tablas de cortar y platos.

Subió al piso de arriba. Si la memoria no le fallaba, tiempo atrás el segundo piso había servido de almacén y de despacho de su abuela. Pero ya no. Allí encontró el textil. Bufandas, guantes, sombreros, manteles y zapatillas, todo hecho a mano. Jabones y lociones artesanales, más muebles y piezas de arte.

Pensó que, de haber entrado en esa tienda y contado con unos buenos ingresos, de ninguna manera habría salido por la puerta con las manos vacías.

Cuando bajó las escaleras, pasó por delante de una pareja que hablaba y vio que la dependienta acababa de terminar con otro cliente.

—¿Todo bien?

—Sí. Perdona, debería habértelo dicho, pero estabas ocupada. Soy la nieta de Olivia.

—¡Eres Morgan! ¡Madre mía! —Extendió los brazos y le cogió las dos manos—. ¡Fui al instituto con tu madre! Es un placer conocerte. Soy Sue Newton.

—Es un placer conocerte también.

—Están en la cafetería, que abre este sábado. Ultimando detalles y tal. Ve a verlo. Quedará genial.

Una cortina de plástico tapaba la amplia entrada. La apartó y se adentró en un mundo de luz y resplandor. También habían puesto un plástico en el escaparate principal, algo que le pareció muy inteligente.

Que la gente hiciera conjeturas hasta que llegara el momento de la inauguración. Supuso que sería por todo lo alto.

Para dar continuidad, habían dejado el mismo suelo de madera de un lugar a otro. Las paredes de color beis lucían más cuadros; nunca había que dejar escapar oportunidades de venta. Los adornos de carpintería eran oscuros y sombríos para hacer contraste, y el conjunto funcionaba a las mil maravillas.

La barra hacía juego con los adornos gracias a una superficie de granito que respetaba el color claro de las paredes y que estaba atravesada por vetas oscuras. Habían dispuesto mesas altas, bajas, taburetes y varios reservados con asientos de piel azul oscuro.

Y, como no podía ser de otra manera, había una pequeña zona de venta con tapones de corcho para el vino, copas, sacacorchos, tazas para el café y para el té, y accesorios para preparar ambas bebidas.

El techo artesonado añadía un toque elegante y acogedor al mismo tiempo.

Sin poder evitarlo, se puso detrás de la barra.

Estantes, una nevera, una picadora de hielo, una cubitera, un carro portabandejas, una sección para los útiles de limpieza y otra para las fregonas. Cogió un menú con tapas de piel y arqueó las cejas al observar la amplia oferta.

Antes de que pudiera guardarlo y salir de detrás de la barra, su madre y su abuela aparecieron por la trastienda.

—Irá bien —iba diciendo Audrey, y entonces vio a Morgan—. ¡Menuda sorpresa! ¿Qué te parece? —Extendió los brazos.

—Me parece que me habéis dejado a cuadros. Todo es increíble. Habéis cambiado la parte de arriba y es fantástico. ¿Y todo esto? Es precioso. Elegante pero no recargado. Eficiente pero no insulso.

—Todavía faltan unos cuantos toques, pero estará todo listo para el sábado. —Olivia le hizo un gesto—. Ven a ver la cocina. Vamos a ofrecer platos calientes, y eso significaba tener que instalar una maldita cocina, pero creo que valdrá la pena.

Morgan cruzó la puerta batiente.

Aquel lugar resplandecía, como debía ser. Los utensilios de acero centelleaban y en las estanterías había una batería de cocina y demás instrumentos. El enorme extractor se cernía sobre una cocina con seis fogones, y la nevera gigante sugería profesionalidad e impresionaba. Lavavajillas, un par de fregaderos y la batidora más grande y brillante que hubiera visto nunca se sumaban al resto.

—Lo tenéis todo. Habéis usado superbién todo el espacio.

—Y hemos superado la inspección final. —Audrey se pasó una mano por la frente. A continuación, dio unos saltitos sobre los talones para bambolear su coleta rubia—. Necesitábamos que fuera un lugar compacto porque había que dejar espacio para...

Abrió una puerta.

—¡Hostia!

Habían creado una bodega, con tres paredes llenas de estantes y estantes llenos de botellas.

—Hay blancos —empezó a decir Audrey—, afrutados, franceses, italianos y demás; luego están los tintos, y los rosados, y los espumosos ahí. El sumiller del resort nos ayudó.

—Porque tu madre le gusta.

—¡Mamá!

—Digo la verdad.

El ligero rubor que tiñó las mejillas de su madre dejó a Morgan boquiabierta.

—Quizá un poco. En fin, arriba hay un despacho y más almacén. Vamos a utilizar el viejo despacho encima de la tienda para almacenar más provisiones.

—Ya lo he visto. He subido. Es maravilloso.

—Pues sí, la verdad. Hay una puerta, cerrada con llave desde el despacho, para que podamos bajar si lo necesitamos. Son tantos los cambios que estoy en un estado continuo de terror y emoción.

—Voy a decir, de modo imparcial y sin dudar, que es una idea brillante.

—Nos alegramos de que estés aquí. —Audrey la estrechó con un brazo—. Puedes formar parte. Vendrás el sábado, ¿verdad?

—Por supuesto. Os echaré una mano en la barra si queréis.

—¿En serio?

Audrey estaba exultante. Olivia tan solo sonrió.

—No para trabajar, sino por la familia. Ya habréis contratado a los camareros.

—Tenemos a dos —le contó Olivia—. Creemos que uno tiene potencial para ser encargado. Pero nos encantaría saber tu opinión. Y nos quitarías un buen peso de encima si el sábado nos ayudaras más o menos a supervisarlo.

—Hecho. La semana que viene empezaré a buscar trabajo, pero os ayudaré por aquí. Si hay algo en lo que pueda echaros una mano, lo haré.

—¿Qué te parece ahora con los últimos detalles? —Olivia les hizo un gesto para que salieran—. Tenemos que rematar los aseos.

—Unisex y accesibles —añadió Audrey.

—Hay que escoger la decoración. Una mesa o consola, queremos poner algo ahí. Y hay que elegir los manteles de la cafetería y unos cuantos detalles más.

—Resulta que tengo la agenda totalmente disponible.

—Estupendo. Cuando hayamos terminado, os invitaré a las dos a cenar.

Morgan se lo pasó bien. Durante unas pocas horas, no pensó en lo que había perdido ni en lo que debería hacer a continuación. Le gustó pasar tiempo con su familia, hablando de arte y de la decoración más apropiada, disponiéndolo todo y luego cambiándolo. Y quizá aportar su propio granito de arena a un negocio familiar con su idea de añadir guirnaldas iluminadas alrededor del gran ventanal para brindarle un toque brillante extra.

Le agradó cenar fuera con las dos; en lugar de ir al restaurante elegante al que creía que las llevaría su abuela, se zamparon una pizza y una jarra de vino tinto de la casa.

Para cuando se tumbó en la cama, tenía la sensación de que había logrado algo. Y esperaba haber dejado atrás la época de las obsesiones.

Durante los siguientes días, invirtió la mitad de su tiempo entre finiquitar su currículum y echar una mano con los preparativos de la gran inauguración. Abrió las cajas, limpió y guardó las tazas, los platillos, las jarras para la leche y los cuencos para el azúcar que su madre había diseñado para que los creara un alfarero local. Eran blancos con un trébol rojo, la flor del estado de Vermont.

—Son perfectos, abuela.

—Pues sí.

—Debes ponerles un precio y venderlos.

—Ya se me había ocurrido.

—Espero que lo hagas. Y he pensado en otra cosa.

—¿Cuánto me va a costar?

—Creo que a la larga será lo contrario. Tenéis una vinoteca, sí, y habéis contratado a algunas bodegas de la zona. ¿Qué te parece si hacéis lo mismo con el café y el té? Y luego lo vendéis: cajitas metálicas con té, bolsitas muy monas con café. Hay un par de negocios de tueste por aquí, y también podríais colaborar con cultivos de té locales.

—Pues es una idea. —Olivia entornó los ojos y se quedó reflexionando—. Es una muy buena idea.

—Hecho a Mano va de manualidades y cosas de Vermont. Saquémosle provecho. He investigado un poco.

Metió una mano en su bolso y sacó una carpeta.

—¿Un poco?

—Bueno, es que no pude parar. Es algo en lo que pensar con calma.

—Y lo pensaré. —Olivia se puso las gafas rojo pasión que colgaban de una cadena en torno a su cuello y hojeó las primeras páginas del dosier—. Es una buena idea, Morgan. Estos últimos días has sido de gran ayuda. Tienes cabeza, buen ojo y fuerza de voluntad. Te lo agradecemos mucho. —Bajó la carpeta—. ¿No te puedo convencer para que seas la encargada?

—No me necesitáis, abuela. Si me necesitarais, os echaría una mano para empezar. Pero mamá y tú lo tenéis controlado. Y yo tengo que encontrar mi propio camino.

—Ya me lo imaginaba. Pues te diré que he oído que en el Après, que es el bar principal del resort, buscan camarero/encargado. O lo buscarán la semana que viene. Su encargado acaba de decirles que se marcha. A su mujer le han ofrecido un empleo en Carolina del Sur y se mudarán allí. —Olivia dejó la carpeta sobre la mesa—. Como te quiero, he hablado con Lydia.

—¿Con Lydia?

—Lydia Jameson. Nos conocemos desde hace más tiempo del que recordamos, y su esposo era un buen amigo de tu abuelo. Sigue metiendo mano en el negocio; qué coño, las dos manos. Si les mandas tu currículum, le echarán un vistazo antes de que empiecen a buscar gente.

—En el resort. No he estado nunca en el Après, pero he visitado su página web y lo tenía en mi lista. Gracias. —Le dio un abrazo a Olivia.

—Eso no significa que te vayas a quedar con el puesto.

—Ya lo sé. Eso depende de mí. Pero es una oportunidad, y una oportunidad para hacer lo que se me da bien.

—Mándale tu currículum a Lydia. Te pasaré su correo. Como te digo, nos conocemos desde hace siglos. Y escribe una extensa carta de presentación.

—Lo haré. Gracias, abuela. Seguiré por aquí tanto como pueda, me den o no ese trabajo.

—Contamos con ello.

Esa misma noche, Morgan buscó a Lydia Jameson en Google para tener una idea de quién era y enseguida entendió por qué su abuela la conocía desde hacía tanto tiempo. Las dos nacieron y crecieron en Vermont, las dos procedían de familias de Nueva Inglaterra. Eran dos mujeres cultas, con estudios, ingobernables y con mucha fuerza de voluntad.

Las dos eran mujeres de negocios. El de Lydia eclipsaba el de su abuela, pero un negocio era un negocio.

Se pasó una buena hora puliendo, reescribiendo y rematando una carta de presentación. Decidió que sería un texto formal y respetuoso, con un matiz personal al darle las gracias por tenerla en cuenta.

Después de respirar hondo y con una mano sobre la taza verde torcida, hizo clic en «enviar».

Una nueva oportunidad. Y tenía otras, se recordó. Quizá no había aterrizado donde había pensado, pero allí había oportunidades.

Y la oportunidad de trasplantar las raíces que se moría por trasladar.

Agotada, bajó las escaleras. Con el pelo suelto sobre los hombros, Audrey estaba en la cocina sirviéndose una copa de vino.

Su ligero rubor reapareció.

—Me has pillado.

—¿Te importa que te acompañe?

—Estoy muy nerviosa. Creía que una copa de vino me ayudaría a dormir. No me puedo creer que mañana vayamos a abrir la cafetería. Era una idea, y luego un plan, y luego mucho trabajo y más planes. Y ¿ahora? —Le entregó a Morgan una copa—. Ahora es una realidad, y estoy histérica. Tu abuela está durmiendo como un lirón. Te juro que esa mujer tiene nervios de acero.

—Porque sabe que es una apuesta segura.

—¿Eso piensas?

—No. Lo sé. Mira, las ventas y el arte, como la tienda, no son mi especialidad. Pero los bares sí. He entrado en la vinoteca que está a unas cuantas manzanas y es un lugar precioso. Pequeño, oscuro y emotivo, bien llevado, con madera pesada y colores oscuros. El vuestro es un local diáfano, artístico, con un ambiente distinto. Y el hecho de que lo hayáis abierto, o lo abráis mañana, junto a una tienda con tan buena reputación y arraigo, es superinteligente. Igual que lo es añadir opciones de café y de té. Y las pastas recién hechas y los bollitos. No falta nada, mamá.

—No paro de repetírmelo, pero suena mucho mejor cuando lo dices tú.

Siempre había considerado a su madre una mujer con tendencia a la veleidad. Una mujer incapaz de establecerse en un lugar, de tomar una decisión y llevarla a cabo hasta el final. Pero en esos momentos no la veía así.

—Siento mucho no haber estado en contacto con vosotras ni visitaros más.

—Tenías que construir tu propia vida. Y sí que estuvimos en contacto. Cariño, tengo amigas que solo hablan con sus hijos adultos cuando ellas los llaman, que solo los ven cuando van a visitarlos. Tú llamabas cada dos semanas, mandabas correos, venías por Navidad. No lo sientas. Estoy muy orgullosa de ti.

—Pues eres la única.

—No digas eso. Si me encontrara en tu situación, seguiría escondida debajo de las sábanas. Eres emprendedora, Morgan. Siempre lo has sido.

—Igual que tú —apuntó Morgan.

—¿Yo? —Audrey se rio y bebió un poco de vino—. Yo era más bien una seguidora.

—No creo que… —Dejó la frase a medias cuando le sonó el móvil en el bolsillo—. Es el tono del correo electrónico. ¿Quién puede ser? Son pasadas las once.

—Ábrelo y lo verás.

Morgan sacó el móvil del bolsillo, lo desbloqueó y leyó.

—¡Ahivá! El domingo a las once tengo una entrevista en el Après.

—¡Anda! ¡Es estupendo! ¡Es maravilloso! Así las dos estaremos histéricas perdidas. ¡Ah! Taparemos el vino, nos lo llevamos arriba y escogemos lo que te vas a poner. Es lo que se me da bien a mí.

—Pues… vale. Sí. No esperaba que me dijeran algo tan pronto.

—¿Lydia Jameson? En la carrera entre la tortuga y la liebre, es la liebre. Y siempre gana. Vamos a inspeccionar tu fondo de armario.

7

Aunque nunca había asistido a ninguna gran inauguración, Morgan catalogó la de la cafetería como muy grande. Las puertas se abrieron a las diez en punto y la gente entró en el local a las diez en punto. Ella ayudó a servir las mimosas, el café, el té y las pastas que ofrecieron durante la primera hora.

Conoció a la alcaldesa, una mujer con una voluminosa melena rubia y una carcajada estentórea. Entró el comisario de policía, de treinta y pocos, atractivo y larguirucho con unos impresionantes ojos azules; pidió un café solo.

Y dio la sensación de que conocía a todo el mundo, algo que para Morgan era un plus en un comisario de policía. Cuando lo vio irse con una bolsa, supuso que habría encontrado algo que le gustó o que era consciente de la importancia de apoyar a los comercios locales.

Quizá las dos cosas, pero había ganado otro punto extra.

El nuevo local se llenó de voces, elogios y preguntas.

Su intención de echar una mano solo una hora acabó durando tres.

—Debes descansar un poco —le dijo Olivia cuando Morgan atendió otra mesa.

—Estoy bien. Estoy hecha para no parar quieta, abuela, y hacía mucho tiempo que no me sentía como si volviese a ser yo. ¿Ves a esas mujeres de la cuarta mesa? ¿Las de las mimosas y los bollos? Fueron compañeras de residencia universitaria hace diez años. Todos los veranos quedaban para estar juntas durante una semana. Ahora cada una tiene su propia familia, así que lo han reducido a un largo fin de semana hacia esta época del año. Se alojan en el resort y han ido al pueblo a hacer compras; es su último día.

—¿Cómo sabes todo eso?

—Soy una camarera excepcional. A la gente le gusta hablar conmigo. Se lo han pasado bien y creen que haber encontrado este local es un plus. Y, como ves por las bolsas de Hecho a Mano que hay debajo de la mesa, se llevarán a casa un montón de recuerdos. Deberías ir a saludarlas —añadió Morgan mientras pasaba una bayeta por una mesa—. Les encantaría.

—Pues ahora voy.

Las puertas se cerraron ocho horas después de haberse abierto. Y todo el personal soltó un grito de alegría. Tras recibir un asentimiento, Morgan descorchó una botella de champán y sirvió copas para celebrarlo a todos los presentes. Olivia pidió pizzas —¿quién habría dicho que fuese la perdición de su abuela?— para insuflar una energía que se agradeció mucho después de un día de tanto éxito.

Cuando terminaron de cenar y solo quedaron ellas tres, Olivia se sentó y puso los pies sobre una silla.

—No es solo para descansar los pies doloridos, es para tumbarme.

—Hemos superado el récord de ventas de un solo día en la tienda, mamá.

—Eso me han dicho. —Olivia esbozó una sonrisa petulante.

—Y contando las ofertas de la semana de la inauguración y los regalos que hemos dado, la cafetería ha vendido un buen veinte por ciento más de lo que habíamos previsto. ¡Toma! ¡Pum! —Audrey se desplomó sobre una silla, levantó los brazos y separó los dedos de las manos.

—Aquí tienes a una mujer que, cuando era pequeña, era incapaz de quedarse con un dólar en el bolsillo, aunque se lo cosiera en el forro. Y ahora se pone a hablar de beneficios y pérdidas.

—Siempre se me han dado bien los números. Pero no tan bien si el símbolo del dólar estaba involucrado.

Apoyó las botas, de tacón bajo y fino, encima de otra silla. Y con un suspiro se extrajo la horquilla plateada con forma de libélula que, por arte de magia según Morgan, había conseguido sujetarle el pelo durante todo el día.

—Yo también me voy a tumbar. —Después de pasarse las manos por el pelo y revolvérselo, su melena cayó lacia como si la hubiera peinado un peluquero.

«Arte de magia», pensó Morgan de nuevo.

—No esperábamos que nos echaras una mano todo el día, Morgan. Has sido una ayuda enorme. Y eres incombustible. Cada vez que yo me cansaba, te miraba y veía la energía con la que lo hacías todo.

—¿Queréis saber lo que pienso?

—Pues claro.

—Voy a preparar tres capuchinos y os lo cuento.

Se puso detrás de la barra rumbo a la cafetera y empezó.

—Hoy ha sido el primer día y no siempre habrá tantísima gente por aquí.

—Vaya. —Audrey bajó las manos y agitó los dedos—. ¡Aguafiestas!

—Pero —divertida, Morgan miró atrás hacia la mesa— tenéis entre manos un éxito rotundo. Y yo creo que es por lo siguiente. —La máquina siseó al calentar la leche—. En primer lugar, tenéis un local precioso y habéis prestado atención a los detalles más nimios. Y eso es importante. Habéis reunido a un buen equipo. Un par de los nuevos trabajadores todavía no han cogido el ritmo, pero están en ello. Y vosotras, las dos, tratáis a los empleados con respeto, y eso es esencial.

Dispuso los tres cafés en una bandeja, añadió cucharillas y un cuenco con azúcar, y los llevó hasta la mesa.

—No conozco vuestro plan de negocios y no hace falta. Pero sí que sé que estáis sirviendo un producto excelente y que lo hacéis con clase y alegría, como pide el local. Pero...

—Ay, ay, ay —masculló Audrey.

—Necesitáis contratar a otra persona. Vais a necesitar, sobre todo cuando sea temporada alta, a alguien que haga de transición entre un negocio y el otro. Alguien que sepa servir vino, preparar café, recoger las comandas si es preciso, servirlas si urge y vender en la tienda. Alguien con conocimientos o experiencia suficiente para saber de arte, de artesanía y de aquellas personas que la crean para así poder responder a las posibles preguntas. Nos han hecho preguntas, y el personal, incluida esta voluntaria, ha tenido que redirigirlas a vosotras o a alguno de los dependientes de la tienda.

—No te falta razón. ¿Quieres el puesto tú?

—No es lo que se me da mejor. —Morgan negó con la cabeza—. Lo que necesitáis es un coordinador, una especie de trabajador todoterreno. Tenéis tiempo para encontrar a la persona adecuada. Y cuando la hayáis contratado, debéis hacer un álbum de fotos con las recetas de la cocina de la cafetería y del bar, en el que incluyáis algunas de las artesanías. Fotos de vinos, por ejemplo, en copas que se venden en la otra puerta. Una tarta casera servida en uno de vuestros platos, con los *biscotti* puestos en otro, y cosas así. Le pedís a un fotógrafo del pueblo que haga las fotos, ya que eso sumará puntos a que cale vuestro mensaje, y lo vendéis aquí en exclusiva.

—¡Madre del amor hermoso! —Olivia se recostó en la silla—. Estoy maldita con una prole muy inteligente.

—Una prole que iniciaste tú —le recordó Audrey—. Un álbum de fotos, como un libro de esos grandes e ilustrados. ¡Ya me lo imagino! ¿Sabéis quién sería ideal para las fotos?

—Tory Phelps —exclamaron al unísono.

—Hemos pensado lo mismo. —Olivia levantó una mano—. Pero primero busquemos a la persona a la que hay que contratar. Morgan tiene razón. Los días en los que las dos trabajamos ocho o diez horas, siete días a la semana, han terminado, Audrey.

—Estoy de acuerdo. Pero puedo tantear a Tory para ver cuánto cree que nos cobraría por un encargo de esas características. Y así sabremos si es factible o no. Es muy buena —le dijo a Morgan—. En la tienda hemos expuesto algunas de sus obras, y el año pasado le montamos una exposición. Enseña fotografía en el centro formativo superior.

—A tu madre le encantan los nuevos proyectos.

—Ya lo sé. —Morgan barrió la cafetería con la mirada—. Y este le ha salido muy bien.

—No puedo rebatir la verdad. —Olivia le dio una palmada en la mano a su hija—. Y, ahora, arrastrémonos agotadas hasta casa. Aquí hay una señorita que mañana tiene una entrevista de trabajo y necesita dormir bien esta noche.

No durmió bien porque su mente se negaba a desconectar.

¿Y si no le daban el trabajo? Buscaría otro, claro, pero…

¿Debería decirles a su madre y a su abuela que aceptaría el trabajo de coordinadora? Sería capaz de hacerlo bien. Lo aprendería todo acerca del arte, de las manualidades, de los artesanos y artistas y alfareros. Ya sabía cómo gestionar equipos y cómo llevar un negocio.

Quizá había llegado el momento de apartar sus objetivos y sueños, y aceptar lo que se encontraba delante de ella.

Pero no estaba preparada, no estaba preparada para enterrar todo lo que había querido construir.

Aun así, si se esforzaba durante cinco años, vivía allí y trabajaba y ahorraba, quizá fuese capaz de empezar de nuevo.

Quizá.

Se quedó dormida con esa posibilidad en mente, se despertó temprano y, tumbada en la cama, le fue dando vueltas una y otra vez.

Cuando bajó a por un café, su madre estaba sentada a la encimera con su ordenador portátil. Esa mañana se había hecho una trenza con su pelo claro y se había puesto una bata rosa.

—Buenos días. Estoy investigando cómo producir un libro ilustrado. ¡Son muchas cosas!

—Supongo que sí.

—Pero es una idea fantástica. Ahora está aquí dentro. —Audrey se dio golpecitos sobre la sien—. Y no puedo dejar de pensar en eso. Quiero calcularlo y organizarlo todo al máximo antes de contárselo a tu abuela. Es la mejor manera de afrontar esos cambios con ella.

Morgan extendió un brazo hacia una taza y vio la caja de Hecho a Mano que había junto a la cafetera y la tarjeta con su nombre escrito.

—¿Qué es esto?

—Un regalito de tu abuela y mío para desearte buena suerte hoy. Si no te gustan nada, finge que sí. Te lo he dejado ahí porque no sabía si estarías despierta y bajarías antes de que nos fuéramos a trabajar.

Preparada para mentir si era necesario, Morgan abrió la caja. El diamante engarzado en los pendientes de cadena de plata los hacía brillar.

No tuvo que fingir.

—Son preciosos.

—Hemos pensado que te quedarían bien con lo que has decidido ponerte hoy.

—Creo que eso lo decidiste tú.

—A ver, solo te ayudé. Pero, a fin de cuentas, el conjunto estaba en tu armario. ¿Te gustan de verdad?

—Me encantan. —Se los puso para probárselos—. ¿Cómo me quedan?

—Son iguales que tú. Elegantes, un poco finos y muy bien hechos. ¿Te apetece desayunar un poco?

—No puedo. —Morgan se llevó una mano a la barriga—. Estoy nerviosa.

—Claro que sí. ¿Quién no lo estaría? Pero lo único que tienes que hacer es ser Morgan. En el resort serán afortunados por contar contigo, y te lo digo como mujer de negocios, algo que jamás pensé que sería. Ayer te vi, cariño, y sabes lo que haces.

—Antes yo también lo creía. Y no pienso irme a la entrevista con actitud negativa. Necesito un chute de energía, no puedo fingir que no. Necesito a alguien que no sea mi madre ni mi abuela que me diga que soy lo bastante buena.

—Ese cabronazo te ha hecho mucho daño.

—Vaya con el piquito de oro de mi madre. —Morgan arqueó una ceja.

—Ah, si siempre lo he tenido. Es que no prestabas atención.

Quizá haya sido un error que siempre te haya puesto cara de «todo está bien», pero no puedo volver atrás y cambiarlo. Ve a la entrevista y sé Morgan. Si no te dan ese chute de energía, es que son idiotas.

Audrey cerró el ordenador y se levantó.

—Tengo que vestirme. Es probable que nos hayamos ido antes de que te marches tú. —Con los ojos clavados en los de su hija, le puso una mano en la mejilla—. ¿Nos dirás cómo te ha ido la entrevista? ¿Nos mandarás un mensaje o te pasarás por la tienda?

—Claro. Gracias por los pendientes. Ya noto cómo desprenden buena suerte.

Se puso el conjunto aprobado por su madre: la blusa verde, los pantalones negros ceñidos, las botas altas negras. Le añadió una americana de piel color crema. Y debía admitir que, en lo que a moda se refería, Audrey daba en el clavo. Tenía aspecto profesional, seguro, y parecía la Morgan de siempre.

Tan solo le quedaba recordar cómo comportarse de esa forma.

En la planta de abajo, se dio una charla motivacional mientras salía de casa.

«Sabes lo que haces».

«Tu currículum es buenísimo».

«A lo mejor decides que no quieres ese trabajo, pero lo aceptarás porque lo necesitas».

Después de maldecir por el frío golpe del viento, se dirigió hacia el coche de Nina. Soltó un suspiro de alivio cuando arrancó. Como sabía que la calefacción no se habría encendido para cuando tuviera que bajar, se pasó el trayecto hasta el centro tiritando.

Vio en un rápido vistazo que de la puerta de la cafetería salía una pareja, los dos con bolsas en la mano. Buena perspectiva siendo el segundo día, pensó, y cruzó el pueblo.

Viró a la izquierda y recorrió un puente; bajo él, el agua temblaba sobre las rocas igual que ella temblaba sobre el volante. Un nuevo giro con árboles nevados a ambos lados. Probó la calefacción al subir una colina y, cuando de la rejilla salió aire más frío que caliente, decidió apagarla.

Divisó las primeras cabañas instaladas en ese bosque nevado y admitió que jamás había entendido el atractivo de unas vacaciones gélidas que supusieran viajar en invierno. Una playa tropical o un caserón bajo el sol de Italia, eso sí tenía todo el sentido del mundo. Pero ¿una cabaña en los bosques de Vermont y pagar por congelarse esquiando o patinando en un lago helado? Ni en sueños.

—Si pretendes optar a este puesto, más vale que te guardes esas opiniones.

Siguió las indicaciones del hotel y avanzó por la carretera serpenteante.

Blanco sobre un fondo blanco, más majestuoso que glamuroso, el edificio principal ocupaba cuatro pisos con líneas rectas y recias.

La primera planta sobresalía a ambos lados, como ella ya sabía después de haber entrado en la página web.

En el interior encontraría tiendas, dos restaurantes, dos bares y comedores, una piscina cubierta y un gimnasio, un pequeño spa, salas de reuniones, un salón para bodas y celebraciones, y cincuenta y dos habitaciones, incluida una docena de suites.

Detrás del resort se alzaban las montañas, con pistas de esquí en las vertientes. Decidió ahí mismo que deberían llevarla hasta allí arriba a punta de pistola y, aun así, un disparo tal vez fuera una mejor opción.

Giró hacia el aparcamiento y se dio cuenta de que incluso entre semana debía armarse de paciencia para encontrar un hueco. Le ofrecieron servicio de aparcacoches, pero supuso que era para los huéspedes, así que caminó lo que pareció un campo de fútbol entre el coche de Nina y la entrada principal, formada por un pórtico enorme de piedra.

Dentro había más blanco en la resplandeciente extensión de suelos de mármol, una chimenea central alrededor de la cual había gente sentada en butacas mullidas o en sofás que disfrutaba de un café entrada la mañana. Vio una mesa circular adornada tan solo con un arreglo de flores bellísimo que olía a primavera.

Cogió aire, lo soltó y cruzó el vestíbulo en dirección hacia el arco gigantesco que daba acceso al Après.

Había estudiado bien la página web, sabía qué esperar. Sin embargo, cuando entró tenía un único pensamiento en la cabeza: «Ay, Dios, ay, Dios, quiero este trabajo».

Una pared de cristal abría el bar al vasto mundo exterior. Las montañas, las pistas de esquí, un pedazo del lago, el bosque y caminos, además de lo que supuso que serían jardines alrededor de un enorme patio exterior cuando el invierno diese un paso atrás.

Las mesas, de madera oscura y también majestuosas, resplandecían, y en todas había una vela flotante bajo una cúpula de cristal y un jarrón con flores. Las sillas y los reservados invitaban a arrellanarse en el suave cuero gris.

La barra recorría toda la pared lateral y quienes trabajaban al otro lado disponían de una visión global de la sala. De madera oscura como las mesas, parecía antigua gracias al profundo tallado; detrás se encontraba una pared con cuatro columnas y arcos idénticos.

Morgan enseguida deseó que fuera suya.

La cafetera, de cobre y elaborada, se hallaba en un mostrador propio al lado de la pared con las bebidas, y la caja registradora ocupaba un espacio discreto a la izquierda; las puertas batientes conducían a la cocina.

Tomó nota mental para el futuro: la decoración, con clase; el ambiente, excelente.

Se moría de ganas de ponerse detrás de la barra, comprobar que todo estuviera en su sitio y examinar los barriles —había media docena a un lado de la barra—. Se encaminó hacia allí para echar un rápido vistazo, pero un hombre apareció por las puertas batientes con un cubo en las manos.

Alto y desgarbado, tenía el pelo corto recogido en trenzas. Llevaba una camisa blanca, un chaleco negro y pantalones de vestir. En la placa de latón del chaleco decía Nick.

—Buenos días. —La saludó con una sonrisa—. No abrimos hasta las once y media, pero en el vestíbulo sirven café, té y chocolate caliente. Si quiere, le tomo nota.

—No, gracias. He quedado con la señora Jameson. Nell Jameson. He llegado un poco pronto.

—¿Eres Morgan Albright? —Su sonrisa se ensanchó cuando dejó el cubo sobre la barra, y se le acercó con la mano extendida—. Soy Nick Tennant, el trabajador de la mañana. Has venido a por el puesto de encargada. Encantado de conocerte.

—Igualmente. Es un bar precioso.

—Yo opino lo mismo. —Sus ojos irradiaban orgullo al mirar alrededor—. Pero no soy imparcial, claro. Llevo diez años trabajando aquí, en el Après. Y otros cuatro para el resort durante los veranos y las fiestas.

—Diez años.

—Pues sí. —Sus ojos marrón oscuro la miraban con intensidad, la examinaban—. Y contestaré a lo que no vas a preguntar por educación. Yo no quiero el puesto de encargado. Me gusta trabajar mis ocho horitas y volver a casa para cenar. Acabamos de tener un bebé.

—Ah, felicidades. ¿A ver?

Con una sonrisa, sacó el móvil para enseñarle el fondo de pantalla, un bebé con los ojos enormes de su padre y una mata de pelo rizada. El lazo rosa y el vestidito rosa indicaban que era una niña.

—Se parece a su padre. ¿Cómo se llama?

—Shila. Tiene la boca de su madre, pero por lo demás es un clon mío. ¿Tienes hijos?

—No.

—Te cambian la vida.

Le dedicó una última sonrisa a la foto de su hija antes de guardarse del móvil.

—Pensé en ser encargado y en aceptar las horas nocturnas que implica. O en tener que venir cuando hay algún problema. Los horarios, el papeleo. Ganaría más, pero... No, de diez y media a seis y media ya me va bien. Entro a las diez y media, compruebo las provisiones y los niveles de los barriles, preparo los acompañamientos. Bueno, qué te voy a contar a ti.

—Ya.

—Abro el bar, hago todo lo que toca y me largo, y la mayor parte de las noches llego a casa a las siete menos cuarto para estar con mis chicas. Lo mejor de ambos mundos.

—Eso parece.

—Siéntate en la barra. Te serviré algo suave.

—Venga, vale. ¿Podría...? Me gustaría echar un vistazo.

—Claro, ven. —La guio y le sirvió una copa.

Comprobó que todo estaba limpio, reluciente y organizado, como debía ser. La picadora de hielo, el portabandejas, el fregadero impoluto, las bayetas, las servilletas de cóctel; todo inmaculado, como las botellas y las copas de la pared.

—¿Qué te parece?

—Que la gente que lleva este sitio y trabaja aquí sabe lo que hace.

La señaló con un dedo y luego le puso la copa sobre la barra.

—Puedo mandar un mensaje al despacho de Nell para avisar de que ya has llegado.

—No pasa nada. Así tengo tiempo de echar un ojo y de prepararme. —Rodeó la barra y ocupó un taburete—. No estoy acostumbrada a sentarme a este lado.

—¿Cuánto tiempo hace que eres camarera?

—Casi siete años. Empecé en el último año de la universidad, y fue cuando me di cuenta de que era lo mío. No hace falta que te pregunte si te gusta trabajar aquí. No pareces una persona que se pasaría aquí diez años, más otros cuatro durante los veranos y las fiestas, si no te gustara.

—Es un lugar estupendo para currar. Conocí aquí a mi esposa. Corrine trabaja en la recepción. Bueno, está de baja por maternidad, pero quiere volver por lo menos media jornada cuando Shila cumpla seis meses. Aquí se hacen buenos amigos y te tratan bien. Hal, el encargado del servicio de habitaciones de las suites, lleva veintisiete años en el centro. Y el récord no lo tiene él.

—¿En serio?

—La señora Finski (todo el mundo, incluidos los Jameson, la llaman señora Finski), la jefa del servicio de limpieza, cumplió treinta y seis años cuando se jubiló.

—Eso indica lealtad profesional.

—Merecida. Los Jameson son buena gente.

—Gracias, Nick.

El primer pensamiento que le vino al ver a Nell Jameson —con foto en la página web— era que la mujer desprendía energía.

Medía aproximadamente uno sesenta, llevaba botas modernas y lucía un cuerpo de gimnasio enfundado en un vestido rojo hasta las rodillas. Se había recogido el pelo castaño en una trenza desenfadada.

Y aunque salía muy bien en las fotos, Morgan decidió que en persona tenía mejor aspecto aún. Quizá fuera la energía o la profundidad de sus conmovedores ojos marrones.

Caminaba con absoluta confianza.

—Nell Jameson.

—Morgan Albright.

Estrecharon la mano y se observaron.

—¿Llego tarde?

—Yo he llegado pronto. —«Sé tú misma», pensó Morgan—. Quería hacerme una idea del bar antes de la entrevista.

—Y ¿qué idea te has hecho?

—¿Del bar? —Morgan recorrió la barra con la superficie—. Que esta barra la quiero para mí.

—No me extraña. Mi abuelo pidió que se la enviaran desde Dublín.

—Me ha parecido lo más espectacular. El resto es precioso. Elegante, pero sin pasarse. Organizado, con buen ambiente; son cosas en las que los huéspedes no siempre se fijarán, pero lo notarán. Y las vistas…, en fin, menuda maravilla.

—Son ventanas térmicas, tintadas para proteger la vista. Se ven las pistas de esquí. ¿Sueles esquiar?

—Para nada.

—Muy bien. En primavera, verano y hasta entrado el otoño, se ve el noveno *tee* cerca del lago. ¿Juegas al golf?

—No, pero he estado en jardines y he cuidado unos cuantos, y supongo que el aspecto que tienen cuando no están sepultados en la nieve debe de ser impresionante.

—Pues sí. Bueno, nos sentamos a una mesa y comenzamos. —Nell levantó un dedo—. Antes de que tomemos asiento, empecemos con una sencilla demostración de algunos conocimientos prácticos por tu parte. ¿Qué te parece si me preparas un *kir royale*?

—Me encantaría. Necesito ver su carnet de identidad.

Oyó a Nick soltar un jadeo de sorpresa, pero siguió mirando fijamente a Nell.

—¿Lo dices en serio?

—De lo contrario, no le puedo servir bebidas alcohólicas.

—Tengo veintisiete años.

—Eso es lo que dicen todos. Lo siento. Pasaría por una de veinte. Quizá tenga un ADN y una estructura ósea excepcional, pero no merece la pena que yo o este lugar nos arriesguemos.

—¿Es tu política personal?

—Sí, y espero que sea la de su negocio, o de lo contrario no soy la persona adecuada para el puesto.

—Ya veo. —Nell dejó el maletín sobre la barra y lo abrió. Sacó una fina cartera de piel de uno de los bolsillos y le mostró el carnet de conducir.

Morgan se lo quedó mirando.

—Gracias —dijo con una sonrisa.

Se le aceleró el corazón y se dirigió hacia la barra. Y allí se tranquilizó. Aquella zona la controlaba.

Llenó una copa alta con hielo y agua fría, y la dejó a un lado mientras encontraba una botella de *crème de cassis*, un limón y un cuchillo de mondar.

—En la página web pone que es usted la jefa de Restauración.

—Así es. Pero tutéame.

Morgan cogió una botella de champán de la nevera.

—¿Eso incluye el Après, el bar de la recepción, los restaurantes y el servicio de habitaciones?

—Y el bar de zumos del gimnasio, la cafetería que hay junto al ascensor y las compras para llenar las cabañas por petición de los huéspedes.

—Son muchas cosas —comentó Morgan mientras abría la botella con un elegante y suave chasquido.

—Tengo un equipo excelente.

—Solo he conocido a Nick, pero, si todos son como él, ya lo creo.

Volcó el hielo, midió a ojo una cucharilla de *crème de cassis*, la introdujo en la copa e inclinó la botella para servir el champán.

—¿Y trabajar en un negocio familiar añade ciertos elementos de tranquilidad y complicación?

—Pues sí. —Intrigada, Nell apoyó la barbilla en el puño—. ¿Me estás haciendo tú la entrevista a mí?

—Solo entablo una conversación. —Utilizó el cuchillo para cortar el limón y lo mondó para formar una espiral perfecta. Llenó la copa con el champán, añadió la espiral de limón y dejó la copa en una servilleta de cóctel—. Que lo disfrutes.

Nell tomó un sorbo y dejó la copa sobre la barra.

—Vale, está perfecto. No pensaba bebérmelo, pero haré una excepción. Vayamos a la mesa.

Cuando Nell la acompañó a un reservado junto a las ventanas, Nick le dedicó a Morgan una sonrisa y un gesto de pulgares arriba.

—Voy a empezar diciéndotelo para quitármelo de encima —dijo Nell cuando Morgan se sentó delante de ella—. Siento mucho lo que te pasó y lo que le pasó a tu amiga. Lo siento mucho.

—Gracias.

—Parte dos de quitarnos cosas de encima. Me molestó que mi abuela concertara esta entrevista. Invadió mi territorio.

—Ah. —«¡Mierda!»—. No me extraña.

—Abuelas. —Nell le lanzó una sonrisa resplandeciente—. Por suerte, a la mía la adoro.

—Diré que yo a la mía también.

—Muy bien, ahora vayamos al quid de la cuestión. —Una vez más, Nell cogió el maletín. Esta vez extrajo un dosier y lo abrió—. Tu currículum es impresionante. Pero no veo que incluya que fueras la encargada del bar Otra Ronda de Maryland.

—Allí solo era camarera. Era la jefa de personal de Construcciones Greenwald.

—Tu jefe de Otra Ronda me ha dicho que a menudo te encargabas de cuadrar los horarios, del inventario y de los pedidos, incluso de hacer reparaciones y mantenimiento.

—Lo que haga falta.

—Ese es un buen lema laboral. También me ha dicho que fuiste la segunda mejor camarera que ha tenido en los treinta y un años que hace que es propietario del bar.

—Big Mac, el número uno.

—Exacto. —Nell volvió a sonreír—. Big Mac te ganaba porque cantaba como los ángeles e intimidaba a cualquier persona problemática con su tamaño. Pero tú eras más fiable y flexible, así que casi diría que es un empate. Esperaba venderte el negocio a ti cuando se jubilara.

—Pues... —Aquello la afectó—. No lo sabía.

—Por lo visto, él tampoco hasta que te mudaste. ¿Tienes intención de quedarte en Westridge?

Fue un golpe saber que había estado a punto de tener su propio bar. Tuvo que apartar aquella idea porque se había esfumado. Y debía centrarse en el presente.

—Quiero arraigar en algún sitio. He trasplantado mis raíces aquí. No tengo nada por que irme, y mi familia vive aquí.

—Siendo la hija de un militar, has vivido en muchos sitios. ¿Cuál es tu preferido?

—En realidad, ninguno. Es temporal, y lo sabes cuando te marchas.

—Así que nada de apegarse a los sitios. —Nell asintió y, aunque tenía el currículum de Morgan sobre la mesa, no lo miró—. Trabajaste durante la universidad, así que tienes experiencia en servir mesas y en servir al público en general. Y eso debería darte nociones de lo que debe gestionar el personal del bar. En cuanto a tus dotes como encargada, tu jefe de Construcciones Greenwald habla maravillas de ti.

La sorprendió que Nell ya hubiera contrastado sus referencias, pero respondió con educación.

—Fue fantástico trabajar para los Greenwald.

—Un negocio familiar.

—Sí, bastante familiar.

—Tu madre y tu abuela también tienen un negocio familiar.

—Sí.

—Me encanta Hecho a Mano, por cierto, y tengo que sacar tiempo para acercarme al pueblo y echar un vistazo a la nueva cafetería.

—Es una pasada.

—Pero ¿no quieres trabajar allí?

—Una vinoteca está genial, pero no es un bar. A lo mejor les echaría una mano, pero no me necesitan.

—¿Crees que trabajar en un negocio familiar añade ciertos elementos de tranquilidad y complicación?

Por primera vez, Morgan soltó una carcajada.

—Pues sí.

—¿Por qué en un bar? —Nell se recostó en el asiento y bebió un sorbo.

—Me gusta la gente. La gente se reúne en los bares. Cuando estrás detrás de una barra, te buscan para que les sirvas una copa. Pero debes saber evaluar el estado de ánimo. Feliz, de celebración, con ganas de acabar un mal día, triste, cabreado, en busca de compañía. Y eso es lo que sirves junto con la copa. Se me da bien mezclar cócteles y evaluar estados de ánimo. Me gustan los bares. Cuentan con su propio universo.

—Ah, ¿sí?

—El mundo sigue girando fuera de aquí. —Trazó círculos en el aire con un dedo—. Pero aquí tienes un respiro. ¿La reunión ha fracasado y no te han dado el ascenso? Un respiro. ¿Tu hijo ha bordado el examen y te han ascendido? Un lugar donde celebrarlo y compartir las buenas noticias. Es un bar de un resort, con clientes que están de paso, pero seguramente vienen algunos habituales.

»Allí hay reuniones de trabajo. —Señaló una mesa vacía—. Allí hay un par de recién casados que se comen con los ojos. Dos parejas, viejos amigos, que se van juntas de minivacaciones. Una despedida de soltera. Veo a todo el mundo desde detrás de la barra, un plano muy inteligente, y puedo dedicar mi atención a los de los taburetes.

—¿Qué esperas de los trabajadores?

—Lo mismo que espero de mí misma. Que sirvan, que evalúen los estados de ánimo y actúen en consecuencia. Que no hablen a no ser que les hablen primero a ellos. ¿Quieren propinas? Que sonrían, que entablen contacto visual, presten atención y no prioricen una mesa por encima de otra. Un servicio amistoso debe ser igualmente eficiente. Primero se sirve y luego se critica. Y si necesitan ayuda, que me lo digan. Intervenir es mi labor. Lo que haga falta.

—Muy bien. Tengo quince minutos. Hablemos de las condiciones, y después te dejaré con mi ayudante para que te lo enseñe todo. —Bebió otro sorbo del cóctel—. Si llegamos a un acuerdo, podrás empezar a formarte mañana mismo. Me gustaría que te pasaras toda una semana con Don, nuestro actual encargado, antes de que volaras sola.

Morgan se puso las manos en el regazo, las entrelazó y se las apretó con fuerza.

—¿Y ya está?

Esa vez, Nell se quedó mirando la copa antes de beber y, a continuación, levantó la vista para clavar los ojos en los de Morgan.

—Yo también sé evaluar a la gente.

Noventa minutos más tarde, y todavía aturdida, Morgan entró en Hecho a Mano. Había media docena de personas curioseando y Sue estaba terminando una venta.

—Hola, Morgan. Tu madre y tu abuela acaban de subir al despacho.

—Gracias.

Se dirigió a las escaleras y las encontró a las dos delante del ordenador; su abuela miraba la pantalla por encima del hombro de Audrey.

—Valoro más el interés, mamá, que la experiencia. Siempre podemos enseñar… ¡Morgan! ¿Te han dado suerte los pendientes? —Audrey se puso las manos debajo de la barbilla.

—Toda la posible. Me han cogido.

—Pues claro. —Olivia se encogió de hombros, pero le brillaban los ojos cuando Audrey se levantó para abrazar a Morgan y dar saltos con ella—. Los Jameson no son idiotas.

—Mañana empiezo la formación, y estaré en periodo de prueba durante tres meses. Y después de eso recibiré un aumento automático. Madre mía, me han ofrecido más de lo que ganaba en la Ronda, y con prestaciones. Y voy a gestionar un equipo de veintitrés personas, incluido el personal de cocina. Por Dios.

—Hay que celebrarlo —anunció Audrey—. Saldremos a cenar juntas.

—Prepararé chuletas de cerdo. —Morgan obedeció a un impulso.

—¿Vas a cocinar? —Audrey parpadeó.

—Es la receta de la madre de Nina. Si la hice una vez, puedo volver a hacerla. Voy a preparar chuletas de cerdo y sus patatas picantes —repitió, porque así pondría fin a un recuerdo horroroso—. Y usaremos la vajilla buena. Así es como quiero celebrarlo.

Se apartó ligeramente.

—Gracias, abuela, por abrirme la puerta. Gracias a las dos por los pendientes de la suerte que a lo mejor no me quito nunca. Me voy al súper y a preparar la cena.

Les dio un abrazo a las dos.

—Y si la comida está asquerosa..., mentid.

8

La profundidad de la estupidez, mezclada con la candidez, de la raza humana nunca dejaba de sorprenderlo.

Y de maravillarlo.

Después de todo, sin esas fantásticas debilidades, ¿cómo iba a vivir él el estilo de vida que merecía?

Gavin Rozwell aprendió muy temprano que la hembra de la especie humana ofrecía casi oportunidades interminables de ser explotada y manipulada. El método dependía de la presa concreta, por supuesto. Para algunas solo era necesario un buen físico.

Y él contaba con un buen físico, como le habían asegurado durante toda su vida.

¿Para otras? Había que sumar ser encantador; Gavin era capaz de echar mano de encanto, dramatizar y quitárselo en función de lo que pedía cada presa y situación.

Tenía esa habilidad.

Y luego había otras a quienes les gustaba que fuera más brusco; ningún problema. Pero solía dejar esa aspereza para la parte fácil. Hacia el final.

Había mujeres que se dejaban embaucar por el lobo solitario, por el tipo enfurruñado, el poeta, el tranquilo o el traumatizado. Disponía de un millón de personalidades que era capaz de lucir como si fueran un traje distinto.

Las historias tristes servían para empezar con algunas personas. Por ejemplo, con una viuda reciente o con una mujer cornuda. ¿Cuál era el truco? Ser quien ellas querían que fuese.

Y en eso Gavin era muy diestro.

Una vez más, lo aprendió a una edad muy temprana al ver a su madre llevarse una decepción tras otra. Su madre creía de corazón que la gente era buena por naturaleza, independientemente de lo hondo que hubieran enterrado esa bondad.

Según su madre, nadie era malvado al cien por cien. Y en su mundo la maldad no existía. A fin de cuentas, Dios había hecho el mundo, y Dios era bueno. Por más veces que la hubieran decepcionado, creía que la amabilidad triunfaba.

Su madre, la santa.

Su madre, la idiota.

Había considerado a Gavin, a su hijito guapo y listo, un regalo. Y sí, su padre le había dado palizas en las raras ocasiones en las que él prestó atención. Pero luego vinieron las excusas, siempre de parte de ella, no de su padre. «Ha tenido un mal día, está molesto, yo no tendría que haber dicho nada».

Y cuando su padre la abandonó y se llevó el dinero que había guardado debajo de los sujetadores y las bragas baratas y blancas de usar y tirar, ella lo había justificado.

«Nos quiere demasiado como para quedarse».

Así fue como Gavin, el regalo de ella, presenció la debilidad, la debilidad de una mujer, perfecta para ser explotada.

Para su madre, se convirtió en el hijo amantísimo mientras ella aceptaba trabajos pésimos para gilipollas que a duras penas le pagaban lo suficiente como para permitirse el alquiler. Un simple puñado de dientes de león o un corazón cortado de cartulina servía para asegurarse de que se desvivía por él.

Y tampoco se daba cuenta, y ni siquiera lo mencionaba, de los cinco o diez dólares que él cogía de la lata de café que su madre guardaba en el armario de la cocina.

Gavin era un buen estudiante. Era listo y sumamente educado. Y utilizaba la confianza que se había granjeado con esmero para engañar y estafar a alumnos y a profesores por igual.

Se le daban muy bien los ordenadores y, tras pulir su destreza, destrozó la vida de su profesor de historia de octavo.

¡El muy capullo le había puesto un simple «bien»!

El momento de hackear le había resultado asombrosamente sencillo cuando se puso a ello. Llenar el ordenador de casa del señor Stockman con pornografía infantil había sido un reto que había acometido con ganas.

Stockman perdió el trabajo, a su mujer y a su hijo, y se pasó seis años en una prisión federal.

«Eso te pasa por ponerme un bien, gilipollas».

El discurso que dio como el alumno con las mejores notas en la graduación del instituto llenó los ojos de su madre —y de otros— de lágrimas. Aceptó una beca para estudiar en Michigan. Aunque pudo elegir entre distintas universidades, afirmó que debía quedarse cerca de casa, de su madre y de Detroit, para así poder volver de vez en cuando para ayudarla.

Y fue fiel a su palabra y esperó hasta la primavera de su segundo semestre para cometer su primer asesinato.

¡Qué conmoción! ¡Qué tragedia! El asesinato sin sentido de una mujer de cuarenta y un años durante un robo con fuerza de una casa de alquiler mientras su único hijo, su amantísimo hijo, dormía a noventa kilómetros de distancia en la residencia universitaria.

Su hijo de diecinueve años, que apareció hecho polvo en el funeral. Y a los diecinueve años, sin arriesgarse a pasar por adopciones ni por tutelajes legales, saboreó la libertad.

Cobró el seguro de vida de su madre, el que él le había convencido para que contratara —eran solo quince dólares al mes que le darían tranquilidad—, y Gavin Rozwell, un psicópata nato, se marchó.

Y prosperó.

Durante una temporada, se limitó a viajar y a vivir por todo lo alto. Sin embargo, el dinero del seguro no iba a durar para siempre.

Estuvo un tiempo realizando estafas pequeñas que le resultaron divertidas y provechosas. Y luego pasó al robo de identidad, que le resultó aún mucho más provechoso y satisfactorio.

Pero esos robos carecían de emoción pura. No le proporcionaban un chute de alegría ni un arrebato de placer.

Y fue al viajar y organizar y urdir planes como encontró su verdadera vocación.

Sabía que, al poner fin a la vida de cada una de sus presas, mataba una y otra vez a su madre. A fin de cuentas, había sacado muy buenas notas en sus cursos de psicología. Pero ¿qué más daba? Disfrutó de todos y cada uno de sus asesinatos. Acababa con sus presas y miraba a sus ojos desorbitados cuando las estrangulaba, y entonces recordaba el momento en el que miró a los de su madre.

¿Quién decía que no se podía volver a casa?

Y la guinda del pastel era el placer de quitarles primero todo lo que atesoraban, así como su padre le había quitado a su madre todo lo que atesoraba.

Bueno, sin contarlo a él, claro está.

Ese día, una preciosa mañana de primavera, con el nombre de Oliver Salk, estaba sentado en la terraza de su suite de hotel en Maui tomando el aire y observando las vistas mientras sorbía su segunda taza de café.

En los doce años que habían pasado desde que matase a su madre, había vivido bien, por todo lo alto. El cuarto de millón de la póliza le había dado los medios y la oportunidad de perseguir el estilo de vida para el que había nacido.

Levantó la taza y brindó.

—Gracias, mamá.

Se lo había ganado, así como se había ganado todos los centavos desde entonces, porque se trataba de trabajo, y el trabajo requería tiempo, destreza e inteligencia. Las semanas, a menudo meses, de investigación y planificación pasaban factura. Y había que sumarles los gastos de mantener su físico mientras se hacía ligeros cambios por el camino y de adquirir nuevas identidades y el fondo de armario necesario.

Algunas de sus presas esperaban acostarse con él, algo que, sinceramente, Gavin jamás había disfrutado. Pero lo interpretaba como parte de un negocio.

Había estado con una en Portland tres..., no, cuatro años antes, recordó. Dios, qué mujer tan sexualmente incansable. Pero, bueno, le había birlado ochocientos mil dólares antes de poner fin a la relación. Y a su existencia.

Había encontrado una forma de ganarse la vida y de disfrutar de su existencia, de su trabajo y de sus viajes. Y su porcentaje de éxito había sido perfecto porque se había ganado la perfección. Merecía la perfección.

Hasta que llegó Morgan Albright.

La que consiguió huir de él.

Todavía le escocía, y debía admitir que fallar lo había dejado alterado. Bastante alterado, de hecho. Lo suficiente como para descansar y tomarse unas largas vacaciones.

La muy guarra habría hablado con los policías, con los subnormales del FBI, y quizá, solo quizá, a él se le había escapado algo que no debería haberle contado.

No era probable, pero la irritante posibilidad lo había llevado a darse un respiro y a poner varios miles de kilómetros entre ellos.

A fin de cuentas, podía permitirse pasar una temporada en San Diego y luego un par de meses en Malibú antes de saltar a una isla de Hawái.

Para su mente no había nada mejor que un hotel elegante en una playa.

Tanto trabajo y tan poca diversión habían convertido a Gavin en un tipo tedioso.

Pero incluso en los hoteles elegantes y en playas elegantes pensaba en ella y nada más que en ella. Se lo había robado todo, pero seguía viva. Albright se había cargado su buena racha y eso lo carcomía por dentro.

Debía arreglarlo, solucionar ese imprevisto y recuperar la suerte. Además, estaba aburrido. Para él el trabajo era divertido, y había fallado, y al fallar se había puesto en modo investigador.

Necesitaba recuperar la suerte e iniciar una nueva racha antes de lidiar con Morgan.

Tenía a dos posibles candidatas en tierra firme, y pronto elegiría a la flamante ganadora. Pero Morgan... Esa tía le había demostrado que la gente era estúpida, ingenua y siempre dispuesta a dejarse engañar.

En el último año, la muy tonta había cambiado las contraseñas —como si fuera a servir de algo— y había borrado sus escasos perfiles en redes sociales.

Pero su madre tenía un perfil en todas. Publicaba a menudo para promocionar su negocio familiar en Vermont. Fotos preciosas, publicidad alegre con un toque personal.

De ahí supo él que Morgan, arruinada, se había mudado a Vermont para ir con su mamá y su yaya. Y todas esas encantadoras publicaciones lo ayudaron a tenerla vigilada. Había investigado a su familia, su casa y su negocio antes de entrar en su bareto de mala muerte, así que estaba al corriente de su organización y de sus finanzas familiares.

Cuando estuviera preparado, utilizaría las cuentas de su madre para encontrar una manera para volver y hackear de nuevo a Morgan.

Cuando estuviera preparado.

A lo mejor el destino había dispuesto que la primera vez se le escapara. La idea del destino lo reconfortaba. Morgan lo había perjudicado por el mero hecho de mantenerse viva y él le podría hacer mucho más daño dejándola vivir y luego arrebatándoselo todo otra vez.

Un segundo asalto requería un cambio de táctica, un método completamente distinto. Pero con el potencial de obtener más, mucho más. Más dinero, más dolor, más placer para él.

¿Y si las mataba a las tres? Era una posibilidad.

Una que debería meditar.

Pero antes de nada debía recomponerse. Había llegado el momento de elegir a la flamante ganadora, decidió, y empezó a urdir un plan.

A Morgan le encantaba volver a trabajar, la rutina, la estructura, un horario fijo. Ponerse el uniforme hacía que se sintiera productiva y capaz. Conocer al personal significaba que formaba parte de nuevo de un equipo.

La formación fue bastante sencilla. El Après era claramente un bar más grande y de mayor postín que cualquier otro en el que hubiera trabajado antes, pero lo dominaría.

Quizá la visita que hizo a la bodega la dejó un poco sin aliento —estantes y más estantes, y añejos mucho más añejos que cualquiera que hubiese servido hasta entonces—, pero también lo dominaría.

El menú de la cocina era bastante más elegante que el de la Ronda, y a los clientes les ofrecían almendras garrapiñadas y aceitunas *picholine*, pero no era más que una cuestión de estilo.

La semana de formación pasó volando, y Morgan sirvió a clientes parecidos a aquellos que Nell le había comentado durante la entrevista. Aunque pensaba que Nick era el mejor de los que atendía la barra, no tenía ninguna queja.

En cuanto al resto del personal, estaba claro que lo habían formado bien.

A finales de esa semana, Lydia Jameson le pidió que fuera a verla.

Morgan esperaba un despacho recargado y bastante majestuoso que encajase con la fotografía de la mujer a la que había estudiado y con la biografía que había buscado en Google. Sin embargo, se encontró con una habitación modesta y funcional con una mesa práctica y una silla con el respaldo tan recto como la personalidad de Lydia.

La mujer llevaba el pelo rubio oscuro peinado en suaves bucles alrededor de un rostro fuerte de rasgos marcados. Pómulos y barbilla tallados como si fueran diamantes. Las décadas de arrugas no la afeaban, sino que le daban un aspecto más sabio e imponente. Tenía los ojos de un marrón dorado y unas gafas de montura negra. Sus labios rojizos no sonrieron cuando observó a Morgan.

—Siéntate. —La voz grave iba a juego con el rostro; le señaló una silla con una mano adornada con una alianza de boda con un único y resplandeciente diamante—. Y bienvenida a la familia Jameson.

—Gracias. Es un honor formar parte del equipo.

—Veo en ti a Olivia y también un poco a Audrey. Supongo que has sacado los ojos de tu padre.

—El color sí.

—Tengo mucho respeto por Olivia y, durante los últimos años, tu madre también se lo ha ganado. Por eso estás aquí. O debería decir que por eso te dimos la oportunidad de que estuvieras aquí.

—Lo sé. Y les estoy agradecida.

—Como debe ser. Le pedí a Nell que te entrevistara porque pensé que me tocaba dar un paso atrás. También tengo mucho respeto por mi nieta.

—Como debe ser.

Lydia arqueó una ceja al oírla.

—Nell me ha dicho, igual que Don, que serás un gran valor para el resort.

—Estoy decidida a serlo.

—¿Eres una persona decidida, señorita Albright?

—Sí, señora, lo soy.

Lydia dejó que esas palabras flotaran en el aire un rato mientras seguía analizando a Morgan en silencio.

—Para una persona decidida es difícil empezar de cero, pero sin decisión y determinación no hay posibilidades de éxito. Tus antiguos jefes también han ensalzado tu lealtad. Aquí valoramos la lealtad y la damos a cambio.

—Se lo agradezco, y ya lo he visto. Nick Tennant lleva diez años trabajando aquí; Opal Reece, doce; Adam Fine, dieciséis. Y hay otros con tanta experiencia o más. La gente no se queda en un mismo trabajo tanto tiempo si no recibe un buen rato, si no hay respeto ni lealtad por ambas partes. Yo voy a ofrecer lo mejor de mí, señora Jameson, y soy muy seria.

—No espero menos de la nieta de Olivia. Una vez más, bienvenida a la familia Jameson. —En ese momento, Lydia se levantó y le tendió una mano.

—Gracias.

Al dirigirse hacia el Après, Morgan se permitió respirar de nuevo. Estaba bastante segura de que acababa de superar la última prueba.

En su primer día oficial como encargada del Après, se puso los pendientes de la suerte. Y entró una hora antes de su turno para reunirse con Nell y la madre de esta, Drea Jameson, la coordinadora de eventos.

La reunión tuvo lugar en el despacho de Drea, una estancia más grande que la de Lydia, y que contenía un sofá biplaza de color rosa y dos sillas con estampado floral.

Morgan pensó que los toques femeninos iban bien con aquella mujer, con su caballera de mechones cobrizos, piel de porcelana y preciosos ojos azules.

Llevaba un vestido de tubo de color lila con una chaqueta hasta la cintura. Morgan supuso que los zapatos grises de tacón alto aumentaban la escasa altura de la mujer.

—Siento mucho no haber tenido tiempo de venir al Après a presentarme.

—Dos bodas, una fiesta de aniversario, un banquete corporativo y la reunión familiar de los Grottoti en las dos últimas semanas no le dejan a una demasiado tiempo libre.

Drea sonrió, y Morgan se preguntó si el hecho de que el color de su pintalabios fuera idéntico al del sofá era deliberado o una alegre coincidencia.

Concluyó que era deliberado.

—Nell dice que prestas atención.

—Son eventos que ocupan mesas del bar.

—Pues sí. En fin. —Le dio una carpeta a Morgan—. Estos son los actos programados para las próximas cuatro semanas. A Don le gustaba tener una copia mensual tanto electrónica como en papel. Habrá cambios. Incorporaciones, cancelaciones, y verás los números finales en rojo.

Morgan abrió la carpeta y hojeó los impresos.

—Estaremos ocupados. Y eso es bueno. A mí no me importa tener solo una versión electrónica, pero sí me gustaría colgar el calendario en la cocina, y de eso me puedo encargar yo. Así lo actualizamos en función de las necesidades. —Levantó la vista—. ¿Es posible trabajar con los eventos de cuatro a seis meses vista?

—Claro que sí. A Don le gustaba ir más de poco a poco.

—A mí me permitiría una visión más global y más a largo plazo para organizar las vacaciones, los cambios de turno, en qué eventos hay que contar con camareros y zonas del bar. Y también saber si hay que servir de todo o solo vino, cerveza y cócteles sin alcohol. —Se volvió hacia Nell—. Entiendo que eso depende de tu supervisión, pero los eventos privados le quitan mesas al Après, por lo menos en lo que dura el evento en sí, y necesitan tirar de personal del Après o del bar de la recepción.

—Pues sí. —Nell ladeó la cabeza—. ¿Algo más?

—Bueno, ya que las reuniones corporativas son una parte relativamente pequeña del negocio del resort, los asistentes utilizan el bar para hacer contactos y reuniones desenfadadas, así que con seis meses vista podré asegurarme de que no me faltan provisiones. El viernes pasado por la noche tuvimos que coger un tequila 1800 Silver del bar de la recepción.

—La reunión de Knox, Campo y Semillas —dijo Nell—. Una noche del viernes con chupitos de tequila. Deberíamos haber estado preparados.

—Don ya estaba con un pie fuera. —Drea levantó la taza de café—. Y es comprensible. Te puedo enviar a tu correo del resort todos los eventos con seis meses de antelación organizados cada dos meses.

—Sería perfecto, gracias.

—Seguro que hay algo más. —Nell ladeó la cabeza.

El Après quizá no fuera su propio bar, pero...

—Ya que me pongo a pedir, quiero aprovechar a ver si tengo suerte con otra cosa. Me gustaría incluir una bebida especial de temporada, como hacen en el spa con masajes y lociones especiales para los clientes. La manzana es la fruta del estado, así que podríamos probar a incluir un cóctel con sidra, fuerte o suave, para el otoño o el invierno, o quizá caliente y especiada en invierno. Un cóctel espumoso con sidra para la primavera, sangría para el verano, esa clase de cosas. O, con su aprobación, podría coordinarme con el spa y aprovechar lo que vayan a ofrecer.

—¿Y si la oferta especial es un masaje de lavanda? —se preguntó Nell—. Es lo que harán la semana que viene para el inicio de la primavera. —Dejó la taza vacía sobre la mesa—. Pero apuesto a que ya lo sabes.

Como sí que lo sabía, Morgan estaba preparada.

—Margarita de lavanda, *gin fizz* de lavanda, cóctel de champán con lavanda. Necesitaría saberlo para pedir el sirope y disponer de los tallos para adornar las copas. Pero se pueden preparar muchas bebidas distintas en primavera o en verano.

—Me gustaría un margarita de lavanda —decidió Drea—. Suena fantástico. ¿A ti qué te parece, Nell?

—¿Lo ofreceríamos en todo el resort o sería exclusivo del Après?

—Eso dependería de ti.

—Supongo que sí. Probemos la coordinación con el spa. En todo el resort, si hace falta. Empieza con eso la semana que viene en el Après.

—Estupendo. Pediré lo que necesitemos.

—Me voy contigo. —Nell se puso en pie.

—Bienvenida a bordo, Morgan. —Drea también se levantó—. Y diles a tu madre y a tu abuela que las echo de menos en clase de yoga.

—¿En clase de yoga?

—En Studio Om, en South Alley con High Street. Intentamos ir los miércoles a la clase de las nueve de la mañana, pero entre el nuevo proyecto de la cafetería y mi horario, llevamos un mes sin ir. Yo creo que incluso seis semanas. Diles que estoy decidida a ir esta semana sin falta.

—Se lo diré.

—También medita —le comentó Nell cuando salieron donde estaba el resto de los despachos, con los teléfonos que sonaban y los asistentes ocupados—. ¿Haces meditación?

—Solo cuando estoy inconsciente.

Con una carcajada, Nell meneó la cabellera, que ese día llevaba suelta sobre los hombros. Un aspecto mucho más desenfadado que iba bien con los pantalones grises y el jersey azul.

—Yo también. No sé si me fascina o me desconcierta la idea de un margarita de lavanda.

—Pásate por el bar la semana que viene. Te prepararé uno.

—Puede que vaya. —Sacó el móvil del bolsillo, que le sonaba—. Bueno, nada de meditación ni de margaritas para mí. Que tengas suerte esta noche —añadió, y se marchó a toda prisa en dirección contraria.

—Estar ocupados es bueno —murmuró Morgan.

Intercambió asentimientos y saludos con algunos de los trabajadores con los que se cruzó al dirigirse hacia el vestíbulo por el suelo de mármol y a través del arco.

Pensó que empezaba a tener la sensación de haber encontrado su lugar.

En el bar había cierto alboroto, como en su opinión siempre debía suceder en un bar, con gente que se relajaba con una copa antes de cenar o que se instalaba para comer algo en la barra. Con un rápido vistazo, vio a un par de empresarios cerca el uno del otro y sumidos en una intensa conversación. Y a tres mujeres riéndose juntas con sendas copas de vino.

Se detuvo en seco al reconocer a los dos hombres que bebían cerveza. Más Jameson, observó. El patriarca, Michael «Mick» Jameson, el hombre que junto a su mujer, Lydia Miles Jameson, había expandido lo que había empezado siendo un puñado de cabañas y un hotel de veinte habitaciones hasta formar el resort de Westridge. Estaba sentado con el hermano de Nell, Liam, el menor de todos.

Morgan pensó que las distintas generaciones se daban un aire. El abuelo con el pelo canoso y brillante sobre un rostro arrugado, el más joven con una mata de pelo castaño revuelto y rostro liso y sin arrugas.

Sin embargo, al verlos sentados allí era indudable que formaban parte de la misma familia, la primera generación con un jersey, la más joven con una sudadera, y mantenían una animada conversación sobre la jarra de cerveza de última hora de la tarde.

¿Negocios, placer o ambas cosas?, se preguntó cuando se encaminó hacia la barra y se puso al otro lado.

—Llegas pronto. —Nick sirvió otra ronda (un *chardonnay*, un *zinfandel* y un *cabernet*), y Morgan supuso que era para las tres mujeres de la mesa cinco—. Ninguna mesa ha pedido la cuenta aún —le contó.

—Desde que he entrado, dos acaban de sentarse cerca del vestíbulo.

—Lacy está en ello. Ha ido atrás a por un plato de queso para esa mesa. Los jefes están en la ocho.

—Ya lo he visto.

—Beben Heady Topper —le aclaró la marca—. Si quieren otra ronda, sírveles patatas fritas con queso, aunque no las pidan. A Mick le encantan las patatas fritas con queso.

—Perfecto. Vete a casa. Apuntaré tus propinas.

—Ahora eres tú la jefa.

—Eso parece.

Un hombre que parecía acabado de despertarse de una larga siesta se sentó en un taburete.

—Buenas noches. ¿Qué le pongo?

—Acaban de hacerme mi primer masaje con piedras calientes. —Le dedicó una sonrisa adorable—. ¿Alguna vez te han hecho uno?

—Todavía no.

—Pues hazte un favor. Nunca había estado tan relajado como ahora. A mi esposa le están haciendo uno, hemos quedado aquí. Es la primera vez que venimos.

—Y ¿qué les está pareciendo por el momento?

—Creo que me voy a mudar aquí. Mi esposa querrá una copa de champán. Del bueno. Todavía no lo sabe, pero la va a querer. Yo probaré la cerveza artesanal. Marie. Así se llama mi esposa.

Morgan pensó que Marie era una mujer afortunada. Y decidió que estaba en lo cierto cuando la vio entrar al cabo de unos minutos.

Marie se dejó caer sobre un taburete.

—Por Dios, Charlie. ¿Dónde ha estado ese masaje durante toda mi vida?

Parpadeó cuando Morgan le puso una copa de champán delante de ella.

—¿Champán?

—Se lo merece. Dieciocho años —le dijo Morgan—, tres hijos, y su primera escapada en solitario en dieciséis años.

—Y ahora me siento como una princesa. Sé que se supone que íbamos a arreglarnos para ir a cenar a un sitio elegante, Charlie, pero es que estoy relajadísima y sin energía.

—Ya somos dos. ¿Aquí la comida que servís está bien? —le preguntó a Morgan.

—Le aseguro que sí. ¿Por qué no ocupan una de las mesas junto a la ventana? Ahora les llevo las bebidas. Echen un vistazo al menú y, si deciden cenar aquí, cancelaré su reserva de aquel otro restaurante.

—Qué amable. —Marie se limitó a suspirar—. Todo es precioso y la gente es muy maja. Me encanta este sitio. Charlie, le debemos a mi hermana un gran ramo de flores por habérnoslo recomendado.

Mientras Morgan se ocupaba de ellos, los Jameson se sentaron a la barra con las jarras vacías.

—Otra ronda. Heady Toppers.

—¿Añado una ración de patatas fritas con queso? —Morgan dejó los vasos en el fregadero.

Mick esbozó una sonrisa y, durante unos segundos, pareció tan joven como su nieto.

—Mi reputación me precede. ¿Qué me dices, Liam? ¿Las compartimos y no se lo contamos a tu abuela?

—¿Pagas tú? Soy una tumba.

Morgan anotó la comanda y empezó a servir las cervezas.

—No sé qué les has dicho a la pareja de allí. —Mick asintió en dirección a Charlie y Marie—. Pero los has hecho felices. Ese es el objetivo de este sitio, hacer feliz a la gente.

—Los masajes con piedras calientes ya lo habían hecho por mí. Querían que pidiese uno yo. —Sirvió las cervezas y vio la señal que le hacía Charlie—. Disculpen un momento. —Al encaminarse hacia ellos, hizo señas al camarero para que la acompañara.

Cuando regresó, cogió una cubitera para el champán.

—En Glade's han perdido una reserva. Charlie y Marie van a cenar aquí: un sándwich club para ella y uno de carne para él, pero sin cebolla porque Charlie tiene otros planes. —Meneó las cejas mientras llenaba la cubitera de hielo—. Ponen punto final al primer día de su primera visita al resort con una botella de champán. Del bueno.

—Nosotros invitamos al champán —le dijo Mick.

—Vaya, eso es… estupendo.

—Iré a saludarlos mientras tú enfrías la botella. No te comas todas las patatas, Liam.

—Así es Mick —murmuró Liam mientras negaba con la cabeza.

Morgan cobró a los empresarios, preparó un par de martinis secos y vio cómo Charlie y Marie brindaban con las copas.

—Haces muy fácil un trabajo que es difícil —observó Mick tras apurar la cerveza—. Me gusta que la gente sea capaz de hacer fácil un trabajo difícil. Vamos a dar una vuelta, socio. —Le dio una palmada a Liam en el hombro. Acto seguido, dejó tres billetes de veinte sobre la barra—. Sigue así.

—Gracias, señor Jameson.

—Mick. Aquí somos familia.

—¿Esquías, Morgan?

Ella negó con la cabeza en dirección a Liam.

—Pues le vamos a poner remedio.

—No lo creo.

—A este no le importa nada que no tenga que ver con esquís, botas de senderismo o tirolinas.

Mick le guiñó un ojo antes de que se marcharan.

A Morgan la sorprendió ver que su madre y su abuela la esperaban cuando regresó a casa.

—¿Qué hacéis despiertas? Son casi las dos de la madrugada.

—Era tu primer día como encargada. Hemos preparado una tetera con nuestro nuevo té de Vermont. —Audrey se sirvió una tercera taza—. Siéntate, tómate un té y cuéntanos cómo ha ido.

—He tenido que convencerla para que no fuésemos al bar, así que alégrate de que solo estemos tomando el té de madrugada.

Morgan aceptó la taza y se desplomó en un sillón cerca del fuego chisporroteante.

—Ha ido genial. He tenido una reunión con la señora Jameson, con Lydia Jameson, y luego con Drea y Nell. Drea dice que os echa de menos en las clases de yoga y que espera ir este miércoles.

—Nosotras también. ¿Les gustó la idea de las bebidas especiales de temporada?

—Me han dado el visto bueno para probarlo. Y luego he conocido al señor Jameson, a Mick y a Liam en el bar. Por lo tanto, solo me queda conocer a la segunda generación, a Rory Jameson, y al hermano mayor de la tercera, Miles.

—La familia ha hecho mucho por esta zona. —Olivia bebió un sorbo de té—. Ganamos mucho dinero, igual que el resto del centro de Westridge, con la gente que se queda en el resort.

—Siempre se les ocurren nuevas ideas. Como a ti. —Audrey brindó con su taza de té—. Creo de verdad que lo del té será un bombazo.

—Es cierto que parecen una familia muy..., muy unida. Me gusta mucho trabajar allí. Y ya que me gusta y he empezado a ganar dinero, y unas propinas buenísimas, quiero empezar a pagaros alquiler.

—De ninguna manera. Un no rotundo —insistió Olivia cuando Morgan comenzó a protestar—. Yo no pienso coger tu dinero. ¿Acaso cojo el tuyo, Audrey?

—No.

—Pues ya está. Habría estado muy sola en esta casa sin Audrey, y es probable que no lo hubiese soportado. Demasiado grande y vacía para una mujer de mi edad. Y quiero que tú te quedes todo el tiempo que quieras. Algún día volverás a tener una casa propia, pero de momento la tuya es esta. Si quieres aceptar otras responsabilidades, eso es distinto. Puedes prepararnos la cena una vez al mes en tu día libre.

—¿Queréis que os cocine?

—Tus chuletas de cerdo con patatas estaban buenísimas —le recordó Audrey—. No tuvimos que mentir. Puedes limitarte a repetirlas o innovar, lo que quieras. A mamá y a mí nos gusta cocinar, pero sería agradable cenar algo que no hayamos cocinado o comprado nosotras.

—Preparar una comida enseña independencia —añadió Olivia—. La verdad es que siempre me sorprende que no cocines, ya que es tu segundo nombre.

—Mi segundo nombre es Nash.

—Pues eso. Significa «comida» en yidis. —Y Olivia sonrió—. Y así podrás empezar a ahorrar para comprarte un coche, uno que no haga que tu madre y yo nos quedemos preocupadas cada vez que lo coges. Le estamos muy agradecidas a la familia de Nina, pero sabemos que tarde o temprano se va a escacharrar del todo. Prefiero la tranquilidad de saber que vas a ir segura que el dinero que me quieras dar.

—Muy bien.

—Y pronto plantaremos el jardín, con eso también nos podrás ayudar.

—Y haz el favor de dejar de cortarte tú misma el pelo, hija. —Olivia puso los ojos en blanco—. Ve a la peluquería. El personal de la que está justo al lado de la tienda es muy bueno.

—Creía que no se me daba tan mal. —Morgan se pasó una mano por el pelo.

—Pues sí. —Audrey habló con firmeza—. Sé que has elaborado un presupuesto. Ese sí que es su segundo nombre —le dijo a su madre—. Súmale una partida para un corte de pelo. Ahora estás todos los días de cara al público. Debes lucir tu mejor aspecto.

—Una mascarilla facial tampoco te iría mal.

—¡Mi cara! —Morgan se apoyó las dos manos sobre las mejillas.

—Es preciosa. —Audrey sonrió y la tranquilizó—. Pero necesitas un tratamiento de belleza. En el resort tienen unas mascarillas increíbles, y te harían un descuento por trabajar allí. Debes cuidarte. Y ahora todas deberíamos cuidarnos e ir a dormir un poco.

—Yo friego los platos. Si quiero, puedo dormir hasta mediodía. —No lo haría, pensó Morgan, pero poder podía.

—Buenas noches, pues. —Audrey le dio un abrazo—. Felicidades en tu primer día como encargada.

Mientras Morgan se encargaba de los platos, se quedó rumiando que siempre había vivido en un ambiente femenino. Su padre había estado ausente muy a menudo y luego se fue sin más. Y más tarde había vivido con Nina.

Pero nunca había estado en desventaja numérica, dos contra una.

9

Era viernes por la noche. El fin de la semana laboral para muchos significaba una noche abarrotada en el Après. Y eso hacía que Morgan estuviera en su salsa. Mientras mezclaba, batía, removía y servía, decidió que, a pesar de lo horrible que había sido el último año, había tenido suerte.

Había buscado un trabajo porque necesitaba ganarse la vida y, con la primera oportunidad que se le presentó, consiguió uno que le encantaba. Y uno que la ayudó a encontrarse a sí misma de nuevo.

La Morgan capaz, la Morgan que hacía planes y se esforzaba por llevarlos a cabo. La Morgan que era muy hábil en añadir una nota positiva al día de un desconocido.

Por más que Gavin Rozwell le hubiera arrebatado muchas cosas, seguía contando con sus habilidades y, después de un bache en la carretera, se había recuperado y pensaba dar un buen uso a sus habilidades y a su nueva situación.

En la barra atendió a Keith y a Martin, una pareja que celebraba su quinto aniversario —un martini con vodka, tres aceitunas—, y escuchó sus planes para el fin de semana.

—Él se irá al gimnasio. —Keith, adorable con sus gafas azul marino, puso los ojos en blanco—. Y me arrastrará a mí.

—Porque te quiero.

—Ya, ya.

—Y luego a nadar. —Martin bebió el primer sorbo de su copa—. ¡Ahí va! Eso es lo que considero yo un buen martini. ¿Qué te parece si vuelves con nosotros a Burlington y nos preparas todos los martinis los viernes por la noche? Te trataríamos como a una princesa.

—¿Llevaría una tiara?

—Pues claro.

—Me apunto.

Salió de detrás de la barra para ocuparse de una de las mesas de otra camarera.

Sabía que Opal, que llevaba doce años allí, observaba con mucha reserva a la nueva encargada.

Mientras Morgan servía la comanda, Opal —cuarenta y tres años, fornida y con el pelo castaño en un peinado de casco bastante a la moda— preparó la cuenta de otra mesa.

—Cuando eres lenta con las bebidas, nos dan menos propinas.

Morgan añadió una rodaja de naranja y una guinda a un whisky *sour* en tanto la otra mujer servía una cerveza de barril.

—¿Has recibido alguna queja por parte de los clientes?

—Todavía no.

Sin dejar de ser agradable, Morgan sirvió una copa de *merlot* y terminó un cóctel sidecar tradicional.

—Entonces, avísame cuando alguien se queje.

—Don trabajaba más rápido. —Dicho esto, Opal se marchó con las bebidas.

Morgan se recordó que no podía ganarse a toda la gente, por lo menos no a la vez. Pero si esa actitud se mantenía en el tiempo, intentaría hablar con ella.

Preparó las bebidas de otra mesa —no recibió ninguna crítica por su velocidad— y sirvió aperitivos y copas para quienes estaban sentados en los taburetes de la barra. Coqueteó sin maldad con Keith y Martin, porque a ellos les hacía gracia, antes de cobrarles a eso de la medianoche.

De reojo vio a un hombre que se sentaba en un taburete al final de la barra. Parecía un lobo solitario, pensó al verlo con el móvil, y se encaminó hacia él.

—Buenas noches. ¿Qué le pongo?

—Una copa de *cabernet* —dijo sin levantar la vista.

Morgan cogió una botella de tinto. Sí, era solitario, decidió. No hacía falta que conversara con él. Pese a la camisa de franela, los vaqueros y la mata de cabello espeso y castaño que caía sobre el cuello de la camisa, parecía uno de esos que siempre lleva traje.

Le puso la copa de vino delante.

—Si quiere algo de la cocina, va a cerrar dentro de unos diez minutos.

Con la cabeza gacha, mientras escribía un mensaje a toda prisa con los pulgares, el tipo negó con la cabeza.

Morgan lo dejó a solas con su vino y su teléfono.

Treinta minutos más tarde, cuando las mesas empezaron a vaciarse y entraron aquellos que querían tomar algo justo antes de acostarse, el del vino seguía ahí, al final de la barra, ensimismado con el móvil y con la copa de vino a medias.

Minutos antes de que anunciaran el cierre en breve, apareció un grupo de tres hombres. Morgan dedujo que tendrían cuarenta y pocos años, y era innegable que ya habían bebido más de un par de copas.

Riéndose a carcajadas, se sentaron a la barra. El del medio la señaló con un dedo.

—Eres nueva. He estado tres veces aquí, y antes eras un hombre. Hace seis meses…, ¿fueron seis?, hace seis meses eras un hombre.

—Tiene razón en parte. Soy nueva.

—Ahora eres mucho más guapa. —Le lanzó una sonrisa bastante ebria.

—Gracias. ¿Qué desean?

—Adivínalo. —Se inclinó hacia delante, sonriente.

—Supongo que, si no se alojan en el resort, lo que desean es un Uber.

El tío parpadeó mientras asimilaba sus palabras, y acto seguido dio un puñetazo sobre la barra y se echó a reír.

—Un Uber —repitió, y sus colegas se unieron a las carcajadas—. ¿Qué es un Uber?

Sin dejar de sonreír, Morgan se inclinó hacia delante y lo miró a los vidriosos ojos.

—Tú y tus amigos, a no ser que os quedéis en el resort.

—Nos alojamos en la suite presidencial, joder. —Como lo dijo con más orgullo que con mala leche y le mostró la tarjeta de una habitación, Morgan siguió sonriendo.

—Tengo entendido que es una pasada. ¿Qué celebráis?

—Mi divorcio. ¡Soy un hombre libre! —Extendió los brazos y golpeó a sus amigos, a quienes les pareció la mar de gracioso—. ¿Qué te parece si subes y lo celebras conmigo, guapetona?

—Pues me tientas, pero ¿qué te parece si os sirvo la última copa de la noche?

—¡Boh! Bebemos cerveza primero y whisky después como machos, en solidaridad.

—Eso está hecho.

—Mi ex intentaba emascularme —aseguró mientras Morgan empezó a preparar las bebidas.

—Como bebéis cerveza y whisky como machos, está claro que no lo consiguió.

—Le he regalado doce años de mi vida. —Sus compañeros le dieron una palmada en cada hombro y atacaron las almendras que Morgan les ofreció.

—Brindemos por los próximos doce. —Dejó las copas en la barra—. Invita la casa.

—Vaya. ¿Sabes una cosa, guapetona? Si estuviera casado contigo, seguiría casado.

—Es lo más bonito que me han dicho en toda la noche. Que lo disfrutéis.

Se ocupó del resto de los clientes de última hora antes de dirigirse hacia el lobo solitario del final de la barra.

—Cerramos en nada. ¿Le pongo otra copa de vino?

—Agua sin gas con hielo. —Levantó la vista—. Qué bien lo has gestionado.

Morgan se puso pálida. Los ojos de él eran como los de un tigre: leonados, fijos y un tanto fieros. Durante unos segundos, ella no vio otra cosa. Y luego ató el resto de los cabos.

Los ángulos marcados y rectos, la mandíbula afilada. Si le añadía cuarenta y cinco o cincuenta años y le ponía ojos azules, sería idéntico a su abuelo.

—Gracias, señor Jameson.

—Miles. Aquí obviamos las formalidades.

Miró hacia el trío de la barra mientras ella le ponía el agua con hielo.

—Avisaré a los de seguridad para asegurarnos de que vuelven a su habitación sin problemas.

—Son inofensivos. Está triste nada más.

—Ah, ¿sí?

—El divorcio, aunque sea lo que quieres y aunque sea lo que necesites, siempre lo pone triste a uno.

—Mañana se despertará con una resaca descomunal y estará más triste aún.

A él le sonó el móvil, las primeras notas de *Bad to the bone*, de George Thorogood.

—Mierda. —Cuando lo cogió de la barra y respondió, Morgan lo dejó a solas.

Después de que el trío saliera del bar a trompicones, Miles se levantó, dejó un billete de veinte y los siguió.

Morgan terminó su primera semana sola con una noche de sábado abarrotada, su idea de la perfección. El domingo tenía el día y la noche libres, y vio cómo su madre hacía pan y su abuela asaba un pollo.

¿Su misión? Limpiar y cortar patatas y pelar zanahorias.

Se sintió como en casa, relajada y feliz mientras su madre se entusiasmaba por haber visto azafranes floreciendo en la nieve.

—Mañana y el martes la temperatura subirá hasta los diez grados.

—El miércoles nevará.

—Ya lo sé. —Audrey suspiró hacia su madre—. Pero te digo que ya va quedando atrás el frío. Nieve y más nieve. La primavera en Vermont es más bonita si cabe porque tarda la vida en llegar hasta aquí. Esta semana vas a preparar esas bebidas de lavanda, ¿verdad, Morgan?

—Sí, así que olvidemos la nieve y pensemos en los azafranes.

Por la ventana, la nieve seguía cubriéndolo todo, pero vio que había zonas donde había menos, e incluso en algunas partes se veía la tierra. Los arbustos y los helechos se sacudían el manto blanco de encima. Los carámbanos goteaban y resplandecían.

Morgan recordó los pensamientos que Nina y ella habían plantado un año antes. Había comprado unos cuantos, los había plantado en homenaje a su amiga y para intentar arrancar una sonrisa a su madre y a su abuela.

Se apartó de la tabla de cortar.

—¿Lo he hecho bien?

—Nos servirán. Ahora vas a meterlas en ese cuenco de ahí con aceite de oliva.

—¿Cuánto?

—A ojo.

—Por Dios.

—Después de eso, les añades un poco de miel y rallas un poco de limón. Sal, pimienta y orégano. Sabes preparar cócteles. Averígualo tú misma.

Lo averiguó —o eso esperaba ella— antes de colocarlas en una bandeja y meterlas en el horno.

—Mamá ha medido las cantidades al preparar el pan.

—Con las masas es distinto.

En lugar de discutir, Morgan decidió cambiar de tema.

—He olvidado deciros que he conocido al último de los hermanos Jameson. A Miles.

—¿Habéis hecho una reunión? —le preguntó Audrey.

—No, apareció por el bar el viernes por la noche. A última hora. Pidió una copa de *cabernet* que le duró una hora, mientras envió y respondió mensajes en el móvil.

—Trabaja como una mula —declaró Olivia—. Siempre ha sido así.

—Solo una persona que trabaja como una mula reconoce a otra.

Olivia se encogió de hombros al oír a su hija y escogió una botella de vino blanco de la nevera.

—Los caballos de monta son preciosos, pero las mulas hacen el trabajo.

—No es precioso como sus hermanos, tiene los rasgos demasiado duros. Pero es una mula muy guapa. —Morgan sacó las copas—. Todos son muy guapos.

—Sí que lo son. Mi tía, por parte de los Nash, se casó con un primo de los Jameson. Fui la encargada de las flores. Creo que tenía seis años o así, y recuerdo que fue una ceremonia preciosa —comentó Olivia.

—No lo sabía.

Con su jersey gris con una señal de la paz de color arcoíris, Olivia miró hacia atrás.

—Tu tía bisabuela y tu tío bisabuelo, serían. Así que tienes algunos primos Jameson desperdigados por ahí. Yo llevé un vestido rosa de organdí y flores rosas en el pelo. —Olivia aceptó la copa de vino que le tendió Morgan—. También me acuerdo de eso. Y de bailar con mi padre y luego con Will, mi hermano.

Morgan sabía que William Nash había ido a Vietnam y había muerto allí.

—En fin, que las familias estamos emparentadas, y en las dos hay caballos de monta y mulas.

Audrey sacó el pan de la bandeja inferior del horno y sacudió los hombros por la satisfacción mientras la dejaba aparte para que se enfriara.

—¿Miles no se prometió?

—No. Según los rumores, estuvo a punto, pero no llegó a comprometerse. Y Lydia no suele hablar de asuntos familiares, pero sé que se llevó una alegría.

—Drea nunca nos habló de ella en yoga, ahora que lo pienso. ¿Quién era? No me acuerdo. No debía de ser de la zona.

—La heredera de una azucarera de Brattleboro. —Olivia se acercó un taburete para descansar los pies—. En su familia eran todos caballos de monta. Era la nieta de Edgar Wineman, un famosillo de las páginas de sociedad. ¿Todavía hay páginas de sociedad? Hace tiempo que las cambié por la revista *Rolling Stone*.

—Es probable que sí. —Fascinada, Morgan se sentó a su lado—. Y ¿qué pasó?

—No lo sé. Pero sospecho que un nieto de Lydia y Mick Jameson tiene suficientes dedos de frente como para no atarse a una yegua preciosa a la que le gusta presumir y dar saltitos en lugar de hincar el codo.

—Vale. Habladme de los miembros de la familia uno a uno. Ya sé cómo es Lydia Jameson, pero el resto no.

—Muy bien. Mick es listo, tiene visión de futuro y no duda en remangarse. Si pudiese, estaría todo el tiempo al aire libre; y Steve y él pasaron buena parte de ese tiempo juntos. Un atleta nato. Cuando yo tenía unos trece años, me encapriché de él.

—¡Venga ya!

—Por suerte para ti, lo superé, o de lo contrario no estarías aquí bebiendo vino. Rory, el primogénito, estudió Derecho. Se ocupa de las cuestiones legales de la familia. Fundó su propio bufete, y una de las hijas de su hermana trabaja para él. Su hermana, Jacie, tiene más o menos la edad de tu madre, estudió Arquitectura y conoció a su esposo en la universidad. Tienen su propia empresa en Nueva York, pero los verás por el resort un par de veces al año. Su segunda hija trabaja en diseño de interiores para ellos.

—Las familias están muy unidas.

—Pues sí. Ya debiste de haber visto cómo es Drea en la reunión. Es muy avispada.

—Y amable —añadió Audrey.

—Sí, tiene la paciencia de Job, y supongo que la necesita para coordinar los eventos. Si hay algo que te cuesta organizar, a Drea es a quien deberías pedirle consejo. Los diplomáticos podrían aprender de ella. Remueve las verduras, Morgan.

—¿Y la tercera generación? —Morgan se levantó para obedecer la orden.

—Empezaremos por el más joven. Liam no es solo una cara bonita, pero está más claro que el agua que es muy guapo. Se parece a su abuelo: es un atleta y prefiere estar al aire libre, y en su familia tuvieron el buen tino de dejarle explotar sus fortalezas.

Diría que es igual de paciente que su madre. Y un joven muy alegre por las veces que he estado con él.

—Es justo lo que me pareció —coincidió Morgan al tomar asiento de nuevo.

—Nell se parece a su abuela en cuanto al carácter. Firme como una roca, no soporta a la gente tonta. No le gusta presumir y se asegura de frecuentar los negocios locales.

»Y pasemos a Miles. —Olivia bebió un sorbo de vino, pensativa—. Miles no es tan fácil de describir. Ahora tiene la casa familiar toda para él. Lydia y Mick decidieron que era demasiado grande para ellos (es que es enorme) y se la dejaron a Miles. Como creo que Rory y Drea están encantados donde viven, la casa pasó a la siguiente generación. Si Liam tiene una personalidad afable y, como he visto, es capaz de hablar con cualquiera sobre cualquier tema, su hermano es más callado. Educado, de buenos modales, eso sí, pero más encerrado en sí mismo. Pero, en fin, como Mick y Lydia están medio jubilados y Rory se ocupa de su bufete, ha cogido el timón o lo cogerá en breve.

—El timón de un barco con muchos niveles.

—Con muchas cubiertas y con un legado orgulloso que mantener a flote. —Olivia asintió—. ¿Eres feliz trabajando allí, Morgan?

—La verdad es que sí. No es lo que había planeado, pero me da la sensación de que he aterrizado con buen pie. Es un buen sitio donde trabajar, y no puedo pedir nada más.

—Pues claro que puedes. —Olivia le dio una palmada en la mano antes de levantarse a bañar el pollo con el jugo—. Pero es un comienzo.

Una vez al mes, los domingos a las tres en punto, los Jameson celebraban una reunión familiar. La tradición mandaba que se realizara en la enorme casa victoriana donde los abuelos de Miles habían vivido más de medio siglo desde que se casaron.

Aunque la casa había acabado siendo suya, Miles seguía considerándolos los anfitriones y propietarios. Cuando era pequeño, se pasaba el tiempo de la reunión en la biblioteca con un libro, jugando en el patio, alternando entre torturar o ignorar a su hermana cuando aparecía Nell, sintiéndose superior o aunando fuerzas con Liam cuando llegaba su hermano.

Qué tiempos.

A los dieciséis, asistió orgulloso a su primera reunión y se enteró de las responsabilidades y los retos que implicaba llevar un negocio familiar que no solo mantenía a la familia, sino que proporcionaba ingresos, empleos e interés a toda la comunidad.

Décadas de reuniones familiares significaban que iban como la seda y tenían una estructura, a pesar de que las dinámicas de la familia las inundaran como si de un río se tratara.

Miles no podía imaginárselo de otra forma.

Se preparó para la reunión, repasó hojas de cálculo, informes y proyecciones en su despacho de la segunda planta de la torrecilla este. Tenía vistas al patio delantero, a las colinas y al pequeño vergel de manzanos donde tiempo atrás había trepado por los árboles y paladeado largamente los pensamientos propios de la infancia.

El perro que Miles nunca había querido tener dormitaba delante de la chimenea, una de las doce con que contaba la casa.

El perro al que Miles de vez en cuando llamaba Aullido —porque aullaba— se había quedado con Miles y con la casa el invierno anterior. Era un animal callejero de origen incierto y carácter inestable.

Terminada la revisión, Miles cogió el portátil y su dosier de copias en papel, y apagó la chimenea que sus abuelos habían convertido en una de gas tiempo atrás. Aullido abrió un ojo y soltó un gruñido gutural.

Miles lo ignoró y siguió caminando hacia las escaleras traseras para bajar a la cocina.

El perro, como siempre hacía, lo siguió. Miles observó esa mata de pelo gris y espeso con cola ondeante y orejas largas y caídas, y a continuación dejó el ordenador y el dosier en la mesa del comedor, pulsó el interruptor de las luces de la sala y encendió el fuego.

Se dirigió hacia la cocina y abrió las puertas acristaladas.

—Fuera —dijo.

Aullido fue hasta el porche, bajó las escaleras y se encaminó hacia el patio, donde pasaba cierto tiempo protegiendo la propiedad de las ardillas, revolcándose sobre la nieve y aullando al viento.

Por ensayo y error, y a trompicones, Miles le había enseñado a acercarse a la puerta del vestíbulo cuando quería entrar en casa. Y Aullido le había enseñado a él a guardar una sucesión de toallas viejas en el vestíbulo si no quería tener que limpiar rastros de nieve, musgo o barro, en función de la época del año.

Como su madre le llevaría un jamón, él tan solo debía poner el café, las bebidas sin alcohol para la reunión y el vino para la comida posterior. Se iban turnando para saber quién se encargaba de la comida, lo cual exigía otra hoja de cálculo y un calendario, pero les iba bien así.

Preparó el café y disfrutó de lo que más disfrutaba: del silencio y de la soledad. Le encantaba esa casa porque era enorme y tenía muchos recovecos. Le encantaba el laberinto de habitaciones, aunque estaba agradecido al abuelo por la decisión de tirar la pared entre la cocina y el comedor para que fuera un espacio abierto y diáfano. Del mismo modo, entendía la practicidad de cambiar todas las chimeneas de la primera planta de leña a gas. Desde que se había mudado allí, había cambiado muy pocas cosas. ¿Para qué cambiar algo que se adaptaba a ti sin problemas? Y sabía que los cambios casi nunca se limitaban a una cosa. Las fichas de dominó se iban sucediendo.

Llevó la cafetera y las tazas al comedor y lo dejó todo sobre el aparador de nogal. Se sirvió una taza y se quedó delante de una de las ventanas a contemplar cómo el perro se revolcaba sobre la nieve como si fuera un arroyo en verano.

Pero también vio las flores que se formaban en los árboles, trazos de verdor —apagado, sí, pero verde al fin y al cabo— sobre el suelo. Antes de que se diera cuenta, el mantenimiento exigiría pasar de las máquinas quitanieves y las palas a la cortacésped y al mantillo.

En el que el perro se revolcaría.

Los trilios llenarían de color el bosque y los caminos de senderismo. Los ciclamores lucirían sus vistosas flores antes de que salieran las hojas en el lugar en el que, antes de que él naciera, su padre y su abuelo construyeron una casa en un árbol.

Miles pensó en que los Jameson construían cosas duraderas, y al poco oyó las voces y los pasos de sus padres, los primeros en llegar, que habían entrado mientras él soñaba despierto.

—Ya se huele la llegada de la primavera —dijo su madre mientras su padre dejaba la enorme bandeja sobre la isla de la cocina.

—Yo huelo el jamón.

En la cocina, su madre metió unas fuentes en los hornos y los encendió.

—Huele bien, sí, pero la primavera dura más.

—¿Dónde está el perro? —Rory sostenía un hueso del tamaño de un tronco.

—Fuera, mojándose y ensuciándose.

—Como debe ser. —Rory dejó el hueso antes de coger el abrigo de su mujer. Colgó el suyo y el de ella en el vestíbulo—. ¿Quieres un café, cariño?

—No, gracias. Hola, desaparecido. —Le dio a Miles un fuerte abrazo—. Apenas te he visto en toda la semana.

—Ha habido mucho trabajo.

—Me lo dices o me lo cuentas.

Mientras Drea dejaba el ordenador y las carpetas, Rory se dirigió a la puerta para mirar hacia fuera. Alto y esbelto, se quedó ahí con las manos en los bolsillos. Llevaba una camisa de pana roja que Miles supuso que habría elegido su madre y vaqueros un poco más claros en las rodillas, su atuendo habitual cuando no debía llevar un traje de abogado. El pelo se le había encanecido junto a las sienes, y unos cuantos mechones grises salpicaban su espeso cabello castaño.

—¿Cuánto tiempo lleva el perro por ahí? —le preguntó a Miles.

—Pues dos o tres días. Dejo que se valga por sí mismo.

Rory lo miró por encima del hombro.

—Quizá unos diez minutos, pero es que le gusta salir. Está claro.

—También le gusta estar aquí dentro. Dejaré que entre. Yo me encargo de limpiarlo, don Tiquismiquis.

—Echa de menos a Congo —murmuró Drea cuando Rory se fue al vestíbulo a llamar al perro.

—Ya lo sé.

De haber podido, Rory se habría llevado el viejo terrier de Boston con él a los juicios. De hecho, había llevado a su querido Congo a su despacho todos los días para que fuese su socio silencioso.

—Yo también. Diecisiete años es mucho tiempo, y es difícil despedirse. Sé que hicimos lo correcto, el pobrecillo estaba sufriendo mucho. Pero hasta que tu padre esté preparado para tener otro perro, va a prodigar ese amor al tuyo.

Miles oyó a su padre hablar con el perro y los aullidos de placer del chucho.

—Ya lo veo. —Y como también vio que sus abuelos habían llegado y conocía sus costumbres, se dispuso a preparar más café.

A las tres, la familia se sentó alrededor de la mesa del comedor, su madre con un agua mineral, Liam con una Coca-Cola y los demás con un café.

Analizaron informes, proyecciones, cerraron asuntos viejos, trataron otros nuevos. Una de las nuevas ideas que presentó Liam fue un circuito de cuerdas.

—He analizado los costes de la instalación, los gastos del seguro, y papá ha estudiado la cuestión legal. Deberíais tenerlo todo en vuestra pantalla ahora.

—Sé que son muy populares —empezó a decir Drea—, pero sinceramente no entiendo por qué la gente quiere trepar por unas cuerdas y saltar de una plataforma a otra.

—Por la misma razón por la que quieren bajar una colina con un par de esquís o con una tabla de snowboard. Porque es divertido. Y serviría para incrementar los ingresos durante la temporada cálida de aventura.

—Antes bastaba con las excursiones, los paseos en canoa y en kayak. —Con las gafas de leer, Lydia examinó la diapositiva.

—Los tiempos cambian, querida mía.

—Sí, sí que cambian. —Miró a su esposo por encima de la mesa.

—El rocódromo que instalamos hace cinco años funciona. Durante el verano, está a tope los fines de semana, y entre un cuarenta y un setenta por ciento los días entre semana. La tirolina es un éxito. Vamos a incorporarlos al paquete de aventura de este año. Sumemos el rocódromo y la tirolina a las excursiones a pie o en bici o en kayak. Si completas tres aventuras, te damos un quince por ciento de descuento en la tienda de ropa. También podemos incorporar el circuito de cuerdas este año si lo preparamos a tiempo. O el año que viene.

—Miles, no has expresado tu opinión ni a favor ni en contra. —Lydia dio unos golpecitos sobre la mesa con un dedo.

—Liam debería defender su idea, y creo que lo ha hecho. Me atosigó hasta que acepté ir al resort Río Blanco para probar el circuito que tienen. Es difícil, pero divertido, y les va bien.

—Río Blanco es tres veces más grande que nosotros.

—Pequeño pero poderoso, abuela. —Liam sonrió.

—Obviamente, Liam vota a favor. —Mick extendió las manos—. Miles, supongo que tú también, ¿no?

—Sí.

—¿Nell?

—Voto que sí.

—¿Mi querida Drea?

Después de echar el pelo hacia atrás, le dedicó a su suegro una coqueta sonrisa.

—Te diré, querido Mick, que nunca entenderé por qué nadie iba a pagar para colgarse de una cuerda, pero votaré que sí.

—Y el abogado también —añadió Rory.

—Y yo también opto por el sí. ¿Quieres que sea unánime, Lydia?

—Si no aceptas los cambios, te quedas atrás. —Señaló a su esposo—. Pero no pienses ni por un segundo que vas a subirte a esas cuerdas, irlandés.

—Aguafiestas.

—¡Genial! Me pondré con el diseñador y con el constructor la semana que viene. Gracias. No me habías dicho que hubieras ido a Río Blanco.

—El otoño pasado. —Miles se encogió de hombros—. Tampoco te lo habría dicho si hubiera sido una mierda. Es tu propuesta.

—¿Alguna otra nueva idea, Liam?

—No, abuelo. Acepto mi victoria y me retiro del campo.

—¿Drea?

—Algunos cambios estacionales en los paquetes de eventos. Y Nell y yo estamos trabajando en la idea de organizar en verano un pícnic a mitad de semana. Todos los miércoles por la noche, un menú cerrado servido tipo bufé en unas alargadas mesas junto al lago, dos barras y puestos de corte, y entretenimiento musical.

—Un pícnic en el lago. —Nell tomó la palabra—. Estoy trabajando en el menú con el chef del bar de la recepción, una selección sencilla y agradable, y nos aseguraremos de que hay opciones infantiles, vegetarianas y veganas. Básicamente, lo mismo que en la noche de bufé del bar del domingo, pero entre semana y al aire libre.

—Cuando solo teníamos ese bar, a menudo acampaba cerca del lago. —Mick estudió las diapositivas de los costes, y arqueó las cejas—. El precio de las parrillas es muchísimo más alto que el de un fogoncillo o una sartén sobre un fuego.

—Los tiempos cambian —terció Lydia, y su marido se echó a reír.

—Bien visto. Debo decir que me gusta la idea. Mesas alargadas, gente que se sienta junta a comer. Así se crea comunidad.

—Para la próxima reunión tendremos números más definitivos.

—Y el menú, que estará sujeto a cambios siempre que sea necesario —añadió Drea—. También nos vamos a coordinar con el spa para ofrecer bebidas estacionales especiales, y empezaremos con unos margaritas infusionados en lavanda.

—¿Qué diablos es esa bebida? —quiso saber Mick.

—Es idea de la nueva encargada del Après. Creo que es muy buena. Nell no está convencida del todo, pero a mí me gusta la idea —prosiguió Drea—. Sobre todo después de que Morgan me preparara uno.

—A mí no me ha preparado uno.

—No le dijiste que quisieras probarlo. —Drea se encogió de hombros ante su hija—. También dice que puede preparar un cóctel especial con cualquier masaje o loción que quiera destacar el spa, y la creo. Además, he cambiado nuestra política para anunciarle los eventos programados a seis meses vista.

—En eso sí estoy de acuerdo. Así el personal se puede estructurar y organizar mejor. Me tomó por menor de edad durante la entrevista. Todavía no lo he superado.

—¿Cómo que te tomó por menor de edad? —preguntó Miles.

—Quise ver cómo preparaba una copa, y me dijo que debía ver mi carnet de identidad antes de servirme algo con alcohol.

—Yo que tú me lo tomaría como un cumplido, cielo. —Rory soltó una fuerte carcajada.

—Lo que sí demostró fue tener agallas. —Nell se encogió de hombros—. En eso tengo que estar de acuerdo también. No me gustó nada perder a Don, pero creo que a ella se le da mejor llevar al personal. Opal se queja de que es más lenta mezclando y sirviendo…

—Cuando está de mal humor, Opal se queja hasta de que el agua no está lo bastante mojada.

—Es verdad —le dijo a Liam—. Y lo cierto es que las propinas han subido, y también, aunque ligeramente, los ingresos del Après.

—No es lenta —comentó Miles.

—Ah, ¿no? —Lydia ladeó la cabeza.

—Estuve en el bar un rato el viernes por la noche. Hacia la medianoche, creo, y en ese momento se ocupaba de todo sola. Había bastante gente, y el servicio fue lo suficientemente rápido. Ni siquiera se resintió cuando tuvo que lidiar con un tío que celebraba su divorcio y con sus dos amigos borrachos. Los tres ya bastante perjudicados cuando se sentaron a la barra. —Como había llegado a su límite, Miles pasó del café al agua—. La encargada se aseguró de que eran huéspedes del resort antes de servirles, pero de una forma que no los puso a la defensiva. Y cuando el tío del divorcio le tiró los trastos, lo rechazó de un modo que dejó intacto el orgullo de él.

—A fin de cuentas, es la nieta de Olivia Nash —comentó Mick.

—¿Estabas en el Après cuando me escribiste?

—Tú me escribiste primero.

Nell abrió la boca y se quedó pensando.

—Puede.

—Los dos deberíais hacer algo que no sea trabajar un viernes a medianoche.

—Los dos me escribieron a mí, y yo estaba haciendo algo que no es trabajar.

—¿Cómo dices que se llama la afortunada? —Nell se giró hacia su hermano.

Miles se limitó a sonreír.

—Y, con esto, la reunión queda aplazada. —Mick le guiñó un ojo a su nieto—. A comer.

10

En su día libre, Morgan sucumbió a la presión y se sentó en una silla del salón Styling.

La estilista, Renee, llevaba el pelo castaño dorado con las puntas de color rosa recogido en una fantástica trenza cola de pez. Echó un vistazo al peinado de Morgan y suspiró.

—Mujer, pero ¿qué te has hecho?

—Es que... —En su defensa, Morgan se pasó una mano por el pelo—. Solo me lo he cortado un poco.

—Vamos a hacer un pacto.

—Ah, ¿sí?

—Si te gusta lo que te hago, no vuelves a cortártelo jamás. —Le peinó el pelo con los dedos—. Cabello bonito y saludable. Rubia natural, como tu madre. Tienes mucha suerte. ¿Cómo te gustaría?

—Algo sencillo fácil de peinar. Antes lo llevaba un poco más corto, más escalado. Pero me daba miedo meterle más mano.

—Gracias a Dios. —Renee entornó los ojos y miró a Morgan en el espejo—. Tienes una buena fisionomía. Una cara bonita, con fuerza y en forma de diamante. Vamos a probar algo atrevido y pícaro.

—Ah, pues...

—Confía en mí. Te va a encantar. —Después de que le lavara el pelo con champú, que fue maravilloso, Morgan se sentó de nuevo en la silla. Los sonidos y los olores se adueñaron del salón mientras Renee le cortaba el pelo.

Nunca había pasado demasiado tiempo en peluquerías, solo se cortaba el pelo deprisa y corriendo cada seis semanas o así. Entrar y salir. En aquel salón de belleza, la gente parecía entretenida, enfrascada en sus conversaciones desde sus sillas de pedicura o desde las mesas de manicura; mientras las voces, los chasquidos de las tijeras o el zumbido de los secadores trasladaban a todas partes las palabras pronunciadas en las sillas.

Se dio cuenta de que, igual que en un bar, era una especie de mundo con clientes habituales, esporádicos y las personas que los atendían.

—Es un buen corte —decidió Renee mientras se untaba algo en las manos y se las frotaba—. Y tiene cuerpo, así que no necesitarás un montón de productos, a no ser que quieras aportarle un toque distinto. Te daré un poco de lo que voy a usar. —Empezó a peinarle el pelo de nuevo—. Así, antes de secártelo. O puedes usarlo entre champús con el pelo seco.

—Vale.

Renee sonrió cuando empezó a blandir el secador y el cepillo.

—Mira lo que hago. Así te resultará más fácil mantenerlo. Vas a querer la elegancia, las capas, un poco de desenfreno, ¿verdad? Y con un flequillo que va de derecha a izquierda. Ahí tienes tu toque valiente. No parecerá que te hayas esmerado demasiado y tendrá un movimiento decente.

Asombrada, Morgan observó la transformación hasta que se completó. Atrás quedaba el corte desfilado y anguloso que llevaba antes. Atrás quedaban sus intentos —inexpertos, sí— por cortárselo.

Su pelo lucía un peinado moderno y divertido y no, no demasiado difícil de mantener, ya que no habría tenido ni el tiempo ni la habilidad para replicarlo.

¿Qué obtuvo? Un peinado sencillo, desenfadado, y supuso que también atrevido y pícaro.

Levantó los ojos para clavarlos en los de Renee en el espejo.

—No volveré a cortármelo nunca.

—Eso es lo que me gusta oír.

—¿Puedo pedirte cita para cuando creas que tendría que reto-cármelo?

—Eso todavía me gusta más oírlo. Ahora mismo te doy hora.

Condujo hasta el vivero, que quedaba a varios kilómetros del centro, compró pensamientos y macetas y todo lo que necesitaba para plantarlos.

Cuando oyó regresar a casa a su madre y a su abuela, sirvió vino.

—¡Morgan, los pensamientos! Qué preciosidad. Y algo huele que alimenta. ¿Has cocinado? No es tu día li… ¡Dios mío! —Su madre se detuvo en seco—. El pelo. ¡Te queda divino!

—¿Sí?

—Sí. Date la vuelta, la vuelta. Me encanta. Mamá, ¡mira a nuestra pequeña!

—Ya la veo. Te queda bien. Es un peinado joven, confiado. ¿Qué estás preparando?

—He encontrado una receta para sobras de pollo, y me ha parecido fácil. Siempre parece más fácil de lo que es, así que no volveré a caer en la trampa. Pero creo que está bueno. Lo he probado y a mí me ha gustado. Es pollo con chile.

—Menuda sorpresa. Tres sorpresas a la vez. Y las tres maravi-llosas. —Audrey cogió la copa de vino—. Qué día tan ajetreado has tenido.

—Me ha sentado bien. Todo me ha sentado bien.

—Tomemos asiento. —Olivia también aceptó la copa de vino—. Y sintámonos bien.

Cuando Nell irrumpió en el bar antes de mediodía, Morgan se encontraba detrás de la barra organizándolo todo.

—En primer lugar, te queda genial ese peinado.

—Gracias. ¿Te pongo algo?

—Todavía no. ¿Dónde está Nick?

—En el dentista, le tocaba endodoncia.

—Uf. —En un acto reflejo, Nell cogió aire entre dientes.

—Y eso me recuerda que debería buscar dentista por la zona.

—¿Estás haciendo turno doble? ¿No había nadie que pudiera cubrirlo?

—El hijo de Charlene está enfermo. Rob hoy tiene dos clases y los exámenes a la vuelta de la esquina, así que no he querido agobiarlo. Se lo habría dicho a Becs, pero ayer trabajó turno doble porque el hijo de Charlene está malo. En el bar de la recepción hay una fiesta privada, así que no me ha parecido lógico molestarlos si podía encargarme yo. No pasa nada. Está controlado.

—¿Muy enfermo? ¿Qué hijo? ¿Jack o Lilah?

—Jack, y esta mañana ha dejado de tener fiebre. Está mejor.

—Y era muy importante, pensó Morgan, que Nell se hubiera interesado y supiera cómo se llamaban los hijos de Charlene.

—Vale, muy bien. Mis hermanos están al caer. Hemos quedado en reunirnos y pillaremos algo de comer. —Se miró el reloj—. He llegado temprano. Miles será puntual. Liam llegará tarde. —Se sentó en un taburete y señaló el cartelito delante de unas flores de lavanda en un jarrón—. ¿Cómo va la cosa?

—Avanza bien. Un grupo de cinco con paquete de spa que vienen todos los años han pedido dos rondas. ¿Quieres probar uno?

—Todavía no. Mi madre me dijo que el que le preparaste a ella estaba delicioso. Muy hábil por tu parte preguntar dónde estaba y mandarle uno. Respeto a la gente despierta.

—Me alegro de que le gustara.

—Pues sí. Y, de hecho, ahora mismo a mí me iría bien un café con leche.

—¿Qué me dices a un café con leche y lavanda?

La expresión que cruzó el rostro de Nell mostraba a la vez fascinación y horror.

—¿Estás de coña?

—Para nada. ¿Te atreves?

—Si digo que no, soy una gallina. Y cautelosa de más.

—No eres ninguna gallina. —Morgan se dirigió hacia la cafetera—. Si no te gusta, te preparo uno normal y corriente. Me he enterado de lo del nuevo evento de verano, el pícnic junto al lago.

—¿En serio? —Nell se giró y la observó trabajar—. Las noticias vuelan.

—Si prestas atención, sí. Es una buena idea. ¿Es tuya?

—Es algo que se nos ocurrió a mi madre y a mí en una lluvia de ideas.

—Pues os salisteis. Mi personal se batirá en duelo para trabajar allí. Y es un modo de ofrecer algo nuevo y original. Como un café con leche y lavanda —dijo mientras dejaba la enorme taza delante de Nell.

—Eso ya lo veremos. ¿Te has enterado de lo del circuito de cuerdas?

—No. Es obvio que no estoy prestando suficiente atención. ¿Vais a preparar un circuito de cuerdas?

—Es el proyecto de Liam, y por eso nos reunimos hoy más o menos. —Hizo una pausa y dio un receloso sorbo al café. Y luego otro—. Vale, sí, está muy bueno. ¿A quién coño se le ocurren estas cosas?

—Creo que la idea nació en Asia.

—Vaya tela. —Le dio otro sorbo—. Le pediré a mi ayudante que haga otro cartel. Que, por la cara engreída que estás poniendo, era lo que esperabas.

—¿Esta es mi cara engreída? —Morgan se dio palmadas en las mejillas—. Creía que había puesto mi cara de tranquila satisfacción. Algo así no habría funcionado en Otra Ronda, pero con vuestra clientela sí funcionará. Si durante la temporada le ponemos el mismo precio que a un café con leche estándar, los costes de los ingredientes y los esfuerzos adicionales son mínimos, y lo moveremos.

—Hecho. Miles. —Nell se volvió de nuevo cuando entró su hermano—. Prueba esto.

Él negó con la cabeza y miró a Morgan.

—Un café solo. ¿Has pasado al turno de día?

—Endodoncia —empezó a decir Nell—, niño enfermo, exámenes finales. Está haciendo turno doble. Bebe un sorbo.

—Por Dios. —Le dio un rápido trago y se quedó totalmente desconcertado—. ¿Café floral? ¿Por qué?

—Miles es un purista del café. No es café a no ser que sea solo.

—Pues este casi pasa por un americano.

—Ya, claro. Liam querrá una Coca-Cola cuando llegue.

—¿Acompañada de patatas fritas?

Miles sostuvo la mirada de Morgan. No, no era un bonito caballo de monta, pensó ella una vez más. Pero sí era una mula guapísima, en serio.

—Es probable. Ocuparemos una mesa del fondo.

Seguía sin llevar traje, observó Morgan cuando se alejaron. Vaqueros negros, camisa azul almidonada y zapatos buenos, que llevaba con la misma facilidad con que hacía gala de su franqueza.

Morgan pensó que Nell era dura de roer, pero había empezado a agrietar su caparazón. Aunque Miles se le antojaba más duro, encontraría la manera.

Empezó a entrar gente en el bar y, dada la fiesta privada del de la recepción, los huéspedes que quisieran comer algo irían al Après. Estupendo, decidió mientras preparaba las bebidas de las primeras comandas. Estaría ocupada.

Cuando Liam apareció —con botas de senderismo, jersey negro y vaqueros—, Morgan le indicó la mesa del fondo.

—Llego un poco tarde. Todavía no han pedido, ¿verdad?

—No.

—Genial. ¿Me pones una…?

Morgan le tendió un alto vaso de Coca-Cola con una rodaja de limón.

—Genial, perfecto. Me has leído la mente.

Y se encaminó a toda prisa hacia la mesa.

Ese no era duro en absoluto, pensó Morgan, sino un encanto. Se concentró en las dos mujeres, que evidentemente eran hermanas y probablemente gemelas, que ocuparon sendos taburetes en la barra.

La de la izquierda frunció el ceño al ver el cartel.

—¿Qué es un margarita de lavanda?

—Una bebida deliciosa —le aseguró Morgan.

Su turno doble siguió adelante y, antes de las cinco, puso el cartel con el café con leche y lavanda sobre la barra. Nell siempre cumplía sus promesas.

A medianoche, cuando empezó a soñar con una agradable ducha caliente y una cama mullida, tenía seis mesas llenas, cinco reservados y cinco de los ocho taburetes de la barra ocupados.

Miles regresó, se sentó en un taburete al final de la barra y sacó el móvil.

Las gemelas —treinta y ocho años, de Middlebury, habían hecho un viaje de hermanas de tres días— volvieron para tomar algo después de una cena elegante. Margaritas de lavanda. En cuanto se los hubo servido, Morgan se acercó a Miles.

—¿Una copa de *cabernet*? —le preguntó.

Él se limitó a asentir, así que le sirvió la copa y lo dejó a solas.

Al cabo de cuarenta minutos, deseó buenas noches a las gemelas y se preguntó cómo habría sido su vida de haber tenido una hermana gemela. O un hermano gemelo. O un hermano sin más.

Cuando los ocupantes de la ruidosa mesa de seis se marcharon, el nivel de escándalo bajó con su partida. Tan solo quedaban dos tíos en taburetes con dos jarras con restos de cerveza, un grupo de cuatro que apuraba una botella de vino, una pareja que sorbía su segundo martini y Miles.

—Hora de la última copa, caballeros. ¿Quieren otra ronda?

Los de la cerveza la rechazaron y pagaron. El grupo de cuatro se fue al cabo de unos minutos.

—Ya cobraré yo a los de la mesa tres, Holly. Vete a casa si quieres.

—Menuda noche. Pensaba que a estas horas los de la mesa tres estarían haciendo sonar los muelles de la cama.

—Los martinis son los preliminares.

Con una carcajada, Holly se fue atrás a por el abrigo, y Morgan sirvió dos vasos de agua sin gas con hielo. Puso uno delante de Miles.

—Gracias. —No levantó la vista—. Has avisado de que en breve cerramos y el señor y la señora Martini siguen bebiendo, así que se han quedado sin una última oportunidad. No has podido dejar que Holly cerrase el bar.

—El capitán es el último en abandonar el barco. Y el señor Martini está casado, pero esa no es su esposa.

Al oírla, sí que levantó la vista. Sus ojos de tigre irradiaban firmeza y curiosidad.

—¿Cómo lo sabes?

—Él lleva anillo. Ella no.

—Podría haberlo mandado arreglar.

—Podría, pero no. Tiene doce o quizá quince años menos que él.

—Eso no significa nada.

Como vio que había despertado su interés, Morgan pensó que detectaba la primera grieta en su duro caparazón.

—Por sí solo no. —Miró hacia la pareja mientras bebía un sorbo de agua—. Cuando no están haciendo carantoñas y dándose besos, él habla y ella escucha, con los ojos como platos, como si fuera el hombre más fascinante al que haya conocido nunca, y cuando ella se ha ido al servicio, él le ha mirado el culo. No ha babeado, pero le ha faltado poco.

—A lo mejor es que siguen sintiendo una fuerte atracción mutua.

—Lo han llamado cuando ella estaba en el lavabo, y me apuesto a que era la señora Martini. La llamada lo ha irritado. Ha sido conciso, casi cortante. Luego se ha puesto serio, ha bebido un trago con el ceño fruncido y ha jugueteado con su anillo de boda. Y ha sido cuando ha pedido la segunda ronda.

—Pruebas circunstanciales.

—¿Eres de los que apuestan, Miles? —Morgan se inclinó sobre la barra.

—Quizá.

—Te apuesto un billete nuevecito de un dólar a que tengo razón.

—No llevo ninguno nuevecito encima.

—Pues ya me lo deberás. De todos modos, le ha dicho a su mujer que estaba fuera por asuntos de trabajo. Y ella no se lo ha creído, y por eso lo ha llamado y le ha escrito varias veces. Él le habrá contado a su ligue más reciente que está inmerso en un divorcio difícil y largo. A lo mejor ella se lo cree, a lo mejor no, pero igualmente disfruta de tratamientos en el spa y de una elegante habitación de hotel y el brazalete de plata con el que no deja de jugar y que ha salido de la boutique del resort. Estaba en el escaparate. Es precioso.

—Disculpa.

El señor Martini le hizo señas. Morgan puso la cuenta en una carpetita.

Miles contempló cómo la entregaba, mantenía una breve conversación mientras el señor añadía la propina y firmaba la cuenta.

—Que tengan una feliz noche, señor y señora Cabot.

La mujer se rio y se contoneó contra el señor Martini.

—Uy, no estamos casados. Todavía no.

Morgan cogió las copas vacías, limpió la mesa con un paño y se lo puso en la cintura.

—Te debo un dólar.

—Pues sí. Y uno nuevecito. —Depositó las copas de martinis, la de vino, los vasos de agua, la coctelera y los platos de los aperitivos en una bandeja y lo llevó todo a la cocina.

Cuando salió, Miles se había marchado. Con un encogimiento de hombros, vació la cubitera y fregó la pila. Cerró la caja registradora, pasó la llave al cajón del dinero y les pegó un último repaso a la barra y a las botellas con el paño.

Miles volvió con un abrigo y una bufanda negros.

—Lo siento, señor, estamos cerrados.

—Te acompaño hasta fuera.

—Ah. Gracias, pero no hace...

—Tengo que ir a por mi coche de todas formas. Coge el abrigo.

Morgan fue a por su abrigo, su gorro de punto, su bufanda y sus guantes.

Miles se la quedó mirando.

—¿Te vas de viaje al Ártico?

—Estas frías noches de Vermont para mí no significan primavera todavía.

Miles apagó las luces y Morgan echó un último vistazo —todo estaba en orden— antes de cruzar el arco junto a él.

Atravesaron la tranquila recepción, donde el hombre del turno de noche leía un libro de bolsillo en el mostrador.

—Buenas noches, Walter.

—Buenas noches, Morgan. Buenas noches, Miles. Id con cuidado.

Al salir, recibieron el bofetón del frío. No fue el golpe de los meses anteriores, decidió Morgan, pero una firme bofetada aun así.

Giraron a la izquierda y tomaron el amplio camino para alejarse de los jardines delanteros y del aparcamiento de los clientes rumbo al de los empleados. Los propietarios habían reservado plazas con sus nombres en el asfalto. El coche de él, un enorme SUV negro, estaba solo, pero fue con ella hasta su vehículo.

—Ya hemos llegado. Gracias por acompañarme.

—¿Ese coche es tuyo? —Dio varios pasos hacia el coche de Nina—. Necesitas más de un dólar si conduces esa tartana.

A Morgan se le habría erizado la piel si no hubiera sido la pura verdad.

—Estoy buscando coche. —«Pronto», pensó.

—Busca rápido. Esperaré a ver si arranca.

—Arrancará. Gracias otra vez. Buenas noches.

Se subió y se alejó del aire frío para adentrarse en el ambiente curiosamente más frío todavía del interior del vehículo. El motor gruñó y tosió. Morgan cerró los ojos y rezó. Cuando arrancó, se prometió a sí misma que en su próximo día libre buscaría coche.

Pero por el momento solo debía llevarla hasta casa. Miró por el retrovisor y vio a Miles de pie, con las manos en los bolsillos del abrigo, observándola irse.

Y pensó que sí, que había hecho la primera estrecha grieta en su caparazón.

La semana pasó volando. Ingresó el sueldo y el total de las propinas, y se pasó el lunes por la mañana buscando coches de segunda mano por internet. Concluyó que podría permitirse un coche de segunda mano decente, pero podría permitirse uno mejor si el coche de Nina aguantaba un mes más.

—Un mes más —murmuró.

El invierno empezaba a retirarse, y si bien la primavera no había tomado la delantera aún y la nieve y el frío seguían amenazando, lo peor quedaba ya atrás.

Un mes más significaba un pago inicial más alto y menos importe que financiar. Y el coche de Nina solamente debía llevarla al trabajo y de vuelta a casa, a algún que otro recado y al centro si echaba una mano en la cafetería.

Dejó a un lado aquel pensamiento y empezó a buscar recetas fáciles de cocinar.

Cuando las que encontraba la asustaron, decidió ir a dar una vuelta.

Para despejarse la cabeza, pensó mientras se ponía las botas. Para decidir cuál sería su siguiente paso. No podía seguir corriendo sin desplazarse de forma indefinida.

Sí, tenía trabajo, se recordó cuando salió afuera. Un buen trabajo, uno que le gustaba mucho. Tenía un techo y había llegado a la conclusión de que vivir con su madre y su abuela era una suerte de formación.

No extrañaba su casa. Después de la muerte de Nina, no había sido su casa. Extrañaba a su amiga, siempre la extrañaría, así como la amistad que tenía con Sam. Y a sus compañeros y a sus jefes, que se habían convertido en su familia tras echar raíces en aquel lugar.

Hizo una pausa y contempló el sorprendente cielo azul sobre las montañas. Allí no había tenido eso, pensó. No había tenido ese paisaje frente a su patio trasero.

Y al cabo de poco habría vivido dos estaciones allí. ¿Acaso era incapaz de ver los primeros atisbos de la primavera? Sí, percibía el cambio en el ambiente, en la luz.

¿El siguiente paso?

—El coche, Morgan. Lo sabes. Déjate de tonterías y búscate un coche.

Porque no era solo el dinero, sino que iba a desprenderse del último fragmento de Nina, el último vínculo con su vida anterior.

Entró en casa y se vistió como una mujer segura de sí misma.

Cogió los papeles —el título que los padres de Nina le habían cedido, los del seguro, su información bancaria, todo lo que se le ocurrió—. Tras preparar una carpeta con todos ellos, se puso los pendientes de la suerte. Negociar un precio y conseguir financiación requeriría un poco de suerte.

Debía esperar que le ofrecerían el menor precio en un intercambio, pero sería una solución.

Los vendedores también querían vender coches, ¿verdad? Ellos también querrían ofrecerle una solución.

Se repeinó con las manos; recordó cómo conseguir ese efecto pícaro y atrevido. Bajó las escaleras y cogió el abrigo.

Cuando abrió la puerta para marcharse, vio en la entrada a los agentes especiales Morrison y Beck. En su interior todo se congeló.

—Señorita Albright, ¿va a salir? Podemos volver en otro momento.

—Iba a… —Se quedó mirando a Morrison—. No, no es importante. Entren. —Dio un paso atrás como una persona en pleno sueño—. Denme sus abrigos.

Cuando se los dieron, los colgó, con suma precisión, en el armario del vestíbulo.

—Prepararé café.

—No se moleste —le dijo Beck—. ¿Le parece que nos sentemos?

—Sí, claro. Sentémonos.

En el comedor, los agentes tomaron asiento en una silla, así que ella optó por el sofá. Se cogió las manos con fuerza en el regazo.

—Lo ha…, lo ha vuelto a hacer. Con otra. Han venido a decirme que se lo ha hecho a otra persona. ¿Está muerta?

—Una mujer de Tennessee, a las afueras de Nashville. Soltera —respondió Beck—, rubia y delgada, de veintinueve años. Su hermana la encontró hace dos días después de que la víctima no respondiera a sus mensajes ni fuese a trabajar.

—Le habían vaciado las cuentas bancarias. Habían pedido numerosos préstamos a su nombre y usado su casa como aval.

Y le robaron el coche. La hermana identificó a Gavin Rozwell como el hombre con el que su hermana llevaba unas semanas saliendo.

—Ya veo. —Pero no veía. No veía nada.

—Se hacía pasar por un tal John Bower —le contó Beck—. Aseguraba ser un fotógrafo autónomo que preparaba un libro. La mujer se llamaba Robin Peters.

—Lo siento. Siento que le haya pasado eso. Lo siento mucho por su familia. No entiendo por qué han venido hasta aquí para decírmelo.

—En las ocasiones anteriores, nunca ha dejado rastro. Si la víctima llevaba joyas, se las robaba, además de todo lo demás que tuviese cierto valor. En este caso, a la víctima la encontraron con esto.

Beck sacó una fotografía y se la entregó a Morgan.

—Es… es mi relicario. El que me regaló mi abuela. Era de mi madre. Hay fotos dentro. De los padres de mi abuela. No entiendo. ¿Se lo daría antes de matarla?

Morrison esperó hasta que Morgan lo miró a los ojos.

—Creemos que no. La hermana no ha podido identificarlo. Ninguno de sus compañeros de trabajo se lo habían visto puesto. En lugar de las fotos que usted declaró en su momento, en el relicario había estas.

Morgan cogió la siguiente imagen y se quedó contemplando una foto de sí misma y otra del hombre al que había conocido con el nombre de Luke Hudson.

SEGUNDA PARTE

Un nuevo comienzo

Por un mañana de bosques vírgenes y de prados inmaculados.

JOHN MILTON

Los principios son complicados.

PROVERBIO ALEMÁN

11

Pánico. La embargó por completo, le zumbaba en los oídos y le atenazó la garganta.

—¿Esto qué es? ¿Qué significa? Es imposible que piense que somos pareja. No fuimos... No llegamos a serlo, ni siquiera cuando yo pensaba que él era...

—Rozwell no se relaciona de forma normal, Morgan. —Beck hablaba con tiento—. Creemos que usted es la única mujer a por la que ha ido que ha sobrevivido, y, que nosotros sepamos, es la primera vez que en una víctima posterior deja un trofeo que se llevó de uno de sus objetivos.

—Un trofeo —repitió.

—Objetos que puede que conserve —le explicó Morrison—. Como hemos recuperado algunos, sabemos que tiende a venderlos o a empeñar los más valiosos, pero no hay ninguna prueba que nos haga pensar que se deshace de todo. Es probable que se quede con uno o más objetos de sus víctimas.

—Como trofeos.

No le resultaba rocambolesco, por supuesto. Lo había leído en libros y visto en películas. Sin embargo, aquella idea le provocó un nuevo terror.

—Como..., como la cabeza de un ciervo en una pared. Pero no se ha quedado mi relicario.

—Lo ha dejado sobre su víctima porque sabía que lo identificaríamos como suyo; incluso sin las fotos del interior habríamos afirmado que era uno de los objetos robados el día del asesinato de la señorita Ramos.

—¿Por qué iba a hacerlo? —Pero Morgan lo sabía. Ya lo sabía—. Para asustarme —añadió antes de que ningún agente tomara la palabra—. Para avisarme de que no se ha olvidado de mí. Para… insinuar que estamos conectados. ¿A él qué más le da? —quiso saber—. Ganó. Mató a Nina, mató a mi mejor amiga. Me lo robó todo. Perdí todo lo que había conseguido con grandes esfuerzos. Perdí mi casa.

—Pero sigue viva —dijo Beck como si tal cosa.

—Nina no.

—Él no quería a Nina. La mató por necesidad, no por deseo. Por primera vez, fracasó. Erró el tiro. Y usted sigue viva —repitió Beck—. Y está rehaciendo su vida.

«Paso a paso —pensó—. Un difícil paso tras otro».

Y de repente…

—Me están diciendo, o él me está diciendo, que no ha acabado conmigo. Me están diciendo que podría volver a intentarlo. ¿Qué se supone que debo hacer? —Se levantó y empezó a caminar de un lado a otro rodeándose con los brazos—. ¿Mudarme otra vez, esconderme, cambiar de nombre? Y ¿de qué me serviría todo eso? Si quiere encontrarme, me va a encontrar.

—Quiere que esté asustada —terció Morrison—. Quiere vivir en su cabeza. Usted vive en la suya. Y eso le duele, Morgan. Eso le escuece el ego, y ese dolor, ese escozor, lo ha llevado a cometer un error enorme. Estamos sobre aviso, y usted también.

—¿De qué me va a servir a mí eso? —Se dejó caer de nuevo sobre el asiento—. ¿Ahora tengo que vivir mirando atrás a todas horas, esperando el momento en el que venga a por mí? ¿Qué me dicen de mi madre y de mi abuela?

—Sería aconsejable que instalasen un sistema de seguridad.

—Ya tenemos uno —respondió Morgan con cansancio—. Nunca lo usamos.

—Pues empiecen a hacerlo —replicó Morrison sin emoción alguna—. Morgan —se inclinó hacia delante—, no le voy a decir que no tiene nada de lo que preocuparse, pero cuenta con ciertas ventajas.

—Pues podría enumerar algunas, porque no comparto su opinión.

—Sabe qué aspecto tiene. Gavin se cambia el físico (el color de pelo, de la barba, usa lentillas de color, gafas), pero usted lo conoce. Con usted no podrá usar sus métodos habituales. Debe concebir otra forma, y usted puede alzar una barricada. El sistema de seguridad es el número uno.

—Trabaja de noche —siguió diciendo Beck—. Cómprese un botón de emergencia y, cuando salga de trabajar, tenga el botón y las llaves en las manos. Que un miembro de la seguridad del resort o algún compañero de trabajo la acompañe hasta el coche. Compruebe la presión de los neumáticos y el nivel de combustible antes de ir a ningún lado. Nunca lo deje abierto y eche un ojo a los asientos traseros antes de subirse.

—Ya les hemos pasado la fotografía de Rozwell a los agentes de la ley de la zona. Usted debería hacer lo mismo con el departamento de seguridad de su trabajo, y mostrársela a los trabajadores del negocio de su familia. Para hacerle daño a usted, debe acercársele. Complíquele esa tarea.

—Podría dispararme en la cabeza desde lejos.

—Él no obtiene ninguna satisfacción con ese método. —Beck lo dijo con tanta naturalidad que Morgan reprimió una risa.

—Ah, pues nada.

—Él quiere estar cerca de sus víctimas. Lograr que sea algo personal porque para él lo es. Es posible que haya dejado el relicario para reírse de nosotros y para asustarla a usted, pero le recomiendo encarecidamente que se tome en serio esas precauciones.

—Tenga en todo momento el móvil cargado y cerca de usted —añadió Morrison—. Llámenos a nosotros y a la policía local si intenta contactar con usted. Llámenos, aunque tan solo tenga un mal presentimiento. Ir a clases de defensa personal tampoco le iría mal. Eso se lo aconsejaría a cualquier persona, la verdad.

—Su mejor arma contra Gavin es seguir adelante con su vida.

—Con esos añadidos.

El tono de Beck cambió y se suavizó ligeramente.

—La mayoría es de sentido común. Es usted una mujer sensata, Morgan. Siga siéndolo. Siento haber tenido que contárselo. Siento no haber podido atraparlo. Creemos que se ha pasado buena parte del último año escondido porque usted lo espantó. Pero ahora ha salido de su escondrijo y ha cometido varios errores.

—El relicario.

—Entre otros.

Beck miró a su compañero y obtuvo un sutil asentimiento para que prosiguiera.

—Las pruebas indican que mantuvo prisionera a su víctima en casa de ella durante veinticuatro horas antes de matarla. Es un riesgo que nunca había asumido. La hermana de ella tenía una llave, y él lo sabía. Podría haberse presentado en cualquier momento. A lo largo de esas horas habló con una vecina de la víctima; salió a propósito de la casa para iniciar una conversación. En su declaración, la testigo describió la conversación y el comportamiento de él como extraños, y le pareció muy raro que la víctima no saliera de la casa, pues era una entusiasta jardinera. Eso no llegó a declararlo, pero podría haberlo hecho. Gavin se arriesgó, muy probablemente para subir su autoestima después de haber fracasado y de haberse tomado un tiempo de respiro.

—Pero la mujer sigue muerta de todos modos.

—Sí. No lo conocía y no tuvo la oportunidad de extremar las precauciones. Pero usted sí.

Beck puso un sobre amarillo sobre la mesa entre ellos.

—Aquí dentro tiene varias fotos de Rozwell, además de una descripción y una lista de sus hábitos y rutinas conocidas. Dentro también encontrará mi tarjeta y la de mi compañero. Hemos hablado con la policía local. Por favor, déselas a sus jefes y a su familia. Si le resulta difícil y extraño, lo haremos nosotros en su lugar.

—Ya me encargo yo.

—Los dos estamos disponibles a todas horas, de día o de noche. —Morrison se levantó—. Extreme las precauciones, Morgan.

Lo haría, claro que lo haría, pensó cuando se quedó a solas en la casa vacía. ¿Qué otra alternativa tenía?

Empezó con el sistema de alarma, que su abuela instaló al poco de que muriese su esposo. Y, como bien sabía Morgan, nadie se había molestado en usarlo.

Tuvo que buscar las instrucciones y el código en los papeles de su abuela, pero puso la alarma antes de coger el sobre y salir de la casa.

Detestó que se le acelerara el corazón al salir a la calle. Y el temblor que la zarandeaba por dentro al dirigirse al coche —que sí, estaba abierto— y mirar en los asientos traseros.

Tres cuartas partes de depósito lleno, eso estaba bien, pero no tenía ni idea de cómo comprobar la presión de los neumáticos.

Aprendería.

En el breve trayecto hasta Westridge, se obsesionó mirando por el retrovisor y se tensó cuando se acercó un coche por el carril contrario de la carretera.

Cerró el coche con llave en el aparcamiento detrás de Hecho a Mano y se adentró en la agradable calidez de la tienda.

Sue y una clienta se reían como si fueran viejas amigas. Y quizá lo fuesen. La madre de Morgan estaba delante de una vitrina mientras otra clienta se probaba un collar.

Audrey le lanzó una sonrisa al decirle a la mujer:

—Te queda estupendo, encaja a las mil maravillas con tu tono de piel. Y me gusta cómo queda con los pendientes. Combinan bien sin ser del mismo juego.

—Eres el demonio, Audrey. —Pero la mujer alzó uno de los pendientes hasta su oreja izquierda.

—Pruébatelos. Sabes que quieres. Mira cómo te quedan. ¿Qué te parece, Morgan? Irene, te presento a mi hija Morgan.

—Conque aquí tenemos a Morgan. —Irene se giró mientras se quitaba uno de los pendientes que llevaba y se lo daba a Audrey—. Tu madre no deja de hablar de ti. No me extraña que dijeras que era guapa, Audrey. Sois clavaditas. Vaya, me encantan los pendientes.

—Le quedan fantásticos —consiguió decir Morgan—. Y el collar es precioso.

—Si tenéis razón, la tenéis y punto. Muy bien, Audrey, pónmelo todo. Y me iré a toda prisa antes de que salga humo de mi tarjeta de crédito.

—¿Está la abuela por aquí? —preguntó Morgan.

—Acaba de marcharse al piso de arriba.

—¿Crees que cuando hayas terminado podrías subir tú también? Será un minuto.

—Claro.

Morgan se dirigió a la cafetería —tres mesas con amantes del té— y logró sonreír a la dependienta antes de ir a la trastienda y subir las escaleras.

Se dio por vencida y se sentó unos instantes, entre la cocina y el despacho, para recomponerse. «Hazlo de una vez», se dijo, y se levantó.

Antes de entrar en el despacho, oyó la voz de su abuela. Olivia se encontraba detrás de la mesa, observando la pantalla del ordenador, y hablaba por teléfono.

—Si nos lo podéis entregar la semana que viene, nos llevaremos dos de cada hasta llegar a seis. No me times con la calidad del tono, Al. El sonido es igual de importante que el acabado. Voy a fiarme de ti. El martes va bien. Nos vemos entonces, pues. Adiós. —Colgó el teléfono—. Campanas de viento. Media docena. Y la semana que viene nos entregan comederos de colibríes, verjas, casitas de pájaros y demás. Es una clara señal de que la primavera está a la vuelta de la esquina.

Cogió la taza de té y miró atentamente la cara de su nieta.

—¿Qué pasa? Ha pasado algo.

—Es que…

Se interrumpió en cuanto Audrey entró.

—¿Qué ocurre? ¿Qué ha pasado? Te lo he visto en los ojos.

—Sentaos las dos —les ordenó Olivia—. Respira hondo, Morgan, y luego dilo.

—Ha matado a otra persona, a una mujer de Tennessee. Dios mío. Dios. Los agentes del FBI han venido a casa a decírmelo.

—Audrey, sírvele un vaso de agua a tu hija.

—Estoy bien, estoy bien. —Le cogió la mano a su madre

para detenerla y prosiguió—: Mi relicario, el tuyo, abuela... Se lo puso a ella. Sustituyó las fotos de dentro con una mía y una suya. Dicen que fue un error, pero...

Les contó lo que habían referido sobre el asesinato la hermana y la vecina.

—¿Qué convierte a alguien en un monstruo de ese tipo? —murmuró Olivia—. ¿Nacen así o eligen ser así? Supongo que una de las dos cosas o las dos.

Audrey se levantó y sirvió un vaso de agua de la botella que siempre tenía a mano para dárselo a Morgan.

—Bebe poco a poco. No te vas a ir y no te vas a mudar a ninguna parte. Ya sé que te lo estás pensando.

—Si te lo estás pensando, olvídalo. Las mujeres Nash nos vamos a quedar juntas esta vez. Y no hay más que hablar. —Con un movimiento de una mano, Olivia puso fin a la discusión.

—Mató a Nina porque la encontró allí. ¿Y si...?

—Y si, y si. —Olivia levantó las manos—. ¿Y si mañana lo atropella un camión? Escúchame. No nos vas a dejar a tu madre y a mí preocupadas por ti, no nos vas a dejar solas en esa casa preocupándonos por si estás bien. Seguiremos juntas y ese malnacido no nos va a separar. Se acabó, Morgan.

—Empezaremos a usar ese maldito sistema de alarma.

—Lo he puesto antes de irme. Me han dicho que lo hiciera, así que lo he hecho. Y se supone que voy a hacerme con un botón de emergencia. Quiero que las dos compréis uno también.

—Pues lo haremos. —Audrey le acarició el brazo a Morgan—. Hablaremos con el comisario de policía. Hablaremos con Jake.

—Ya han hablado los del FBI con él. Y dicen que deberíais tener una de sus fotos, y las tarjetas de los agentes.

Después de examinar la imagen que Morgan le dio, Olivia asintió con la cabeza.

—Pondremos una de estas en la tienda y otra en la cafetería, donde todo el mundo podrá ver la cara de ese asesino.

—Ay, abuela.

—Haremos fotocopias, Audrey, y los propietarios de los

otros negocios también las colgarán. Le enseñaremos su cara a todo Westridge. Que intente acercarse. Nadie le jode la vida a mi nieta.

—¡Mamá!

—Solo pronuncio esa palabra cuando es la más útil y apropiada. Supongo que te han dicho que se lo dieras a los del resort también.

—Sí.

—No sé qué más te habrán dicho, pero hasta ahora todo es de sentido común. Te voy a decir otra cosa más. Vas a deshacerte de la tartana que conduces y te vas a comprar un coche nuevo. Un coche nuevo, seguro y fiable. Te lo voy a pagar yo.

—Abuela.

—No interrumpas a tu abuela —la regañó Audrey.

—Te voy a cobrar intereses y me pagarás mensualmente como harías con una empresa financiera. Haremos un calendario de amortización. Tu madre y yo obtenemos tranquilidad y tú mantienes tu orgullo intacto. Las dos cosas son importantes.

—Ya he mirado coches de segunda mano…

—Uno nuevo. —Olivia volvió a agitar una mano—. Uno nuevo, seguro y fiable, y capaz de soportar los inviernos de Vermont. Te voy a dar el nombre de la vendedora a la que le compré mis dos últimos coches. Llegamos a un acuerdo y, si quiere que siga confiando en ella, llegará a un acuerdo contigo.

—Sé inteligente, Morgan, y dale las gracias.

—Te estoy agradecida, abuela. Os estoy agradecida a las dos. —La gratitud le ardía en la garganta, en el corazón, en la barriga—. Pero es que no sé si tendré trabajo después de que se lo haya contado a los Jameson.

—No atraigas los problemas, que ya vienen solitos —la aconsejó Olivia—. Ve a hacer lo que tienes que hacer. Y luego ve a hablar con la vendedora de coches, tengo su tarjeta.

Sacó un tarjetero, grueso como un ladrillo, y lo hojeó.

—Aquí está. Voy a llamarla, le diré lo que andas buscando y lo que espero de ella. —A continuación, extrajo un talonario—.

No vuelvas a casa sin un vehículo decente. —Arrancó un cheque para la mujer, lo fechó, lo firmó y dejó en blanco la cifra—. Ya solucionaremos lo de los pagos cuando vuelvas a casa.

—Estaremos allí cuando regreses. —Audrey cogió la mano de Morgan y se la llevó a la mejilla.

—Estaremos en casa, pero no podremos entrar sin el maldito código. ¿Qué número es, diantres?

Sorprendida de que todavía fuera capaz de reírse, Morgan soltó una carcajada y se lo dijo.

Aunque el coche de Nina resopló durante el trayecto hasta el resort, Morgan se dijo que todavía no debía pensar en coches. Era posible que saliera del resort sin un empleo, y en ese caso sería absurdo comprar un vehículo nuevo.

Estacionó en el aparcamiento para empleados, cerró el coche con llave y se dirigió hacia el resort. En el interior, el vestíbulo estaba lleno de arreglos florales, muy primaverales, y Morgan pensó una vez más en lo mucho que le gustaba trabajar allí.

La gente, la atmósfera, la energía, también sus responsabilidades la atraían.

Y, de repente, Gavin Rozwell podría arrebatárselo todo, podría arrebatarle muchas cosas por segunda vez.

Tal vez los lunes fuera su día libre, pero tenía el horario de todo el mundo en la cabeza. Nell, su jefa directa, se reuniría para hablar de los últimos toques del menú de una boda que se celebraría dentro de poco.

No solo le pareció ridículo interrumpir esa reunión o esperar a que terminase, sino que pensó que debía hablar de lo sucedido con los mandamases.

Y los lunes Lydia Jameson estaba en su despacho.

Morgan se dirigió a la zona de los despachos y vio que la puerta del de Lydia estaba abierta y a la mujer sentada tras la mesa junto al ordenador.

—¿Alguna idea nueva?

—No, señora. ¿Tiene un minuto?

Lydia asintió y le indicó que se sentara. Morgan entró en el despacho y cerró la puerta.

Mientras tanto, Jake Dooley, el comisario de policía, estaba sentado en el despacho de Miles. Eran amigos desde que iban al instituto y conocía a Miles igual de bien que a sí mismo, por lo que Jake se lo soltó todo, alto y claro.

Mientras lo escuchaba, Miles examinó la foto de Rozwell que le había tendido.

—Vale. Ahora cuéntame lo que piensas tú. Tú, no ellos.

—Se ha arriesgado tontamente al hablar con la vecina y mantener a la chica con vida un par de días si la hermana tenía una llave. Unos riesgos que según el expediente que he leído no había asumido nunca.

Jake se removió, se inclinó hacia delante y señaló la foto con un dedo.

—No es de esos que quieren que los pillen, Miles. Disfruta demasiado de lo que hace. No solo es un psicópata y un sádico, es un consentido. Es avaricioso. Y ha sido muy cuidadoso hasta ahora.

»Por lo del relicario —prosiguió Jake—. No solo lo dejó junto a la víctima, sino que cambió las fotos del interior. Y puso una suya al lado de una de Morgan. El mensaje es muy claro.

—Ella declaró que no eran pareja.

—Pareja no. Pero está en su cabeza, están conectados. Es el motivo por el cual le cambió la suerte. Y quiere que Morgan sepa que no ha acabado con ella, quiere que lo sepa y que tenga miedo.

—Si no tiene miedo es que es idiota, y a mí no me parece que sea idiota. Hablaré con los de seguridad, con mi familia y con ella.

—Bien. Cuando hables con ella, asegúrate de que sabe que puede llamarme en cualquier momento. Si tiene preguntas, procuraré respondérselas. Sé que tienen un sistema de seguridad. Si no lo usan, empezarán a usarlo ya.

—Cuenta con ello.

—Voy a ir a buscar a Nell. —Jake se levantó—. Es la jefa directa de Morgan, ¿verdad? Me gustaría informarla yo y ahorrarle el mal trago.

—Muy bien. Ya te contaré lo que me diga Morgan cuando hable con ella.

A solas, Miles se pasó otro minuto examinando la fotografía de Rozwell. Y, a continuación, se levantó. Empezaría con su abuela, decidió, y luego hablaría con el resto.

—Tienes la palabra «problemas» escrita en la frente —le dijo Lydia a Morgan—. ¿Algún problema en el Après?

—No, señora, es personal.

—Siéntate, pues, y cuéntamelo.

—Usted sabe lo que pasó cuando…, antes de que…

—Tómate tu tiempo —le dijo Lydia cuando Morgan se interrumpió—. Tiene que ver con el hombre que mató a tu amiga y robó tu identidad.

—Sí. Los agentes a cargo de la investigación han venido a decirme que hace unos días mató a otra mujer.

Lo dijo de forma atropellada antes de que se le revolvieran las tripas.

—¿En ese sobre hay una foto suya?

—Sí.

—Muy bien, veámosla.

Temblorosa, Morgan tuvo que coger el sobre con las dos manos, pero consiguió sacar una foto y se levantó para tendérsela por encima de la mesa.

—Señora Jameson, entiendo que no quiera atraer esos problemas al resort, al personal, a los huéspedes y a su familia. Lo entiendo.

—Es apuesto. Pero de aspecto impecable. Los hombres impecables nunca han sido mi tipo. —Dejó la fotografía, entrelazó las manos encima de la imagen y levantó la vista hacia Morgan—. Llevas un mes trabajando aquí.

—Sí, señora.

—Te considero una persona rápida mentalmente, esa es una de las razones por las que conseguiste el trabajo. Aprendes deprisa. Pero si crees que los Jameson somos unos debiluchos y unos desconsiderados como para permitirte que te marches por eso, será que me he equivocado contigo.

Un tsunami de emociones, de estrés y de alivio, cayó sobre Morgan. Se echó a llorar, se hundió en la silla de nuevo y se tapó la cara con las manos.

Después de llamar una vez, Miles abrió la puerta.

—Abuela, quería... Hostia, vaya.

—Dale un pañuelo a la pobre.

—No tengo ninguno.

—Entra y cierra la puerta.

—A lo mejor debería volver...

—¡Que entres! —Mientras se lo decía, Lydia abrió un cajón y sacó una caja de pañuelos—. Pásale los pañuelos y sírvele un vaso de agua. No seas un maleducado.

—Lo siento, es que...

—Llora, suéltalo. Estás en tu derecho. Ese asesino hijo de la gran puta ha matado a otra mujer en Tennessee.

Lydia le contó los detalles a Miles con más coherencia de la que Morgan había conseguido reunir para contárselo a ella. Y, aunque ya lo sabía, Miles no dijo nada.

—Creía que la íbamos a despedir por esto.

—Pues es imbécil.

—No es imbécil, está sobrepasada por la situación, como vería cualquier persona con ojos en la cara.

—Lo siento. —Morgan intentó recomponerse y se enjugó las lágrimas—. Lo siento.

—¿Qué es lo que sientes exactamente?

—No lo sé. —Levantó los ojos anegados hasta Lydia—. No lo sé. Ojalá lo supiera. —Cogió más pañuelos—. Dios, estoy hecha un desastre. Lo siento mucho.

—Disculpas aceptadas. ¿Miles?

—Sí. Jake, el comisario de policía —añadió por si Morgan no lo sabía—, acaba de hablar conmigo. Haremos fotocopias de la foto y nos aseguraremos de que la tengan los de seguridad. Y los jefes de reservas, recepción, restaurante, bar y demás. Abuela, debemos dejarle uno de los coches de empleados. Deberías ver la tartana que conduce. Es inevitable que la deje tirada entre el resort y la casa de las Nash.

—Voy a comprar un coche nuevo. Hoy mismo. Mi abuela no acepta un no por respuesta.

—Olivia Nash es una mujer sensata. Espero lo mismo de su nieta. Ahora también formas parte de la familia Jameson, y nosotros cuidamos de los nuestros. ¿Queda claro?

—Sí, señora. Les estoy muy agradecida.

—Sigue trabajando bien como hasta ahora. Como agradecimiento bastará. Miles, acompaña a Morgan hasta su coche.

—Trabajaré bien y seguiré estándoles agradecida. —Morgan se levantó—. Gracias.

—Vamos por aquí.

Miles la guio hacia la izquierda, dejaron atrás más despachos, y se detuvo delante de unos lavabos.

—Entra y hazte algo en la cara.

—¿Tan mal estoy?

—Lo suficiente.

Morgan entró, vio que Miles no le había mentido y se lavó la cara como pudo.

—¿Mejor? —le preguntó al salir.

—Más o menos. Todas las noches, después de cerrar, algún miembro de seguridad te acompañará hasta el coche. Jake me ha dicho que tenéis un sistema de alarma en la casa. Usadlo. Y no te compres un coche de mierda. Necesitas un cuatro por cuatro.

Hubo algo en aquel tono directo, y que no aceptaba réplica, que le causó una extraña sensación de consuelo.

—Ya lo sé.

—¿Alguna vez has comprado un coche?

—Sí. Tenía un Prius muy bonito. Él me lo robó.

—No pagues el precio que te digan solo porque estás cansada y tienes dolor de cabeza.

En su interior, se sentía entumecida y estúpida.

—Es que estoy cansada. Y tengo dolor de cabeza.

—No pagues el precio sin más ni te dejes convencer por todos los extras. —Esperó a que abriese el coche con la llave.

Morgan asintió y se subió.

Miles le sostuvo la puerta abierta y la miró a los ojos.

—Morgan, cuando algo es culpa tuya, debes asumir la responsabilidad, o de lo contrario eres gilipollas. Cuando algo no es culpa tuya, es absurdo que asumas la responsabilidad. Nada de esto es culpa tuya. Cómprate un coche, anda —le dijo, y cerró la puerta.

Una vez más, se quedó quieto, con las manos en los bolsillos, y observó cómo se iba. A continuación, entró en el resort y pidió una reunión familiar de emergencia.

Así sería más rápido.

Morgan se compró un coche. No entró ni salió con la misma alegría que la vez anterior, pero se compró un coche. Y no pagó el precio que marcaba la etiqueta. Aun así, supuso que se debía más a la intercesión de su abuela con la vendedora que a sus propias habilidades de negociación y regateo.

Sea como fuere, era la propietaria de un nuevo SUV compacto que soportaría el invierno cuando fuera el momento. Un híbrido que satisfacía sus valores medioambientales y económicos, y que no tosía, resoplaba ni se calaba.

Supuso que la mirada de lástima que recibió al entregar el coche de Nina fue un plus.

Como le habían prometido, su madre y su abuela la esperaban en casa, y debían de estar ansiosas, pues las dos salieron en cuanto aparcó en el camino de entrada.

—¡Ay, es monísimo! —Audrey juntó las manos—. Qué azul tan bonito.

—Se ve robusto. —Mientras lo rodeaba, Olivia lo aprobó con un asentimiento—. Y seguro.

—Robusto, seguro y monísimo. Bien hecho, Morgan.

—Es un híbrido. No conduzco demasiado, y en el resort hay un par de estaciones de carga, así que es lo más práctico.

—Cumple todos los requisitos, pues. —Dispuesta a calmarla, Audrey le rodeó la cintura con un brazo—. Estás agotada, cariño. Entremos, y así comes algo. Tu abuela ha hecho su sopa de tomate ahumada. ¿Qué te parece si te preparo un delicioso sándwich de queso para acompañarla?

—Suena genial, gracias. —Ya en el interior, Audrey colgó su abrigo antes de que pudiera hacerlo Morgan—. No me han despedido ni me han pedido que lo dejase.

—Pues claro que no. ¿Te apetece un poco de té? ¿Por qué no pones el hervidor, mamá?

—Una bebida más fuerte te devolvería un poco el color en la cara, pero nos conformaremos con un té. Siéntate, Morgan. Lo has superado, y superarlo es lo que cuenta.

Morgan se sentó a la encimera y se apretó los ojos con los dedos.

—Me he echado a llorar. Dios, me he desmoronado en el despacho de la señora Jameson.

Después de encender el fogón para poner a hervir agua, Olivia se giró.

—Dudo de que sea la primera vez que Lydia presencia lágrimas en su despacho.

—Y luego ha entrado Miles mientras yo sollozaba. Me ha dicho que era imbécil.

Mientras untaba mantequilla a dos rebanadas de pan de masa madre, Audrey se detuvo y soltó chispas por los ojos.

—¿Por llorar?

—No, no, por pensar que iban a permitir que me fuese. Y me he sentido una imbécil, y aliviada, y han sido muy majos. Objetivamente majos, y me he sentido más imbécil y aliviada. —Bajó las manos—. De hecho, me ha dicho que debían dejarme un coche porque conducía una tartana.

—Bueno, lo de la tartana es verdad. —Audrey puso unas generosas lonchas de queso cheddar en el pan—. Que no se ofendan Nina ni su familia.

—Nina sabía que era una tartana. Les he dicho que mi abuela había decretado que hoy me compraría un coche nuevo, y luego la señora Jameson le ha pedido a Miles que me acompañara hasta el aparcamiento, y él me ha dicho que me lavara la cara porque tenía unas pintas horrorosas. Y es verdad, tenía unas pintas horrorosas por haberme echado a llorar. Y luego se ha puesto en plan: «No aceptes el precio sin más».

—Qué machito. —Olivia le puso una taza de té delante—. Se cree que una mujer es incapaz de regatear o negociar.

—Creo que más bien ha sido porque estaba hecha un desastre y tengo una neblina en el cerebro desde que he abierto la puerta y he visto a los agentes del FBI. Seguro que lo han notado. —Cansada, muy cansada, se acarició los ojos con los nudillos—. Una parte de mí esperaba que me dijese que me acompañaría para negociar él e impedir que la cagase. Pero al final me ha dicho que asumir la responsabilidad de algo que es tu culpa significa que no eres gilipollas, pero que es absurdo asumirla por algo que no es culpa tuya. O algo así.

—¿La has cagado? —le preguntó Olivia mientras el sándwich chisporroteaba en la sartén.

—No lo creo.

—¿Es tu culpa lo que hizo ese monstruo?

—No.

—No hay ningún pero. La respuesta es que no.

Demasiado agotada para discutir, Morgan tan solo asintió.

—Tengo todo el papeleo del coche y el total después de entregar el de Nina.

—Ya nos encargaremos mañana de eso. —Olivia sirvió sopa en un cuenco mientras Audrey le daba la vuelta al sándwich en la sartén—. Haremos un calendario de pagos, y podrás hacer el primero el 15 de mayo. Y luego el 15 de cada mes.

—Vale. Tiene muchos extras de seguridad.

—Y es muy mono.

Audrey sirvió el sándwich, lo cortó en diagonal junto al cuenco de sopa y añadió una servilleta de tela.

—Sí que lo es. Sé que me encantará cuando se me despeje la neblina. —Tomó un poco de sopa y notó cómo el líquido, cálido y reconfortante, le aliviaba el agotado sistema—. Ay, qué buena está. —Suspiró y comió un bocado del sándwich de queso—. Está buenísimo todo.

Cuando Audrey le acarició el pelo, Morgan giró la cara hacia el hombro de su madre.

Todo saldrá bien, cariño. —Miró a los ojos de su madre por encima de la cabeza de su hija—. Todo saldrá bien, ya lo verás.

12

Los Jameson se reunieron alrededor de una mesa en la pequeña sala de reuniones. Miles ordenó sándwiches y ensaladas al servicio de habitaciones, ya que los problemas de agenda implicaron que no se pudiesen reunir hasta casi las siete de la tarde. En ese caso, como la reunión la había solicitado él, se sentó a la cabeza de la mesa.

—Ahora que he hablado con los agentes al cargo del caso, puedo actualizar la información de los mensajes que os he mandado. Hay poco que añadir a lo que sabíamos antes de contratar a Morgan y a lo que ella misma le ha contado a la abuela esta tarde. Tienen pruebas de que Gavin Rozwell es el responsable del asesinato de diez mujeres, incluida la víctima de Tennessee de hace unos días.

—Diez... —murmuró Mike—. Cielo santo.

—En un periodo de trece años. Su perfil lo describe como un psicópata, un narcisista malvado, un sociópata incapaz de sentir culpabilidad ni remordimientos. Jake añade sadismo y avaricia al combo, y no se equivoca.

—Las arruina económicamente. —Nell examinó la foto de Rozwell que Miles había repartido—. Y luego las asesina. No, creo que Jake no se equivoca.

—Las mujeres que pone en su punto de mira —prosiguió Miles—, o a las que ha seleccionado específicamente en los últimos cuatro años, representan a su madre: mujeres esbeltas, rubias, solteras, con nombres andróginos y propietarias de una casa, un coche o un camión. Su madre fue la primera de sus víctimas.

—¿Mató a su madre? —Entre la conmoción y el asco, Liam dejó el sándwich sobre el plato—. Joder.

—Su padre la maltrató reiteradamente y luego los abandonó, tras haber pedido un préstamo con su casa como aval, vaciar la cuenta bancaria y llevarse su coche —añadió Nell—. Jake me ha dado cierta información. En resumidas cuentas, está emulando a su padre y usa a esas mujeres para castigar a su madre una y otra vez.

—Es un tío listo y un hacker muy hábil —añadió Miles—. Va de encantador y adopta diferentes aspectos y personalidades para atraer a quien tenga en el punto de mira en ese momento. Creen que hace una exhaustiva investigación de las mujeres antes de elegir a una, pero por lo general solo pasa de dos a cuatro semanas introduciéndose en la vida de ellas antes de asumir su identidad para desplumarlas, y después las mata.

—Así que arruinarlas económicamente no es suficiente. —Rory, que seguía vistiendo traje tras la vista de un juicio, releyó el informe—. Primero las arruina y se beneficia económicamente, con lo que mantiene su alto estilo de vida. Traiciona la confianza de ellas, y eso tampoco le basta. Las estrangula, algo muy personal, con sus propias manos.

—Pero a Morgan no le puso una mano encima —concluyó Drea.

—Mató a su amiga —observó Liam.

—Pero a Morgan no, y es la mujer con la que invirtió el tiempo y los esfuerzos.

—Exacto. —Miles asintió en dirección a su madre—. Que sepan los investigadores, es la única que ha sobrevivido.

—Y un narcisista no fracasa nunca. —Nell picoteó la ensalada—. O, en cualquier caso, es incapaz de admitir un fracaso. De ahí lo del relicario. Ha dejado eso para jugar con ella, para asegurarse de que Morgan sea consciente de que pretende conseguirlo. A su debido tiempo.

—El FBI está de acuerdo contigo, y Jake también. Y yo —añadió—. Los de seguridad tienen su foto y la información más relevante, igual que los jefes de cada departamento. También está al tanto la gente del servicio, los botones, aparcas y demás. Un miembro de seguridad acompañará a Morgan hasta el coche después de cerrar. Dejará el vehículo en el aparcamiento de los huéspedes, justo delante.

—Mejor —convino Mick—. En el de los empleados hay luces de seguridad, pero el de los huéspedes se ve desde la entrada principal del resort.

—Estableceremos una línea directa de su móvil a los de seguridad.

—A menudo cierra el Après ella sola —meditó Nell—. Creo que debería haber alguien con ella.

—Bien visto. —Drea siguió tomando notas en la tableta—. Es menos probable que ese maníaco intente hacerle daño si hay alguien cerca; además de todo lo que ya es, se le suma lo de cobarde.

—Podría pasarla al turno de día. Es una forma de malgastar sus habilidades, pero podríamos trasladarla.

—Se opondrá. —Miles negó con la cabeza hacia su hermana—. Ya lo había pensado, pero, además de tener que obligarla, la gente tiende a ser más cuidadosa por la noche. Ella no es imprudente, así que no me la imagino arriesgándose en exceso.

—Es una mujer muy sensata. —Lydia tomó la palabra por primera vez—. Ya disponemos de políticas y de protocolos para asegurar la seguridad de nuestros huéspedes y trabajadores. Añadamos esos niveles extras dadas las circunstancias. ¿Estamos todos de acuerdo?

—Pues claro que sí. —Mick le dio una palmada a su esposa en la mano—. Morgan forma parte de la familia del resort, y nosotros cuidamos a nuestra familia. Y añadiré que me gusta cómo lleva la barra. Es muy tranquila. Quizá no entiendo por qué nadie iba a mezclar lavanda y tequila, pero es muy tranquila.

—El margarita de lavanda. Ahora mismo me iría muy bien beber uno.

—¿Qué te parece si te invito a una copa, cariño, cuando termine la reunión?

Trato hecho. —Drea sonrió a su marido.

—Esto es todo lo que sé por ahora. Voy a seguir en contacto con los agentes a cargo, con Jake, y ya iremos ajustando lo que hacemos en función de lo que pase. Nell, ¿le mandas un mensaje a Morgan para contarle lo del aparcamiento?

—Claro. Le pediré que mañana venga treinta minutos antes para repasarlo todo. Y me gustaría saber por qué ha ido a ver a la abuela en lugar de a mí.

—Pensaba que la despediríamos.

—Venga ya. —Liam miró boquiabierto a su abuela—. Debería saber que no somos así.

—Ahora ya lo sabe —terció Miles.

—Aun así. En fin, por la mañana hablaré con los responsables de la aventura para que también estén al corriente. Si hemos terminado, me marcho. Tengo una cita.

—Liam Jameson tiene una cita. —Su hermana fingió asombro—. ¡Que alguien avise a los medios!

—Estás celosa.

—Un poco.

—Tú también tendrías una cita si no fueras tan exigente —la provocó mientras se levantaba.

—Tú tendrías menos citas si fueras más selectivo.

—Puede, pero entonces iría solo al cine. Buenas noches a todos.

—Ay, quién pudiera tener veinticinco otra vez. —Mick suspiró.

—Cuando tenías veinticinco, estabas prometido conmigo.

—Exacto. —Cogió la mano de Lydia y le dio un beso—. ¿Por qué no me dejas que te invite a una copa, amor mío?

—Por qué no.

—Miles, Nell, ¿os queréis unir a las generaciones anteriores para unas copichuelas?

—Me gustaría, pero tengo trabajo pendiente. —Mientras hablaba, Miles recogió sus papeles.

—Yo me apunto —dijo Nell—. Me encontraré con vosotros dentro de unos minutos.

Cuando se quedaron a solas, Miles miró a su hermana.

—¿Qué pasa?

—¿Crees que vendrá hasta aquí?

—Creo que es mucho menos probable que lo intente aquí que en su casa o en el trayecto de un lado a otro.

—Es lo que creo yo también, y no hay nada que podamos hacer al respecto. Aun así, extremaremos las precauciones. —Nell se levantó y se pasó la correa del maletín sobre el hombro—. Me cae bien.

—Es fácil que caiga bien. —Miles envolvió con una servilleta de tela el sándwich que no había tocado.

—Luego devuelve la servilleta.

—Claro. Iré a casa a terminar el trabajo.

—Yo llamaré al servicio de habitaciones para que limpien aquí.

—¿Te vas a llevar la mitad del sándwich que has dejado?

—No, me iré al Pop a comer algo.

Miles cogió otra servilleta y envolvió la mitad del sándwich de su hermana.

—Devolveré las dos servilletas. Nell, acompaña a la familia cuando salgan, ¿quieres?

—No soy su tipo. —Se pasó una mano por el pelo castaño.

—Solo te pido que no vayas sola hasta el coche. Hazme ese favor.

—Favor concedido.

Satisfecho, Miles abandonó la habitación con ella, y luego se marchó hacia su casa.

En su primer trayecto hasta el trabajo con su nuevo coche, Morgan sintió una diminuta chispa de alegría. El SUV iba suave, era silencioso y olía genial. Le encantaba la pantalla, y se prometió que, cuando tuviera una oportunidad, introduciría en el GPS las direcciones de su casa, su trabajo y la tienda.

Para entretenerse.

No le encantaba la orden de utilizar el aparcamiento de los huéspedes, pero obedeció sin rechistar. Los Jameson le habían ofrecido todo su apoyo, y no tenían por qué. Lo menos que podía hacer ella era acatar las órdenes sin quejarse.

Vio la cara que puso el botones cuando lo saludó al entrar. Se había corrido la voz. Tampoco se quejaría de eso, y procuraría dejar de sentirse tan extraña y expuesta.

Notó más ojos clavados en ella mientras se dirigía a los despachos, y se dijo que era normal. La gente estaba preocupada o era cotilla, o las dos cosas.

La puerta de Nell estaba abierta. Dentro, iba de un lado para otro, irradiando energía, mientras hablaba con unos auriculares. Se había recogido el pelo y llevaba unos pantalones marrones y una blusa sin mangas con escote en «V». Del respaldo de su silla colgaba una chaqueta de piel color crema.

—Total y absolutamente preparado, todos los detalles están contemplados. Sí, el servicio de habitaciones entregará en la de la novia a las dos en punto lo que han pedido y a las dos y media en la del novio. —Le lanzó una mirada a Morgan, puso los ojos en blanco y señaló una silla—. He hablado con mi madre esta misma mañana. Tiene lo de los arreglos de la mesa bajo control. Sí, los recuerdos también. No hace falta que lo confirme con ella. Será una boda preciosa, señora Fisk. Está todo controlado. Sí, nosotros también tenemos ganas de que sea el momento. Nos vemos el sábado. —Nell colgó y se desplomó en la silla—. La madre de la novia.

—Ya me lo había parecido.

—Te apuesto un millón de dólares a que antes de que termine la jornada laboral nos llama a mi madre o a mí, o a ambas.

—Aunque tuviera un millón de dólares, no lo apostaría contigo. Tampoco me gustaría estar en tu lugar.

—Bien, porque a mí me gusta mi trabajo. A lo mejor es un problema mío, pero me gusta. A ver, quería decirte que lo tenemos todo dispuesto con los de seguridad.

—Os lo agradezco muchísimo. Sé que supone añadir tiempo y problemas.

—Ni lo primero ni lo segundo. Tenemos buenos guardias de seguridad. Ahora todos estamos al corriente de la situación. Quería preguntarte por qué no viniste a contármelo a mí, Morgan. ¿Pensabas que empatizaría menos contigo o te apoyaría menos que mi abuela?

—No. No, por Dios. Es que tenías una reunión sobre la boda del viernes.

—Ay, otra vez con la señora Fisk. —Se pasó una mano por el pelo—. No me había dado cuenta de que viniste a esa hora. De lo contrario, ¿habrías acudido a mí?

—Sí.

La ausencia de titubeo hizo que Nell asintiera con la cabeza.

—Vale, vale. Quería asegurarme de que sabías que podías acudir a mí. Porque es así —añadió—. Aunque solo sea para desahogarte. Si te digo la verdad, no sé qué haría en tu lugar. No sé cómo lo sobrellevaría.

—Seguramente no te echarías a llorar delante de tus jefes.

—¿Jefes en plural?

—Miles entró justo cuando se rompieron las compuertas.

Nell curvó los labios mientras estiraba las piernas.

—No sonrío por ti, sino por su reacción, la que acaba de reproducirse en mi cabeza. Sería algo así: «Ay, mierda».

—Algo así. Se podría decir que me desahogué. Ahora estoy bien.

—¿Seguro?

—¿Qué otra cosa voy a hacer si no? Tengo que vivir, tengo que trabajar. En casa estamos usando el sistema de alarma. Se supone que debo comprobar el depósito y la presión de los neumáticos antes de coger el coche. Cerrarlo con llave y mirar en los asientos traseros. He pedido botones de emergencia, como me han recomendado. Y me voy a apuntar a clases de defensa personal.

—En lo último no tienes que buscar más.

—¿Por qué? ¿Tú?

—No, pero... ¿acaso no parezco capaz de cuidar de mí misma? —Nell flexionó el brazo derecho.

—Antes ya habría dicho que sí. Ahora digo: ahivá.

—Es gracias a Jen. Es entrenadora personal y la jefa del gimnasio. Uno de tus beneficios es poder usar el gimnasio. Te harán un descuento en los entrenamientos personales, y Jen da un curso de defensa personal cada tres meses en el gimnasio del instituto de Westridge. Te has perdido la clase de primavera, pero deberías ir al gimnasio a hablar con ella. —Nell se miró el reloj—. Todavía te quedan casi veinticinco minutos. Ve a verla ahora.

—¿Ahora?

—¿Para qué esperar? Le mandaré un mensaje y le diré que estás de camino.

«No discutas con la jefa», se recordó Morgan, y trotó hacia el gimnasio del resort.

En tan solo quince minutos en el interior, se apuntó a su primera sesión para el día siguiente.

Tenía pantalones de yoga. En realidad, no hacía yoga, pero tenía esos pantalones. También tenía un sujetador de deporte, aunque no hiciera deporte. Le pareció apropiado, ya que calculaba que podría encajar una sesión de entrenamiento en su calendario una vez a la semana hasta que ganase cierta destreza con la autodefensa.

Con el descuento, el gasto era factible aun con su estricto presupuesto. Había que añadir que se enteró de que Jen, que estaba muy pero que muy en forma, era la hermana de Nick. Morgan supuso que eso les daría un vínculo que se traduciría en un entrenamiento tranquilo.

Como le había pedido, llegó quince minutos antes para calentar con lo que quisiera: cinta, elíptica o bicicleta vertical.

Le gustaba ir en bici, pero la vertical le pareció muy rara, y la elíptica, demasiado complicada. Caminar le pareció la opción más segura.

Varias personas estaban desperdigadas usando unas máquinas de aspecto aterrador, levantando pesas y haciendo lo que parecían unos dolorosos estiramientos en unas colchonetas.

Se subió a la cinta y, después de estudiarla brevemente, la programó para pasar los quince minutos de rigor a una velocidad e inclinación moderada. Con unos auriculares donde salía la música que ponía en el móvil, se sintió muy bien.

El paisaje ascendente y descendente que se veía al otro lado de las ventanas le ofrecía vistas a unos cuantos arbustos que pensaban si despertarse para la primavera, así como a unos narcisos y unos tulipanes valientes en tensos capullos.

Era agradable, decidió. Podría hacer aquello y disfrutarlo. A fin de cuentas, ahora que había establecido una rutina, echaba de menos ir en bici a diario. No era lo mismo, por supuesto, ya que se limitaba a caminar deprisa y a no moverse del sitio. Quizá en verano podría comprar una bici de segunda mano y probar a recorrer los escarpados caminos. Incluso podría ir en bici hasta el centro de vez en cuando.

Disponía de más tiempo ahora que antes de mudarse allí. La idea que había valorado de coger un segundo trabajo a jornada parcial no la convencía. Sería incapaz de ocuparse de algún turno de día en el Après si era necesario y de echar una mano en la cafetería si su familia la necesitaba.

Aun así, contando los pagos del coche, su presupuesto era decente y le permitía comenzar a recuperar los ahorros lentamente.

Seis meses, decidió. Se tomaría seis meses y luego empezaría a planear nuevos objetivos a largo plazo.

La sorprendió la rapidez y la facilidad con que pasaron los quince minutos. Se dio a sí misma una palmada mental por haber entrenado y bajó de la cinta.

Vio a Jen, fibrosa y fabulosa con un top rojo y mallas a rayas negras y rojas, y Morgan se sintió al instante nada fibrosa y nada fabulosa con sus viejos pantalones negros de yoga.

La vio hablando con un tío de la sección de las pesas que él estaba levantando. Morgan tardó un minuto en recorrer las largas y fuertes piernas embutidas en unos pantalones cortos y negros, una camiseta gris sin mangas que ya lucía un poco de sudor y una sucesión de músculos para poder concentrarse en su cara.

Su pregunta inicial —¿por qué el sudor volvía a algunas personas muy sexis?— se transformó en un sobresalto.

¿Quién habría dicho que Miles tenía ese cuerpo?

Y ¿por qué, por el amor de Dios, debía estar sudando en el gimnasio cuando ella llevaba unos viejos pantalones de yoga, un sujetador de deporte holgado y una camiseta raída?

Obviamente, no podía acercársele, así que buscó algo que hacer y que le permitiese aparentar que sabía lo que hacía.

Acababa de decidir que la mayoría de las máquinas parecían instrumentos de tortura cuando Jen la saludó.

—¡Morgan! —Jen levantó una mano y le hizo señas para que se aproximara.

«Pues nada», pensó Morgan cuando comenzó a caminar hacia ella. Miles se había pasado la pesa a la otra mano y siguió ejercitándose.

—Perdona, tenía que hacerle una pregunta a Miles.

—No pasa nada. No hay problema.

—¿Has hecho los quince minutos?

—Sí.

—¿Has llegado muy lejos?

—¿Lejos? Casi un kilómetro y medio, creo.

—La próxima vez le meteremos más caña. Empecemos. Gracias, Miles.

—Mmm —murmuró él, y siguió entrenando.

—Utilizo esta sala para los entrenamientos personales cuando el gimnasio está petado —le comentó—. O para sesiones de yoga individuales.

Se trataba de un espacio de tamaño reducido, tenía una pared llena de espejos y estanterías con pelotas de pilates, bolas con pesos, cintas y colchonetas. En un rincón había una repisa con pesas.

—Bueno, ¿qué harás si te atacan?

—¿Darle un puñetazo en la cara?

—Mejor en el cuello.

—¿En serio?

—Sí. Si un gilipollas descomunal te persigue, ¿cuál es tu primer instinto real?

—Chillar y echar a correr. —Morgan cuadró los hombros.

—Exacto. Si puedes chillar y echar a correr, pues chilla y echa a correr. Si no puedes, te escondes. Quizá sea posible una de esas dos acciones, en función de la situación. Si no es así, toca pelear.

—Darle un puñetazo en el cuello. —Morgan apretó el puño. Jen giró y cogió a Morgan desde la espalda.

—¿Cómo? No tienes espacio para ondear el brazo.

—¿Me pongo a chillar?

—Haz todo el ruido que quieras, pero defiéndete. Arrancaremos con algo básico: los cuatro puntos más débiles: el plexo solar. —Jen le dio un golpecito a Morgan en el suyo—. El empeine —prosiguió, y se lo demostró—. La nariz. Y las gónadas o entrepierna. Ven a por mí desde atrás, cógeme y mira en el espejo. No te haré daño.

Cuando Morgan la rodeó con los brazos, Jen echó el peso hacia delante.

—Te inclinas hacia delante para tener más espacio. ¿Y luego? —Morgan notó el golpecito suave del codo de Jen sobre su plexo solar—. El codo es tu arma más fuerte. Más fuerte que tu puño, úsalo y ya verás. La idea no es solo hacerle daño a tu atacante, sino que te afloje para que tengas más margen de maniobra. Su empeine es un punto débil, dale ahí. —Jen apoyó suavemente el talón en el pie de Morgan—. Lo más probable es que con estos dos gestos te suelte o afloje lo suficiente para que puedas girarte. Así.

Levantó una mano y apoyó el puño contrario en la parte baja de la palma.

—Un golpe fuerte y rápido en la nariz desde abajo, y luego te echas atrás. Y entonces le pegas un rodillazo en la entrepierna. ¿Ves? El codo, el talón, la mano y la rodilla. Son partes fuertes y duras. Y harán pupita.

—Para que pueda chillar y echar a correr.

—Si es una opción, no te lo pienses. Empecemos con esos cuatro pasos.

Le gustaron, casi como si fueran una coreografía. Como si estuviera en acción.

—Muy bien, eso es. No tienes que pensarlo, tan solo reaccionar. La semana que viene le pediré a un voluntario que venga con protecciones acolchadas. Y le darás con todo.

—Me gustaría. ¿Quién habría dicho que me gustaría pegarle a alguien?

—Pero pongamos que te ha acorralado contra la pared. —Después de apoyar a Morgan contra la pared, Jen se le puso justo delante—. Y que te rodea el cuello con las manos. —Jen levantó las manos, pero las bajó al instante y dio un paso atrás—. Dios, perdona. No lo había pensado.

—No pasa nada. Sé que te lo han contado, por eso estoy aquí. Enséñame.

—Te tiene contra la pared, no puedes levantar la rodilla ni disponer de un ángulo con el codo. El instinto de la mayoría de la gente es clavar las uñas en las manos que te dejan sin aire. ¿Cuál es su punto débil en esa situación? Sus ojos. Ve a por sus ojos. Los dedos van bien, los pulgares son la mejor opción. Le aprietas los ojos con los pulgares como si quisieras hundírselos en la cabeza.

—¿Puedo decir «puaj»?

—Cuando te hayas liberado. Le hundes los pulgares, y dejará de apretarte fuerte porque le arderán los ojos como si le quemasen mil soles. Si estás erguida así, le das un fuerte rodillazo en los huevos y un codazo en la barriga. Y si puedes darle un puñetazo... —Cogió la mano de Morgan, hizo un puño con ella y se lo posó sobre el cuello—. Apunta aquí, o aquí. —Y se lo puso encima de la nariz—. Puñetazo o parte baja de la palma de la mano, rápido, y retrocedes. Probémoslo.

Practicaron media docena de veces.

—Bien, muy bien. —Jen le dio un leve y amistoso puñetazo en el hombro—. Lo pillas muy rápido.

—Todavía tengo que pensar los pasos y sé que no me vas a hacer daño, así que no estoy asustada.

—Terminará siendo instintivo, y el instinto atravesará el miedo. Hazme caso. Lo he vivido.

—Vaya, lo siento.

—Quizá algún día nos contemos historias de guerra mientras bebemos uno de esos margaritas de lavanda. Pero ahora te quedan veinte minutos. Vamos a cambiar de tercio. Cuando te he preguntado por tu rutina de ejercicio, has admitido que no tienes ninguna. Antes, si hacía buen tiempo, hacías unos quince kilómetros en bici. Por eso tienes tan buenas piernas.

—La vendí cuando me mudé, pero estoy pensando en comprar una para el verano.

—Genial. Te gusta ir en bici, así que hazlo. Mientras tanto… —Con una sonrisa, le apretó ligeramente el bíceps—. Vamos a entrenar la fuerza y el tono del tronco superior.

Morgan se puso a la defensiva y se cruzó de brazos mientras Jen se encaminaba hacia el estante de las pesas.

—¿En serio?

—La mayoría de los hombres que atacan a las mujeres nos ven como débiles, como víctimas. Ya hemos repasado algunos de los movimientos y de las defensas que puedes usar contra un atacante, uno que probablemente sea más fuerte y más grande que tú. Eso no significa que no puedas ponerte fuerte, y cuando eres fuerte esos movimientos y defensas son más efectivos.

Cuando se acercó con dos pesas y le dio una a Morgan, Jen volvía a sonreír.

—Vamos a ponerte fuerte.

Durante los veinte minutos siguientes, no solo aprendió a hacer varios ejercicios para ejercitar los brazos, sino que también aprendió a respirar y a estar erguida —dos cosas que creía que ya sabía hacer—, y a estirar los músculos que había entrenado hasta que le ardían.

—Bien, muy bien. Has empezado a sudar.

—Y que lo digas.

—La semana que viene, a la misma hora. Mientras tanto, quiero que vengas tres veces a la semana.

Morgan se frotó los brazos, que ya empezaban a protestar, y procuró no desinflarse.

—¿Aquí?

—Los otros dos días, ahí fuera. Quince minutos de cardio, y más rápido para llegar a los dos kilómetros. Quince minutos de tronco superior, quince de inferior, cinco (para empezar) con el core y diez minutos de estiramientos. Si no estoy por aquí para enseñarte cómo entrenar el tronco inferior y el core, estarán Ken o Addy.

—No siempre tengo una hora para...

—Tres horas a la semana, por ahora. Cuando te motives, encontrarás el tiempo. Entre sesión y sesión, descansa. —Le dio una botella de agua—. Hidrátate. Nos vemos pasado mañana.

—Gracias. Más o menos.

Con una carcajada, Jen salió de la sala.

Después de beber agua, Morgan se miró en el espejo y flexionó.

—Vaya —dijo, y se frotó los bíceps—. ¿Tres veces a la semana? Tres veces a la semana para no ser débil.

Muy bien, pensó, muy bien, lo intentaría. Durante un mes. Solo un mes.

Echó a caminar y se detuvo al verse de nuevo en el espejo.

—No puedo ponerme esta ropa tres veces a la semana durante un mes. Parezco una idiota.

Decidió que iría a la tienda de ropa. Con su descuento de empleada, ¿cuánto le iban a clavar? Le clavarían, pensó, pero había decidido por su propia cuenta ir adonde la gente levantaba pesas, sudaba y corría.

Un mes, se prometió, y pensó que el conjunto que tenía que comprar para no parecer una idiota era una inversión en su propia fuerza, forma física y autoestima.

Aun con el descuento, le clavaron más de lo que esperaba.

Cuando esa noche llegó al trabajo, lo hizo con los brazos doloridos, el culo dolorido —malditas sentadillas— y con los músculos de las piernas recordándole que llevaba muchísimo tiempo sin caminar más de un kilómetro a ritmo alto.

—Jen dice que lo has hecho genial. —Nick le sonrió de oreja a oreja.

—Tu hermana es un monstruo.

—Sí, eso es lo que dicen todos. ¿Estás dolorida?

—¿Tú qué crees? —Después de echar un rápido vistazo a las

mesas y a los reservados, entró en la trastienda y comprobó que todo estuviera en orden.

—Te acostumbrarás —le dijo Nick cuando Morgan reapareció.

—No lo creo.

—Por cierto... Ha habido bastante gente en la hora feliz. La gente empieza a conocer nuestras bebidas.

—Me alegro. Ve a por el tío del final de la barra y ya te podrás marchar. De esta comanda me encargo yo.

—Hecho. Esta noche mi madre se queda con el bebé y nos iremos al cine. Adoro a mi hija con toda mi alma, pero será muy agradable salir con mi otra chica.

Nick sirvió una jarra de cerveza de barril al hombre de la barra y dejó una copa de vino blanco al lado.

—Espera a su esposa; no le he cobrado aún, habitación 305. Me marcho.

—Pasadlo bien.

Morgan sirvió y escanció, limpió y atendió, y casi se olvidó de los agobiantes dolores.

Casi.

Cerca de la medianoche, Miles se sentó en un taburete.

Morgan le sirvió una copa de *cabernet*.

—No es tu noche habitual —le comentó.

—¿Tengo una noche habitual?

—La de los viernes.

—Tengo trabajo. —Se encogió de hombros—. No te había visto nunca en el gimnasio —le dijo antes de que Morgan lo dejase solo.

—Es mi primera vez. Tanto en ese gimnasio como en otro cualquiera.

Unos ojos de color ámbar escudriñaron su rostro como si fuera un rompecabezas que resolver.

—¿En serio no has ido nunca al gimnasio? ¿Jamás?

—Tenía otras prioridades que no incluían ser socia de un gimnasio.

—¿Entrenabas en casa?

—No. —¿Por qué aquella conversación le estaba dando ver-güenza?—. No todo el mundo… Algunos… Yo iba en bici. Casi todos los días iba en bici al trabajo.

—Vale. —Miles cogió la copa, en lugar del móvil—. ¿Y?

—Iba en bici —repitió—. Un trayecto de casi unos diecisiete kilómetros. Y hacía otras cosas.

—¿Qué cosas?

—Pues… cosas normales.

Una sonrisa le estrechó los ojos a Miles. Morgan no lo había visto nunca así. Entre la irritación se abrió paso el deseo de ver ese gesto más a menudo.

—¿Te entrena Jen?

—Se suponía que era una clase de defensa personal, y ha empezado así. Y luego ha pasado a: «Coge las pesas. Cinco repe-ticiones más, vamos».

—¿Y ya lo notas?

—Madre mía, sí. Ahora dice que tengo que meterme en esa cámara de tortura tres veces a la semana, y me temo que, si no voy, irá a por mí y me lo hará pagar.

—Irás, pero no porque te dé miedo Jen.

—¿Por qué si no?

—Porque no eres de las que dejan las cosas a medias.

Sin saber cómo responder a eso, Morgan se desplazó por la barra para servir la comanda de una mesa. Cuando miró atrás, vio que Miles estaba ensimismado mandando un mensaje, así que lo dejó solo.

Cuando se acercó la hora de cerrar, puso un vaso de agua sin gas sobre la barra.

—¿Has venido a vigilarme?

—Tenía trabajo que hacer y me apetecía una copa de *cabernet*.

—Lou, de seguridad, vino anoche a la hora de cerrar y se quedó hasta que terminé. ¿Es lo que estás haciendo tú?

—Yo estoy a punto de acabar la copa de vino y de trabajar. Pero, ya que estoy aquí, te acompañaré hasta el coche cuando cierres.

—Me pregunto cuándo decidirá tu familia si doy más proble-mas de los que merezco.

—En primer lugar, así es como actuamos. —Miles dejó el móvil—. Y si crees que no mereces dar unos cuantos problemas, deberías ocuparte de tu autoestima.

—Pensaba que era lo que estaba haciendo antes en el gimnasio. Me duele un poco.

—Lo superarás. Los de la última mesa se marchan.

—Sí, ya lo he visto.

Cuando la acompañó hasta el coche, rodeó su nuevo vehículo.

—Una gran mejora.

—Ya lo sé. Se supone que antes de entrar tengo que mirar en los asientos traseros, y luego comprobar el depósito y la presión de los neumáticos. Este coche te informa de si tienes flojos los neumáticos. No sé cómo lo sabe, pero lo sabe.

—Buenas precauciones.

—¿Tú las tomas?

—No.

Esa respuesta la hizo suspirar mientras echaba un ojo a los asientos de atrás.

—Iré a ese maldito gimnasio no porque me dé miedo Jen (aunque un poco sí) y porque no sea de las que dejan las cosas a medias. Iré porque no pienso ser débil.

—Es más o menos lo mismo.

—Quizá. Gracias. —Apretó el botón para cerrar las puertas con llave—. Buenas noches.

Antes de arrancar, comprobó el nivel de combustible. Y vio que Miles estaba donde siempre, viéndola irse.

Morgan empezaba a acostumbrarse a eso.

13

La primavera llegó. Las flores se abrieron, las hojas se desplegaron y, agradecida, Morgan guardó la ropa de invierno.

Aunque su abuela no permitía que le pagase alquiler, Morgan sabía que nunca rechazaría unas flores. Su viaje al vivero la inundó de recuerdos agridulces de Nina. Pero oír a su amiga susurrándole al oído mientras daba vueltas y elegía qué plantas comprar la consoló.

Pasó una feliz mañana y tarde dedicándose a seleccionar, comprar, transportar y diseñar los arreglos en macetas que sacó del cobertizo, así como colocando plantas anuales y coloridas en los parterres junto a las perennes que ya florecían.

Cuando le sonó la alarma del móvil, dejó las herramientas, entró a arreglarse y se cambió para ir a trabajar. «Un día estupendo y productivo», pensó. No había buscado qué hacer, sino que había tenido qué hacer.

Su día tan solo se volvió más alegre cuando bajó las escaleras y oyó voces emocionadas.

—Ay, ¡mira qué colores! Y cómo ha dispuesto las macetas a diferentes alturas. Es una obra de arte.

—Te diré una cosa, Audrey: tenía pensado tirar estas viejas y desgastadas estanterías. Y mira qué aspecto tienen ahora.

—Las he pintado y he cambiado los tornillos —dijo Morgan mientras salía al patio trasero—. ¿Os gusta?

—Es maravilloso. —Audrey se inclinó hacia delante para deleitarse con el olor del heliotropo—. Llegar a casa así es una sorpresa maravillosa. Y las flores que has plantado delante son preciosas. Debes de haberte pasado el día trabajando.

—Me lo he pasado estupendamente. Todavía no he terminado. —Señaló las zonas vacías—. Pero se me ha ocurrido que a las dos os gustaría pasároslo bien y que a lo mejor queríais decidir las ubicaciones.

—¿Has comprado todo el vivero? —le preguntó Olivia.

—Para nada. Tienen un montón de plantas. No he tenido tiempo de sacar y limpiar los muebles del jardín, pero ya lo haré mañana.

—Te lo agradezco, Morgan. Y te agradezco esto.

Sin dejar de sonreír, Audrey miró alrededor.

—No tenía ni idea de que sabías hacer estas cosas.

—Nina me enseñó a plantar. Y cuando tienes un presupuesto ajustado, los cepillos metálicos, el papel de lija y la pintura se convierten en tus mejores amigos. En fin, me tengo que ir a trabajar. Nos vemos mañana.

—La he visto muy contenta —murmuró Audrey.

—Es que lo está. Es una joven que necesita hacer algo y lo está haciendo.

Audrey pasó una mano por la maraña de los alisos que sobresalían de una de las macetas.

—No sabía que fuera capaz de plantar y arreglar cosas así.

—Ahora ya lo sabes.

Durante unos instantes, Audrey apretó la mano de su madre.

—Supongo que de mí también desconocías muchas cosas.

—Las hijas crecen y construyen su propia vida. Así es como debe ser.

—No sé dónde estaría yo si no hubiera podido volver y construirla aquí.

—Pero pudiste y lo hiciste.

—Sé que quizá ella no se quede, pero… espero que el tiempo que vivamos juntas sirva para reducir la distancia. Una distancia que es culpa mía.

—Ay, calla.

—Es verdad —insistió Audrey—. Debería haberlo hecho mejor. Tuve opciones, pero ella no. Y sé que no habría vuelto aquí, ni conmigo, de haber podido elegir.

—Como cantaban los muchachos de Liverpool, «todo lo que necesitas es amor». Quizá hay que sumarle unos zapatos cómodos y una bebida fuerte después de un largo día, pero el amor es lo más importante. Y ella te quiere, Audrey.

—Sí. Y tengo suerte de que me quiera. Morgan y yo nos volvimos distintas al estar separadas. Ahora disponemos de este tiempo para…, en fin, para crecer juntas como las flores que ha plantado. Y voy a valorar cada minuto de ese tiempo.

—Yo también. ¿Por qué no echamos un vistazo al cobertizo antes de cenar y vemos qué otras cosas íbamos a tirar y servirán para que se entretenga con ellas, ya que eso la pone tan contenta?

En lugar de volver a casa directamente desde el resort, Miles se desvió hasta la de Jake. Su amigo vivía en las afueras del pueblo, en una casa de dos plantas con un pequeño porche delantero cubierto.

Miles lo había ayudado a construir el porche trasero y a montar el tejado que lo resguardaba para que pudiera hacer barbacoas durante todo el año.

En el mundo de Jake, si no iba a buscar comida para llevar ni la pedía a domicilio, todo se preparaba en la barbacoa.

Cuando detuvo el coche, Miles reparó en el par de macetas colgantes desde las cuales sobresalían plantas coloridas por encima de la barandilla del porche. Y eso significaba que la madre de Jake había ido de visita en algún momento.

Jake las regaría para cumplir con el deber hacia su madre… y para respetar el miedo saludable que le despertaba la ira de la mujer.

Miles, que se sentía allí como en casa, se dirigió hacia la puerta delantera y entró.

Desde el recibidor se veía la cocina. Jake estaba frente a la encimera aplanando carne picada para hacer una hamburguesa.

—Buenas. ¿Quieres una cerveza?

—Ya que me la ofreces...

Miles abrió la nevera, que contenía la cerveza, un cuarto de litro de leche, latas de Coca-Cola, una jarra con el zumo de mango que a Jake inexplicablemente le encantaba y una solitaria barra de mantequilla.

—Llego ahora de poner fin a una disputa sobre cacas de perro en los parterres de flores que Anne Vincent acababa de plantar. ¿La conoces?

—No.

—Si puedes, ahórratelo. Convencida de que las cacas eran de la pomerania de su vecina, que se llama Gigi, la señora Vincent ha recogido las cacas y ha procedido a dejarlas frente a la puerta de la casa de su vecina. Y de todo eso ha sido testigo el hijo de ocho años de la citada vecina. O sea, Charlie Potter.

—A él tampoco lo conozco.

—Charlie informó a su madre, que es Kate Potter.

—Sigo sin saber quiénes son. —Miles se sentó junto a la encimera y bebió un sorbo de cerveza.

—La discusión consiguiente, que ha incluido gritos, tacos y algunos empujones, ha asustado tanto al joven Charlie que ha acabado llamando a la policía.

—Y ahí es donde has entrado tú.

—Iba de vuelta a casa. Está de camino. —Como había aparecido Miles, Jake empezó a preparar una segunda hamburguesa—. Las dos mujeres, y voy a usar una expresión antigua, estaban hasta la coronilla la una de la otra. No voy a decir que haya temido por mi vida, pero sí he temido que debería detener a dos mujeres.

—Por no hablar del hijo y de la perra.

—Por no hablar de ellos. Una asegura que Gigi no sale nunca del patio desde un día del otoño pasado en el que se escabulló y excavó entre los crisantemos de su vecina. Y la otra se queja de los ladridos y de las cacas cuando Charlie lo saca a pasear, y lo acusa de sospechoso. Coge los panecillos y la bolsa de patatas.

Jake hizo un gesto hacia los bocadillos y hacia el porche trasero antes de llevar el plato con las hamburguesas fuera hacia la barbacoa, que ya humeaba.

—Y bueno, aunque me considere un experto en mierdas, porque de lo contrario no consigues ser comisario de policía, no me considero un experto en mierda de perro. Pero solo hay que echar un ojo a la perrilla y al tamaño de las cacas para deducir que Gigi es inocente.

Dejó las hamburguesas sobre la barbacoa, que enseguida empezaron a chisporrotear.

—¿Se lo has comentado?

—Sí, con palabras más educadas y profesionales. Una investigación más a fondo, en la que Charlie ha aportado sus conocimientos, ha descubierto que hay varios perros más grandes en el barrio, incluido, según Charlie, un enorme *golden retriever* llamado Stu, en su misma calle, que suele escapar de su patio y cagarse por todas partes.

Jake les dio la vuelta a las hamburguesas.

—Para concluir, le he dicho a Anne Vincent que quitaré yo las cacas si acepta pagar el coste de que analicen las pruebas para identificar la raza de perro que las soltó. Y eso es una chorrada, claro. De lo contrario, ella quitará las cacas y limpiará el suelo, y Kate Potter aceptará no denunciarla. Le he aconsejado que no vaya por ese camino en el futuro. Ha chillado un montón y luego va y me dice que disparará al próximo perro que se acerque a su propiedad.

—Madre de Dios.

—Sí, evítala si puedes. Le he dicho que, si dispara a algún animal, al cabo de medio minuto se encontrará en una celda de mis calabozos. He puesto cara muy seria porque me ha apetecido y enseguida ha dado un paso atrás.

Sacó las hamburguesas y las dejó en el plato de nuevo.

Como conocía a su amigo, Miles ya había cogido los condimentos y los platos de papel del armarito que había debajo de la barbacoa.

Se sentaron a la mesa que Jake había construido en un taller de manualidades del instituto, aderezaron las hamburguesas y abrieron la bolsa de patatas fritas.

—¿Qué tal te ha ido el día?

—No tan emocionante como el tuyo.

—¿Cómo lo lleva Morgan?

—Ahí va. El día que viniste a contarme lo de Rozwell, fui al despacho de mi abuela y me la encontré allí, llorando.

—Bueno, es que son muchas cosas.

—Muchas, sí. Y luego decidí irme al gimnasio a entrenar y la veo en una de las cintas de correr. Caminando. ¿Para qué te ibas a subir a una cinta de correr si vas a caminar?

Se encogió de hombros y comió.

—Y luego me entero de que está entrenando con Jen para aprender defensa personal.

—¿Con Jen la Destructora?

Miles sonrió al oír el apodo y se encogió de hombros de nuevo.

—Esa noche pasé por el bar. Estaba más animada. Y se ha comprado un coche decente.

—¿Marca, modelo, año, color? Hay que tenerla controlada.

Cuando Miles se lo contó, Jake tomó nota. Sin dejar de mirar a Miles, se comió una patata frita.

—Veo que tú ya la tienes controlada.

—Los de seguridad están en ello —comentó Miles.

—No lo dudo. Me refiero a ti. A modo personal.

—Trabaja para nosotros.

—Buena parte de Westridge también. Sé cuándo te atrae alguien.

—No me atrae nadie. Y ya tiene suficientes movidas en su vida.

—Lo último no lo puedo rebatir. ¿Otra cerveza?

—No, gracias. Me he llevado a casa algo de trabajo que hacer y tengo que ir a darle de comer al perro. —Pero se quedó un rato sentado mientras se terminaba la cerveza—. Las cosas se complican mucho.

—A mí me lo vas a contar.

El gimnasio no hacía feliz a Morgan, pero siguió yendo. Quizá porque Jen la intimidaba, admitió mientras se esforzaba por hacer las patadas de tríceps. Y quizá, en parte, porque se sentía un poquito más fuerte.

Pero sabía que en gran parte era porque esas tres horas a la semana le daban algo que hacer, algo que la mantenía activa y que resultaba productivo.

Además, sudaba.

La parte de defensa personal sí que la hacía feliz. La hacía sentirse más fuerte y lista y consciente de su propio cuerpo. Debía admitir que disfrutaba enormemente de golpear a Richie, el botones que se ponía un traje acolchado.

Pero no disfrutaba de las pesas, las cuerdas, las máquinas malvadas ni de ninguna de las torturas que Jen le preparaba. Aun así, consciente de que la vista de halcón de Jen podía localizarla en cualquier momento, Morgan se agachó hasta lo que su imponente entrenadora consideraba la posición de la diosa —«y una mierda»— y empezó las series de *curls* que le dejaban los bíceps ardiendo.

—Te he mandado un mensaje.

Morgan no consiguió evitar el gruñido que le salió cuando levantó la vista y vio a Nell. A Nell con su pelo brillante y reluciente, y con su maquillaje. A Nell, que llevaba un vestido de primavera sin manchas de sudor y sandalias rosas.

—Estoy entrenando. Tengo las manos ocupadas.

—Ya lo veo. Tracie me ha dicho que te había visto aquí. —Con la misma facilidad que un jugador de fútbol americano, Nell se agachó—. Necesito un favor.

—¿Un favor? ¿Tú? —Decidida a saber de qué se trataba, Morgan cogió la pesa con la otra mano y empezó la segunda mitad de la serie—. Si digo que sí, ¿harás tú los ejercicios de core que me tocan después de esto?

—No te haría ningún bien. Les he pedido a Loren del bar de recepción y a Tricia del Après que esta noche trabajen en la boda de los Janson.

—Ya lo sé. ¿Los muslos se pueden partir por la mitad? —Morgan resoplaba—. Creo que los míos se van a partir por la mitad. ¿Por qué quiere matarme Jen?

—Loren se ha dislocado el dedo.

—¿Entrenando?

—Jugando al baloncesto. Mano derecha, dedo anular. No está roto, pero lo lleva entablillado, y estará un tiempo así.

—Lo siento. Debió de hacerse daño. Quizá el mismo que cuando se te parten los muslos por la mitad. Quizá incluso más. Obviamente, esta noche no puede servir en la barra de la boda de los Janson. ¿Necesitas a otra persona de mi equipo?

—Te necesito a ti.

—He perdido la cuenta, pero esa repetición tenía que ser la número quince. —Morgan se irguió poco a poco—. He terminado la serie. He acabado y sigo viva. Todo me arde, todo.

—Así debe ser. Escucha...

—Para ti es fácil decirlo. Tienes los mismos brazos que Linda Hamilton en *Terminator 2.*

—Gracias. Morgan...

—Sí, sí. —Se sentó en un banco—. Sin contar la boda, en la que habrá unas doscientas personas, la del viernes es una de nuestras noches más ajetreadas.

—No lo será tanto desde las siete hasta medianoche, ya que la boda de los Janson es el treinta y cinco por ciento de nuestra ocupación del fin de semana. Nick ha aceptado hacer turno doble. No podía contactar contigo —dijo Nell cuando Morgan se secó el sudor y se la quedó mirando—. Le he preguntado si podía cubrirte si tú ibas a la boda, y ha aceptado.

—Podría ir él a la boda.

—Sí, ya. Tricia trabaja los findes en el Après porque es una de las mejores. Loren es la camarera con más experiencia del bar de la recepción. Nick es brillante, pero no quiero que cubra la boda después de trabajar tantas horas, a no ser que no me quede otro remedio.

»Ariel Janson —prosiguió— es la novia. ¿Te acuerdas de la señora Fisk? Pues es la señora Fisk después de inyectarse esteroides. Es la personificación de una novia en pleno ataque de nervios. Necesito que salga a la perfección. Mi madre también te pide el favor.

—Vosotras me pagáis a mí. Me podríais decir que lo hiciera sin más.

—Pero no es eso lo que estamos haciendo. Te lo estamos pidiendo.

Morgan cogió la toalla del gimnasio que tenía sobre el banco y se secó la cara.

—¿Sabes cuándo fue la última vez que sudé tantísimo?

—No.

—Nunca. ¿Vino y cerveza o todo?

—Todo. Habrá dos barras, una en el rincón noreste del salón de baile, otra en el rincón suroeste. La novia tiene dos cócteles preferidos. Sus colores son el lavanda y el melocotón, así que son el meloqui, que es un *bellini*, y el vuelaalto, un aviación, porque lleva lavanda. Tengo la receta del aviación.

—Ya sé cómo preparar un aviación.

—¿En serio? Nunca lo había oído. Loren y Tricia tampoco… Aunque los prepararon para la prueba y salieron airosas. Y por eso te necesitamos. Ya lo sabes.

—Vale. Muy bien. ¿Qué…?

—Genial. Muchas gracias. Te lo mandaré todo por escrito, pero tendrás que estar a las seis para la última reunión. La ceremonia es a la siete, la cena se servirá a las siete y media, seguida de los bailes con una banda en directo desde las ocho y media hasta medianoche. Si pasan de la medianoche, tendrán que pagar un plus, y mi madre cree que es probable. Organízate como si fuera a ocurrir.

—Muy bien. ¿En serio no quieres hacer mis ejercicios de core?

—Gracias a mí has descansado un rato. Además, Jen dice que eres una máquina.

—¿De verdad? —Morgan casi dio un respingo.

—Una máquina que necesita que la engrasen en algunos puntos, pero una máquina al fin y al cabo. —Nell le apretó el bíceps a Morgan—. Ya veo los resultados. Me tengo que ir. Luego te lo mando.

Morgan se quedó unos instantes sentada en el banco, flexionando los músculos. Quizá sí que empezaban a verse los resultados.

Ya tan solo le quedaba enfrentarse al horror de las abdominales y la bici y las máquinas de pierna antes de ir a comprobar que Nick lo llevaba bien, volver a casa para darse una ducha y reorganizar el resto del día.

Aunque había trabajado en otras bodas, nunca en una tan elaborada y formal, ni con un horario tan rígido y preciso.

Habían transformado el salón de baile en un jardín primaveral que relucía con cristales y titilaba con velas. Incluso la barra contaba con un pequeño arreglo de flores de color melocotón en un estrecho jarrón plateado.

Otros arreglos enormes flanqueaban la tarima alta desde la que tocaría la banda de música. En esos momentos, una cortina blanca la separaba del resto del salón.

A petición de la novia.

Más flores adornaban las puertas del salón de baile por las que entraría.

Las mesas, cubiertas con manteles lavanda con caminos de mesa melocotón, lucían arreglos cuyas flores centelleaban con guirnaldas de luces. En las sillas, también cubiertas, había ramilletes remetidos en los lazos de los respaldos.

Una pérgola abarrotada de flores se alzaba al final de un camino blanco. A la izquierda era donde tocaría un cuarteto de cuerda antes de la ceremonia, y que seguiría en tanto las damas de honor de la novia —que eran ocho, además de la niña del ramo y el niño de los anillos— avanzaban por el salón.

El grupo tocaría piezas seleccionadas por la novia durante algunas partes de la ceremonia y a lo largo de toda la cena.

Los padrinos de boda empezarían a acompañar a los invitados a las mesas asignadas, el personal del resort tomaría las comandas de las bebidas, que antes de la ceremonia se limitarían a las copas de champán de las mesas, uno de los cócteles especiales o una copa sin alcohol. Los camareros servirían las copas hasta las siete en punto, momento en el que el novio y su padrino entrarían por las puertas laterales del salón de baile.

Cualquier invitado que llegase más tarde de las siete en punto debería esperar fuera del salón hasta que la novia y su padre estuvieran junto a la pérgola.

Por orden de la novia, no se haría ninguna excepción.

—La ceremonia durará quince minutos —continuó Drea—. Cuando la novia y el novio estén agotados, los invitados podrán pedir bebidas desde la mesa o ir a las barras mientras el personal retira la pérgola y el camino blanco. Ya se habrán hecho la mayor parte de las fotografías, y el fotógrafo y el videógrafo grabarán la ceremonia, pero se dispondrá de otros quince o treinta minutos para fotos posceremonia. La novia quiere que la cena empiece a servirse a las siete y media con la ensalada. Y luego anunciarán la llegada de la comitiva de la boda, los padres del novio, de la novia y, por último, los recién casados. En cuanto se hayan sentado, se retomará el servicio de cena y volverán a abrirse las barras.

»A las ocho y media, se retirará la cortina y la banda comenzará a tocar.

Repasó los rituales y la hora correspondiente: el primer baile, el de madre e hijo y padre e hija, el corte del pastel, el lanzamiento del ramo.

A las seis y media, Morgan ocupó su puesto y los invitados empezaron a entrar.

Encajaban con el salón gracias a los trajes con esmoquin y a los vestidos elegantes. En su opinión, las exclamaciones con que se sorprendieron al ver el salón de baile eran más que merecidas.

Acto seguido, se mantuvo ocupada mezclando cócteles lavanda y melocotón, y sirviendo agua con gas.

No sabía si atribuirle el mérito a la exigente novia o a Drea, pero todo fue como la seda cuando a las siete cambió la música. Las damas de honor, con vestidos lavanda y coronas de flores melocotón sobre la cabeza, procedieron a recorrer el camino blanco.

El portador de los anillos y la jovencita de las flores se ganaron un sinfín de sonrisas; él con un esmoquin diminuto y chaleco lavanda, ella con un vaporoso vestido melocotón.

Y se hizo una dramática pausa antes de que la novia, del brazo de su padre, cruzara las puertas.

Admirada, Morgan no pudo reprimir una exclamación.

La novia llevaba un vestido de princesa de cuento de hadas, blanco reluciente, con falda kilométrica y un corsé ceñido sin tirantes que brillaba cuando la luz incidía en la tela. Su pelo, negro azabache, lucía un recogido alto con unos cuantos mechones sueltos con elegancia y maestría para que cayesen alrededor de su rostro. También llevaba una corona de flores, más elaborada que la de las damas de honor y con un velo que descendía por su espalda como una nube de gasa.

Quizá había sido insoportable, pensó Morgan, pero la forma en la que miraba al hombre que esperaba debajo de la pérgola y en la que él la miraba a ella irradiaba amor.

Drea entró en el salón y se puso al lado de Morgan.

—Buf —murmuró.

—Es precioso, todo es precioso.

—Es lo que quería ella. Y mírala. —Asintió hacia la novia y el novio, que en ese instante intercambiaban los votos—. Es la primera vez en semanas que la veo relajada y feliz.

Y se escabulló del salón.

Morgan observó el beso, observó cómo el novio se llevaba a los labios la mano de la novia al darse la vuelta para mirar hacia los invitados.

Se preguntó cómo sería parecer una princesa.

Pero, sobre todo, se preguntó cómo sería que alguien la mirase como el novio miraba a la novia. Como si todo lo que siempre había querido y siempre querría se encontrase delante de sus ojos.

Al poco, la pareja recorrió el camino y se marchó, y Morgan enseguida tuvo mucho trabajo.

La banda estuvo espléndida. Al tocar frente a un público de tres generaciones, mezcló viejos clásicos, hizo versiones de éxitos del momento y añadió bastantes canciones de rock clásico. La atestada pista de baile solo se vació para los rituales, como cortar la gigantesca tarta de cuatro pisos.

Hacia medianoche, Morgan calculó que la mitad de los invitados se habían despedido. La otra mitad, sin embargo, seguía de fiesta.

No la sorprendió que le anunciaran que el padre de la novia aceptaba extender la velada una hora más.

Morgan sirvió, removió, agitó y disfrutó de la música y del espectáculo.

Tampoco la sorprendió que Miles entrara en el salón y que no pareciera fuera de lugar entre tantos esmóquines y vestidos de gala con su camisa desenfadada y sus vaqueros.

Seguramente gracias a su traje invisible.

—Lo siento, señor, pero es una fiesta privada —le dijo.

Miles miró tras de ella hacia las pocas botellas de champán que quedaban en las cubiteras plateadas.

—¿Cuántas de esas habéis servido?

—Incluidas las de las mesas, creo que podrían llegar a un centenar. El *bellini* y el champán han sido las opciones más populares. Según mis cálculos, aviación ocupa un lejano tercer puesto, y detrás va la cerveza.

—¿Pilotos o gafas de sol?

—Es un cóctel, Miles.

Como si hubiese esperado a ese instante, el padrino —sin chaqueta, corbata ni chaleco— se acercó a la barra.

—¿Cómo lo llevas, Morgan?

—Por aquí todo bien, Trevor. ¿Otra ronda para Darcie y para ti?

—Pues sí. Es la mejor fiesta de la historia. Volveré a por las copas. ¡Toca bailar!

—¿Lo conoces? —le preguntó Miles.

—Ahora sí. El novio, que se llama Hank y es el que lleva una corona de flores en la cabeza, y él son amigos desde la escuela.

Morgan llenó una copa y otra de martini con hielo para enfriarlos y luego cogió una coctelera.

—Trevor y Darcie llevan diez meses saliendo. Van en serio —dijo añadiendo el hielo a la coctelera—. Un aviación —siguió— o, con el nombre de uno de los dos cócteles especiales, un vuela-alto. Ginebra, zumo de limón, marrasquino y *crème de violette*.

Mientras mezclaba los ingredientes, cogió una botella de champán de la cubitera. Después, quitó la tapa plateada de la coctelera y retiró el hielo de la copa.

Bajo la atenta mirada de Miles, Morgan consiguió servir el champán y echar la bebida en la copa de martini. Añadió zumo de melocotón al champán y puso las copas sobre servilletas de cóctel para cuando Trevor regresó bailando.

—¡Estupendo! —Se metió una mano en el bolsillo y sacó una pinza para billetes—. Solo me quedan de veinte.

—No te preocupes —le dijo Morgan.

—Bueno, tú lo vales. —Metió uno de veinte en el tarro de las propinas—. ¿Es tu novia? —le preguntó a Miles.

—No.

—Pues cometes un error. Es la mejor camarera del universo de los camareros. Además, está buena. Uy, no le contéis a Darcie que he dicho lo último.

—Mis labios están sellados —le aseguró Morgan—. Vuela alto, Trevor.

—¡Que no te quepa ninguna duda! —Bebió un sorbo del aviación y luego se llevó las copas a la pista de baile.

—Es morado. ¿Por qué es morado?

—Violeta —lo corrigió Morgan—. Y es por la *crème de violette*.

—Esa parte la entiendo, pero no el porqué. Llevará solo un quince por ciento, ¿no?

—Más o menos.

—Luego vuelvo.

A la una y cuarto, en el salón de baile solo quedaba el personal, mientras la banda empezaba a recoger. Morgan echó una mano para guardar las botellas de alcohol y empezó a atar la última bolsa de basura repleta de las vacías.

—Los del cáterin la llevarán hasta el contenedor —le dijo Miles, y miró alrededor—. Ya te puedes ir.

—Es la primera gran fiesta que presencio en el resort, pero os puedo decir que sabéis cómo organizar una.

—Mañana habrá otra justo aquí, así que despejaremos las mesas y las sillas, pero dejaremos unas cuantas.

—Como Loren no está, ¿necesitáis que la cubra?

—No. Es una fiesta más pequeña, menos aparatosa, y que organizamos por segunda vez. Ya te puedes marchar —le repitió, y la cogió del brazo—. Te acompaño hasta el coche.

—De hecho, primero quiero pasarme por el Après.

—Está cerrado.

— Ya lo sé, y Nick es estupendo; es meticuloso y responsable, pero no está acostumbrado a cerrar, sobre todo en fin de semana. El Après es mi responsabilidad, así que voy a echar un ojo.

Tras encogerse de hombros, Miles la guio por los pasillos hacia el vestíbulo y el arco. Cuando encendió las luces, Morgan barrió el establecimiento con la mirada.

Las mesas, los reservados y las sillas se veían limpios. El servicio de limpieza fregaba los suelos cada mañana y las ventanas cada semana.

—¿Satisfecha?

Morgan lo ignoró, entró y rodeó la barra.

Estaba limpia y ordenada, igual que los vasos y las bandejas, secándose ya, y los fregaderos impolutos.

—¿Cómo es que no pareces cansada? —le preguntó mientras ella lo examinaba todo.

—Soy una criatura nocturna —contestó de manera distraída.

—¿Una lechuza o una vampiresa?

—Depende de la noche, y, a pesar de la boda, me da que en el Après han tenido una buena noche.

—Ya veo las existencias que quedan.

Miles también rodeó la barra y cogió una botella de *cabernet* del estante.

—Voy a tomar una copa. —La miró mientras descorchaba la botella—. ¿Quieres una? Ahora no estás currando.

—Pues… venga. —Dispuso dos copas de tinto sobre la barra y luego puso el tapón en la botella cuando Miles hubo servido.

—Vamos al reservado. —Lo señaló, se dirigió hacia allí y se sentó.

Cuando se acercó para unirse a él y se sentó, Morgan soltó un suspiro.

—Sí que me acuerdo de sentarme. Hacía mucho rato.

—Tienes derecho a hacer pausas durante una fiesta.

—Sí, Tricia y yo nos hemos turnado. —Pero qué maravilla era sentarse. Bebió un sorbo de vino y volvió a suspirar—. ¿Lo haces a menudo? Lo de sentarte en un bar vacío, digo.

—No. ¿Tú?

—En realidad, sí. Sin beber *cabernet*, sobre todo de esa marca, pero un bar vacío tiene su propia personalidad. Este es tranquilo y cuenta con un toque de elegancia sutil. Es agradable.

Miles no debería preguntárselo, no le gustaban las conversaciones triviales. Sin embargo, se lo preguntó de todos modos porque quería saberlo.

—¿Por qué eres camarera?

—Bueno, así puedo ir a los bares… y no suelo beber. Me gustan los bares. Me gusta la gente. Cuando trabajas en hostelería, es obligatorio.

—Yo trabajo en hostelería. Y no me gusta demasiado la gente.

Morgan se lo quedó mirando mientras bebía. Esos ojos, pensó, sin duda sabían concentrarse en algo cuando él quería.

—Venga ya. Trabajas con gente todos los días.

—Precisamente por eso.

—Bueno, pues a mí me gusta la gente. Estar detrás de una barra es un trabajo exigente, pero suele ser alegre. La gente viene porque tiene ganas de relajarse o de celebrar algo. Y luego hay personas solitarias que solo quieren hablar con alguien. Y para eso estamos. ¿Por qué sueles pasarte los viernes por la noche, sobre todo los viernes por la noche en los que el bar está a tope, si no te gusta la gente?

—Si vas a tomar algo a un bar que está a tope, es poco probable que alguien intente hablar contigo. Puedo trabajar un poco, relajarme y beber una copa de vino. Si vas cuando no está a tope... Seguro que alguien intenta entablar una conversación. «Menudo tiempo de locos», «¿Eres seguidor de los Chicago Cubs?», cosas así.

Por fin, pensó Morgan. Por fin lo entendía.

—Utilizas el móvil como campo de fuerza.

—Lo utilizo para trabajar y, sí, me sirve como campo de fuerza. —Miles esbozó una ligera sonrisa—. Lo que me pregunto es cómo llegaste a ser una camarera y según..., ¿se llamaba Trevor?, a convertirte en la mejor camarera del universo de los camareros.

—Trevor estaba volando alto —le recordó Morgan.

—Te he visto trabajar y sé por qué mi madre y mi hermana querían que esta noche estuvieras en esa fiesta tan exigente.

—Cuando iba a la universidad, era camarera de mesas. Dios, qué trabajo tan complicado.

Ya fuese por el bar vacío, por el vino o por la compañía, estaba totalmente relajada.

—A veces es gratificante, pero lo cierto es que hay gente, mucha gente por motivos y situaciones diferentes, que le suelta a los camareros todos los problemas que tiene con la comida. Decidí que no quería dedicarme a servir mesas ni a llevar un restaurante.

Se recostó en el asiento y bebió otro sorbo.

—Los beneficios de un restaurante son mínimos. Es en la barra donde se gana dinero. Por razones totalmente cínicas, di una clase de camarera de barra y me gustó. Me gustó mucho. Cuando cumplí los veintiuno, dejé de servir mesas y me puse detrás de una barra, y eso me gustó todavía más.

Relajada, cerró los ojos durante unos segundos.

—La idea era ahorrar el suficiente dinero, ganar la suficiente experiencia y tener el suficiente dinero como para abrir mi propio bar. Un bar de un barrio pequeño y agradable. Según mis cálculos concienzudos, me faltaban solo tres años. Y luego...

Se encogió de hombros y bebió un par de tragos.

—Lo tuyo es más fácil de adivinar —continuó—. Hostelero

de tercera generación, el hermano varón mayor de tres hijos. ¿Alguna vez has pensado en hacer otra cosa?

—Claro.

—¿Por ejemplo?

—En ser Indiana Jones. En mi versión de Indiana Jones, el aventurero y antropólogo solitario.

—Todos los niños que veían esas pelis querían ser Indiana Jones.

—Yo lo pensé el año pasado.

Morgan se echó a reír y negó con la cabeza.

—Te falta el sombrero. Nadie podría ser Indiana Jones sin el sombrero. Pero ¿querías todo esto —hizo un gesto para abarcar todo el resort— y el trabajo que conlleva? Porque tu familia trabaja con ahínco.

—No había ninguna otra cosa que me apeteciese hacer. Sí, quería todo esto. Trabajamos con ahínco porque todos queremos que el negocio vaya bien.

—Entiendo. La gente que trabaja aquí está a gusto con el empleo y con las condiciones, así que no tienen ningún problema. El buen ambiente empieza en lo más alto de la jerarquía. El trabajo de día que tenía antes era en un negocio familiar. En una escala más pequeña, vale, pero al final resulta idéntico. Y el último bar en el que trabajé contaba con un jefe estupendo. No puedo decir lo mismo del bar en el que curré en mi último año de universidad. Pero allí aprendí mucho, y eso es lo que cuenta.

Dejó la copa vacía sobre la mesa.

—Te sirvo otra si quieres, pero yo me tengo que ir a casa.

—No, una es suficiente.

Morgan llevó las copas a la cocina. Detrás de la barra, echó un último vistazo alrededor antes de apagar las luces.

—Nick es un activo muy valioso.

—Lo sabemos.

—Su hermana también lo es. Es una diablesa salida del infierno, pero un activo valioso.

—No la llaman la Destructora porque sí. ¿No llevas chaqueta?

—Tengo una en el coche por si la necesito. —Salió a la noche fría y fragante—. No la necesito. Hablando de activos, no olvidemos a vuestros jardineros.

Cruzaron el aparcamiento y rodearon la isla llena de flores cuyos pétalos formaban riachuelos serpenteantes de tonalidades rojizas, blancas y rosas suaves.

Al llegar junto al coche, Morgan echó un ojo a los asientos traseros antes de abrir.

—Gracias por la copa y por acompañarme.

—De nada.

Morgan se subió y comprobó los calibradores. Miles se quedó plantado viéndola marchar, cómo no.

Mientras se alejaba con el coche, se le ocurrió la extraña idea de que acababan de tener una especie de cita. No sabía qué pensar al respecto y decidió que probablemente él no lo interpretaría de esa forma en absoluto. Pero si Miles la consideraba una especie de cita rara, Morgan se dio cuenta de que no le importaría.

14

El sábado, Morgan se levantó tarde y, cuando por fin bajó a por un café, vio a su abuela sentada en el patio con un vaso de té helado.

Cogió una magdalena —alguien había hecho magdalenas— y salió con su taza de café.

—Ay, ¡qué maravilla! El tiempo perfecto. No hace demasiado frío ni demasiado calor. —Encantada, Morgan se sentó y le dio un bocado a la magdalena—. ¿Dónde está mamá?

—Se ha ido un par de horas a la tienda. Una de nuestras artistas iba a traer una nueva línea de joyas, y quería etiquetarla y exponerla cuanto antes. Le he dicho que fuera sin mí porque me iba a sentar a disfrutar de los bonitos frutos de los trabajos de mi nieta.

—Mamá y tú os habéis esforzado mucho con la tienda. Me encantan las campanas de viento.

—¿Cómo fue anoche?

—Nunca había asistido a una boda tan elegante. Aunque cogiéramos todas las flores que plantamos y las que hubierais plantado vosotras antes y las multiplicáramos por dos, no tendríamos ni por asomo tantas flores como había en el salón de baile. Si te digo la verdad, era impresionante. Todo. Los hombres con esmoquin, las mujeres con vestidos de gala. Pero el vestido de la novia…, eso sí que causó furor.

—Como debe ser.

—Estaba radiante, como si fuera una princesa de cuento. Y después de volver locas a Drea y a Nell durante meses, también estaba contenta y relajada. Madre mía, qué romántico fue. Flores, música, velas. Hay que reconocer que sabía exactamente lo que quería, y que los Jameson se aseguraron de que lo conseguía.

—Y supongo que su padre también, porque era el que pagaba.

—Debe de ser un pez gordo. Me gané unos tres mil dólares con las propinas.

—¿Cómo dices?

Con una carcajada, Morgan levantó los brazos hacia el cielo.

—Tres mil doscientos sesenta y seis dólares. He trabajado en otras bodas y a veces ganas un buen pellizco, pero nunca una cifra tan alta.

—Quizá me equivoqué de negocio.

—Casi es como si te pagaran por haber ido a una fiesta. No del todo, porque la gente te da mucho trabajo. Pero merece la pena. Merece la pena totalmente.

—Y, como es evidente, estuviste brillante.

—Eso quiero pensar. Las barras libres pueden salir muy bien o muy mal. Hay gente que da una propina generosa, porque las bebidas son gratis, y gente que piensa que la bebida es gratis y que no se molesta en dar propina. En este caso, la generosidad se llevó la noche. —Picoteó otro trozo de magdalena—. Hacia el final, apareció Miles. Supongo que los viernes por la noche es mi acompañante hasta el coche. ¿Te has dado cuenta de que nunca se pone traje pero es como si llevase uno?

—No te sigo.

—A ver, como si… Como Superman, que lleva su traje debajo de su ropa, lo cual es ridículo, pero es que lo lleva debajo de su ropa normal y corriente para que nadie lo vea. Con Miles es justo lo contrario. Es como si encima de su ropa normal y corriente llevase un traje invisible. Un indicio de poder, abuela. Superman lo lleva por debajo para que nadie lo vea. Miles lo lleva encima, pero es invisible. Y sigue siendo poder.

—No te puedo decir que me haya dado cuenta.

—Todavía no he conseguido descifrar a Miles. —Y debía admitir que, desde la primera vez que se sentó al final de la barra, le apetecía descifrarlo—. Creo que ya sé de qué pie cojean los demás, pero con él no lo consigo. Anoche, después de la fiesta, quise ir a echar un ojo al Après. Nick no está acostumbrado a cerrar, y era una noche de viernes.

—Qué nieta tan responsable tengo.

—Soy responsable, sí. Total, que entramos, y empiezo a repasar una lista mentalmente. Él coge una botella de vino y me pregunta si me apetece una copa. Pienso que por qué no, así que nos sentamos, bebemos una copa de vino y mantuvimos una conversación como Dios manda. Y luego, al coger el coche de vuelta a casa, se me ocurre que ha sido una especie de cita rara. ¿Crees que lo fue?

—No lo sé con seguridad porque no estaba allí. —Obviamente intrigada, Olivia acercó la silla un poco más—. ¿Hubo algún avance?

—No. No. No me refiero a eso. Solo bebimos y hablamos. Pero, como te he dicho, fue una conversación como Dios manda, y eso no es típico de él. Que por qué era camarera, y yo le pregunté si había querido algo que no fuese ese negocio familiar. Ya sabes, la clase de conversación en la que intentas conocer al otro durante una primera cita.

—Han pasado unas cuantas décadas desde que tuve una última cita, pero ya me acuerdo.

—Hubo química, aunque no fue más que una conversación desenfadada después de currar.

—Es un hombre muy atractivo.

—Pues sí. Todos los son.

—Y ¿a ti te atrae?

—¿Físicamente? Soy heterosexual y está como un queso, así que sí. A veces se vuelve directo y taciturno, y por lo general a mí no me resultaría atractivo eso, pero lo compensa con una especie de amabilidad. No solo me acompaña hasta el coche, algo que podría encargarle a cualquier otra persona incluso estando él allí. Se espera hasta que me he marchado. Es un minuto extra, pero considerado.

—Lo han educado para que sea un caballero, para que respete y valore a la gente que trabaja para él. A veces acompañaba a Mike por ahí o se pasaba por el taller de carpintería del abuelo.

Olivia miró hacia el taller, escondido entre los árboles en el fondo de la propiedad.

Había donado la ropa de su esposo y había transformado su despacho, pero nunca había sido capaz de limpiar su taller de carpintería.

—No lo sabía.

—Miles siempre me ha dado vibras de alma vieja. En sus ojos hay algo…

—Tiene unos ojos preciosos.

—Mmm. ¿Estarías interesada si él lo estuviera?

Morgan pensó que sí, pero luego se retractó.

—Supongo que no sería inteligente ir por ahí, ¿no? Trabajo para él. No directamente, pero es uno de los jefazos. Creo que me pareció agradable sentarme y tomar una copa con un hombre guapo e interesante. Hace tiempo de la última vez. Muchísimo tiempo.

—Deberías salir por ahí y conocer a gente más de tu edad.

—Ay, abuela, conozco a gente todos los días. Va con el trabajo. Es que no he conocido a nadie con quien me apetezca sentarme y tomar una copa. Ahora mismo no me importa. Estoy volviendo a ser yo. A pesar de todo lo que ha pasado, a pesar de tener que echar un ojo todos los días a la presión de los malditos neumáticos, estoy volviendo a ser yo.

Gavin Rozwell, que por aquel entonces utilizaba el nombre de Charles P. Brighton, paseaba por el Barrio Francés. Le gustaban los turistas idiotas, la vida nocturna, los borrachos ridículos y la calma que le proporcionaba pasear de su lujosa suite de hotel a tiendas, restaurantes y veladas con música.

Un hombre como él podía desaparecer muy fácilmente entre la multitud.

Había vuelto a afeitarse y se había dejado crecer bastante el pelo. Se lo había teñido de rojo intenso porque sabía por experiencia que la gente se fijaba en una mata pelirroja y en casi nada más.

Si alguien se lo preguntase, diría que había ido a Nueva Orleans a documentarse para su novela y a fin de absorber la cultura y el ambiente de la ciudad.

Charles P. Brighton era un capullo pomposo, otro personaje que a Rozwell le gustaba interpretar.

Pero a pesar de degustar un *vieux carré* y de lo divertido que era interpretar a un capullo presuntuoso —con un rígido fideicomiso—, sentía un hastío considerable, como diría Charles.

Su último asesinato —DEP, Robin— lo había dejado con una extraña sensación de insatisfacción.

Había sido el blanco perfecto: guapa, complaciente, confiada. Con los préstamos que había pedido él con la casa de ella, con las cuentas que le había limpiado y lo que había sacado de su Hyundai nuevecito, Gavin había reunido unos setenta mil dólares.

Había sido muy fácil.

Demasiado fácil, pensó mientras paseaba con un ponche de ron para llevar. No había desafío alguno en engañar a una mujer tan ansiosa por empezar una relación. Y, en el caso de Robin, ni siquiera tenía amigas. Tenía una hermana, sí, pero no se veían tantísimo.

Robin había sido un blanco ideal para sus artimañas y se había vuelto una decepción.

Casi lo había matado de aburrimiento al alegrarse tanto por sus atenciones. Aunque le gustó matarla al fin, no había experimentado ningún *crescendo*, ninguna emoción.

A fin de cuentas, no se trataba solo de dinero. El dinero le proporcionaba el estilo de vida que quería y merecía. Pero matar… Matar le proporcionaba un chute, un subidón. Le ofrecía una gloria en la que podría pasarse semanas regodeándose, meses incluso.

Pero en el caso de Robin no.

Y tampoco con la idiota de la compañera de piso de Morgan Albright.

Gavin necesitaba ese chute, ese subidón, ese puto *crescendo*. Lo merecía.

Dos mujeres pasaron por su lado. La de la izquierda era joven, aunque con un culo demasiado grande para su gusto. Con unos pantalones cortos minúsculos y un top diminuto, lo pedía a gritos, sin duda. Y a eso había que sumarle una risotada de borracha.

Podría matarlas muy fácilmente, de hecho. Podría seguirlas al bar, iniciar una conversación con ellas e invitarlas a una copa.

Con esa idea en mente, las mantuvo vigiladas. Caviló que sería visto y no visto. Las atraería a su suite de hotel. Las mujeres creían que la riqueza implicaba seguridad. No le costaría nada drogarlas si se daba el caso. O limitarse a noquear a la culona y luego entretenerse con la morena.

Como el hecho de imaginárselo le provocó una emoción que necesitaba, lanzó el ponche de ron y entró en un antro tras ellas.

Un antro abarrotado donde la cerveza se servía fría y el zydeco sonaba fuerte. La gente refrotaba el culo y las mujeres agitaban las tetas en una pista de baile del tamaño de una moneda de plata de un dólar.

Como las dos se encontraban junto a la barra, tuvo tiempo de examinarlas.

La culona era más guapa de cara y tenía un pelo rubio si se pasaba por alto el dedo de raíces negras. Sin embargo, la morena era más alta y esbelta, como las prefería él.

Al ver que las mujeres pedían sendos *gin fizzes*, pensó que podría cargárselas a las dos a la vez en un dos por uno. Menuda sorpresa se llevarían los del servicio de limpieza por la mañana, ¿verdad?

Empezó a caminar hacia ellas. «¡Que sean tres!», les diría.

El aburrimiento no justificaba la estupidez, se recordó. Podría matarlas —ay, sí, ya visualizaba exactamente cómo lo haría—, pero entonces tendría que hacer las maletas, marcharse del hotel y abandonar Nueva Orleans solo con lo que llevasen en el bolsillo las dos zorras.

No era así como le gustaba jugar a él.

Salió del bar, pero, como no podía quitarse aquella idea de la cabeza, se detuvo y se compró una gorra de béisbol, una camiseta de los Saints de Nueva Orleans y un par de gafas de sol absurdas.

Quizá cambiar un poco de estrategia lo sacaba de aquel bajón.

Con el pelo recogido debajo de la gorra, la camiseta sobre la que llevaba y las gafas en su sitio, volvió a entrar en el antro.

La culona se meneaba en la pista de baile. La morena se reía frente a la barra con un par de tíos de la universidad.

Gavin pidió una cerveza y esperó a que se le presentara una oportunidad.

Antes de que se diera cuenta, la oportunidad llamó a su puerta de forma alta y clara cuando la culona se dirigió hacia el fondo del local.

Tal vez iba a mear, tal vez iba a vomitar; en cualquier caso, Gavin pensó que era el momento de dividir y vencer.

Contó hasta diez antes de seguirla hacia el fondo.

Había mucha gente abarrotando la pista de baile y mucha gente agolpada en la barra o en las mesas. La música retumbaba en las paredes.

En su cabeza, practicó el «Uy, me he equivocado de puerta» arrastrando las palabras si daba con alguien más en el servicio.

La música silenció su entrada. No había nadie delante del solitario lavamanos. Solo un par de pies se asomaban debajo de los dos cubículos apestosos.

La oportunidad se presentaba de nuevo, esta vez con más fuerza todavía.

No vio motivo alguno para ignorarla.

Cerró el pestillo de la puerta tras de sí.

Era arriesgado, era muy arriesgado, pero necesitaba el chute, necesitaba el subidón.

En cuanto oyó abrirse el cerrojo de la puerta del cubículo, se movió.

La chica abrió mucho los ojos cuando él empujó la puerta. Unos ojos marrones, enormes y casi bonitos, que se vidriaron cuando Gavin le asestó un puñetazo en la cara.

Apenas emitió algún ruido al desplomarse, y él se agachó a su lado y le apretó el cuello con las manos.

—Mírame, culo gordo. Quiero ver cómo se apaga la luz.

Demasiado borracha, demasiado aturdida por el golpe como para ofrecer resistencia, la tía se limitó a intentar pegarle con las manos y a balbucear mientras un acordeón cajún emprendía un largo y emocionante solo que resonaba contra las paredes del lavabo.

Gavin la observó morir y esperó el chute. Y cuando no sintió más que una débil chispa de satisfacción, le asestó otro puñetazo.

—Puta. —Le golpeó la cabeza contra la pared del cubículo y le arrancó la pequeña bandolera que llevaba.

Se la metió en la cintura de los pantalones y dejó a la borracha en el suelo del cubículo. Cuando salió del lavabo, la música seguía tronando, la gente seguía bailando y la morena se desternillaba por algo que habían dicho los universitarios.

Gavin también quería matarla a ella por estar allí y por tener el cuerpo correcto pero el color de pelo equivocado.

Después de tirar las gafas de sol, caminó una manzana, se quitó la gorra y la lanzó sobre la acera, donde supuso que alguien la cogería.

Mientras andaba, imaginaba los gritos y el caos cuando una mujer entrase en los servicios de aquel antro. Eso por lo menos le proporcionó una ligera satisfacción. Y ¿verdad que la morena se sentiría culpable? Se había puesto a ligar con unos borrachos en la barra mientras alguien asesinaba a su amiga.

Más satisfacción.

Gavin decidió que el esfuerzo no había sido en vano. Probar cosas nuevas nunca hacía daño. Había matado a alguien en un lugar público, así que había ganado varios puntos.

Evidentemente, necesitaba escoger otro objetivo. Tenía más opciones, y seleccionar a la aburrida de Robin no había servido para nada.

Morgan sí le serviría, sin duda alguna.

Pero todavía no, pensó mientras regresaba a pie a su hotel.

Porque cuando llegase el turno de Morgan, debía conseguir que fuese muy pero que muy especial.

En el floreciente mes de mayo, la hoja de cálculo con el presupuesto de Morgan era mucho más alentadora. Quizá, pensó, la vida en general era mucho más alentadora. Un buen trabajo con buenas propinas le proporcionaba más tiempo libre del que había disfrutado en los últimos diez años.

Y lo aprovechó con creces.

Cuando oyó que su madre y su abuela comentaban la posibilidad de remodelar el cuarto de baño, le echó un buen vistazo. Tras hacer unas cuantas mediciones y un viajecito a la tienda de bricolaje, en cuestión de unas horas lo había terminado.

Apenas acababa de darle los últimos toques cuando las dos volvieron a casa.

—¡Morgan, ya estamos aquí! Menudo día —dijo Audrey—. Un día de esos que pide una cena con vino.

Morgan dio un paso atrás para apartarse del papel pintado que había colgado en la pared y cogió el cubo de jardinería que había usado como improvisada caja de herramientas.

—¿Tienes tiempo para comer antes de...? —Al pasar por delante del cuarto de baño, Audrey se detuvo, se quedó observándolo y soltó un pequeño chillido y todo—. ¿Qué...? ¿Cómo has...? Dios mío, mamá, ven a ver esto.

—¿Ver el qué? Tengo que quitarme estos malditos zapatos.

A continuación, ella también se detuvo frente a la puerta del baño. Después de parpadear, se cruzó de brazos.

—Vaya, vaya —comentó.

—Vale, sé que queríais llamar a vuestros manitas de confianza, cambiar el lavabo, modernizar los muebles y la pintura y demás, pero en realidad es poca cosa, y el lavabo es estupendo.

Acarició con una mano la porcelana blanca de aspecto anticuado.

—Las patas cromadas estaban pasadas de moda, igual que los muebles. Se me ha ocurrido pintar las patas de negro mate, y este nuevo grifo del mismo color las resalta. Y con un tono rosa tan claro en las paredes, parece el cuarto de baño de una princesita, sobre todo con la iluminación de la nueva lámpara y este viejo espejo que he encontrado en el desván. Ahí arriba tenéis cosas estupendas.

—Ese espejo lo compré antes de que Audrey naciera —murmuró Olivia.

—Y es una pasada, solo había que limpiarlo un poco. Y pintar el marco de negro. Y poner un par de toallas para invitados en la barra negra. He robado una de las violetas africanas para el alféizar de la ventana y he cambiado el tipo de luz. He sacado los jabones y los dos estampados de la tienda. La alfombra es del mercadillo, pero creo que el hecho de que esté descolorida le da personalidad.

Preocupada por haberse pasado de la raya, Morgan sacudió el cubo de jardinería.

—Pero, bueno, si no os parece bien, podéis llamar a los manitas.

—Me encanta. Mamá, mira lo bien que queda el estampado floral con el rosa y el negro. Es una cucada. Elegante, con un toque femenino y una cucada. ¿Dónde has aprendido a instalar grifos?

—Aprendí mucho en el trabajo de día que tenía en Maryland.

—Se trata de algo innato. —Sin descruzar los brazos, Olivia inspeccionaba las paredes—. Lo has sacado de tu abuelo. No es lo que me imaginaba..., y pensaba que el lavabo estaba en las últimas.

—Es un mueble precioso.

—Ahora así. No es lo que me imaginaba. Es mejor. Ahora quiero que me digas cuánto has gastado en todo esto.

—Yo también vivo aquí. Y uso este cuarto de baño. Y me lo he pasado pipa durante la remodelación.

—Es un regalo, mamá. —Audrey le puso una mano a su madre en el hombro—. Alguien me ha dicho siempre que hay que dar las gracias cuando te dan un regalo.

—Mis propias palabras me dan una patada en el culo. Gracias, Morgan. La caja de herramientas de tu abuelo está en el taller. Ve a cogerla y úsala.

—Lo haré.

—La próxima vez que se nos ocurra alguna idea para hacer cambios por aquí, lo hablaremos primero contigo. Ahora lo que debemos hacer es preparar algo de cenar. Y estoy contigo con lo del vino, Audrey.

—Yo no me apunto al vino, pero a la comida sí. Me muero de hambre. Solo me queda guardar las herramientas y cambiarme para ir a trabajar.

Cuando Morgan se hubo alejado, Audrey echó un vistazo más al cuarto de baño.

—Es como el jardín, no tenía ni idea de que era capaz de hacer algo así.

—Pero ¿te sorprende?

—No, no me sorprende. Se ha puesto muy contenta —continuó mientras se dirigían hacia la cocina—. No solo por nuestras reacciones, sino al pensar y hacer los cambios. Necesita devolvértelo de alguna forma, mamá. Y debes permitírselo.

—Lo sé. Me molesta un poco, pero lo sé. ¿Qué te parece arroz con pollo y una estupenda ensalada?

—Suena genial. —Audrey fue a la despensa a por el arroz—. No conozco tan bien a mi hija como debería.

—Hubo una época en la que yo tampoco conocía a la mía como debería. Le pusimos remedio. Y lo haremos de nuevo.

—Eso espero. Ahora mismo me basta con que esté aquí y contenta. Después del yoga, el otro día Drea me dio las gracias por criar a una hija tan lista y capaz. Y en lo único en lo que pude pensar fue en que tuve muy poco que ver con eso.

—Te equivocas, Audrey, y te darás cuenta cuando le pongas remedio.

Cuando mayo dio paso a junio, Morgan cambió la lavanda por los albaricoques con piña colada de albaricoque y té de albaricoque, frío o caliente. Como ya había superado el periodo de prueba y el Après había inaugurado la temporada de terraza, afianzó su posición en el bar.

Después de perfilar sus ideas, fue a hablar con Nell.

Encontró a su jefa saliendo de su despacho.

—Supongo que no tienes un minuto.

—Tengo unos cuantos si puedes caminar y hablar a la vez. Voy a ver cómo está todo para una fiesta en la suite presidencial.

—Una fiesta cóctel para cincuenta. Loren se encargará de la barra; Marisol y Kevin serán los camareros.

—Estás en todo. Vino, cerveza, cócteles suaves, canapés fríos y calientes, y una selección de minipostres. —Después de pulsar el botón del ascensor, Nell le indicó a Morgan que la acompañase, entró y pasó la tarjeta por el lector para acceder a los pisos superiores—. ¿Qué querías?

—Los refuerzos trabajan bien. Opal ha puesto en forma a los nuevos camareros a golpe de látigo.

—No me extraña.

—Empezando por ella, me gustaría sugerirte que le des una bonificación. Ha invertido mucho tiempo y esfuerzos en enseñar a los nuevos, y los resultados saltan a la vista. He redactado un informe detallado que puedo mandarte.

—Hazlo. —Nell salió del ascensor y giró a la izquierda.

—Me encanta esta zona. Es elegante y rústica a la vez. Los techos altos y las vigas, los colores cálidos, el uso de antigüedades y arte de origen indio. Y el bar resulta muy acogedor. La chimenea, las flores, los asientos para estar un rato.

—Eso pensamos, sí. —Al final del pasillo, pasó la tarjeta por el lector de unas puertas dobles.

—Anda. Nunca había estado aquí. Tiene un aire presidencial.

El amplio vestíbulo, empapelado de un azul elegante, incluía un banco rústico. También una mesa semicircular con arreglos de flores y velas, flanqueada por dos sillas de respaldo alto. Morgan vio un dormitorio a la derecha con una cama que flotaba debajo de una colcha blanca mullida y cojines contra el cabezal, tapizado en un dorado opaco con clase.

El vestíbulo daba a un comedor lo bastante grande como para albergar un par de sofás y una mesa alargada cubierta por un mantel blanco, así como varias estufas. La barra portátil estaba situada ya en un rincón.

Pero la estrella del espectáculo resplandecía en la pared de ventanas y puertas que se abrían a una terraza y a unas vistas impresionantes.

El lago, salpicado de kayaks y canoas, desprendía un brillo azulado que contrastaba con el verdor de las colinas y las cumbres redondeadas de las montañas.

—He visto las fotos que hay en internet, pero es una vista imposible de retratar.

—Dos dormitorios, dos cuartos de baño y medio. Lo que consideramos la antesala se puede llenar con aperitivos y bebidas a petición de los clientes. O, cuando aceptamos una fiesta como esta, puede ser un lugar donde los miembros del cáterin puedan almacenar los platos, las bandejas y demás.

—Es precioso, y curiosamente no tiene un estilo agarrotado ni formal.

—Discutimos con el diseñador de interiores para salirnos con la nuestra. Y vencimos. ¿Qué más puedo hacer por ti?

—Perdona, estaba distraída y aturdida. Me gustaría enseñar a uno de los refuerzos a ser camarera de barra. A Bailey Myerson, que es de la zona y trabaja mientras estudia en la universidad. Es una camarera excelente y ha demostrado interés por aprender. Como ahora estará abierta la terraza, nos iría bien alguien dispuesto a cambiar donde y cuando sea necesario.

—¿Se lo has preguntado a Opal?

—Primero quería comentártelo a ti.

—Y ya has redactado un informe muy detallado.

—Pues sí.

—Mándamelo. Dile a Opal que me gustaría saber su opinión mientras lo valoramos.

—Muy bien. Por último, me gustaría ascender a Nick a subencargado con el aumento de sueldo correspondiente. Se lo merece, Nell. No implicaría que hiciese horas extras. Ya hace de subencargado cuando no estoy yo y en todos los cambios de turno me cuenta los problemas que ha habido y las provisiones que faltan, y está dispuesto a sustituir a alguien cuando lo necesitamos.

—En sus evaluaciones cuatrimestrales, Don comentó que

Nick tenía una excelente ética profesional, era un buen miembro del equipo y que trabajaba muy bien, pero que carecía de habilidades directivas.

—No estoy de acuerdo.

—Yo tampoco, y por eso le ofrecí a Nick tu puesto. ¿Qué te hace pensar que este sí lo va a aceptar?

—Que ya está haciendo todo lo que quiero en un subencargado y, si en algún punto preciso más, me lo dará. De lo que carece es del puesto y del aumento de sueldo.

—Sería un puesto asalariado y dejaría de ganar por horas.

—Pero ganaría más que ahora si se lo compensamos de manera apropiada, como creo que harías. Ganaría lo que merece.

—Mándame tu informe. A la antesala —indicó Nell cuando varios miembros de cáterin arrastraron una mesa repleta de botellas de vino y de cerveza ya en hielo—. Pregúntaselo. Como le ofrecimos tu puesto, sin duda lo aprobaríamos si acepta las nuevas condiciones. Pregúntaselo y, si te contesta que sí, dile que se ponga en contacto conmigo para que podamos hablarlo.

—Gracias. Me sobran unos quince minutos antes de empezar mi turno, por si me necesitas por aquí.

—No, tranquila —le dijo Nell cuando entró otra mesa con cristalería—. Lo tengo controlado. La mitad detrás de la barra, la otra mitad en la antesala.

Satisfecha, Morgan utilizó el móvil para enviar los informes mientras se encaminaba hacia el Après.

—¡Aquí estás! —Nick la saludó con su sonrisa habitual—. Lo estamos petando con la terraza. ¿Quién no querría sentarse al aire libre en un día como hoy? Y la piña colada de albaricoque acaba de subir al puesto número uno en la lista de cócteles.

—¿En serio?

—Vamos a tener que pedir más zumo.

Nick sirvió más comandas en tanto Morgan rodeaba la barra y echaba un ojo al horario nocturno y al inventario.

Esperó a que se calmase la situación.

—Los Jameson te van a ofrecer el puesto de subencargado con un salario acorde.

—¿Qué? Un momento. Ya te tienen a ti.

—Y te tienen a ti y te valoran. Y ya estás haciendo ese trabajo, Nick. Ya va siendo hora de que se te compense. No harás más horas, pero recibirás un salario fijo y no por horas. He aconsejado que te paguen en función de tu experiencia, de tus habilidades y de lo que se suele ofrecer en ese puesto.

Después de comentárselo, lo dejó a solas el tiempo suficiente para atender a dos nuevos clientes.

—¿Por qué me iban a dar más por hacer lo que ya estoy haciendo?

—Por la misma razón por la que llevas años trabajando aquí. Vete a casa, piénsalo y háblalo con Corrine. Si quieres aceptar, ponte en contacto con Nell y acordaréis las condiciones y los detalles.

—¿Has ido a hablar con Nell de todo esto?

—Es parte de mi trabajo, como será parte del tuyo decirme si se me escapa algo.

Nick se le acercó y le dio un beso en la mejilla.

—Gracias, de verdad. Sea lo que sea lo que decidamos, gracias de verdad.

Aceptaría, pensó Morgan cuando lo vio marcharse. Conocía a su esposa —y a su adorable bebé— y sabía que Corrine era una mujer muy sensata.

Decidió que ya podía tachar ese deber de la lista y vio a Opal en el bar. Esperaba poder tachar otro elemento de su lista fácilmente.

15

Cuando llegó otro momento de calma, que atribuyó a la fiesta de la suite presidencial y a la hora de la cena, se dirigió a uno de sus camareros con más experiencia.

—Voy a hacer una pausa.

—Tú nunca haces pausas.

—Ahora sí haré una. Quédate en la barra y vigila tu sección. Serán diez minutos. Está la cosa tranquila.

Morgan se dirigió a la terraza y le dio un golpecito a Opal en el hombro.

—Te necesito unos diez minutos.

—¿A ti te parece que dispongo de diez minutos?

—Sí. Suzanne, ocúpate de la zona de Opal. Serán diez minutos.

Aunque siguió a Morgan, no dejó de refunfuñar.

—Tengo que vigilar a los nuevos. La terraza está a tope.

—Sí, pero las mesas y la barra no. —Salió a la terraza y siguió caminando para alejarse y que nadie pudiera verlas ni oírlas—. Quiero hablar contigo sobre Bailey.

Opal enseguida se puso a la defensiva con las manos en las caderas y los ojos reflejando tensión bajo sus rizos cortos.

—Trabaja bien. Si tienes algún problema…

—Trabaja mejor que bien. Quiero enseñarle a estar en la barra.

—Apenas le he enseñado a ser una buena camarera. No puedo prescindir de ella. Si supieras gestionar equipos, lo sabrías.

—Sé gestionar equipos, y ya hablaremos en otro momento de los problemas que tienes conmigo. —Y como había problemas, pensó, había que lidiar con ellos—. Cualquier día que quieras, puedo venir antes de que empiece mi turno y nos sentamos a hablar. Mientras tanto, me iría bien contar con otra camarera capaz de atender en la barra, y creo que Bailey es una persona con la habilidad y la energía precisa para cubrir la barra y las mesas cuando sea necesario. Le subirían un poco el sueldo y aprendería algo nuevo. Nell quiere conocer tu opinión.

—¿Has pasado por encima de mí? —Opal apretó las manos en puños sobre las caderas.

—No, he hablado con mi jefa directa para hacerle la recomendación. Es mi trabajo. Tú te encargas de las mesas, así que ahora nuestra jefa quiere conocer tu opinión. Bailey quiere aprender. Yo quiero darle la oportunidad. Si no puedes prescindir de ella y está dispuesta, puedo enseñárselo en los días libres. Ya coordinaríamos el calendario.

—Puede ser que tenga una vida y tal.

—Si no le encaja, que diga que no. Pregúntaselo tú misma.

—Si dice que no, en su evaluación escribirás que no coopera y que le falta ambición. —Opal se cruzó de brazos.

—¿Por qué coño iba a hacer eso? Por el amor de Dios, Opal.

—A mí no te dirijas con tacos.

«A la mierda —pensó Morgan—. A la mierda».

—A mí no me acuses de desautorizar a un miembro del equipo. Si no quiere que le enseñe, dirá que gracias pero no, y ya está. Es su decisión. Ponnos palos en las ruedas si es lo que crees conveniente, pero a mí no me acuses de nada. Elige un día, media hora antes del turno. Tenemos que abordar nuestros problemas.

—Yo hago mi trabajo.

—Ya lo sé. Si no lo podemos resolver, seguiremos haciendo nuestro trabajo y tocándonos las narices de vez en cuando; a mí no me importa. Pero no olvides hablar con Nell sobre Bailey.

Morgan entró en el bar, se colocó detrás de la barra e intentó que no se la llevaran los demonios.

Al cabo de unos diez minutos, Bailey se presentó en la barra.

—Opal dice que, ya que la cosa está muy tranquila, a lo mejor puedes trabajar conmigo.

—Claro. —Satisfecha por que Opal no hubiera puesto palos en las ruedas, Morgan le hizo señas a Bailey—. Hasta que vuelvan a necesitarte en las mesas, estarás en la barra. Me echarás una mano —le explicó Morgan—. Comprobarás que siempre haya suficiente hielo, prepararás los aperitivos, sustituirás las botellas y limpiarás y cambiarás la cristalería. Ahora mismo no hay nadie en los taburetes, así que solo hay que servir las mesas. Para llevar bien la barra, debes saber comunicarte con los camareros.

—Entendido.

—Aquí atrás es un puesto limpio, higiénico, organizado y tranquilo. Incluso cuando el bar está a tope y vas retrasada, debes seguir estando tranquila. Si te organizas bien, la tranquilidad no será tan difícil de conseguir. Después de coger una botella, devuélvela a su sitio. Sin excepción, ya sea una botella de las buenas o una de estas más a mano.

Señaló detrás de la barra.

—A no ser que un cliente te pida una marca en concreto, estas botellas serán las que usarás por lo general. ¿Ves a las dos mujeres que acaban de entrar? Son viejas amigas que han venido a descansar unos días. Se van a sentar en los taburetes.

Cuando tomaron asiento, Morgan se les acercó para saludarlas.

—¿Cómo han ido los masajes?

—Divinos. —La de la izquierda, que tendría unos cincuenta años y llevaba gafas de montura roja y el pelo rubio en una cola improvisada, suspiró—. Me sorprende que podamos sentarnos rectas.

Su acompañante, con una mata oscura de pelo rizado y ojos marrones adormilados, se echó a reír.

—Pero lo conseguiremos porque la guinda del pastel van a ser esas deliciosas piñas coladas de albaricoque.

—Eso está hecho. ¿Se lo cargo a su habitación?

—Por favor.

Morgan asintió cuando Bailey le pasó un platito con aperitivos.

—Para esos cócteles usamos vasos de coñac —informó a Bailey mientras añadía el hielo a la licuadora—. Mezclar y servir. El albaricoque va en un zumo espeso. Concentrado de zumo de piña, leche de coco, ron y una suave *crème* de cacao.

—No has medido ninguna de las cantidades.

—Sí, pero a ojo y contando por dentro. —Y empezó a mezclar.

—Me encanta ese sonido —dijo la morena—. Esta noche hay muy poca gente.

—Es una semana tranquila y hay una fiesta privada en la suite presidencial.

—Y a nosotras no nos han invitado —comentó la rubia.

—Ellos se lo pierden. —Morgan sirvió las copas en los vasos de coñac y las remató con una rodaja de piña—. Que lo disfruten.

Rápida, Bailey enjuagó la licuadora.

—Entiendo lo de a ojo, pero no lo de contando por dentro.

—Cuento hasta cuatro. En mi caso, cuatro segundos son una onza. Deberías llevarte a casa una de las cocteleras vacías, y coge prestado un medidor. Practica con agua. Primero mides una onza, luego una onza y media, luego dos onzas, y las viertes en un vaso. Después, coge otro vaso para practicar tus medidas a ojo. Y cuentas por dentro.

—En plan: un Mississippi, dos Mississippis.

—Exacto. Tienes experiencia con la gente. Detrás de la barra no son diferentes, pero debes estar atenta y familiarizarte con los distintos tipos de alcohol, los distintos tipos de bebidas y la jerga básica.

—Algunas bebidas ya las conozco.

—Y las demás las aprenderás enseguida. Si tienes alguna pregunta, dispara.

—Tengo una. ¿Cómo has sabido que se iban a sentar en la barra?

—Anoche estuvieron aquí y me dijeron que les gustaba sentarse en la barra porque así se conoce a gente interesante.

Prepararon las comandas de las mesas y Morgan le contó a Bailey todos los pasos del proceso.

Una vez más, pensó que Bailey aprendía rápido, y tuvo que recordarse varias veces que no podía hacer las cosas sin pensar, como de costumbre.

Vio a Liam en la entrada con una mujer con una larguísima melena pelirroja y un cortísimo vestido negro.

Y oyó mascullar a Bailey:

—Mierda.

—¿Algún problema?

—No. Es que… la conozco, a la mujer que va con Liam Jameson. Fuimos juntas al instituto.

—Déjame adivinar. Era mezquina.

—Dios, supermezquina. Por lo menos sé que no voy a atender su mesa.

—Tranquilidad —le recordó Morgan—. Primero vendrán hasta la barra, me pedirán algo y luego se irán a una mesa. Es como suele hacerlo Liam.

Y fue lo que hicieron.

—Hola, Morgan, ¿cómo va?

—De momento, bien. Es probable que dentro de poco la cosa se anime más. La fiesta de la suite debe de estar a punto de terminar. ¿Qué os pongo?

—¿Qué te apetece, Jessica?

—Un martini muy seco, con Hanger One y Carpano Bianco, y tres aceitunas. Las prefiero *picholine*.

Automáticamente, Morgan enfrió una copa de martini.

—A mí me parece demasiado sofisticado —decidió Liam—. Ponme lo de siempre.

—Os lo llevaremos a vuestra mesa. ¿Hoy dentro o fuera?

Antes de que Liam respondiera, Jessica soltó una risilla.

—¿Bailey? ¿Bailey Myerson? Casi no te reconozco con lo que te has hecho en el pelo. ¿Ahora eres camarera?

—Hola, Jessica. Cuánto tiempo.

—Pues sí. Bailey y yo fuimos juntas al instituto. —Con los ojos clavados en los de Liam, Jessica enlazó el brazo con el de él—. ¿Así que has vuelto a Westridge?

—Durante el verano.

—Yo estoy de visita esta semana. Ahora vivo en Nueva York. Deberíamos quedar y ponernos al día cuando no estés trabajando. Vamos a la mesa, Liam, y así las dejamos que sigan con lo suyo.

—Claro. Nos vemos luego.

—Vamos a prepararle un martini perfecto —empezó a decir Morgan—, aunque nos caiga como el culo.

Mientras dejó que Bailey sirviera la bebida de Liam, se lo demostró.

—Llevaré las bebidas afuera. —Bailey cogió la bandeja—. El instituto ha terminado y soy mayorcita ya.

Al cabo de una hora, el bar empezó a llenarse, como estaba previsto. Opal les dijo que en cuestión de quince minutos necesitaría a Bailey en las mesas.

—Ya he aprendido un montón. Gracias, Morgan.

—De nada. Cuando quieras, aquí estoy.

Liam se sentó a solas en un taburete.

—¿Otra ronda?

—No, solo una Coca-Cola. En breve me iré a casa.

—¿Y tu cita?

—No era una cita, solo hemos quedado para tomar algo. Por cierto, Bailey, me gusta tu peinado.

—Ah. —Sonrojada, se lo revolvió—. Gracias. Tengo que volver a mi puesto.

—Haz tu pausa primero. Todavía te sobran diez minutos.

—¿No trabaja en la barra? —le preguntó Liam cuando Bailey se alejó a toda prisa.

—Le estoy enseñando. Bailey es un refuerzo de verano, estudia en la universidad. ¿Tú no fuiste al instituto con ella?

—Nosotros fuimos a Lincoln, distritos diferentes. Por aquel entonces, uno de mis amigos salió con Jessica una temporada, así que la conozco un poco. Hoy nos hemos encontrado en el pueblo. —Levantó su bebida y puso los ojos en blanco—. Hay gente que nunca cambia. Me gustan los gatos, pero no las gatas bípedas. —Puso una mueca—. Supongo que eso ha sido muy machista.

—En ese caso, estás perdonado. ¿Qué le ha parecido la copa?

—Ha dicho que estaba bien, pero como dices que algo está bien cuando aceptas algo que es de calidad inferior a la esperada. Antes, cuando Bailey nos ha traído las copas, la ha provocado, ¿sabes? —Se frotó el índice con el pulgar y luego los retorció—. Y Bailey solo ha sonreído y ha dicho sin más que le parecía muy interesante volver a casa en verano y encontrarse con alguien del instituto que no ha cambiado ni una pizca. Con una sonrisa, pero no era un cumplido.

—Me alegro por ella. No tanto por ti.

—En realidad, ha sido fascinante.

—Creo que puedes aprovecharlo para salir pitando.

—No me lo digas dos veces.

Morgan mantuvo una conversación trivial con Liam y otra con los clientes sentados a la barra mientras servía las comandas y vigilaba las mesas.

—¿Sabes una cosa? —le dijo Liam cuando Morgan se le acercó de nuevo—. Durante unas vacaciones yo también estuve de camarero.

—¿En serio?

—Lo dicta la ley del país de los Jameson. Debes pasar un tiempo en todos los departamentos para saber cómo funcionan. O para intentarlo al menos. Diría que se me dio fatal.

—Lo dudo.

—No podría hacer lo que haces tú. Estoy aquí sentado viéndote hacerlo y soy incapaz de saber cómo lo consigues.

—Yo no sé esquiar. —Se inclinó hacia Liam.

—Eso lo podría arreglar yo la temporada que viene.

—No vas a tener ocasión. ¿Unas botas raras pegadas a un par de esquís delgados y una colina llena de nieve? Ni de coña.

—Ahora has hecho que sea un reto. —Se levantó y dejó algo de dinero sobre la barra—. Me encantan los retos. Hasta luego.

—Que descanses.

Antes de cerrar, Opal se acercó a la barra.

—Mañana, media hora antes de entrar.

—Muy bien. Quedemos en la bodega de vino, es un sitio privado.

—Muy bien.

Morgan vio que Opal estaba muy enfadada. Pero esperaba descubrir pronto por qué.

Se organizó el día para llegar a la reunión de la mañana con tiempo suficiente para pasar antes por Hecho a Mano a echar un vistazo a las fotografías de un espectáculo que su madre y su abuela habían programado para el fin de semana. Antes de salir de casa, cogió el correo del buzón y lo ordenó en varias pilas.

Aunque supuso que en el sobre procedente de una empresa de tarjetas de crédito encontraría un requerimiento dirigido a ella, lo abrió y se preparó para tirarlo al cubo de reciclaje.

En ese momento, se quedó congelada al leer la página, y luego, hirviendo.

Tres mil dos cientos ochenta y seis dólares con veintiocho centavos. De una tarjeta que no poseía por compras que no había hecho en dos tiendas de Nueva Orleans, donde nunca había estado.

En su interior todo empezó a sacudirse. Se le cerró la garganta, le fallaron los pulmones. Durante un espantoso segundo, se le nubló la vista. No notó cómo se desplomaba, pero de pronto estaba tumbada en el suelo de la cocina, aferrada al recibo de la tarjeta, con un zumbido en los oídos.

Se levantó a duras penas y se tambaleó hasta el fregadero, en el que estuvo inclinada hasta que se le pasaron las náuseas y le fue posible echarse agua fría en la cara.

Sin dejar de temblar, logró coger un taburete y sentarse. A continuación, apoyó la cabeza en la encimera hasta que pudo volver a respirar y a pensar.

Sacó el móvil y ojeó sus contactos para llamar a la agente Beck.

—Está..., está en Nueva Orleans. O estaba.

—Morgan.

—Yo... Él... ha pedido otra tarjeta a mi nombre. Morgan Nash Albright. Esta vez ha utilizado también mi segundo nombre. Acabo de ver el recibo en el correo. Más..., más de tres mil dólares.

—Morgan, necesito que se calme.

—No puedo.

—Debe calmarse. Quiero que me mande ese recibo. Hágale una foto con el móvil y mándemelo. Vamos a enviar a alguien a recoger la copia original, así que no la rompa. Pero mándeme una foto a mí. ¿Se ve capaz?

—Sí.

—¿Está tomando las precauciones que le dijimos?

—Sí.

—Bien. Morgan, sé que es molesto.

—Molesto. —Tuvo que taparse la boca con una mano para reprimir una rápida carcajada de histeria.

—Pero quiero que me escuche. Gavin ha cometido otro error. Nos ha informado de dónde está, o probablemente de dónde estaba. Nos ha dado un medio para rastrearlo.

—¿Cree que vendrá hasta aquí?

—Sabía que usted recibiría el comprobante y sabría cuándo, al cabo de dos o tres días. No tendría sentido que fuese allí ahora. Quiere asustarla, desconcertarla, confundirla. Necesita pensar que ocupa su mente.

—Como yo ocupo la suya. —Cerró los ojos—. Es lo que no me está diciendo.

—Si es el caso, está sirviendo para que cometa errores y se arriesgue de forma innecesaria. Podemos ir a Westridge si nos necesita.

—No, no. Encuéntrenlo a él.

—Estamos en ello. Se lo prometo. Mándeme la foto.

—Muy bien. Se la envío ahora. Debo... ir a trabajar en breve. Si viene alguien a por el recibo, deberá ir donde trabajo.

—Ya lo arreglaremos. Cuando tengamos más información, nos pondremos en contacto con usted. Eso también se lo prometo.

Morgan envió el mensaje y luego se obligó a dirigirse al despacho de su abuela a por un sobre. Metió el recibo en el interior y se lo guardó en el bolso.

En lugar de pasar por la tienda, condujo sin rumbo hasta que se sintió lo bastante tranquila como para no perder los nervios.

Como resultado, llegó unos cuantos minutos tarde a su reunión con Opal.

—Mi tiempo es tan valioso como el tuyo.

—Te pido disculpas. —No inventó ninguna excusa cuando se pusieron cara a cara en el frío ambiente de la bodega.

—¿Estás enferma o algo? —Opal entornó los ojos y examinó el rostro de Morgan.

—Estoy bien. Tienes quejas concretas. Ha llegado el momento de que las verbalices.

—Uy, y tanto que las voy a verbalizar. Si tu abuela y Lydia Jameson no se conocieran desde hace tiempo, no te habrían dado el trabajo.

—Es probable que tengas razón.

—No, nada de «es probable». Los Jameson tienden a ascender a personas del equipo, pero contigo no fue así. No eres la única en el resort capaz de preparar cócteles. Y eres lenta porque te dedicas a ligar con todos los hombres que entran y te insinúas a todos, sobre todo a los Jameson. Es vergonzoso, y nos afecta a todos.

—¿Me dedico a ligar? ¿Me insinúo? Joder.

—Que conmigo no uses tacos.

—Ay, mira, a la mierda con eso también. Denuncia mi comportamiento. Estás delante de mí llamándome básicamente puta.

—Lo haré si lo veo oportuno. Anoche te vi con Liam, y sin duda estás haciendo lo imposible por enrollarte con Miles. Le pides que te acompañe hasta el coche después de cerrar. No me sorprendería que un día te llevaras por delante a Nell si pensaras que así te quedarías con su puesto.

Morgan soltó una carcajada, no pudo evitarlo.

—Tendré que guardármelo bajo la manga por si no consigo hacer un trío con Miles y Liam.

—Me das vergüenza. —El rostro de Opal se tiñó de un rojo intenso.

—No, me dais vergüenza tú y las chorradas que tienes en la cabeza. Hablo con los clientes, y con los Jameson, en función de las señales que percibo, sean hombres o mujeres. Forma parte de mi trabajo. Anoche no estaba ligando con Liam. Manteníamos una conversación, y una que principalmente estaba centrada en Bailey.

—Después de que la mandaras a atender a aquella zorra.

—Yo no la mandé a nada. Quiso ir ella y se comportó como es debido. Igual que se comporta como es debido detrás de la barra. Algo que Liam vio y agradeció, así que, si no se había dado cuenta hasta ayer de las habilidades de Bailey, a partir de ahora lo hará.

—¿Liam va a empezar a acompañarte hasta el coche cuando cierres? A lo mejor consigues enfrentar a los dos hermanos haciéndote pasar por una mujer indefensa. «Ay, me ha pasado algo horrible, protegedme».

Sorprendida de verdad, Morgan dio un paso atrás.

—Sí, me pasó algo horrible. Y a mi mejor amiga le pasó algo mucho peor. Está muerta. Un tío la golpeó hasta casi acabar con ella y luego la estranguló. Tenía veintiséis años.

Un nuevo rubor cubrió las mejillas de Opal.

—Siento lo que le ha pasado, pero...

—Nada de peros. Ni un puto pero. Si no hubiera pillado un resfriado y no se hubiese cargado los planes de ese tío, seguramente yo estaría muerta. Quiere verme muerta. Quiere matarme.

—Eso es lo que dices tú...

—Lo digo yo. Lo dicen los agentes del FBI. Lo diría la mujer a la que mató hace unos días si pudiera, ya que dejó sobre su cadáver el relicario que me robó, el que era de mi abuela.

Le salió todo de golpe, todo lo que había guardado bajo llave en su interior, ardiente como una llamarada.

—¿Crees que para mí es un juego? ¿Una especie de juego que aprovecho para qué?, ¿para que los Jameson se apiaden de mí? Te voy a avisar una vez y solo una vez: tengas los problemas que tengas conmigo, deja este tema a un lado. Déjalo a un lado, hostia.

—Todo el mundo tiene problemas. Eso no significa que te contraten de la nada ni que recibas un trato especial. Y no te da derecho a pasar el rato con el marido de otra mujer.

—No he pasado el rato con nadie. Y si te refieres a tus imaginaciones de que ligo con Miles o Liam, no están casados.

—Nick sí.

—Por el… Hasta tú tienes que saber que es absurdo. Y ahora te preguntaré algo: ¿pones en tela de juicio a los Jameson o a su derecho a contratar a quien consideren?

—No, pero tengo derecho a opinar.

—No hace falta que lo jures. Ya que tienes tan mala opinión de mí, te vuelvo a proponer que te pases al turno de día si lo prefieres.

—No.

—Muy bien, pues entonces deberemos seguir incordiándonos.

Había lidiado con cosas peores, pensó Morgan. Estaba lidiando con cosas peores.

—No voy a cambiar quién soy ni cómo trabajo para encajar en tus ideales. Como tu encargada, siento que no podamos resolverlo de una forma más productiva, pero siempre y cuando hagamos bien nuestro trabajo, nos soportamos y punto. Como mujer, te voy a decir que no te metas en lo que no te incumbe. ¿Algo más?

—No tengo nada más que decir.

—Muy bien, pues volvamos al trabajo.

Al subir al bar a última hora de la tarde, Morgan se encontró con una buena multitud. Una parte de ella se relajó en la familiaridad de ponerse detrás de la barra. Antes de cogerle el relevo a Nick, sirvió un par de jarras de cerveza en lo que él recogía.

—Anoche hablé con la jefa. Tuve una reunión con Nell. Estás hablando con tu nuevo subencargado.

—¡Sí! —Chocó los cinco con él—. Es la buena noticia que necesitaba oír hoy. Tienes que irte a casa y celebrarlo.

—Después de firmar, llamé a mi madre. Lloró un poco. En plan maternal.

—Oh.

—Y luego me dijo que dentro de seis meses seré encargado.

—¡Eh!

Entre risas, Nick cobró una cuenta.

—Le dije que si trabajaba más horas podría darle más nietecitos, y enseguida se animó. Me dijo que te diera las gracias por haberme presionado un poco.

—Dile que de nada. Nos vemos mañana.

Morgan se quedó tras la barra, observó las mesas y observó la terraza a través de las paredes de cristal. Lo superaría, se dijo.

Lo superaría porque no había alternativa.

Y tuvo que contárselo a su madre y a su abuela, en eso tampoco tenía otra opción. Cuando bajó por la mañana, se animó al verlas vestidas para el trabajo, sentadas en el patio, rodeadas por las flores mientras bebían un café.

Se iba a cargar ese ritual matutino, pero eso también lo superarían.

Después de prepararse su versión de café matutino, salió para reunirse con ellas.

—Te has levantado temprano —comentó su madre—. La abuela y yo estábamos disfrutando un poco, ya que no tenemos que irnos hasta las once. Quizá lo alarguemos hasta las doce.

—Y se me ocurre pedir pizza. Es lo bastante temprano como para que puedas comer una porción o dos si quieres.

—¿Quién le dice que no a una pizza?

Morgan se sentó y se tomó unos instantes, solo unos instantes más.

Un colibrí, resplandeciente bajo el sol como una esmeralda, se atiborraba en un comedero mientras un aterciopelado pájaro carpintero taladraba un tronco sin parar. Las flores que había plantado en la primavera se habían abierto, habían desarrollado pinchos y se extendían en un alegre abandono.

Allí, en ese preciso segundo, todo era agradable y dulce y encantador. Gavin Rozwell quería cargárselo, ponerle fin.

Morgan no podía permitírselo.

—Ayer hablé con los del FBI.

—¿Qué ha pasado? —De inmediato, Audrey se irguió en la silla.

—Quiero que sepáis que ya lo están investigando, pero que en el correo me llegó un recibo de una tarjeta de crédito. Una tarjeta que no es mía y unas compras que no he hecho.

—Ese monstruo, porque me niego a llamarlo «hombre» —empezó a decir Olivia—, es de una maldad implacable.

—Estamos de acuerdo. Pero la agente Beck me dijo que con esto ha cometido otro error. Y la creo. Ha comprado cosas en Nueva Orleans, y ahora los agentes saben que estuvo en la ciudad en esas fechas.

—Quiere asustarte.

—Y lo ha conseguido, abuela, pero ahora estoy bien. Si os digo la verdad, la discusión que tuve con… No, fue una pelea, llamemos las cosas por su nombre; la pelea que tuve con Opal Reece en el Après fue casi peor. Gracias a eso, el FBI lo investigará, hablará con la empresa de la tarjeta de crédito y rastreará sus movimientos por Nueva Orleans. Quizá con un poco de suerte encuentren la forma de saber dónde ha ido. Es demasiado ingenuo esperar que siga allí, pero ahora tienen un rastro. Creo.

—Deberíamos organizar un viajecito. Unos cuantos días por ahí. Ir a la playa —propuso Audrey—. Sentarnos bajo un parasol y beber *mai tais*.

—Mamá. —Morgan extendió un brazo y le dio una palmada a su madre en la mano—. La respuesta no es ir a la playa y beber *mai tais*. Y es demasiado pronto como para que coja vacaciones. Voy con cuidado. Todo el mundo va con cuidado, y es una jodienda. ¿Qué es lo que quiero? Quiero poder sentarme aquí sin más, contemplar el jardín, observar a los pájaros y saber que Gavin Rozwell está en una celda mirando entre los barrotes. El día que pueda hacerlo será un día feliz.

—Y ese día beberemos mimosas en lugar de café —anunció

Olivia—. Por cierto, ¿te has peleado con Opal? Es la jefa de las camareras del Après, ¿no? No la conozco.

—Le propuse reunirnos para soltarlo todo, y nos vimos ayer. Debo decir que yo no estaba en mi mejor estado de ánimo por lo de la tarjeta de crédito, pero no me pareció que pudiera cancelar la reunión. En fin, da igual. Está resentida conmigo porque me hice con el puesto de encargada por enchufe. Y no está del todo desencaminada, pero también estoy cualificada para el trabajo y lo estoy haciendo muy bien.

—Claro que sí.

—Tenías que decirlo, mamá, pero es que es así. Se queja de que soy muy lenta en la barra, y eso es una chorrada. De hecho, los ingresos han subido. Y luego me acusa de ligar con los hombres que entran en el bar, sobre todo con los Jameson.

—¡Eso es ridículo! —La rabia vibraba en la voz de Audrey—. ¿Y qué pasaría si lo hicieras? En este país ligar no es ilegal.

—Si lo fuese, muchos camareros estarían en la cárcel. No se trata solo de preparar cócteles, sino de conectar con la gente; conseguir que el cliente se sienta especial o ser invisible, si es lo que desean. Lleva el suficiente tiempo trabajando en el Après como para saberlo.

—¿Qué vas a hacer con ella? —le preguntó Olivia.

—Nada en absoluto. Si quiere trabajar y estar cabreada con su encargada, es su problema. Además, sé que espera que la critique en su evaluación. De hecho, hoy las voy a terminar. ¿Por qué la iba a criticar? Se le da estupendamente su trabajo. Mejor que eso. No tengo por qué caerle bien.

—Eres muy lista. En cualquier caso, parece que es una mujer bastante desagradable.

—Por lo visto, solo conmigo. Que yo sepa, los camareros la adoran, los clientes se entienden con ella. Los que vuelven la recuerdan y los Jameson la aprecian. —Morgan se encogió de hombros—. No es nada que no pueda soportar.

—Eres muy lista —repitió Olivia—. Y una mujer dura como las Nash.

—Dura como las Nash significa dura. En fin, me voy a ir a

terminar las evaluaciones. A lo mejor se las mando a Nell un día antes, porque ya casi las tengo.

—Podrías venir aquí con el portátil y disfrutar del día mientras tanto.

—Esa es una idea muy buena. —Morgan señaló a Audrey con un dedo—. Enseguida vuelvo.

Audrey observó cómo su hija entraba en casa y, acto seguido, miró a su madre.

—Estará bien, cariño. Nos tiene a nosotras.

—Ya sé que estará bien. O casi sé que lo estará. Pero...

—Si ser precavida es una protección, tu hija lleva una armadura impenetrable.

—Dios, eso es verdad. Y por lo menos ya no nos preocupamos desde la distancia.

—Ya no.

16

Los agentes especiales Beck y Morrison se encontraban en el lavabo de dos cubículos de un bar llamado Ritmo Bourbon. Dos semanas antes, Jennie Glade entró buscando a su amiga y encontró a Kayleen Dressler muerta en el suelo del primer cubículo.

La investigación seguía abierta, atascada con la conclusión de un ataque aleatorio.

La víctima, que visitaba a su amiga desde Mobile (Alabama), no conocía a nadie más en el bar ni en la ciudad.

—La policía local lo interpreta como un atraco con consecuencias mortales. No hubo agresión sexual —prosiguió Morrison—. El asaltante, probablemente un varón, la siguió, la noqueó con un puñetazo en la cara y la estranguló. Hubo un golpe secundario, en el costado de la cabeza contra la pared del cubículo, *post mortem*. Llevaba un bolso pequeño con el carnet de identidad, algo de dinero (una cantidad indeterminada, pero inferior a doscientos dólares), un lápiz de labios y una tarjeta Visa.

—Ha sido Rozwell, Quentin.

—No es ni su método ni su tipo de víctima habitual.

—Nina Ramos tampoco. Esta encaja en su método. Golpe, asesinato, golpe después de matarla. Es la frustración, es la paliza que da después de asesinarlas. No consigue lo que necesitaba. Y es culpa de ellas.

Como pensaba lo mismo, Morrison asintió.

—La víctima era rubia y del rango de edad preferido. Pero es una situación nueva, Tee. Un bar abarrotado, alguien podría haber entrado. O verlo entrar o salir y ser capaz de describirlo.

—Es probable que las siguiera. Fueron a varios bares. Implacable y al acecho, pensando en Morgan Albright. La víctima va a la pista de baile. Él la observa. La muchacha se dirige al lavabo. Su amiga sigue junto a la barra hablando con gente y no se fija en que Kayleen se encamina al fondo del local.

»La gente está bailando, bebiendo, en busca de echar un polvo —prosiguió—. Nadie se da cuenta hasta que, quince minutos después, Kayleen no ha vuelto y nadie ha visto a Rozwell salir y marcharse.

Beck se aproxima entonces a la puerta.

—Gavin espera un minuto y la sigue. Entra en el baño. Si hay alguien más aparte de su objetivo, fin del juego. Un simple «uy», una risa, y se marcha. Pero no había nadie, así que entra. Cierra la puerta tras de sí.

—Tan solo debe esperar a que ella abra la puerta del cubículo —continuó Morrison—. Le da un puñetazo en la cara. —Imita el gesto—. La derriba, la aturde. Suena la música, y muy alta.

—Aunque ella gritase, ¿quién la oiría? Gavin piensa en Morgan al estrangular a Kayleen, Quentin, pero no es Morgan, y eso no le da ningún subidón. De ahí que le golpee la cabeza contra la pared del cubículo, le robe el bolso y la deje tirada. Regresa a su hotel y esa misma noche, o al día siguiente, se larga.

—A mí me parece plausible.

—Pues sí. Un buen hotel, una suite con vistas en un buen hotel. En el Barrio Francés.

—Sí, sí. —Morrison asintió—. Es su estilo.

—Vamos a investigar. Cuando estemos seguros, llamaré a Morgan.

Y los golpes no se detenían, pensó Morgan al colgar el teléfono. Apenas había tenido treinta y seis horas para acostumbrarse al porrazo del recibo de la tarjeta de crédito y, de repente, otra mujer estaba muerta.

A manos de Rozwell.

Una pobre mujer que no había hecho nada más que salir a divertirse tontamente con una amiga. Él no la conocía y, según Beck, no la había investigado. Solo la había seleccionado entre la multitud.

Encontraron su hotel. Aunque o bien se había teñido el pelo o puesto una peluca, localizaron el hotel en el que se alojó. Dejó la habitación la tarde siguiente al asesinato, después de hacer unas cuantas compras con la tarjeta falsa a nombre de ella, y había cogido un taxi hasta el aeropuerto.

Pero según las cámaras de seguridad no había entrado en el aeropuerto.

No había nada que pudiera hacer, se recordó Morgan, más allá de lo que ya hacía. Y eso significaba ir a trabajar.

Una cena de ensayo de boda un viernes por la noche implicaba un aluvión de clientes después del simulacro, además de los huéspedes del fin de semana y de los residentes que iban al resort a tomar algo.

Morgan tuvo que darle las gracias a la organización, pues así estaría demasiado ocupada como para obsesionarse.

Había tenido a Bailey trabajando en la barra, y no le cupo ninguna duda de que había sido porque básicamente la camarera se lo había pedido a Opal. Sea como fuere, Morgan aprovechó su presencia.

—Prepara la comanda de esta mesa. Un *shiraz*, un *chardonnay*, una copa de champán y un *pinot grigio*. Una ración doble de patatas fritas, cuatro platos.

Como confiaba en ella, Morgan encendió la licuadora para preparar tres piñas coladas de albaricoque.

Trabajó con el piloto automático sirviendo comandas, hablando, dando a probar bebidas cuando un cliente no se decidía entre una cerveza, una copa de vino o un whisky.

Un hombre de unos cuarenta se acercó a la barra y la señaló con un dedo.

—¿Qué le pongo?

—Con los de mi mesa jugamos a dejar fuera de juego a la barista con una bebida desconocida. Supongo que eres joven y no hace demasiado tiempo que te dedicas a esto, así que tengo posibilidades de ganar.

—¿Cuál es el premio?

—Que mañana me paguen la partida de golf.

—Qué bien. ¿De qué bebida se trata?

Con una sonrisa, el tipo levantó un dedo en el aire.

—Nada de buscarlo en Google.

Morgan levantó las manos.

—Un *bone*.

—Debo de aparentar más joven de lo que soy. ¿Lo quieren con whisky Wild Turkey o con bourbon?

—La madre que me... —Y se echó a reír—. Con whisky. Ponnos cuatro.

—Cuatro copas bien fuertes. Enseguida se las llevamos. Siento mucho lo del golf.

Morgan enfrió cuatro vasos y cogió dos cocteleras para poder preparar dos a la vez.

Aquello la animó, igual que la pareja que pidió una botella de champán para celebrar que se habían comprometido.

—Dios, ¡qué divertido! —Sin aliento, Bailey rellenó la bandeja de los aperitivos—. Sé que hay muchísimo trabajo, pero es divertido. Supongo que es porque todo es muy nuevo para mí.

—Para mí no lo es y sigue siendo divertido. —Sonó una carcajada en uno de los reservados del fondo—. Y no solo para nosotras.

El bar se fue llenando. Excursionistas, ciclistas, golfistas, parejas de luna de miel, los de la boda y muchos más.

Alrededor de la medianoche, apareció Miles y se sentó donde siempre. Y sacó el móvil.

Morgan le sirvió una copa de *cabernet*.

—Has tenido suerte de encontrar un asiento.

—El resort está ocupado al cien por cien este fin de semana. Y parece que la mitad de los huéspedes están aquí.

—Tendrías que haber venido hace una hora. Está empezando a tranquilizarse.

Morgan se acercó a una pareja que apuraba una copa de *merlot* y un vodka con tónica.

—¿Otra ronda?

—Justo a tiempo. Y con una ración de patatas fritas picantes.

—Lo siento mucho. La cocina cierra a medianoche.

—Oh, venga ya. —El hombre se dio golpecitos en la esfera del reloj—. Solo han pasado cinco minutos. A lo mejor deberías haberte acercado antes a preguntar.

—Siento mucho el retraso. Voy a ver si puedo hacer algo.

Como sabía que en la cocina ya habían apagado y limpiado la freidora, pidió las patatas al servicio de habitaciones.

—Tardarán unos cuantos minutos, así que invita la casa.

—Eso me gusta más.

—Gracias por su paciencia. —Fue de un lado a otro de la barra.

—Estoy poniendo los ojos en blanco —murmuró Bailey— internamente.

—Mientras no se vea…

Con rostro impasible, Opal se aproximó a la barra.

—Dos *bellinis*, una piña colada de albaricoque y una Corona.

—Yo me encargo de la Corona y de los vasos vacíos. Gracias por dejarme estar aquí esta noche, Opal. Estoy aprendiendo mucho.

—Mañana te necesito de vuelta en tu sección.

—Ahí estaré.

Mientras la licuadora daba vueltas, Morgan cogió las copas y luego le dio a Bailey la botella de champán.

—Prepáralos tú.

—¿En serio? Son mis primeros cócteles oficiales.

Con un ojo puesto en Bailey, Morgan apagó la licuadora y terminó las piñas coladas.

—A mí me parecen perfectos. Bien hecho. —Después de disponer las copas en la bandeja, Morgan empezó a mirar a Opal. Un movimiento llamó su atención.

Y vio a ese individuo dirigirse hacia las puertas de cristal de la terraza. Había girado la cabeza, pero Morgan atisbó su perfil. El pelo rubio, la complexión, incluso la forma de moverse.

En su interior todo se aflojó.

—Ey, Morgan, ¿estás…?

En ese momento, todo se agarrotó.

Salió disparada de la barra y lo cogió por el brazo antes de que llegara a la puerta.

—Hijo de la gr…

Perplejo, el tipo se giró, y Morgan se encontró delante de un desconocido.

—Lo siento. Lo siento mucho. Creía que era…

—Me alegro de no serlo. —Le lanzó una sonrisa de desconcierto—. ¿Una ruptura dolorosa?

—Lo siento mucho —repitió.

Se dio la vuelta con la respiración entrecortada y echó a correr con la vista nublada en los extremos.

—Terraza, mesa tres. —Opal empujó la bandeja hacia Bailey—. Sirve y luego cubre la barra.

Persiguió a Morgan y acabó dándose de bruces con Miles. Él se encontraba fuera del lavabo de mujeres y señaló el interior.

Opal entró y vio que Morgan estaba sentada en el suelo, con la espalda recostada en la pared, boqueando.

—Poco a poco. —Se agachó y puso las manos a ambos lados de la cara de Morgan—. Respira poco a poco.

—No puedo. No puedo respirar.

—Sí, sí que puedes. Poco a poco. Tranquila.

—Duele. El pecho me duele.

—Ya me imagino. Coge aire poco a poco. Suéltalo. Es un ataque de pánico, así que ahora mismo nos vamos a calmar. Muy bien. Inspira, espira. A mi hermana le dieron varios cuando un gilipollas la dejó en la universidad. Sigue respirando.

—Creía…, creía que era…

—Sí, ya lo he entendido. Aguanta. —Se irguió y se dirigió a la puerta, que abrió de par en par—. Necesita un poco de agua.

Cuando se giró de nuevo, Morgan había flexionado las piernas y apoyaba la cara en ellas.

—Estoy bien. No pasa nada. Qué vergüenza.

—No digas tonterías. —Opal se alejó al oír que alguien golpeaba la puerta. Cogió el vaso—. Danos otro minuto —le pidió a Miles—. Bebe. —Se arrodilló de nuevo delante de Morgan—. De un trago no.

—Gracias. Se parecía mucho a él hasta que he...

—¿Estás segura de que no era él?

—Sí.

—Me alegro de que te hayas frenado, pues. —Mientras Morgan bebía el agua a sorbos, Opal se apoyó sobre los talones—. Estabas preparándote para darle un puñetazo.

—Dios mío. —Agachó la cabeza otra vez—. Habría sido el colmo.

—Demuestra que tienes agallas. Más de las que me pensaba. Creía que lo estabas exagerando y que te hacías la víctima. Lo siento.

—Estamos en paz. —Con los ojos cerrados, echó la cabeza atrás unos segundos, pero al poco se incorporó—. Ay, he abandonado la barra. Bailey...

—Sabrá llevarla unos cuantos minutos. La he estado vigilando. Le has enseñado bien. Porque ya era un material de primera, claro.

—Sí, pero tengo que volver.

—Bueno, estás recuperando el color y has dejado de temblar. Intenta levantarte, y ya veremos.

Cuando se levantó, Opal asintió con la cabeza.

—Muy bien.

La acompañó hasta Miles, que recorría de un lado a otro el vestíbulo.

—Te la paso a ti —le dijo Opal, y cruzó el arco hacia el bar.

—Vamos. Te llevaré a casa.

—No, no, por Dios. Tengo que volver. —Antes de que él le ordenase lo contrario, y vio en sus ojos que estaba a punto de hacerlo, levantó una mano—. Lo necesito. Por mí misma, Miles; lo necesito. Si no, él gana otra ronda.

Después de mirarla largo y tendido, Miles señaló hacia el arco.

—Siento mucho haber…

—Ahórratelo —le dijo.

Se sentó de nuevo en su taburete y Morgan regresó detrás de la barra.

Después de coger una bayeta, le dio un apretón a Bailey en el brazo.

—Siento mucho haberme ido corriendo.

—No pasa nada. ¿Estás bien?

—Sí, todo bien.

—Han llegado las patatas fritas, y he servido una comanda del portabandejas.

—Estupendo. ¿Me harías un favor?

—Claro.

—Averigua qué beben el tipo al que casi pego y sus amigos. Quiero invitarlos a una ronda antes de cerrar el bar.

—Hecho.

Agarrada a la bayeta para mantenerse en pie, Morgan echó un vistazo a los taburetes. La pareja de las patatas fritas picantes no tenía gran cosa que decirse, observó. El alcohol y los carbohidratos no siempre arreglaban un humor de perros.

Las dos mujeres que se reían mientras bebían *chardonnay* le hicieron pensar en la mujer muerta y en su amiga de Nueva Orleans, y le dolió el corazón.

Al final de la barra, Miles estaba ocupado con el móvil.

—Un grupo de cinco —la informó Bailey—. Dos Heady Toppers, un mojito, un margarita y una copa de *merlot*.

—Gracias. ¿Te parece si te ocupas de las cervezas y del vino?

Morgan salió a servir las copas y dejó que el aire frío de la noche la envolviera al cruzar la terraza.

—Invita la casa —dijo al dejarlo todo sobre la mesa— con una sincera disculpa.

—Vaya, gracias, pero no hay para tanto. Quizá lo habría habido si llegas a darme el puñetazo que me ha parecido intuir.

—Mi gancho derecho es devastador. —Sonrió, sonrió, sonrió

y flexionó el brazo, y recogió un par de vasos vacíos en tanto los demás se echaban a reír.

—Me apuesto a que tu ex es un cabrón muy guapo.

—En lo de guapo le ganas tú. Gracias por entenderlo. Que disfrutéis.

Más recompuesta, se dirigió hacia la barra.

La pareja de las patatas fritas se había marchado y había dejado un solo dólar de propina sobre la barra. Las mujeres risueñas pidieron otra ronda cuando Morgan avisó de que quedaba poco para cerrar.

Le pidió a Bailey que les sirviera y luego le dio el dólar.

—Guárdatelo como recordatorio. Aunque lo hagas todo bien, a veces la gente es tacaña y punto.

—Qué capullo.

—Seguro que su mujer está de acuerdo contigo. Sin embargo, si mañana vuelve, seguiremos haciéndolo bien.

—Porque nos enorgullece nuestro trabajo, aunque el cliente sea un capullo estirado.

—Exacto. Y porque representamos al resort.

A la una de la madrugada quedaban pocos clientes dentro y fuera, y el personal empezó a recoger las mesas. Las mujeres risueñas se despidieron y salieron entre risas mientras el tipo que no era Gavin Rozwell se detenía junto a la barra.

—Gracias por las copas.

—Faltaría más.

—Si algún día quieres hablar de rupturas dolorosas, te invito a tomar algo. —Dejó una tarjeta de visita en la barra y le dedicó una sonrisa—. Me alegro de que no me hayas dado el puñetazo.

—Yo también.

Cuando se marchó, Bailey se inclinó hacia ella.

—Estaba tirándote los trastos que no veas.

—A ti también te pasará. —Se guardó la tarjeta en el bolsillo—. Miles querrá un vaso de agua sin gas con hielo, y luego te puedes marchar. Hoy lo has hecho muy bien, Bailey.

—Me puedo quedar y te ayudo a cerrar.

—Ya me has ayudado. Has tirado la basura, cambiado los

manteles, limpiado y cerrado los barriles de cerveza, vaciado la cubitera de hielo. Has fregado y repuesto las copas y los vasos. Me estás consintiendo.

—Opal me ha dicho que el martes podría venir un par de horas si Nick quiere. El martes trabajo en turno de día.

—Buena idea, y seguro que querrá. Verás los distintos estilos y ritmos.

En cuanto el último de los clientes se marchó y el personal le deseó buenas noches, Morgan siguió con el proceso de cerrar el bar, y solo se detuvo cuando Miles se puso detrás de la barra.

—Siéntate.

—Todavía tengo que…

—Sé cerrar un bar. Siéntate.

—No necesariamente sabes cómo lo cierro yo. Además, es mi trabajo.

Miles la ignoró y empezó a pasarles un trapo a las botellas.

—Hace tiempo, estuve un par de meses trabajando en la barra. Bailey ya lo ha hecho casi todo.

—Es muy atenta. —«Y tú también», pensó Morgan.

Trabajaron en silencio. En cuanto Morgan hubo repuesto las neveras de vino y cerveza, comenzó a cerrarlas con llave.

—No cierres la del vino y ven a sentarte. ¿El *cabernet* es tu bebida preferida o te apetece otra cosa?

—No he dicho que quiera tomar algo.

—Si quisieras tomar algo, ¿qué sería?

Morgan nunca se había considerado una persona especialmente terca, pero, por más que lo fuese, no creía llegar nunca a la altura de Miles.

—Quizá algo más suave. Un *pinot grigio*.

Él sirvió una copa de tinto, una de blanco, y luego cerró con llave la nevera del vino.

—Salgamos a la terraza. Puede que estés cansada —siguió diciendo—, pero estás sobre todo nerviosa. Toca relajarse un poco.

Miles cogió las dos copas y esperó a que ella lo adelantara y abriese la puerta.

Cuando la cerró de nuevo, él se dirigió a la mesa más cercana y tomó asiento.

—¿En serio se parecía tanto a Rozwell?

—No. —Negó con la cabeza, se rindió y se sentó—. La complexión, el pelo, y que iba vestido en plan desenfadado pero estiloso.

—Ajá. ¿Jen te ha enseñado a perseguir a un gilipollas asesino y a darle un puñetazo en la cara?

—Claro que no. Es que... he reaccionado y ya está.

—Yo estaba sentado justo ahí. Para llamar a los de seguridad solo debes pulsar un par de clics en el móvil.

—No podía pensar, no he pensado en nada, joder. —Probó el vino. Era suave y fresco, como el aire—. No es una excusa, pero no creo que hubiera reaccionado así si no hubiese matado a otra mujer.

—¿Cuándo?

—No lo sé con exactitud. Hace un par de semanas. Me acabo de enterar. Ha pedido otra tarjeta de crédito a mi nombre —continuó, y se lo contó todo—. Han encontrado el hotel en el que se alojó. O se ha teñido el pelo o llevaba una peluca pelirroja. Dejó la habitación al día siguiente de matarla y fue en taxi al aeropuerto, pero no llegó a entrar en la terminal. Robó un coche de un aparcamiento de larga estancia. Ha dispuesto de cinco días antes de que regresara el propietario y lo denunciase, así que podría estar en cualquier parte.

—No habría podido pasar por delante de los de seguridad y entrar en el Après.

—No he pensado en los de seguridad. No he pensado en absoluto. He entrado en pánico.

—No. —Miles le sostuvo la mirada—. No has entrado en pánico hasta que te has dado cuenta de que habías cogido al tío equivocado. Hasta ese momento, parecías dispuesta a darle una buena paliza a alguien. ¿Eres propensa a tener ataques de pánico?

—Antes no. Nunca. Desde lo ocurrido, he tenido unos cuantos, supongo, pero ninguno como este.

—La rabia es una mejor opción si consigues contenerla. ¿Vas

a llamarlo? Al tío con quien lo has confundido. Te ha dado su tarjeta —añadió Miles cuando ella lo miró sin expresión.

—Ah. No, ni hablar. En primer lugar, es una mala decisión dadas las circunstancias. En segundo lugar, por las circunstancias. Y súmale que el último tío con el que he salido, y que solo fueron un par de veces, ha resultado ser un asesino en serie. Te quita las ganas de salir con alguien.

—Pero ahora estás mejor.

—Supongo que sí. —Echó atrás la cabeza y levantó la vista hacia las estrellas.

—Y luego está el imbécil de las patatas fritas.

—Ah, sí. Un campeón. —Levantó la copa para brindar—. De esos que saben que dejar un solo dólar en la barra es más insultante que no dejar ninguno.

—¿Cuál es su historia? —se interesó Miles—. Seguro que a ti se te ocurre una.

—Le gusta ser un capullo. Hace que se sienta importante, sobre todo con la gente que le sirve o con subordinados. Llevaba un Rolex, que parecía auténtico, y su número de habitación es el de una de las suites presidenciales, así que puede permitirse ser generoso. Pero es que no es así. Es un jefe horrible, impaciente, exigente y borde, porque puede.

Mientras bebía un sorbo de vino, Miles se la quedó mirando.

—¿Y su mujer?

—No ha abierto la boca, pero me ha lanzado una mirada rápida que significaba: «¿Crees que esto está mal? Deberías ver lo que me toca aguantar». Diría que está a punto de hartarse de aguantarlo. —Se encogió de hombros—. Es lo que me parece desde detrás de la barra.

—Encaja con lo que pienso yo desde el final de la barra. Y, aun así, a ti te gusta la gente.

—El tío al que casi he pegado ha sido muy amable. Las dos mujeres de la barra, que comparten una habitación de las menos lujosas, han dejado un veinticinco por ciento de propina. Opal ha abandonado su puesto, algo que no hace nunca, para ayudarme a superar ese estúpido ataque de pánico. Y tú estás aquí sentado ayudándome a pasar página de una noche complicada cuando podrías estar en casa viendo el canal ESPN en bóxer. Así que sí, me gusta la gente.

—Los deportes de ESPN los escucho más que verlos. —Miles contempló el último trago de vino antes de apurar la copa—. Y no sabes si llevo bóxer o slips.

—No, eres un tío de bóxer al cien por cien. Y eso es algo totalmente inapropiado —observó—. Debería recoger e irme a casa.

—Yo te llevo a casa. —Se levantó después que Morgan.

—¿Qué? No. Estoy bien.

—Estar mejor no significa estar bien. Iremos en tu coche. Uno de los del turno de noche nos seguirá con el mío.

—Que estoy bien.

—Las llaves. —Miles se limitó a extender una mano—. Ya sabes cómo va esto.

—Las tengo en mi bolso. Qué ridículo.

—No es una buena política llamar «ridículo» al jefe de operaciones.

—No he dicho que tú seas ridículo —masculló, y cogió las copas—. Aunque...

Miles cerró con llave la puerta de la terraza y esperó a que Morgan dejase las copas y agarrase el bolso.

—Escucha, Miles...

—Las llaves.

—Por Dios. —Buscó el llavero y se lo puso encima de la mano—. Ahora mismo la gente me gusta menos.

—Probablemente sea un paso en la dirección correcta. —Apagó las luces del bar.

Delante de la entrada los aguardaban los dos coches. Sintiéndose estúpida, se subió en el asiento del copiloto. Miles se colocó al volante.

—Tienes las piernas muy largas —comentó—. Casi no tengo que mover el asiento.

Morgan se puso el cinturón de seguridad.

—Cuando salgas del resort, vas hacia el pueblo y luego...

—Ya sé cómo llegar a tu casa.

—Ah.

—Abuelos —dijo mientras avanzaba por la carretera—. Los tuyos y los míos. Se llevaban bien. A veces iba de visita con mi abuelo.

Claro. Su abuela se lo había contado.

—El tuyo me ayudó a construir la casita para pájaros de un proyecto de la escuela. —La miró de reojo—. Y lo bordó.

—Pero a ti no te gusta la gente.

—Tu abuelo sí.

—A mí también. —La rigidez de sus hombros se esfumó—. Era una de las mejores cosas cuando venía de visita. Dependía de dónde hubieran destinado a mi padre, pero después de la separación solíamos venir una semana en verano, quizá unos cuantos días por Navidad, en función de dónde estuviéramos.

—Muchos traslados.

—Muchos traslados. —Morgan asintió—. El ejército y, luego, mi madre parecía incapaz de asentarse en un sitio. Nunca pensé que se establecería aquí. Ni que lo haría yo.

Se removió. Y, como se sentía mejor y tenía curiosidad, le preguntó a Miles:

—¿Alguna vez has pensado en vivir en otro sitio?

—Me gusta vivir aquí.

—¿Y si no fuese por el negocio familiar y demás?

—Seguiría gustándome.

Morgan pensó que había estado en lo cierto. Y le gustaba estar en lo cierto sobre eso.

—Es por tus raíces. Están bien arraigadas. Yo siempre he envidiado tener raíces bien arraigadas.

—Dispones de mucho tiempo para plantar las tuyas y dejarlas crecer.

Miles condujo con suavidad por carreteras vacías y después por las tranquilas calles de Westridge.

Que Morgan hubiese perdido tiempo, y muchísimo más, no significaba que no tuviera tiempo. Había echado raíces allí, pensó, más por necesidad que por elección, por lo menos al principio. Pero había arraigado, y ya notaba cómo esas raíces empezaban a asentarse.

Le gustaba la calma de las calles tanto como le gustaba lo animadas que estaban durante el día. Le gustaba la soledad de un paseo por el bosque tanto como le gustaba un bar alegre y abarrotado.

No tenía una casa que transformar en su propio hogar, pero tenía un hogar.

Cuando Miles estacionó en el camino de entrada, Morgan no tuvo que recordarse que debía estarle agradecida.

—Las llaves. —Las sacó del contacto y se las tendió.

Morgan extendió el brazo, agradecida por la hora que él le había dedicado, y le agarró y le estrechó la mano.

—Gracias.

Al mirarlo a los ojos, su corazón se aceleró ligeramente. A continuación, retiró la mano y cogió las llaves.

Cuando se encontraban en lados opuestos del coche, cerró el vehículo con la llave.

—Buenas noches, Miles.

—Cierra la puerta con llave al entrar.

Y se quedó ahí quieto, por supuesto, vigilando hasta que la vio llegar a la puerta y abrirla. Morgan miró atrás una sola vez y experimentó una sensación que no quería experimentar. Acto seguido, entró y cerró la puerta con llave tras de sí.

Miles había sido amable cuando ella había necesitado amabilidad más de lo que le gustaría admitir. Dadas las circunstancias, se recordó mientras subía las escaleras, no solo sería poco inteligente, sino un error gigantesco sentir algo más que gratitud por él.

Era un hombre atractivo, caviló, e interesante. Y admitió que la atraía. ¿Acaso no era normal que sintiera cierta atracción e interés por él? Por supuesto, siempre y cuando se quedara en eso. Solo en eso.

Se sentó a un lado de la cama e intentó ignorar las mariposas, las reveladoras mariposas. Y deseó con toda su alma tener a Nina para hablar con ella y que la aconsejara.

17

Como tenía el domingo libre, Miles procuró hacer lo menos posible. Nada de trabajo urgente, nada de reuniones —ni siquiera familiares—, nada de crisis —ni grandes ni pequeñas— en el horizonte.

Tenía un puñado de tareas domésticas que completar, de acuerdo, pero era capaz de disfrutar de realizarlas cuando no se veía obligado a meterlas con calzador en su agenda.

Hizo su versión de dormir hasta tarde, así que saltó de la cama antes de las nueve y sacó al perro. Y luego, como había tenido el buen tino de instalar una cafetera en su armario, disfrutó de su primera taza de domingo en la terraza de su dormitorio.

Como de costumbre, Aullido patrullaba el perímetro del patio trasero para defenderlo ante cualquier posible invasor. Miles a veces se preguntaba qué le pasaba al perro por la cabeza, y por lo general concluía que no gran cosa.

Bajó al sótano en el que tenía montado un gimnasio casero, se ejercitó durante una buena hora y se sintió bien.

Se dio una ducha bien larga, un capricho de mañana de domingo. Después de meter mucha ropa en la lavadora, dio de comer al perro, se preparó unos huevos revueltos y tostó un *bagel*. Con una segunda taza de café, se sentó en el patio trasero y leyó el periódico en su tableta mientras gozaba del desayuno bajo el sol de verano.

Y, puesto que hacía sol, tendió la colada para que se secase.

Cambió la ropa de cama, colgó toallas limpias en el baño, se ocupó de fregar los platos y decidió dar por finalizadas sus tareas en el interior.

Como el día lo pedía a gritos, deambuló por los jardines. No debía hacer casi nada más que deambular, pues los jardineros del resort los cuidaban cuando él no tenía tiempo.

Aun así, sabía cuidar las plantas, ya que, como parte de su formación, se pasó un verano entero trabajando con los jardineros.

Aullido estaba tumbado sobre la hierba, al sol, y lo contemplaba.

Miles se ocupó del jardín en silencio porque agradecía el silencio siempre que podía conseguirlo. Tan solo sonaban los trinos de los pájaros —que le recordaron que debía llenar los comederos—, el murmullo ocasional del perro y el zumbido de las abejas que se afanaban en su labor.

A propósito, como hacía todos los domingos que tenía libres, dejó el móvil cargándose en casa. Si sucedía algo vital, alguien iría a buscarlo. En caso contrario, se pasaba un día incomunicado.

Como experimento, cogió una pelota de tenis y se la mostró a Aullido. Y la lanzó. Y, como siempre, Aullido se quedó tumbado, viendo volar y aterrizar la pelota, y luego miró a Miles, como si quisiera decirle: «¿Cómo? Ve a buscarla tú».

—Pero ¿qué clase de perro eres?

Los gruñidos y murmullos de Aullido equivalían a un encogimiento de hombros canino.

Miles fue a buscar la pelota y volvió a guardarla en el cobertizo del jardín.

A las dos, había doblado y guardado la colada seca, y estaba tomando un té helado al sol después de haber completado todas sus tareas. Ahora que ante él se extendía el día entero, se sintió tentado de ir a por el móvil. No lo haría, era una cuestión de disciplina, pero se sintió tentado.

Podía sentarse en el porche delantero y leer un libro. Podía ponerse las botas e irse de caminata. Debería llevarse al perro porque lo contrario le parecía incorrecto.

Una caminata y luego un poco de lectura le parecieron un buen plan, pero si lo invertía podría ir al pueblo, coger algo de comer y ahorrarse tener que cocinar.

En cualquier caso, debía ser al aire libre; le parecía un delito desperdiciar una tarde de domingo de verano perfecta holgazaneando dentro de casa.

Además, a pesar de lo que había hablado con Morgan, no solía ver demasiado la tele, ni el canal deportivo ESPN ni ningún otro.

Pensar en aquel comentario improvisado lo llevó a pensar en ella, algo que había evitado por todos los medios durante la mañana.

En realidad, no tenía motivos para pensar en ella, por lo menos no como otra cosa que la encargada del bar. Pero es que le parecía muy interesante. Era innegable que se le daba genial su trabajo y, como Nell había dicho durante la última reunión familiar, tenían suerte de contar con una persona creativa y organizada a partes iguales.

A Miles no le gustaba preocuparse por ella, pero por lo visto no podía parar de hacerlo. Se le había grabado a fuego en la cabeza la forma en la que Morgan pasó de una rabia furibunda a un pánico impotente cuando cogió del brazo al cliente al que había confundido.

Él admiraba la rabia y empatizaba con el pánico.

Morgan lo había perdido todo, pero había escarbado para empezar de cero.

Miles también admiraba eso. Y, de hecho, incluso lo respetaba.

Aquella mujer tenía sueños, metas y esperanzas, pensó él mientras cogía el libro que apenas había empezado a leer. ¿Cuánto de todo aquello le había robado Rozwell?

Alguien quería matarla y además no permitía que ella lo olvidara. Y, aun así, Morgan se levantaba todos los días, iba al trabajo, curraba y vivía la vida. La que había comenzado a construirse.

La combinación de vulnerabilidad y resiliencia lo fascinaba, y punto.

Miles podía decirse que aquella fascinación no tenía nada que ver con el físico de ella, pero no le gustaba mentirse a sí mismo. Con el físico, pensó, y con la manera en la que se iluminaba al reír y en la que se movía detrás de la barra, como si fuera una maldita pista de baile. Y con esos ojos, de un verde calmado que siempre parecían estar alerta.

Y, de pronto, Miles no podía dejar de pensar en ella. La dejó metafóricamente junto a su móvil con el cargador y se dispuso a ir a leer el libro.

Cuando se encaminó hacia la puerta delantera, Aullido aulló. Podría salir, claro, y Miles le dejaría la puerta abierta para que el chucho entrase y saliese. Pero como no cogió la correa, el perro supo a ciencia cierta que no podía ir más allá del porche delantero.

La carretera se encontraba a bastante distancia, pero daba lo mismo.

Y fue entonces cuando la vio, como si él la hubiera invocado al pensar en ella tan solo unos minutos antes.

Morgan llevaba una camiseta roja y unos pantalones vaqueros cortos desteñidos, y sus larguísimas piernas estuvieron a punto de acabar con él. En las manos sostenía una especie de recipiente y, a pesar de las gafas de sol que lucía, Miles vio la sorpresa que la embargó al levantar la vista.

—Tienes torrecillas —dijo Morgan, y la sorpresa se desparramó.

—Yo no, la casa.

Aullido masculló, gruñó y soltó tres agudos gemidos mientras se meneaba de la cabeza a las patas.

—¡Torrecillas y un perro que habla!

Miles notó cómo el perro bailoteaba en su sitio, detrás de él. Empezó a ordenarle que se sentara, pero en esos instantes Aullido infringió una regla básica.

Echó a correr por el porche directo hacia Morgan.

En lugar de alarmada, se mostró tan solo entusiasmada, y

pasó a sujetar el recipiente bajo un brazo para poder agacharse y saludar al animal.

El perro la lamió, se frotó contra ella y se tumbó boca arriba para que le rascara la barriga mientras emitía una serie constante de ruidos de felicidad.

Miles pensó que el chucho no se hacía el tonto ni siquiera con su padre. Morgan se rio, lo acarició, lo mimó y lo rascó.

—Ay, qué buen chico. ¡Eres muy buen chico! ¿Verdad que eres muy guapetón? ¿Cómo te llamas? ¿Cómo se llama?

—Aullido. Es...

Para enseñar de dónde venía su nombre, Aullido aulló e hizo reír a Morgan.

—En teoría, no debe salir del porche sin una correa.

—Ah, pero... Ah, la carretera. Ya lo entiendo. Vamos, Aullido, no queremos que te metas en algún lío. Perdona, es culpa mía.

Morgan se incorporó sobre aquellas malditas piernas de flamenco, y el perro brincó —no brincaba nunca— a su lado de regreso al porche.

—Y perdona —repitió—. Me he distraído con las torrecillas. Solo venía a dejarte esto en el porche y luego te mandaría un mensaje. No quería interrumpir tu día libre.

—¿Dejarme el qué?

—Te he hecho galletas. —Le tendió el táper.

—Has... —Si ya se había quedado descolocado antes, de pronto estaba totalmente perplejo—. Me has hecho galletas.

—Para darte las gracias por lo del viernes por la noche. Te tengo que confesar que ha sido idea de mi madre, y son unas galletas estupendas principalmente porque ella ha supervisado cada paso. Pero la gratitud es sincera.

Miles cogió el recipiente, lo abrió y probó una galleta mientras Morgan derretía al perro dándole un beso en el hocico.

—Sí que están buenas. —Cuando Aullido lo miró de reojo, Miles negó con la cabeza—. No son para ti.

—No te vamos a dar perlas de chocolate. —Morgan le rascó las orejas a Aullido—. No son buenas para ti. ¿Qué es Aullido?

—Un perro.

—Me refiero a qué raza.

—No lo sabe nadie. Lo más probable es que un ovejero se lo pasara bien con un *beagle*.

—Vaya, menuda mezcla. Quiero sentir pena por haberme cargado tu día libre, pero de lo contrario no habría conocido a Aullido. Y…

Cuando Morgan levantó la vista, Miles supo enseguida que le iba a costar más todavía decirles que no a esos ojos que a los del chucho.

—¿Tienes cinco minutos?

—Supongo que sí.

—Me gustaría… ¿Podría ver una de las torrecillas por dentro? Solo echar un vistazo.

—Supongo que sí —repitió—. ¿Para qué?

—Nunca he estado en una torrecilla. Me encantan las casas, y la tuya es de un precioso estilo victoriano. Las torres la suben a otro nivel.

—Vale.

—Muchas gracias. Cinco minutos, te lo prometo, y te dejaré tranquilo. Y con unas cuantas galletas.

Miles le hizo señas para que entrara.

—Hala, es preciosa de verdad. Y… Veo que habéis mantenido las paredes interiores curvadas a los pies de la torrecilla para instalar una sala de lectura o de desayuno. O una sala de lo que te venga en gana. ¡Vaya molduras! Y rosetones en el techo. Anda, y los suelos… ¿son los originales?

—Sí.

Le dio la impresión de que Morgan admiraba la sala contigua al recibidor como si le hubiera abierto la puerta de la cueva de Aladino.

—Espléndidos, son espléndidos. ¡Y las ventanas! Ay, perdona, estoy gastando el primer minuto. Me encantan las casas, sobre todo las antiguas. Las nuevas construcciones son demasiado…, pues eso, nuevas. Aquí se palpa la historia. O sea, ¡mira esas escaleras!

Morgan se acercó a los peldaños y acarició la barandilla de las escaleras, seguida por el perro, que trotaba encantado.

—Puedes subirlas si quieres ver el resto de la torrecilla.

—Sí que quiero, sí. Es muy elegante, pero ni formal ni ostentosa. Parece un hogar —dijo, y subió las escaleras sin dejar de tocar la barandilla con los dedos—. Que lo es. Es tu hogar.

—Ahora sí.

Mientras la acompañaba hasta el segundo piso, Miles pensó en lo raro que era hacerle una visita guiada por la casa con un táper lleno de galletas caseras.

Morgan soltó un sonido a caballo entre gemido y suspiro al entrar en su despacho. Él se prohibió interpretarlo como algo sexual.

Pero no lo consiguió.

—¡Madre mía! Es perfecto. Es perfecto, sin más. Las paredes curvadas, las vistas de los altos ventanales… Y toda esa maravillosa luz natural que entra a borbotones. Y has puesto la mesa dando a la puerta porque ¿quién iba a poder trabajar con esas vistas?

»Estanterías curvadas en las paredes curvadas, y la chimenea, y las tallas de la madera, y los metales. Es absolutamente mágico. Y has colocado un ordenador de última tecnología encima de una mesa que es una preciosa antigüedad, flanqueada por sillas de piel color chocolate. Respetando la historia de la casa y llevando a cabo el trabajo de hoy en día.

Le dio un amistoso puñetazo en el bíceps.

—Felicidades. De corazón.

Y se agachó para volver a acariciar a un alocado Aullido, que soltó varios pelos grises por los aires.

—¿Tú te tumbas y te duermes en una silla mientras papá trabaja?

—Nada de sillas y nada de «papá». Es un perro. Yo no.

—Ah. —Pero sonrió—. Gracias, de verdad, por darme el capricho.

—¿No quieres ver el resto?

—Me muero de ganas. No creo que pueda ser más perfecto que la disposición de tu despacho, pero me encantaría verlo.

Morgan lo siguió hasta el pasillo.

—Es una casa enorme.

—Me gusta tener espacio.

—A mí también. Mi casa de Maryland era bastante pequeña, pero tenía pensado hacerla más diáfana. Y grandes planes: después de abrir mi bar superexitoso, añadiría una segunda planta. El dormitorio arriba, y mi despacho, en la planta baja. En fin...

Dejó de hablar cuando entró en el piso superior de la torrecilla.

—Y más perfección. Parece un escondrijo. Un lugar donde repanchigarse en ese sofá o sentarse frente al fuego en invierno, beber un poco de whisky y sumirse en largas y profundas reflexiones. O tan solo quedarse delante de la ventana y contemplarlo... todo.

Morgan suspiró una vez más y acarició al perro, que seguía pegado a su lado.

—Ahora ya puedo tachar de mi lista de cosas que hacer subir a una torrecilla.

—¿Tienes una lista?

—Mi vida es una suma de listas. De listas y de hojas de cálculo. Ni siquiera sabía que esto figuraba en la lista hasta que he visto tu casa. Lo he añadido y tachado en el mismo día. No me ha salido nada mal hornear un par de tandas de galletas.

Se giró para dar la espalda a la ventana, donde la luz del sol incidía en ella.

Miles se preguntó cómo era posible que aquella casa pareciese hecha para ella.

—Y ahora, como te he prometido, te dejo tranquilo. Aunque me va a costar mucho despedirme de mi nuevo mejor amigo.

—¿Te lo quieres quedar?

—Déjalo, anda. —Le dio un golpecito en el brazo al pasar delante de él—. Me apuesto lo que quieras a que tienes uno de esos desvanes gigantescos con vigas a la vista repleto de tesoros.

—¿Eso también lo quieres ver?

—Una promesa es una promesa, pero puede que tenga que volver a hornear galletas... Es más difícil de lo que te imaginas.

En la casa de mi abuela hay uno. A veces en mi día libre subo al desván a cazar.

—¿A cazar qué?

—Tesoros. Cuando tienes un presupuesto ajustado, te vuelves muy creativo. Hace un par de semanas encontré una fantástica lámpara vieja. Un nuevo color, una remodelación del cableado y *voilà*.

—Has remodelado el cableado de una lámpara. —Miles se quedó pensando en esos dedos largos y esbeltos.

—Google lo sabe todo y, en mi caso, me pareció más fácil que las galletas. Y, además, he conseguido librarme de preparar la cena en mis días libres, una tarea con éxitos y fracasos, y me han pedido que remodele el cableado de las lámparas o que restaure la vieja mesa del desván.

—Es probable que arriba tengamos viejas lámparas.

—Es algo básico en un desván. Te lo agradezco de verdad, Miles.

En el primer piso, Morgan se giró para sonreírle de nuevo.

—Me he ganado unas galletas.

—Esas son para darte las gracias por saber lo que necesitaba el viernes por la noche y por asegurarte de que lo conseguía, incluso aunque no lo creyera necesario. Oye... —Empezó a volverse hacia la puerta, pero se giró de nuevo—. Quiero hacerte una pregunta y espero que quede claro que las dos respuestas son totalmente válidas.

—¿Quieres ver el sótano?

—No. —Morgan se echó a reír—. Bueno, sí, pero no era esa mi pregunta. Quiero que dejemos atrás los papeles que tenemos en el resort, así que, si no te parece mal, soy yo quien te hace una pregunta a ti.

—¿Cómo me va a parecer bien o mal si no me haces la pregunta?

—Vale. Es un poco rara. La cuestión es que se me da bastante bien interpretar a la gente. Bueno, hubo una gran excepción, pero se me da bastante bien. Al ser la nueva en el instituto, en el barrio o en el parque infantil, una aprende a hacerlo. Y te quiero preguntar si estoy desencaminada del todo o es correcta mi interpretación de que entre nosotros podría haber algo. —Lo señaló a él y se señaló a sí misma . Dejemos atrás nuestros papeles en el resort —se apresuró a repetir—. Sé cuándo una persona en un puesto superior en la cadena de mando está ejerciendo esa clase de presión y hace avances. Cuando iba a la universidad, dejé un trabajo por eso. Y en nuestro caso no es así. Y no tengo la intención de añadir presión ni de hacer avances por mi parte. Me pregunto si estoy interpretando bien la sensación que me das. Si estás interesado en mí fuera del entramado del resort.

—Estamos en el entramado del resort, Morgan.

—Claro, ya. Muy bien. Pues gracias por la visita a la torrecilla y por la dosis de afecto canino. Que disfrutes de las galletas.

Miles esperó a que Morgan abriese la puerta y se dijo que debía aguardar hasta que se hubiera marchado de su casa. Pero no pudo.

—No lo estás interpretando mal.

Morgan cerró la puerta y recostó la espalda en ella.

—Gracias a Dios. Vale, pues pasamos a la segunda parte de la pregunta. ¿Podemos acordar que, si lo que hay entre nosotros termina siendo algo serio, mi trabajo no tiene nada que ver? Me encanta mi trabajo, Miles, y está claro que a ti te encanta el tuyo (sigo interpretando señales ahí). No se trata de eso, y sé que es más complicado para ti por la posición que ocupas que para mí con la que ocupo yo.

—A lo mejor me canso de ti y te despido.

—En primer lugar, mi jefa directa es Nell. En segundo y más importante, no lo harías porque no eres así. Podría cabrearme mucho y denunciarte por acoso sexual.

—En primer lugar, tengo un abogado buenísimo (es mi padre), y nadie te creería de todos modos. En segundo y más importante, no lo harías porque no eres así. Yo también sé interpretar a la gente.

—No, no lo haría. Podríamos verbalizarlo y dejarlo por escrito. Que vamos a dar ese paso por la atracción y el interés mutuos que sentimos, sin presión ni coacción por ninguna de las partes. Tu padre podría redactarlo. Y Aullido hacer de testigo.

—Me alegro de que hayas añadido eso último, así sé que estás diciendo tonterías. Y ese paso tiene nombre, Morgan: sexo. Si creemos que lo vamos a hacer, deberíamos poder decirlo en voz alta.

—Si el sexo no funciona, te prometo que no voy a dejar el curro ni echártelo en cara.

—Te prometo que no te voy a despedir ni echártelo en cara. Aunque si no funciona será culpa tuya. A mí se me da bien.

—Ahora eres tú el que dice tonterías, pero lo triste de todo es que hace mucho que no lo practico… Y eso justifica en gran parte lo rara que está siendo esta conversación. Deberías tenerlo en cuenta para rebajar la nota.

Miles no sabía cómo tomarse aquellas palabras, pero sí sabía que eran importantes.

—¿Estás acostumbrada a que los hombres te pongan nota en la cama?

—Es un recuerdo muy lejano. Han pasado unos cuantos años.

—¿Has dicho «años»?

Morgan encorvó los hombros. Se metió las manos en los bolsillos de sus pantalones cortísimos.

—No me lo restriegues por la cara.

Miles levantó un dedo y se dirigió hacia una mesa para dejar el táper con las galletas.

—Voy a prolongar esta conversación tan ridícula, que curiosamente me parece excitante, y te preguntaré por qué. Entiendo lo del último año, pero has dicho «unos cuantos».

—He estado ocupada y concentrada en otras cosas.

—Yo estoy ocupado y concentrado también.

—Tenía dos trabajos. —Como él no dijo nada, suspiró y se encogió de hombros—. Muy bien. Fue sobre todo porque (y sé que ahora te va a crecer el ego) no he encontrado a nadie que me hiciera cambiar el chip como para querer invertir el tiempo en estar con esa persona. Hasta ahora. Y no pasa nada si es solo una vez, algo a corto plazo o…

—Me gustaría que cerraras el pico.

—A mí me encantaría cerrar el pico. Debería marcharme. —Abrió la puerta. La cerró. A continuación, fue directa hacia él y posó los labios en los suyos.

A pesar de haber asegurado que estaba oxidada, se le daba muy bien.

Oyó de lejos la cola del perro golpeando el suelo mientras Morgan lo rodeaba con los brazos. No podía decir que le resultara muy fácil, pero le dejó llevar las riendas. Por esa vez.

Lo atrajo hacia sí y le provocó llamaradas en la sangre. Pero al poco se apartó.

—Hay algo que me gustaría decir.

—¿Siempre hablas tantísimo? —se extrañó—. Creo que me habría dado cuenta.

—Creo que, en este caso, podríamos saltarnos todo el ritual de las citas y tal. O sea, ir a tomar algo, a cenar, al cine, al teatro o a bailar salsa. Sea cual sea tu patrón habitual.

—No tengo ningún patrón habitual.

—Si lo tuvieras, podríamos descartarlo, y yo descartaría el mío (el patrón de ir poco a poco y darme semanas que siempre he seguido) y pasar directamente al sexo.

Ese domingo libre pasó a ocupar el primer puesto de su lista de mejores días libres.

—¿No me vas a invitar a cenar antes?

—Te lo deberé —dijo Morgan, y volvió a apoderarse de su boca.

Miles la guio por el vestíbulo y hacia el comedor porque aquella mujer lo ponía loco y el puto dormitorio estaba demasiado lejos.

Mientras la guiaba, le quitó la camiseta y la lanzó al suelo.

—No me juzgues por la ropa interior. —Sin aliento, Morgan le arrancó la camisa—. Cuando me la he puesto por la mañana, no tenía en mente follar.

—Pues apartémosla de nuestra vista. —Con una mano, le abrió el cierre del sujetador y la hizo temblar.

—Se te da bien.

—Silencio. —La tumbó encima del sofá—. Me gusta el silencio.

Morgan fue incapaz de respetar el silencio por culpa de lo que él le hacía en el cuerpo con las manos y con la boca. Por fin alguien la tocaba de nuevo, por fin sentía el peso de un hombre encima de ella y dejaba que se adueñase de su boca. Experimentó aquellos chispazos de placer en todas las células de su cuerpo.

Y tocarlo a su vez con las manos, y notar su piel cálida y sus músculos duros, le provocó más temblores todavía. Los labios de Miles eran como se imaginaba cuando se permitía imaginárselo, ardientes y expertos. Le latía el corazón sobre esos labios, que la devoraban y poseían.

Con un mero roce de los dedos, la puso al borde del clímax.

Aquella sensación la atravesó, la dejó sin aliento, le anuló la mente y electrificó su cuerpo. Sin dejarle tiempo para recuperarse, Miles la incorporó de nuevo y sofocó sus gritos con la boca mientras el cuerpo de ella se arqueaba debajo del suyo.

Y fue entonces cuando entró en su interior, hasta el fondo, y esperó hasta que Morgan empezó a mover las caderas, hasta que el mundo perdió toda la cordura.

Se quedó observándola, con los ojos de tigre clavados en ella, mientras Morgan lo rodeaba con las piernas y lo urgía a embestir más rápido y más fuerte.

Al contemplarla, Miles vio el placer que le demudaba el rostro y la sorpresa que le teñía los ojos. Morgan tenía mucho más, y a él le costó más dar que tomar. Pero se lo dio todo en lo que el cuerpo de ella ascendía y descendía junto al suyo. Se lo dio todo hasta que la oyó gritar de nuevo, hasta que la vio agarrar con una mano el reposabrazos del sofá como para evitar salir volando.

Se lo dio todo hasta que la vio quedarse laxa y relajada y líquida debajo de él. Y solo entonces Miles se sació.

Morgan podría haberse dejado arrastrar por los ecos del placer durante horas, quizá durante días. Durante semanas tampoco le parecía descabellado. Se dejó llevar a la deriva y se concentró en ese placer, en la sensación de tener el corazón de él acelerado contra el suyo. Podría añadirle la satisfacción al sentir que el cuerpo de Miles estaba relajado, distendido, totalmente suyo.

Tal vez estuviera oxidada, pero había cumplido.

Como los tenía justo ahí, le pasó una mano por los músculos de la espalda.

—Tu traje invisible no sugiere que seas tan musculoso.

—¿Tengo un traje invisible? —Miles no se movió.

—Lo llevas todos los días. Bueno, ahora mismo no, pero por lo general, sí.

—Y ¿cómo es?

—Gris oscuro, con una sola hilera de botones, de elegante lana italiana. Una camisa blanca de algodón almidonado, una corbata de seda azul con nudo Windsor, zapatos negros con cordones. Italianos, claro.

—Qué específico todo.

—Si tuviera un millón de dólares, apostaría a que en el armario tienes alguno muy parecido. Te queda bien.

—¿Por qué es invisible?

—No necesitas que la gente lo vea para que sepa que estás al mando. Se sabe y punto. Pero ahora estamos desnudos, y es muy agradable.

—A lo mejor el sexo te ha nublado la vista y sigo llevándolo. —Se incorporó un poco para mirarla a los ojos.

—No. —Morgan sonrió—. Estás desnudo. He conseguido que estuvieras desnudo. Ha sido idea mía y quiero que me des todo el mérito.

—Ha sido más un concepto que una idea, y yo te he desnudado primero. Pero, claro, no he tenido mucho trabajo porque llevabas unos pantalones cortos diminutos.

—Iba a lijar y pintar un banco después de traerte las galletas, así que… ¡Mierda! Tengo que avisar a mis chicas. Les he dicho que volvería enseguida.

—A tus chicas.

—A mi madre y a mi abuela. Tengo el móvil en el coche. De verdad que solo tenía intención de dejarte las galletas en el porche. Pero luego ha pasado lo de la torrecilla y el perro y el sexo. Necesito mi teléfono.

—Estás desnuda —le recordó—. Aquí estamos bastante apartados de todo, pero no creo que quieras ir hasta tu coche en pelota picada.

—Me vestiré primero.

—Vale. —Bajó la cabeza y posó los labios sobre el cuello de ella—. Es una posibilidad.

—Me vestiré. —Cerró los ojos y volvió a dejarse llevar—. Dentro de un minuto.

—Vale —repitió Miles, y se desplazó hasta la mandíbula.

—No, espera. Mierda. No quiero que se preocupen.

Cuando él se removió, Morgan se escabulló de su abrazo y empezó a recoger su ropa.

—¿Será mejor que invente algo…? Una mentira no, eso no. Les puedo decir que me has hecho una visita guiada por la casa si es mejor.

—¿Mejor para qué?

—Por si no quieres que ellas y la gente sepan que hemos follado en tu sofá. No pasa nada si no quieres.

—Piensas demasiado.

—Ya. —Se puso la ropa mientras él la contemplaba—. No lo puedo evitar. Cuando fui a hacer yoga con mis chicas, tuve que fingir que meditaba. Pero estoy segura de que los demás también fingen.

—Pero demasiado. Ve a por el móvil y diles a tus chicas que tardarás un poco.

—¿Tardaré un poco?

—Me debes una cena. Ya concretaremos cuando te haya vuelto a quitar esos pantaloncitos. Y por lo demás…, por qué coño me iba a importar a mí que la gente sepa que estamos juntos? Y que sepas que, en cuanto regreses a casa, tendrás pintas de una mujer que acaba de echar un polvo o dos, y es más que probable que tu madre y tu abuela aten cabos.

Morgan se fijó en que Miles había dicho «estamos juntos». No que habían follado en el sofá o que solo había sido eso.

—Deja de pensar tanto —le aconsejó él, y cogió su bóxer—.
Ve a por el móvil. Yo voto por ir luego al dormitorio.

Me gustaría ver tu dormitorio.

—Genial. Pues luego vamos.

—Iré a por el móvil. Acerté con lo del bóxer —le recordó
Morgan—. Aullido solo finge estar dormido —añadió, y se dirigió hacia la puerta.

Miles miró hacia el perro, que estaba tumbado delante de la
chimenea con un ojo abierto.

—Tú a lo tuyo.

18

El dormitorio de Miles estaba a la altura del resto de la casa que había visto, o eso pensó Morgan cuando tuvo de verdad ocasión de echarle un buen vistazo.

Y echarle un buen vistazo desde el centro de la maravillosa cama con dosel no hacía sino añadirle más encanto. La elegante chimenea de mármol, las cristaleras que daban a una terraza, una zona acogedora donde sentarse y los cuadros de artistas locales en unas paredes de un intenso azul oscuro ofrecían una imagen de relajado lujo.

Y tumbada debajo de él, también estaba relajada y de lujo.

Supuso que el precioso baúl de madera de cedro que había a los pies de la cama contenía sábanas y mantas, y que tras las puertas dobles de caoba se escondía su armario.

Todavía apostaría ese millón imaginario a que Miles contaba con un traje muy parecido al que ella imaginaba.

Había visto un atisbo del cuarto de baño en suite y de la enorme bañera con patas en forma de garras. Pero un mero atisbo, ya que él le había estado quitando la ropa al adentrarse con ella en el dormitorio.

—Ya estás pensando otra vez.

—No estoy pensando. Estoy admirando. Es una habitación preciosa. Si el piso superior de la torrecilla es un escondrijo, esto es un refugio. Aquí no trabajas.

—No si lo puedo evitar.

—Tienes mucho trabajo. —Distraída, jugueteó con el pelo de Miles—. Y me facilitas el trabajo a mí.

—¿Y eso?

—La mayoría de los huéspedes que van al Après están contentos. Han disfrutado de un tratamiento de spa, han ido de excursión, han participado en alguna aventura o degustado una buena comida. Y solo pretenden tomar una copa para seguir contentos. El servicio es brillante, y eso se debe a los mandamases. Los detalles también brillan y demás. Y cuando los huéspedes van al pueblo y visitan las tiendas, toda la comunidad sale beneficiada. Siempre que voy a ayudar a Hecho a Mano veo a clientes del resort. Y casi nunca salen con las manos vacías.

»Así que sí, tienes mucho trabajo. —Relajada, tan relajada que si cerraba los ojos se quedaría frita al instante, le acarició por última vez la espalda—. Llevo un buen rato aquí. Debería marcharme.

—Me debes una cena. Mientras hablabas por teléfono, he sacado un par de bistecs del congelador. Los haré a la parrilla. Tú te encargas del resto y así estaremos en paz.

—¿El resto? ¿Qué resto?

—Es un bistec a la parrilla, Morgan. Haz algo con unas patatas.

Miles quería que se quedara a cenar, y eso era maravilloso. Pero...

—En realidad, solo sé hacer una cosa con patatas que no salen de una bolsa congelada, y solo una cosa que he hecho muchas veces. Y por lo general me supervisa alguien.

—Pues improvisa.

—Pues improviso.

Más tarde, pudo observar con atención el cuarto de baño y disfrutar de una pausa sensual llena de vapor en la ducha más grande que había visto fuera de los programas de la tele.

Quizá se habría arrepentido de no haber llevado más que un lápiz de labios, pero Miles la había visto desnuda de todos modos.

Acto seguido, se fue a la cocina.

—Vaya, qué buena idea. Cocina americana porque es lo que se estila ahora, pero sin dejar de respetar la estructura original. Es lo que mi abuela y mi madre hicieron en su casa. ¿Cocinas mucho? Porque ese horno da mucho miedo.

—No mucho, no. Lo suficiente para apañarme.

—Mi modo de apañarme antes eran una ensalada, algo para llevar o algo a domicilio.

—Con patatas congeladas.

—Mis cilindros de patata son brutales. Sé preparar costillas de cerdo. Es mi especialidad. Y patatas a la mexicana, picantes.

—Me gusta el picante.

—El jardín trasero es espectacular. —Morgan se acercó a las puertas de cristal—. Y tienes huerto, así que podré coger algo fresco. Es una receta de la madre de Nina, pero el problema es que ella, como todo el mundo en mi casa, no comprende ni acepta la necesidad de ser precisa con las medidas.

—En la barra tú tampoco mides las cantidades —comentó él.

—No me ataques con argumentos lógicos cuando estoy obsesionándome con unas patatas. ¿Dónde están?

Miles señaló un armario bajo, donde Morgan encontró cestos de alambre y patatas rojas.

—¿Tienes un estropajo de esos?

—Debajo del fregadero. ¿Cuánto tardan en hacerse?

—Más o menos una hora cuando… Mierda, se supone que hay que precalentar el horno. ¿Lo ves? Necesito supervisión. Dios, este horno tiene un porrón de botones.

Como lo divertía, Miles la dejó inspeccionar mientras seleccionaba una botella de vino.

—Cojo vino blanco si prefieres.

—No, el *cabernet* me va muy bien. ¡Por fin! Lo he conseguido. Creo. Ya noto cómo me cae el sudor.

Mientras Morgan frotaba las patatas, Aullido se sentó a su

lado con la cabeza recostada en su pierna. Miles se fue hasta la puerta y la abrió.

—Fuera.

—No me está molestando.

—Tiene que patrullar el patio.

—Ah, ¿sí?

—Es idea suya, no mía. —Después de cerrar la puerta, se volvió hacia ella—. ¿Ahora me vas a decir que con esta comida hay que preparar una ensalada o algo con verduras?

—No tengo ninguna intención de decir eso.

—Empiezo a pensar que quizá seas casi la mujer perfecta.

Dejó una copa de vino en la encimera, a su lado.

—Me gustan las ensaladas y las verduras, pero ahora estoy obsesionada con las patatas. No me queda más espacio en la cabeza. Necesito la tabla de cortar y uno de esos cuchillos que cuelgan de una tira magnética como si esto fuera la cocina de un restaurante.

—Cógelo sin miedo.

—Y también necesito hierbas, especias, aceite de oliva y una bandeja de horno. Y tijeras o cizallas para cortar algunas de las hierbas. Sí que parece que esté patrullando.

—Porque es lo que está haciendo. —Miles cogió una bandeja de horno y las tijeras de cocina, y luego señaló la aceitera y hacia un armario—. Las especias.

Observó cómo Morgan cortaba las patatas en cuñas. Divertido de nuevo por la intensidad de la concentración de ella, se recostó en la encimera y bebió un sorbo de vino.

Disfrutaba de su soledad de domingo, la disfrutaba de verdad, pero lo sorprendió lo agradable que era tenerla en su cocina.

Morgan masculló algo sobre ajos, así que él volvió a señalar dónde.

Cuando salió a buscar las hierbas, Aullido interrumpió su rutina para correr hacia ella para que los dos protagonizaran otra ronda de admiración mutua.

Morgan regresó a la cocina y se puso a cortar. Cogió más botecitos del armario de las especias. Espolvoreó cosas sobre las patatas, utilizó una cuchara de madera para removerlas y bañarlas. Cogió la pimentera y añadió un poco —obviamente, se le había olvidado—, y removió de nuevo.

—Vale, creo que ya está. En fin, allá vamos.

Metió la bandeja en el horno y puso el temporizador.

—Has dicho una hora. Has puesto treinta minutos.

—Porque es cuando se supone que hay que removerlas. No sé por qué y me da igual. Es lo que hay que hacer. —Cogió la copa de vino—. ¡Uf! —exclamó, y bebió un trago—. ¿En tu formación en el resort también pasaste por la cocina?

—Pues sí.

—Por eso la tuya está tan organizada. Yo me salté esa parte. Mi madre cocinaba. Cuando mi padre volvía a casa, la mitad de las veces pedíamos a domicilio o salíamos a comer fuera. Si no era el caso, cenábamos a las siete en punto, y había ensalada.

—Qué estricto.

—Y que lo digas. Pasado el tiempo, ahora entiendo por qué se ponía tan nerviosa cuando llegaba la hora de cenar. Yo ponía la mesa, pero ella lo revisaba. Todo debía estar perfecto. Precisión militar. Después de divorciarse, siguió así una temporada, pero luego se limitó a preparar algo conmigo o pedíamos comida a domicilio.

Se encogió de hombros y bebió otro sorbo de vino.

—En fin, puede que de ahí venga mi fobia con la cocina. Ahora mi abuela y ella cocinan juntas, hablan y ríen. Mi madre prepara pan.

—¿De cero?

—Fuerte, ¿eh? —Con una carcajada, se echó el pelo hacia atrás—. Dice que la relaja, y eso parece. Por ahora, he conseguido escapar de sus intentos por enseñarme. ¿Contra qué clase de animales patrulla Aullido?

—No se sabe. De vez en cuando se le escapa una ardilla, pero todavía no he visto a ningún oso o ciervo cruzar el perímetro. Sentémonos fuera.

Cogió la botella.

Aullido abandonó su deber para saltar sobre la mesa del patio y apoyar la cabeza en el regazo de Morgan.

—Cuánto silencio —murmuró—. Debe de encantarte.

—Sí. ¿Te pareces a tu padre?

—¿Mmm? Ah, no. Ni una pizca. No tengo sus queridos cromosomas. Y doy gracias por ello —añadió—, o de lo contrario ahora mismo estaría haciendo un saludo militar.

—Hay muchas mujeres que se alistan en el ejército.

Morgan puso los ojos en blanco con otra carcajada.

—El coronel cree firmemente que las mujeres tienen su sitio. Y no implica llevar uniforme, a no ser que deban hacer de enfermeras o de secretarias.

—Qué estricto —repitió Miles.

—Es un misógino hasta la médula. Cuando era pequeña, no sabía que existía una palabra para describirlo, pero sabía que lo era. En fin, se casó poco después de divorciarse, con lo que dejó bastante claro el motivo por el que quería separarse. Creo que todos hemos salido ganando.

Quizá ella sí, pensó Miles, pero no se imaginaba desprenderse así como así de un hijo.

—¿Aullido patrulla cuando estás trabajando?

—Lo que haga cuando no estoy aquí es cosa suya.

—Pero ¿y si llueve? Por no hablar del invierno.

—Fue él quien decidió vivir aquí. —Se encogió de hombros—. Tiene una casita de perro en el patio lateral.

Como si supiera que la conversación estaba centrada en él, Aullido gruñó.

—¿En serio? ¿Te pasas largas noches temblando en tu casita?

—Tiene calefacción. —No le gustaba admitirlo, pero tanto el chucho como ella se lo quedaron mirando—. Y en el vestíbulo hay una puertecilla para perros.

—Muy bien. Es un buen pacto —le dijo a Aullido—. Cuidas de tu mascota.

—No es una mascota. Es más bien un inquilino.

—Un inquilino. —Sus ojos sonreían por encima del borde de la copa de vino. Esos ojos de un verde intenso—. ¿Qué paga de alquiler?

—Aleja a los osos de los comederos de pájaros y a los ciervos de los jardines.

—Me parece justo. Voy a memorizarlo todo por si algún día tengo un perro. Cuando me independicé, quise tener uno, pero no me pareció adecuado. Con dos trabajos, casi nunca estaba en casa. Ahora mismo, mi abuela no está preparada porque perdió a mi abuelo y a su labrador con pocas semanas de diferencia.

—Igual que mi padre. No está preparado, pero consiente a este siempre que tiene ocasión.

—¿Quién iba a resistirse? Mira esa carita. —Le canturreó al cogerle la cabeza peluda con las manos—. ¡El temporizador!

Corrió hacia la cocina.

—Yo me resisto —le dijo Miles a Aullido, y se levantó para encender la parrilla.

Cuando Morgan anunció que le gustaba la carne poco hecha, se acercó un paso más a la mujer perfecta.

Y las patatas con las que se había obsesionado fueron el acompañamiento ideal. Mientras comían, Aullido —alimentado y consciente de las normas— se tumbó a varios metros de ellos.

—Estamos en paz —exclamó Miles cuando el sol empezó a ponerse por el oeste.

—Si preparar media cena sirve, lo acepto. Y ahora voy a volver a alimentar tu ego.

—Haré sitio a más cumplidos.

—Estoy superrelajada. Creo que no he estado tan relajada desde…, es probable que nunca. Gracias.

—Te diría que de nada, pero es evidente que ha sido un placer.

—Y solo he tenido que hornear unas galletas. Y le sumaré fregar los platos antes de irme. Es una de mis mejores habilidades.

Cuando hubieron dejado la cocina arreglada, Miles la cogió por las caderas y la levantó.

—Acabemos donde hemos empezado —le dijo, y la llevó de vuelta al sofá.

En cuanto acabaron donde habían empezado, Morgan se vistió nuevamente.

—¿Parece que me haya pasado la tarde y buena parte de la noche follando?

—Sí. He cumplido.

—Pues la reacción que despierte en mi casa será culpa tuya.

—Se pasó una mano por el pelo—. Pórtate bien —le dijo a Aullido mientras lo rascaba y lo acariciaba hasta el delirio.

—Mañana tienes el día libre.

—El lunes es un día divertido.

—Para mí no, pero debería arreglármelas para volver a casa a las siete. Vente.

Morgan levantó la vista del perro y lo miró con esos ojos tan fascinantes.

—Podría pasar por el pueblo y coger una pizza.

—Me va bien. Una grande. Con pepperoni y lo que quieras menos champiñones.

—Vale.

De nuevo solo con el bóxer, la acompañó hasta la puerta.

—Nos vemos mañana.

La recostó sobre la madera y la besó hasta que le derritió los huesos, que se desbordaron de su cuerpo.

—Buenas noches. Buenas noches, Aullido.

Miles esperó en la puerta hasta que la vio subirse al coche y esperó hasta que se hubo alejado para cerrar la puerta.

Cuando lo hizo, el perro soltó un aullido de pena.

—Eres una mujer adulta. —Morgan se sermoneaba a sí misma al bajar del coche y dirigirse hacia la puerta de casa—. Una mujer adulta y soltera. Tienes derecho a echar un polvo.

Además, ya no podían castigarla.

Entró y desactivó la alarma. Y valoró seriamente la ruta cobarde de ir directa a su cuarto. Allí podría cerrar la puerta y ponerse a bailotear como una loca.

Porque no solo había echado un polvo. Había echado un montón de polvos maravillosos y se sentía al mismo tiempo capaz de pasarse tres días durmiendo y escalar una montaña.

Cobarde y maleducada, se dijo, porque oyó a su madre y a su abuela hablar en la cocina. Se dirigió hacia allí con un paso que juzgó tranquilo y las encontró sentadas ante la encimera con sendas tazas de té y una tarta.

Audrey le sonrió, parpadeó y ensanchó la sonrisa poco a poco.

—Llegas justo a tiempo para comer un poco del famoso bizcocho de la abuela. ¿Has cenado fuera?

—Sí. Perdonad que haya tardado tanto.

—Deberías pasarlo bien cuando no te toque trabajar. Siéntate, toma un poco de té. Estamos pensando si añadir el bizcocho a la oferta de la cafetería. Prueba un poco y dinos lo que opinas. Se nos ha ocurrido servirlo con frambuesas y crema.

Como habían preparado una tetera, Morgan cogió una taza.

—Así que Miles y tú habéis salido a cenar por ahí, ¿no?

Al oír la pregunta de Olivia, le empezó a picar la piel.

—No, ha asado un par de bistecs a la parrilla. Yo he preparado esas patatas que sé preparar.

—Qué bonito.

El picor se convirtió en un ardor cuando cogió un plato de postre.

—Y sí, nos hemos acostado. Muchas veces. Y mañana volveré a por más.

Se instaló un breve silencio entre ellas, que se alargó mientras levantaba la tapa de cristal de la tartera.

—Vaya. —Olivia bebió un sorbo de té—. Menudas galletas has preparado.

Ante la carcajada de Audrey, Morgan no pudo más que quedárselas mirando.

—Venga, siéntate. —Audrey dio una palmada a un taburete—. Tu abuela y yo recordamos lo que es. No vamos a cotillear. Nos morimos de ganas de cotillear.

—A mí me va a dar algo —admitió Olivia.

—Pero no lo haremos. Creo que me perdí tu primera vez. Me perdí tu primera vez, ¿verdad?

—Sí. —Morgan cogió un tenedor y se sentó—. Fue en la universidad. Y no fue estupendo.

—Yo me perdí la tuya —le dijo Olivia a Audrey—. Pero

lo supe en cuanto volviste a casa durante las vacaciones de primavera.

—Maldito uniforme. Estuve perdida.

—¿No te refieres a papá? ¿Papá fue tu primera vez?

—El primero y el único.

—Que sea el único es culpa tuya. Me apuesto a que ese sumiller te haría poner la misma cara que está poniendo Morgan ahora.

—Mamá, ¿papá no fue tu primera vez? —preguntó Audrey.

—Por favor. —Con una risilla, Olivia comió un bocado de tarta—. Recuerda qué época era. La del amor libre, cariño. —Hizo el símbolo de la paz—. No, no fue mi primera vez. Pero fue la mejor. —Miró a Morgan—. Sé que Miles es un buen hombre. Un pelín adicto al trabajo, pero encaja contigo porque tú eres igual. No debe de haberte presionado para que os acostarais y no tienes cara de ser una mujer que se ha sentido presionada. Eso es lo importante.

—Supongo que en parte lo empecé yo. Tiene torrecillas.

—¿Es un eufemismo sexual? ¿Lo tengo que buscar en internet?

—No, abuela. —Morgan se echó a reír—. Torrecillas literales, en la casa. Me ha pillado observándolas. Y tiene un perro adorable. Le he pedido si podía enseñarme el interior de una torrecilla, que es una pasada. Y una cosa ha llevado a la otra.

—¿Lo quieres? ¿Eso es cotillear? —se preguntó Audrey.

—He criado a una hija chapada a la antigua; no entiendo cómo ha podido pasar. Audrey, son jóvenes, están sanos y son adultos.

—Me gusta —les aclaró Morgan—. Me atrae, obviamente. Es muy interesante, con todas esas capas. Y sí, respeto su ética laboral y su dedicación al negocio familiar. Ya veremos cómo va la cosa, pero estoy la mar de a gusto con cómo está ahora. El bizcocho es estupendo —añadió—. Ahora lo recuerdo. Y sí, le añadiría las frambuesas y la crema. Una presentación bonita y un sabor espectacular.

—Podrías llevarle un trozo a Miles cuando vuelvas mañana —le propuso Audrey.

—No hace falta. Ya tiene las galletas. Pararé a buscar una pizza antes de ir.

—Ah. —Olivia se recostó y suspiró—. Pizza y sexo, menudos tiempos. Es difícil no envidiar a los jóvenes. Y ahora, como estoy vieja, me voy a ir a quedarme dormida mientras leo mi libro.

—No estás vieja, abuela. —Morgan se levantó del taburete para darle un abrazo—. Eres inmortal. Yo me encargo de los platos.

—Inmortal. —Olivia le dio un apretón en un brazo—. Aunque no fueras mi única nieta, serías mi preferida por haber dicho eso. Buenas noches, señoritas.

—Sí que es inmortal —coincidió Audrey—. Y yo espero tener su energía durante otros veintipico años.

Quizá fuera por su estado de ánimo o por el momento, pero Morgan se giró hacia su madre.

—Ahora voy a cotillear yo.

—No se me ocurre nada mío que merezca la pena cotillear.

—¿Por qué no has estado con nadie desde el divorcio?

—Ah, pues no sé, Morgan. —Audrey suspiró ligeramente y se ruborizó ligeramente—. A ver, al principio no sabía qué hacer ni dónde hacerlo. Todavía me necesitabas cerca, pero me tocaba trabajar. No se me daba bien nada.

—¿Por qué dices eso? No es verdad. Eras capaz de hacer las maletas en un segundo y luego deshacerlas en otro sitio en cuestión de instantes. Llevabas la casa y, cuando él no estaba por ahí, lo hacías todo. Yo apenas tenía tareas domésticas.

—Quería que hicieras amigos y que tuvieras la infancia tranquila y alegre que tuve yo. Y es una tontería, porque en tu caso la tuya no se parecía en nada a la mía.

—Ahora no se trata de mí. Te lo pregunto a ti, y me doy cuenta de que debería habértelo preguntado hace mucho tiempo. No fuiste feliz. Fingías serlo, pero no lo eras. ¿Por qué te quedaste?

—Porque lo quería. Ay, lo quise muchísimo desde el primer minuto, y tardé mucho tiempo en superarlo.

Absorta, empezó a darle vueltas y más vueltas a la taza sobre el platillo.

—Quizá ese fue el problema. Me enamoré enseguida hasta las trancas. Solo quería ser una buena esposa, una buena madre, pero no fui ni lo uno ni lo otro.

—No digas eso. En serio.

—Nunca te faltó nada, solo una casa sólida y un grupo de amigos sólido, que para ti era algo importantísimo. Detestabas mudarte, y yo no dejé de hacerlo después de divorciarme. Me daba tanto miedo cometer un error y admitir que había cometido uno que no dejé de acumularlos. Y luego tú construiste tu propia vida en tu propia casa, y yo...

—Que no se trata de mí —insistió Morgan—. Ahora no.

—Muy bien. —Después de soltar un largo suspiro, Audrey asintió—. Muy bien. Me quedé porque lo amaba y porque quería que tú tuvieras un padre. Quería, y tardé mucho tiempo en entenderlo, quería que las dos tuviéramos lo que habían tenido mis padres y lo que había tenido yo porque habían estado juntos.

—Se querían. Te quisieron.

—Siempre. Siempre, sí. Fui incapaz de lograr lo mismo para mí, para ti, y me dio la impresión de que fracasé.

—Fracasó él —la corrigió Morgan—. Fracasó con nosotras.

—Sí. Sí, es verdad. Me he andado con mucho cuidado con lo que decía sobre él porque nunca perdía la esperanza de que se ablandara y contactase con su única hija. Pero no lo ha hecho y no lo hará.

—Nunca me ha querido.

A Audrey se le empañaron los ojos, pero negó con la cabeza y bebió más té.

—No, lo siento mucho. Nunca nos quiso a ninguna de las dos. O dejó de querernos, no lo sé. No éramos lo que él deseaba o lo que creía poder conseguir, supongo. Siempre me ponía muy nerviosa cuando estaba a punto de volver a casa.

—Se notaba.

—Los padres a veces están muy ciegos a lo que saben sus hijos. Me daba miedo él. No físicamente —se apresuró a añadir—.

En ese sentido no. Eso jamás. Me daba miedo decepcionarlo, y lo hice una y otra vez. Y luego lo decepcioné al quedarme embarazada. Quiso que me ligara las trompas cuando naciste. Yo tenía apenas veinticuatro años y quería tener más hijos. Es probable que sea lo único que llegué a negarle. De ahí que él se hiciera la vasectomía, y fin de la historia.

—Qué cruel.

—No, no, no era cruel, Morgan. En su cabeza siempre tenía razón y era muy rígido. Yo quise tener hijos y te tuve a ti. Siempre y cuando estuvieras limpia, bien alimentada, bien criada y bien educada, él creía que ya había cumplido con su deber. No quería que yo trabajase fuera de casa, así que no lo hice. La casa, dondequiera que estuviese, y tú erais mis únicos deberes. En su opinión, nunca llegué a obtener una nota más allá de suficiente.

»No encajábamos —concluyó—. Debería haberlo dejado, haberte cogido y haber vuelto a casa. Pero eso significaba fracasar, así que no lo hice. Fue él el que me dejó. Conoció a alguien a quien quería y que encajaba con él. Me contó que había pedido el divorcio y me explicó las cláusulas. No debería haberme sorprendido, pero así fue. No debería haberme roto el corazón, pero así fue.

—Te pasaste semanas llorando por las noches cuando nos fuimos.

—Y pensamos que nuestros hijos lo ignoran todo —murmuró Audrey—. Ni siquiera entonces volví a casa. A tus abuelos tu padre nunca les cayó bien. Lo respetaban porque era mi marido y tu padre, pero nunca se tuvieron ningún tipo de cariño. Y por eso no volví a casa, porque habría significado que había fracasado.

Morgan se dio cuenta de que eso lo comprendía perfectamente. ¿Acaso no había hecho lo mismo ella después de lo de Rozwell?

—Al final, te arrastré de un lugar a otro y me dije que encontraría el sitio adecuado y me establecería allí. Pero no hacía más que huir del fracaso.

—No fracasaste.

—Era lo que me parecía. Se casó el día después de que firmáramos el divorcio.

—No lo sabía. No sabía que fue tan rápido.

—El día después. Dios, fue un bofetón en toda la cara. Me había sustituido así de fácil, después de tantos años intentando ser lo que él quería. No dejé de huir y luego tú fuiste a la universidad y estuve perdida.

—Mamá.

—Comprendí que te necesitaba más de lo que tú me necesitabas a mí. Te pareces mucho a tu abuela, cariño. Eres fuerte, decidida, independiente y muy lista, madre mía. Y en algún punto me di cuenta de que había hecho un gran trabajo al criarte, y lo había hecho sola. Al cabo de una temporada, volví a casa, y no fue como si hubiera fracasado. Era volver a casa. Y en algún punto dejé de quererlo y vi las cosas, y lo vi a él, con más claridad. Como has dicho, él sí que fracasó. Fracasó como marido y Dios sabe que fracasó como padre. Y nosotras estamos bien de todos modos.

—Estamos mejor que bien. Nunca te he dado las gracias por haber hecho tantas cosas sola. Te las quiero dar ahora.

—Significa mucho para mí. —Le dio un apretón en la mano a Morgan—. Estoy muy orgullosa de ti. Lamento no haber regresado antes a casa, no haberte traído aquí, con tus abuelos, para darte esos cimientos sólidos, pero de haberlo hecho a lo mejor ahora no estaríamos aquí como estamos.

—Me amargaban los traslados.

—Ay, cariño, ya lo sé.

—Pero eso me ayudó a hacerme como soy, así que nada de lamentos. Creía que eras débil, mamá, pero lo que eras, y eres, es superfuerte. Una mujer Nash.

Audrey se inclinó hacia ella y le dio un fuerte abrazo.

—Por razones meramente egoístas, estoy muy contenta de que te hayas acostado con Miles.

Con una carcajada estruendosa, Morgan se echó hacia atrás.

—Vale. ¿Y eso?

—Porque por algún motivo ha abierto esta puerta, una que

he mantenido demasiado tiempo cerrada, y que no sabía cómo reabrir. Ahora lo hemos hablado. Y estamos bien.

—Estamos mejor que bien. Me alegro de haber vuelto a casa. La razón es horrible, pero me alegro de haber vuelto. ¿Te dejaste su apellido por mí?

—Es que… no quería que tuvieras un apellido distinto al de tu madre.

—Deberías cambiártelo. Coño, y yo también. —Aquella idea se le antojó tan adecuada que se preguntó cómo era posible que nunca se le hubiera ocurrido—. Ya sabes, mamá, que las dos tenemos el mismo segundo nombre, el apellido de la abuela.

—A mi padre nunca le importó que ella no se lo cambiara. «Livvy Nash, ven a ver esto», le decía.

—Me acuerdo. Todas nos llamaríamos igual si nos pusiéramos Nash de apellido. Legalmente. Las mujeres Nash, mamá. No debe de ser muy complicado.

—¿Es lo que quieres?

—Lo mismo te pregunto yo a ti.

—Las mujeres Nash. Sí. Ay, me gusta. Me gusta mucho.

—Pues hagámoslo.

—Si estás convencida, mañana llamaré a Rory Jameson y le preguntaré cómo hacerlo.

—Sí. Seamos quienes somos, mamá. Audrey y Morgan Nash.

Más tarde, en su habitación, Morgan se quedó mirándose en el espejo. No sabía si tenía pinta de una mujer que había echado varios polvos estupendos, pero sí que tenía pinta de una mujer que había obtenido una especie de alegría totalmente inesperada.

Sí, los motivos por haberla encontrado empezaron con algo horrible, y jamás le daría las gracias a Gavin Rozwell. Ni tampoco al coronel, ya puestos.

Pero vivía en una casa llena de mujeres fuertes, tenía un trabajo que le encantaba y, por lo menos por el momento, a un hombre que le gustaba mucho y era recíproco.

—Morgan Nash —murmuró, y sonrió para sí—. Esa es la persona que soy, y nadie me lo va a poder arrebatar.

19

Tuvieron sexo antes de comer la pizza, algo que no la sorprendió lo más mínimo. Y cuando al final se sentaron a comer pizza y a beber vino, y Aullido empezó a dar cuenta de un
hueso del tamaño de un Chrysler que ella le había comprado
antes de ir a por la comida, Morgan le contó la conversación que
había mantenido con su madre y su abuela.

—Tenías razón con lo de que lo sabrían, y ahora sé que mi
abuela fue por lo menos un poco hippy en plan amor libre antes
de casarse con mi abuelo.

—Eso yo ya lo sabía.

—Ah, ¿sí?

—Yo también tengo una abuela. —Levantó la copa—. Aunque no fuese una hippy del amor libre, ha verbalizado cierta
admiración, que acaba interpretándose como cierta envidia, hacia
el estilo de vida de tu abuela de joven.

—¿En serio? Creo que, cuando tenga tiempo y la ocasión, le
pediré a mi abuela que me cuente más de ese estilo de vida de su
juventud. También he mantenido una larga conversación con mi
madre sobre el coronel, una que hacía tiempo que nos debíamos.
Yo era una niña ensimismada con mis cosas y, en realidad, no
llegué a entender lo duro que fue él con ella. Ni lo duro que le
resultó el divorcio. No dejó de llevarme de un lado a otro, y le cogí re-
sentimiento. Yo quería echar raíces en algún sitio.

Miró en derredor hacia el patio de él y hacia su casa.

—Como has hecho tú aquí. Lo que no comprendí fue que mi madre no era débil ni huidiza. Intentaba sobrellevarlo de la mejor manera posible. Amaba a mi padre. Me cuesta entender por qué, pero lo amaba.

—El amor es un sentimiento raro e inexplicable.

—Eso parece. —Cogió otra porción de pizza—. ¿Te has enamorado alguna vez?

—No.

—Yo tampoco. Atracción y de la seria sí, pero nunca hasta las trancas. Mi padre no nos quería, y a las dos nos ha sentado muy pero que muy bien expresarlo sin más. Mi madre hoy ha hablado con tu padre.

—Muy bien.

—Sobre las cuestiones legales para dejar de ser Albright y adoptar legalmente el apellido Nash. Es el de mi abuela y el segundo nombre que nos pusieron a las dos. Mi madre se quedó con Albright por mí, yo me lo quedé porque siempre había sido mi apellido. Pero no tiene por qué serlo. El proceso no es tan complicado, pero son muchos pasos, empezando por la legitimación por parte del condado. Tu padre se encargará de eso… Hay muchísimos documentos que cambiar.

—El carnet de conducir, el de la seguridad social, el pasaporte.

—Sí, cosas así. Terminaremos teniendo nuevos carnets de identidad. No es como si nos hubiéramos cambiado de identidad, sin embargo. Es solo tener un apellido que encaja con quienes somos. Con las tres.

—El apellido de soltera de tu madre sería Kennedy, ¿no?

—Sí, pero ponernos todas Nash nos parece lo más apropiado. Y nos parece estupendo, en realidad. Es otra ventaja de haberme acostado tantas veces contigo.

—Tengo la intención de seguir acostándome contigo, así que ya veremos qué otras cosas implican nuestros polvos.

Morgan le sonrió por encima de la copa de vino.

—Bueno, ¿te puedo preguntar cómo te ha ido el día o prefieres dejar el trabajo en el resort?

—El trabajo nunca se queda en el resort. Es lo que tiene cuando llevas un negocio familiar.

—Lo entiendo perfectamente. Mi madre y mi abuela siempre hablan de conseguir un nuevo artículo, de llevar a cabo una nueva idea. Anoche, cuando volví a casa, estaban comiendo bizcocho porque habían decidido añadirlo a la carta de la cafetería. En fin, ¿qué tal el curro?

—He tenido la reunión de los lunes por la mañana con los jefes de los distintos departamentos, una petición del jefe de cocina para remodelar los almacenes y la propia cocina. He leído informes de contabilidad, y he podido dejarlos aparcados durante un rato cuando ha venido Jake.

—¿Jake?

—Jake Dooley.

—¿El comisario Dooley? —La garganta quería cerrársele—. ¿Ha habido…?

—No. Somos amigos, buenos amigos. Fuimos juntos a la escuela y al instituto. Es…, en fin, es como de la familia.

—Lo conocí en la inauguración de la cafetería. No sabía que fuerais amigos.

—No de la infancia. Más bien desde la adolescencia. Quiere que su equipo se entrene en el circuito de cuerdas. Lo está comentando con Liam.

Cosas normales y corrientes, dedujo Morgan. Qué maravilloso era hablar de cosas normales y corrientes.

—¿Ya lo has probado?

—Así lo hacemos los Jameson. Si les ofrecemos algo a los huéspedes, primero lo probamos nosotros. A excepción de mis abuelos.

—¿Cómo se te dio?

—Bien. Liam es un puto Spiderman, pero a mí se me dio bien. Deberías probarlo.

—A lo mejor… en mi próxima vida. Pero quizá podría intentarlo. Me estoy poniendo cachas.

—Ajá.

—¡Que sí! Comparativamente.

—¿Echamos un pulso?

—No. Pero podemos echar un polvo después de la pizza.

—Qué cerca estás de la mujer perfecta, coño. —Y Miles cogió otra porción.

Cuando Morgan volvió a casa y se tumbó en la cama, se sintió muy cerca de la perfección, sí.

A mitad de la semana, Miles se dejó caer por el bar una noche con su hermano y su hermana. Otra reunión de la tercera generación, decidió Morgan cuando los vio ocupar una mesa en el fondo.

Les sirvió la comanda cuando la camarera la dejó sobre la barra.

Tres hamburguesas Après y una ración doble de patatas fritas con queso para compartir. La marca de cerveza preferida de Liam, una copa de vino para Nell y una de *cabernet* para Miles. Una botella de agua sin gas para los tres.

Mientras trabajaba, Morgan los observaba.

Los hermanos conversaron. Se rieron un poco, negaron con la cabeza o pusieron los ojos en blanco. Discutieron…, no, más bien debatieron. Hicieron pausas para charlar con la camarera.

Permanecieron en el bar unos noventa minutos y se acercaron a la barra al marcharse.

—Hay bastante gente para ser entre semana —observó Nell.

—Y habría más fuera si no cayese esa lluvia de verano.

—Hablando de fuera, tengo que hablar con vosotros, por ejemplo mañana, sobre una reserva de última hora para la terraza. Una fiesta sorpresa de cumpleaños con veintiséis invitados. Han decidido que querían reservar la terraza el jueves que viene por la noche, entre las siete y las once.

—Lo veo factible.

—Mañana concretaremos los detalles.

—Aquí estaré.

—No te he visto en el nuevo circuito de cuerdas —le comentó Liam.

—Pasaré por allí dentro de... quince o veinte años.

—Tienes que probarlo. Yo te enseñaré cómo van. Que vaya bien la noche.

—Igualmente.

Cuando Miles se marchó con sus hermanos sin decir nada, Morgan se limitó a arquear las cejas y a seguir trabajando.

Lo vio volver al cabo de un par de minutos.

—¿Otra copa de vino?

—No. El domingo tengo la reunión familiar mensual.

—Vale.

—¿Por qué no vienes a casa conmigo el viernes por la noche?

—Pues resulta que tengo la agenda vacía. —Pasó una bayeta por la barra.

—Genial. Ahora debo ir a encargarme de unas cosas, pero nos vemos entonces.

—Que disfrute de su velada —le dijo, muy agradable y profesional.

Y sonrió para sus adentros mientras preparaba otra comanda.

El sábado lo ayudó a ocuparse del patio y demostró ser capaz de llevar un jardín. A Miles le gustó más la compañía de lo que había imaginado.

Cuando tuvo que entrar en la casa para responder a varios correos y llamadas de trabajo, Morgan se quedó fuera con el perro.

En cuanto regresó, Miles vio que sobre la mesa había un viejo balde de jardinería con flores y que Morgan lanzaba la pelota de tenis por el patio.

Para su sorpresa, Aullido no solo la perseguía tan feliz, sino que regresaba junto a ella con la pelotita entre los dientes.

—¡La madre que lo parió!

Morgan se giró con la pelota en las manos.

—Perdona. He visto la pelota al coger el cubo y pensaba que era para que Aullido la fuera a buscar.

—Ha corrido a cogerla.

—Pues sí. Es un perro.

—Nunca lo hace. Dámela.

Morgan le pasó la pelota empapada en babas de perro. Miles la lanzó. Aullido se sentó y se lo quedó mirando.

—Vaya —exclamó Morgan, y la claridad con que lo dijo no enmascaró la carcajada—. Ya lo veo.

—¿Lo ves? ¿En serio? —Dicho esto, Miles cruzó el patio y cogió la pelota. Desanduvo los pasos y volvió junto a Morgan, que llevaba unos pantaloncitos cortos negros y una camiseta fina blanca, y estaba rascando a Aullido entre las orejas. Le pasó la pelota—. Vuelve a lanzarla.

Cuando ella la arrojó, Aullido echó a correr meneando la cola y con los ojos brillantes. Regresó dando saltitos para dejarla sobre la mano extendida de Morgan.

—¡Eres un buen chico!

—Los cojones. Es un insulto. ¿A ti quién te da de comer?

Aullido se recostó cariñoso sobre las piernas de Morgan, y Miles supo que no había imaginado la sonrisilla del maldito chucho.

—A lo mejor cree que no se la lanzas de corazón. ¿Quieres volver a intentarlo?

—No.

—Como mañana tienes la reunión familiar, se me ha ocurrido coger unas cuantas flores. —Morgan arrojó la pelota de nuevo—. Las puedo poner en un jarrón antes de cambiarme para ir a trabajar.

—Vale, claro.

Después de elogiar a Aullido —y cómo se alegró el perro de recibir esos cumplidos—, Morgan guardó la pelota en el cobertizo. Al volver al interior, Miles empezó a cerrar la puerta para dejar al perro fuera, pero Aullido estaba tan embelesado con Morgan que no se vio capaz.

—¿Tienes algún jarrón? —le preguntó ella mientras se lavaba las manos.

—En el fondo de la cómoda del salón. Coge el que quieras. ¿Te apetece una cerveza?

—No, gracias. Nunca he llegado a acostumbrarme al sabor.

—¿Una Coca-Cola?

—Eso sí. —Morgan se agachó y abrió una de las puertas de la cómoda inferior—. Vaya. Menuda colección.

—Mi abuela se llevó lo que quiso al mudarse. Es principalmente su colección.

—Este es precioso. —Cogió un jarrón de madera pulida—. ¿Es de Hecho a Mano?

—Sí. Los hace un tío al que conozco. El otoño pasado hizo una exposición en la tienda.

—Es ideal. —Lo llevó a la cocina y empezó a preparar las flores—. Debes de conocer a mucha gente. Es la ventaja de vivir en el mismo sitio y de ir a las mismas escuelas.

—No todo el mundo se queda en la zona.

—No, desde luego. Pero muchos sí, ¿no? La mayoría de mis trabajadores crecieron aquí o llevan muchos años aquí. No necesariamente en Westridge, sino en la zona.

—Hay muchas oportunidades laborales. —Le dio una copa—. Buenas escuelas, pocos delitos y bastante arte. Es una zona que ofrece un montón de actividades al aire libre y está cerca del bosque nacional.

—Supongo que la cámara de comercio no podrá hacer nada para acortar el invierno.

—Aprendes a aceptarlo. —Como le gustaba observarla, Miles se recostó en la encimera con la cerveza—. Esquiar, pasear por la nieve, patinar sobre hielo en el lago, hockey sobre hielo, pescar en el lago.

—No entiendo cómo alguien puede tener tantas ganas de comer pescado como para hacer un agujero en el hielo y esperar en una cabaña.

—No es apto para cualquiera.

—¿Para ti? —Miró hacia atrás.

—En esta vida no. Hace un frío de mil demonios. —Cuando la oyó reírse, se encogió de hombros—. Pero a mucha gente le encanta. No es solo por el pescado, es por la cerveza y la camaradería. A Liam le gusta, pero básicamente a mi abuelo y a él les gusta sentarse a charlar. Y luego mi hermano va por las cabañas, se entretiene un rato y vuelve para contarle las novedades a mi abuelo.

—Liam tiene las habilidades sociales de un director de crucero. Pero, claro, ese es más o menos su papel.

Morgan dio un paso atrás, examinó el resultado de su obra y recolocó un par de flores.

—Podría decir lo mismo de ti.

—¿De mí? No creo. Lo suyo es natural, innato. Yo he tenido que esforzarme más. Una no puede ser tímida al servir mesas o al encargarse de la barra, por lo menos no si quieres que te den buenas propinas. Eso me ayudó a ponerme las pilas.

—«Tímida» no es una palabra que usaría para describirte.

—Ahora no. —Morgan dispuso el jarrón en la isla de la cocina—. Pero no me conociste hace años. No tuve una cita seria hasta la universidad.

—¿Todos los adolescentes eran ciegos y sordos?

Con ese comentario no solo se ganó una sonrisa, sino que Morgan se le acercó y lo besó.

—Era la chica nueva y flaca que no tenía gran cosa que decir. La que se sentaba en clase con todo aprendido porque era lo que tocaba, pero rezaba por que el profe no le preguntase nada. En la universidad, sabía que me pasaría allí cuatro años, así que podía reinventarme un poco. Y practiqué.

—¿Practicaste?

—Claro. «Hoy voy a hablar con tres personas y voy a prestar atención a lo que digan. Hoy voy a ir a la cafetería y no me voy a sentar sola en una mesa porque voy a conseguir un trabajo». Al cabo de poco, ya no tenía que pensarlo cada vez ni convencerme.

—Le dio una palmada en el pecho—. Tú siempre has confiado en ti mismo. Algunos como yo fingimos hasta que aprendemos a hacerlo.

—Pues parece que aprendiste.

—Sí. —Se apartó y recolocó una nueva flor del jarrón—. Supongo que Liam siempre estaba rodeado de amigos o de gente que quería ser su amiga. Nell debía de ser la chica popular, pero no una de esas repelentes. Era guapa, estilosa, lista, y acataba las normas. En cuanto a ti... Tú debías de ser solitario, con un grupito reducido de buenos amigos. Como el comisario de policía. Ninguno de vosotros tuvo que luchar contra la timidez porque siempre supisteis quiénes erais. Yo tuve que pensar quién quería ser y..., en fin, alcanzarlo.

—Y ¿lo conseguiste?

—Sí. —Se recostó en él con tranquilidad, con el jarrón de flores dispuesto por ella tras de sí—. Rozwell creía que me lo había robado. Ese es su objetivo, robarte tu existencia y borrarla. Durante una temporada, pensé que se había salido con la suya. Pero no. Me da igual lo que me haya robado, sigo siendo yo.

Miles le acarició la espalda con una mano.

—A mí me da la impresión de que no necesitabas pensar la clase de persona que querías ser, sino simplemente sacarla a la superficie. Siempre estuvo dentro de ti.

—Es una forma bonita de pensarlo. Y este rato... —Irguió la cabeza y lo besó de nuevo—. Este rato ha sido muy agradable. Ahora me tengo que preparar para irme a trabajar. No quiero llegar tarde. Mis jefes me podrían despedir.

El perro la siguió al piso de arriba. Miles estuvo a punto de imitarlo antes de decirse que debía dejar de ser ridículo. Cuando Morgan bajó media hora más tarde con el pelo arreglado, maquillada a la perfección y con el uniforme impoluto, lo encontró sentado a la encimera, trabajando.

—Me tengo que ir. Que vaya bien la reunión de mañana. Y tú. —Se agachó junto al perro—. Sé buen chico y juega a la pelota con Miles.

—Miles ya no va a participar nunca más en ese juego.

—Cabezón. —Pero lo besó una vez más.

Miles la acompañó hasta la puerta mientras refrenaba el impulso de pedirle que regresase, de que volviese después de salir del trabajo. Y se dijo que era demasiado y demasiado rápido. La contempló dirigirse hasta el coche con el perro gimoteando a su lado. Quizá lamentase no habérselo propuesto, pero los dos necesitaban su propio espacio y su propio ritmo.

Después de cerrar la puerta, lo sorprendió que el silencio lo irritase, y lo irritó que lo irritase.

Le gustaba el silencio.

Fue hacia la cocina, cogió lo que quedaba de su cerveza y el ordenador, y salió al patio. Y se puso a trabajar.

La comida de la reunión familiar consistiría en chuletas a la parrilla —bañadas en la salsa especial de su abuelo—, la ensalada de patata de su abuela, verduras asadas y la tarta de fresas de su madre.

Pero los negocios iban antes que la comida, y la reunión se desarrolló en la mesa del comedor con vasos de té frío o limonada.

Había que comentar los próximos eventos: bodas veraniegas, fiestas de compromiso, reuniones familiares y unos cuantos paquetes de otoño que debían acordar.

Nell explicó el ascenso de Nick, algunos cambios en los menús y el éxito y los fallos de la iniciativa de hacer un pícnic junto al lago.

—La opinión de los huéspedes ha sido muy positiva —prosiguió—. Lo suficiente como para que quiera seguir haciendo los pícnics durante el otoño siempre que el tiempo lo permita. Los bosques de Vermont siempre atraen a gente, sobre todo si les sumamos una hoguera y les proponemos a los huéspedes que asen nubes en el fuego. En cuanto a la contabilidad, ya veis lo que hemos perdido en los restaurantes y en el servicio de habitaciones, pero lo compensamos con creces con los pícnics.

—Unas cuantas mantas, como ofrecemos a los que salen a la terraza —sugirió Mick—. A finales de verano y principios de otoño a veces refresca por la noche, sobre todo para la gente de cierta edad.

—Habrá que pedir que nos preparen más. Creo que merece la pena.

Mick miró a su esposa y luego a su nieto.

—¿Miles?

—Las opiniones son positivas y los beneficios también. Estoy a favor.

—Pues ahora te toca a ti —le dijo Nell a Liam.

Empezó a comentarles su informe.

—Y el cuerpo de policía de Westridge refuerza el trabajo en equipo los jueves. Me voy a encargar yo mismo y haré unas cuantas fotos para la página web. Creo que habría que intentar ofrecer el mismo acuerdo con el departamento de bomberos voluntarios, y con el mismo descuento.

—Me gusta. —Su madre bebió un trago de té helado—. Con un poco de marketing, podríamos atraer a otros cuerpos de policía y de bomberos. Pero contratemos a un fotógrafo, Liam. Tú estarás ocupado con el grupo.

—La página web hay que actualizarla. He estado con eso —terció Miles—. Podemos subirlo también. Hablaré con Tory. —Tomó nota—. Le preguntaré si tiene libre el jueves para hacer las fotos.

—Me parece bien. Ahora te toca a ti —le dijo Liam.

Tardó un poco, pero resumió el negocio del mes, los cambios de personal, cualquier novedad presente y futura, y también les enseñó una hoja de cálculo con el progreso de la actualización de la página web y algunos nuevos folletos.

—Además, se me ha ocurrido una idea que más o menos encaja con lo de trabajo en equipo y el marketing. Pescar en el hielo.

—¿Ya tenemos que pensar en el invierno? —Nell soltó un suspiro—. Todavía no me he acostumbrado a volver a llevar sandalias.

—El invierno llegará lo pensemos o no. Un concurso de pesca en el hielo que dure tres días con premios en metálico. Principalmente —continuó diciendo Miles—, participaría gente de la zona. Invitaríamos a unas cuantas personas, sí, pero me gustaría que pudiera participar quien quisiera. Con una inscripción de precio razonable. Pongamos que deben pescar una docena de peces. Papá, tú podrías ocuparte de las cuestiones legales, pero cualquiera que compita necesitará tener una licencia. Les damos cien dólares si pescan seis. Mil si pescan doce. Y un gran premio de diez mil dólares.

—Eso es un montón de peces. —Mick se frotó las manos—. Será pan comido.

—Ya sabes que los de la familia no podemos participar. A pesar de las inscripciones, perderíamos dinero, pero es positivo para afianzar la comunidad y supone una buena publicidad. Si funciona, lo convertimos en un concurso anual.

—Creo que es una idea brillante. —Lydia ladeó la cabeza hacia él—. Tú no pescas en el hielo. Nunca. ¿Cómo se te ha ocurrido?

Miles se encogió de hombros.

—El invierno viene para quedarse. Gracias a eso, obtendríamos mucho eco de modo gratuito. Televisiones locales, internet, boca oreja. Le daríamos bombo en la página web y en las redes sociales.

—Yo diría un par de docenas de peces. Encárgate tú, Rory —le dijo Mick a su hijo—, y valora beneficios y pérdidas, las cifras de los premios y cómo organizarlo todo.

—Hecho.

—Premios de cien dólares, quinientos o mil, y luego el premio gordo.

—Podríamos hacer un concurso también para la cabaña mejor decorada. ¿A que sería espectacular? —reflexionó Drea—. No tiene por qué ser un premio en metálico. Una noche o un finde en el resort, descuentos en el spa, en las tiendas, los restaurantes y los bares. Nos organizamos para tener chocolate caliente, café y quizá unas cuantas pastas. Nell y yo nos ocupamos de eso. Parecido a lo que hacemos en enero, Nell, con lo de la escultura de hielo.

—Sería una pasada. —Liam asintió mientras tomaba notas—. Debería habérseme ocurrido a mí.

—El éxito del circuito de cuerdas es tuyo —le recordó su madre.

—Uy, ya lo sé. ¿Algo más? Me muero de hambre.

—Una cosa más. Tiene que ver con el resort y es personal.

—Es un negocio familiar. —Drea levantó las manos—. Eso pasa muy a menudo.

—Pues sí —asintió Miles—. Y por eso quiero que sepáis que estoy saliendo con Morgan Albright.

Esperaba que hubiera una pausa y quizá unos instantes de confusión. Hubo lo uno y lo otro.

—Ah, conque sales con Morgan —dijo Drea lentamente—. ¿Salís en plan pareja?

—En plan que se acuestan juntos, mamá. —Nell lo fulminó con la mirada—. Joder, Miles.

—Perdona. ¿Querías acostarte tú con ella?

—Qué simpático eres. ¿Acaso no hay suficientes mujeres en todo Vermont con las que poder acostarte sin que sea alguien que trabaja en el resort y, encima, en mi departamento?

—Te vuelvo a pedir perdón. Ya me he tirado a todas. Era la única que me quedaba. Cuando haya acabado con ella, pasaré a Nuevo Hampshire.

—Chicos, chicos. —Su padre levantó las manos—. Ya basta. En primer lugar, se trata de la vida personal de Miles, y tiene derecho a hacer lo que quiera, como todos los demás. Sigamos. Todos los aquí presentes y los que lo conozcan sabemos que no hay ninguna razón para pensar que haya coaccionado ni presionado a ninguna mujer ni a ninguna empleada para tener relaciones sexuales con él.

—Morgan a lo mejor piensa distinto.

—Venga ya, Nell. —Liam soltó un siseo de impaciencia al girarse hacia su hermana—. Morgan lleva trabajando con nosotros el tiempo suficiente como para tengamos una imagen de ella. Si se sintiera presionada, y tratándose de Miles yo no me lo trago, acudiría a ti, a la abuela o a mamá. O lo más probable es que le dijera a Miles que la dejara en paz. La he visto reaccionar ante clientes que estaban a punto de pasarse de la raya. Y tú también.

—También sé que está saliendo de un trauma. De un trauma enorme y que todavía no ha terminado.

—Soy consciente. —Miles habló con frialdad, una clara señal

de advertencia—. Y te estás pasando de la raya si crees que me aprovecharía de eso.

—Yo no lo creo. Solo digo que ella igual sí. Tengo que hablar con ella. Sí —insistió antes de que Miles tomara la palabra—. Soy su jefa directa. Soy responsable.

—Me gustaría decir algo.

Cuando Lydia Jameson hablaba, nadie la interrumpía.

—Rory tiene razón al decir que se trata de la vida personal de Miles, y sus familiares debemos respetarlo. Y también fiarnos de él, ya que nunca nos ha dado ninguna razón para hacer lo contrario.

»Nell tiene razón —prosiguió—. Aunque no dudo de que Miles esté convencido de que es una relación recíproca y demás, Nell, como jefa de Morgan, debería hablar con ella seria y directamente. Es la nieta de Olivia Nash, y por eso tampoco me cabe duda de que Liam tiene razón. Si no quisiera una relación de ese tipo con Miles, se lo habría dejado claro.

»Sin embargo —añadió tras hacer una pausa—, no podemos olvidar lo que ha pasado, y con lo que sigue lidiando. Nell, creo que a todos nos gustaría que mañana mismo mantuvieras una conversación privada con Morgan. Espero que obtengas las respuestas que nos permitirán dejar que dos adultos vivan su vida personal como consideren.

—No hay problema.

—Pues ya está. —Mick dio un suave golpecito sobre la mesa con el puño—. Y no hay ninguna duda de que Miles respetará lo que Morgan tenga que decir al respecto.

—Claro que sí.

—Es una mujer muy atractiva. —Mick sonrió—. En distintos sentidos. Y un valor añadido al resort. Nos gusta cuidar de nuestra gente. Y añadiré que si Miles no fuera como es no lo habría sacado a colación en la reunión. Y, ahora, encendamos la parrilla.

Afuera, Nell le pidió a Miles que conversaran en privado. Al verlos alejarse, Drea puso una mueca.

—Deja que lo solucionen. —Rory le dio un apretón en el hombro—. No hemos educado a dos flores delicadas.

—Es que me preocupo por ellos. No me gustaría que acabaran peleándose.

—No sería la primera vez.

—Ya lo sé. Pero tienes razón, deben solucionarlo ellos. Ya fregaremos la sangre metafórica cuando terminen si es necesario.

Nell llevó a Miles hasta el otro lado de la casa.

—Mira, es algo que tengo que hacer.

—Ya lo has dicho, y todos están de acuerdo.

—No es que no te conozca ni que desconfíe de ti.

—Ah, ¿no?

—No, y lo sabes de sobra, así que menos lobos, Caperucita.

—Si yo soy Caperucita, tú eres el lobo que se ha comido a la abuelita.

Nell se alejó unos cuantos pasos y regresó al poco.

—No vas a conseguir que me cabree.

—¿Te apuestas algo?

—¡Miles! —Levantó las manos y se puso las manos sobre las sienes—. Puede que empatices con ella, puede que te enfurezca la idea de que alguien desde arriba presione a una mujer, de forma sutil o no, para acostarse con ella. Pero no puedes saber lo que se siente al estar en la posición de esa mujer.

—Y ¿tú sí?

—Sí, yo sí. Yo sé lo que se siente cuando te acorrala un tío que cree que deberías estar interesada en él, agradecida o ser complaciente. Y…

—Para el carro. —La cogió por los brazos y se la quedó mirando—. ¿Quién? ¿Quién coño te ha hecho eso?

Nell lo miró con una mezcla de cariño y desdén.

—¿Quieres que te haga una lista con nombres desde el instituto? No pienso hacerlo. Me las arreglé y seguiré arreglándomelas. Pero yo sé lo que se siente, y tú no. Y sí, Liam tiene razón. He visto a Morgan apañándoselas por su cuenta. Pero tú no eres un cliente ni otro miembro del personal. Eres el jefe. Por lo tanto, voy a hablar con ella para saber si no hay duda ni titubeo en la relación sexual que mantiene contigo. ¿Es solo sexual?

—¿Quién me lo pregunta? ¿La jefa de Restauración o mi hermana?

—Creo que, en este caso, tu hermana.

—Pues todavía no lo sé.

—Te entiendo. —Asintió—. Yo tampoco suelo saberlo.

—Mi hermana no mantiene relaciones sexuales. Es una chica pura y virgen.

—Claro que sí. —Le dio una palmada en la mejilla—. Como nuestra madre, que concibió y parió a tres hijos casta por obra de un milagro.

—Es la teoría que tengo.

—Te quiero, Miles, y no me has cabreado, así que has perdido la apuesta.

—El día no ha terminado.

Nell repasó una y otra vez cuándo era el mejor momento para reunirse con Morgan, y al final le mandó un mensaje para ir a verla a casa de las Nash el lunes a las diez de la mañana.

Pensó que allí Morgan se sentiría cómoda y estarían a solas, ya que su madre y su abuela se habrían ido a trabajar.

Cuando llegó, Morgan le abrió la puerta enseguida.

—Hola, gracias por recibirme. Había olvidado lo bonita que es esta casa. No suelo salir muy a menudo.

—Entra, entra. Al principio me sorprendió que quisieras venir esta mañana, pero luego supe que no debería haberme sorprendido.

—¿Miles te lo ha contado?

—No, no me ha dicho nada. Pero sé que ayer tuvisteis una reunión familiar, así que supongo que se habló de que Miles y yo salimos juntos.

—Es justo la expresión que usó él. ¿Verdad que es interesante?

—Más vale que nos sentemos. ¿Por qué no vamos al salón? Si quieres, te preparo un café.

—Sería estupendo. Por cierto, se nota que aquí viven tres

mujeres, y lo digo como un piropo. Es un sitio femenino. Huele a femenino. Anda, ¡mira el patio! Qué bonito. Me encantan los comederos de pájaros.

—A mí también. ¿Café solo, con leche, capuchino…?, lo que quieras.

—Me encantaría tomar un café con leche.

—Pues prepararé dos. Siéntate.

—En vuestro patio trasero hay algo que inspira arte y calma. Me convencí para dejar un piso y me compré una casita. Lo bastante pequeña, me dije, para mantenerla por mi cuenta, con un patio lo bastante pequeño como para poder ocuparme yo. Pero no lo conseguí.

—Te diré que me cuesta creerlo.

—Siempre hay algo que descuido o que postergo. Ya lo haré mañana, o la semana que viene, y sé que al hacerlo las tareas se terminan acumulando. Por eso me dije que sería más eficiente si contratase a alguien para mantenerlo.

—Así le das trabajo a alguien y un sueldo —observó Morgan.

—Pues sí. Aun así, vuestro patio trasero es más bonito y creativo que el mío. ¿Las campanas de viento son de Hecho a Mano?

—Sí.

—Voy a tener que pasar por la tienda de camino al trabajo y comprar unas. ¿Te importa si nos sentamos en el jardín?

—Es uno de mis lugares preferidos.

20

Cuando tomaron asiento a la mesa del patio, Nell miró alrededor una vez más.

—Me gustaría vivir aquí. ¿Todas las mañanas te tomas aquí tu leche manchada con azúcar?

—Por lo general, sí.

—Miles también tiene un sitio zen como este, y suele aprovechar para trabajar en el jardín durante la semana a no ser que esté hecho trizas. Supongo que ya lo sabes.

—Sí, es precioso.

—Sí, bueno. —Nell se puso el pelo detrás de las orejas; ese día lo llevaba suelto—. No quiero que sea una situación incómoda.

—Demasiado tarde.

Emitió un ruidito de asentimiento.

—Supongo que es inevitable. Quería hablarlo aquí, en tu casa y no en mi despacho, para que estuvieras lo más cómoda posible.

—Te lo agradezco, de verdad. ¿Puedo adelantarme un poco y preguntarte si me vas a despedir?

—¿Qué? ¡No, por Dios! No. Para nada. —Mientras hablaba, Nell agitó una mano en el aire como si quisiera espantar algo.

—Vale, vale. —Morgan suspiró—. Así dejo atrás la preocupación y retomamos la incomodidad.

—Ojalá no fuera una situación tan rara, porque sé que se trata de tu bienestar, Morgan. Conozco a Miles, como es obvio.

Y lo quiero, pero ahora mismo soy tu jefa directa y tu apoyo. Sé que Miles y tú ahora tenéis una relación personal, y quiero que me digas, y que te sientas segura y a salvo para decírmelo, si te has sentido presionada de alguna forma para iniciar esa relación. Aunque Miles no...

—Puedes dejarlo ahí porque mi respuesta es un no rotundo. No me ha presionado, no me he sentido presionada. No dio ningún paso. Lo di yo, y pensaba que por eso me ibais a despedir.

—Ah. Dame un minuto. —Nell levantó la taza y bebió un poco de café—. Eso no nos lo ha contado, y no me extraña; es Miles. Nos habría resultado útil saberlo. Tú y yo estaríamos igualmente aquí sentadas hablando, pero nos habría resultado útil.

—Te puedo ser útil yo. Fue muy pero que muy amable conmigo después del incidente del viernes por la noche de hace una semana. Ya debes de saberlo.

—Sí, y siento mucho que pasara.

—Y yo. Y también sentí, antes de ese incidente, que quizá estaba interesado en mí. No me había dicho ni hecho nada, pero... Joder, Nell, eso se sabe, ¿verdad? Se sabe cuándo un tío está interesado. Puede que lo malinterpretes, pero se percibe.

—De acuerdo, sí.

—No pensaba hacer nada con el interés que me despertaba él porque me encanta mi trabajo y necesito mantenerlo, pero le preparé unas galletas.

—¿En serio?

—Fue idea de mi madre.

—Ah, eso también lo entiendo. —Se echó a reír, negó con la cabeza y bebió más café—. Así que le preparaste unas galletas.

—Con un montón de ayuda, pero sí, y pensaba dejárselas en su casa, pero entonces vi las torrecillas.

—Es una casa estupenda.

—Sí que lo es, y en ese momento Aullido vino corriendo hacia mí, y me embelesó, y Miles se quedó muy desconcertado. Le pedí ver el interior de la torrecilla. No pensaba hacer nada con la atracción que sentía, solo quería ver la torre, de verdad. Pero al final me iba a ir y...

—Ay, no pares ahora.

—Y pensé que lo que sentía era mutuo, así que le pregunté si había atracción o interés por mí. Como es tan atento, pensé que lo había malinterpretado. Pero me dijo que no, y nos pusimos a hablar de la situación y de cómo dejarlo todo a un lado, por parte de los dos. Después fui yo la que dio un paso, y una cosa llevó a la otra. —Morgan se encogió de hombros—. ¿He sido lo bastante útil?

—Él nunca me lo habría contado todo. Me alegro de que tú sí.

—Si esto va a provocar algún problema... No sé qué hacer. El trabajo, vivir aquí con mi familia y ahora Miles. Todo eso hace que me sienta más yo de lo que me he sentido en mucho tiempo. No quiero tener que renunciar a nada.

—¿Por qué ibas a tener que renunciar a algo? Eres una encargada excelente y vives en una casa preciosa que desprende felicidad. Y aunque siendo mi hermano Miles a veces me irrita hasta el extremo, es un tío interesante con un fuerte código moral. Necesitaba saber lo que sentías y por qué. Ahora ya lo sé, y a partir de ahora será solo asunto personal tuyo.

—Vale. Gracias. Buf. Sé que es probable que no sea su tipo.

—No creo que tenga un tipo.

—Bueno, me refiero a la mujer a la que veía no hace tanto.

—¿A Carlie Wineman? Por favor. —Nell puso los ojos en blanco—. Sé cuándo una persona es una trepa, y de acuerdo, durante una temporada no me di cuenta. Y no debería decírtelo, pero a la mierda. Ahora soy la hermana de Miles, no la jefa de Restauración, y te lo voy a decir. Es guapísima y sabe sacar partido a su físico. Sabe de arte y de vino, esquía como una campeona olímpica y habla francés como si fuera nativa.

—Nada de eso estimula mi confianza en mí misma.

—No he acabado. Después de un poco, y tuvo que pasar algo de tiempo porque puede ser muy encantadora, me di cuenta de que Miles estaba por encima de ella. Social y económicamente. Y había más: le encantaba la imagen que daban como pareja. En esa tía todo, salvo su vanidad, es tan profundo como un charco de lluvia.

—Vale, a lo mejor empiezo recuperar la confianza gota a gota.

—Me caes bien. Me gustas para Miles. No sé si es solo sexo, pero…

—Yo tampoco lo sé.

—Es comprensible. Cuando conocí a Carlie, no me cayó bien. Y no me gustaba nada para Miles, y me llevé un alegrón cuando lo dejaron. Quiero a mi hermano, aunque me exaspere; lo cual sucede con regularidad. Yo también lo exaspero a él a menudo.

—Porque os parecéis muchísimo.

Por encima de la taza, Nell le lanzó una larga mirada fría.

—Ahora eres tú la que me exaspera a mí.

—Seguro que ya lo sabes. No se te escapa nada. Has venido aquí porque querías que yo estuviera cómoda y sintiera que controlo la situación. Es un gesto amable y respetuoso. Miles es amable y respetuoso, solo que un poco más brusco. Liam es más despreocupado, pero los tres cumplís con vuestras obligaciones, y con creces. Una parte es por la ética laboral, y otra, por el profundo amor que sentís hacia vuestra familia y hacia el negocio que habéis creado juntos.

—A lo mejor deberías haber estudiado Psicología.

—Una buena camarera es una psicóloga que prepara cócteles. ¿A ti te gustó esa parte de tu formación? Liam me contó que pasasteis por todos los departamentos del negocio.

—¿Eso te contó? Vaya, pues tiene razón. No te voy a decir que me gustase, pero me pareció que la formación fue muy importante. Hizo que comprendiera que es mucho más que preparar cócteles. Y ahora, aunque me gustaría pasarme otra hora sentada en este sitio, que me recuerda qué significa relajarse, no es mi día libre. Tengo que ir a comprar unas campanas de viento y luego volver al curro y dejarte a ti con tu día libre.

—Me alegro mucho de que hayas venido.

—Yo también. —Nell se puso en pie—. No suelo hacer amigos con facilidad, pero tiendo a mantener los que hago. Y en eso soy clavadita a Miles, me cago en la leche. En fin, que algún día deberíamos ir a comer juntas.

—¿A comer?

—O a tomar algo. Y ahora parece que te esté invitando a salir. Quizá en parte sí. Una cita en plan para ver si es posible que entre nosotras haya una amistad.

—Yo tampoco hago amigos con facilidad. Me gustaría ir a comer por ahí o a tomar algo contigo.

—Genial. Te mandaré por mensaje posibles huecos en mi agenda, que es precisamente la razón por la cual no hago amigos con facilidad.

—Soy una gran admiradora de la agenda de la gente.

—Ese es un buen punto de partida para una posible amistad.

Se separaron con esa promesa amistosa y, a continuación, Morgan se sentó y permitió que el alivio la embargara. No iban a despedirla, no iba a tener que elegir entre el tío y el trabajo, porque los quería a los dos.

Y, por encima de todo, Miles se lo había contado a su familia.

—Cambiando —murmuró para sí—. Parece de verdad que la situación esté cambiando.

Gavin Rozwell disfrutaba de la brisa oceánica y de las arenas doradas de la playa de Carolina del Sur. La comida de la zona encajaba con su paladar. Aunque las vistas del porche le ofreciesen un maravilloso paisaje de mar y arena, y de la salida del sol, debía admitir que echaba de menos la terraza de su hotel.

Pero cuando un hombre reservaba una habitación de hotel durante un par de meses, era el blanco de la atención y los cotilleos. Un hombre que alquilaba una casa en la playa, no. Iba a tener que asegurarse de que la recompensa merecía el sacrificio.

Allí era Trevor Caine, un famoso novelista que escribía proyectos para otros y que estaba rascando tiempo para terminar, con suerte, su propia novela, que llevaba tiempo postergando.

Había adoptado un aspecto desenfadado y desaliñado, como parecían mostrar la ubicación en la playa y su personalidad presente. Se había oscurecido el pelo a un tono castaño y había añadido unos cuantos reflejos claros y una perilla. Un bronceado de bote completaba el físico playero, además de una colección de pantalones cortos, camisetas y tejanos desteñidos.

La guinda del conjunto eran una gorra de los Mets que había raspado un poco para que pareciera desgastada y un par de gafas de sol Ray-Ban.

Decidió que su aspecto no solo encajaba con el papel, sino que estaba estupendo.

Cuando de vez en cuando iba a la playa, se pasaba la mayor parte del tiempo con el portátil. En lugar de escribir, proseguía con su investigación y pulía los detalles de su plan.

Su objetivo, Quinn Loper, también tenía una casa en la playa, además de una buena cantidad de acciones, y era la propietaria y gestora de una empresa de limpieza que atendía a los inquilinos, a los que a su vez contrataba la agencia de viajes. Ya no se ocupaba de hacer el trabajo sucio y, por una escala de tarifas, ofrecía a la gente de allí pasar un trapo, hacer limpieza profunda y limpiar las ventanas.

Quinn había hecho un máster y tenía un negocio sólido. También contaba con unos abuelos paternos adinerados que se habían mudado de Nueva York a Myrtle Beach al jubilarse en busca de buen tiempo y de campos de golf.

Su madre había muerto en un accidente cuando Quinn tenía seis años —¡qué pena!, ¡qué llorera!— y su padre viudo se las había llevado a ella y a su hermana, ocho años mayor, a Carolina del Sur para estar cerca de la familia.

Su padre se había vuelto a casar siete años más tarde y vivía en Atlanta. Su hermana acababa de casarse con otra mujer —él no lo entendía, pero vive y deja vivir—. Se habían comprado una vieja casa al estilo de las de plantación en Charleston, la habían remodelado y ofrecían habitaciones para huéspedes.

¡Una familia emprendedora!

Gavin eligió a Quinn como una candidata excelente. Llevaba un par de años en su lista, y, desde lo de la culona de Nueva Orleans —¡qué decepción!—, la había investigado más a fondo.

Soltera —y no lesbiana como su hermana mayor—, tenía veintiocho años y un cuerpo lo bastante atlético como para correr por la playa casi todas las mañanas. También era socia del gimnasio del pueblo. Trabajaba fuera de casa, ahorrándose así tener que disponer de un despacho, y llevaba un grupo de dieciséis trabajadores, a jornada parcial o completa.

Suministraba el equipo y las provisiones con una empresa llamada Playa Limpia.

Demasiado cursi para su gusto, pero serviría. La casa estaba valorada en setenta y cinco mil dólares, con cuatro dormitorios, dos baños y un aseo, dos pisos, porches delantero y trasero, y *jacuzzi*. Conducía un Mercedes descapotable y tenía una camioneta Dodge.

Las cuentas de su negocio gozaban de buena salud y sus cuentas personales..., en fin, ese máster y esos abuelos ricos daban muy buenos frutos.

Gavin calculaba que ganaría entre doscientos y doscientos cincuenta mil dólares antes de matarla y marcharse conduciendo el Mercedes.

La camioneta era más recia y nueva, pero el descapotable era chulísimo.

Terminada la investigación y con una coartada sólida, tan solo le quedaba orquestar un encuentro agradable.

Se dirigió a la playa poco después de que saliera el sol. Cuando Quinn corría, era a esa hora. Miles había corrido dos kilómetros ese día y el siguiente sin verla. Tuvo que recordarse que debía ser paciente, tuvo que recordarse que le había servido para establecer el patrón de otros madrugadores que caminaban por la playa o bebían café en los porches frente al mar.

El tío de la gorra de los Mets que corría por la mañana.

El tercer día la encontró corriendo, así que se puso justo detrás de ella.

Piernas largas y cuerpo prieto, tal como a él le gustaban. Lucía una larga coleta que salía por el agujero de la gorra de béisbol. Sin fijarse en la longitud de su cabellera, le recordaba a Morgan.

Quizá tuviera más curvas, pero eso también le recordaba a su propia madre, así que todo bien. Una presa de primera.

Después de otro kilómetro, Quinn se giró. Gavin había aguantado el ritmo para mantenerse parejos durante el tiempo suficiente. Le lanzó una sonrisa, se dio un golpecito sobre la gorra y señaló la de ella.

—¡Vamos, equipo!

—Está siendo un buen año —respondió, solo un poco sin aliento, y siguió corriendo.

—Buenos lanzamientos. —Aceleró el ritmo, se giró y se acompasó al de Quinn con unos seis metros entre ambos.

Cuando ella dejó de correr y empezó a caminar, él la saludó con la mano y se adelantó. Quinn caminaría otro cuarto de kilómetro más o menos. Gavin había analizado su rutina con unos prismáticos. Se relajaría durante la caminata, estiraría un poco y luego echaría a andar por el camino que discurría frente al mar para volver a casa.

Gavin se detuvo en ese punto, se inclinó para apoyar las manos sobre las rodillas y jadeó un poco hasta que ella empezó a aproximarse.

Con una semisonrisa, se incorporó.

—Es una buena ruta, pero no estoy acostumbrado a correr sobre arena húmeda.

—No has estado mal.

—Tú has estado mejor. ¿Eres de Nueva York?

—Nací ahí. —Con una distancia de precaución, la mujer se apoyó en una pierna para estirar los cuádriceps—. Pero he vivido aquí casi toda mi vida.

Era evidente por su acento sureño y costero.

—Heredé la pasión por los Mets de mi abuelo. ¿Eres de Nueva York? —le preguntó ella a su vez.

—Me mudé a Brooklyn al terminar la universidad. Encontré mi lugar y mi equipo de béisbol. Es genial conocer a otra seguidora de los Mets en Carolina del Sur. Esta noche jugarán contra los Seattle Mariners. Bassitt contra Castillo.

—Me muero de ganas de verlo. ¿Tu familia y tú estáis de vacaciones?

—No hay familia, solo yo. Vacaciones de trabajo. La vista es inmejorable. —Señaló hacia delante—. Me alojo a dos casas de aquí, frente al mar. La llaman Ola Surfera.

Quinn comprobaría esa información, pensó él. Como quería que hiciese.

—Por cierto, me llamo Trevor Caine. —Le tendió una mano.

—Quinn Loper. Disfruta de tu estancia.

—Uy, sin duda. Quizá nos vemos mañana corriendo.

—Quizá.

En cuanto se marchó, ella le dedicó una sonrisa por encima del hombro.

Al día siguiente, calculó bien la hora y se encontró con Quinn corriendo detrás de él. Redujo ligeramente el ritmo.

—Qué pedazo de partido —le dijo.

Gavin no lo había visto, pero había buscado toda la información y los mejores momentos.

—¿Qué me dices de la doble jugada del noveno *inning*? ¡Una pasada!

Corrieron juntos durante un trecho mientras comentaban el partido. Esa vez, Gavin se puso a caminar cuando ella redujo el ritmo.

—He seguido tu ejemplo —le dijo— de caminar en lugar de correr tanto. Demasiado tiempo sentado, supongo, y no suficiente tiempo en el gimnasio.

—A mí me pasa lo mismo si rompo la rutina. ¿A qué te dedicas?

Él sabía que Quinn estaba al corriente de lo básico de la identidad que se había creado.

—Soy escritor y ahora estoy con una novela. Llevo tres años diciéndolo ya. —Añadió una sonrisa tímida—. Mientras tanto, pago las facturas haciendo de *ghostwriter*.

—¿De *ghostwriter*? En plan, ¿escribes un libro y alguien pone su nombre?

—No es tan sencillo. Más bien es alguien que necesita que arreglen algo que ha escrito, o que tiene una idea y necesita desarrollarla.

—Los libros y el béisbol son lo mío.

Y Gavin lo sabía, de ahí la gorra y la tapadera.

—¿Para quién has escrito?

—Lo que nos pasa a los *ghostwriters* es que somos invisibles. —Le lanzó una sonrisa y se encogió de hombros—. No te lo puedo decir. Lo firmamos en el contrato. He decidido venir aquí, terminar un proyecto para un cliente y dedicar un poco de tiempo al mío propio. —Miró hacia el agua—. Y me está yendo bien. Creo que a finales de la semana podré terminar el libro para el que me contrataron. Y después ya no habrá excusas y será el turno de mi propia historia.

Observó a Quinn. Relajado y desenfadado, pero que se notara el interés.

—¿Qué te gusta leer a ti?

—Una buena historia. Intriga, misterio, romance, terror, fantasía. Consigue que me evada un poco y estaré contenta.

—Ese es el objetivo. ¿Qué haces cuando no lees ni ves béisbol?

—Llevo una empresa de limpieza. Playa Limpia se encarga de tu cabaña.

—¿En serio? —Echó la gorra hacia atrás—. ¿Tú limpias la casa que he alquilado?

—Yo personalmente, no. Solo llevo la empresa que la limpia.

Gavin se fijó en que no le había dicho que fuera suya. Era precavida.

—Voy a empezar a recoger antes de la limpieza semanal para que tu gente no te diga que soy un guarro.

La sonrisa de Quinn se volvió de oreja a oreja.

—El personal es como los *ghostwriters*, muy discreto. En fin, tengo que irme a trabajar. Buena suerte con la escritura.

—Gracias.

El cuarto día, había planeado que corrieran juntos, pero Quinn no apareció. Se conformó con verla el quinto día. El séptimo, ella le propuso ir a tomar algo y se adelantó dos días al plan que Gavin había establecido.

Siguió con una invitación para ir a cenar, una velada tranquila y amistosa con un amistoso beso de buenas noches antes de que él faltara un día a propósito.

—Me quedé hasta tarde —le dijo, y fingió una gran emoción—. La historia empezaba a fluir y no podía parar.

—Tu libro, ¿no?

—Sí, el mío.

—¿De qué va?

—No te lo puedo decir. Es mera superstición. Como si al hablar de la historia fuera a dejar de fluir. —Levantó la vista cuando las gaviotas volaron y graznaron por encima de ellos—. Estaba en el momento adecuado en el lugar adecuado. Si algún día lo termino, que lo terminaré, y lo publico, que lo publicaré, te mandaré un ejemplar. Creo de verdad que salir a correr contigo ha hecho que arranque el motor.

—Eso es estupendo, Trevor.

—¿Qué te parece si te invito a cenar, quizá mañana por la noche, para celebrarlo?

—Pues por qué no. —Le sonrió.

El baile de apareamiento tardó casi tres semanas en desembocar en una cena en casa de ella. Le dio la oportunidad de estudiar el plano y de pasar unos cuantos minutos con el portátil de Quinn.

A ella le apetecía que se acostaran, y no pasaba nada, entraba dentro de lo esperado. Él lo soportaría y se empalmaría al imaginarse matándola.

Además, había un ordenador en su dormitorio, así que consiguió un segundo punto de acceso.

Conoció a los abuelos de ella, comió costillas en la barbacoa de su porche. Y como la oportunidad se la habían servido en bandeja, la aprovechó e instaló su programa en el ordenador del despacho del viejo.

No había motivo para no sumar a su beneficio una buena porción de la cuenta de inversión del matrimonio.

Solo tendría que añadir un par de días a su plan.

Únicamente tardó un mes, y se había dado dos. Después de pedir préstamos como Quinn Loper y guardar lo robado, le vació las cuentas y se llevó cien mil dólares de su abuelo.

Pensó en matar a los abuelos, pero eso no le proporcionaría ningún placer. En cambio, sí le resultaba placentero imaginarse la conmoción y las lágrimas que verterían cuando hubiese matado a su querida nietecita.

Entró en casa de ellos mientras dormían; habían dejado las ventanas abiertas para oír el océano.

Idiotas.

Desinstaló el programa y se escabulló.

Quinn no había dejado las ventanas abiertas, pero el cerrojo de su puerta era de risa.

Avanzó por la casa a oscuras y entró en el dormitorio en el que dormía. Estuvo tentado de despertarla antes para que ella dispusiera de más tiempo para saber lo que sucedía, de más tiempo para sentirlo y temerlo.

Pero estaba fuerte, y Gavin sabía que le ofrecería resistencia.

Así pues, se subió a la cama y le sujetó los brazos con las rodillas. La vio abrir mucho los ojos cuando le estrujó el cuello con las manos.

Quinn no pudo emitir ni un solo ruido, tan solo piar débilmente, aunque se revolvió para intentar quitárselo de encima.

—No eres más que otra puta. —Apretó y apretó, la dejó sin aire y vio cómo se le salían los ojos de las órbitas—. Crees que eres especial, pero no. Te voy a convertir en un cero a la izquierda.

Quinn abrió la boca con la intención de coger aire. Con los brazos sujetos contra la cama, agarró las sábanas con los puños, sacudió los pies.

—Me he llevado lo que tanto apreciabas, ¿lo entiendes? Tu casa, tu negocio. Ahora todo es mío, y nada de lo que hayas hecho importará porque dejarás de existir.

Quinn paró de convulsionarse y de forcejear. Aun en aquella penumbra, Gavin vio cómo se le apagaba la vida en los ojos.

Y se convirtió en nada; y él, en un dios.

La esperada emoción lo atravesó, ardiente y radiante y fuerte.

Pero se dio cuenta de que no había sido perfecto.

Había sido mucho, muchísimo mejor que con la culona de Nueva Orleans, pero no perfecto.

Nada lo volvería a ser hasta que acabara con Morgan.

Extrajo del bolsillo la pulsera que había encontrado en el cajón de Morgan y se la puso a Quinn en la muñeca.

—Toma, un regalito. Quiero que recuerde que voy a por ella.

Se hizo con las llaves del Mercedes, condujo la poca distancia que lo separaba de su casa de alquiler para coger el equipaje que ya había preparado. Al igual que se había afeitado, teñido el pelo de negro y creado una nueva identidad.

Para cuando alguien encontrase a su víctima, él habría intercambiado el descapotable con un contacto que tenía en Carolina del Norte y se dirigiría con un coche nuevo hacia el oeste.

Al ponerse al volante en plena noche, sonrió para sus adentros.

—Y así es como se hacen las cosas.

Morgan no quería que el verano acabara. Todos los días, soleados o lluviosos, le regalaban un nuevo ladrillo que añadir a su nueva vida. Una vida que, como había descubierto, le encantaba de corazón.

Nada podría cambiar la tragedia que la había llevado a emprender ese nuevo camino, pero no solo estaba dispuesta a recorrerlo, sino a apreciar las vistas durante el trayecto.

Y a dar gracias.

Un domingo soleado, quiso corresponder con una sorpresa.

—De verdad que te agradezco que me eches una mano.

Mientras iban en el coche, Morgan extendió un brazo hacia atrás para acariciar a Aullido, que estaba sobre un asiento en el recio SUV de Miles.

—Ya sé que tienes una rutina durante el fin de semana.

—Es una rutina, no una orden tallada en piedra.

—Sea como sea, nunca podré mover sola el trozo de hormigón, y por eso lleva más de diez años en el taller de mi abuelo. Pero los tres sí que lo podremos mover.

—Claro, el perro será de gran ayuda.

—Tú nos darás apoyo moral, ¿a que sí, Aullido? Y así sale un poco. Es como si se fuera de vacaciones.

—Cuando eres un perro, todos los días son vacaciones. —Se detuvo en el camino de entrada de la casa estilo Tudor.

—Mi madre y mi abuela no volverán hasta las tres, seguramente más tarde. Tenemos tiempo.

—Cada vez que lo repites lo dices con menos confianza.

—Solo necesito que nos pongamos a ello. Estoy nerviosa, pero se me pasará cuando hayamos empezado.

Lo acompañó hasta la casa, con Aullido observándolo todo y husmeando por todas partes en sus vacaciones perrunas.

—Ayer conecté el panel solar para que se cargara la bomba, pero todo lo demás está en el taller, donde hay una carretilla, pero me daba miedo intentar moverla por mi cuenta. —Sonrió en dirección a Miles—. Tú eres la fuerza bruta.

—A mí me parece que queda bien —observó él.

—Y cuando hayamos terminado quedará mejor. Es lo único que falta. O lo único que falta hasta que se me ocurra algo más.

El taller, una casita de madera de cedro desgastada con una puerta azul fuerte, se alzaba en la parte trasera de la propiedad, entre los árboles y junto a un estrecho arroyo.

—Es tal como lo recuerdo. Al perro que tenía tu abuelo cuando yo era pequeño le gustaba estirarse cerca del riachuelo. Nuestros abuelos a veces se sentaban en un par de sillas plegables para beber cerveza y arreglar el mundo. Siempre tenía una Coca-Cola para mí cuando lo acompañaba.

—Le encantaban los niños. —Morgan abrió la puerta del taller—. Querían una familia grande, pero mi abuela tuvo complicaciones.

—Qué lástima. Dios, está igual como lo recordaba. «Hay un lugar para todo, Miles, y todo debe estar en su lugar», me decía. Porque cuando necesitas una herramienta no hay que perder tiempo buscándola.

Morgan pasó una mano por la mesa de trabajo y se quedó mirando las herramientas eléctricas, el tablero de clavijas con las herramientas manuales, la enorme caja roja y los tarros etiquetados en los que se guardaban los tornillos, los clavos y las arandelas.

—Y es curioso, pero todavía huele a él. Creo que por eso mi abuela no se ha desprendido de las herramientas ni las ha vendido. A mí me han servido para algunos proyectos.

Miles se acercó al pedestal de hormigón, que se alzaba casi un metro y tenía una parte superior muy ancha.

—¿Es esto?

—Sí. No sé para qué lo tenía, mi abuela tampoco tiene ni idea. Espero que le guste lo que quiero hacer con él. Ya he hecho los agujeros en la rana con el taladro.

Miles se acercó a la rana de hormigón que se encontraba encima de otra mesa.

El animal estaba con las piernas cruzadas, sobre una tarima, en el interior de un cuenco de cobre. Tenía las palmas hacia arriba y las manos en las rodillas. Y lucía una sonrisa beatífica.

Los agujeros de las manos le dieron una pista.

—¿Vas a bombear agua desde las manos?

—Supe lo que debía ser en cuanto la vi. La bomba sumergible está debajo de su asiento, y el cable del panel recorre toda la base. ¿Ves los agujeros que he hecho? La luz solar lo activa.

—¿Tu abuelo te enseñó a utilizar el taladro?

—En realidad, no. No pasé demasiado tiempo por aquí, y es una pena. Pero me enseñó lo básico: a usar el martillo, a clavar, a medir dos veces, a cortar solo una. Y en YouTube hay tutoriales de todo. Saldrá bien.

Mientras el perro exploraba el taller, Miles se acercó a por la carretilla.

—¿Sabes dónde quieres ponerla?

—En su sitio.

—Eso decís siempre las mujeres.

—Es un comentario muy machista. Quizá sea cierto, pero es muy machista.

Empezó a inclinar el bloque para deslizar la carretilla por debajo de la base, se detuvo y le lanzó una mirada.

—Por Dios, Morgan.

—Ya lo sé, pesa una tonelada, y es probable que por eso siga aquí. Lo conseguiremos.

Juntos, lograron subir el pedestal a la carretilla. Mientras Miles la hacía rodar, ella impedía que se desplomara.

—Si se cae —la advirtió—, no intentes cogerlo. Si se cae, se cae.

—No se va a caer.

Tardaron lo suyo, con mucha fuerza y sudor, pero resultó que Morgan sí sabía el sitio exacto en el que ponerlo: al sol, detrás de la sombra de un sauce llorón y delante de unas exuberantes hortensias azules.

—Vale, ¡ponlo justo ahí! —Volvió al cobertizo a por un trozo de pizarra, ya con un agujero, además de la bomba y los cables.

En cuanto dispuso la bomba, colocaron la base sobre el trozo de pizarra.

Miles le dio un empujón.

—Hará falta un tornado para derribarlo.

—Exacto.

Morgan regresó al cobertizo corriendo, con Aullido trotando tras ella, para coger la rana y el cuenco.

—¿Ves? La bomba encaja en el asiento, el asiento en el cuenco (que es de la tienda, obra de un artesano local) y la rana en el asiento, encima de los cables, que le cruzan el culo. ¿Puedes coger la manguera? —Se la señaló—. Llegará, ya lo he comprobado.

—No me sorprende.

A Morgan no se le escapaba nada, pensó en tanto iba a por la manguera.

—Funcionará —masculló ella.

—¿Lo lleno?

—Por favor. Me encanta cómo el sol incide sobre el cobre. Se me había ocurrido coger un cuenco normal de comedero de pájaros, pero el de cobre es precioso. Y la rana es una monada. Muy Zen, que es el nombre que le he puesto. Creo que les va a encantar. Bueno, el momento de la verdad.

Morgan accionó la bomba. Esperó. Y esperó.

El agua salió disparada de las manos de la rana hasta formar unas bonitas fuentes que se derramaban de regreso al cuenco de cobre.

—¡Funciona! —Dio media vuelta, cogió a Miles y lo besó, y giró de nuevo—. Ay, es adorable, ¿verdad? Adorable y estrafalaria y especial.

—Eres muy habilidosa. Has construido una fuente, joder.

—He aprendido a ser habilidosa, y más bien ha sido como hacer que encajen varias piezas. Me encanta. Si a ellas no, dirán que sí, pero yo lo sabré. Sentémonos en el patio a ver cómo se ve desde ahí. Iré a por algo de beber.

TERCERA PARTE

Raíces

La belleza, la fuerza y la juventud son flores,
pero se desvanecen;
el deber, la fe y el amor son raíces, siempre verdes.

GEORGE PEELE

El amor es tan fuerte como la muerte; los celos,
tan crueles como la tumba.

EL CANTAR DE LOS CANTARES, 8, 6

21

Mientras llenaba dos vasos altos con hielo, Morgan se puso a bailotear un poco. Desde la ventana de la cocina, al otro lado del patio, la rana Zen lanzaba agua por los aires. Se imaginaba a su madre y a su abuela sonriendo al verla en tanto disfrutaban de una taza de café por la mañana o de una copa de vino por la noche, durante lo que quedaba de verano y empezado el otoño, antes de que el ambiente fuera demasiado frío.

Imaginándoselo perfectamente, abrió la nevera para coger la jarra de limonada e hizo una pausa cuando sonó el timbre de la puerta. Una entrega, supuso al ir a abrir. Aun así, las normas de su vida se habían convertido en sus costumbres.

Antes de abrir, miró por la ventana.

Y todos los placeres sencillos del día se fueron por el desagüe.

Ante ella se encontraban los dos agentes federales.

—Me habrían llamado si lo hubiesen atrapado porque querrían que lo supiera de inmediato. No se trata de eso.

—No, Morgan, lo siento. No se trata de eso. ¿Podemos entrar? —le preguntó Beck.

—Sí, claro. —Cerró la puerta tras ellos—. ¿Quién era la mujer?

—Sentémonos primero.

—Perdón, sí. Es que… —Miró hacia la cocina—. No estoy sola. Estoy con mi…

¿Qué? No podía decir «novio», no eran adolescentes. «Compañero» tampoco, ya que no se los imaginaba siendo compañeros, en realidad, no. «Amante» era cierto, pero no lo resumía todo.

—Ahí atrás está Miles…, Miles Jameson. Estamos juntos. —Aquello le sonaba razonable y verídico—. Me está ayudando con un proyecto. Lo sabe todo.

—Sí, hemos hablado con él. —Morrison miró hacia atrás como ella—. ¿Quiere salir e ir a buscarlo para que oiga lo que debemos contarle?

No, pensó. Quería sentarse bajo el sol con Miles y tomar una limonada y contemplar la fuente de la rana. Pero…

—Tendrá que saberlo de todos modos. Trabajo en el resort. Es propiedad de su familia. Y, como les he dicho, estamos juntos. Yo iba a… coger limonada. Suena muy normal. —Se rio y se pasó una mano por el pelo—. Muy de tarde de sábado. Iré a por otros dos vasos.

Los acompañó hasta la cocina. Vio que Miles ya había enrollado la manguera. Estaba en pie, con las manos en los bolsillos, observando la fuente de la rana.

—¿Quiere que le eche una mano?

—No —le dijo Morgan a Morrison—. Cogeré una bandeja. Salgan, por favor. Necesito un minuto. Solo un minuto.

Procuró recomponerse mientras cogía una bandeja. Vio que Miles daba media vuelta y cómo se endurecía su rostro relajado y sonriente.

Llenó otros dos vasos con hielo y lo llevó todo al jardín.

Los tres seguían de pie mientras el sol arrojaba su luz sobre el cuenco de cobre y la rana esbozaba su pacífica sonrisa.

Morgan no sabía por qué había significado tanto para ella que Miles se le acercara y le arrebatase la bandeja.

—Siéntate —le indicó.

Aunque sonó casi a una orden, aquella palabra la calmó un poco más.

En cuanto se sentó, Miles sirvió la limonada en los vasos, cuyo hielo crujió. A ella le parecieron los disparos de una pistola.

Aullido le apoyó la cabeza en la rodilla.

—¿Quién era la mujer? —preguntó de nuevo.

Beck tomó la palabra.

—Se llamaba Quinn Loper, veintiocho años, soltera. Era la propietaria de una empresa en Myrtle Beach, en Carolina del Sur. Encaja en el perfil de cabo a rabo, aunque era bastante más rica que la mayoría de las víctimas. Y, en este caso, Gavin también pudo acceder a las cuentas de sus abuelos. No les hizo daño físico, pero sí les robó cien mil dólares. Podría haberse llevado mucho más.

—Se llevó a su nieta —replicó Miles.

—Sí, y quizá esta vez le bastó con eso. —Beck asintió en su dirección.

—Alquiló una casa en la playa para un par de meses con el nombre de Trevor Caine —prosiguió Morrison—. Si bien es improbable que vuelva a usar esa identidad, deberían tomar nota. Se hacía pasar por escritor.

Les contaron los hechos y las pruebas que habían recabado. Acto seguido, Beck tomó la palabra de nuevo.

—Hemos sacado la conclusión de que alquiló una casa en lugar de alojarse en un hotel porque es una zona donde el alquiler de casas en la playa es habitual, y así llamaría menos la atención. —Beck se inclinó hacia delante y le puso una mano encima a Morgan—. Morgan, sé que parece que no hemos progresado en su búsqueda ya que no lo hemos detenido, pero hemos podido seguir su rastro desde Nueva Orleans y, tarde o temprano, encontraremos la agencia con la que alquiló el coche que usó para ir hasta Carolina del Sur. Ha cambiado su apariencia, pero dos de los trabajadores lo han identificado, así que sabemos el nombre que usó y el aspecto que tenía. Con eso lo hemos rastreado hasta Myrtle Beach. Hemos encontrado el hotel en el que se alojó durante un par de días.

Morgan no dijo nada, tan solo asintió.

—Hemos avisado a los cuerpos de policía locales. Habíamos empezado a investigar en agencias de alquiler de coches cuando nos llegó el aviso de Quinn Loper. Fue cuestión de horas que no llegásemos a tiempo.

—Pero está muerta de todos modos. Lo siento, y entiendo el tiempo y los esfuerzos que invierten en el caso. Pero está muerta de todos modos.

—Sí, lo está.

El arrepentimiento la invadió, tanto que Morgan deseó no haber verbalizado aquella espantosa verdad.

—No llegamos a tiempo. Pero ha cometido errores. Le robó el coche, un Mercedes descapotable de lujo. Y no desactivó el sistema de seguimiento.

—No sé si entiendo a qué se refieren. No entiendo de coches de lujo.

—Es un sistema insertado en el coche. Significa que lo han localizado, que han localizado el coche. —Miles entornó los ojos—. Pero no lo tienen a él.

—No, pero tenemos al individuo que compró el coche, y que previamente ha intercambiado otros coches con Rozwell o se los ha vendido. Lo han detenido.

—¿Sabe dónde está Rozwell?

—Asegura que no, y lo creemos —intervino Morrison—. Dice que creía que Rozwell era un ladrón de coches, que no sabía nada de los asesinatos. Nos inclinamos por creerlo, sobre todo porque se enfrenta a cargos de cómplice de numerosos asesinatos, y está cooperando.

—Sabemos el vehículo que se llevó —les contó Beck— y el nombre que usó para los registros. Tenemos su descripción del momento y la dirección que tomó y cuándo. Son errores colosales, Morgan, una disrupción en su disciplina. Hemos dictado una orden de busca y captura sobre el vehículo y el nombre que usa.

—¿Viene hacia aquí?

—Disponemos de la información de que abrió un mapa en su ordenador mientras le preparaban el coche. Señaló una ruta hacia el oeste, probablemente lejos como Kansas, así que no viene hacia aquí. Hemos concluido que todavía no está preparado para enfrentarse a usted.

Beck abrió el maletín y sacó una bolsa de plástico.

—Le puso esto a la víctima.

—Mi pulsera. —Bajo la luz del sol de verano, se le congeló la piel—. La que se llevó cuando mató a Nina.

—Quiere que sepa que piensa en usted. Y ponerla nerviosa. Pero lo cierto, Morgan, es que él también lo está. De lo contrario, no habría cometido tantos errores. Sabe de coches, sabe de informática, pero ha olvidado el sistema de localización del Mercedes.

—Podemos ponerla en un piso vigilado —empezó a decir Morrison.

—Mi madre y mi abuela viven aquí. ¿Y si viene a por mí y les hace daño a ellas?

Aquella idea, aquel riesgo, le volvió de hielo el nudo que tenía en las tripas.

—Y ¿cuánto tiempo tendré que pasar vigilada? ¿Una semana, un mes, un año? No puedo vivir así. Nadie puede vivir así. Miles...

—No —dijo él—. No puedes vivir así. Hemos hecho todo lo que nos aconsejaron. Si hay algo más que podamos hacer, díganoslo y lo haremos. ¿Cuántas veces se supone que le va a permitir que robe quien era, quien es? ¿Cuántas veces va a tener que empezar de cero?

Sin decir nada, Morgan se lo quedó mirando. Miles hablaba con una calma absoluta, y su voz se volvió lo bastante fría como para congelar el ambiente.

Era por el traje invisible, pensó. «Se ha puesto el traje invisible. Por mí».

En ese momento, lo que decía y cómo lo decía era importantísimo.

—Ella ha hecho trastabillar su confianza, ¿no es así? —insistió Miles—. Pueden describir su perfil, ¿no es ese el motivo por el que la está cagando? Morgan le ha hecho una muesca en la coraza, así que debe pagar las consecuencias. Pero quiere asegurarse de hacer una muesca en la de ella también. Y hacer trastabillar su confianza. De lo contrario, habría ido a por ella de inmediato. Debe de estar carcomiéndolo, pero ha esperado más de un año. Morgan le da miedo —añadió—. Y está más claro que el agua que debería darle miedo.

—Estoy de acuerdo —terció Beck—. Pero a no ser que lo detengamos antes, vendrá aquí tarde o temprano. Porque sí, lo carcome. Las tres mujeres a las que ha matado desde que Morgan sobrevivió son sustitutas, y un sustituto nunca satisface como el original.

—Pues más vale que lo encuentren antes.

Beck se recostó en el asiento, cogió el vaso y volvió a dejarlo.

—Ojalá hubiera pasado un día más en Carolina del Sur. Hemos ido a visitar la agencia que usó para alquilar la casa. Ojalá hubiéramos ido unas horas antes. Pero no fue así.

—Para mí es muy duro. —Morgan le acarició la cabeza a Aullido—. Y para ustedes también.

—Es nuestro trabajo —empezó a decir, pero entonces pitó su móvil y el de Morrison—. Disculpen. —Se levantó y se alejó unos pasos.

—¿El perro es suyo? —le preguntó Morrison a Morgan.

—No. Es el perro de Miles.

—Más o menos —masculló él.

—No estaría mal que tuviera un perro. Un perro es un buen disuasorio. Incluso podría…

—Tenemos una pista —lo interrumpió Beck—. Ha reservado una habitación en un hotel de Kansas City, en Missouri. He hablado con la policía local. Nos tenemos que ir. Seguiremos en contacto.

Morgan se puso en pie para acompañarlos, pero los agentes se marcharon a toda prisa.

—Buena suerte —les deseó a voz en grito—. Quizá esta vez lo pillen —le dijo a Miles.

—Quizá. Estás bien.

—¿Tú crees?

—No has tenido ningún ataque de pánico.

—Eso es verdad. Quiero decirte que lo que has dicho significa mucho para mí.

—He dicho muchas cosas.

—Que no voy a permitir que me vuelva a arrebatar la vida, que él debería tenerme miedo a mí. Me has defendido. Es esencial que sepa que me sé defender, que tú creas que puedo y que lo haré, pero que aun así me hayas defendido. Es importante.

Miles guardó silencio durante unos instantes y se limitó a observarla allí sentada, con el perro tumbado debajo de su silla.

—Morrison tiene razón. Deberías quedarte el perro. No sé si es un buen perro guardián, pero hará ruido.

—¿Y que el pobre renuncie a esa elegante caseta?

—Estoy convencido de que dormiría bajo la lluvia si tú le dieras una palmada en la cabeza.

Con una sonrisa, Morgan acarició a Aullido con el pie.

—Tú eres su hogar, y sus raíces están aquí. Sé lo que se siente cuando las pierdes, así que no. Pero gracias. Para esos agentes, no se trata solo de un trabajo. Quieren detenerlo, y no es para ganarse el sueldo del gobierno. —Hizo una pausa y bebió un poco de limonada—. Creo que sí que he hecho una muesca en su coraza, como nos has comentado. Si lo que me pasó y lo que no me pasó lo desconcierta hasta el punto de que comete errores y así ellos consiguen encontrarlo y detenerlo…, me alegro. Muchísimo. Y espero que sepa que, a pesar de todo lo que me ha quitado, aquí tengo una buena vida con mucho más de lo que sabía que quería. Espero que eso también lo reconcoma.

—Voy a hacer algo de una vez por todas.

Miles la sorprendió al cogerle una mano. Casi nunca hacía demostraciones de cariño ni gestos íntimos.

—¿Me va a gustar?

—Eso es lo de menos. Me siento atraído por ti. Eso es evidente o no estaríamos aquí. Me gusta estar contigo, y no solo por el sexo. Por alguna extraña razón, me ha gustado que hayas hecho una fuente con una rana.

—Tú me has echado una mano.

—He sido la fuerza bruta, y no me interrumpas. Me gustaría verte trabajar detrás de una barra, aunque no fuera para nosotros. Es como si bailaras, joder. Me gusta tu cuerpo, y me alegro de que esté acompañado de un buen cerebro. Pero dejando todo eso a un lado, ya que en realidad son distintos aspectos de atracción, te admiro mucho.

La sorpresa que se había llevado Morgan se convirtió en perplejidad.

—Vaya. Madre mía.

—Que no me interrumpas —le repitió Miles—. No sé cómo habría podido sobrellevar lo que tú has tenido que soportar. Si hubiera perdido lo que has perdido tú y de la forma en la que lo has perdido. Si hubiera tenido que enfrentarme a la pérdida de alguien cercano, de un familiar, como tú. Porque Nina para ti era eso. Era de la familia. Y espero de corazón que nunca deba descubrir si tengo esa clase de valentía. Ya puedes hablar.

—Pues me has dejado sin palabras.

—Sería la primera vez.

Aullido se estiró, murmuró algo y salió de debajo de la silla.

—Creo que han vuelto tus chicas.

Antes de que Miles apartara la mano, Morgan se la apretó y se inclinó para cogerle la otra.

—Acabas de darle la vuelta a la tortilla a un golpe muy fuerte. Luego se me ocurrirá qué más decirte, pero ahora mismo le has dado la vuelta.

—Miles, ¡qué alegría verte! —Guapísima vestida de rosa, Audrey se aproximó—. No, no os levantéis. No. Ay, y este debe de ser el perro precioso del que Morgan nos ha hablado. ¡Eres una preciosidad! —Audrey ronroneaba al agacharse para acariciar a un Aullido que no paraba de mover la cola—. Y cómo hablas. Estoy de acuerdo. —Se rio al oírlo mascullar algo—. Es un día radiante. Y muy atareado —añadió al incorporarse—. Casi hemos… Oh, oh, ¡Morgan! ¿De dónde has sacado eso? Es precioso. Un bebedero para pájaros, una fuente. ¡Una rana yogui! Es adorable. ¡Mamá! ¡Tienes que venir a verlo!

Divertido y encantado, Miles se limitó a quedarse sentado a contemplar la escena.

La madre de Morgan, sugerente como una magdalena con un vestido veraniego de color rosa, daba saltitos con las manos juntas debajo de la barbilla.

Miles se dio cuenta de que Morgan tenía esa barbilla y esas manos estrechas de dedos largos y esbeltos. En ese preciso instante, aparadeció Olivia Nash, con un peinado de adolescente, pantalones de lino blancos y una blusa sin mangas de color rojo. Y Miles también vio a Morgan en la misma barbilla y en los pómulos.

—Menudo escándalo, Audrey. Hola, Miles, y hola, Aullido. ¿A que eres una monada?

—Gracias —dijo Miles, y provocó carcajadas.

—Los dos lo sois.

—Mamá, pero ¡mira! —Para asegurarse, Audrey cogió del brazo a su madre con una mano y señaló con la otra.

—Por el amor… Vaya.

—Morgan nos ha comprado una fuente con una rana que hace yoga.

—La ha construido —la corrigió Miles.

—No la he construido. Solo he encontrado las piezas y las he juntado.

—Morgan, esa es la definición de «construir».

—Es la vieja base de hormigón con la que tu padre nunca supo qué hacer, Audrey. Y ese es el cuenco de cobre de Doug Gund. Vi que lo vendimos, pero nadie me dijo que te lo vendiéramos a ti, Morgan.

—Les pedí que no os dijeran nada. ¿Te parece bien allí? ¿Te gusta?

Al observar la fuente, Olivia le dio una palmada en la mano a Morgan.

—Se habría llevado un alegrón al verlo. —Se inclinó y le dio un beso a su nieta en la coronilla—. Y estaría muy orgulloso de ti. Me encanta. Me gusta casi tanto como me gusta que hayas heredado una parte de su inteligencia.

Con una mano en el hombro de Morgan y la otra sujetando a Audrey, Olivia se giró hacia Miles.

—Me apuesto lo que quieras a que te ha arrastrado para que levantaras la tonelada de hormigón.

Miles se limitó a flexionar el bíceps.

—Espero que Aullido y tú os quedéis a cenar. Hemos comprado tilapia de camino a casa, y tengo la intención de calcinarlo. ¿Te gusta el picante, Miles?

—¿Quién podría decir que no?

—Arreglado, pues. Por lo visto, habéis tenido compañía.

Morgan se levantó y cogió los vasos de los dos agentes.

—Sentaos. Iré a por vasos limpios y os lo contaré todo.

—Se trata de él. —Audrey la detuvo tocándole el brazo—. De Gavin Rozwell.

—Sí, pero no son solo malas noticias. Dejad que vaya a por un par de vasos primero.

Audrey la vio alejarse.

—Me alegro de que estuvieras aquí, Miles. Me alegro de que no estuviera sola.

—Yo también, pero tiene razón. No son solo malas noticias.

—Lidiaremos con lo que sea. —Olivia se sentó.

Escucharon, bañadas por el sol de verano, con una ligerísima brisa soplando en el aire. Y Miles vio cómo Audrey le cogía la mano a su hija y Olivia no apartaba los ojos de la cara de Morgan.

—Hizo que se interesara por él —murmuró Audrey—. Invirtió mucho tiempo en ganarse su confianza y, más aún, en conseguir que le importara.

—Porque la crueldad es su objetivo. No mató a los abuelos de la chica porque no es su estilo —prosiguió Olivia—. Pero hizo algo más porque sabía lo mucho que los haría sufrir. La crueldad es la esencia. Qué vida tan horrible y retorcida vive.

—Ya va siendo hora de que lo encierren. Ya deberían haberlo encerrado.

—Es probable que suceda pronto, mamá. —Morgan le dio un apretón en la mano—. Ha cometido un error al no desconectar el sistema de localización, y han recabado mucha información del tío de los coches. No sé de qué otra forma llamarlo.

—Podría volver a cambiar de coche —comentó Olivia.

—Podría, pero saben dónde se encuentra. No os lo he terminado de contar todo. Mientras estaban aquí, recibieron un aviso. Ha reservado una habitación en un hotel de Kansas City. Están en contacto con la policía local. A lo mejor ya lo han detenido. A lo mejor ya ha terminado todo.

Le apetecía ir de compras, pasear un poco para estirar las piernas y cogerle el pulso a la zona que rodeaba su hotel. Siempre se preocupaba por conocer los patrones del tráfico, los locales más famosos de una localidad. Además, ya estaba cansado del físico playero. Su identidad actual demandaba un fondo de armario más esnob.

Sandalias italianas, un par de Vans con estampado animal, vaqueros negros, unas cuantas camisas nuevas y un sombrero de paja.

Estaba tan a gusto que se detuvo para pedir una mesa en una terraza de un bistró, donde pidió una copa de *malbec* y un bocadillo de carne. Con las bolsas de la compra debajo de la mesa, encendió el ordenador y visitó las páginas de noticias de Myrtle Beach.

¡Ahí estaba! Con una foto muy bonita, todo sonrisas y pelo rubio. El retrato robot de Trevor Caine, el sospechoso, no estaba nada mal, decidió. Pero, claro, Trevor Caine estaba tan muerto como Quinn Loper.

Leyó la noticia mientras comía y se sintió ligeramente decepcionado porque todavía no lo hubieran conectado a él, a su verdadero yo, con Caine ni con el asesinato.

Pero lo harían. Contaba con ello. A fin de cuentas, todo hombre necesitaba que le reconocieran sus logros.

Se preguntó si los ineptos de Beck y Morrison ya estarían en el caso. Eso esperaba. Le daba una gran satisfacción frustrar sus planes una y otra vez.

¿Se lo habían contado a Morgan? Ay, esperaba que sí. Brindó mentalmente consigo mismo al imaginársela temblando de miedo en una habitación oscura, con la puerta cerrada con llave, mientras su madre y su abuela lloraban preocupadas.

Su propia madre se había pasado mucho tiempo encerrada en habitaciones oscuras para curarse los moratones de los ojos y las costillas rotas.

Gavin se felicitó por no haberse desprendido de las baratijas que había cogido del cajón de Morgan. Dejar esas mierdas en las mujeres a las que mataba… Estaba inspirado, en su opinión.

Y sí lo había estado.

¿Qué pensaría ella cuando supiera que un cadáver llevaba su pulsera barata y hortera? La visualizó hecha un ovillo, llorando, histérica, suplicando a alguien que la protegiera.

Y se prometió a sí mismo que vería esa imagen en la realidad, en carne y hueso. Y esa imagen equilibraría la maldita báscula antes de que acabase con ella.

Se terminó el vino, pagó la cuenta y, como sus ensoñaciones lo habían puesto de buen humor, añadió una generosa propina.

Carter John Winslow III podía ser generoso gracias a un considerable fondo fiduciario. Ese dinero le permitía trabajar en su arte sin preocuparse por ganar un sueldo.

Aunque en ese momento tampoco necesitaba una historia falsa. No se quedaría en Kansas City más de un día o dos. Planeaba ir hacia el sur, hasta la frontera, y reservar una suite en un resort frente al Pacífico. Un buen sitio donde relajarse.

Dios sabía que se lo había ganado.

Si no hubiese ido a dar una vuelta, comprar unas cuantas cosas y comer algo acompañado de una copa de vino, no habría visto los coches de policía y el SUV negro que se habían detenido delante de su hotel.

No habría estado a tan solo media manzana cuando los agentes bajaron corriendo y entraron en el vestíbulo del hotel a toda prisa.

No habría podido seguir caminando, caminando sin más, con el corazón acelerado y una profunda conmoción en los oídos.

¿Cómo lo habían encontrado? ¿Cómo? Se había librado de la identidad de Caine antes de matar a aquella guarra. No había dejado rastro.

Siguió andando.

Pero sí había dejado algún tipo de rastro, y de repente su identidad como Winslow no servía para nada. Y todas sus cosas —el dinero, las demás identidades, su ropa y sus aparatos electrónicos— serían de la policía.

El sudor que le cubría la piel se volvió gélido cuando entró en una farmacia. Necesitaba tinte de pelo, tijeras para cortárselo y unas cuantas provisiones básicas.

Nada de ir a México. No, no podía arriesgarse a cruzar la frontera. Al norte, iría al norte. A Montana, quizá a Wyoming, donde había más vacas que personas y la gente no metía las narices donde no debían.

No podría coger su coche, así que tendría que robar uno. Alguna tartana vieja a la que pudiera hacerle un puente. Debía encontrar un sitio donde teñirse el pelo. Un motel barato. Llevaba dinero encima y tenía formas de acceder a sus cuentas.

Un motel barato, cambiar de físico, robar un coche, salir pitando de aquella maldita ciudad de Kansas City.

No, no, primero robar el coche y luego improvisar sobre la marcha. Controles policiales, búsqueda y captura. Su mente hervía por el miedo, por las posibilidades.

Salió de la farmacia sin comprar nada y siguió caminando hasta que encontró una parada de autobús. Subió al primero que pasó, con la cabeza gacha y girada. En los autobuses ya había cámaras como en todas partes, joder.

Se recordó que tenía el ordenador portátil, que por lo menos tenía el ordenador. Pero le temblaban las manos y más sudor se acumulaba al final de su espalda.

Tardó casi una hora de caminata, de trayectos en bus y de más caminata hasta encontrar un coche adecuado en el enorme aparcamiento de una tienda Walmart.

Los propietarios no se habían molestado en cerrarlo, y apestaba a corteza de cerdo y a pañales cagados, pero pensó que la sillita del asiento trasero le proporcionaría cierta coartada.

Lo arrancó, condujo hasta llegar a la carretera interestatal número 29 y se dirigió al norte. Maldijo cuando tuvo que parar a poner gasolina, pero la necesitaba, necesitaba seguir adelante hasta alejarse del peligro.

Pagó la gasolina con la tarjeta a nombre de Luke Hudson que guardaba para recordar a Morgan. Un riesgo menor, pensó, que entrar en la tienda de la gasolinera —donde habría cámaras— o usar la tarjeta de Winslow.

Llegaría a algún punto de Nebraska, decidió, y encontraría un motel barato. Y se teñiría el pelo. Por la mañana compraría lo que necesitase para crear una nueva identidad.

Mientras conducía, le dio un manotazo al volante. ¡Todas sus cosas! Todas sus cosas, desaparecidas.

Tenía que reducir la respiración, concentrarse en la conducción. Si lo detenían…

No se detendría. No podían detenerlo, así que no pensaba hacerlo.

Debía llegar a Nebraska. Se meció adelante y atrás para tranquilizarse. Encontraría un motel de mierda donde no lo mirasen dos veces. Tendría que dejar el coche robado —en el aeropuerto, en un aparcamiento de larga estancia— para ganar algo de tiempo. En algún puto aeropuerto del puto estado de Nebraska.

O quizá en una chatarrería. Era probable que en aquellos malditos campos de trigo hubiera un montón de chatarrerías.

Cambiar la matrícula, dejar el coche. Quizá comprar a tocateja uno nuevo a algún paleto. O alquilar uno, esperar y alquilar uno cuando tuviera una nueva identidad.

No podía decidirse. No podía pensar.

Tenía que encontrar algún sitio donde esconderse, donde esconderse y decidir qué hacer a continuación.

Porque Gavin Rozwell estaba a la fuga por primera vez en su vida.

22

Morgan estaba sentada en el silencio de la casa vacía. Seguía sujetando el móvil, y una parte de ella esperaba tener que usarlo para pedir ayuda cuando le sobreviniese el ataque de pánico.

Pero el ataque no llegó, así que se levantó y se guardó el teléfono en el bolsillo.

Iría a trabajar, pensó. Dejaría de pensar en lo que no debía gracias al trabajo. El verano se terminaría y, con el otoño, habría nuevos cócteles especiales.

Podría investigar un poco, quizá empezar a desarrollar los planes vagos que tenía en mente para celebrar Halloween en el Après.

Podría sentarse afuera y trabajar allí para que la rana Zen la ayudara a mantener la calma.

Cuando llamaron al timbre, dio un respingo y notó un nudo en el pecho.

Soltó todo el aire, se dijo que no debía sucumbir y se apoyó en el respaldo de una silla para inspirar y espirar hasta que pudiera caminar en dirección a la puerta.

Por la ventana vio a Miles y a un hombre al que no reconoció.

Abrió la puerta.

—Morgan, te presento a Clark Reacher. Os va a instalar cámaras de seguridad en casa.

—¿Cómo?

—Miles me ha contado lo que necesitas, así que no tengo que soltarte el sermón de comercial. —Reacher, un hombre de unos cuarenta años con rostro agradable y fornido, le sonrió—. Son las mejores que tenemos.

—Yo se lo explicaré. ¿Por qué no te pones a ello?

—Pero...

Miles cogió a Morgan del brazo y la guio hacia la parte de atrás de la casa.

—Tendréis cámaras de seguridad en la puerta delantera, trasera, lateral y en el patio. Si alguien intenta entrar, recibiréis un aviso. Con el nuevo timbre, no tendréis que mirar por la ventana cuando alguien llame a la puerta. Solo deberéis echar un ojo al móvil, a la tableta, a lo que sea. Clark lo arreglará.

—Yo no he pedido que nos las instalen. ¿Lo ha contratado mi abuela?

—No, he sido yo.

—Pero no puedes...

—Vamos afuera.

—Miles, no puedes disponerlo sin hablarlo antes con nosotras.

—Sí que puedo y lo he hecho. —Le hizo señas para que salieran—. No creo que tu madre y tu abuela vayan a protestar.

—Soy yo la que protesta. —Siguió en sus trece—. No puedes disponer que instalen todo esto en la propiedad de otra persona. Es pasarse de la raya.

—Pues quizá me pase de la raya, pero ahora mismo os lo van a instalar. Tu abuela, tu madre y tú estaréis más tranquilas. Y yo también. —Esperó unos segundos—. No has querido quedarte con el perro.

—¡Por el amor de Dios!

—¿Qué pasará cuando trabajes por la noche y ellas estén aquí solas?

—Eso no es justo.

Esos ojos de tigre se volvieron salvajes.

—Me da igual si no es justo. Me la pela. He pensado en lo que me pasaría si perdiese a alguien que me preocupa, a alguien que me importa. No me gustaría y no va a suceder. Me importas.

—De verdad que no es justo. —Morgan dio media vuelta y se pasó las manos por la cara.

—En eso estoy de acuerdo. Yo no quería que me importaras, pero es así. Y os van a poner las cámaras. Es pasarse de la raya, es injusto. Pero es lo que hay.

A Morgan nadie le había dado órdenes. Al coronel no le interesaba lo suficiente, su madre la había lisonjeado.

De pronto, debía descubrir cómo asimilarlo.

—Me podrías haber propuesto que las instaláramos. Lo habríamos meditado.

—Mientras lo meditáis, os las van poniendo. Si tu abuela quiere mantener una conversación conmigo al respecto, buscaré un hueco. No me gustan estos sistemas —añadió—. No me gusta la idea de ponerlos, joder. Pero ahora mismo aquí son necesarios.

—Y a mí no me gusta que me ninguneen de esta forma.

—No te culpo lo más mínimo. Es una mierda, y te pediré disculpas cuando ese hijo de la gran puta esté en la cárcel. Si te sirve de consuelo, cuando estén puestas aquí, Clark va a instalar uno de estos sistemas en mi casa. A mí me hace la misma poca gracia que a ti, pero pasas tiempo en mi casa.

Morgan se giró y se desplomó en una silla.

—Hace que me sienta impotente.

—Es absurdo, y no eres impotente. Le has hecho una muesca en la coraza, ¿recuerdas? Ahora tú tendrás una, y él no la va a agrietar.

Miles se sentó delante de ella.

—Una parte de ti sigue pensando que al venir aquí y vivir aquí estás siendo una fracasada y una débil. Y una mierda. Venir aquí y empezar de cero después de lo que te ha pasado demuestra que eres fuerte. Lo bastante fuerte, Morgan, como para que cuando alguien te proporcione un escudo lo cojas y lo uses.

—Es superinjusto que seas tan lógico. —Se apretó los ojos con los dedos—. Solo ha pasado un día, y tiene muchos caminos que coger. —Apoyó las manos sobre la mesa—. Los del FBI me han puesto al corriente.

—Vale.

—Necesito caminar. ¿Podemos ir a dar una vuelta? Necesito la ayuda de mi amiga Zen.

—Claro. Dame un segundo.

Cuando lo vio sacar el móvil, Morgan se apretó los ojos con los dedos de nuevo.

—Tienes que volver al trabajo. Ya lo hablaremos luego.

—No digas tonterías. Dame un segundo.

Miles se levantó y se alejó. Mientras hablaba con su asistente para reorganizar algo, se preguntó por qué a una mujer sensata como Morgan le costaba tantísimo aceptar ayuda. En cuanto regresó junto a ella, le tendió una mano.

—Demos una vuelta.

—No lo han cogido. Es lo primero que debes saber.

—¿Pero?

—No estaba en la habitación de hotel cuando ha entrado la policía, pero muchas de sus cosas sí: ropa, carnets de identidad, aparatos electrónicos. Y el coche que se había agenciado al vender o intercambiar el de su última víctima estaba en el garaje del hotel. Saben con qué nombre hizo la reserva de la habitación. Había ido de compras, a comer algo. Tienen los recibos de la tarjeta de crédito.

Se detuvo junto a la fuente, así que se quedaron unos instantes allí. Miles esperó mientras el agua manaba de la rana y la luz del sol incidía sobre el cuenco de cobre.

—Por la hora, suponen que vio a los agentes entrar en el hotel cuando regresaba a pie del restaurante, cuya cuenta la cargó en la tarjeta con el nuevo nombre. Fue cuestión de minutos.

—Por lo tanto, tienen lo que dejó en la habitación de hotel y el coche —lo resumió Miles.

—Sí, y más. Caminó un poco y cogió un autobús. Consiguieron su nueva descripción gracias al hotel, por las declaraciones de los testigos y las cámaras del vestíbulo. Cogió un bus, y ahí también lo grabaron con la cámara. Y por el sitio y el momento en que bajó, creen que robó un coche del aparcamiento de un Walmart. Tienen la marca y el modelo del coche, las matrículas. Ha empleado la identidad con la que lo conocí para pagar la gasolina. Encontraron el coche en un aparcamiento de larga estancia en el aeropuerto de Omaha, en Nebraska. Es donde están ahora.

—Está huyendo.

—Es lo que me han dicho, sí. Están registrando hoteles, moteles, agencias de alquiler de coches, denuncias de vehículos robados en Omaha. No ha entrado en el aeropuerto. Parecen convencidos. Puede que haya robado otro coche de ese aparcamiento. No están seguros todavía.

No solo había hecho una muesca en la coraza de Rozwell, pensó Miles. La había destruido. Y eso lo preocupaba.

—Ha perdido las herramientas, el equipo.

—Cuando salió del hotel, llevaba un maletín con un orde nador portátil —le contó Morgan—. Tiene algo, pero como ha utilizado la tarjeta de Luke Hudson, creen que no cuenta con ninguna otra identidad que no sea arriesgada. Por el momento.

—Necesita cosas para crear otras y un lugar para esconderse mientras tanto. Está alrededor de Omaha, Morgan, y tú no.

—Ya lo sé. Y sé que están frustrados. Lo he notado en la voz de la agente Beck, a pesar de que se le da muy bien sonar muy directa. Frustrados por haber estado tan cerca, cuestión de minutos. Y emocionados por haber estado tan cerca.

—Y... ese es el escenario actual.

—La ha cagado, y debe de saberlo.

Quizá Miles también estaba frustrado, pero Morgan solo detectó satisfacción en su voz.

—Para saber tanto de tecnología e informática, no se acordó de desconectar el sistema de localización. Ha usado una identidad falsa para pagar la gasolina cuando debería haberse arriesgado a entrar en la gasolinera y pagar en metálico. Así les habría costado mucho más tiempo seguir su rastro.

Morgan no lo había pensado. Todo sucedía muy deprisa.

—Puede.

—Es bastante probable. Una parada a poner gasolina en la autopista. Y luego el aparcamiento de larga estancia... Ya había recurrido a algo así antes, ¿verdad? Y mejor todavía que haya cambiado las matrículas y haya conducido el coche robado por alguna carretera.

—Sí. Creo... Sí. —La pura y fría lógica le calmaba los nervios—. No ha sido un movimiento inteligente. No está siendo inteligente.

—Se dirige a una zona bastante poco poblada, ¿por qué no lo aprovecha en su beneficio? Sin embargo, se va a un centro poblado. O ha llevado el coche a pintarlo de cualquier manera por poco dinero y recorre más kilómetros antes de deshacerse de él. Echa un ojo a los anuncios, compra una tartana a un propietario en metálico y sigue conduciendo.

Morgan frunció el ceño y se giró hacia Miles.

—Si algún día tengo que huir de la ley, quiero que vengas conmigo. ¿Qué harías después?

—Cambiar el patrón. —Respondió sin vacilar lo más mínimo—. Ir a un motel barato y desconocido en el que a nadie le importe una mierda. Comprar lo indispensable que necesito para cambiar el aspecto de nuevo y generar un par de identidades nuevas. Necesita poder acceder a su dinero.

Miles pensaba en voz alta mientras intentaba distraerla y caminaba con ella por el patio.

—Pasar cierto tiempo en una localidad poblada para abrir cuentas en por lo menos dos bancos distintos para transferir una parte de los fondos. Abandonar la tartana y comprar un coche nuevo con mi nueva cuenta bancaria. Y luego, para seguir alterando el patrón habitual, buscaría una zona remota donde alquilar una casa o una cabaña. Me instalaría para reflexionar sobre la multitud de formas en las que la he cagado.

Al mirar hacia atrás, vio que Clark instalaba la cámara de la puerta trasera.

—Cuando hubiese pasado suficiente tiempo —prosiguió Miles—, cogería un avión privado y volaría a... tal vez las islas Canarias, donde disfrutaría de unas largas y tranquilas vacaciones.

—¿A las islas Canarias?

—Por ejemplo. Hay un montón de kilómetros entre un sitio y el otro. Pero Rozwell no va a hacer todo eso.

—No, está claro. Pero ¿por qué lo dices?

—Hay pruebas de sobra para saber que no puede admitir haber cometido un error. Si se da cuenta de que han seguido el rastro del coche desde Carolina del Sur, no es culpa suya. El culpable será el tío que le cambió el coche. Quienquiera a quien le robó el siguiente coche, era culpa suya por no haber llenado el depósito y que él se viera obligado a usar una vieja tarjeta de crédito.

—Y es sobre todo culpa mía porque estoy viva.

—Exactamente. —La cogió por los hombros y la giró para que viese cómo se desarrollaba la instalación de las cámaras—. De ahí el sistema de seguridad. Y tampoco va a hacer todo eso porque el patrón es su manera de ser. Necesita seguir ese patrón. Puede que lo cambie un poco, pero solo porque quiere culpar a otra persona. Pero lo retomará. No tiene agallas para desprenderse de su vida y plantar las raíces en otro sitio de otro modo.

—Lo que no estás diciendo es que por todo eso, y por cómo es, tendrá que venir aquí.

—No tengo que decir lo que ya sabes. Pero la situación ha cambiado, Morgan, y ahora es mucho más probable que lo encuentren primero.

—¿En serio lo crees? Prefiero que me digas la dura verdad que una mentira piadosa.

—Sí que lo creo. Con todo lo que me acabas de contar, sí que lo creo. Está huyendo, está asustado y la está cagando. Y tú no estás haciendo nada de eso. Y él está solo. —Las manos sobre sus hombros le recorrieron los brazos y volvieron a subir—. Tú no estás sola.

—Pero tengo que aprender a vivir con cámaras en las puertas.

—Por lo visto, millones de personas viven así y les gusta y todo.

—Ayudarán a que mi madre y mi abuela estén a salvo cuando yo esté currando de noche. —Lo miró a los ojos—. Pero te has pasado de la raya.

—Tienes razón. Y ¿qué quieres decir con eso?

Morgan se limitó a suspirar y ladeó la cabeza hacia su hombro.

—Supongo que más vale que me enseñe cómo funciona para que yo se lo enseñe a mi familia. Pero no te voy a dar las gracias, por lo menos no todavía.

—Me da igual. Como me da igual que pongas el grito en el cielo cuando te diga que vas a empezar a mandarme un mensaje al volver a casa después de cerrar el bar.

—Por el amor…

—Un mensaje breve. «Estoy en casa», «Todo bien», «Que te den». Cuando estés en casa y hayas cerrado la puerta con llave.

—Ya sabes a qué hora vuelvo a casa.

—Soy consciente.

Como no pudo evitarlo, Morgan le acarició la mejilla.

—Te voy a despertar.

—Ese es mi problema. Solo te pido que me mandes un par de palabras. No me obligues a tirar del poder de la culpa de mi madre, que casi nunca usa pero resulta sumamente efectivo.

Supo que la había derrotado en cuanto en sus ojos vio diversión más que fastidio.

—¿Qué poder?

—Tú lo has querido. —Miles adoptó un tono lastimero mezclado con radiante cariño—. Es que no entiendo por qué quieres que me preocupe tanto. No es propio de ti ser tan egoísta. Solo te he pedido una nimiedad, que me ayudaría mucho a tranquilizar mi mente.

—Ahí va, eso es… Es magistral.

—No lo usa a menudo. No le hace falta —añadió con una pizca de exasperación—, porque los efectos pueden llegar a durar años. Posiblemente décadas. Un mensaje breve, Morgan, cuando estés a salvo en casa.

No, nadie le había dado órdenes antes. Y nadie, excepto su madre y su abuela, se había preocupado tanto por ella.

—Una versión a distancia de cuando te quedas mirándome hasta que me alejo con el coche o entro en casa. Vale, muy bien, pero a mí no me culpes por cargarme tu ciclo de sueño.

—Vamos a por el tutorial. Me ha asegurado que el sistema no tiene ningún misterio.

—No te voy a dar las gracias por las cámaras y el timbre. —Le cogió la cara con las manos y lo besó—. Pero me alegro de que aparecieras tan poco después de recibir la información sobre Rozwell. Me alegro de tenerte a ti para hablarlo y te agradezco que hayas cambiado cosas en el trabajo pensando en mí. Por eso sí que te voy a dar las gracias.

—Ya te he dicho que me importas. Y ahora vamos a ver cómo funciona el maldito sistema, ya que a mí también me ha tocado ponerme uno.

Morgan volvió a cogerle las manos.

—Esa parte me gusta.

—No me extraña.

Cuando la dejó en su casa, Miles llamó a su despacho y reprogramó un par de cosas más. Ya trabajaría hasta tarde y recuperaría el tiempo perdido. A diferencia de un psicópata, era capaz de cambiar de patrones y hábitos cuando era necesario.

De ahí que cogiera el coche y fuese hasta la comisaría de policía.

Se consideró afortunado al encontrar a Jake en su despacho, con una taza de café junto al codo, observando la pantalla del ordenador con el ceño fruncido.

—¡Gracias a Dios! Una distracción. El papeleo es la fuente de todo mal. Cierra la puerta. —La señaló—. Descansaré cinco minutos. ¿Quién te ha dejado salir de la jaula a esta hora del día?

—Mi puerta siempre está abierta. —Aun siendo consciente de que sabría a alquitrán recalentado, Miles se sirvió una taza de la cafetera de Jake—. ¿Has hablado con los del FBI hoy?

Jake apoyó en la mesa los pies, enfundados en sus habituales Converse negras de tiro bajo.

—¿Por qué me lo preguntas?

—Porque Morgan me acaba de contar las novedades del caso.

—No he recibido nueva información desde que Morrison me comentó que lo habían perdido en Kansas City, pero que habían dado con una cueva de tesoros en su habitación de hotel.

La suerte del cabronazo debe de haber cambiado, pero por la cara que traes supongo que no ha cambiado tanto como para que hayan podido atraparlo.

—Todavía no.

Mientras Miles lo ponía al día, Jake se quedó recostado en la silla y sorbió su café. Alguien que no lo conociera bien pensaría que estaba ensimismado en sus cosas. Miles lo conocía, y muy bien.

—No solo está huyendo, está dejando rastro. Está desmoronándose. No está acostumbrado a que las cosas le salgan mal, y en muchos sentidos le han salido mal desde que falló con Morgan.

No solo estaban de acuerdo, pensó Miles, sino que coincidían en todos los puntos. Era la ventaja de conocer a alguien de toda la vida.

—¿Crees que seguirá huyendo?

—Una temporada sí. Necesita encontrar un escondrijo donde vivir y sustituir parte de lo que ha perdido. Necesita todo eso no solo para continuar lo que interpreta como su obra, sino también para recuperar la confianza. ¿Cómo te vas a sentir superior si has permitido que te quitasen algunas de las herramientas que te ayudan a sentirte superior? Debe de estar asustado y también cabreado.

—¿Y?

—Si cabreas a un perro rabioso, Miles, se te va a lanzar a la yugular. Aun así, en ese perro rabioso hay un cerebro humano, así que va a hacer cuanto crea vital para protegerse antes de lanzarse a la yugular de ella.

Jake bebió más café.

—No hace falta que lo pidas. Seguiremos patrullando cerca de su casa, y yo me uniré a la patrulla de vigilancia.

—Le he pedido a Clark que instalase uno de esos sistemas de seguridad que se pueden controlar desde el teléfono móvil. Ahora me va a poner uno en mi casa porque a veces Morgan se queda a dormir.

—¿Miles Jameson está instalando uno de esos sistemas de seguridad inteligentes y modernos en su vieja casona? —Jake se rio por la nariz—. Ay, amigo, estás muy pillado.

—Estoy como estoy. Además, es temporal.

—¿Morgan o el sistema?

Miles empezó a hablar, pero al final se conformó encogiéndose de hombros.

—Bueno, tengo que decirte que nunca pensé que terminarías con una morena de alta gama como tu novia anterior. Con una rubia sí, claro, es más de tu rollo.

—Yo no tengo ningún rollo.

—Tío, los dos tenemos nuestro rollo. Es muy guapa, está claro, pero eso para ti queda en segundo o tercer lugar. Es una superviviente, y ese sí es tu rollo, además de inteligente y responsable, y ha echado raíces.

Miles se dio cuenta de la desventaja de conocer a alguien de toda la vida.

—No ha tenido oportunidad de echar raíces.

—Pero quiere hacerlo, ¿verdad? Eso se ve a simple vista. Me cae bien, pero, aunque me cayese mal, me aseguraría de que hacemos lo imposible por que esté a salvo.

—Lo sé. —Contaba con ello—. Tengo que ir a trabajar.

—Yo también. Pero antes deja que te diga que le pedí a tu hermana que saliese a cenar conmigo.

Miles había empezado a levantarse, pero se sentó.

—¿Cómo?

—Me costó lo mío, pero anoche cenamos juntos, y, después de haberle agrietado un poco la pared, la convencí para ir a hacer kayak el domingo que viene. Nada de esto debe de ser una gran sorpresa para ti, ya que te dije, cuando teníamos... ¿cuántos?, ¿diez u once años?, que me iba a casar con tu hermana.

—También me dijiste que ibas a escalar el Everest y a formar parte de los Red Sox de Boston.

—Bueno, hay sueños que se desvanecen con el tiempo, pero otros no. O, en este caso, hay algunos que se desvanecen un poco y terminan volviendo con colores fuertes y atrevidos.

—No quiero pensar en eso —decidió Miles—. No quiero pensar que Nell sea tu rollo ni imaginaros a los dos con colores fuertes y atrevidos. Es... inquietante.

Jake se limitó a sonreír.

—Llevo unos veinte años siendo tu mejor amigo. Si no te fías de mí para estar con Nell, ¿de quién te vas a fiar?

—Tú no tienes hermanas.

—Eso es cierto.

—Y de ahí que no quiera pensar en eso. —Se puso en pie—. Solo te diré... que tiene ciertas debilidades. A lo mejor no se ven, pero están ahí.

—Miles, también hace veinte años que conozco a Nell. Sé cómo es. Te voy a decir la descarnada verdad: es muchísimo más probable que ella me haga daño a mí que yo a ella, porque ha sido mi debilidad desde que tenía diez años.

—De un modo u otro, acabaré cabreándome con uno de los dos. —Negó con la cabeza y se dirigió hacia la puerta, pero se detuvo—. Nell y tú no habéis...

Cuando dejó la frase a medias, Jake volvió a sonreírle y enarcó una ceja.

—No, no, olvida que te lo he preguntado. No lo quiero saber.

Condujo de vuelta al resort con la intención de ir directamente a su despacho, pero terminó desviándose hacia el de Nell.

—Miles, genial. Acabo de terminar algunos de los cambios para el pícnic de la semana que viene y...

—¿Por qué no me habías dicho que Jake y tú habíais salido juntos?

Nell ladeó la cabeza. Se envolvió uno de los dedos con una de las tres cadenas que llevaba y le sonrió.

—Porque eso forma parte del departamento de... ¿Cómo se llamaba? Ah, sí. El departamento de A Ti Qué Te Importa.

—Eres mi hermana y él es mi mejor amigo. A mí me parece que sí me importa.

Nell cogió la botella de agua azul del resort de la mesa.

—Miles, ¿en serio pretendes decidir con quién salgo o dejo de salir?

—No, pero esto es diferente.

—¿En qué sentido?

—Hermana. —Levantó una mano—. Mejor amigo. —Levantó la otra—. Y sabes que Jake lleva muchos años enamoriscado de ti.

—Pues ha conseguido contenerse de manera admirable o irritante, en función del punto de vista. A ver, fuimos a cenar y nos lo pasamos bien. Avisa a los medios de comunicación.

—No me vengas con esas. El domingo vais a hacer kayak.

Con los ojos entornados, Nell volvió a dejar la botella de agua sobre la mesa.

—¿Acaso te lo cuenta todo?

—No. Y no quiero saberlo todo. Pero hay un código, Nell, joder. Si un amigo sale con tu hermana, te informa. Habría sido un detalle que mi hermana me informase de que está saliendo con mi amigo.

—Él también es mi amigo, y fue una cena. Solo una cena. Si decido que vuelvo a salir con él, es decisión mía y asunto mío. Así que no te metas.

—Yo tuve una cita, una, con esa… No recuerdo cómo se llamaba. —Se sentó—. La chica que era parte de tu grupito del instituto.

—Candy.

—Eso, y ya con el nombre debería haberme repelido. Pero, en fin, una cita, y te pasaste semanas gruñéndome.

—He madurado. ¿Tú no?

—Te quiero.

—Y yo a ti, capullo.

—Quiero a Jake.

—Por Dios, Miles, que no lo voy a arrastrar hasta la cama, usarlo y luego tirarlo. Ni viceversa. Deberías saber que no somos así.

—No hables de camas.

La mala leche se transformó en diversión.

—Me voy a acostar con él. Haya o no una cama de por medio.

—Cállate, anda.

—Si decidimos salir un par de veces más —añadió— y si a los dos nos apetece. Mientras tanto, he quedado en ser amiga, fuera del trabajo, con Morgan. A mí me cuesta encontrar o tener tiempo para hacer amigos fuera del trabajo y de la familia. Pero hemos comido juntas y hemos ido a tomar algo. Casi podrías decir que estamos saliendo.

Miles se tapó la cara con las manos y se la frotó con fuerza.

—Tú te acuestas con ella, ¿debería estar preocupada?

—Nell...

—Miles —dijo con el mismo tono extremadamente paciente—. Ni tú ni yo nos tomamos las relaciones ni las entablamos a la ligera. Y aunque también entre en el mismo departamento de A Ti Qué Te Importa, te diré que hace una temporada que Jake me hace gracia.

—Vaya, vaya. No me lo habías dicho.

—Recuerda el nombre del departamento —le espetó—. Y también te voy a decir que ver lo que está viviendo Morgan y cómo lo está llevando me ha hecho darme cuenta de lo rápido que pueden cambiar la vida y los planes. Si Jake no me hubiera pedido una cita, se la habría pedido yo. Quiero ver hacia dónde nos lleva. Tú solo tendrás que asimilarlo y punto.

—Volveré a mi idea de no pensar en eso.

—Harías muy pero que muy bien.

—Morgan. —Se levantó para coger una Coca-Cola de la nevera de su hermana—. Acabo de estar en su casa.

—Fíjate en que no te voy a preguntar qué hacías en su casa en día laborable.

—He pedido que le instalen uno de esos sistemas de cámaras de videovigilancia.

—Ah. —Nell se quedó pensando y asintió—. Es una muy buena idea.

—No le ha gustado, pero tendrá que aguantarse. Justo antes de que llegase, le habían dado noticias sobre Rozwell. Te voy a contar lo más importante y luego me marcharé. Voy atrasadísimo con el curro. Tú podrías informar al resto de la familia.

—De acuerdo.

Mientras se lo contaba, Nell tomó nota.

—He quedado con mamá dentro de..., mierda, de cinco minutos. Se lo contaré. Oye, ¿por qué no cenamos juntos y lo hablamos con calma? ¿Se lo has contado a Jake?

—Sí, y por eso ahora sé... todo lo demás. Voy tarde.

—Yo también. —Se levantaron a la vez—. Oye. —Olvidada

la furia, se le acercó para darle un abrazo—. No te preocupes demasiado. Cuanto más la conozco, más cuenta me doy de lo independiente que es. Pero súmale que nos tiene a nosotros, al FBI y a la policía local de su lado.

—Un perro rabioso con cerebro humano. Así es como lo ha descrito Jake.

—Una descripción acertada.

Y una mezcla que debía preocuparlos, pensó Miles.

23

Cada vez que Morgan creía que le había pillado el truco a su rutina de entrenamiento, Jen diseñaba una nueva forma de tortura.

La pirámide de ese día —constituida por peso muerto, patadas, prensa militar y *curls* de bíceps en la posición de la diosa— ocupaba el número uno como la peor de la historia.

Llegó a la cumbre de la pirámide envuelta en sudor, se apiadó de su camello interior con una pausa de treinta segundos para beber agua —con el permiso de Jen— y luego procuró no llorar en la segunda mitad de la pirámide.

Se iba poniendo fuerte, se sermoneó. Se iba poniendo fuerte para darle un puñetazo a Rozwell en el cuello. Y después de la última malvada repetición, dejó las pesas.

Pero ¿la rutina concluía ahí? Pues no.

Sufrió doce minutos de agonía de ejercicios de core con abdominales, bicicleta, la odiosa postura de la oruga y más hasta que los músculos abdominales le ardían tanto como los del resto del cuerpo.

Sin aliento, floja y agotada, se tumbó en la colchoneta con los ojos cerrados.

—¿Cuándo dejaré de odiar el ejercicio?

—¿Por qué haces ejercicio? —Presta a ayudar, Jen le lanzó una toalla del gimnasio.

—Para ser fuerte, ser fuerte y mantenerme fuerte. —Morgan puso los ojos en blanco detrás de los párpados.

—Y te está funcionando. Has doblado el peso y las repeticiones desde que empezaste. Y comienzas a tener bola en los brazos. Morgan giró la cabeza y abrió un ojo, con el que se examinó un brazo.

—Más o menos.

—Una bola estupenda para tu complexión y tipo de cuerpo. Ahora hidrátate y estira. —Con una sonrisa, Jen le tendió una mano—. Un cuerpo obra de Jen. Me gustan los resultados que veo.

Morgan le cogió la mano y gruñó hasta ponerse en pie.

—Este cuerpo obra de Jen tiene la sensación de que lo han golpeado mil martillos diminutos.

—Hidrátate y estira —repitió Jen—, y dejarás de tener esa sensación. Has progresado mucho. Sigue así. Hola, Nell.

—Jen. Tengo una hora libre.

—Y el mundo se detiene sobre su axis.

—Sí, ¿verdad? —Con unos pantalones cortos negros y un top, Nell cogió un par de pesas de siete kilos—. He venido a divertirme un rato.

Ocupó una colchoneta, empezó a hacer *press* nadador y le lanzó una mirada a Morgan.

—Veo que has terminado de divertirte.

—Estoy agotada. Exhausta. Jen es un monstruo.

—Es una medalla que llevo con orgullo. Estira —le dijo Jen otra vez, y balanceó las trenzas al alejarse en busca de otra víctima.

Morgan empezó los estiramientos y frunció el ceño hacia Nell en el espejo de la pared.

—Fanfarrona.

—Es una medalla que yo llevo con orgullo. Esperaba cruzarme contigo antes de que empezaras el turno. Mi madre me acaba de comentar que en la fiesta de los Friedman, del domingo, quieren otra barra.

—Ya han pedido dos.

—Y ahora quieren tres. Una para los cócteles, y, en lugar de una segunda para el vino, la cerveza y las bebidas suaves, quieren dividirlo en dos. Una barra de bebidas suaves y una de vino y cerveza.

—Le pediré a Bailey que se encargue.

Con suavidad, Nell pasó a hacer pesas para los bíceps.

—¿Está preparada?

—De sobra para una barra de vino y cervezas. Es una buena manera de que vuele sola en una fiesta. Yo se lo diré. Si no se ve capaz, le preguntaré a Nick si se quiere ocupar, o que me cambie el turno a mí y me ocupo yo. Becs tiene clase de arte el viernes por la noche, y no me gustaría pedirle que se la saltara salvo que estemos sin personal. Tricia está de vacaciones hasta el sábado.

—Lo dejo en tus manos. ¿Cómo estás?

Con las manos cogidas detrás de la espalda, Morgan las bajó y soltó un suspiro que sonaba a alivio.

—Creo que me arden los huesos.

—Sigue estirando, y no me refería a eso.

—Hace un par de días que no sé nada. Lo último que me dijeron fue que habían encontrado el coche que había robado al dejar el primero en el aeropuerto de Omaha. Lo dejó, con la matrícula cambiada, en un parador de Dakota del Sur. Creen que a lo mejor hizo autoestop para dirigirse al oeste, ya que les enviaron un posible avistamiento en Wyoming que querían seguir.

—Así que sigue huyendo, y en dirección contraria a aquí. Eso es bueno.

—Intento pensar que sí.

—Yo también lo intentaría. No sé si lo conseguiría. —Nell cambió las pesas por unas de cinco kilos y empezó las extensiones de tríceps—. ¿Cómo va el nuevo sistema de seguridad?

—A mi madre y a mi abuela les encanta. Quién lo iba a decir. —Conforme estiraba los tríceps, Morgan tuvo que admitir, como de costumbre, que el ardor se había transformado en calor, y su cansancio, en engreimiento—. Le han preparado a Miles una tarta de cerezas.

—Me encanta la tarta de cerezas. No la ha compartido conmigo. Fue intrusivo por su parte, Morgan. Miles no invade a no ser que sus sentimientos sobrepasen su rígido sentido de quedarse al margen.

—Lo entiendo. Y hablando de todo un poco, ¿cómo llevas tú tu triángulo?

—¿Tengo un triángulo?

—Jake, Miles y tú.

Con una carcajada, Nell colocó en su sitio las pesas más ligeras.

—Hago lo imposible por disfrutar de uno e ignorar al otro. Y hablando de todo un poco, ¿por qué no salimos a cenar los cuatro juntos? Quizá el domingo por la noche, que tienes libre.

—Ah. —Después de estirar los hombros, Morgan se puso en posición del corredor. Cuando Nell cogió las pesas mayores de nuevo para otra serie de prensa de hombros, Morgan se preguntó cómo era posible que su amiga pudiera entrenar sin sudar lo más mínimo—. ¿No sería un poco raro?

—No lo creo. Creo que sería positivo que Miles nos viese a Jake y a mí como una pareja.

—¿Lo sois?

—Creo que poco a poco nos acercamos a ese destino. Puedo organizarlo yo, algo relajado.

—En la parrilla de Miles —propuso Morgan—. Le gusta usarla, y no solo es relajado, sino que encaja con el ambiente. Amigos y familia.

—Es una idea brillante. Debería habérseme ocurrido a mí.

—A lo mejor le podéis proponer a Liam que venga con una cita. Así el triángulo pasa a ser un hexágono. Creo.

—Brillante de verdad. Me encargaré de organizarlo.

—Ya me lo confirmarás. Ahora he terminado con este infierno por hoy. Oye, cuando tengas tiempo, pásate por el Après. Tengo un par de candidatos para las bebidas especiales de otoño que enseñarte.

—Me pasaré. No dejes de proponer ideas, Morgan.

—Tengo una fuente interminable.

Salió del gimnasio y valoró coger el ascensor en lugar de las escaleras. Como al final la culpa derrotó la conveniencia, se dirigió a las escaleras.

Miles las bajaba.

—¿Está Nell en el gimnasio?

—Alardeando con sus pesas de siete kilos.

—Vale. Tengo que comentarle unas cosas, y si le llego a enviar un mensaje mientras entrena, me habría mandado a paseo. —Ladeó la cabeza y la observó con esos ojos ámbar—. Estás muy guapa.

—¿Hablas en serio?

—Casi siempre. Estás sonrojada y cubierta de rocío.

—Se llama sudor.

—Te queda muy bien.

Para su absoluta sorpresa, Miles se le acercó, le cogió la barbilla con las manos y la besó. Un beso largo y serio.

—Muy pero que muy bien. Tengo que ir a hablar con Nell.

Miles se alejó y la dejó a los pies de las escaleras con la bolsa de gimnasio en las manos. Y ante la vista del personal de la recepción del spa, que fingía no haber visto nada.

Morgan se pasó buena parte de la tarde del viernes ocupada en el jardín con su madre y su abuela. La noche anterior, una breve tormenta había arrancado las malas hierbas como si nada, y le recordó que los retumbos de los truenos la habían despertado en la cama de Miles.

Y que los dos habían hecho tanto ruido como los truenos poco después de que concluyera la tormenta. Miró hacia ellas y vio a su madre arrancando las rosas muertas. Cómo tarareaba para sí mientras se afanaba, qué contenta parecía. Como si todos aquellos años de desarraigo, de mudanzas y de búsqueda hubieran confluido allí, en ese momento y en ese lugar.

Mientras se secaba el sudor de la frente, Morgan se sentó sobre los talones.

—¿Cómo te sientes al volver a ser Audrey Nash?

—Es lo más adecuado. Supongo que el apellido Albright no

encajó conmigo… o yo no encajé con él. ¿Quién habría dicho que podría ser tan fácil recuperar lo que había sido mío desde siempre? —Miró a su hija—. ¿Y tú? ¿Qué se siente al ser Morgan Nash?

—Es como si hubiera cerrado una puerta vieja y abierto una nueva. No me lo esperaba, la verdad es que no. Igual que no esperaba ser feliz aquí.

—Ay, Morgan.

—Vine porque no tenía alternativa, y esa primera noche, mamá, todo en mi interior estaba oscuro e impotente, en parte paralizado, igual que el invierno. Ahora que nos acercamos al final del verano, es lo contrario. Me dirijo a los treinta y vivo en la casa de mi abuela, pero siento ligereza y esperanza y movimiento. Estos últimos meses me han enseñado quién eres tú, quién es la abuela y quién soy yo. Me gusta quiénes somos las mujeres Nash.

—A mí también.

—¡Hora de hacer una pausa! —exclamó Olivia llevando una jarra de té helado a la mesa del patio—. El sol pica mucho, y no me quejo, porque el invierno es largo y frío. Pero cómo pica. Hora de hacer una pausa.

—Me apunto.

Morgan se encaminó hacia ella y vio a Olivia con las manos sobre las caderas.

—Creo que este jardín nunca había sido tan bonito. Las cosas que has añadido, Morgan, hacen brillar lo brillante. Voy a sacar tiempo para sentarme y disfrutarlo mientras dure.

Audrey tomó asiento, se quitó el sombrero y se abanicó con él.

—No me quejo, pero ¡buf! Esta noche está prevista otra tormenta, y espero que esta haga que baje un poco la temperatura.

Morgan pensó en las tormentas y en Miles, y sonrió al servir el té.

—Me gustan las buenas tormentas. No me importaría que refrescara un poco. Miles me ha dicho que esta noche lleve las botas de senderismo.

—Todavía no habías aprovechado para hacer una excursión. Antes te gustaba salir por ahí con tu abuelo. —Audrey cogió el vaso de té y se apoyó la fría superficie sobre la mejilla antes de beber un trago—. Me alegro de que te lo pases bien y hagas cosas que no sean trabajar, aunque suponga trabajar en el jardín.

—Tengo la sospecha de que Morgan y Miles han encontrado algo que hacer que no es trabajo —añadió Olivia—. Y me apuesto lo que quieras a que no es una partida de cartas.

—Aparte de eso —terció Audrey con una risotada—. Es importante interesarse por las mismas cosas cuando estás con alguien. Aparte de eso —repitió antes de que Olivia tomase la palabra—. Yo en eso cometí un error. Papá y tú no. Compartíais muchos intereses. El coronel y yo…; en fin, nosotros no. Morgan y Miles comparten intereses. La jardinería, el resort, a los dos les gustan los perros y ahora hacer excursiones. Y el domingo vais a asistir a vuestra primera cena de parejitas.

—No sé si lo considero una cena de parejitas.

—Es una cena, y os lo pasaréis bien.

—Me da la impresión de que os estoy abandonando a las dos al pasar tanto tiempo de mis findes en su casa.

—No digas tonterías. —Olivia rechazó aquella idea con un gesto—. A tu madre y a mí nos gusta saber que estás con un buen hombre. Y tienes que pasar tiempo con gente de tu edad. Hacer amigos. Los amigos también forman parte de las raíces, cielo, y hay que mantener los que son alegres y sanos.

—Mamá y yo tenemos nuestro club de lectura mensual, las clases de yoga, la tienda, ahora la cafetería. Es divertido quedar a comer con una amiga. Las dos sacamos tiempo para hacerlo.

—Y mañana por la tarde iremos a un pícnic en casa de Tom e Ida. Comeremos demasiado y nos pasaremos el día chismorreando. —Olivia suspiró de placer—. Todavía no somos viejas momias a las que haya que cuidar.

—Y tenemos el timbre mágico. Cómo me gusta.

Morgan negó con la cabeza y miró hacia la cámara de la puerta trasera.

—Ya lo sé. No lo entiendo, pero sé que te encanta.

—La semana pasada recibí un aviso y vi cómo el mensajero de FedEx nos dejaba un paquete en la puerta delantera. —Con las manos extendidas, Audrey sonrió a Morgan—. Es una especie de ventana secreta.

—El sol es inclemente, los jardines están preciosos y la rana me hace sonreír cada vez que la veo, y todas vamos a pasarlo muy bien en nuestras fiestas. No parece un mal plan, chicas. Recibámoslo con los brazos abiertos.

Morgan se prometió a sí misma que lo haría. Lo recibiría con los brazos abiertos.

Una noche de viernes con el Après hasta los topes, disfrutó del trabajo, de la multitud, y esperó con ganas que fuese el sábado para ir de excursión y el domingo para la cena de parejas.

—Vamos a intercambiarnos, Bailey.

—Perdona, ¿el qué?

—Tomarás las riendas tú.

—Ah, pero...

—Estoy aquí si me necesitas, pero a ver cómo te va durante una hora.

—¿Estás segura?

—No te lo propondría si no lo estuviese. —Morgan la empujó ligeramente hacia delante y dio un paso atrás—. La barra la llevas tú.

Y lo hizo bien, muy bien, así que Morgan dejó que la hora se convirtiera en noventa minutos.

—Así es como se hace.

—He olvidado ponerme nerviosa.

—Solo te quedan unas cuantas semanas antes de que vuelvas a las clases, así que en el próximo turno en el que coincidamos te encargarás de la barra durante un par de horas. Ahora descansa un poco. Te lo has ganado.

Era satisfactorio, pensó mientras servía las comandas. Era satisfactorio enseñar a alguien a hacer un trabajo y que lo hiciese bien. No para hacer carrera como barista, no en el caso de Bailey, sino para ganarse un buen sueldo hasta que construyese esa carrera.

—Le has dejado llevar las riendas. —Opal se detuvo junto

a la barra—. Te has apartado del todo y le has dejado llevar las riendas. Cuando me equivoco con alguien o con algo, lo digo bien alto. Contigo me he equivocado.

—Puede que eso nos haya pasado a las dos.

—Sí, puede que sí. Dos especiales de verano, agua con gas y hielo, dos tónicas Bombay.

—Ahora mismo.

—Un sobrino mío acaba de cumplir los veintiuno. Lleva los últimos seis o siete meses trabajando en la cocina del bar de la recepción. No le gusta demasiado, pero es trabajador. Si quisiera formarse en la barra, ¿aceptarías enseñarle?

—Si Nell aprueba el cambio, le enseñaré encantada.

—Genial.

Morgan no esperaba ver a Miles hasta que fuera a su casa, pero apareció durante el cierre.

—Me he quedado currando hasta tarde.

—Ya lo veo.

—Iremos a por la bolsa que tienes en el coche. Así vamos juntos a casa con el mío.

—Entonces, estará aquí mi coche y yo no.

—Mañana vendremos a por él. ¿Has cogido las botas de senderismo?

—Como me has pedido. —Apagó las luces después de lo que consideraba un turno excelente—. Hoy me ha llamado un amigo —le contó cuando salieron.

—Anda.

—Sam. Nina y él… habían salido en serio. La quería mucho y estaba a punto de pedirle que se mudaran juntos cuando pasó todo.

Morgan se detuvo junto a su coche y cogió la bolsa.

—¿Habéis seguido en contacto?

—Sí, y va a cenar a casa de la familia de Nina por lo menos una vez al mes. Quería comentarme que ha conocido a alguien.

En su coche, Miles esperó hasta que la vio ponerse el cinturón.

—¿A ti te supone algún problema?

—No. No, por Dios. Lleva un par de meses saliendo con esa chica y ahora, en fin, la cosa se ha puesto seria. Solo quería informarme. Es muy buen tío, Miles. Me alegro por él. Ya casi ha pasado un año y medio, qué fuerte. En cierto modo es como si hubiera pasado más y en cierto modo como si fuese ayer. Se llama Henna. Es abogada. Tiene una gata llamada Suzie a la que mima, le encantan las pelis clásicas (pero clásicas en plan en blanco y negro) y leer *thrillers*.

—Cuánta información —dijo Miles.

—En cuanto vio mi reacción inicial, me empezó a contar muchas cosas sobre ella. Me alegro por él. Ah, y también esquía, así que el invierno que viene vendrá con ella aquí, se quedarán en el resort y nos presentará. Dios, espero que me caiga bien. Fingiré si no me cae bien, pero espero que sí.

—Estás predispuesta a que te caiga bien, así que, a no ser que no se parezca en nada a lo que te ha contado él, te caerá bien. ¿Algún problema esta noche?

—Lo contrario a problemas. —Cuánto le gustaban aquellos trayectos en coche a altas horas de la noche en la tranquila oscuridad mientras el mundo dormía. El aire entraba por las ventanillas abiertas y un búho ululaba en algún lugar de las profundidades del bosque—. Una abarrotada noche de viernes de verano —prosiguió—. Le he dejado a Bailey llevar la barra durante una hora y media, y lo ha hecho muy bien. Ah, y he visto a mis primeros repetidores; que han vuelto por mí, quiero decir. Es una pareja que se quedó en el resort el marzo pasado y ha vuelto con su hijo, la mujer de él y sus dos nietos.

—¿Te acordabas de ellos?

—De sus caras, sí. Los nombres se me escapaban, pero las caras no, así que he podido darles la bienvenida de nuevo. Y como han cargado las bebidas a la habitación, he podido buscar cómo se llaman. James, o Jim, y Tracey Lowe. Desde que su hijo Manning estaba en la universidad, vienen un par de veces al año. Manning conoció a su esposa, Gwen, en el resort durante una de las vacaciones de verano. Se casaron aquí, qué bonito. Sus hijos se llaman Flynn, que debe de tener seis años, y Haley, de unos cuatro.

Mientras Miles aparcaba en el camino de entrada, Morgan negó con la cabeza.

—Y creo que me olvido de algo. Me contaron todo eso cuando aparecieron para tomar algo antes de acostarse.

—El resort se debe a la lealtad y al servicio personalizado. Los Lowe nos visitan un par de veces al año desde que yo iba al instituto.

Cuando se encaminaron hacia la puerta, Aullido soltó tres ladridos, seguidos por su aullido distintivo.

—Mejor que un sistema de alarma, cámaras incluidas.

—La oferta de llevártelo sigue sobre la mesa.

En cuanto Miles abrió la puerta, el perro se levantó, bailoteó un poco y echó a correr hacia Morgan.

—Me has echado de menos, ¿verdad? ¡Sí, ya lo veo! —Mientras ella colmaba a Aullido de cariño, Miles cerró la puerta con llave.

—¿Quieres algo?

—Solo a este perro tan encantador. —Y, tras ladear la cabeza, le lanzó a Miles una larga mirada de reojo—. Y quizá a ti.

—El perro tiene su propia cama. —Dicho esto, la levantó en brazos y se la puso sobre el hombro.

Le arrancó carcajadas en tanto Aullido mascullaba y subía corriendo las escaleras por delante de Miles.

—Vaya, esto es nuevo.

—Así dejo que descanses los pies después de un largo turno.

—¿Es por eso? La mayoría de los tíos habrían optado por cogerme en brazos sin más, en lugar de ponerme encima del hombro.

—Yo no soy como la mayoría.

—Ya me he dado cuenta. ¿Sabes? Tu casa es preciosa hasta del revés.

Miles la llevó hasta el dormitorio, donde la luz procedía de las estrellas empañadas por las nubes y una luna creciente. Al dejarla encima de la cama, la cubrió con su propio cuerpo.

—¿Qué te parece ahora?

—Me gusta mucho esta vista en particular.

Mientras Morgan lo miraba a él y Miles la miraba a ella, Morgan le recorrió la espalda con las manos y las subió.

—A mí la mía me gusta más. —Con los ojos clavados en los suyos, Miles le rozó los labios con el más leve de los besos—. Tienes una cara...

—Tengo una cara, sí.

—Una cara preciosa. —En ese momento, su boca se posó sobre la suya, donde se quedó más rato—. Lo pensé la primera vez que te vi.

—Detrás de la barra.

—No, la primera vez. En el funeral de tu abuelo.

—Ah. No creo que yo te viese. Si te digo la verdad, no creo que viese a nadie. Es un gran borrón.

—En tu cara se leía todo. La pena, la culpa, el deseo de estar en cualquier otra parte, sola para asimilar lo ocurrido. Y recuerdo que me pregunté si veía todo eso porque yo me sentía exactamente igual.

La besó de nuevo. Fue un beso un poco más profundo, un poco más largo.

—La siguiente vez que te vi la cara, y ahí sí que fue detrás de la barra, vi otra cosa. Debajo de la cara amistosa y eficiente de la camarera —se desplazó hacia el pulso que le latía en el cuello y se alegró al notar que se le empezaba a acelerar—, vi agallas mezcladas con vulnerabilidad. Una cara fascinante. Me gusta verla cuando te toco con las manos.

—Quiero que me toques.

Le cogió las manos y utilizó sus labios, solo sus labios, para excitarla.

—Ya llegarán.

Le soltó una para abrirle los botones de la blusa, y luego lentamente recorrió la abertura con los labios antes de volver a subir.

Esa vez, el beso fue tan pero tan y tan intenso que le pareció que se ablandaba debajo de él.

Miles pensó que no le había dedicado el suficiente tiempo, no con los turnos de noche y los madrugones. Y estaba dispuesto a ponerle remedio.

Le abrió el cierre delantero del sujetador, uno blanco de encaje que sabía que llevaba por él. Y la acarició con los dedos, muy suavemente, mientras le rozaba la lengua con la suya y sus gemidos de placer se derramaban en su interior.

Y la observó en tanto se tomaba el tiempo de deleitarse con el uniforme impoluto, el conjunto blanco y negro. La piel de ella temblaba bajo sus labios y manos, excitada.

Cuando le bajó la cremallera, le rodeó un pecho con la boca, pero con suma suavidad. Sin prisa, sin ninguna prisa, deslizó los dedos para provocarla, solo para provocarla, aunque Morgan se arqueara ante las caricias y los gemidos se volvieran suspiros interrumpidos.

Mientras bajaba por su cuerpo para rozar los pantalones ceñidos sobre sus caderas y darle besos en el vientre, descubrió que le parecía asombrosamente erótico estar vestido por completo y retirar capas de un cuerpo que se estremecía debajo de él por el deseo.

Levantó la cabeza para observarla, para observarle la cara, al satisfacer sus deseos. Morgan gimió debajo de él, entre estremecimientos, justo cuando el primer destello de un relámpago volvió blanca la habitación y uno de sus suspiros interrumpidos se transformó en su nombre.

El trueno lo siguió.

Miles se apoderó de ella y Morgan se lo permitió. Y con la rendición halló poder. Podría coger todo lo que él le diese hasta que el placer la zarandeara igual que las repentinas ráfagas de viento zarandeaban las ventanas.

Su cuerpo era líquido como la lluvia, como si pudiera derramarse sobre las manos de él si Miles así lo quería. Bajo aquellas manos se elevó a un lugar donde el mundo era ardiente y el aire espeso; acto seguido, descendió a una suavidad y una calidez imposibles.

Cuando Miles se apartó para quitarse la camisa, Morgan le puso las manos sobre la dura y fuerte extensión de su pecho. Allí, si bien se tomó su tiempo, un tiempo maravilloso, se le aceleró el corazón.

—Esa cara —murmuró, y la afectó oírlo sin aliento—. Me gusta verte cuando entro en ti.

—Quiero que entres en mí.

Un nuevo relámpago centelleó y la iluminó cuando tendió los brazos hacia él.

Miles la cubrió de nuevo y la contempló al introducirse, lentamente, en su interior. Y se quedó quieto hasta que la vio elevarse de nuevo y apretarse contra él.

—Miles.

—Poco a poco —murmuró en tanto se tomaba unos maravillosos instantes.

Conforme la tormenta se desataba en el exterior, Miles le dio tiempo para recomponerse y romperse.

Cuando le cogió las manos y se adueñó de su boca, tan juntos y tan estrechamente unidos, los dos se rompieron a la vez.

Se tumbó encima de ella, más satisfecho de lo que recordaba haber estado en toda su vida. La tormenta, que ya estaba amainando, había lanzado las últimas gotas de lluvia sobre las ventanas. La luz de la luna regresó y sustituyó el resplandor de los relámpagos.

Desde la biblioteca, el reloj que había sido de su bisabuelo dio las tres.

Miles irguió la cabeza para mirarla y, sí, vio satisfacción en sus ojos.

—Esa cara —susurró de nuevo, y la vio curvar los labios.

24

Morgan durmió como un lirón y se despertó al oler a café.
— Hora de levantar el culo.

Después de parpadear y abrir los ojos, se quedó mirando a Miles. Estaba en pie junto a la cama, totalmente vestido.

—¿Qué hora es?

—La hora de levantar el culo en punto. —Le cogió una mano y tiró de ella para que se sentara—. ¿Por qué hacéis eso las mujeres? —se preguntó al verla cubrirse con una sábana—. Te he visto desnuda. Te he visto los pechos, que como tengo comprobado están bien proporcionados con el resto de tu cuerpo.

—Porque sí —respondió, y no añadió nada más. En ese momento, vio la taza sobre la mesita de noche—. ¡Me has traído un café!

—Te he traído algo que pretende ser café. Bébetelo y levántate. Tienes treinta minutos.

—¿Cuánto tiempo llevas despierto?

—El suficiente para darme una ducha, beber un café de verdad, vestirme y preparar el brebaje ese que te tomas por la mañana.

—Vale, todo eso lo puedo hacer en treinta minutos, no hay problema. Y te agradezco que me traigas un café, aunque le faltes al respeto. ¿Dónde está Aullido?

—Está por ahí patrullando. Treinta minutos —le indicó

mientras se dirigía hacia la puerta—. Tengo que hacer un par de llamadas.

Al cabo de treinta minutos, porque se lo había tomado como un reto, Morgan bajó las escaleras. Llevaba pantalones cortos y botas de senderismo, una camiseta azul de manga larga y una gorra de béisbol roja. Había preparado una mochila ligera con espray antimosquitos, una botella de agua, un kit de primeros auxilios de viaje y un surtido de picoteo junto a lo demás que consideraba indispensable.

Encontró a Miles en la cocina, apurando otra taza de café.

—¿Preparado?

Se giró y se la quedó mirando.

—Qué manía tenéis de poneros botas y pantalones cortos. ¿Llevas crema solar y espray?

—Me he puesto un poco y llevo más en la mochila. —Fue hacia el vestíbulo a por la correa—. Nos llevamos a Aullido.

—Sí, se muere de ganas.

Después de que Miles preparase su propia mochila, salieron por la puerta trasera. Y cuando el perro vio la correa, se quedó sentado donde estaba y mirando deliberadamente a otro lado.

—Considera que la correa es un insulto.

—Claro que sí. Como si no fueras a portarte bien —le ronroneó al agacharse junto al animal—. Bien no, superbién. Pero no podemos llevarte de excursión sin la correa.

El perro sufrió la indignidad.

—Cogeremos el coche.

—Ah, pensaba que iríamos por el camino que queda a medio kilómetro de aquí.

Como Morgan llevaba el perro, Miles le cogió la mano libre.

—El Camino de los Abedules hace una buena vuelta, y cuando hayamos terminado podremos recoger tu coche.

—Me parece bien. Estoy bastante oxidada —comentó cuando subieron al coche—. Hace un par de años que no hago una buena ruta de senderismo. Ha llegado el momento de recuperar la forma para poder salir de excursión en otoño cuando cambien las hojas…, y ya falta poco. No he pasado ningún otoño aquí.

—Los turistas abarrotan la zona.

—Lo cual es positivo para el resort y para el pueblo.

—Sí, pero los caminos están atestados. Hoy tendremos alguna compañía, en verano también viene gente. Pero no es como en septiembre ni en octubre.

—Me muero de ganas. No de que termine el verano, sino de ver el otoño.

Después de que Miles dejara el coche al lado del de ella, Morgan bajó y se puso la mochila sobre los hombros antes de abrirle la puerta trasera a Aullido.

—Es un trayecto de ocho kilómetros —le dijo Miles—, pero hay un atajo para reducirlo a cinco.

—Podré con ocho. —Un nuevo reto.

—Añadiremos a la ruta el circuito de cuerdas y la tirolina. El inicio está justo ahí.

—Durante la primavera alquilé una bici un par de veces para poder recorrer el resort y hacerme una mejor idea del entorno. En realidad, pensé en comprarme una, pero hay demasiada distancia entre mi casa y el trabajo, y salgo demasiado tarde como para arriesgarme a coger la bici.

—No tienes que comprar una bici solo para ir de un lado a otro.

—No, supongo que no. —Pero no podía justificar gastos porque sí—. Todavía no. Pero, bueno, el entorno es maravilloso. La ruta alrededor del lago, los caminos de senderismo, por lo menos los que he visto. Y luego están las tirolinas, el rocódromo, el precioso parque infantil. Me detuve delante de la zona de aventura por la bici, claro. También es muy inteligente por vuestra parte que sea tan fácil comprar o alquilar el equipo, y está justo delante de las pistas de esquí y de los caminos para correr. Por no hablar del lago.

Se detuvo para contemplar el agua azul, salpicada de kayaks y de canoas. Las verdes montañas se reflejaban en la superficie.

—Nunca he ido en kayak. Seguro que tú sí.

—Claro. Algún fin de semana lo probaremos.

—Es una pasada tener todo esto tan al alcance, la verdad.

—Mis bisabuelos compraron la tierra y construyeron el primer hospedaje, las primeras dos cabañas, por el lago y las vistas.

—Tienes suerte de que fueran tan visionarios. Y de lo que ha hecho tu familia con el negocio. Ha construido el resort, sí, pero respetando el entorno. Cuando fui por ahí en bici, vi una cabaña, pero parecía haber brotado en ese sitio.

Aullido, que ya había olvidado el insulto de la correa, trotaba y lo olisqueaba todo a medida que avanzaba por el camino.

—Se rumorea que vais a pasar a usar autobuses eléctricos.

—Sí, cuando llegue el otoño. Vamos a instalar más estaciones de carga.

—Otra idea inteligente.

Llegaron ante el circuito de cuerdas, en las profundidades del bosque. Al ver a los huéspedes del resort escalar, balancearse y colgarse por encima de su cabeza, Morgan negó con la cabeza.

—Me imagino haciéndolo —dijo cuando Miles la guio hacia el inicio del circuito— cuando se desate el apocalipsis zombi o la inevitable invasión de alienígenas dispuestos a exterminar a la raza humana. Quizá entonces sea necesario construir puentes de cuerdas y paredes que escalar, y aprender a no perder el equilibrio sobre ruedas que se balancean y tablones de madera. Pero hasta que llegue ese momento... —movió la mochila—, me voy a limitar a rutas de senderismo para satisfacer mi sed de aventura. Y ahí tienes la razón —añadió cuando comenzaron a subir el camino de abedules que daba nombre al sendero—. Es precioso. Precioso de verdad.

—Y todavía mejora. Avísame cuando te canses de llevar la correa.

—De momento, no. Voy a hacer un millón de fotos, así que estate preparado. Como ahora mismo. Uy, de esto me acuerdo. Lupino salvaje. —Cuando se agachó para inmortalizar las flores moradas, Aullido le lamió la mejilla.

Miles esperó, con la paciencia suficiente, cada vez que Morgan se detenía para retratar eupatorias púrpuras o lo que le pareciese interesante en la corteza de los viejos abedules o arces.

Se cruzaron con un grupo que bajaba el camino y los adelantó otro grupo que lo subía.

A Miles le gustaba la compañía de ella, le gustaba que no parlotease sin cesar, sino que también apreciase el silencio y los trinos de los pájaros. Debía admitir que últimamente no había sacado tiempo para hacer eso, para limitarse a pasear por las colinas y el bosque que tanto adoraba.

Morgan se detuvo y levantó una mano.

—Un momento, oigo... ¿Es una cascada?

—Cuando hayamos doblado la próxima curva del camino. Es pequeña, pero vistosa. La modesta Cascada Blanca. La propiedad del resort termina ahí, así que podemos dar la vuelta o coger el camino más largo que cruza el bosque nacional. Está más inclinado.

—El más largo, está claro, pero quiero ver la cascada.

Descendieron un poco y se apresuraron a llegar junto al río y a la espuma blanca que se formaba sobre unas piedras marrón claro.

—Es preciosa. Como si fuera música.

Y brillaba sobre las rocas, agua que caía sobre agua para que el río dejara a la vista el lecho. En las zonas en las que había sombra, la superficie cubierta de musgo volvía suave la luz. Sin embargo, el sol atravesaba la cascada de agua como un rayo láser.

La pareja que los había adelantado sacó un par de selfis y se giró para seguir bajando por el camino. Un grupo de tres personas subió por un saliente rocoso y procedió a avanzar por el sendero.

Miles cogió la correa para que Morgan pudiera volver a sacar el móvil. Mientras hacía fotos, él extrajo la cantimplora de la mochila y llenó una taza plegable de agua.

Un agradecido Aullido la empezó a sorber.

Miles levantó la vista a tiempo de verla hacerles una foto cuando se agachó a ofrecerle al perro una segunda taza.

—Perdona, no me he podido resistir. Yo había metido en la mochila un viejo cuenco de plástico. Pero esa taza es mejor. —Levantó la cara hacia el cielo—. Es el lugar más perfecto del mundo. Odio los selfis —añadió mirándolo a los ojos.

—Ya somos dos.

—Pero es una cascada, y me gustaría hacer una excepción a mi regla de nada de selfis.

—Adelante.

—Contigo también. Es una cascada, Miles, y la luz es perfecta. Solo uno, porfa.

Miles debería haber sabido que sucedería, así como sabía que negarse lo convertía en un capullo. No le importaba ser un capullo, pero le importaba más cargarse el momento.

Dio un paso hacia ella.

—Gracias. —Alzó el teléfono y lo giró hasta conseguir el ángulo que deseaba—. A la de tres. No frunzas el ceño.

—No estoy frunciendo el ceño.

Para asegurarse, ladeó la cabeza lo suficiente como para darle un beso en la mejilla. Cuando vio que curvaba los labios ligeramente, sacó la foto.

—¿No era a la de tres?

—Así ha quedado mejor. Mira. —Le mostró la imagen—. Somos adorables. Y voy a hacerlo más veces. —Se guardó el móvil en el bolsillo—. Es mi promesa solemne delante de la cascada mágica.

Siguieron subiendo. Sí que era más inclinado, y Morgan supuso que debía dar las gracias a los implacables entrenamientos de Jen por el hecho de avanzar sin que le dolieran los músculos.

Un grupo de adolescentes pasó corriendo como antílopes, riéndose como hienas.

—Es todo risas y diversión hasta que alguien se tuerce un tobillo —comentó Miles.

—¿Qué tendrían?, ¿unos dieciséis? A esa edad son indestructibles.

—¿Dónde estabas tú con dieciséis?

—Si te digo la verdad, no lo sé. Antes apuntaba en una libreta los sitios y las fechas. Después del divorcio, seguimos mudándonos a menudo, y seguí escribiéndolo. Pero cuando fui a la universidad tiré la libreta, y fue una estupidez. Me había hartado. —Agitó una mano como si quisiera alejar algo de sí—. Pero sobre todo fue por un arrebato de mala leche, y me arrepiento.

—Es probable que tu madre lo sepa si algún día quieres unir los lugares y las fechas.

—Quizá, pero...

Se quedó sin habla cuando el mundo se abrió ante ellos.

—¡Dios mío! No me lo habías dicho.

—Es una sorpresa agradable. Y unas vistas que no están nada mal.

—Son espectaculares.

Un mundo de montañas, valles, colinas y ríos se extendía con trazos verde intenso, azul claro y el gris sólido de las piedras en salientes escarpados. Las cumbres que tenían ante sí al seguir caminando hablaban del paso del tiempo y de la resistencia: «Estoy aquí, llevo mucho tiempo aquí y seguiré dentro de mucho».

Morgan admiró los pliegues y la transición de la tierra al agua, la altura de los árboles, el ascenso de los caminos, todo muy claro bajo una enorme extensión de cielo azul. Y la guinda era la blanca caída de una cascada lejana.

Era un cuadro, pensó, sin marco y dispuesto para cualquiera que se encontrase en ese punto.

Se preguntó el aspecto que tendría el paisaje cuando la niebla se levantara y emborronase las colinas. O cuando los árboles se volviesen vívidos en el otoño o cuando el invierno lo cubriese de un manto blanco y radiante.

Ese día reflejaba el verano, y la vida estaba en su apogeo.

El silencio era musical.

—Tengo que hacer otro selfi. —Se giró hacia Miles—. Lo siento, pero es demasiado perfecto como para no. —Levantó la cámara—. Es culpa tuya. Me da igual incluso que frunzas el ceño.

Le rodeó la cintura con un brazo y apuntó con la cámara.

Cuando hubo tirado la foto, señaló a Aullido.

—Te toca a ti. Siéntate. Los perros buenos se sientan.

Se agachó para encuadrar al animal, cuyos ojos irradiaron felicidad, y ladeó la cabeza, emocionado.

Aquel debía de haber sido el momento, pensaría Miles más tarde, el momento en el que empezó a enamorarse de ella. Al verla convencer al perro de que posara —y el muy asqueroso lo hizo—, maravillada en aquel instante, en aquel paraje, rodeada de un silencio alto como los halcones que volaban por el cielo.

El momento en el que ella lo miró a los ojos, radiante, brillando al verse envuelta por el mundo que siempre había sido de él.

Acto seguido, se levantó, guardó el móvil y le cogió las manos.

—Gracias. No podrías haber escogido un mejor día ni un mejor camino.

—En otoño es una verdadera pasada. —Asintió hacia el paisaje.

—Ya me lo imagino, pero ahora mismo desprende verano por todos los rincones. —Al levantar la vista de nuevo, le apoyó la cabeza en el hombro—. El otoño es un regalo, el invierno es una espera, la primavera es un comienzo. Pero el verano es el resultado.

El silencio se rompió cuando varias voces llegaron hasta ellos por el camino, así que Miles se puso en marcha. Dejó a un lado aquel instante y reinició la marcha con Morgan y con el perro.

—Ahora que me lo has enseñado —le dijo cuando el camino comenzó a descender—, voy a sacar mucho más tiempo para venir por aquí. Aunque sea una hora de vez en cuando en mis días libres. ¿A ti te gusta ir de acampada?

—Creo que la humanidad ha progresado mediante trabajo, innovaciones, necesidades y suerte desde que vivíamos en cuevas, y respeto los esfuerzos que hicieron nuestros ancestros para instalar agua corriente en las casas e inventar las ventanas térmicas, los colchones recios y la banda ancha. No se me ocurre ninguna razón para decidir ignorar esas innovaciones y dormir en una tienda.

—Eso es que no a ir de acampada. Creo que yo también siento un sano respeto por el progreso y la innovación. Pero seguro que sabes lo que sería más útil cuando se produzca un apocalipsis zombi o una invasión alienígena. Eso de ahí es un oso —dijo, y se detuvo en seco cuando vio a un enorme animal a un par de metros—. Un oso de verdad.

—No está interesado en ti. —Pero Miles cogió la correa cuando Aullido empezó a gruñir y a menear la cola—. Los osos pardos no suelen ser agresivos. No nos vamos a hacer un selfi con él.

—No me lo había planteado. Es un oso. Es un oso enorme.

Pero el animal se adentró entre los árboles.

—Le daremos un minuto. Tú fuiste varias veces de senderismo con tu abuelo, ¿verdad? ¿Nunca os cruzasteis con ningún oso?

—Pues no. Me dijo qué hacer y qué no hacer en el supuesto caso. Recuerdo llevarme una decepción por no haber visto ninguno. Ahora no sé por qué. Hay algunos que de vez en cuando se dejan ver por el resort, sobre todo cerca de las cabañas.

Mientras caminaban, Morgan miró hacia la dirección por la que se había alejado el oso, pero no vio ni rastro del animal.

—Seguramente me alegraría ver uno… si estuviéramos sentados dentro de una cabaña.

—Los osos estaban aquí antes. —Miles se encogió de hombros. Morgan le sonrió.

—Querido diario: hoy he visto una cascada, he admirado kilómetros de montañas y un oso ha pasado cerca de mí.

—¿Lo sueles hacer? ¿Escribes un diario?

—No. ¿Quién tiene tiempo para eso? Pero si lo hiciera, añadiría al oso. Cuando hayamos recogido mi coche, pararé en la pastelería para comprar algo de postre para mañana.

—Nell va a preparar esa tarta que tanto le gusta.

—¿Nell cocina?

—A veces. Además, yo haré la carne a la parrilla y tú las patatas. No la vas a superar en tareas.

—Es lo que me gusta de ella. Su forma de competir. Debe de ser un reto al estar entre dos hermanos.

—Quizá el reto sea ser el mayor.

—Ah, ¿sí?

—En realidad, no. Pero podría serlo.

—No lo es, porque cuando llega la hora sois un equipo. Ahí está una de vuestras cabañas. Fíjate en lo recogida que está, con mecedoras en el enorme porche delantero. No me había dado cuenta de que nos acercábamos tanto al resort.

—Casi estamos donde hemos empezado.

—Ahora lo veo.

Cruzaron un puentecito sobre el estrecho arroyo, y el camino se extendió hacia el circuito de cuerdas.

Morgan vio a Liam dejar un par de arneses encima de un banco.

—¿Una buena ruta? —les preguntó cuando se aproximaron.

—Ha sido maravilloso. Cascadas, buenas vistas y osos. ¿No hay atrevidos esta tarde? —preguntó al echar un ojo al vacío circuito de cuerdas.

—Han reservado una sesión privada.

Liam le tendió un arnés.

—¿Qué? —Morgan se puso las manos a la espalda—. No.

—Es lo ideal para rematar una ruta de senderismo.

—No, no lo es. Es lo ideal para hacerte gimotear como una niña de cinco años o que te hagas un ovillo y llores llamando a tu mamá.

—No te dan miedo las alturas. —Miles cogió un arnés y empezó a ponérselo—. Lo he comprobado cuando estabas ante las vistas de las montañas.

—No, no me dan miedo las alturas, pero...

—Si te dieran miedo, no lo haríamos.

—No me dan miedo las alturas, pero siento mucho respeto por la gravedad.

—No te vas a caer. ¿Ves esto? —Liam levantó el arnés y le enseñó el mosquetón del sistema de amarre—. Te lo pones y se cierra. No se puede abrir a no ser que tú lo abras manualmente. En todo momento estarás enganchada a una cuerda de seguridad, incluso cuando estés encima de una de las plataformas.

—Me pregunto para qué iba a estar encima de una de las plataformas.

—¡Es divertido!

—Si está asustada... —Miles dejó la frase a medias y comenzó a quitarse el arnés.

—«Asustada» es una palabra muy fuerte. —Y una que sabía que Miles habría usado a propósito—. «Precavida». Prefiero «precavida».

—¿Qué vas a hacer cuando se propaguen los zombis? —le preguntó Miles.

—Sufrir una muerte horrible y luego pasarme el resto de mi existencia zombi comiendo cerebros. Mierda, es una emboscada. —Cogió el arnés—. Enséñame cómo va esto.

Mientras se lo colocaba, Liam le dedicó una sonrisa.

—La cuerda aguanta sin problemas tres veces tu peso. Los dos estaremos arriba contigo, pero primero quiero repasar lo básico contigo en el suelo.

—Me gusta el suelo.

Liam era meticuloso, y lo básico no pareció demasiado complicado.

—Y ¿qué pasa con Aullido?

Miles ató la correa a una pata del banco, le dejó agua y un palo que roer.

—Estará bien —dijo, y le entregó a Morgan un casco de seguridad.

Pensaba que no era tan competitiva, pero subió a la primera plataforma detrás de Liam, y Miles tras ella. Una vez arriba, con Aullido a bastante distancia, Liam repasó de nuevo las instrucciones del sistema de seguridad.

—El puente se balanceará un poco cuando apoyes los pies en las cruces de madera, pero estás enganchada.

—Tú primero.

—Claro. Esperaré en la siguiente plataforma.

Fue como si hubiera cruzado un sólido puente de piedra por encima de un tranquilo arroyo, pensó Morgan al verlo avanzar.

—No te pasará nada —le dijo Miles desde detrás.

Morgan le lanzó una mirada dudosa, contuvo la respiración y apoyó el pie en el primer soporte.

Se balanceaba, de acuerdo, pero mantuvo la vista clavada en la segunda plataforma, incluso al oír que Aullido aullaba desde debajo.

No se cayó y no terminó colgada de una cuerda y humillada.

—¡Lo has hecho genial! ¿Quieres pasar la primera esta vez?

—No, ir segunda me parece bien.

—¿Recuerdas qué tienes que hacer?

—Sí, la parte de no caerme la he pillado enseguida.

Vio a Liam caminar por encima de troncos verticales que parecían innecesariamente estrechos e innecesariamente separados, y al mirar atrás comprobó que Miles cruzaba el puente con la misma facilidad que su hermano.

Eran un par de fanfarrones, decidió, y con cuidado desenganchó el primer mosquetón y lo pasó por el siguiente cable. Le dio un buen tirón de comprobación antes de seguir avanzando.

Los troncos también se balanceaban, pero la idea de quedarse paralizada a medio camino la impulsó a seguir y a extender una pierna para ir de un apoyo a otro. El hecho de que se tragase un par de grititos antes de soltarlos le estimuló la confianza. Eran estrechos troncos de madera que se balanceaban y una red de cuerdas que atravesar.

Liam emitió un aullido de aprobación cuando la vio superar los obstáculos.

—¡Ya lo tienes! ¡Podrías formar parte del personal!

«No —pensó mientras con cuidado se deslizaba por un enorme tronco vertical y por una cuerda floja—. Ni en sueños».

Subió una escalera de cuerdas y notó cómo le canturreaban los abdominales al balancearse por encima del circuito de ruedas.

Pero el trapecio la amilanó. Vio a Liam cogerlo y saltar como un artista de circo desde el palo hasta la plataforma.

Se le aceleró el corazón, le temblaban los músculos. ¡Era su trabajo! Pero aferró el trapecio, aguantó la respiración y saltó.

Y fue como volar. Durante un segundo, o quizá dos, fue como volar, con el aire contra la cara y su cuerpo desafiando la gravedad.

Cuando aterrizó en la última plataforma, su carcajada retumbó por el bosque.

—¡Hala! —Rodeó a Liam con los brazos antes de girarse hacia Miles, que esperaba en la plataforma del trapecio—. Qué pasada.

Y ese fue el momento, supo él. Morgan estaba sonrojada por el esfuerzo, contentísima de pronto y con los brazos alrededor de su hermano.

Y su sonrisa podría haber iluminado el mundo.

Miles no pasó de sentir cariño a sentir amor, no pasó de una atracción momentánea a una eterna, sino que se enamoró de ella hasta las trancas. Y ningún sistema de seguridad habría podido impedirlo.

Se quedó sin aliento, perplejo y un poco cabreado.

De ahí que decidiera pensarlo más tarde. Más tarde, cuando se hubiera despejado la cabeza y ella no estuviera ahí distrayéndolo.

Cuando los dos empezaron a bajar, saltó del trapecio y se les unió en el suelo.

—Divertido, ¿eh?

—Más de lo que me esperaba —le dijo a Liam—. Muchísimo más.

—¿Quieres hacerlo otra vez? Hay tiempo antes de que venga el siguiente grupo. No sabía cuánto tiempo ibas a tardar, pero tienes talento natural.

—Una vez basta. Totalmente.

—También están la tirolina y el rocódromo.

—Déjame, anda. —Entre risas, le dio un empujoncito—. Eso sí que va a ser que no.

—La próxima vez, pruebas la tirolina. Es un chute de emoción y ves kilómetros a la redonda.

—Estás loco. Tu hermano está loco —le dijo a Miles—. Voy a soltar a Aullido.

—Es fantástica —empezó Liam cuando Morgan se alejó, y luego se removió—. Oye, que no le estaba tirando los tejos ni nada.

—Ya lo sé. Y deja que añada que no conseguirías atraerla.

—Vale, es que te he visto un poco mosca, así que…

—No, no era eso, y sí, lo ha hecho genial.

—Me cae estupendamente. Y me gusta como persona en general, sí, pero también para ti. Me gusta para ti.

—A mí también. —Miles se desabrochó el casco mientras el

perro la saludaba como si hubiera vuelto de la guerra—. Y quizá eso es lo que me cabrea un poco.

—Lo superarás. —Liam le dio una palmada en el hombro—. Lo del cabreo, digo.

—Tal vez. Gracias por esto. Pensé que estaría más cómoda contigo que con otro trabajador del circuito de aventura.

—Ha sido divertido. —Le cogió el arnés a Miles—. Es valiente. Eso se lo tienes que admitir. Antes de seguir, ¿se sabe algo más de aquel gilipollas?

—Nada definitivo. Siguen unas pistas hacia el oeste. Quizá por Oregón.

—A lo mejor se queda sin país que cruzar y termina sumergiéndose en el Pacífico.

—A mí me parecería bien, pero sería mejor que lo atraparan. Morgan nunca volverá a estar tranquila del todo hasta que sepa que lo han encarcelado.

—Ese tío no se puede pasar la vida huyendo, Miles. Nadie puede.

No, pensó Miles, pero ese era el problema. Tarde o temprano, Rozwell dejaría de huir y volvería a intentarlo.

En su casa, la llevó hasta la ducha. No solo porque la deseara, y Dios sabía que la deseaba, sino con la esperanza de que el sexo fuera a despejarle el cerebro y a devolverle el equilibrio.

Pero no.

Cuando Morgan se marchó a trabajar, Miles merodeó por su casa y se preguntó cómo era posible que ella llenase tantos espacios aun en su ausencia.

Se fue a su despacho y miró por la ventana de la torrecilla que tanto la había cautivado. Se sentó y trabajó un poco. Eso también le llenaba la mente.

Sin embargo, no dejó de recordar aquellos momentos. El momento frente a las montañas en el que sintió que se prendaba de ella. Y luego el momento en las cuerdas cuando sintió que se enamoraba del todo.

Y había habido otros momentos, admitió. La primera vez que la vio detrás de la barra. Un pequeño clic en su interior que había ignorado. Al verla alejarse al volante de aquella tartana que pretendía ser un coche y quedarse preocupado. Por ella.

Al ver que entrenaba en el gimnasio porque estaba decidida a ponerse lo bastante fuerte como para poder protegerse.

Un montón de momentos hasta el instante en el que salió de casa y la vio delante de su porche con un táper lleno de galletas.

—¿Y ahora qué?

Debajo de su silla, Aullido masculló su opinión.

—No necesito tus consejos. Te tiene embelesado o tú a ella. Joder, supongo que es mutuo.

Se recostó en el asiento y cerró los ojos.

—Es lo que hay.

Distraído, le puso una mano sobre la cabeza a Aullido y se dio cuenta de que su hermano pequeño había estado en lo cierto. Enseguida había superado la parte que lo cabreaba.

—Volverá a casa dentro de un par de horas.

Y se percató de que eso también era lo que había. Morgan volvería a casa y él la estaría esperando cuando regresase.

—Yo que tú haría una última patrulla.

Bajaron a la planta inferior y, mientras Aullido hacía su última patrulla, Miles se sirvió una copa de *cabernet*. Y pensó en ella.

Esperaría a que volviese a casa.

25

La muy zorra le había jodido la vida.

Gavin Rozwell observaba la interminable lluvia que caía al otro lado de la ventana de aquel motel de mala muerte, escondido entre las carreteras secundarias de Oregón, y pensó en las playas de México. Pensó en suites de hotel de lujo con almohadas de plumas y terraza con vistas a puestas de sol sobre el mar.

Pensó en botellas de champán dentro de cubiteras de hielo plateadas.

Pensó en la sensación que le producía chasquear los dedos para que lo atendieran y pasear por calles bañadas por el sol, consciente de que podría comprar lo que se le antojase.

Lo que le pertenecía por derecho.

Morgan Albright —o Nash, como se llamaba por aquel entonces— se lo había arrebatado. Temporalmente, por supuesto, temporalmente, pero se lo había arrebatado.

Notaba el puto aliento de los agentes federales sobre la nuca. Notaba su aliento cuando se despertaba en una cama cutre de una sórdida habitación. Cuando se despertaba con un sudor frío en la oscuridad, asustado y desorientado.

Se había acostumbrado a dejar una luz encendida porque la oscuridad escondía demasiadas sombras que se movían.

No podía quitárselos de encima, no podía quitárselos de encima del todo. Tanto daba la de veces que se dijera que no lo buscarían allí, que no darían con él en una mierda de habitación con aquel aguacero; notaba cómo se le acercaban.

Había entrado dos veces en el sistema de la policía del estado, una vez en Idaho y otra en Oregón, y para su furia y su temor descubrió que habían actualizado su descripción.

Los retratos robot no lo dibujaban con absoluta precisión, pero se le parecían lo suficiente como para que se viera obligado a modificar de nuevo su apariencia.

Se había cambiado el peinado y se había dejado barba, desaliñada y de un marrón anodino como el pelo. Llevaba gafas de una barata montura negra y detestaba la cara que veía en el espejo.

Con la ayuda de maquillaje, las líneas alrededor de sus ojos se habían profundizado, y su piel lucía la palidez de un confinado. Ya había ganado peso por culpa de la comida basura y la falta de gimnasios de hotel.

Cambiaba de ubicación y de vehículo cada pocos días; camionetas y habitaciones polvorientas que apestaban a mosto.

Y la muy guarra vivía la vida en la otra punta del país, riéndose de él sentada en aquella casa enorme.

Gavin oía sus carcajadas incluso al dejar encendida una luz por la noche.

Se imaginaba matándola en innumerables ocasiones, de innumerables formas. Pero esos dulces sueños se hacían añicos cuando oía su risa y cuando sentía el cálido aliento de los federales sobre la nuca.

No podía seguir así. No iba a seguir así.

Necesitaba encontrar un sitio. Los lujos tal vez debieran esperar, pero necesitaba un lugar decente donde refugiarse durante un par de semanas, quizá tres. O un mes.

Un lugar con una ducha decente, donde la lluvia no le provocase dolores de cabeza. Un lugar donde pudiera pensar, planear, prepararse.

Se dirigiría hacia al sur, hacia Nevada. El calor del desierto le despojaría el cerebro de moho y volvería a calentarle la sangre.

Se iría esa misma noche, con la protección de la oscuridad y la lluvia.

Al pensarlo, en su interior nació cierta emoción. Al sur, hacia el sur, mientras los agentes lo buscaban en el húmedo noroeste. Pero primero al oeste, hacia la costa. Dejaría la carraca que había robado el día anterior y se haría con una camioneta. Podría dejar a los putos federales algunas migajas para que pareciera que se dirigía al norte, hacia el estado de Washington.

Pero los despistaría yendo al sur. Al sur, en dirección al sol.

Donde podría pensar, donde podría planear.

Esbozó una sonrisa frente a la lluvia al visualizar el rostro de Morgan.

Sentada en aquella casa enorme, pensando que lo había vencido. Pensando que había ganado.

—Disfruta del resto del verano, puta, porque iré a por ti.

Y entonces fue él quien empezó a reír.

Cuando se despertó el domingo por la mañana, Miles tendió un brazo hacia ella. Al encontrar la cama vacía, abrió los ojos y examinó el que se había convertido en el lado de Morgan, por lo menos durante los fines de semana.

Y se dio cuenta de que no le gustaba aquel vacío. Se había acostumbrado a que ella lo llenara, se había acostumbrado a su forma de dormir. Sobre su lado izquierdo, con una mano debajo de la almohada como si así se aferrase al mundo.

Irritado, y más irritado aún al saberse irritado, se incorporó y reparó en que el perro también había desaparecido.

Se levantó, se puso un pantalón corto de gimnasio con la vaga idea de entrenar después de tomar un café; o, mejor aún, después de echar un polvo. En la planta de abajo, cuando se dirigió hacia la cocina, oyó murmullos procedentes de la televisión del salón principal.

Era uno de esos programas de reformas, observó. A Morgan le encantaba ver la tele.

Y ahí la encontró, con pantalones anchos, una camiseta más ancha aún, delante de la mesa que había llenado de botellas, limones y naranjas exprimidas o enteras. La gigantesca jarra de cristal desprendía un rojo oscuro, casi violáceo, con el líquido que ella había mezclado en el interior.

Con un ojo puesto en un grupo de personas que estaban arrancando unos espantosos muebles de cocina marrones, cortó una naranja.

—¿Qué haces?

Sin dejar de cortar, miró en su dirección.

—Buenos días. Pues estoy encerando mi tabla de surf, obviamente.

—Ja.

Miles se dirigió a la cocina a por la cafetera.

—Estoy haciendo sangría. Los sabores tardan un tiempo en macerarse. Iba a prepararla al volver anoche, pero tú tenías otros planes, así que voy a ponerme ahora con ello para que tenga tiempo de mezclarse bien.

—Para esta mañana también tenía otros planes. —La miró por encima del hombro mientras cogía una taza.

Morgan respondió con una sonrisa al meter las rodajas de naranja en la jarra. Y cogió un limón.

—Pues tendrán que esperar. Tenemos una cena de parejitas que organizar.

«Café. Café. Café», pensó cuando el aroma de la cafetera lo hizo anhelarlo.

—No es una cena de parejitas.

Morgan recordó haber dicho algo parecido, pero había llegado a gustarle la definición de su familia.

—Hemos invitado a gente a cenar, y somos parejas. Por lo tanto, cena de parejitas. Y sé que estoy más nerviosa que tú por la cena, pero es que no suelo montar estas cenas a menudo. Casi nunca, de hecho. La última vez... —Introdujo las rodajas de limón y empezó con las limas—. La última vez fue cuando Nina y yo preparamos una cena para Sam y el tío que creía que era Luke Hudson. La de hoy va a borrar esa del mapa.

Miles pensó que era una velada importante. Lo que él consideraba una cena tranquila de verano era importante para ella. Por muchísimas razones.

Se alejó de la cafetera, se le acercó y la rodeó con los brazos.

—¿Es la jarra más grande que has encontrado?

Notó cómo se reía y cómo se relajaba.

—Crees que, aunque Nell a lo mejor beba una copa por solidaridad, los tíos os limitaréis a la cerveza porque se os arrugarán los huevos si bebéis algo que consideráis demasiado recargado y femenino.

—No era lo que estaba pensando.

—La sangría no es recargada ni femenina, sino una bebida de verano adulta. Y dentro de unas horas descubrirás que mi sangría es excepcional.

Miles le acarició la espalda con una mano antes de ir a por el café.

—Que no es recargada, dice la mujer que ha arramblado con la mitad de un huerto y tiene un montón de botellas encima de la mesa.

—Uno de los muchos secretos de mi sangría es el zumo natural.

Cuando sonó el timbre, Morgan dejó el cuchillo.

—Ya voy yo —le dijo Miles.

—Yo estoy vestida del todo, tú no.

Él levantó una mano para detenerla antes de coger el mando y cambiar el canal al del sistema de seguridad.

—Es mi madre. ¿Por qué cojones llama al timbre?

Cambió el canal de nuevo y empezó a salir de la cocina cuando Morgan se miró de arriba abajo.

—Mierda —dijo.

En cuanto él abrió la puerta, Drea enarcó una ceja.

—¿Te he despertado?

—¿Por qué no has entrado sin más?

—Por si estabas durmiendo u ocupado con otras cosas. —Le dio una cesta llena de melocotones—. Los Miller han vuelto de Georgia.

—¿Con cuántos sacos esta vez?

—Dos. Y los estoy repartiendo. Sé que más tarde verás a Liam y a Nell. Compártelos con ellos.

—Puede. En fin, entra, anda. Estamos en la cocina.

—No quiero molestar.

—Estamos en la cocina —repitió, y echó a caminar—. Morgan está preparando suficiente sangría para toda Barcelona. Tenemos melocotones —le anunció al dejar la cesta sobre la encimera—. Es imposible que quieras meterlos ahí dentro también.

—He optado por el vino tinto y los cítricos, pero de haberlo sabido... —Morgan cogió uno, se lo llevó a la cara y olió el aroma que desprendía—. Son espectaculares. Gracias, Drea.

—Dales las gracias a los Miller. Primos segundos por mi parte de la familia. Cuidan melocotoneros en Georgia. Y lo que es espectacular es tu sangría.

—Te ofrecería un poco, pero no ha tenido tiempo de asentarse y no estaría a la altura. ¿Qué te parece un capuchino con hielo?

—Pues... me parece que sería darte muchas molestias.

—En absoluto.

Mientras Morgan llevaba la jarra a la nevera, Aullido corrió desde el vestíbulo y meneó la cola para que Drea lo saludara.

—Aquí estás. —Se agachó para acariciarlo. Si se preguntaba el significado de que Morgan trasteara a sus anchas en la cocina de su hijo mientras este bebía café con pantaloncitos de gimnasio, le quitó importancia—. ¿Cómo fue la ruta?

—Estupenda. —Morgan preparó el expreso y cogió un cuenco—. No sabía lo mucho que echaba de menos el senderismo hasta que he vuelto a practicarlo.

—¿Y el circuito de cuerdas?

—¿La emboscada, quieres decir? —Se echó el pelo hacia atrás, mezcló la leche condensada y añadió un poco de vainilla con el café—. Más divertido de lo que me esperaba. ¿Lo has hecho?

—Por exigencia del orgullo familiar, y con una vez me bastó. ¿Son cubitos de hielo de café?

Morgan le mostró la bolsa que había sacado del congelador.

—¿Por qué diluir un buen café con agua?

—Dice la que añade un poco de café a su leche con azúcar —puntualizó Miles—. Y quizá a mí también me apetece un capuchino con hielo.

—Estoy preparando cantidad suficiente.

Morgan fue a por dos vasos altos, añadió los cubitos y vertió la mezcla de café.

Drea bebió un sorbo y luego otro.

—A lo mejor deberías venir a vivir conmigo.

—Y yo me pregunto por qué es la primera vez que pruebo esto.

—Tú bebes café solo —le recordó Morgan—. Café más solo que la una. Se me ha ocurrido prepararlo para esta noche, para después de cenar. Deberíamos hacer algo con los melocotones, ¿no? O sea, algo para luego.

—Dice que hay que compartirlos con mis hermanos. —Miles señaló a su madre.

—Bueno, pues así los compartiríamos con ellos, y hay un porrón. No se me ocurre nada.

—Tarta de melocotón —sugirió Drea.

—No sé cómo se prepara.

—Una tarta de melocotón es una tarta a la que se le añade melocotón. Es coser y cantar. Sobre todo para alguien que prepara un par de capuchinos con hielo en menos de dos minutos.

—Con las bebidas no hay problema. La comida me cuesta más.

—Yo te enseño.

—¿En serio?

—Tengo tiempo antes de llevarles los melocotones a mis padres y volver a casa a preparar cubitos de hielo de café. Y me vas a mandar por mensaje lo que has metido en ese cuenco.

—¡Trato hecho!

—Yo voy a ir a entrenar.

Miles abandonó la cocina. Y pensó en lo mucho que encajaba ella en su vida, como si el resto de su existencia hubiera esperado a que Morgan apareciera.

Para cuando había hecho unos buenos noventa minutos de entrenamiento en su gimnasio casero, se había quitado el sudor con una ducha y vestido, vio que su madre se había marchado. Los melocotones llenaban un cuenco azul claro en la encimera de una cocina reluciente.

—He preparado tarta de melocotón.

—Muy bien.

—No, es que es muy fuerte. La he preparado yo. —Señaló el molde que se enfriaba junto al horno—. Tu madre me ha ido diciendo qué poner y qué hacer. He preparado una tarta de cero. Me ha dicho que tiene que estar fría antes de servirla. Quizá con una bola de helado de vainilla.

—Vale. Te habría echado una mano en lo de limpiar la cocina.

—Me ha ayudado tu madre. No ha aceptado un no. Dice que tu padre la va a adorar cuando esta noche después de cenar le sirva un café con hielo, así que estamos en paz. Me cae muy bien tu familia, Miles.

—A mí también, la mayor parte del tiempo.

—Se nota. He cotilleado un poco —prosiguió—. Espero que no te importe, pero es tarde para que te importe porque ya he cotilleado. Y he encontrado estos platos tan bonitos. No recuerdo cómo se llaman… Todos son de un color distinto.

—Es una vajilla de la marca Fiesta.

—Eso. Se me ha ocurrido que podríamos usarlos esta noche. Son divertidos y desenfadados.

Y la vajilla que su abuela siempre había usado para las fiestas en el patio trasero, pensó él.

—Y tienes las copas perfectas para la sangría. Bajas, anchas, con el pie de colores, y servilletas de rayas que he pensado…

Morgan se quedó callada cuando Miles la atrajo hacia sí y la besó.

—Me lo tomaré como un sí.

—Usa lo que quieras.

—Creo que pasaremos de la vajilla de porcelana. Sé que me estoy obsesionando, por lo menos un poco.

—Por lo menos. Morgan… —Olía a melocotones—. Sentémonos un rato.

—Muy bien. ¡Espera! Son casi las dos. Vendrán a las seis a tomar un cóctel.

—Faltan cuatro horas.

—Sí, pero tengo que hacer cosas. Muchas cosas. He visto en la tele la disposición de una mesa que me gustaría probar.

—Para sorpresa de nadie.

—Así que flores, jarrones y velas y de todo. Estoy a cargo de las patatas, y luego serviremos en el plato. Y tengo que arreglarme para estar guapa.

—Ya estás guapa.

—Por favor. Todavía no he asimilado la vergüenza de este conjunto cuando tu madre ha entrado como acabada de salir de la portada de una revista con el titular: «Estilo elegante e informal para el verano».

—¿Vas a ponerte así cada vez que invitemos a alguien a casa?

—Espero que no, pero creo que tengo que superar con éxito este mal trago. Es tu casa, son tus amigos, el comisario de policía. Es un mal trago para mí.

—Vale, vale. ¿Qué hay que hacer?

—Gracias. —Morgan soltó un largo suspiro.

Miles cambió de parecer cuando ella fue a coger las servilletas para practicar unos pliegues preciosos para la mesa que quería poner.

Decidió que podría esperar. Lo que quería decirle podría esperar. Y así aprovecharía para tomarse más tiempo para pensar.

Fueron necesarias casi las cuatro horas para que quedara satisfecha con cada detalle. Las flores, las velas, las servilletas. Se mantuvo muy concentrada, aunque parloteó al preparar las patatas, al marinar el pollo y las verduras que él asaría, y al preparar la salsa barbacoa.

Y, una vez más, mientras trabajaban juntos, lo sorprendió lo bien que ella encajaba allí. Y cómo la emoción con que esperaba aquella velada le había hecho tener a él más ganas de las que se imaginaba.

Morgan se puso un vestido para el que sin duda tenía las piernas adecuadas. Un conjunto veraniego de un verde muy claro que hizo que Miles diera gracias por que fuera verano.

Cuando la vio salir al patio y echar un último vistazo crítico a la mesa, asintió al fin.

—Ha quedado bonito, ¿verdad? Ha quedado muy bonito.

—Solo faltaría. Por cierto, te has pasado mucho tiempo doblando las servilletas y metiendo un berro de agua en cada una con suma previsión, y la gente se va a limitar a desdoblarlas sin más.

—Los berros de agua son bonitos y comestibles, así que ya ves.

—Ya veo. Voy a por una cerveza.

—O —dijo cuando Miles se dirigió hacia el cubo que, por insistencia suya, él había llenado con cerveza y vino en hielo— podrías probar la sangría.

—Creía que se estaba mezclando.

—Ya han pasado seis horas, es tiempo suficiente. Solo un sorbo —añadió mientras lo seguía al interior—. Si no te gusta, pues no te gusta.

Miles se quedó mirando al perro, que se lo quedó mirando a él.

—Solo quiero una cerveza. He doblado servilletas. He arrastrado la tabla de planchar que apenas recordaba para que ella pudiera planchar el mantel que terminará manchado de salsa barbacoa. Me merezco una cerveza, coño.

Aullido masculló algo, y Miles percibió cierta empatía. Solidaridad, quizá.

Morgan llevó a la mesa la jarra con el cubo, los vasos y las copas, las servilletas de cóctel, flores y más velas.

—He añadido un poco de sifón para que tenga burbujas.

Sirvió dos dedos en sendos vasos, se le acercó y le ofreció uno.

—A ver qué te parece.

Miles bebió un sorbo y frunció el ceño.

—¿No está buena?

—No, es que me jode porque está buena, y yo quería una cerveza.

—Siempre puedes coger una cerveza —le dijo, y lo besó en la mejilla.

Oyó la voz de Nell desde el interior.

—¡Hemos llegado! Voy a dejar el postre en la encimera.

—Mierda. —Morgan se dio una palmada en la frente—. He

preparado tarta de melocotón. He olvidado que tu hermana traía el postre. Dejaremos la tarta dentro.

—Qué coño, probaremos las dos cosas. No pasa nada.

Nell apareció acompañada de Jake. También llevaba un vestido veraniego, y Miles procuró no imaginarse a Jake albergar ciertas «ideas» al verla con ese conjunto.

Se detuvo y se quedó observando la mesa.

—Vaya, vaya. Madre mía. —Miró hacia Morgan—. ¡Qué alegre está todo! Anda, ¿eso de ahí es sangría? Probémosla. Jake, si la ha preparado Morgan, tiene que estar deliciosa.

A Miles le pareció ver a Jake lanzar una mirada anhelante hacia la cerveza, pero su amigo terminó diciendo:

—Me apunto.

Para cuando Liam llegó, se sentaron a una tercera mesa a beber sangría. Vino acompañado de una chica de ojos oscuros almendrados y pelo negro llamada Dawn. Miles tardó diez minutos en decidir que no encajaba. Era agradable, pero no una persona que fuera a formar parte de la familia cuando Liam estuviera preparado. O cuando no lo estuviera.

Por otro lado, no podía decir lo mismo de Nell y Jake. Los conocía demasiado bien como para ignorar lo que advirtió con sus propios ojos: estaban hechos el uno para el otro.

Liam entretuvo a las chicas mientras Miles encendía la parrilla. Y Jake se le unió.

—Le harás daño —dijo Miles—. Ella te hará daño a ti. La gente se hace daño por el camino, no lo puede evitar, son cosas que pasan. Y eso es algo que solo os incumbe a los dos.

—Así es la vida.

—Sí, pero como le hagas daño, voy a tener que matarte.

—¿Qué otra opción te quedaría?

—Exacto.

—Ahora mismo, se está divirtiendo sin más. Y no pasa nada. A mí me sobra el tiempo. —Jake miró hacia la mesa—. Y cuando deje de divertirse sin más, estaré preparado. ¿Cuánto has tenido que colaborar en la organización? La mesa parece sacada de una revista.

—He sido un esclavo.

—Estás hasta las trancas, tío.

—Pues sí. No puedo decir lo mismo de ella aún. Por culpa de Rozwell.

Una vez más, Jake miró atrás y bajó la voz.

—Creen que se dirige al estado de Washington. Los agentes federales y los cuerpos policiales de la zona están esforzándose.

—No importa. Mientras siga suelto, es una espada que cuelga sobre ella. —La oyó reír y negó con la cabeza—. Pero esta noche no.

Cuando se sentaron a la alegre mesa llena de flores y de velas, de comida y de bebida, Miles pensó nuevamente: «Esta noche no».

Nada colgaba encima de ella esa noche porque era su momento y estaba superando un mal trago particular.

Se rio con Liam, entabló una conversación con Dawn acerca del impresionismo, que era lo que le interesaba a esta última. Habló de béisbol con Jake, de todo y de nada con Nell.

Miles sabía que en parte era un talento innato, una herramienta en su haber. Pero se debía a que le gustaba disfrutar de la compañía y escuchar lo que la gente tuviera que decir.

—Muy bien, Miles, está claro que ya dominas la salsa secreta de los Jameson. —Nell apartó el plato—. Si no recuerdo mal, en la próxima reunión familiar te toca ser el chef. Y no recuerdo mal. Yo voto por cerdo desmechado. Se te da muy bien.

—Yo también voto por eso. Y por estas patatas —añadió Liam.

—Son la especialidad de Morgan.

—Una de las dos —intervino la aludida—. Si mis chicas tienen algo con que acompañarlas, tarde o temprano termino preparándolas.

—¿Tus chicas? —Dawn le dedicó a Morgan una sonrisa de perplejidad.

—Mi madre y mi abuela. Vivimos juntas.

—Ah. —Comió un delicado bocado de pollo—. Vives con tu madre. Pensaba que trabajabas en el resort.

—Así es. Es fascinante y divertido vivir en una casa con tres generaciones de la misma familia.

Aunque era evidente que se estaba esforzando, Dawn no hizo más que cavar su propia tumba.

—Seguro que tu abuela se siente más segura al saber que estáis en la casa. Siendo mayor, quiero decir.

Miles vio la mirada que lanzó Nell hacia el cielo, pero Morgan se limitó a reír.

—Más vale que mi abuela no te oiga llamarla mayor. Mi madre y ella van a clase de yoga todas las semanas, y las dos veces que he ido con ellas no he podido seguirles el ritmo. Son las propietarias y gerentes de Hecho a Mano y de Café y Vino.

—Ah. He estado allí. Es un local estupendo. Creo que conocí a tu abuela. Es muy lista.

Morgan levantó la copa, pero no ocultó la sonrisa.

—Sí que lo es.

Miles decidió que no, que la chica guapa de pelo negro no encajaba lo más mínimo.

El sol se posó en el oeste antes de que llegara el momento del postre.

—Debo confesar —empezó a decir Morgan— que he olvidado que traías el postre, Nell, y tu madre se ha presentado con unos melocotones.

—¿Has preparado algo?

—Me ha enseñado a hacer tarta de melocotón.

—¡Un concurso de postres! —anunció Liam, y Nell lo fulminó con la mirada.

—No. No es una competición.

—¿Acaso no es todo una competición?

—No. —Morgan se puso de lado de Nell—. Tómatelo como tu noche de suerte y tendrás dos postres. ¿Alguien quiere un capuchino? Caliente o helado.

—Nunca he probado un capuchino helado.

—No te arrepentirás —le dijo Miles a Jake.

—¿Tenéis leche desnatada?

Otro punto para Morgan, que volvió a sonreírle a Dawn.

—Lo siento, pero no.

—Pues quizá media taza… caliente.

—Eso está hecho.

—Te echaré una mano. —Cuando se levantó, Nell le dio una palmada a Jake en el hombro para que se quedara en la mesa—. Es joven —añadió cuando Morgan y ella se encontraban en la cocina—. Pero más joven de los años que tiene.

—Pues sí, aunque no pretendía ofender. Viene de una familia rica, está claro… Y no pasa nada.

—Eso espero, porque yo también.

—Ha recibido una excelente educación en arte y está disfrutando de su último verano antes de aceptar su primer trabajo de verdad en una galería de arte de Chicago, pero en realidad habría preferido ir a Nueva York.

—Te ha contado más cosas a ti que a mí.

—Es fácil de interpretar, y es una chica muy agradable; sigue siendo una chica, pero no es mezquina. Ni Liam ni ella pensarán en el otro cuando se haya mudado a Chicago el mes que viene.

—No, para nada.

—Jake y tú, en cambio, sí que pensáis mucho en el otro.

—Más de lo que quería hasta que empecé a querer. Para ser poli, es mucho más tranquilo de lo que suponía, y ha terminado tranquilizándome a mí.

—Además, espero que no te importe que me haya dado cuenta, pero tiene un culazo.

—Pues sí. Cuesta no darse cuenta. Vale, tiene muy buena pinta —dijo cuando Morgan sacó la tarta de melocotón del horno—. Idéntica a la de mi madre.

—Me ha guiado paso a paso. Lo tuyo tiene buenísima pinta. ¿Qué es?

—Pastel volcado de cerezas. Que no te asuste el nombre. Solo hay que volcar el preparado para pastel sobre las cerezas y añadir un par de cosas. Horneas y listo.

—Hasta yo podría prepararlo, de hecho.

—Te mandaré la receta. Y eso de ahí… ¿Son cubitos de hielo de café? Una idea brillante. Dame uno.

Morgan obedeció y Nell lo sorbió como si fuera un caramelo.

—Dios, me lo podría inyectar. ¿Por qué nunca se me ha ocurrido hacerlos? Cogeré las tartas. Tú encárgate del café.

Unos postres estupendos dieron paso a una larga despedida. Cuando Morgan se sentó afuera con Miles, las estrellas salpicaban el firmamento.

—¿Qué tal el mal trago? —le preguntó él.

—Ya ha pasado, gracias. Ha sido divertido. ¿Ha sido divertido?

—Sí que lo ha sido. Incluso la chica nueva a la que pronto olvidaremos se lo ha pasado bien. Podrías haber aplastado su postre. Y no lo has hecho.

—No tenía la intención de ser tan crítica. Estaba sorprendida. Nunca había pensado que una mujer adulta, varios años mayor que ella, pudiera elegir vivir con su madre, y mucho menos con su abuela. Obviamente, Liam no le ha contado nada.

—Es asunto tuyo, no suyo, así que no, no le ha contado nada.

—Se lo agradezco. Y te agradezco que me hayas aguantado el día de hoy. Sé que he sido un auténtico coñazo.

—No te falta razón. —Le gustaba oírla reírse—. Deberías compensármelo.

—Lo puedo intentar. ¿Qué tienes en mente?

—Lo que tenía en mente esta mañana cuando estabas demasiado ocupada siendo un auténtico coñazo.

—Ya veo. —Se levantó y se le sentó a horcajadas—. Supongo que es lo mínimo que puedo hacer.

—No hasta que hayamos acabado.

Miles se puso en pie con ella, así que Morgan le rodeó la cintura con las piernas.

—Deberíamos avisar al perro.

—Tiene que terminar su última patrulla. Ya sabe cómo entrar cuando haya concluido.

—¿Podemos repetir algún día lo de esta noche?

—De ninguna manera —dijo mientras la llevaba adentro— si tengo que doblar servilletas.

—Te eximiré de esa obligación.

—En ese caso, te daré la oportunidad de convencerme.

—Miles. —Le acarició el cuello con la nariz y le provocó débiles llamaradas por la sangre—. Eres muy bueno conmigo.

Tenía la intención de serlo.

26

Diez días después de que Gavin Rozwell dejara una habitación de un motel de mala muerte para conducir a oscuras en plena tormenta, Beck y Morrison trabajaban en una habitación de un hotel de no tan mala muerte mientras la lluvia arreciaba en la noche.

Habían clavado mapas en la pared y habían marcado los caminos que habían seguido ellos y los que habían tomado los agentes de policía locales. Habían señalado de rojo los avistamientos confirmados y de amarillo los posibles.

Además de los mapas, tenían fotos y descripciones de vehículos robados que habían achacado a Rozwell, separados entre encontrados y no encontrados.

Tenían fotos de la última habitación de motel en Oregón, declaraciones de un recepcionista que había mostrado poco interés y declaraciones de la camarera que había mostrado mucho interés y que le había servido pollo frito especial en el antro que se hallaba junto al motel.

Tenían las declaraciones del dependiente de Quick Mart —que olía a maría y a desesperación—, donde Rozwell había comprado un paquete de seis latas de Coca-Cola Zero, una bolsa tamaño familiar de patatas fritas de sal y vinagre, y media docena de galletas rellenas de manteca de cacahuete.

Tenían la furgoneta Ford destartalada, con los neumáticos

pinchados —y sus huellas por todo el vehículo—, abandonada en una carretera secundaria a las afueras de Fall City, en Washington. Y la descripción de una camioneta Dodge Ram cuyo robo habían denunciado a menos de medio kilómetro de la Ford.

Todas las pistas señalaban hacia el norte.

—Lo hemos localizado hasta el motel a las afueras de Alpine, en Oregón, porque paró en el supermercado. Ahí lo grabaron las cámaras de seguridad.

Beck daba vueltas sin parar por delante de la improvisada pizarra de pruebas en lo que Morrison redactaba su informe nocturno.

La mujer llevaba una camiseta sin mangas y unos pantalones de algodón con cierre de cordón que le servían para esas sesiones de madrugada y para dormir.

En las últimas tres semanas, apenas habían pasado cuarenta y ocho horas en su despacho de Baltimore, incluidas dos noches en sus propias camas.

En lugar de un escritorio, Morrison usaba una mesita del tamaño de una tapa de alcantarilla en la que había colocado su portátil. Sus gafas para leer, compradas en un Walmart después de que se sentara encima de las últimas, no dejaban de deslizarse por su nariz.

—¿Por qué entró en ese súper?

Morrison levantó la vista por encima de la montura.

—Porque quería algo de azúcar y carbohidratos para el viaje.

—Está a diez kilómetros del motel. El motel tiene máquinas expendedoras. Pero no lo compra ahí, sino que va al súper, y sabe de sobra que cuenta con cámaras de seguridad.

—Ha sido cuestión de suerte que hayamos encontrado esas grabaciones.

—Eso no te lo puedo rebatir, pero nos han llevado hasta el motel, y luego hasta la camioneta que abandonó en el aparcamiento de Molalla. Sigue en Oregón, pero sin duda va hacia el norte. El aeropuerto principal se encuentra en Salem, pero no ha entrado ahí, así que parece demasiado fácil.

Morrison se frotó los ojos e hizo botar los anteojos.

—No hay nada en este caso que sea fácil.

—Pero fíjate. Norte. —Empezó a golpear el mapa—. Un camino directo. Sí, sí, serpentea un poco, pero siempre hacia el norte. Hacia Washington, y está más claro que el agua que parece que quiera cruzar la frontera con Canadá o encontrar la forma de entrar en Alaska.

Morrison se quitó las gafas, se las apoyó en la rodilla de sus vaqueros descoloridos y examinó el mapa.

—No estamos desenterrando las migajas de pan. Solo las recogemos por el camino.

—Exacto. ¿Tan torpe se ha vuelto, Quentin? ¿Creemos que nos está dejando pistas como si fueran pétalos de rosas?

—Podría ser. Está nervioso. Sabemos que está nervioso. Se queda en moteles cochambrosos, conduce auténticas tartanas. Y también está más desaliñado, según las declaraciones de los testigos. Está nervioso y huyendo. Pero...

—Pero. —Beck asintió. Se sentó a un lado de la cama y se cruzó de piernas—. Tengo el presentimiento, que cada vez cobra más consistencia, de que nos está engañando. La camioneta que encontramos ayer es un puto cartel de neón que señala hacia el norte.

Morrison se levantó y estiró la espalda hasta que le crujió. Ay, cuánto echaba de menos su colchón extrafirme de Baltimore.

—Después de que fallase con Morgan —comenzó a decir—, se pasó casi un año sin matar a nadie.

—Que sepamos —aclaró Beck.

—Que sepamos. Teniendo en cuenta lo que sabemos, no ha matado a nadie desde Myrtle Beach. Y allí se había puesto las pilas: Arizona, Nueva Orleans, Myrtle Beach. Tres asesinatos en seis meses.

—Debía recuperar el tiempo perdido, el año perdido. —Beck se acercó al mapa grande y señaló Arizona—. Este lo planeó, se tomó su tiempo y recuperó la táctica de siempre.

—Pero lo de Dressler en Nueva Orleans fue un impulso, una pérdida de control. Una descarga muy chapucera.

—Tenía que proseguir, recuperar su ritmo. Se tomó su tiempo, sí, y con la víctima de Myrtle Beach ganó una buena cantidad de dinero. Aun así, Quentin, sin su precisión habitual. Patinó con el sistema del Mercedes, volvió a ser chapucero. Perdió su precisión, lo que él considera su elegancia, con Nina Ramos.

—Y ahora ha vuelto a ir lento. Se ha quedado sin buena parte de sus herramientas, todas las identidades que había generado, y está a la fuga desde Missouri. Por lo tanto, está nervioso, fuera de su elemento, y la caga. Pero...

Una vez más, Beck asintió.

—También está cabreado. Y ¿quién tiene la culpa de todo?

—Morgan Albright... Digo, Nash —se corrigió Morrison—. Y nosotros.

—Y nosotros. A lo mejor por venganza nos lleva a buscar una aguja en un pajar.

—¿Crees que irá a por Nash?

—No. —Negó con la cabeza—. No, porque sabe que le vamos a la zaga. Debe de notarnos tras él. ¿Tú lo crees?

—No. Está nervioso, Tee, así que necesita tiempo para recomponerse y urdir un plan. En algún lugar de ese retorcido cerebro sabe que está cometiendo errores. El mayor error de todos es ella.

Morrison cogió la botella de *ginger ale* que había dejado en el suelo junto a la mesa, ya que no tenía espacio para ella junto al ordenador y los papeles. Bebió un sorbo y puso una mueca; se había enfriado.

Se sentó de nuevo y giró la silla para estar frente a Beck. La habitación de su compañera olía a la vela que siempre encendía. Por lo general trabajaban en su habitación, pues en opinión de Beck la de Morrison apestaba a vestuario de gimnasio.

Y estaba en lo cierto.

Sentado, estiró las piernas y dejó que ese olor, que advirtió que era de peonías y que le recordaba al jardín de su madre en pleno mes de mayo, le relajara la mente.

Como sabía cómo reflexionaba él, Beck tomó asiento y se mantuvo en silencio.

—Deberíamos hablar con el comisario Dooley y con la seguridad del resort para que extremen las precauciones.

—Estoy de acuerdo.

—Pero no es un tipo sutil. Con él, todo es blanco o negro. Si nos quiere llevar al norte, y cuanto más lo pienso más creo que tienes razón...

—Es que va hacia el sur —remató Beck.

—Pues sí. Había planeado ir a México. Eso lo sabemos gracias a su habitación de Nueva Orleans. Quizá se ha agenciado un pasaporte. Pero es un trayecto muy largo.

—Crees que está más cerca. Yo también. Escucha la lluvia, Quentin. Te juro que daría lo que fuera por ver un poco el sol y tener algo de calor. Seguro que tu ojo izquierdo también.

—Mi ojo izquierdo es el más débil. Así que se dirige al sur. Tenemos suficiente gente cubriéndonos por aquí como para seguir tu instinto sureño. ¿Nos vamos a primera hora?

Beck se quedó observando la cortina de la ventana y escuchando la lluvia.

—Qué remedio.

—Encontraremos alguna pista.

—Y lo encontraremos a él. No va a irse de rositas, Quentin. Y no va a llegar hasta Morgan. Pero me preocupa que mate a otra antes de que demos con él. —Negó con la cabeza y sacudió los hombros—. A la mierda. ¿Sabes lo que voy a hacer en cuanto hayamos detenido a ese hijo de puta?

—¿El qué?

—Después de darte un beso en los morros, que tendrás que soportar, me iré a casa con el santo de mi sufridísimo marido y tendremos un hijo.

—¿En serio?

—Apuéstate el ojo izquierdo si quieres. Si hay algo que me ha enseñado este caso, es que la vida está para vivirla. Atrapemos a ese cabronazo y empecemos a vivir.

—Me parece muy bien. —Cerró el ordenador y recogió sus cosas—. Ya lo acabo en mi habitación. Durmamos un poco.

Gavin Rozwell, que en esos instantes se llamaba Leo Nesser, disfrutaba del sol de verano. Se sentía renovado, revitalizado, rejuvenecido. Ni siquiera la triste habitación de motel le enturbiaba el ánimo.

Se había cortado el pelo; seguía desgreñado, pero más despreocupado que descuidado. Se lo había emblanquecido y recogido con un moño. Se había recortado la barba hasta dejarse una incipiente. Un autobronceador había convertido la palidez en un suave destello. Le gustaba el aspecto que tenía con las lentillas verdes y las gafas a lo John Lennon.

Una especie de artista trotamundos con sandalias Birkenstock y vaqueros raídos.

Había tenido que comprar una talla muy grande de pantalones, pero enseguida se encargaría de remediarlo.

Su cabeza le decía que una barriga, aunque fuese falsa, lo ayudaría con su disfraz. Sin embargo, quería recuperar su cuerpo.

Daba largos paseos bajo el sol inclemente llevando consigo un cuaderno de dibujo y una cámara.

Las Vegas lo llamaba como un canto de sirena con los hoteles lujosos y la delirante vida nocturna. Incluso Reno lo llamaba en susurros. Pero se mantuvo alejado, caminó por cañones bañados por el sol —perdería los kilos de más— y se divirtió imaginándose a los del FBI calados por la lluvia y envueltos en la penumbra del norte.

Había dejado un rastro que hasta un ciego sería capaz de seguir antes de meter el Fiat robado en un lago y observar cómo se hundía.

Tarde o temprano lo encontrarían. Pero sería más tarde que temprano.

En el vasto mundo había mucha gente aislada y muchos preparacionistas imbéciles que soltaban gilipolleces en grupos de chat por internet. Solo necesitaba encontrar a una.

Se tomó su tiempo. Si tenía la intención de pasar varias semanas, meses incluso, en la cabaña de alguna friki, debía asegurarse de que daba con la persona apropiada.

Una sin amigos ni familiares que fueran a verificar su identidad. Una que se tomase la vida preparacionista con suficiente seriedad como para disponer de unas buenas provisiones de comida y de agua. Y de un techo decente.

Entró en conversaciones con el apodo de DeNingúnSitio, había pedido consejo y se había alejado de las discusiones. Los consejos lo llevaron a otros grupos, y otros grupos a unas reuniones más locales.

Investigó las distintas zonas y paseó y condujo para echar un vistazo más de cerca cuando era posible. Comió burritos y patatas grasientas, y montó a caballo. Comió patatas fritas de bolsa —la vida nómada le había generado una seria adicción a las patatas fritas de bolsa que era superior a él— y condujo hasta otro motel de mala muerte.

Invirtió en un dron, lo hizo volar por los cañones y grabó unos vídeos aéreos muy decentes de unos cuantos preparacionistas.

Cuando redujo la lista a los dos más probables, descubrió cómo se llamaban y los investigó.

Y decidió que no había discusión entre un exmarine de cuarenta y siete años, que parecía capaz de zamparse rocas para desayunar, y la viuda de cincuenta y tres con brazos esqueléticos que utilizaba el apodo de PrepXJesús.

Jane Boot y su esposo, James, se habían instalado en medio de la nada entre Gabbs y Two Springs, en Nevada, doce años antes. Por lo visto, hace cuatro años, él había muerto de un cáncer que las oraciones no habían podido curar. Jane siguió allí. Tenía una cabra para obtener leche, unas cuantas gallinas, mataba a sus propios cerdos y contaba con un ahumador para la carne.

Era una fanática devota del Rapto, de que los comunistas se habían adueñado de todo el gobierno y de que era inevitable la guerra que libraría la humanidad contra los alienígenas, ya fueran terrestres o espaciales.

Devoraba publicaciones conspiratorias más rápido de lo que él comía patatas fritas.

Jane, igual que el no tan recientemente desaparecido James, eran antivacunas, antigobierno, antihomosexuales y antitodo lo que no incluyese a Dios y las armas.

En opinión de Rozwell, era una chiflada de libro sin hijos, con una hermana —que hacía tiempo había renegado de ella— y acceso a internet.

Había tenido un perro, pero el año anterior lo había enterrado junto a su esposo.

Rozwell esperaba que estuviera bien armada y más que dispuesta a dejar a un intruso más muerto que Moisés, pero debía encontrar la manera de acercarse a ella.

Había perdido un kilo y medio —le quedaban siete todavía— y su confianza se incrementó cuando entró en las cuentas de la mujer con la suavidad con la que un cuchillo cortaba la mantequilla.

La mujer tenía una camioneta, claro, y, por la hoja de cálculo que guardaba en el ordenador, hacía dos viajes al mes a Gabbs o a Two Springs para vender huevos, leche de cabra y fruslerías que había hecho con cuentas baratas y piel de cerdo.

Qué asco.

No usaba Amazon, UPS ni FedEx, y había colocado una puerta de hierro y alambres puntiagudos con un cartel con la frase NI SE TE OCURRA ACERCARTE para vigilar su sucio camino y sus cinco acres polvorientos.

Pero tenía una cabaña, un cobertizo, agua corriente y paneles solares para obtener electricidad, algo que el habilidoso de su esposo había instalado antes de irse al otro barrio. De lo contrario, Rozwell se habría arriesgado a ir a por el exmarine.

Hizo volar su dron. La vigiló y esperó.

Un día la vio ir al cobertizo, y esa vez estaba dispuesta a marcharse.

¡Por fin!

Como un buitre, la vio salir de la cabaña con botellas de leche y cartones de huevos, que cargó en las neveras que tenía en la parte trasera de la camioneta. Luego cogió un baúl, probablemente lleno de las baratijas, y también lo subió al vehículo.

Tenía una escopeta y lo que parecía un rifle en la parte trasera de la choza, y una especie de pistola amarrada a la cintura.

La mujer cerró la puerta del cobertizo, la aseguró con un candado antes de dirigirse a la cabaña y poner también un candado en la puerta.

Con sus botas y sus vaqueros polvorientos, parecía tan delgada como una serpiente, pero seguro que no le faltaba fuerza.

Con el dron, Gavin la siguió cuando se fue por la sucia carretera, por la que levantó una buena polvareda. Pero lo recuperó antes de que la mujer llegase a la puerta.

Como en su última anotación había escrito Gabbs, supuso que se dirigiría al este hacia Two Springs. Él se subió a su furgoneta y sacó un mapa como si lo estuviera consultando por si ella se le acercaba.

Jane tardó su tiempo en llegar a la puerta de la verja, abrirla y cruzarla. Acto seguido, bajó y la cerró con llave de nuevo.

Y entonces puso rumbo al este, y Rozwell supo que le había cambiado la suerte.

Esperó diez largos minutos antes de asegurarse de que la mujer no volvía. No podría romper los candados, o ella se daría cuenta. Pero Gavin había pasado un buen tiempo en su motel con candados y horquillas y tutoriales de internet.

No le parecía una tarea fácil, y para cuando hubo forzado el primero, estaba sudando. Tardó casi media hora en abrir los tres, pero consiguió cruzar la puerta. Regresó a por la camioneta, la condujo hasta el otro lado de la puerta y la cerró tras de sí.

Había planeado esa parte con detenimiento en las horas en las que había vigilado a la mujer o había estado sentado en la habitación de su motel. Necesitaba esconder la camioneta. Rodeó la cabaña, avanzó por uno de los lados y se dirigió hacia el cobertizo donde se encontraba la cabra, a la sombra. Arrancó un poco de la pintura, pero ¿qué más le daba a él?

Condujo hacia el lugar donde la mujer había colgado varias filas de alambres con púas, donde se apiñaban los arbustos de artemisa.

Escudriñó los ángulos con el dron. Ella no lo vería si no iba hasta el cobertizo con su vehículo, gracias a que la casa y los matojos lo ocultaban. Si se acercaba a las gallinas, sí que lo vería.

Pero, en ese caso, Gavin iría a por ella.

Detrás de la casa había otro cobertizo, cuya puerta estaba también cerrada con candado, y el taburete de tres patas que usaba para ordeñar a la cabra.

Todas las malditas ventanas tenían corridas las cortinas, por lo que fue incapaz de echar un vistazo al interior.

Sacó una de sus botellas de agua de la furgoneta y se sentó en el taburete a la sombra.

Con aquella camioneta destartalada, la oiría acercarse. Bien podía relajarse un poco mientras tanto.

Jugó con el móvil, bebió agua. Deseó estar en una suite en el Plaza con aire acondicionado. No, con vistas al mar. Los cactus y la arena, así como los cañones, le hacían anhelar darse un chapuzón.

En la Casa Cipriani si se encontraba en Nueva York.

O podía imaginarse en el Pacífico. En el hotel Post Ranch Inn, en California.

O...

Y de pronto la oyó. Traqueteos y más traqueteos.

Ya era hora, joder.

Se levantó y primero recurrió al oído, ya que no podía arriesgarse a usar la vista. Oyó cómo se detenía la camioneta y, sí, también un chirrido del cobertizo. Esperó a que se detuviera el vehículo y a que la puerta de hierro se cerrara con un chasquido.

Debía sorprenderla por la espalda, había planeado abordarla después de que hubiese abierto la puerta de la cabaña. Tendría las manos llenas. En esos viajes siempre compraba fruta y algunas verduras.

Oyó cerrarse la puerta de hierro y el chasquido del candado. Oyó sus pasos acercarse a la casa, así que se deslizó por el lado del cobertizo que daba a la vivienda, con la espalda contra la pared, avanzando de lado.

Y entonces los pasos de ella se detuvieron.

Gavin se arriesgó a echar un ojo.

La mujer le daba la espalda y con los brazos sujetaba el baúl con bolsas de tela. Una zanahoria sobresalía de una de ellas.

Y miró hacia abajo.

Y él también lo vio. Las marcas de sus neumáticos, sus huellas.

La mujer soltó el baúl y cogió la pistola que llevaba en la cintura. Y Gavin se abalanzó hacia delante.

Blandiendo el arma, empezó a girarse hacia él cuando Gavin la arrolló. Era como estamparse con una bolsa de huesos, pensó al ver volar la pistola por los aires.

Cayeron al suelo como un fardo, con la fuerza suficiente como para que oyese cómo le crujía a ella la cabeza contra el extremo del estrecho porche delantero. Pero eso no le impidió a la mujer asestarle un codazo en la barriga.

Gavin no vio la navaja hasta que le rajó el brazo. Pero el dolor y el olor de su propia sangre lo pusieron hecho una furia. Aferró la mano del cuchillo y la retorció. Notó cómo le rompía la muñeca igual que si hubiera pisado una rama seca. Y aprovechó el grito agudo que profirió ella para darle un puñetazo en la cara.

—¡Me has hecho un corte! —Su voz sonaba igual de aguda que los gritos que soltaba ella al recibir sus nuevos golpes—. ¡Serás puta! ¡Serás zorra!

Los chillidos se convirtieron en gemidos balbuceantes cuando él le estampó la cabeza contra el porche.

Y dejó de balbucir. Se quedó en silencio, inmóvil. Se limitó a quedárselo mirando mientras Gavin se levantaba y se llevaba una mano al brazo.

La sangre le manaba, se le escurría por los dedos y manchaba la tierra, como la de ella. Le había hecho un tajo de medio palmo entre el hombro y el codo.

—¡Por tu culpa me va a quedar una puta cicatriz!

Cabreado ante aquella idea, le dio una patada, y otra, y la pisoteó.

—¡Así es como te gusta, vieja guarra y estúpida!

Sabía que la mujer no experimentaría el dolor que él quería infligirle, sabía que estaba muerta antes de la primera patada, pero no podía parar. No hasta que el esfuerzo y el calor lo marearon.

Cogió las llaves que ella había soltado junto al baúl y la dejó ahí para ir a abrir la puerta.

Seguro que había algún botiquín, cualquier preparacionista debía de tener uno.

Cruzó el comedor, amueblado con un sofá de respaldo hundido y una sola silla, y fue hacia la cocina. Con el doble de tamaño que el comedor, contaba con largas encimeras y una tabla de cortar, seguramente obra de su habilidoso marido. Las paredes estaban cubiertas de estantes, repletos de latas de comida, tarros de comida y botes de cristal con comida seca.

En un viejo armario, quizá hecho a mano, había un kit de primeros auxilios, cajas de gasas, botellas de agua oxigenada, antisépticos, alcohol, calmantes, vendas; todo lo necesario.

Gavin se limpió el tajo en el fregadero de la cocina. Le ardía como el fuego y varios riachuelos rojizos brotaban del corte. Con los dientes apretados, se vertió agua oxigenada, y entonces sí que le escoció como las llamas mismas del infierno.

Las lágrimas le corrían por las mejillas, pero no perdió los estribos; utilizó tiras de sutura para cerrar el corte, lo cubrió de antiséptico y lo envolvió con gasas.

Bebió agua fría directamente del grifo.

Encontró Excedrin en cápsulas y se tragó tres.

A continuación, salió de la cabaña y se quedó mirando a la dueña. Ni de coña pensaba enterrarla, pero no podía dejarla ahí. El cadáver empezaría a apestar; además, no quería verla. Ni arriesgarse a que otra persona con un dron le echase un vistazo.

La arrastró alrededor de la casa. Dejó un ancho reguero de sangre sobre la tierra, pero le importó una mierda.

Cuando llegó junto a los alambres con púas, le vació los bolsillos. Era asqueroso, pero necesario. Encontró un pequeño fajo de billetes, más llaves, un viejo reloj de bolsillo y una navaja.

Fue a por su camioneta a buscar la cizalla, cortó los alambres y la arrastró hasta las profundidades de los matojos.

Pensó que los buitres y los cuervos darían cuenta del resto del cuerpo.

Condujo la furgoneta hasta la cabaña y la descargó sobre el porche. Jamás volvería a dejar nada en una habitación, así que llevaba todo lo que necesitaba. Fue con la cizalla hasta el cobertizo y rompió el candado.

Era una mina de oro. Más provisiones ordenadas con cuidado, herramientas, comida para los animales. No había espacio para una segunda camioneta, pero no pasaba nada.

Con las cizallas en la mano, se dirigió a la parte trasera de la casa y miró con desdén el reguero de sangre. Levantó el baúl para entrar la comida.

El que guarda siempre tiene.

Un vistazo a su brazo palpitante le confirmó que el vendaje se había manchado de sangre, así que se cambió la gasa antes de romper el candado de la puerta de la cocina.

Esperaba encontrar una especie de lavadero, pero la habitación cerrada lo sorprendió y lo hizo sonreír.

Aquella mujer quizá hubiese vivido como una ermitaña en una cueva, pero tenía un montón de aparatos electrónicos muy decentes, y él les sacaría un buen partido. Además de esos aparatos, había una sucesión de herramientas solares. Encendedores, linternas, cargadores, purificadores de agua, una especie de mini-horno solar plegable. Y un generador solar de sobra.

Invasiones, comunistas, guerra civil o Rapto; PrepXJesús lo tenía todo previsto.

Incluido lo que le pareció un AR-15, o lo que coño fuese lo que tanto les gustaba a esos locos francotiradores, colgado en la pared junto a una imagen de Jesucristo.

Entró en la estancia como un niño en una juguetería. Y vio la caja fuerte.

—Qué sorpresa tan agradable.

Quería darse una ducha, quería cambiarse, deshacer las maletas e instalarse, pero lo pospuso todo para empezar a adivinar la combinación.

Al final sí que había una especie de lavadero, con una lavadora muy antigua, sin secadora. El cuarto de baño tendría que valer, así como el dormitorio individual.

En las paredes vio más imágenes de Jesucristo y una tela raída con la frase NO ME PISOTEÉIS, ligada a la guerra de la Independencia de los Estados Unidos.

En el armario, dentro de una caja metálica con otro candado, encontró papeles. Viejas cartas, copias de certificados de nacimiento, de matrimonio, la escritura de la tierra donde estaba y la combinación de la caja fuerte.

Regresó a la pequeña habitación y, como habían instalado la caja fuerte en el suelo, se sentó en los duros tablones de madera e introdujo la combinación.

En el interior encontró dinero. Con una sonrisa, se quedó sentado en el suelo y empezó a contar.

—Treinta y seis mil, trescientos sesenta y dos dólares. —Echó la cabeza hacia atrás y se rio—. Jane, zorra muerta, ¡gracias por la propina!

Se dio una ducha y volvió a curarse la herida. Se puso ropa limpia.

Las toallas eran de papel de lija, y un vistazo hacia las sábanas le confirmó otro tanto.

Haría un viaje a Two Springs, que estaba más cerca y era casi el doble de grande que Gabbs, y compraría sábanas nuevas de algodón egipcio y un jabón decente. Con el dinero de ella.

Metió la ropa de Jane en el baúl, y encontró más dinero todavía. Un par de cientos de dólares ocultos por ahí y por allá, pero el dinero siempre ayudaba.

Como tanto moverse le había abierto el apetito, cogió una enorme ciruela de la compra compulsiva de la mujer.

La cabra empezó a balar, las gallinas a cacarear, el par de cerdos a gruñir. Se comería los huevos frescos, pero ni hablar de ordeñar a una cabra, ni siquiera aunque supiera hacerlo. Y claramente tampoco sabía cómo matar a un puto cerdo.

Aun así, si aquellos estúpidos animales se morían de hambre, iba a tener que lidiar con ello.

Para evitarlo, por lo menos por el momento, fue hasta el cobertizo y sacó algo de comida para la cabra. Incluso bombeó agua para llenarle el bebedero.

—Soy un puto vaquero, así que supongo que más vale que improvise algo de papeo.

Encontró huevos, y muchos, así como carne de cerdo en un congelador y gallinas que ya no pondrían huevos. Hogazas de pan marcadas con la fecha.

La muy guarra preparaba su propio pan, por el amor de Dios.

Gavin no sabía cómo cocinar nada de aquello, pero para

eso estaba Google. En esos instantes, se conformaría con los huevos.

Un examen de las provisiones le reportó un montón de latas de comida y un par de botellas de whisky del bueno.

Preparó unos huevos revueltos, un poco chamuscados, pero que le llenaron la barriga, y los acompañó con lo que quedaba de su bolsa de patatas fritas y dos dedos de whisky.

Mientras comía, con el móvil hizo una lista con todo lo que necesitaría cuando fuese a Two Springs. Sábanas, toallas, jabón, un buen vino, queso, galletas sin levadura, más patatas fritas. Quizá algo con que mojarlas.

Después de cenar, se sentó en el porche y, a pesar del ardor del brazo, se dio cuenta de que estaba relajado por primera vez en semanas. En muchas semanas.

Una parte se debía al asesinato. Había sentido una pizca de ese subidón, aunque la había matado demasiado rápido. Como los huevos, lo sació.

En cuanto al resto, sabía que tenía un lugar y disponía de tiempo. Allí no lo encontrarían nunca. ¿Por qué iban a buscarlo en esa zona? Él era como el día; ellos, como la noche.

Y seguirían meneando la cola cuando estuviera preparado para acabar con la larguirucha de Morgan.

Le llegaría la hora.

Pero por el momento se sirvió otro whisky y jugó un rato con los juguetes que la muerte de Jane le había dejado.

A fin de cuentas, estaba en casa. Hogar, dulce hogar.

27

Como el domingo Miles tenía una cena/reunión familiar, Morgan durmió hasta tarde y luego pasó el rato con su abuela en el jardín.

Le hizo gracia ver que las dos llevaban sombreros de paja de ala flexible, gafas de sol, pantalones cortos con bolsillos enormes y botas altas viejas.

—Parecemos un par de granjeras hippies, abuela.

—A mí este conjunto me sienta como un guante. Tú eres un clon.

—Mamá siempre parece salida de una revista con un nombre en plan *Jardinería con estilo*. —Morgan lanzó más flores muertas al cubo lila oscuro—. Es algo que no he heredado. No sabía que hoy le tocaba trabajar.

—Darlie se ha levantado con dolores de barriga, que supongo que es un eufemismo para la resaca. Es buena chica, un buen refuerzo de verano, y merece salir de fiesta de vez en cuando.

—Mamá y tú sois buenas jefas. —Se enjugó un poco del sudor de agosto mientras miraba alrededor—. ¿Sabes? Ya nunca voy a conformarme con un jardín diminuto. Entre este y el de la casa de Miles, me habéis roto por completo. La primera culpable fue Nina, y al final conseguimos que nuestro pequeño patio quedara precioso. Pero a partir de ahora querré un jardín de rocas, un jardín a la sombra y un jardín que podar.

—Y fuentes con forma de ranas zen.

—Evidentemente. Los inviernos de Vermont son largos, así que quiero todas las flores y plantas que puedan florecer en primavera y verano, y que duren hasta el otoño.

—Te vas a quedar en la zona.

—¿Dónde voy a ir? —Sorprendida, Morgan la miró.

—Donde quieras, cielo. Espero que sea aquí, pero eso es por mí y por tu madre. No tuviste más alternativa que venir aquí, pero lo has exprimido al máximo. Ahora que llevas más o menos medio año establecida y le has pillado el pulso a la zona, quedarte es una decisión.

—Pues sí. —Agachada, Morgan arrancó unas cuantas malas hierbas—. Cuando vine, no sabía cómo salir adelante. Mamá y tú me hicisteis un hueco, y no supe qué hacer con ese espacio. Luego conseguí el trabajo en el resort. No es lo que había planeado. Esta no es mi casa propia, pero es mi casa. —Se encogió de hombros y levantó la vista—. Contigo y con mamá he vivido momentos estupendos, en el trabajo, a solas en esta casa maravillosa. He visto cómo vivís juntas mamá y tú, como si no solo fuerais familia, sino amigas. Y me doy cuenta de que tenía bloqueada esa posibilidad porque quería demostrar algo.

—¿Y lo has hecho? ¿Lo has demostrado?

—Sí. Lo que pasó con Gavin Rozwell fue por él y no fue en absoluto por mí. Trabajé con ahínco y me construí una vida porque quería, porque podía. Pero me perdía esto, abuela, este preciso momento, porque estaba muy decidida a hacerlo todo sola, por mi cuenta. Me perdía conocerte de verdad, conocer a mamá de verdad, y eso significa conocerme a mí de verdad, ¿no crees?

Con una sonrisa, Olivia extendió el brazo, cogió la barbilla de Morgan y se la sacudió ligeramente.

—El buen juicio lo has heredado de mí.

—Mamá es más blanda, ¿verdad?, más blanda que tú y que yo.

—Siempre lo ha sido. Para Audrey el vaso está siempre medio lleno; de hecho, siempre espera a que terminen de llenarlo del todo. Eso no significa que no tenga carácter.

—No me había dado cuenta hasta que vine a pasar una temporada aquí.

—Me sostuvo cuando murió tu abuelo. —Olivia miró hacia el taller de carpintería porque siempre había podido, y siempre podría, imaginárselo allí—. Fue mi pilar cuando el mundo se desmoronó a mi alrededor. Se ocupó durante semanas de la tienda. Yo había pensado venderla.

—No lo sabía.

—No veía más allá del presente, y mucho menos veía el mañana. El amor de mi vida había desaparecido de golpe y porrazo, ¿cómo era posible? Pero tu madre no me permitió rendirme, me sostuvo hasta que pude ponerme en pie de nuevo. A ti te dejó marchar porque necesitabas marcharte —dijo Olivia con suavidad—. Y eso fue una muestra de amor y de fuerza. —Suspiró—. Su ex la dejó destrozada. Digámoslo sin medias tintas y pasemos página. Su ex la dejó destrozada de principio a fin. Pero tu madre consiguió ponerse en pie de nuevo. Igual que tú. Después de todo, somos mujeres Nash.

—Sí que lo somos, y te voy a decir, de mujer a mujer, de Nash a Nash, que he pensado en irme por culpa de Rozwell. Porque si no lo atrapan y vuelve a ir a por mí, vendrá hasta aquí. Y aquí estáis mamá y tú. —Antes de que Olivia pudiera tomar la palabra, Morgan levantó una mano—. Y ya sé lo que me vas a decir. Las mujeres Nash podemos con la situación y con él.

—Exactamente. —Un dedo se clavó en la barriga de Morgan para enfatizar la afirmación.

—Y lo creo de verdad. Quiero quedarme aquí por muchísimas razones, pero no podría quedarme si no lo creyese.

—Me alegro. —Olivia se incorporó y estiró la espalda—. Ahora voy a ser una cotilla y te voy a preguntar si una de esas razones es Miles Jameson.

—Está claro que sí. Solo lo veo un día o como mucho los findes, pero sí.

—¿Y eso te basta? ¿Te basta con un finde?

—No me esperaba esta situación. Y eso también es culpa mía —añadió Morgan cuando se desplazaron por el jardín—. No saqué tiempo para tener citas y mucho menos relaciones. Estaba demasiado centrada en mis objetivos.

—No hay ningún problema en tener un objetivo claro.

—No, pero si eres incapaz de adaptarte… Estar aquí me ha enseñado que no tengo que hacerlo todo sola, por mi cuenta. Que puedo tener una carrera que me llene y una vida real al mismo tiempo. Puedo trabajar mucho y tener tiempo y espacio para la familia y para estar con alguien que me hace feliz.

—Te has ubicado. No tienes el punto de vista de cuento de hadas de tu madre, o por lo menos el de antes. No buscas a nadie que caiga rendido a tus pies. Pero eso no significa que no ames y que no ames mucho.

—No tenía intención de enamorarme de él. —Con un suspiro, Morgan se levantó el ala del sombrero—. De alguien que me gustara mucho, que me atrajera, con quien disfrutase estar. En la universidad estuve con un chico.

—¡Eso espero!

—Abuela. —Con una carcajada, Morgan puso los ojos en blanco—. Me refiero a que la cosa se quedó ahí, en esa lista: me gustaba, me atraía, disfrutaba de su compañía. Hubo dos más por el camino que cumplieron con la lista. Y entonces dejé de sacar tiempo y espacio. Y luego apareció Miles.

—Y esta vez es distinto.

—Sí, para mí sí. Para mí sí —repitió—. La atracción fue inmediata, desde el minuto uno. Solo hace falta ver lo bueno que está. No tardó demasiado en gustarme como persona. A pesar de que asegura que no le gusta la gente, está claro que sabe cómo cuidarla. Lo de disfrutar de su compañía… Qué pasada.

Esa vez fue Olivia la que se echó a reír.

—El amor me ha invadido poco a poco.

—Es el mejor tipo de amor.

—¿Sí?

—Yo estaba dispuesta a darle a tu abuelo como un martillo a un clavo —recordó. Y se rio al oír la carcajada ahogada de Morgan—. Pero me conquistó. El amor me invadió poco a poco.

Cuando miró hacia el taller, podía visualizarlo junto a la puerta, sonriéndole.

—Y un día me dijo: «Livvy Nash, nadie te va a querer como te quiero yo. Casémonos». Quise contestarle: «¿Estás loco?». Pero al final solo le dije: «Claro, por qué no». Steve había urdido un plan y me arrastró con él. Y se aseguró de que me alegrase de seguirlo todos los días de mi vida.

¿Acaso no era milagroso, pensó Morgan, que alguien te amase por quien eras y nunca dejara de hacerlo?

—Me gusta seguir un plan. Supongo que esa necesidad la he heredado del abuelo. Y este no era mi plan. Además, Miles y yo hicimos una especie de pacto antes de empezar nada. De ahí que no me importe lo de pasar solo un finde juntos. Me basta. No me va a romper el corazón. No es cruel, no es frío. Pase lo que pase, lo gestionaré porque he disfrutado de esos momentos. Y ahora esta es mi casa y el Après es mi sitio.

—Te voy a decir una cosa, y luego vamos a ir a podar un montón de esas hortensias. Después, las pondremos por toda la casa y nos sentaremos a tomar un vaso enorme de limonada.

—Vale, pues dime.

—Cuando amas a alguien, y lo amas con todo tu ser y estás preparada, ve a por él. Si él no te ama a su vez, y no te ama con todo su ser, y no está preparado, él se lo pierde. El amor es valiente, Morgan. El amor se pone en pie.

—Eso suena a verdad.

—Porque lo es. Es la verdad pura y dura.

—Es que me estoy acostumbrando a estar enamorada de él, a saber que lo estoy. Supongo que debo esforzarme para estar preparada.

—Cuando lo estés, sabrás lo que tienes que hacer. No eres ninguna cobarde. Y ahora vayamos a cortar unas cuantas flores.

Adornaron toda la casa con esas mágicas hortensias azules. En lugar de limonada, Morgan cogió los ingredientes y los utensilios de una barra.

—Necesito ayuda.

—¿Para preparar un cóctel? No estoy en contra de tomar una

copa antes de las tres un domingo por la tarde, pero la experta en cócteles eres tú.

—Para preparar un cóctel, no; para probarlo, para valorarlo y luego ayudarme a decidir cuál de los tres es el ganador para nuestro especial de otoño. Solo dos sorbos, porque voy a usar distintas bebidas alcohólicas. Y mezclar alcohol es una forma estupenda de conseguir el dolor de barriga de Darlie.

—No sería la primera vez que me pasa.

—Pensaba que estaba entre dos, pero luego se me ha ocurrido otro, así que vas a probar tres.

—¿Le has pedido a Nell o a Drea que los prueben?

—Están demasiado ocupadas. Además, así puedo presentarle a Nell el cóctel ganador.

Olivia se sentó ante la encimera y se frotó las manos.

—Pues vamos a ello.

—Vale, el primero empieza con un vino *riesling* seco y luego con un poco de licor de pera, ya que la pera es la estrella del spa en otoño. El *eau-de-vie* de pera...

—¿Agua de vida? Esas palabras en francés las conozco.

—Es licor de pera, y le da un buen subidón al *riesling*.

—¿A quién no le gusta un buen subidón? —Disfrutando, Olivia apoyó la barbilla en una mano para contemplar a su nieta—. Ya tiene muy buena pinta.

—Pues la tendrá mejor. Un poco de *curaçao* de naranja para darle sabor, un poco de sirope de miel para darle dulzor, y cinco (ni cuatro ni seis) gotas de bíter para que sepa un poco a regaliz.

—Suena tan bonito como parece.

—Si es el elegido, lo serviré en una clásica copa de champán Cary Grant con una rodaja de pera como acompañamiento.

Cuando hubo terminado, Morgan le tendió la copa.

—Un sorbo. Paladéalo, deja que se asiente en tu lengua. Y luego uno más para juzgarlo. Anda, acaba de llegar mamá. Qué oportuna. Así tendré dos juezas.

—No te esperaba hasta las cuatro —comentó Olivia.

—Darlie se ha recuperado y nos ha pedido disculpas. ¿Qué estamos bebiendo y por qué?

—Somos las juezas oficiales de Morgan para el cóctel especial del otoño. —Olivia lo sorbió y obedeció las instrucciones de su nieta—. Es muy pero que muy sabroso. —Bebió un poco más—. Excelente, y eso que no soy una gran amante de la pera.

—Yo sí, y me iría genial beber una copa. Esta mañana hemos estado hasta los topes, mamá. Un grupo de veintitrés turistas.

—Dos sorbos —le dijo Morgan a su madre—. Porque después probaréis dos más.

—Uy, está muy bueno. Dulce pero fuerte. ¿Solo se me permite beber dos sorbos? He tenido una mañana de locos. En el grupo había dos hermanas que se han puesto a discutir, a punto de pelearse y todo, sobre cuál de las dos iba a comprar el *Jardín secreto* de Lacy Cardini para su madre por su cumpleaños.

—Ese cuadro de Cardini está valorado en ochocientos setenta y cinco dólares. —Olivia levantó el puño—. ¡Alegría!

—Las he convencido para que lo compraran a medias, pero he tenido que emplear a fondo toda mi diplomacia.

—En cuanto haga los otros dos y los hayas probado y valorado, te prepararé el que te haya gustado más.

—¿Qué vas a preparar ahora? Me voy a sentar.

—Este tiene vodka de base. Añadiré un poco de sirope de pera y nuez moscada. Este se servirá en una copa de martini helada. Y ahora el vodka, un poco de Tuaca, de licor Bénédictine y brandi, bien mezclados, así que notaréis un sabor a vainilla y a cítrico, pero con matiz de hierbas que remite al otoño. Para acompañar —dijo mientras lo servía—, tres rodajas finas de pera sin pelar.

—Nuestra chica es una experta en lo suyo. —Olivia bebió un sorbo—. Ya estoy viendo las hojas cambiar de color.

—A ver, déjame probar. —Audrey le arrebató la copa—. Mmm. Ha llegado el momento de hacer un fuego. Delicioso, Morgan. No sé cuál me gusta más.

—No te decidas todavía. Falta uno. Esta vez, mezclaré pera pelada con miel y zumo de lima para preparar un sirope denso.

—Ya suena muy bien —opinó Olivia.

—El bourbon lo mejora. —Lo vertió en la coctelera, añadió el hielo, la cerró y la agitó.

—Parecen tres bebidas bastante complicadas.

—Por eso son especiales. —Morgan sonrió a su madre.

Sirvió el cóctel en un vaso chato y ancho.

—Lo rematamos con un poco de *ginger ale* para darle burbujas y lo acompañamos de una rodaja de pera.

—Esta vez pruébalo tú primero, Audrey.

—No suelo beber bourbon, pero lo probaré. —Tras darle un sorbo, cerró los ojos—. Mmm. Ya oigo a niños en la puerta para el truco o trato de Halloween.

—Me toca. —Y Olivia dijo sin más—: Vaya, vaya, vaya.

—Vale, pensad en los tres. Si necesitáis beber otro sorbo, adelante. Quiero que escondáis la mano debajo de la encimera y que la levantéis a la vez con un dedo, dos o tres en alto. No hay una respuesta incorrecta. Obviamente, uno de los tres quedará descalificado.

Divertida, Morgan vio cómo las dos bebían un nuevo sorbo de cada candidato.

—Bajad las manos, preparad los dedos. Y ¡arriba! ¿Las dos votáis por el tres? ¿En serio?

—Me ha costado decidirme —confesó Audrey—, pero el último sorbo ha sido el decisivo. Todos hablan de otoño, pero creo que el último casi lo canta y todo.

—Yo también me decantaba por el tercero, así que es unánime. Vaya, pues sí que ha sido fácil.

—Por lo menos en lo que respecta a nuestro bando. Y como soy la mayor del grupo, me quedo la bebida ganadora.

—Ahora te preparo una, mamá.

—No, no, las otras dos están buenísimas. Solo me toca escoger con cuál me quedo. Creo que con la del medio. La del medio, como yo. Y no me puedo creer que esté bebiendo un cóctel a las dos y cuarenta y pico de la tarde. Iba a preparar pan. Y todavía hay que cocinar.

—Bebamos los cócteles y pidamos unas pizzas.

Audrey se rio al oír a Morgan.

—Pues eso suena… superbién. ¿Qué dices, mamá?

—Yo digo: salud.

Mientras las mujeres Nash estaban sentadas en el patio con sus cócteles, los Jameson se encontraban alrededor de la mesa del comedor para celebrar su reunión familiar.

Nell examinaba su tableta.

—Muy bien, lo último de mi lista es el cóctel especial del Après, con una versión sin alcohol, y el café del otoño, que introduciremos a principios de septiembre. Morgan no ha decidido el cóctel aún, pero me asegura que me lo enseñará la semana que viene para que le dé mi aprobación. En cuanto al café, va a preparar uno al que le ha puesto el nombre de «café incom*pera*ble», ¿lo pilláis?

—Es la pera —se rio Liam.

—Es una mezcla de café, pera asada, canela, clavo y demás. Parecía complicado, pero me lo preparó y me ganó. Se me ha ocurrido poner en negrita y en cursiva «pera» en «incomperable». Y lo vendemos por cuatro dólares.

—Es una idea inteligente —comentó Drea—. Pero es que es una mujer inteligente. En octubre organizaremos la boda de los Stevenson, y la novia va a usar peras en la decoración. Le voy a pedir a Morgan que cree un cóctel de pera de bienvenida, uno diferente del que vayamos a servir en el Après, y convenceré a la novia. ¿Te ha contado lo que va a preparar, Miles?

—No.

Tampoco le había comentado lo del café especial, que no sonaba a algo que fuera a ganarlo a él, pero no dudaba de que sería un éxito.

Mientras su madre les hablaba de los eventos, Miles pensó que a veces con Morgan hablaba un poco de trabajo, pero cuando estaban juntos el tiempo que compartían era… limitado.

Así era como se las habían ingeniado. Por ahora.

Apartó aquel pensamiento, se concentró de nuevo y se recordó que estaban trabajando y que no era el momento de pensar en Morgan.

Pero ella no estaba allí, y sí las flores que había puesto en la mesa el sábado por la mañana.

El orden del día pasó de su madre a Liam y a las actividades del otoño. Senderismo por la naturaleza, fotos de grupo, trabajo en equipo, findes infantiles, paquetes otoñales. Y de ahí al paisajismo otoñal, al mantenimiento otoñal, a las comprobaciones de seguridad y al inventario de la estación.

En cuanto terminaron la reunión laboral, la comida ocupó el centro del escenario. Miles había preparado cerdo desmechado como le habían pedido; le había dado muchísimo trabajo, pero le ahorró tener que hacer nada más para la comida familiar.

Y vio de nuevo a Morgan diciéndole que la previsión del tiempo del domingo sería la ideal para una tarde y una noche perfectas, así que debía usar una vez más los platos coloridos. Y la muy cabrita se había sentado frente a la encimera y había doblado con elegancia un montón de servilletas, además de preparar otra jarra enorme de sangría.

—La mesa está preciosa. —Después de contemplarla, su madre lo miró a él—. Percibo un toque femenino.

—Por lo visto, Morgan siente debilidad por las servilletas. Y por la sangría.

—Voy a probarla. —Su abuelo se sirvió un vaso—. ¿Te pongo uno, Lydia?

—Muy bien. No creo que la haya probado desde que fuimos a España. ¿Cuánto hace de eso?, ¿diez años?

—Mínimo. No sé la opinión que me merece meter pera asada en el café, pero esto está riquísimo. Sabe a verano, que en breve nos dejará. Anda, fijaos. Rory le ha enseñado a Aullido a ir a por la pelota.

Había sido Morgan, pensó Miles. Y el maldito perro seguía sin ir a coger la pelota cuando el que se la lanzaba era el que le daba comida y un techo.

Morgan estaba allí en el condenado perro, en las ridículas servilletas, en las flores que adornaban la mesa. Estaba en todas partes.

Comieron el cerdo desmechado, la ensalada de col de su padre, la ensalada de patata de su abuela y las mazorcas de maíz que su abuelo asó en la parrilla.

A continuación, como Miles había preparado el plato principal y eso lo eximía de recoger la mesa, llevó aparte a su abuela.

—¿Tienes un minuto?

—Espero tener más de uno. Demos una vuelta. El patio es especialmente bonito en verano. Eres el mejor jardinero de todos mis nietos.

—Supongo que gracias a la formación de paisajismo.

—Eso parece. —Lo cogió del brazo mientras caminaban—. La semana pasada comí con Olivia Nash. Me contó que Morgan también se ha encargado de su jardín con una fuente de una rana zen. ¿Tú le echaste una mano?

—Solo fui la fuerza bruta. Me encanta esta casa, abuela. No te lo digo a menudo.

—Ya lo veo, y se nota. Y quieres el anillo.

Miles se detuvo y se la quedó mirando.

—¿Cómo lo has sabido?

—Cielo, te conozco. Todos te conocemos. —Se inclinó un poco hacia él—. Te prometí que te daría el anillo cuando encontraras a la mujer a la que quisieras ver con él. A lo mejor ella quiere uno suyo.

—No. —Negó con la cabeza—. Le dará importancia a que proceda de ti, de la familia. Le dará importancia. Pero no quiero cogerlo si no estás segura.

Lydia miró hacia las alianzas de boda que llevaba desde hacía más de cincuenta años. Se quitó el anillo con un diamante cuadrado engarzado.

—Lo importante es que estés seguro tú, y veo que lo estás. Yo llevo el símbolo y la vida que conlleva. Y te doy la promesa de ese símbolo. ¿Quieres contárselo a los demás?

—Supongo que prefiero esperar a ver qué me responde.

—Para lo listo que eres, a veces pareces un poco cortito. Ya lo saben. No te puedo decir lo que te responderá porque no la conozco tanto, la verdad. Lo que sí te diré es que es una mujer muy afortunada. —Lydia le puso el anillo en la mano y se la cerró.

—A lo mejor no es lo que quiere. No digo el anillo, sino... todo lo demás.

—Pues vas a tener que averiguarlo, ¿no crees? La vida es una sucesión de saltos. Ahora ve a decirle al resto lo que ya saben.

No tuvo que decir nada porque al regresar con los demás vio los ojos de su madre bajar directos hacia la mano izquierda de su abuela. Y se le llenaron de lágrimas.

—Ay, no te pongas así.

—Tengo todo el derecho del mundo. Ay, Rory, que nuestro niño se nos casa.

—No lo sé. Espera.

—Qué suerte que no le tiré los tejos.

Al oír ese comentario, enseguida pasó de tener miedo a burlarse de su hermano.

—Sí, porque te habría ido la mar de bien.

—Eso ya no lo sabremos nunca. Bien hecho, tío. Es fantástica.

Mick cogió la mano izquierda de Lydia y se la llevó a los labios.

—Cariño mío, tú y yo sí que lo hemos hecho bien.

—A ver, calmaos todos, por favor. Si dice que no, no va a cambiar nada.

—Cierra el pico. —Nell se acercó a darle un abrazo—. Primero, no dirá que no. Segundo, ¿qué vamos a hacer?, ¿echarla? No solo es la mejor encargada que hemos tenido, sino que ahora mismo también es amiga mía.

En ese momento, su padre los abrazó a los dos y le murmuró a él al oído:

—No hinques la rodilla. No es su estilo.

—No tenía ninguna intención. Ahora en serio, calmaos. Se lo tengo que pedir y, hasta que lo haga, todos calladitos. —El timbre de la puerta lo salvó—. Voy yo.

Miles pensó que debería haber esperado. Habérselo pedido primero y luego ir a por el anillo. Al final, toda su familia se mordería las uñas.

Cuando abrió la puerta y vio a Jake, todo quedó en un segundo plano.

—Siento interrumpir. He llamado porque sé que hoy os reuníais con la familia.

—Ya hemos acabado. —Lo sabía. Claro que lo sabía—. Es Rozwell. Ha matado a alguien más.

—No que sepamos. Pero iba a ir a contarle las novedades a Morgan. Les he pedido a los del FBI que me dejaran decírselo yo. Antes quería que tú también lo supieras.

—Ya que estás, cuéntaselo a todos los demás. ¿Quieres una cerveza?

—Diré que no porque estoy trabajando.

El rumor de la conversación se apagó en cuanto Jake apareció con Miles.

—Hay noticias —saltó Nell enseguida.

—Más bien una puesta al día. He parado de camino a casa de Morgan.

—Sentémonos todos. —Rory señaló el salón con una mano.

Cuando hubieron tomado asiento, Jake apoyó las manos sobre la mesa.

—Han seguido el rastro de Rozwell hacia el norte, bien entrado en el estado de Washington. Parecía que tenía la intención de ir a Canadá. Se pensaba que en cuanto hubiese cruzado la frontera iría hacia el este y luego la cruzaría de nuevo al sur para venir a Vermont.

—¿Has dicho «se pensaba»?

—Sí, abuelo. —Jake se giró hacia Mick—. Beck y Morrison, los jefes del cuerpo del FBI, los que creo que lo conocen mejor, sospechan que les está tomando el pelo. Que les ha dejado un rastro sencillo de seguir para despistarlos y dirigirse hacia el sur. Y debo decir que a mí me han convencido. Se han ido hacia el sur. El resto de la fuerza especial del FBI sigue investigando y las autoridades locales van hacia el norte, y están vigilando la frontera.

—¿Por qué va al sur? —quiso saber Miles—. Haznos un resumen.

—Está fuera de su elemento, usando moteles de mala muerte y vehículos destartalados, y no ha matado a nadie desde que estuvo en Carolina del Sur. Perdonad —añadió de inmediato—. He sonado insensible.

—Has sonado realista —se opuso Lydia—. Morgan forma parte de la familia del resort. Y ahora más aún —dijo al mirar hacia Miles—. Mick y yo hemos leído sobre él y sobre los que son como él. Necesita la adrenalina del asesinato. Casi nunca viola, si es que llega a hacerlo alguna vez. Matar es su descarga y su poder.

—Eso es, abuela, exacto. Creen que Rozwell sabe que los tiene cerca, demasiado cerca como para arriesgarse a matar a nadie. Demasiado cerca como para arriesgarse a ir a por lo que quiere en realidad.

—A Morgan —murmuró Drea.

—A Morgan. Pero si consigue despistar a los federales, cosa que también le proporcionará un subidón, podrá reorganizarse. Y por eso los agentes consideran que ha ido al sur, justo lo contrario. A él le gusta el sol, y por el camino se han encontrado con mucha lluvia. Por lo tanto, lo buscarán en Nevada, en Arizona y en California. Calculan que se volverá arrogante si cree que los ha descolocado del todo. Y lo más importante para todos los que estamos aquí sentados es que no creen que se dirija hacia aquí. Todavía.

—Pondremos sobre aviso a los de seguridad del resort.

—Sí. Y la policía de Westridge ya estamos sobre aviso, Miles, créeme.

—Es una zona muy grande —observó Liam—. Nevada, Arizona y California. Y podríamos añadir Nuevo México y Utah.

—Pues sí, y ojalá pudiera contaros algo más concreto. Pero si tienen razón, o aunque no la tengan e intente cruzar a Canadá, no está aquí.

—Volverá a cambiar de apariencia —comentó Nell.

—Es probable que ya lo haya hecho. Ha ganado peso. Unos diez kilos, y lo han grabado en una cámara de un supermercado. Me han mandado las imágenes y os aseguro que la fuga está haciendo mella en él. Y lo del supermercado es clave. No tenía por qué entrar, solo comprar comida basura, y han conseguido rastrearlo hasta el motel que dejó. Las máquinas expendedoras están afuera. Sabía que habría una cámara y entró de todos modos, ni siquiera intentó evitar la cámara.

—Quería que los agentes lo vieran —dedujo Miles.

—Así es como lo interpretan ellos, y yo también.

—Agradecemos que hayas venido a contárnoslo, Jake. ¿Vas a ir a informar a Morgan y a su familia?

—Sí, ahora mismo —le dijo a Mick.

—Ve. —Drea le puso una mano a Miles en el brazo—. Ve con él. Deberías estar con ella. Terminaremos de recoger y le daremos de comer a Aullido.

—Me iré, sí. Gracias. Voy contigo, Jake.

—¿Te pasas luego por mi casa, Jake? —le preguntó Nell.

—Pues claro.

Miles no dijo nada hasta que los dos subieron al coche de Jake.

—¿Has omitido algo?

—No, solo lo que he leído entre líneas. Creen que matará en cuanto se le presente la primera oportunidad y sienta que los ha despistado. Y crea que tiene ventaja.

Cuando nadie respondió a la puerta, Miles notó cómo empezaba a ponerse nervioso. Los coches, los tres, estaban en la entrada de la casa, pero nadie respondió a la puerta.

—Rodeemos la casa —propuso Jake—. Es una noche estupenda. A lo mejor están sentadas en el patio y no han oído el timbre.

—Deberían haber recibido un aviso en el móvil.

Apenas habían empezado a andar cuando oyeron las carcajadas, agudas y femeninas. Y el peso que se quitó Miles de encima fue tan repentino que estuvo a punto de trastabillar.

Allí estaban las tres, con un cartón de pizza en la mesa y copas de cóctel. Si no andaba desencaminado, las tres estaban un poco achispadas.

—Señoras —las saludó Jake.

Audrey soltó un grito que se convirtió en una nueva risotada.

—Madre de Dios, me acabas de quitar diez años del susto.

—He llamado al timbre. Creo que no lo habéis oído. Ni teníais cerca el móvil.

—No, es que… —Las risas de Audrey se apagaron, y le puso una mano en el brazo a Morgan—. Cariño.

—Dilo rápido —le pidió Morgan—, por favor.

—No lo han atrapado todavía y no ha matado a nadie más, que sepamos. Pero ha habido novedades.

—Vale. Vale. —Morgan se pasó las manos por la cara—. Lo siento. Creo que hemos dejado los móviles dentro. Bebíamos algo, los cócteles especiales del otoño; bastante, de hecho.

—Coged una silla —los invitó Olivia—. Somos capaces de asimilar el alcohol cuando es necesario. La información es poder, Morgan. Aquí el poder lo tenemos nosotras.

Escucharon atentamente. Miles no dijo nada mientras Jake las ponía al corriente, se limitó a observar el rostro de Morgan en tanto encajaba la noticia.

—Nevada o Arizona en agosto. —Apoyó las manos sobre la mesa—. Ahí no solo hay sol, sino un sol brutal y un calor infernal, ¿no?

—No he estado nunca allí, pero sí. La esperanza es que crea que los ha despistado, que decida alojarse en un hotel lujoso. No tiene buen aspecto, Morgan. Te lo puedo enseñar si quieres. Me han dado permiso.

—Me gustaría, sí. Me gustaría verlo.

Jake sacó el móvil, abrió el archivo y le pasó el teléfono.

—Vaya. No lo habría reconocido, no al instante. Se le ve mayor… No solo por el pelo y por la barba, sino mayor en general. Y ha engordado. Parece hinchado.

—Parece un loco —añadió Audrey al mirar por encima del hombro de Morgan.

—Pero aquí sí se nota, cuando lo conocí yo no. No.

—Me gustaría verlo. —Olivia tendió una mano—. Conque es este. Sabe que la cámara lo apunta. —Levantó la vista hacia Jake—. En la tienda tenemos cámaras de seguridad. He visto que hay gente a la que se le ocurre robar algo y observa las cámaras, finge que no mira y que no lo está comprobando.

—Estoy de acuerdo.

—Ha perdido mucho estilo, y no me refiero al pelo ni al peso. Tenía estilo, confianza, encanto. Y ahora sé que usaba todo eso como si fueran armas. Pero ya no parece que sea así.

—Beck y Morrison concuerdan contigo. Y, como a cualquier

adicto, se le antoja conseguir su objetivo. No va a ir a por ti estando en esa forma. Es lo que creen los del FBI, y estoy de acuerdo. Pero vamos a extremar las precauciones, te lo prometo. —Se levantó—. Si tenéis alguna pregunta, si queréis hablar conmigo de lo que sea, llamadme. A cualquier hora del día o de la noche.

—Gracias. —Morgan miró a Miles—. ¿Te vas a quedar o tienes que volver?

—Me quedaré un rato. Gracias por traerme, Jake.

—De nada.

Cuando Jake se marchó, Audrey se giró hacia Miles.

—Hemos hecho un concurso para elegir el cóctel especial del otoño. —Su sonrisa era radiante, y sus ojos, directos—. No ha sido fácil, y nos lo hemos tomado muy en serio. Morgan, ¿por qué no vais dentro y le preparas una copa del ganador a Miles? A fin de cuentas, es una de las partes interesadas.

—Pues sí. —Al entender la mirada de la madre de Morgan, miró a la hija—. Sería estupendo. Me han contado la aberración de café que quieres servir, así que eso paso de probarlo. Pero aceptaré la copa. Y no te olvides de coger el móvil.

—Claro. Dame un par de minutos.

Miles pensó que entre el alcohol y las novedades estaba algo rara, pero la vio levantarse e ir a la cocina.

—¿Qué es lo que queréis decirme? —preguntó Miles cuando Morgan ya no podía oírlos.

—Decirte no, pedirte. Llévatela a casa contigo, Miles. Tiene que quitarse esto de la cabeza. Si se queda aquí, terminará en su habitación dándole vueltas a lo de ese tío. ¿Mamá?

—Llévatela a dar un paseo con el perro, llévatela a la cama. Distráela.

Aunque no lo había planeado, Miles se sacó el anillo del bolsillo.

—Se me ha ocurrido una distracción.

Cuando Audrey se llevó una mano a los labios, Olivia entornó los ojos al ver el anillo.

—Es la alianza de compromiso de Lydia.

—Vaya ojo. Será de Morgan si dice que sí.

—Ay, no empieces. —Olivia señaló a Audrey—. No empieces

o harás que empiece yo. Nos verá y lo malinterpretará, y está más claro que el agua que Miles no le va a dar el anillo aquí y ahora. Guárdate las lágrimas, Audrey Nash, y ya lloraremos contentas y a gusto cuando se haya marchado.

—Vale, vale. Soy muy feliz. Miles, no podría ser más feliz.

—A ver lo que me contesta.

—Audrey, vuelve a ponerte las gafas de sol. Ha habido tres candidatos —cambió el registro Olivia—. Ahora te trae al ganador y juzgas por ti mismo.

Miles aceptó la copa que Morgan le ofrecía y la analizó.

—Visualmente atrae. ¿Qué lleva?

—Pruébalo y luego intenta adivinarlo. —Consiguió sonreír.

Como pensó que ella lo necesitaba, Miles le siguió la corriente.

—Bourbon —dijo nada más beber un sorbo—. Bourbon, *ginger ale* y algo de pera. ¿Miel?

—Muy bien, y un poco de lima. ¿Qué te parece?

—No he podido valorar los otros dos, pero está bueno. Te remite al otoño o al invierno. ¿Qué nombre le vas a poner?

—Es básicamente como un margarita de higo chumbo, pero sin llevar higo chumbo. Le he hecho unos cuantos cambios, así que se me ha ocurrido ponerle Pera Limonera.

—Seguro que funciona. A Nell le gustará.

—Eso espero.

—Asegura que le ha gustado tu aberración de café. Aquí se está muy bien. La rana no se cansa. Al verla, me pregunto dónde pondría algo parecido.

—Tengo que subir a tu desván.

Miles bebió la copa y se la quedó mirando.

—¿Y eso?

—Seguro que ahí arriba hay toda clase de cosas. Te iría bien un espejo o algún mueble viejo de forma interesante que situar detrás de los lirios del patio trasero.

Conversar implicaba distraerla. No era lo que mejor se le daba, pero se esforzaría.

—¿Por qué iba a poner un espejo en el patio?

—Para conseguir luz, reflejos, interés. Es probable que en el desván haya más de uno.

—Quizá. Vamos a verlo.

—¿Ahora? No quería decir ahora. Debería…

—Ve —la animó Audrey—. Entre la pizza y los cócteles, me da que nos acostaremos pronto. Vete con Miles.

—No se ha terminado la copa.

—Mejor. —La dejó sobre la mesa y se levantó—. Porque tú has terminado más de una, así que conduzco yo y tú no. He venido con Jake, así que de esta forma resuelvo cómo volver a casa.

Le cogió la mano y la puso en pie.

—No tengo…

—En mi casa tienes muchas cosas. ¿Llevas el móvil encima?

—Sí, pero…

—Disfrutad de lo que queda de noche.

—Uy, que no te quepa duda. —Audrey esbozó una sonrisa brillante—. Nos vemos mañana, cariño.

Mantuvo la sonrisa, la mantuvo hasta que Miles se alejó con Morgan. Y entonces se derrumbó.

—Ay, mamá. Mi niña. Nuestra niña.

28

No he recogido la cocina —se quejó Morgan—. Me tocaba limpiar a mí.

—Pues esta noche te la tomas libre. ¿Un espejo cómo de grande?

Miles cogió sus llaves y la llevó hasta el coche.

—¿Qué? Ah, pues no lo sabré hasta que lo vea. Dios, hemos bebido mucho.

—Ya me he dado cuenta. Es la primera vez que te veo borracha.

—No estoy borracha, pero obviamente en este estado no puedo conducir. No íbamos a salir. —Recostó la cabeza—. Se lo estaban pasando superbién. Bueno, las tres. Te juro que mi abuela nos tumbaría a las dos. De hecho, ha estado a punto de tumbarnos.

»Fue una niña muy traviesa, ¿lo sabías? —prosiguió Morgan—. Algo me habían comentado, pero joder, no tenía ni idea. Parecían solo mis abuelos, ya me entiendes. Fue a Woodstock. Arrastró a mi abuelo hasta Woodstock. El Woodstock famoso. Asegura que compartió un porro con Janis Joplin. A lo mejor se lo inventa, pero ¿quién sabe? Y ahora vive en esta casa tan grande, vieja y bonita, y lleva dos negocios y prepara pollo asado y bizcocho. Da que pensar.

—¿El qué?

—Los cambios y las decisiones que llevan a una mujer como mi abuela a pasar de una asistente a Woodstock y colega de Janis Joplin a quien es ahora. —Señaló el pueblo conforme se alejaban—. Hasta traerla a Westridge, en Vermont. Y empezar un negocio, ir a clase de yoga y a reuniones de un club de lectura. Y no solo contentarse con su vida, sino ser feliz y estar satisfecha. En fin, que nos lo estábamos pasando pipa.

—Ya lo he visto. —Ya le echaría la bronca más tarde por no haber tenido el móvil consigo.

—No tenías por qué venir con Jake, pero me alegro de que hayas venido. Y espero que mis chicas se acuesten prontito y no se preocupen demasiado por lo ocurrido.

—Ya has visto el vídeo. Y tienes razón, ha perdido su toque.

—Mi madre también tenía razón. Está loco. Eso se ve en la imagen. En Maryland enterró al loco, Miles. No se lo vi. Nadie se lo vio. Jugó a los dardos y a responder preguntas, e invitó a rondas y habló de videojuegos con Sam. Nadie vio la locura.

—Ahora ya no lo puede seguir escondiendo. —Después de detenerse en el camino de entrada de su casa, Miles se giró hacia ella—. Y eso hará que sea más fácil atraparlo.

—Eso espero. Estoy lo bastante borracha como para gimotear que quiero que se acabe. Quiero que se acabe de una vez.

—No estás borracha, y yo también quiero que se acabe. Y no estás gimoteando. Ya te avisaré cuando te oiga gimotear.

—Me lo imagino. —Sonrió.

Miles bajó del coche y lo rodeó para abrirle la puerta. Desde el interior de la casa, Aullido aulló.

Una vez dentro, el perro saludó a Miles con una mirada fija y un rápido meneo. Y luego saludó a Morgan con un arrebato de adoración.

—A lo mejor es tu olor —meditó Miles—. Resulta muy atractivo.

—Vaya, gracias. ¿Quién es un buen chico? ¿Te lo has pasado bien hoy? Seguro que sí. ¿Tu hermano mayor te ha dado un poco de cerdo desmechado?

—No soy su hermano mayor. Soy su casero.

—No le hagas ni caso. Subamos al desván. ¿A que será muy divertido?

—Esperemos un poco. Quiero hablar contigo.

Morgan se incorporó y Miles la vio poner cara de póquer.

—Muy bien.

—Deberíamos sentarnos.

Con el perro casi pegado a la pierna, lo acompañó y tomó asiento en una silla.

—Pensaba hacerlo de otra manera. No había decidido aún de qué manera, pero diferente. Pero supongo que el que estés un poco achispada me da cierta ventaja. ¿Por qué estás sentada como si estuvieras fuera del despacho del director?

—No es verdad. Dilo y lo encajaré.

—Vale. Estoy enamorado de ti.

Morgan mantuvo la cara de póquer aun cuando parpadeó.

—¿Qué? ¿Qué?

—Ya me has oído, pero lo repetiré para dejarlo claro. Estoy enamorado de ti.

—Tengo que sentarme.

—Ya estás sentada.

—Pues me tengo que levantar. —Se levantó y, al instante, se sentó de nuevo—. Estoy mareada. Y no es por la bebida. Miles...

—Calla un poco. —La impaciencia teñía sus palabras—. Has hablado durante todo el trayecto hasta aquí, así que calla un poco. No he terminado.

Como Morgan no supo qué responder a eso, no dijo nada.

—No era mi intención y no lo vi venir. Debería, pero no. No puedo decir que haya sido poco a poco, porque me ha ido dando hostias en la cara por muchas cosas. Por cómo mueves las manos al trabajar. Es absurdo, pero es lo que hay. Por cómo funciona tu cerebro, por cómo funciona tu corazón, por cómo funciona tu cuerpo. Por todo.

Como estaba concentrado en ella, no se dio cuenta de que Aullido se le acercó y se apoyó en su rodilla.

—Pero el puñetazo definitivo lo recibí delante de la cascada, y empecé a darme cuenta delante de aquellas vistas. Y terminé de asimilarlo al final del maldito circuito de cuerdas de Liam. Estoy enamorado de ti, Morgan. No formaba parte del plan original, y no formaba parte del pacto que hicimos. Pero no fue un plan, más bien unas directrices. Me voy a salir de las normas, así que tendrás que encajarlo.

—Pero...

—Todavía no he acabado. —Sacó el anillo del bolsillo—. Vamos a casarnos.

Lo dijo sin más, como si fuera un hecho, como si hubiera dicho un simple «Vamos a ver una película».

Morgan se lo quedó mirando y movió los labios, pero tardó un minuto entero en formar palabras con sentido.

—Ese... es el anillo de tu abuela.

—¿Todas las mujeres sois capaces de reconocer un diamante a dos metros? Como estoy enamorado de ti y ya nos hemos salido de las normas, vamos a casarnos.

Morgan siguió contemplándolo y, acto seguido, puso la cabeza entre las rodillas.

—Dios, ¿en serio tienes que vomitar ahora?

—No voy a vomitar. Necesito respirar. Quédate donde estás y déjame respirar. —Agitó una mano en el aire como para mantenerlo alejado, aunque Miles no se movió.

—Si quieres poesía, es probable que todavía pueda recitar casi todo «El cuervo». Tengo algo de Yeats en mí.

—Cállate. ¿Le has pedido el anillo a tu abuela por lo que Jake..., por lo que Jake te ha contado antes de ir a mi casa?

—Se lo he pedido antes de que Jake se presentara. En su cincuenta aniversario de bodas, me dijo que se lo pidiera cuando encontrara al amor de mi vida. Cuando estuviera seguro. Cuando estuviera preparado. Eres el amor de mi vida. Estoy seguro. Estoy preparado. Sube a bordo, Morgan.

—Antes —murmuró, y alzó la cabeza—. No por eso.

El hecho de que Miles frunciera el ceño le calmó los latidos del corazón.

—No es un campo de fuerza contra locos. Es un anillo. Es un símbolo. Es una puta pregunta que me gustaría que respondieras.

—No me has hecho ninguna pregunta. —Morgan se pasó las manos por la cara—. Has hecho afirmaciones. Un momento. —Alzó una mano antes de que él tomara la palabra—. Es curioso. Esta mañana, mi abuela y yo estábamos en el jardín, y he terminado diciéndole que estaba enamorada de ti. Me ha invadido poco a poco. No lo esperaba, no lo buscaba, no lo había sentido nunca, pero sabía lo que era. Creía que querías decirme que en tu opinión debíamos bajar el ritmo.

—Menuda tontería.

—¿Sí? Puede. Échale la culpa al vodka, que era el segundo candidato. Siempre lo he preferido. Nunca ha llegado a convencerme el sabor del bourbon.

Miles la miró fijamente y sonrió.

—El rey de la jungla —musitó Morgan.

—¿Cómo?

—Tus ojos. Es probable que fueran lo que lo empezó todo para mí… O eso o tu carácter afable y tus ganas de complacer a la gente. Diremos que fueron los ojos —decidió al oírlo reír—. Ojos de tigre, pensé. El león es el rey de la selva, pero en fin. El anillo. No sé ni cómo decirte… Me has ofrecido ese anillo en concreto porque entiendo el poder y el significado de ese símbolo. De ese símbolo en particular.

—Me han aconsejado que no hincara una rodilla.

—No, por favor. Estarías ridículo. Y ahora no te vayas de aquí para que pueda intentar ser coherente. El matrimonio… Miles, yo misma vi lo frío e inadecuado que fue el de mi madre. Y una de las razones era yo. Una hija —se corrigió antes de que él protestara—. Cualquier hija, de hecho. Por lo tanto, es importante que los dos sepamos que…

—Quiero tener hijos, si a eso es a lo que te refieres. Y en plural. Me da igual si niño o niña. Quiero hijos. Quiero una familia. Contigo. Es una casa enorme. Podríamos llenarla.

En ese instante, afloraron las lágrimas.

—Yo también quiero eso y no sabes cuánto. Contigo.

—Ahora abordemos el resto de las cosas. Si abres tu propio bar, dejarás un agujero enorme en el resort. Sigue siendo tu decisión y yo la respetaré, sea cual sea. Mi familia también, si te preocupa eso. Pero debes entender que el Après es tuyo de todos modos.

Morgan había hecho planes, había hecho planes durante mucho tiempo. Pero luego todo cambió.

Y de pronto...

—El Après es lo que quiero.

—Vale, genial. Tendrás que empezar a asistir a las reuniones familiares.

—¿En serio?

—Viene con el pack. —Miles vaciló, pero fue tan breve que podría no haberse dado cuenta. Pero Morgan se percató—. Es un pack muy grande, Morgan.

—Me gustan los packs grandes. Tu familia debe de saberlo, porque tienes ese anillo.

—Lo saben. La tuya también.

—¿Se lo has dicho a mis chicas? Pues claro que sí. —Abrumada, se enjugó más lágrimas—. Pero... quédate aquí sentado, ¿vale?, hasta que lo tenga todo bajo control. No quiero balbucir cuando me pongas el anillo en el dedo. No ese anillo.

—Pues date prisa.

—Rozwell.

—No. —Su tono fue tan afilado como un sable—. No lo menciones. No tiene nada que ver con esto. Esto va de ti y de mí.

—Tienes razón. ¿De verdad que me lo has dicho porque he bebido un poco?

—Sí.

—Dios, me encanta, me encanta. Aunque no me lo hayas pedido, la respuesta es que sí, achispada o totalmente sobria. Ya te puedes levantar.

Se puso en pie igual que él y extendió la mano izquierda. Cuando Miles le puso el anillo, le dio una vuelta.

—Te queda un poco grande. Lo llevaremos a arreglar.

—Podría hacer esto. —Cerró la mano en un puño—. Para siempre.

—Sí, así no se te caerá. Mañana entro a trabajar tarde. Iremos a la joyería en cuanto abran. —Le cogió el puño y se lo besó—. Debería encajar contigo porque tú encajas conmigo. —Le quitó el anillo y se lo puso en el dedo índice—. Ea, aquí sí te va bien. Llévalo así hasta mañana. Problema solucionado —murmuró, y atrajo su rostro al de ella.

El beso le subió la temperatura a todo su cuerpo, le iluminó todo el cuerpo. Estaba enamorada y Miles le había prometido construir una nueva vida con ese amor.

No, no iba a mencionar a Rozwell, pero sabía que, sin asomo de duda, haría lo que estuviera en su mano para defender la vida que se habían prometido.

—Me lo podrías volver a decir.

—¿El qué?

—Miles. —Le cogió la cara con las manos.

—Estoy enamorado de ti. Y debes saber que nunca se lo he dicho a ninguna mujer. Eres la primera.

—Y es tarea mía asegurarme de que soy la última. Te quiero, Miles. Tú también eres el primero para mí.

—En ese caso, también tengo cosas que hacer. —Apoyó la frente en la de ella. Acto seguido, le levantó la cara—. Te propongo sellar el pacto.

—Sí, por favor.

—Creo que deberíamos hacerlo donde empezó todo.

Morgan se rio cuando él la arrastró hasta el sofá.

—Es otra de las cosas que me encantan de ti. Eres tan sentimental.

—Práctico. El sofá estaba más cerca.

—Prácticamente sentimental.

Se tambalearon juntos hacia el sofá.

—Y ahora calla —le dijo mientras le quitaba la blusa—. Estoy ocupado sellando un pacto.

Por la mañana, mientras la emoción seguía palpitando con fuerza en ella, Morgan esperó hasta que la joyera le midió el dedo y midió el anillo.

Cuando Miles se ofreció a comprarle lo que la mujer llamó una «versión temporal», Morgan estuvo a punto de echarse a llorar de nuevo.

—No, me espero. La espera merecerá la pena.

—A lo mejor quieren seleccionar las alianzas de boda. —La dependienta los miró con una sonrisa de oreja a oreja—. También podríamos ajustarles la medida.

—No se me había ocurrido. ¿Deberíamos hacerlo? ¿Tú vas a querer alianza?

—Debería sacar algo de todo esto —decidió Miles—. Algo sencillo, que la mía sea simple. Un anillo sin más, sin piedras. Algo así.

—Los dos podríamos llevar alianzas iguales.

—Podrían. —La joyera siguió sonriendo—. Pero ¿me permiten una sugerencia? Con un anillo de compromiso tan *vintage* y maravilloso, una reliquia familiar, a lo mejor les gusta la idea de unas alianzas de ese estilo. Tenemos unas cuantas en esta vitrina.

Y así fue como atrajo a Morgan hacia la vitrina de exposición.

—Ostras, son preciosas.

Pero Miles había visto dónde había posado los ojos ella y señaló.

—Esa de ahí.

—Miles…

—Una elección excelente. —Sin perder tiempo, la mujer abrió la vitrina—. Es de la misma época que la otra, con acabado en plata, una alianza doble de dos quilates en total, así que la otra no la eclipsará. Se complementarán a la perfección.

—A ver cómo quedan juntas.

—Haga usted los honores. —La avispada mujer le dio la alianza a Miles—. Así practica. Y parece que es el tamaño ideal. Está hecha para su mano, para esos dedos tan largos y esbeltos.

—Te queda muy bien.

—Le quedaría muy bien a cualquiera. Pero…

—¿No te gusta?

—Es preciosa. Pues claro que me gusta, le gustaría a cualquiera. Pero no hace falta que…

—Nos la llevamos. Y también la otra, la de hombre.

—Ay, Dios. —«Qué rápido», pensó atolondrada. Rápido como el rayo, pero apropiado—. A lo mejor tengo que sentarme otra vez.

—Lo superarás. Ahora devuélvesela. No te la puedes quedar hasta que hayamos sellado el pacto.

—Se las pondré en una cajita. Son una bellísima elección. Y vamos a ver si tenemos de su medida en la versión masculina. Pueden grabar algo en el interior, sin cargo adicional.

—No, solamente...

—Vaya a buscar la de su tamaño para que pueda comprar la alianza de boda. Y luego te marchas, Miles. Vete a trabajar —le indicó Morgan—. Yo te compro la tuya. La cosa va así. Y así decido yo si quiero grabar algo en el interior.

—Seré yo el que la lleve.

—Sí. —Tiró de él y le dio un beso—. Y te tendrás que aguantar.

Morgan sabía lo que quería grabar en la alianza.

«Un pacto es un pacto».

Tras salir de la joyería, Morgan fue directa a Hecho a Mano. Vio primero a su madre hablando con un par de clientes. Luego Audrey la vio a ella. Se detuvo y, al contemplar la expresión de la cara de su hija, empezó a pegar saltitos antes de poder darle un buen abrazo.

—¡Ha pasado, ha pasado! Ay, déjamelo ver... ¿Dónde está el anillo?

—Me lo tenían que arreglar, me iba un poco grande. Tardarán un par de días o así. Pero tengo una foto.

—¡Tiene una foto! Lo puedo decir, ¿verdad? Debo decirlo. Debes dejarme —le pidió en tanto Morgan se echaba a reír—. ¡Esta es mi hija y acaba de comprometerse!

Todas las mujeres de la tienda empezaron a aplaudir, y hubo varias que se acercaron a ver el anillo.

—Solo tengo una foto. Me lo están arreglando. —Y les mostró el móvil.

—¿A qué viene este alboroto? —preguntó Olivia cuando bajó las escaleras. Fue directa hasta Morgan y la besó en ambas mejillas—. Es un buen hombre y casi merecedor de ti. La casa invita a mimosas para el personal y para las clientas. Vamos a brindar por un nuevo comienzo.

Rozwell detestaba Nevada. Detestaba el puto desierto y detestaba la mugrienta y horrorosa chabola en la que se veía obligado a vivir.

Detestaba la arrugada cicatriz de su brazo.

Por encima de todo, detestaba la soledad, el aislamiento, la nada constante.

Bien sabía Dios que tenía huevos y que estaba harto de comerlos.

Debía cocinar para sí mismo y limpiar, y también estaba hasta la coronilla de eso. Había abierto latas, muchas latas, e incluso había intentado freír algunas partes de las gallinas del congelador.

Quedaron quemadas por fuera y demasiado crudas por dentro, y también las detestó. Con el arroz se le dio mejor, siguiendo atentamente las instrucciones de internet.

Había preparado unas cuantas hamburguesas con lo que esperaba que fuese carne de res, pero no tenía panecillos.

Ya había terminado la provisión de alimentos frescos que le había dejado su muerta casera y vivía a base de huevos, latas y comida en cajas de cartón. Y sabía que debía hacer otro viaje para comprar comida que pudiera calentar y listo. Y algo de picar.

Y ¿qué más daba si no había podido quitarse los kilos de más? Quizá incluso se había puesto unos cuantos. ¿A quién coño le importaba? Cuando recuperase su vida, recuperaría su buena forma física.

No tenía nada más que hacer que comer, investigar, jugar con los aparatos electrónicos, ver la tele con su portátil y comer más.

Se había olvidado de ponerle agua a la cabra, así que había tenido que arrastrar el cuerpo muerto e inútil del animal junto al de la mujer —de lo que quedaba de ella, y lo que quedaba apestaba tanto que estuvo a punto de perder el apetito y quedarse sin desayunar—.

Había comprado las sábanas y las toallas, pero sin secadora las toallas se quedaban tiesas. Haría una lista y cogería la furgoneta.

Número uno, la comida. Y se le estaba terminando el alcohol. A lo mejor en Two Springs podía comprar algo decente que no tuviera que cocinar ni fregar después. En aquel desierto dejado de la mano de Dios nadie lo buscaría, pero iría con cuidado y no hablaría con nadie, aunque anhelaba oír voces y ver movimiento.

Echaba de menos mantener una conversación, aun siendo consciente de que la mayor parte de lo que decía eran elaboradísimas mentiras.

Un día se sorprendió hablando consigo mismo e intentó parar. Pero no pudo, igual que con las patatas fritas.

Haría la lista, cogería la furgo, compraría algo de comer y provisiones, y regresaría.

Murmuró para sí mientras daba vueltas por la casa, una cabaña que se había convertido en una jaula. A excepción de la habitación del fondo. Ahí fue donde se dirigió, pues era el único lugar que lo calmaba.

Había quitado las imágenes de Jesucristo porque no le gustaba la manera en la que lo miraba un tío al que habían clavado en una cruz, con algo parecido a la lástima.

Se sentó; era un hombre con kilos de más en la cara y en la barriga, un hombre que apestaba a sudor y a polvo y a ropa mal lavada. A su pelo teñido se le veían las raíces. Debía cortarse las uñas.

—Comprobaremos qué tal está nuestra buena amiga Morgan. A ver en qué anda metida esa zorra esquelética.

Monitorizó sus cargos y pagos habituales. Supermercados, seguros, gasolina, el alquiler mensual que le daba a la avariciosa de su abuela. Y frunció el ceño al ver un cargo de setecientos y pico dólares en una joyería de Westridge.

—¿A qué se debe esto, Morgan? ¿Te has vuelto extravagante? Eso no lo podemos permitir, no, no lo podemos permitir. No mientras yo estoy aquí encerrado en este agujero. Ha llegado el momento de un breve recordatorio. De ponerse en contacto.

Se recostó en la silla y tamborileó sobre la dura madera de la mesa con las uñas descuidadas.

—A ver, a ver.

Cerró los ojos y estuvo a punto de quedarse dormido en la silla antes de sacudirse el sueño y rascarse la barriga.

Utilizó la cuenta de ella y pidió prendas de puta; a fin de cuentas, era una zorra. Y luego fue a otra web y a otra para pedir lo que le llamaba la atención. Bolsas de basura, porque era basura, y ambientadores, porque la basura apestaba; sin sobrepasar los quinientos dólares.

Se lo estaba pasando tan bien que entró en una floristería en busca de una corona de flores y redactó una tarjeta.

Morgan, siempre en mi memoria.

—Con esto bastará. Sí, con esto bastará, sin duda.

La diversión le abrió el apetito, así que recurrió a una lata de chile con carne. No se molestó en calentarlo, sino que comió directamente de la lata.

—Unas cuantas semanas, nada más. Solo para asegurarme, para asegurarme del todo. Dentro de poco, me dirigiré al este. Quizá a ver un poco del follaje típico de Vermont. Ese es el camino. Ver un poco de ese color, ¿verdad? Verlo y matarla. Matarla y cerrar el trato, saldar la deuda.

Lanzó la lata vacía a la basura y lamió el tenedor.

—Coger lo que me debe, y luego marcharme tan tranquilo. Es mala suerte, eso es lo que es. Me trajo mala suerte.

Con la barriga llena, decidió echarse una siesta. Haría la lista e iría a la ciudad al día siguiente. No le apetecía limpiar. Al día siguiente estaba bien. Al día siguiente significaba un día más cerca de ocuparse de sus asuntos.

Mientras se tumbaba en las sábanas en las que había sudado la noche anterior, Beck y Morrison pasaban por Gabbs y se dirigían a Two Springs.

Habían preguntado en los dos moteles principales, en el único hotel de doce habitaciones del pueblo, en las tiendas y en los restaurantes. Se reunieron con la policía local.

Les llevó buena parte del día y no recabaron ni una sola pista.

Al final, se sentaron en un pequeño restaurante donde el aire era maravillosamente frío y servían unas enchiladas sorprendentemente buenas.

—No estamos equivocados, Quentin, te juro que no. No se ha hallado ni rastro de él en Washington desde que vinimos al sur.

—Por esta zona tampoco se le ha visto.

—Todavía no. Pero creo que estamos en lo cierto.

—A lo mejor se ha recluido y se ha tomado un puto año sabático. O no estamos equivocados del todo, pero se fue al este. A Montana, a Colorado. A Arizona.

—Hagamos una cosa. Nos damos otro día, cogemos un par de habitaciones, lo repasamos todo una vez más y dormimos un poco. Mañana partimos de cero y vamos al bosque nacional para hablar con los guardabosques. Si no encontramos nada, nos tomamos un descanso. Me apetece dormir en mi cama con mi marido.

—Otro día —asintió él—. Nos iría bien un descanso para despejar la mente y encontrar quizá una nueva perspectiva. Empiezo a tener la impresión de que nos perseguimos a nosotros mismos, Tee. Creo que acertamos con lo de que nos engañaba para que fuéramos al norte, creo que estuvimos en lo cierto. Lo que no sé es si estamos en lo cierto ahora. Nadie lo ha visto, joder.

—Un día más, una pausa y volvemos. Ya que nos quedamos aquí, tomemos una cerveza.

—Me apunto.

En el resort, mucho antes de que comenzara su turno, Morgan llamó a la puerta de Lydia. Sabía que la matriarca estaba allí, igual que sabía que ya se había corrido la voz. Habría aguardado a tener de nuevo el anillo en el dedo, pero como se había difundido la noticia optó por no esperar más.

—¡Adelante!

Morgan abrió la puerta.

—¿Puedo hablar un minuto contigo? En breve tengo una reunión con Nell, pero primero quería hablar contigo si tienes tiempo.

—Muy bien, adelante, siéntate. Así aprovecharé para decirte que Mick y yo estamos muy contentos.

—Gracias, muchas gracias por eso. Pero sobre todo quería darte las gracias… Había practicado un discurso muy coherente y sincero. Lo había practicado. Pero se ha esfumado. No te puedo decir cuánto significa para mí que me confíes el anillo que te dio Mick. El que has llevado durante todo este tiempo. Te prometo que lo conservaré y que haré todo lo posible para ser una buena pareja para Miles.

—Mi nieto no me habría pedido el anillo si yo no fuera a confiártelo. Yo no se lo habría dado tan alegremente si no supiera que lo conservarás.

—Lo haré. Te lo prometo. El anillo es mágico. Sé que suena absurdo, pero…

—En absoluto. —Los labios de Lydia, pintados con su habitual color rojo, esbozaron una sonrisa afable—. Para mí no lo es. Y me hace muy feliz saber que lo llevarás tú, porque yo también lo pienso. Las Nash y los Jameson. Al final no me sorprende. Tu abuela y yo nos lo vamos a pasar muy bien hostigándoos a Miles y a ti sobre vuestros planes de boda. Se lo he preguntado y me ha dicho que tienes pensado quedarte y seguir siendo la encargada del Après.

—Sí.

—Pues tu presencia será necesaria en la reunión familiar de septiembre, con un informe. Nell te echará una mano con los procedimientos básicos.

—Ahí estaré. —Se levantó—. Muchas gracias por todo.

—Ven otra vez cuando te hayan arreglado el anillo. Me gustaría vértelo puesto.

—Eso está hecho.

—Ay, y Morgan, me gustó mucho que cogieras la vajilla colorida y que hicieras esas formas con las servilletas. Los detalles más tontos convierten una casa en un hogar. Y tú ya has empezado a hacerlo.

29

Cuando Morgan entró en el Après, Nick la saludó con un abrazo de oso.

—Felicidades, mis mejores deseos y lo que sea que tenga que decir. ¡Qué contento estoy por ti!

—Gracias. Yo también lo estoy por mí.

—Enséñamelo. Enséñame el… Oye, ¿y el anillo? —Sus ojos marrón oscuro irradiaban desconcierto e indignación—. Pero ¡bueno! ¿No te ha dado un anillo?

—Me lo están arreglando.

—Ah. —Su expresión cubrió todo el espectro de alivio a aprobación y a desilusión—. Supongo que tendré que esperar a que esté acabado para verlo brillar.

—Le hice una foto con el móvil.

—¡Enseña! Espera. —Le lanzó una sonrisa radiante a una pareja que había ocupado dos taburetes y carraspeado—. Disculpen. ¿Qué les pongo?

—Probaremos dos de los cócteles especiales.

—¡Ahora mismo! Mi amiga, que también es mi jefa, acaba de comprometerse. Estamos muy emocionados.

—¡Nosotros también! —La mujer del taburete levantó la mano izquierda y enseñó el anillo—. Me sorprendió anoche durante la cena.

—Felicidades. Es precioso. Invito yo, Nick —le dijo Morgan mientras los preparaba.

—Es muy amable por tu parte.

—Solidaridad.

—Su anillo lo están ajustando —intervino Nick—. Pero tiene una foto.

—Ay, nos encantaría verlo. ¿A que sí, Trent?

—Claro. —Parecía más interesado en el cóctel, pero obedeció y miró el móvil de Morgan. Su prometida soltó un gritito.

—¡Es precioso! Parece una joya de familia.

—Es de su abuela.

—Hostia pu… Pues cómo brilla. —Nick dejó las copas en la barra—. Luego hablamos. Nell ha reservado una mesa fuera para vuestra reunión.

—Más vale que me marche. Enhorabuena de nuevo, que disfruten de los cócteles.

Camino de la terraza, varios camareros la interrumpieron con más felicitaciones y abrazos. Morgan pensó que parecían una familia. Apenas se había sentado cuando Nell empezó a hablar.

—Llegas tarde. Yo odio llegar tarde, pero son cosas que pasan.

—Solo dos minutos.

—Tarde es tarde. Necesito cafeína. ¿Nick sabe preparar capuchino helado tan bien como tú?

—Pues claro que sí.

—Genial. Oye, Barry, un capuchino helado. ¿Dos? —le preguntó a Morgan.

—¿Por qué no?

—Y no he comido nada. ¿Te parece si compartimos unas patatas fritas con queso? Necesito comer algo, ya que voy a probar tu posible cóctel especial de otoño para darle el visto bueno.

—Me gusta el queso.

—Genial. Gracias, Barry. Y ahora —añadió al instante— pasaremos enseguida a la parte empresarial, pero primero quiero que me lo cuentes todo.

—¿El qué?

—Por favor. —Con los ojos entornados, Nell se la quedó mirando un buen rato—. Lo único que le he sacado a Miles ha sido que sí, que te dio el anillo y lo están arreglando. Quiero detalles. ¿Cómo te lo pidió?

—De hecho, no me lo pidió. Más bien me informó.

Nell se recostó en la silla con el gesto demudado por la repulsa que solo un hermano es capaz de componer cuando oye algo que no le sorprende lo más mínimo.

—No me extraña. Qué idiota y romántico.

—Pero fue después de decirme que me quiere. Esa parte la hizo muy bien.

—Vale. —Dispuesta a no juzgar, Nell cogió el vaso de agua con gas que Barry ya le había servido—. Empieza por el principio.

—A ver, el principio en realidad fue cuando mi madre, mi abuela y yo probamos los tres finalistas para el cóctel de otoño. Con entusiasmo.

—Ay, madre, esto me va a encantar.

Y sí que le encantó. Se rio mientras bebía medio capuchino con hielo y una porción de queso del plato.

—Muy bien, ha ganado unos cuantos puntos. Y estás contenta. Todos lo estamos. Espero que lo sepas.

—Lo estoy y lo sé.

—¿Cuándo y dónde? ¿Lo habéis decidido?

—A grandes rasgos. Le pedí que fuera en primavera y me dijo que sí, siempre y cuando me vaya a vivir con él para Año Nuevo. Quiere terminar y empezar el año conmigo.

—Vale. —Con una galleta en una mano, Nell levantó la otra—. Más puntos por eso. En la escala de Miles, es prácticamente romanticismo del cursi. Primavera. ¿Dónde?

—Sé que podríamos casarnos aquí y que sería precioso, pero...

—No sería trabajo, pero lo parecería.

—Un poco, pero sobre todo porque me gustaría casarme en su casa.

—Vuestra casa —le recordó Nell—. También sería tuya. Y creo que es perfecto, si mi opinión cuenta para algo. Una boda en el jardín en primavera. ¿Qué opina Miles?

—Me dijo: «Lo que tú quieras».

—Y no te lo tragaste, ¿no? Pongamos que quieres que se vista con un chaqué morado para que haga juego con las lilas que lleves.

—Me lo voy a apuntar para ver la cara que pone. No quiere comentar todos los detalles. Siempre y cuando yo no quiera un chaqué morado ni carruajes tirados por caballos, que no lo quiero, todo genial.

—Está bien conocer a la persona con la que te vas a casar. También deberías saber que mi madre va a querer meter baza. Y yo también.

—Sería una locura rechazar a dos expertas, sobre todo porque sé que voy a querer y necesitar ayuda.

—Vuelve a decirlo. —Nell cogió el móvil—. Y así podré grabarlo para la posteridad.

—Quiero y necesito ayuda para organizar la boda —accedió Morgan—. Firmado, Morgan Nash.

—Vale, pues ya está grabado.

—Conociendo a Miles, querrá que Jake y Liam sean sus padrinos de boda. De hecho, es la única respuesta clara que me ha dado en todo esto. Nell, ¿quieres ser mi dama de honor?

—Dios, esperaba que me lo pidieras. —Nell le cogió la mano a Morgan—. Me encantaría.

—Cuánto me alegro. ¿Qué te parece el color morado? Es coña —dijo al ver a Nell boquiabierta—. Espero ver una réplica de ese gesto en cuanto le comente a Miles lo del chaqué malva. Sé que tendré que escoger los colores, pero te juro que, sea cual sea, la clave es que queden bien. ¿Crees que sería raro que se lo pidiera a Jen también?

—Creo que sería perfecto. Una pregunta delicada, ya que estamos. ¿Y tu padre?

—No. —Una respuesta fácil, sin remordimientos—. No por muchas razones. Le mandaré una nota, pero no una invitación.

—¿Quieres que alguien te acompañe hasta el altar?

—Sí. Mi madre y mi abuela.

Cuando se le llenaron los ojos de lágrimas, Nell levantó una mano de nuevo.

—Vale, no soy tan blanda, pero eso me ha llegado. Es más que perfecto, Morgan, y un gesto precioso. ¿Se lo has dicho?

—Se echaron a llorar las dos. Bueno, las tres. Y fue perfecto.

—Nos lo vamos a pasar la mar de bien con la boda, y saldrá a las mil maravillas. Nada la va a arruinar. —Después de apartar la copa, Nell respiró hondo—. No vamos a pronunciar su nombre, aquí y ahora no, pero supongo que Jake te habrá contado las novedades.

—Sí.

—Morgan, cuando te encargaste del Après, entraste a formar parte de la familia. Así es como funcionamos los Jameson. Y ahora lo eres más todavía. Te cubriremos las espaldas, los costados, por todas partes. Si hay algo que podamos hacer o que quieres que hagamos, dalo por hecho.

—No sabía cuánto deseaba tener una familia hasta que me permití tener una familia. No dejo de pensar en eso. Y como estamos hablando de eso, de familia, te lo voy a preguntar… Jake y tú. ¿Alguna idea?

—Muchas, ya que lo preguntas.

Nell miró hacia las mesas, hacia la gente que tomaba algo y comía algo, relajada mientras el día de verano daba paso a una noche de verano.

—Ha esperado, y ha sido muy inteligente por su parte, ha esperado hasta que yo estuviera preparada. O cerca de estar preparada, lo supiese yo o no. Todavía no lo estoy para dar el paso que vais a dar Miles y tú. Quiero poner a prueba la relación, es lo más propio de mí. Y primero viviremos juntos. Su casa es muy bonita, pero a mí me gusta más la mía. —Se encogió de hombros y volvió a coger el vaso de agua—. La mía está cerca de mi trabajo, la suya del suyo. Y la parte práctica de mí sabe que es el comisario de policía y que estar cerca del pueblo es importante.

—Buscad una casa que os guste entre esos dos extremos. Que no sea la casa de Jake ni la de Nell, sino la de Jake y Nell.

—¿Comprar una casa juntos? Eso es… muy inteligente. Un

compromiso y una promesa al mismo tiempo. Le gustará la idea. A mí también. Quizá. Sí, quizá sí. Me va a gustar tener una hermana.

—A mí también.

—Muy bien, hermanita, pues ponme una copa y nos ponemos a hablar de trabajo.

En la otra punta del país, Rozwell condujo hasta Two Springs bien temprano para evitar el calor del día. «Menuda broma», pensó con amargura. El puto calor no se iba nunca. Pero quería hacer el trayecto de una vez por todas, comprar toallas nuevas, algo de comer y alcohol decente.

Quería oír voces, aunque fueran las de unas imbéciles ratas del desierto.

El pueblo no era muy grande —para él, un cuchitril—, pero tenía tiendas, incluido un supermercado bastante aceptable, unos cuantos locales que aspiraban a ser restaurantes y dos bares con una licorería anexa a uno de ellos. La versión cateta de un departamento de sheriff —que no lo preocupaba lo más mínimo— y un puñado de casas a las afueras que alguien con cierto sentido del humor podría considerar una zona residencial.

Se encontraba a varios kilómetros del extremo occidental del Bosque Nacional de Humboldt-Toiyabe, que a él no le interesaba en absoluto, y contaba con vistas a las montañas.

Estaba lo bastante cerca como para que unos turistas aburridos o unos excursionistas y campistas locos lo visitaran, así que en algunas de las tiendas había souvenirs y cosas para hacer senderismo o acampada. Y muchas armas en venta.

Tal vez no fuera un amante de las armas, pero había visto serpientes más de una vez. Había intentado dispararles con la pistola que le había quitado al cadáver de Jane y había probado suerte con la escopeta y con el rifle que encontró en la cabaña.

Y también con el AR-15, que destruyó a la serpiente y a él le dio un buen susto.

Lo dejó en la pared y se quedó con la pistola.

Jane había acumulado una buena cantidad de munición, pero Gavin había desperdiciado una parte con las malditas serpientes y con un cactus al que disparó solo para oír el ruido que hacía.

En la lista había apuntado munición para la pistola.

No le haría ningún daño comprar un poco.

Como se había levantado con hambre, se había zampado media docena de huevos y el último trozo de beicon que encontró en el congelador. Jane lo había fechado —muy útil—, pero había tenido que cortarlo él mismo, así que las lonchas fueron o demasiado finas o demasiado gruesas.

Tendría que comprar un poco de beicon ya cortado. Y salchichas. Y lo que le entrase por los ojos y le abriera el apetito.

Primero compraría las toallas. Ya había descubierto que en el vertedero de Two Springs no vendían algodón egipcio, pero se conformó con lo que había. Compró una nueva sartén, ya que la anterior la había quemado en la cabaña y la había arrojado lo más lejos posible.

Entró en la licorería. Cerveza, vino, whisky, vodka, refrescos, tónica y, qué coño, ¿por qué no un poco de tequila?

—¿Es para una fiesta? —le preguntó el dependiente con una risa que le recordó al puto Papá Noel.

—Sí. —Rozwell se lo quedó mirando con los labios torcidos—. Soy el alma de la fiesta.

—Ya lo veo. —Evitando mirarlo a los ojos, el dependiente le puso las bebidas en bolsas y le dio el cambio.

Después de cargar las provisiones en la camioneta, fue a por la munición. Compró tres cajas de balas de punta hueca para la Colt 45 que había heredado. Y pensó: «Toma ya, soy un cabronazo pistolero».

Y de ahí pasó al supermercado.

Patatas fritas de bolsa y congeladas —¿por qué no se le había ocurrido antes?—, galletas, dulces, beicon, salchichas, pizzas congeladas. Las pizzas le hicieron pensar en Morgan.

—La zorra se va a enterar —masculló, y la mujer que estaba a un metro de él se alejó en dirección contraria.

Platos congelados, ¡calentar y comer! ¡Queso! ¡Leche!

Cereales, pan, mantequilla. Limones para unos buenos chupitos de tequila. Plátanos. Patatas, porque cualquiera era capaz de asar una puta patata.

Llenó dos cestas antes de cogerlo todo.

En la caja, la cajera empezó a pasar los productos. Tenía una redonda cara de pan con gafas que no paraban de escurrírsele por la nariz.

Lo irritaba tantísimo que se imaginó dándole un puñetazo en esas ridículas gafotas para clavárselas en los ojos y hacerla sangrar.

—Conque llenando la despensa, ¿eh? —le dijo alegremente.

Gavin extendió los labios en lo que consideró una sonrisa amistosa.

—Exacto, la despensa. Hay que comer, ¿verdad?

—Sí, señor. —La mujer mantuvo los ojos clavados en los artículos—. Hay que comer.

Se marchó con las bolsas y dejó los productos congelados en la cabina, donde el aire acondicionado impediría que se descongelaran en el trayecto de vuelta.

Cargó el resto en la parte trasera y vio que el esfuerzo y el calor lo dejaban casi sin aliento. Abrió el tapón de la botella de Coca-Cola que había comprado en el súper y se la llevó hasta el asiento del conductor.

Bebió un buen trago y estuvo a punto de atragantarse al coger aire.

Cuando arrancó el motor, echó un vistazo por el retrovisor.

Volvió a faltarle el aliento y, a pesar del calor que cocía la cabina, se quedó de hielo.

Los vio saliendo de esa especie de restaurante, donde habría desayunado él mismo si no hubiera estado demasiado hambriento como para tener que esperar.

Pero no podía ser. Era un espejismo, una ilusión óptica. Se frotó los ojos debajo de las gafas, pero la pareja seguía ahí, dirigiéndose hacia él.

Puto FBI. Esos gilipollas, Beck y Morrison, estaban justo ahí, caminando por la acera.

El pánico le provocó un zumbido en los oídos y se le empañaron los ojos al pisar el acelerador.

Golpeó el volante mientras conducía. ¿Cómo era posible? ¿Cómo? ¿Cómo?

La camioneta traqueteó y se tambaleó cuando la puso a la máxima velocidad. Porque estaban justo detrás de él. Justo detrás.

Debía regresar cuanto antes a la casa de Jane. Había incumplido su nueva regla y había dejado ropa, equipo y dinero; demasiadas cosas que no podía volver a perder. Había incumplido la regla porque los agentes no deberían estar ahí.

¿Por qué habían ido hasta allí?

Cuando llegó a la puerta de hierro y bajó del vehículo, estuvieron a punto de fallarle las piernas. El miedo lo había cubierto de sudor y lo hacía temblar tanto que sus dedos no acertaban con las llaves del candado.

Pero consiguió abrir la puerta, cruzarla y recomponerse para volver a cerrarla. Por si acaso.

Siguió el camino hasta la cabaña y procuró despejarse la cabeza lo suficiente como para pensar, solo pensar. Cogería la camioneta de la mujer. Era una chatarra, pero una mejor que la que había robado. Y quizá, sin saber cómo, habían rastreado la que había usado.

Había cerrado la cabaña con llave —seguridad ante todo—, por lo que tuvo que enfrentarse a los cerrojos. En el interior, arrasó con todo y juntó ropa que había lavado con ropa que no. Mientras recogía su equipo y desconectaba cosas de la mujer para llevárselas, su aliento sonaba como un huracán.

El dinero, el dinero, el dinero, las identidades y carnets que había creado.

Las pistolas, la munición, los cuchillos, incluida la navaja con la que la zorra muerta lo había apuñalado.

Las gallinas cacarearon y se espantaron cuando corrió hacia el cobertizo y abrió la puerta de par en par. En la parte trasera de la camioneta guardó varias herramientas —su cizalla, un pico, un hacha y un martillo—, cuyos chasquidos hicieron eco en el desierto.

Levantó polvo al conducir hacia la choza y lanzar bolsas, maletas y maletines en la camioneta. Se obligó a ir con más cuidado con los aparatos electrónicos y metió la pistola debajo del asiento del conductor. El rifle y la escopeta los colocó en el soporte para las armas del vehículo.

Que fuesen a por él. Los cosería a balazos.

Necesitaba beber agua, comer algo.

Cuando se acordó de toda la comida que había comprado, la rabia dio paso al miedo.

Abrió la puerta de la otra furgoneta y sacó la comida congelada, las pizzas y la leche, y lo lanzó todo al suelo. Qué desperdicio de tiempo y de dinero, qué desperdicio.

Embargado por la furia, empezó a gritar. Y, al gritar, algo que en su interior ya estaba agrietado terminó rompiéndose.

Se levantó, miró alrededor hacia la leche que se desparramaba en el suelo, hacia las bolsas con pastel de carne y pollo frito y salsa, las chocolatinas y el queso chédar.

Y comenzó a reír, y a reír, y a reír tanto que le cayeron lágrimas por las mejillas. Se descojonó al pasar el resto de la compra, las bebidas y las toallas de una camioneta a otra.

A la mierda, a la mierda todo, estaba hasta los cojones ya. Había llegado el momento de pasar página. De un ajuste de cuentas. De que una zorra pagase las consecuencias de una puta vez.

—«Ha llegado la hora, dijo la morsa». —Masculló el verso de Lewis Carroll mientras tapaba con una de las lonas de Jane la parte trasera de la camioneta.

Fue hacia el vehículo, pero al final decidió que por qué no. Se alejó, abrió la caja de las chocolatinas, cogió una y le arrancó el envoltorio.

Se la comió de camino a la puerta de hierro.

—¡Hasta la vista, Jane! —exclamó con la boca llena de caramelo y chocolate—. ¡Gracias por nada, puta!

Abrió la puerta y la cruzó. Y después de lanzar las llaves del candado por la ventanilla, empezó a conducir rumbo al este.

Mientras Beck y Morrison caminaban por la calle hacia su coche, la dependienta del supermercado estaba fuera de la tienda fumando un Marlboro para calmar los nervios.

—¡Eh! Sois los del FBI, ¿verdad?

—Señora. —Morrison se detuvo junto a la puerta del copiloto, ya que había perdido a cara o cruz para ir al volante—. Los agentes especiales Morrison y Beck.

—Deb me contó ayer que había agentes del FBI preguntando por un tío loco. Era mi día libre. —Soltó una bocanada de humo—. Hace unos minutos he atendido a un tío loco. Con ojos de chalado. Ha comprado suficiente comida para un batallón del ejército. Me ha lanzado una mirada y una sonrisa que me ha congelado la sangre.

—¿De verdad? —Beck sintió una leve emoción y se acercó—. Le dejamos a su encargado un retrato robot del hombre al que estamos buscando. ¿Lo ha visto?

—No. Yo llego, trabajo y me piro. No meto las narices en los asuntos de los demás, como debería hacer todo el mundo.

—¿Le importaría echarle un vistazo ahora? —Beck abrió el maletín y sacó uno de los retratos de una carpeta.

—Supongo que no. Estoy descansando porque ese tío zumbado me ha puesto nerviosita. —Cogió el retrato robot y se subió las gafas. Y negó con la cabeza—. No. Ese tenía el pelo más corto, de un rubio oscuro, por lo que he podido ver. Y además... —Hizo una pausa y frunció el ceño—. Un momento. Podría ser. Son los ojos, esos ojos de chiflado. Pero el mío no llevaba barba, sino cuatro pelos mal peinados, y creo que tiene la cara un poco más rellena. Pero esos ojos...

—¿Cuánto medía? —le preguntó Morrison—. ¿Cuánto diría?

—Un metro ochenta y pico. Quizá menos.

—¿Le ha dicho algo?

—Sí, ha dicho que había que comer. Y le he preguntado que si estaba llenando la despensa, porque llevaba dos cestas llenas de comida, y me ha dicho que hay que comer.

—¿Tenía acento?

—No parecía que fuera de aquí. —Se encogió de hombros y siguió fumando—. Creo que más bien del este. Podría ser él, no se lo puedo jurar. Pero había algo raro en ese tío. Eso sí se lo puedo jurar.

—¿Ha visto el coche que llevaba?

—No, lo siento. Por lo general, habría llamado a Tiny, que está de reponedor, para ayudarlo con las bolsas, pero no lo he hecho. Quería que se largase. Nunca lo había visto por aquí. Por lo menos no en el supermercado. No debe de vivir lejos, supongo, porque ha comprado un montón de congelados.

Aunque fue reacia a ello, les dio su nombre y sus datos de contacto.

—¿Qué probabilidades hay de que sea él? —se preguntó Morrison.

—Las suficientes como para que echemos un vistazo rápido. Si fueras Rozwell y vivieras lo bastante retirado de aquí como para venir a hacer la compra, ¿qué más comprarías?

—Si estuviera aquí, en medio de la nada, iría a comprar un montón de alcohol.

—Sí, exacto. Sigamos ese presentimiento, Quentin, y enseñémosle el retrato robot a los de la licorería.

Cuando entraron en el establecimiento, el dependiente levantó la vista de una novela de tapa blanda. Beck reparó en que no era el mismo que el día anterior. Su hermano pequeño, quizá.

—¿Los puedo ayudar en algo?

—Somos del FBI. Agentes especiales Beck y Morrison. —Beck le enseñó la placa.

—¡Ostras! —El muchacho se levantó del taburete.

—Buscamos a alguien.

—Siempre y cuando no sea a mí.

—No, a ti no. —Beck le dedicó su mejor sonrisa—. A este hombre.

El joven cogió el retrato y cambió el peso de un pie al otro.

—Es curioso.

—¿El qué?

—Que se parece bastante al tío que ha venido hace una hora. En los ojos sí. Y en la boca, creo. No me ha dado buena espina.

—¿No? —Beck se inclinó hacia delante ligeramente—. ¿Por qué?

—A ver, porque ha comprado tantas botellas que yo podría haber cerrado por hoy, y mi hermano, que es el propietario, ni se habría enterado porque la recaudación del día supera a la habitual. Pero tenía un aura negra, malas vibras, ¿saben? Como se llevaba tanto alcohol, le dije que si iba a dar una fiesta. Me ha lanzado una mirada que me ha hecho arrepentirme de haber abierto la boca. Creo que es él, con el pelo más corto. ¿Qué ha hecho?

—¿Has visto el coche que llevaba?

—He mirado afuera y lo he visto cargar las bolsas con las botellas en una furgoneta. Una Chevrolet vieja, roja y destartalada. Pero díganme qué ha hecho.

Los agentes ya estaban saliendo por la puerta.

—Es él, Quentin. Te juro que lo siento en las entrañas.

—Vayamos a hablar con el sheriff. Tiene la comisaría por aquí. Uno no compra tanta comida y alcohol para un viaje largo ni cuando se queda en un motel.

—Podría tener rehenes, aunque no sea su estilo, pero a media hora en coche de Two Springs hay casitas y ranchos pequeños. O quizá está en algún edificio abandonado. Los congelados sugieren que tiene una nevera y un horno o microondas. Venir hasta el pueblo y hacer un par de paradas significa que se cree a salvo.

Cuando se dirigieron a toda prisa hacia la oficina del sheriff, barrieron las calles con la mirada.

—A lo mejor sigue por aquí —dijo Morrison—. Pero no es probable. Por los congelados.

—Se van a descongelar muy rápido con este calor. Debe de estar cerca.

La oficina del sheriff constaba de una sala con una mesa y otras dos estancias para los dos ayudantes que trabajaban a media jornada. En el fondo había dos celdas, un lavabo unisex y una improvisada cocina con una cafetera para tomar algo.

El aire acondicionado iba a toda mecha y esparcía el olor a café malo por todas partes.

El sheriff Neederman, un tipo moreno y enjuto de unos cuarenta y cinco, estaba en su despacho con la puerta abierta.

—Vaya, el FBI. —Se levantó de la mesa—. No esperaba volver a veros.

—Lucy Wigg del supermercado de Two Springs y Kyle Givens de Licores Givens han identificado a Gavin Rozwell gracias a nuestro retrato robot. Ha estado esta mañana en las dos tiendas.

—Hostia. ¿Estáis seguros?

—Bastante. Ha comprado mucha comida, incluidos productos congelados, y alcohol, lo cual indica que ha encontrado algún escondrijo cerca de aquí. Lo bastante próximo. Necesitamos empezar a buscar.

—Os echaremos una mano. Uno de mis ayudantes está de patrulla y le pediré al otro que se sume. Mandaré aviso al estado para que vengan refuerzos.

—Conduce una camioneta Chevrolet roja. Un modelo viejo, por lo que nos han dicho. Tú conoces la zona, sheriff. Seguro que se te ocurren posibles lugares.

—Hagamos esas llamadas y pensemos.

Cuando lo hubo hecho, extendió un mapa sobre la mesa.

—Estas casas de aquí. Son pocas y están un poco alejadas, pero la gente se fijaría en un desconocido. Es una historia diferente si te vas a esta zona o a las montañas. Hay ranchos penosos con gente penosa que vive ahí porque no quiere ver a nadie. Y luego están los preparacionistas y supervivientes, esa gente que es antitodo. No lo habrían recibido exactamente con los brazos abiertos; a nosotros tampoco, por cierto.

—Yendo por ahí, ¿quién vive solo? Sin familia, así no tendría demasiados problemas —le dijo Beck a su compañero—. Es más fácil desarmar a una sola persona. Si ha buscado un escondrijo, habrá querido intimidad.

—Pues está Riley, un exmarine, un tipo de lo más enérgico. —Neederman señaló el sitio en el mapa—. Su casa es una maldita fortaleza. Y luego está Jane Boot; su marido murió hace un tiempo, pero ella se quedó en la zona. Viene por el pueblo y vende huevos y leche de cabra una vez al mes. Es dura como el acero y se prepara para cuando haya guerra o el Rapto, lo que suceda antes.

—La mujer —afirmó Morrison—. Habría ido a por la mujer antes que enfrentarse a un marine.

—Vayamos a averiguarlo.

—Yo os llevo hasta allí. La mujer no tiene teléfono, no cree en ellos, y ha llenado su casa de verjas y de alambres con púas. En la camioneta tengo cizallas. Como esté ordeñando a la cabra del demonio, se mosqueará.

Al cabo de veinte minutos, se detuvieron junto a la puerta abierta.

Neederman aparcó la camioneta en diagonal para bloquear el paso y saltó del vehículo. Cogió unas cuantas llaves y negó con la cabeza cuando Beck bajó la ventanilla.

—Jane jamás habría dejado la puerta abierta. Las llaves están en el suelo. Qué hijo de puta.

—¿Llevas protección antibalas, sheriff?

—Sí, sí. —Se tocó el ala del sombrero y repitió—: Qué hijo de puta. Jane jamás habría dejado la puerta abierta.

—Pongámonos las protecciones. Y llamemos en busca de refuerzos. Mi compañera y yo nos ocupamos a partir de ahora. Es nuestra presa.

—Si le ha hecho daño a Jane, ahora también es la mía. —Miró a Morrison muy serio.

Se pusieron los chalecos antibalas y cruzaron la puerta.

—Ya no está por aquí, Tee. Se nos ha escapado, eso es lo que acaba de pasar.

Con el rostro sombrío, Beck siguió conduciendo.

—Ahí está la camioneta roja y toda la compra desparramada en el suelo. La puerta de la casa está abierta, igual que la del cobertizo.

—Alguien se ha puesto de mala hostia —masculló Morrison.

—Eso parece, pero que no nos pegue un balazo si nos equivocamos.

Condujo entre el cobertizo y la cabaña, y, con el coche como protección, bajaron.

—¡Gavin Rozwell! Es el FBI. Sal con las manos en alto.

No hubo más ruidos que los cacareos de las gallinas y los gruñidos de los cerdos.

Beck cogió una piedra y la lanzó para abrir fuego. No se movió nada. Cogió otra y la arrojó contra la casa.

—Vale, Quentin, entremos.

Abandonaron el escudo del coche y corrieron agachados hacia la puerta. Morrison entró primero y se incorporó mientras su compañera seguía encorvada.

La cabaña apestaba a sudor y a polvo, y parecía el escenario de una pelea en un bar. Registraron la casucha, así como el cobertizo.

—Jane tiene una camioneta Ford Ranger del... 2015 o 2016, creo; ya os lo confirmaré —les dijo Neederman—. Azul, de un azul oscuro, y buscaré cuál es la matrícula. ¿Se la habrá llevado con él?

—Lo dudo muchísimo.

El sheriff se rascó la nuca.

—Voy a buscarla por aquí —le dijo a Beck—. Y a la cabra también.

—Esta mañana debe de habernos visto. Debe de habernos visto; si no, ¿por qué ha huido después de comprar tanta comida? —Beck tuvo que contenerse para no darles una patada a los congelados descongelados—. Ha salido del súper y nos ha visto. O ya había cargado las cosas en la camioneta. Es probable. Se ha subido, ha conducido hasta aquí, ha hecho esto, ha cogido lo que quería y se ha marchado.

—Sigue huyendo, Tee. —Como los dos lo necesitaban, le puso una mano en el hombro—. Sigue huyendo, asustado y cabreado. Mandemos un aviso para que busquen la camioneta de la mujer.

—¡Está aquí! —exclamó Neederman—. Y la cabra. Dios, lo que queda de ellas. La ha dejado ahí de cualquier manera —les contó cuando regresó junto a ellos—. La ha dejado ahí para que los carroñeros se ocuparan de ella.

30

Una mañana sofocante que pedía a gritos unas cuantas tormentas, Morgan abrió la puerta y vio a Jake.

—Entra. ¿Preparo café? ¿Lo vamos a necesitar?

Jake cerró la puerta tras de sí.

—Pues quizá mejor algo frío, ¿no? ¿Están tu madre y tu abuela por aquí?

—No, están trabajando.

Lo que había ido a contarle debía de ser malo. Morgan notó el mal presentimiento que avanzaba bajo su piel.

—Creo que el té helado no está del todo frío aún, pero tenemos Coca-Cola.

—Perfecto. Morgan, ¿te parece bien que te cuente yo cosas de Rozwell? Puedes ponerte en contacto con el FBI si prefieres oírlo directamente de ellos.

—Te agradezco que te tomes el tiempo de contármelo tú. —Pensó que no le temblaban nada las manos mientras llenaba los vasos con el hielo. Los días de pánico habían terminado—. Ha matado a otra persona, ¿verdad? Lo noto en el nudo que tengo en el estómago.

—Sí. ¿Por qué no nos sentamos y te cuento todo lo que me han dicho? Te contaré lo que pasó ayer en Nevada.

—En Nevada. Así que estaban en lo cierto con lo de que iba al sur. Me gusta saber que estaban en lo cierto. Es algo.

Mientras Jake la ponía al corriente de lo sucedido, Morgan se quedó sentada y perpleja.

—No me lo imagino, de verdad que no me lo imagino viviendo en la cabaña de una preparacionista en medio de la nada. Sí que me lo imagino matándola, y lo siento mucho, pero ¿el resto?

—Tú lo desequilibraste. Es lo que pienso yo. Te cargaste su racha, y eso lo desestabilizó. Reconozco el valor del FBI y del fuerte instinto de Beck, pero su compañero y ella serían los primeros en admitir que llegar a ese pueblo la misma mañana que Rozwell fue a hacer la compra ha sido tan solo suerte.

—Y ¿creen que ha estado un par de semanas por ahí?

—Casi tres. Han rastreado a su víctima hasta el último trayecto que hizo al pueblo. Lo normal es que nadie la viese aparecer durante un mes o incluso más. La mujer iba a vender huevos, leche y artículos hechos con piel. Hace casi tres semanas, compró comida y llenó el depósito de la camioneta. Y han localizado el rastro de Rozwell en un motel a treinta kilómetros de ahí, que dejó el mismo día que ella se fue a Two Springs.

—Ya veo. Ya veo.

—Era muy activa en los grupos de internet. Preparacionistas, supervivientes, radicales religiosos. En opinión del FBI, Gavin no lo ha sido tanto; me cuentan que aprecian diferencias sutiles en las publicaciones y respuestas de la mujer desde hace diecinueve días, la noche después de que fuera a comprar. —Jake vaciló y continuó—: Le harán la autopsia al cadáver y quizá puedan determinar cuándo murió. Morgan, todas las personas a las que interrogaron y que ayer estuvieron en contacto con él afirman que había algo raro en Gavin. La mujer tenía armas, Morgan. Una escopeta y un rifle, y han encontrado proyectiles alrededor de la casa. Y a menudo llevaba una Colt en la cintura.

—Pues no le sirvió de gran cosa.

—La cuestión es que él lo ha cogido. Ha dejado un AR-15, menos da una piedra, pero se ha llevado el resto. Y en el pueblo compró munición para la Colt. Nunca había usado armas.

—Ya no es el que era.

—Los agentes están de acuerdo. Lo que encontraron en la cabaña indica que ha perdido el control. —Como Jake la consideraba amiga suya y como pronto sería una especie de hermana para él, le tomó la mano—. Y creen que no tendrá más remedio que venir hasta aquí.

—En parte es un alivio, porque te pasas la vida esperando a que se abra la puerta y a que aparezca el monstruo. La amenaza siempre ha estado ahí, Jake, independientemente de lo que haga yo. Es como un roedor que está excavando túneles en el jardín. Aunque parezca bonito y cuidado, está a punto de derrumbarse. —Miró el refresco y luego lo miró a él a los ojos—. Te preocupa que, como se ha llevado las armas, me vaya a disparar cuando baje del coche o haga algún recado. No lo hará. No puede. Es demasiado rápido y definitivo.

—Ya no es el que era —repitió Jake.

—No, pero no puedes cambiar tu modo de ser en el fondo, en el centro. Necesita hacerme daño, verme asustada. Tiene que vengarse de mí por todo lo que le ha salido mal desde... lo de Nina.

Después de estremecerse, cogió el refresco con una mano.

—No me puedo creer que solo lo conociera durante un par de semanas y que lo haya calado tan bien. La idea de que ha vivido durante semanas como me has contado... No, de eso también va a querer vengarse conmigo. Matarme no bastará si no me ve sufrir antes.

—Estoy de acuerdo contigo y preocupado de todas maneras.

—Me lo arrebató todo, Jake, todo menos la vida. Y mira. —Levantó las manos—. No han pasado ni dos años y estoy bien. Mejor que bien. Tengo un hogar, una familia y a un hombre que me quiere. Tengo un buen trabajo, una buena vida. Tengo amigos. Es él el que ha perdido. Es él el que está huyendo y desesperado. Matarme deprisa no le va a compensar. Es algo personal.

Cuando sonó el timbre de la puerta, enseguida se sacó el móvil del bolsillo para ver quién era.

—Es... una entrega de flores. Es...

Le pasó el teléfono a Jake.

Los ojos del policía se volvieron fríos antes de levantarse.

—Yo me ocupo.

Morgan tardó unos instantes en recuperarse y seguirlo. Sabía qué forma tenían las coronas de flores. Y mientras Jake interrogaba a la perpleja mensajera de la floristería junto a la puerta, Morgan examinó la corona y la tarjeta.

Morgan, siempre en mi memoria.

Siempre lo estaría, pensó ella. Siempre estaría en su memoria.

Como sabía que cambiar la matrícula no sería suficiente, Rozwell compró un rociador, un poco de pintura verde y, en una calle desierta, pintó la camioneta de Jane para tapar el color azul.

Había quedado fatal, y tuvo que invertir tiempo en limpiar la pintura de las luces delanteras y traseras, pero el vehículo ya no encajaba con la descripción.

Supuso que durante un tiempo le serviría, sobre todo porque en aquella zona los policías eran unos palurdos.

No podía arriesgarse a ir a un motel, por más de mala muerte que fuese, así que siguió conduciendo hasta Utah, de día y de noche, alimentado por la rabia y el miedo, por la cafeína y los carbohidratos.

Había decidido que era el momento de recuperar los buenos hábitos, así que se dirigió hacia el aeropuerto de Salt Lake para echar una necesitadísima cabezada en el aparcamiento de larga estancia.

Se despertó antes del alba acalorado y desgraciado, pero pensó que había recuperado la buena suerte al ver un monovolumen con una pegatina de «Bebé a bordo» que debía de haber estacionado mientras él dormía la siesta.

Tendría tranquilamente unos quince años, calculó, pero estaba impecable.

Tardó más de media hora, pero consiguió forzarlo, desconectar la alarma, hacer un puente —¡no había perdido el don!— y pasarlo todo de la camioneta al monovolumen.

Tenía doscientos mil kilómetros, pero cumpliría, lo llevaría hasta Colorado y hasta un motel medianamente decente; nada de hoteles todavía, se advirtió.

Allí podría darse una ducha, acicalarse, comer, dormir y trazar la mejor ruta hacia Morgan.

El viernes por la noche, Morgan cerró con Miles el bar.

—Beck me ha llamado hace unas horas.

—¿Y me lo cuentas ahora? —Miles dejó lo que estaba haciendo.

—Estábamos ocupados, estabas ocupado. Y ahora es tan buen momento como entonces. Un guardia de seguridad ha localizado en el aparcamiento de larga estancia del aeropuerto de Salt Lake City la camioneta que conducía. Había intentado pintarla con espray, pero el azul seguía siendo visible. Tardaron cierto tiempo en identificar lo que se había llevado de allí. Un monovolumen rojo. Un Kia, creo que me ha dicho. Ha recorrido un buen trecho, pero han localizado dónde se alojó, en Days Inn, en Colorado.

—¿Por qué no nos sentamos?

—No, no hace falta. Estoy bien. Dejó el monovolumen en el aparcamiento de un Walmart en Dakota del Sur. Robó un todoterreno a punta de pistola, ató a la propietaria (una mujer de sesenta años) con cuerdas elásticas y con una mordaza, y la subió al monovolumen. La dejó inconsciente, con un buen golpe, pero no la mató. Algo es algo.

»Están siguiendo un avistamiento en Minnesota que para la agente Beck resulta muy creíble, y no cree que vaya a seguir demasiado tiempo con el todoterreno ni que se arriesgue a contactar con alguno de sus conocidos para cambiarlo por otro coche. En el aeropuerto de Mineápolis están sobre aviso.

—¿Y ya está?

—Por ahora, sí.

—Morgan. —Le cogió la mano, en la que llevaba el anillo—. Significa algo.

—Significa muchas cosas.

—Y estar ocupado no significa nada —añadió—. Cuando te digan lo que sea sobre ese hijo de puta, quiero saberlo. No cuando deje de estar ocupado. Quiero saberlo de inmediato. No nos podemos permitir perder tiempo. Igual que me mandas un mensaje todas las noches en las que no estamos juntos cuando vuelves a casa; igual que eso, no es negociable.

—Tienes razón. Lo siento.

—Me da igual que lo sientas.

—Ya, eso ya lo sé. —Con una sonrisa, le puso una mano sobre la mejilla—. Pero lo siento de todos modos.

—Podrías mudarte conmigo ya.

—No me parecería apropiado ni fácil dejar a mi madre y a mi abuela solas, sobre todo al saber que parece que viene hacia aquí.

—Pues me mudo yo con vosotras.

Morgan pensó que lo haría. A Miles no le agradaba la idea, pero lo haría.

—La casa ya no puede ser más segura. Y mañana le voy a pedir a Jen que me dé una clase de defensa personal como recordatorio. Escúchame, ¿vale? Porque lo he pensado mucho. A lo mejor me podría haber matado antes. No estaba preparada y, aun así, no me mató. Mató a Nina, pero porque la pilló por sorpresa y porque estaba enferma y era diminuta, Miles. Pero ahora estoy preparada y no me va a pillar por sorpresa. Y soy más fuerte que antes. Y todavía hay más: estoy cabreada.

—Todo eso es bueno, Morgan, pero...

—La policía patrulla la calle. Un agente me sigue a casa del trabajo todas las noches. Supongo que un policía o un agente federal acampará en mi comedor si se acerca a la frontera de Vermont.

—Si se acerca tanto, yo acamparé en tu comedor con ellos.

—Trato hecho. Y no te enfades, pero necesito que venga. Necesito ponerle fin a esto de una vez. Quiero mirar vestidos de novia y ramos de boda, decidir qué canción quiero que suene en nuestro primer baile y elegir el tono perfecto de morado para tu chaqué.

—Y vas a poder hacer todo es… ¿Qué? No.

—Me estaba guardando lo del chaqué para desconcertarte. Me ha parecido un buen momento. Y, ahora, pasemos de Rozwell y vayámonos a casa.

—Vale. Nada de chaqué morado.

—A ver, si al final elijo peonías o lilas, a lo mejor una florecilla morada para el ojal. Pero también están las espuelas de caballero, las alverjillas, los tulipanes o las espireas… No me hagas hablar.

—De todas las cosas que me apetecen, hacerte hablar sobre ramos ocupa el último puesto en la lista.

Afuera, Miles le cogió la mano de nuevo y pensó que en el aire le llegaba el primer olor de otoño.

—¿Qué te parece «Stand by me»?

—¿Te refieres a la película *Cuenta conmigo*?

—A la película no. A la canción. Para el primer baile. Porque quiero contar contigo para todo y más te vale que tú también conmigo.

El estrés de Morgan desapareció para dejar espacio a la marea empalagosa que sintió.

—Te has puesto a pensar en cosas de la boda.

—Son cosas que de vez en cuando se me ocurren.

—Aceptaré la canción nominada por ti, es muy buena, si tú aceptas la flor lila si opto por un ramo de ese color.

—¿Solo una flor?

Morgan levantó el pulgar y el índice para darle a entender que sería diminuta.

—Venga, vale.

Se giró hacia él y lo rodeó con los brazos.

—Te quiero, Miles.

—Es otra cosa que más te vale que hagas.

Más tarde, mientras ellos dormían, Rozwell cruzó Wisconsin con una camioneta Dodge de segunda mano que había comprado a tocateja en St. Paul.

Había hecho planes.

Morgan encajó los paquetes que recibía y los cargos a su cuenta, y lo denunció. Y lo apuntó todo.

Cuando llegó el mes de septiembre, se sentó con su madre y su abuela.

—Sé que estáis preocupadas, pero es lo que pretende. Que os preocupéis, meterse en mi cerebro. Pero a mí todo eso solo me indica lo desesperado que está.

—Es peligroso que esté desesperado —puntualizó Olivia.

—Sí, y no voy a ser imprudente. Se ha pasado días conduciendo, sin apenas parar. Saben qué coche lleva porque compró una camioneta en St. Paul en metálico. El FBI está trabajando con la empresa de la tarjeta de crédito. No la voy a usar para nada. Y ayer mismo me avisaron de un nuevo cargo.

—¿De qué? —quiso saber Audrey—. ¿Qué ha hecho ahora?

—Debe de haberse enterado de lo de la boda. Compró dos docenas de rosas negras.

—¿Iban con tarjeta? Y no edulcores la situación, Morgan.

—No voy a hacerlo, abuela. De verdad. La tarjeta decía: «Cero bodas y un funeral». No es un movimiento inteligente —se apresuró a añadir al ver palidecer a su madre—. No lo es. Todas esas pullas no son más que una advertencia, cuando debería intentar pasar desapercibido. Y hay más.

—Cuéntanoslo todo —le pidió Olivia.

—Una cámara de seguridad lo ha grabado cruzando el Míchigan con el coche en un ferry. Debe de habérselo pintado algún profesional y haber cambiado la matrícula, pero lo han localizado en cualquier caso. Vuelve a ser rubio, sin barba. Y no ha adelgazado.

—Parece que les esté dejando un rastro otra vez —murmuró Audrey—. Como hizo en su día.

—Sí, y lo están pensando porque lo han localizado yéndose al sur, hacia Indiana.

—¿Para qué? —Olivia se levantó y comenzó a recorrer la cocina—. ¿Por qué no cruzar hasta Ohio, evitar los lagos y seguir avanzando hasta Vermont?

—No lo sé, abuela. He hablado con la agente Beck durante un buen rato. Tienen varias teorías. Está intentando despistarlos de nuevo. Está buscando un sitio donde esconderse varios días, recuperar el sueño y hacerlos esperar. Y hacerme esperar a mí. Quiere arreglarse un poco porque dicen que tiene muy mal aspecto. Lo que saben es que por lo menos condujo doscientos kilómetros en dirección contraria… si es que viene hacia aquí. Y sé que prácticamente le han echado el guante.

—Pero eso no basta.

—Y están de acuerdo. He notado frustración en la voz de la agente Beck. No quería irme a trabajar sin contároslo. Ahora mismo, está a unos mil kilómetros de aquí, y es probable que se tome otro descanso. Y ahora os pido que cambiemos de tema porque me tengo que ir a trabajar dentro de un par de minutos. Y quiero enseñaros el vestido que me gusta.

Sacó el móvil y abrió la página web.

—¡Ay, Morgan, es precioso! Sencillo, elegante.

Morgan notó cómo se le relajaban los músculos al oír la aprobación de su madre. Audrey sabía lo que le quedaba mejor.

—Quería algo sencillo. Bonito pero sencillo.

—Y has encontrado uno que es simplemente maravilloso. Me encanta el contorno, con una falda así con mucho estilo. Pero no vas a comprar un vestido de novia por internet.

—Pero si me dijiste…

—Es un vestido muy tú y muy boda de primavera en un jardín, pero no vas a recurrir a internet para comprar tu vestido de novia. La semana que viene pediremos hora en la tienda de vestidos de novia de Westridge. Es una tienda preciosa. Deberías pedirles que nos acompañen a la madre de Miles, a su abuela, a su hermana… y a Jen.

—Ah, pero…

—Mucha gente y muchas opiniones, sí. —Audrey le dio una palmada en la mano—. Pero es un ritual importante. Y debes tocar el vestido y probártelo para estar segura.

—Lo puedo devolver si no me…

—Hagamos una cosa. —Aunque quería ponerse hecha una

furia, Audrey se calmó—. Si no encuentras nada que te encante, que te guste y que te haga deslumbrar, pides ese por internet y no diré ni pío. Y el vestido lo pagaré yo.

—Mamá.

—Déjame, anda. —Se le llenaron los ojos de lágrimas—. Quiero hacerlo, no sabes cuánto. Quiero darte el vestido.

—No discutas, Morgan. Es de mala educación rechazar un regalo que se da con amor. La boda es nuestro regalo, de tu madre y mío. No se trata de quién paga, cielo. Se trata de participar de ese amor. Y supongo que por parte de la familia del novio habrá discusiones. Y estaremos preparadas para ceder. Eso también es amor.

—Ya he empezado a preparar una hoja de cálculo y un presupuesto.

—Para sorpresa de nadie. Ay, se parece mucho a ti, mamá. La practicidad no la ha sacado de mí, eso seguro. Pues ahora borras todo eso y te pones a pensar en los detalles divertidos. En los colores, las flores, la música, la lista de invitados. A ver si el lunes que viene nos pueden dar cita en la tienda de vestidos. Así no tendrás que preocuparte por volver a trabajar y nos lo podremos pasar bomba.

—Ya hablaremos, pero ahora tengo que irme a trabajar. Quiero contarle a Miles todo lo que os he contado... antes de currar. Hemos hecho un pacto.

Gavin los llevó al sur hacia Indianápolis, donde había alquilado un garaje con una tarjeta de crédito nueva. Guardó el coche dentro y cogió un Uber hacia la terminal privada del aeropuerto.

Había dado forma a una peluca oscura para que pareciese un moño masculino y se había tomado el tiempo y las molestias de dejarse crecer perilla. Llevaba el ordenador portátil y una bolsa de mano, y embarcó una sola maleta. No se preocupó por su carnet de identidad, ya que con eso también había invertido tiempo y molestias.

Bebió una copa de vino en el vuelo hacia Middlebury, en

Vermont, y comió dos bolsas de patatas fritas de las que ofrecían en el avión como cortesía.

No podía renunciar a ellas sin más.

Un vuelo privado significaba que no habría comprobaciones de seguridad de su equipaje. En la maleta llevaba la Colt, así como la navaja.

Para cuando lo localizaran en Indianápolis, si es que llegaba a suceder, ya habría podido terminar lo que había empezado. Su suerte habría regresado.

La próxima vez que cogiese un avión sería para ir a alguna playa tropical con un hotel de cinco estrellas. Y los últimos meses espantosos se esfumarían como una pesadilla.

—Hay algo raro.

Beck se encontraba en otra habitación de motel estudiando otro mapa.

—Hay algo raro, Quentin.

—Nos está tomando el pelo otra vez.

—Tú también lo notas. No hay motivo alguno para que se aleje tanto de su camino. Se está recuperando. No se ha recuperado aún del todo, pero está en ello. Y tiene un plan. Es la sensación que me está dando.

—Deberíamos ir al noreste. Dejar esta zona con los agentes a cargo, los de aquí, y coger el camino directo hasta Vermont.

—Es la sensación que tengo. Pero hay más. —Se giró a Quentin—. Cojamos el coche ahora mismo. Quiero ir a verla, a Morgan. Quiero ver la vigilancia de su casa, del resort, y hablar cara a cara con el comisario de policía. Quiero repasar la seguridad del resort punto por punto. Estoy teniendo un presentimiento otra vez.

—Habrá que hacerle caso.

—Pues sí. Quiero estar ahí con ella.

—Y ya lo retomaremos desde allí. Creo que se ha deshecho del coche, Tee. Lo ha comprado y abandonado.

—Eso creo yo también. Vayamos a Vermont y pasemos algo

de tiempo analizándolo todo. Si nos hemos equivocado, pues lo encajamos y punto.

—Antes no nos equivocamos.

Rozwell aterrizó en Middlebury después de un vuelo tranquilo. En el aeropuerto lo aguardaba el coche que había alquilado. Cuando se acomodó en los asientos de cuero de aquel Mercedes, sintió casi una mareante oleada de placer.

—¡He vuelto! —Con una risilla, pasó los dedos por el volante y sonrió al ver el depósito lleno—. Esto es otra cosa, esto es otra cosa, ¡esto es otra cosa, joder!

Tarareó una canción mientras introducía la dirección de Morgan en el GPS.

Los treinta y dos minutos le parecían espléndidos.

Cuando Miles entró en el Après, Morgan tenía una coctelera en cada mano y estaba manteniendo una conversación en la barra con dos mujeres distintas. Tenía dotes teatrales, pensó al verla servir las copas y añadir un palillo con tres aceitunas enormes en cada una.

Morgan valía para aquello. Las dos mujeres brindaron después de beber el primer sorbo, y ella les hizo una reverencia.

—El truco está en la muñeca —aseguró, y acto seguido vio a Miles.

Él se dirigió hacia la barra, pero habló con Bailey.

—La última noche con nosotros.

—Sí. Voy a echaros de menos a todos. Morgan me ayudó a conseguir una entrevista en un club fuera del campus.

—Avísanos y, si el verano que viene quieres trabajar aquí, tendrás un sitio. Necesito unos minutos a Morgan. ¿Te puedes encargar de la barra?

—Claro. Me ha enseñado superbién.

Morgan dejó que la mente le burbujeara mientras lo acompañaba a la terraza.

—Creía que ya te habías ido por hoy. ¿Hay algún...?

—No hay nada de lo que preocuparse, y ya me marchaba. Los del FBI están en camino y llegarán pronto.

—¿Aquí? ¿Y eso?

Miles la guio hacia los caminos que serpenteaban entre los jardines.

Por las noches había refrescado, y los primeros trazos de color pintaban las colinas.

—Por lo visto, quieren comprobar tu seguridad. Jake (han hablado con él y también conmigo) cree que solo quieren analizar tu situación.

—Vale, eso está bien. Eso está muy bien. Me gustaría verlos en persona. Yo también los quiero analizar a ellos.

—Jake quiere que asignen a un agente federal a Westridge, y yo estoy totalmente de acuerdo.

—Miles, podría decidir venir mañana mismo. O dentro de seis meses. ¿Durante cuánto tiempo voy a tener que estar vigilada y protegida?

—El tiempo que sea necesario. Vive tu vida, Morgan. Es lo que has hecho, lo que haces, y ahora no cambia nada. Él no va a cambiar nada. Pero cuando venga por aquí vamos a tener a nuestra disposición todos los recursos disponibles. Y mañana voy a hablar con tu familia.

—¿Sobre qué?

—Sobre que me vaya a dormir a vuestra casa un par de noches a la semana. Tú te quedas tres noches conmigo y yo contigo otras dos o tres. Es un buen equilibrio. Ya lo discutiremos luego, porque estás trabajando, pero es un hecho.

—Esta noche es la segunda vez que alguien me pasa por encima. No me gusta.

—No te culpo, pero es lo que hay. Ya se ven los primeros colores en los árboles. —Miles apartó la vista y la levantó hacia las colinas y las cumbres—. El tiempo pasa, las estaciones cambian. ¿Qué es lo que no cambia y nunca cambiará? Que ahora eres mía.

—Ey, espera un mom….

—Y yo soy tuyo. Somos personas que cuidamos de lo nuestro, ¿verdad?

—No creo que suene tan bonito como piensas.

—Quizá no, pero… sigue siendo cierto. Tengo que ir a darle de comer al perro. Mándame un mensaje cuando vuelvas a casa.

—En cuanto me despida del agente Howe y cierre la puerta con llave.

—Ciérrala nada más entrar.

—Que sí, que sí. Lo próximo que vas a querer es un código o una especie de palabra de seguridad.

—Ya hablaremos luego de la imagen que me ha venido a la cabeza al oír lo de «palabra de seguridad», pero no es mala idea. —Con el ceño fruncido, se quedó meditando—. De hecho, lo contrario no es mala idea.

—Estupendo. Si estoy en apuros con Rozwell, que habrá conseguido esquivar al agente Howe, cruzar el sistema de alarma y entrar en mi casa, le diré. «Espera un momento, que le mando a Miles nuestra palabra de inseguridad». Piña.

—«Piña» es una chorrada. —Distraído, le dio un beso en la frente mientras lo pensaba.

—Ah, conque ¿«piña» es una chorrada?

—En este contexto, sí. Incluye a Aullido en el mensaje.

—¿Estás de coña?

—Todos los recursos disponibles. O me quedo hasta que cierres y te acompaño a casa yo mismo.

—¿Y mirarás debajo de la cama y en todos los armarios?

Aun cuando se lo decía, lo comprendió. Estaba preocupado. Claro que estaba preocupado por no estar allí y no poder controlar la situación.

—Probaremos otra cosa. Te vas a casa, te sientas en tu torrecilla y contestas a todos los mensajes y correos y lo que sea que no hayas podido hacer en un día laboral normal y corriente. Y si te mando un mensaje que diga «Dale las buenas noches a Aullido», vienes corriendo.

—Cuenta con ello.

En la cocina, Olivia y Audrey recogieron los últimos platos de la cena y hablaron de lo que ocupaba sus pensamientos: los planes de la boda.

—Iremos a la tienda a mirar vestidos. —Audrey fregó a mano las copas de vino que habían usado durante la cena—. Tenemos que estar perfectas cuando acompañemos a Morgan hasta el altar. O hasta lo que sea que haga las veces de altar. Todavía se me saltan las lágrimas por el hecho de que quiera que la acompañemos.

—Nada de volantes, Audrey. La niña quiere sencillez.

—Sencillo, sin volantes, pero perfecto.

Olivia cogió un trapo para secar las copas.

—Más les vale que cojan a una buena banda de música porque quiero bailar hasta que no me tenga en pie. ¿Quién habría dicho, cariño, cuando vino el invierno pasado, que para la primavera del año siguiente estaríamos organizando una boda?

—No solo sabremos que es feliz, mamá, es que lo veremos. Y podremos formar parte de la vida que está construyendo. Nunca volveré a darlo por sentado. Nunca.

—Te vas a poner blanda y sentimental, y me vas a hacer ponerme blanda y sentimental. Voto por dejar el tema y ver una película.

—Pues me gusta lo de la película.

—Prepararé las palomitas.

—Voy a sacar la basura. Veamos una que sea alegre —añadió mientras cerraba la bolsa de basura y sacaba el cubo de reciclaje.

Llevó el cubo y la bolsa hasta un lateral de la casa, tiró la bolsa cerrada en el contenedor de la basura y el reciclaje en el que le correspondía.

No lo oyó, no hasta que le rodeó el cuello con un brazo y le colocó la pistola sobre la sien.

—Como hagas un solo ruido, te meto una bala en la cabeza. Debes de ser la mamá. Entremos en casa, mamá.

—Morgan no está aquí. No está aquí.

—Eso ya lo sé. —En lugar de apretar el gatillo, le dio la vuelta a la pistola y le propinó un golpe con la culata—. ¿Cree que soy imbécil? ¿Te ha dicho que yo era imbécil? ¡Muévete!

A Audrey se le nubló la vista —por las lágrimas, el dolor, el miedo— cuando Gavin la arrastró hasta la puerta de la cocina.

—Ya están en marcha —dijo Olivia—, como a ti te gustan con tantísima sal. He preparado dos cuencos. —En cuanto se giró, se quedó paralizada.

—Y tú debes de ser la abuela. Túmbate en el suelo, abuelita, boca abajo, o le reviento la puta cabeza a tu hija ahora mismo. —Su mueca de desdén se transformó en una sonrisa—. ¡Anda! ¿Habéis hecho palomitas?

31

Se le ocurrió matar a las dos. No con la pistola, que haría demasiado ruido. Llevaba la navaja de Jane y disponía de otros medios.

¿Verdad que sería muy divertido ver la cara que ponía Morgan al volver a casa y encontrarse con los dos cuerpos cubiertos de sangre?

Pero eso fue lo que hizo con... ¿Cómo se llamaba aquella guarra? A quién le importaba. No había sido suficiente, no había sido suficientemente doloroso.

Esa vez, la obligaría a mirar cómo las mataba. Y así, cuando la matase a ella, Morgan tendría esas imágenes en la cabeza.

Sufriría, y debía sufrir. Pagaría, y debía pagar.

Gavin lucía una fea cicatriz en el brazo, culpa de ella. Había ganado peso, culpa de ella. Y unas horas antes le había empezado a doler una muela, culpa de ella. Todas las horas que había pasado en cochambrosas habitaciones de motel, todos los kilómetros que había conducido con una mierda de coche o furgoneta, culpa de ella.

Él merecía lo mejor, se lo había ganado. Y cuando la matase lo recuperaría todo. La mala suerte vivía dentro de ella.

Había obligado a las dos zorras a llevar unas preciosas y recias sillas hasta el comedor, donde había forzado a la vieja a atar a la otra a una de las sillas. Le había tenido que dar un par de hostias, pero no le había importado.

Se encargó él mismo de atar a la abuela, bien fuerte, y luego usó un rollo de cinta americana por si acaso. Habían intentado hablarle, con voces susurradas o súplicas lacrimosas, así que les había cerrado el pico poniéndoles un trozo de cinta americana sobre la boca.

Empezó a dar vueltas, a recorrer la casa, mientras engullía las palomitas.

Cuando oyó el traqueteo de las sillas, regresó al comedor.

—Seguid así y a ver si os gusta recibir un balazo en la rodilla o quizá en la barriga. —Se sentó en el sofá delante de ellas con el cuenco de las palomitas en el regazo—. Cuando venga, os verá. Esa es la fase uno. Sabrá que es culpa suya. Que todo es culpa suya. ¿Tenéis alguna idea de lo que me ha costado? ¿De lo que me ha robado?

A medida que su rabia se incrementaba, la furia lo llevó a escupir.

—He tenido que vivir como un vagabundo, como un fracasado, y ¿ella ha estado aquí? Seguro que arriba tiene una cama grande y mullida; luego le echaré un ojo. Qué casa tan grande y vieja, veo que hay antigüedades y algunas reliquias familiares. ¿Cómo es posible que haya podido vivir aquí después de joderme la vida? He venido a recuperarlo, ¿lo entendéis? A recuperarlo todo.

Quiso coger más palomitas, vio que el cuenco estaba vacío y lo lanzó por la habitación. El bol de cristal se hizo añicos, que saltaron por los aires.

En un visto y no visto, su expresión pasó de la ira a la calma y a la reflexión.

—Ahora tengo sed. A ver qué tenéis. Como oiga un solo ruido, Morgan os encontrará a las dos muertas en un charco de sangre.

Cuando lo oyeron trastear por la cocina, Olivia volvió a moverse en silencio para que Audrey pudiera intentar liberar una mano, los dedos, y sacar el móvil del bolsillo de su madre.

El duro plástico se le clavó en la muñeca, le hizo sangre, pero siguió intentándolo, con el corazón acelerado al rozar la parte superior del teléfono con los dedos.

Y entonces lo oyeron volver.

—Qué cabronas, estáis forradas. —Bebió un buen trago de una botella de Coca-Cola—. Unas botellas de vino del bueno, pero me las guardo para luego. Necesito terminar mi obra con la cabeza despejada. Y hablando de forradas.

Se arrimó y le arrancó la cinta de la boca a Olivia, con una sonrisa radiante al ver el dolor que le atravesaba el gesto a la vieja.

—Esta casa vale un pastizal, y tienes todavía más dinero en tus cuentas de inversión y de negocio. No hay ninguna razón para que una mujer como tú tenga tanta pasta. El dinero es un privilegio de los hombres, yaya.

—Te lo daré todo. Podrás irte con todo nuestro dinero y desaparecer. Y vivir la vida que mereces.

—Eso es lo que decís todas, que os dé una oportunidad. No quiero que me des una puta mierda. Lo cogeré yo. ¿Queda claro? —Le rodeó el cuello con una mano—. ¿Queda claro?

Cuando la vio asentir, relajó la presión.

—Seguro que tienes un buen ordenador. Vas a decirme dónde está y la contraseña, o de lo contrario iré a por una de las bolsas de basura de la cocina y se la pondré a esta en la cabeza. Y observarás cómo la asfixio hasta matarla.

Olivia se lo contó.

En cuanto Gavin se marchó a por el portátil, Audrey intentó coger el móvil de nuevo.

Bailey se quedó a cerrar el bar con Morgan.

—No perdamos el contacto —le pidió Morgan—. Quiero que me cuentes cómo va la uni, cómo va el trabajo (porque te lo van a dar), cómo va todo.

—Te lo prometo. Estoy contenta de volver, pero te voy a echar de menos a ti. Y a todos. A lo mejor me podríais guardar un sitio en la barra para las vacaciones de Navidad.

—Si lo quieres, tuyo es.

—El verano ha terminado ya. —Bailey miró por última vez alrededor.

—Todavía quedan los últimos coletazos, pero sí, ya se nota que empieza a retirarse. Será mi primer otoño en Vermont.

—No lo sabía.

—Padre militar y universidad. Solo venía por Navidad y en verano. Tengo ganas de que sea otoño. —Y todos los otoños que viniesen tras aquel—. ¿Preparada?

—Sí. Hasta las vacaciones de Navidad.

Salieron juntas. Morgan vio al agente Howe apoyado en su coche patrulla, hablando con un miembro del equipo de seguridad de la noche.

Aquella era su rutina, pensó. Policías y guardaespaldas, su rutina.

Bailey se giró y le dio un abrazo.

—Ten cuidado, por favor.

—Ese es el plan. Y tú pétalo en la universidad.

—Ese es el plan también.

Se dirigió hacia su coche.

—Hola, Jerry, agente.

—Buenas noches, Morgan. Ve con cuidado con el coche.

—Como si pudiera hacer otra cosa con un poli detrás de mí.

Mientras conducía, dejó que la parte laboral de la jornada quedara atrás y se permitió pensar en el día siguiente. Pondría una lavadora. Pediría hora en la peluquería para enseñarle a la estilista la clase de vestido que tenía en mente para poder decidir el peinado que le quedaría mejor.

Nell le había recomendado una fotógrafa, una a la que sus chicas también dieron el visto bueno. Debía pedirle cita. Sabía que muchas parejas hacían fotos de prometidos, pero no creía que Miles y ella fueran una pareja como esas.

Y tenía los selfis que se echaron durante la ruta de senderismo.

Las ligeras chispas de irritación que había sentido por él en las horas previas se habían apagado. Estaba preocupado, se recordó, porque la amaba. Si aceptaba el amor, y claro que lo aceptaba, debía aceptar lo que lo acompañaba.

A lo mejor pensaba que la palabra de inseguridad fuera

una tontería, pero sería algo de lo que se reirían al cabo de diez años. Cuando Rozwell estuviera en una cárcel de máxima seguridad.

Miles esperaba sus mensajes. No se lo decía, pero era así, pues le respondía en cuestión de segundos con un «Duerme un poco» o «Hablamos mañana». Nunca un: «Buenas noches». Pero esperaba todas las noches que no estaban juntos hasta saber que había vuelto a casa sana y salva. Debería estar agradecida.

—Estoy agradecida.

Aparcó el coche en el camino de entrada y lo cerró. El agente Howe estacionó el coche patrulla delante de la casa mientras ella se dirigía a la puerta. Sacó la llave, la abrió, se giró y saludó al agente. Cerró la puerta tras de sí y activó la alarma.

Empezó a caminar hacia las escaleras, pero un ruido del comedor le llamó la atención.

Y todo en su interior se volvió de hielo.

Vio los moratones de la cara de su madre, de su abuela, y el miedo y la pena que irradiaban los ojos de ambas.

Riéndose como un loco, Rozwell saltó desde detrás del sofá, donde se había escondido.

—¡Sorpresa! —gritó, blandiendo una pistola en una mano y una navaja en la otra—. Ponte a gritar, haz un solo movimiento y les rebano el cuello, te disparo y me largo antes de que caigas al suelo.

Costara lo que costara, Morgan debía evitar que hiciera daño a su familia.

—No voy a gritar, Gavin. ¿De qué me serviría? Y no me vas a disparar. No es tu estilo. Disparar es de vagos. —Lo miró a los ojos. Si miraba a los de su madre, se derrumbaría—. Tú no eres un vago y no has venido hasta aquí para dispararme y marcharte sin más.

—Te crees muy lista.

—Lo suficiente, pero el listo eres tú. Sabes que no hay nada que pueda hacer si tienes a mi familia. Siempre y cuando estén vivas, no hay nada que pueda hacer.

Vivas, debían seguir vivas. Era su única baza.

—Eso es verdad, zorra. No puedes hacer nada. Aquí mando yo. Siempre he mandado yo. Oye, ¿te gustaron las flores?

—No.

Había vuelto a teñirse de rubio, pero el pelo ya no le brillaba, y el corte era irregular, patoso. Morgan vio que se había maquillado y dónde se lo había frotado, pues aparecía un tono de piel rojo; demasiado sol del desierto. Ya no estaba en forma ni era esbelto, sino rechoncho y desgarbado.

Tenía una espantosa cicatriz en el brazo, llena de pliegues e hinchada.

Morgan intentó recordar todo lo que Jen le había enseñado. No podía echar a correr. Nadie la oiría chillar. No podía esconderse.

Se prometió a sí misma que pelearía si tenía ocasión.

Gavin la había engañado una vez, pensó. Le tocaba a ella engañarlo a él.

—Querías asustarme. Pues lo conseguiste. Quieres asustarme ahora. Pues lo has conseguido. Es imposible que merezca los riesgos que estás asumiendo, Gavin. No soy nadie.

—Me has jodido la vida.

—Yo no…

Se interrumpió cuando le sonó el móvil en el bolsillo al recibir un mensaje. Y el arma que blandía él se dirigió, firme y sin temblar, hacia su cara.

Lentamente, Morgan levantó las manos.

—Es mi móvil. Está en mi bolsillo. No lo voy a tocar.

—¿Quién cojones te llama? Son las dos de la madrugada.

—Es un mensaje, solo un mensaje. No es nada. No lo voy a tocar.

Gavin dio un paso atrás y le puso la pistola debajo de la barbilla a su madre.

—¿Quién te manda mensajes a las dos de la madrugada? Como me tomes el pelo, le reviento los sesos.

—Vale, vale. Por favor. Es mi prometido. Le mando un mensaje siempre que vuelvo a casa para que sepa que estoy bien. No le hagas daño, Gavin. Te digo que, como no le conteste, avisará a la policía. Y eso no lo quieres. Te lo enseñaré. Deja que te lo enseñe.

—Tráeme el puto móvil.

—Voy a cogerlo. Y voy a dártelo.

Pero él sostenía la pistola y la navaja. Morgan era consciente de ello, así que le mostró la pantalla para que pudiera leer el mensaje de Miles.

¿Dónde coño estás?

—Qué gilipollas. Contesta. Quédate donde estás para que vea lo que le dices. Tómame el pelo y asumirás las consecuencias, Morgan.

—No lo haré. Es mi madre. No lo haré.

—¿Sí? Yo maté a mi madre. Como me toques los cojones, mataré a la tuya.

perdona.

Mantuvo la pantalla inclinada para que Gavin leyera el mensaje.

hemos tardado en cerrar pero ya estoy en casa dile buenas noches a aullido y duerme un poco te quiero.

—¿Quién mierdas es Aullido?

—Es su perro. —Con los ojos anegados en lágrimas, Morgan respondió cuando él tiró hacia atrás la cabeza de su madre—. Es su perro. Es algo que nos decimos. Se extrañará si no se lo digo. Por favor. He hecho lo que me has pedido.

El móvil sonó de nuevo. Morgan rezó, con una mano temblorosa, y le mostró la pantalla a Rozwell.

Eso haré. Buenas noches.

«Me ha entendido —pensó—. Me ha entendido».

—Suelta el móvil.

Cuando lo hizo, él lo pisoteó.

—Y ahora, a no ser que quieras que apriete el gatillo, da un paso atrás.

Miles tardó treinta segundos en salir pitando de casa y meterse en el coche.

Cuando Morgan envió el mensaje de texto, Beck y Morrison bajaban del avión en Middlebury.

El jefe del personal de tierra fue a saludarlos.

—FBI. Es más tarde de lo previsto.

—Hacía mal tiempo en Indianápolis y el despegue se ha retrasado.

—Sí, ya nos lo habían comunicado. Les hemos preparado un coche. —Les hizo señas y les entregó las llaves del vehículo—. Ya hemos descargado sus pertenencias.

—¿A cuánto está el resort de aquí? A unos veinte o veinticinco minutos, ¿no? —preguntó Morrison.

—A estas horas de la noche, unos veinte. Qué curioso. Son el segundo vuelo privado que llega esta noche de Indianápolis. El primero despegó antes de la tormenta.

—Un momento. —Beck lo cogió del brazo—. ¿Ha venido otro avión privado desde Indianápolis? ¿Con cuántos pasajeros?

—Solo uno. Un tío. Un tío rico. Lo esperaba un Mercedes clase C de alquiler. ¡Oigan! ¡Sus maletas! —gritó cuando echaron a correr hacia el coche.

—Llama al comisario Dooley. —Beck saltó sobre el asiento del conductor.

—Estoy en ello.

Mientras atravesaba el pueblo a toda velocidad, Miles llamó a Jake.

—Rozwell está con ella.

—¿Qué? Nathan acaba de volver. Dice que la ha visto entrar en la casa hace diez minutos.

—Está con ella. Está dentro de la casa. Voy hacia allí.

—Espérame.

—No.

—Me cago en la puta. —Jake se vistió a toda prisa. Nell también.

—Voy contigo.

—Ni de coña.

—Tengo coche propio, así que o voy contigo o voy sola. Pero voy a ir. Se trata de mi familia.

Morgan dio un paso atrás y levantó las manos en gesto de rendición.

—Sé que te han pasado muchas cosas este último año. Año y medio.

—No sabes nada.

—Sé que no querías a Nina. Me querías a mí.

—¡Ese era el nombre!, ¡Nina! Madre mía, me estaba volviendo loco.

—Me cargué tu racha, y desde entonces no has podido vivir la vida que querías.

—La vida que merezco.

—Sí, eso. Y yo he podido vivir la mía. En realidad, no es justo. Vale, sí, perdí mi casa, mis ahorros y tal, pero estoy aquí.

Extendió los brazos y dio un nuevo paso atrás. «Que se te acerque —pensó—. Que se aleje de ellas».

—He vivido en esta casa tan bonita. Me he comprado un coche nuevo. Pero eso ya lo sabes. Lo sabes todo sobre mí. Sabes que me he prometido con un tío increíble. Y que está forrado.

—Te has tirado al jefe, Morgan. —Curvó los labios—. Qué poco original.

—No si funciona. —Se encogió de hombros—. Y tiene una casa maravillosa. Las casas me pueden, ya lo sabes. Y mira esto.

—Levantó una mano y agitó los dedos para que el diamante brillase—. La verdad, Gavin, es que en el fondo te lo debo todo a ti. Me encontraba en la otra punta del país, esclava de dos empleos, guardando cada centavo y viviendo en una cajita. Y apareciste tú.

Dio otro paso atrás.

—Y me cargué tu racha. Mandé tu buena suerte al retrete. Hice que los agentes federales te persiguieran. Me dejaste mensajes con el relicario, con la pulsera. Mensajes recibidos.

—Tendrías que haber sido tú.

—Pero no era yo. Las mataste con las manos porque es lo que necesitas. Ni una pistola ni una navaja. A ti no te satisface si no usas las manos. Tiene que ser personal, sobre todo conmigo. Tiene que ser íntimo. Las armas no son dignas de ti y no te darán lo que necesitas. Eso lo sabemos los dos.

—No necesito una puta pistola. —La dejó en la repisa de la chimenea—. No necesito una puta navaja. —Y se la guardó en la cintura.

—Ya lo sé, Gavin. He soñado con tus manos alrededor del cuello. He soñado con que te suplicaba que me dejaras vivir esta vida que he iniciado, la que tú me has dado. Pero nunca lo has hecho.

Se dirigió hacia ella lentamente, con una sonrisa.

—Suplícame ahora. Quiero oírte suplicar.

—Por favor, no me hagas daño. Llévate lo que quieras, pero no me hagas daño, por favor.

—Me llevaré lo que quiero. Por fin.

Morgan cogió aire como si fuese a gritar cuando Gavin le rodeó el cuello con las manos.

Y, en ese momento, hizo justo lo que le habían enseñado.

Le asestó un buen rodillazo mientras le hundía los pulgares en los ojos.

Y el que se puso a gritar fue él.

Cuando aflojó un poco la presión, Morgan le golpeó en la nariz con el hueso inferior de la palma, vio cómo empezaba a sangrar y notó la sangre sobre el rostro. Acto seguido, se echó atrás y, con todas sus fuerzas, le propinó un puñetazo en el cuello.

En cuanto lo vio desplomarse, empezó a correr hacia la pistola, pero él le agarró el pie y la derribó. Tanto el instinto como las clases de defensa personal le hicieron empezar a patear. Chillaron a la vez cuando le dio un puntapié en la nariz rota.

Cuando la puerta se abrió destrozada, pensó que era él y se incorporó para coger la pistola.

Nunca había blandido una, nunca lo había imaginado, pero se giró con el arma. Y vio a Miles en pie junto a Rozwell, con los puños apretados y preparado.

—Miles. Miles, por favor, cógela. Por favor.

—Baja la pistola, Morgan. Estás bien. Ya ha pasado todo.

Nada más darle el arma, se agachó para quitarle la cinta de la boca a su madre.

—Lo siento, lo siento. Te haré daño.

Se la arrancó e hizo lo mismo con la de su abuela.

—Lo siento, lo siento. Lo siento.

—Deja de decir eso —le ordenó Olivia.

—Nos has salvado. Cariño, cariño mío. Nos has salvado.

Al cabo de unos segundos, Jake apareció con el arma en alto, pero la bajó al inspeccionar la escena.

—Por Dios, Nell, llama a una ambulancia.

—Que espere —respondió cuando entró detrás de Jake.

—Nell, por el amor de Dios.

—Cállate, Miles. Iré a buscar algo con que soltarlas. Algo encontraré.

—En el primer cajón de la derecha junto a la puerta de la cocina —le dijo Olivia con calma, aunque tenía los ojos llenos de lágrimas—. Y no nos iría nada mal beber un poco de agua, por favor.

—Yo me encargo. Tiene un cuchillo en la cintura del pantalón, Jake.

—Sí, ya lo he visto. Ahora lo cojo. Los agentes federales están en camino —anunció cuando Miles le entregó la pistola y se fue a por los vasos de agua—. Me han llamado justo después de Miles. Morgan, ¿lo has hecho todo tú?

Morgan miró a Rozwell y asintió.

—Felicidades. ¿Estás herida?

—No.

—Señoras, ¿estáis heridas?

—Nos ha dado unos cuantos bofetones. Le ha hecho más daño a Audrey que a mí.

—Tienen los tobillos y las muñecas en carne viva, Jake. —Con las tijeras, Nell se agachó para cortarles las ataduras.

—Un kit de primeros auxilios. —Con los ojos cerrados por el alivio, Audrey rodeó a su madre y a su hija con los brazos—. En el armario del vestíbulo, encima del tendedero. Estamos bien. Estamos todas bien.

Rozwell gimió cuando Jake lo esposó.

—Él no lo está. —La mano de Olivia tembló un poco cuando cogió el vaso de agua que le tendía Miles—. Se ha enfrentado a una mujer Nash. Lo tenías calado, Morgan. Lo tenía calado. Lo ha provocado para que dejase la pistola y la navaja. Eres lista y valiente y fuerte —balbuceó, y al fin empezó a llorar.

Morgan levantó la vista hacia Miles.

—Me has entendido.

—Te he entendido.

—Y yo a ti. Sabía que vendrías. —Se puso en pie y se tambaleó levemente—. Me fallan las piernas.

—Te tengo. —La atrajo hacia sí y apoyó la cara sobre su pelo—. Te tengo.

Beck y Morrison llegaron antes que la ambulancia y cruzaron la puerta destrozada.

Rozwell estaba hecho un ovillo en el suelo, con moratones en los ojos, la nariz hinchada y ensangrentado. Audrey y Olivia se sentaron juntas en el sofá mientras Nell les curaba las muñecas.

—Miles, nos iría bien una bolsa de hielo o dos.

—Voy a buscarlas yo. Ya sé dónde están.

Cuando oyó la voz de Morgan, Rozwell intentó concentrarse en ella.

—Te mataré.

—No. —Miles se puso ante su campo de visión—. No lo

harás. Te ha vencido. Y te toca vivir con ello. Morgan Nash te ha vencido.

—¿Estás herida? —le preguntó Beck.

—No. Estoy bien —insistió Morgan—. Estamos todos bien —les dijo a los agentes—. Tengo que ir a por el hielo.

—Ya lo vemos —terció Morrison—. Buen trabajo, comisario.

—No he sido yo. Ha sido Morgan. Está manchada de sangre, y es toda de él. Una ambulancia ya viene en camino… y acaba de llegar —añadió al oír la sirena—. Necesita atención médica. Es evidente que tiene la nariz rota, el cuello magullado y sangre en los ojos. Quizá la mandíbula dislocada.

—Iré con él. —Morrison asintió hacia Beck—. ¿Te encargas de la escena?

—Eso está hecho. En primer lugar, quiero pedir disculpas por haber estado dos pasos por detrás.

—No. —Morgan regresó al comedor—. No es verdad. Han estado conmigo durante todo el proceso. Si no lo hubieran estado, si no me hubieran contado tantas cosas, yo no habría sido capaz de hacerlo. De entretenerlo. Si no lo hubiesen perseguido y no lo hubiesen obligado a huir, habría venido aquí mucho antes. Mucho antes de que yo estuviera preparada.

—Ojalá lo hubiésemos atrapado antes de que estuviera preparada. Podemos esperar hasta mañana si lo prefiere, pero necesitaré tomarle declaración.

—Toma, mamá. —Con sumo cuidado, Morgan le puso una bolsa de hielo en la sien—. No sé cómo ha entrado, pero cuando he vuelto a casa, poco antes de las dos, las había atado a las sillas. Con cuerdas de plástico y cinta americana. Abuela. —Colocó la segunda bolsa de hielo en la mejilla magullada de Olivia—. Prepararé un poco de té.

—A la mierda el té. Ponme un whisky. Doble. —Le apretó la mano a su hija—. Que sean dos.

Al alba, cuando la luz empezó a iluminar el cielo por el este, Morgan se sentó en el patio a beber una copa de vino con Miles.

Aullido, al que Nell había ido a buscar, estaba dormido debajo de la mesa con una pata en el pie de ella.

—Por fin se han quedado dormidas. Ojalá hubieran ido al hospital.

—No han querido alejarse de ti ni de esta casa de ninguna manera. Y los paramédicos han dicho que las dos están bien.

—Ya lo sé, ya lo sé. Es que… —Intentó apartar aquel pensamiento—. Es la primera vez que bebo vino al alba —dijo en cambio.

—Ha sido una noche larga.

—La absurda palabra de inseguridad no ha sido tan absurda al final.

—Me habría dado cuenta de todos modos. No has usado puntuación ni mayúsculas. No es así como sueles escribir los mensajes.

—No sabía si te fijarías en eso. Me alegro de que sí. Al desearme las buenas noches, supe que vendrías. Nunca me deseas buenas noches por mensaje.

—Porque no son buenas del todo si no estás conmigo.

Morgan extendió una mano, le dio un apretón en la suya y habló con voz teñida de emoción.

—Eso lo explica todo.

—Intenta no llorar, ¿vale? Yo también estoy hecho polvo. Le voy a comprar a Jen el ramo de flores más grande que se haya visto nunca. —Le dio un beso en la mano que sujetaba la suya—. Le has dado una paliza, campeona.

—Estaba cabreadísima, Miles. Al verlas así, impotentes, magulladas, sangrando. Él no les haría lo que le hizo a Nina. Y he visto que estaba débil y nervioso, y muy enfadado. Solo he tenido que escuchar y hablar y medirlo. Solo he tenido que ser una muy buena camarera. —Cogió la copa de vino y bebió un sorbo—. Y luego hacer lo que Jen me ha enseñado y darle una paliza.

—No me has dejado hacerlo a mí. No me parece del todo justo.

—Te has cargado la puerta.

—Ya. La arreglaré. Antes de recibir tu mensaje, pensaba que sabía lo mucho que te quería. Pero no. Mi mundo ha desaparecido durante un minuto. Se ha esfumado de debajo de mí. No vuelvas a hacer eso.

—Te aseguro que no entra en mis planes. No saldrá nunca de la cárcel. Más tarde llamaré a Sam y se lo contaré. Merece saberlo. Y la familia de Nina también. Sam debería contárselo en persona. Y así ya no tendremos que volver a pensar en él.

—Me voy a coger el día libre. Y tú, la noche libre.

—No hay nadie que se pueda encargar de la barra.

—Nell encontrará a alguien. Es su trabajo. Tu trabajo ahora mismo es dormir un poco, cuidar a tus chicas y dejar que ellas te cuiden a ti. El mío es hacer todo eso y arreglar la puerta.

Morgan se sentía un tanto ingrávida, como si estuviera a un par de dedos de sí misma.

—Estás volviendo a pasar por encima de mí.

—Porque lo necesitas. Ya me pasarás tú a mí por encima cuando lo necesite.

—Me parece un trato razonable. Pero antes de entrar contemplemos cómo empieza el día. Contemplemos cómo empieza sin más. Es el primer día.

Y eso fue lo que hicieron.

Epílogo

Las flores resplandecían como si estuvieran tan contentas como ella. Morgan jamás pensó que algún día podría sentirse como se sentía en esos momentos. Emocionada, tranquila, estable, mareada y totalmente segura al mismo tiempo.

Su madre subió la cremallera oculta debajo de los botones de cristal que se interrumpían justo encima de la cintura. Su vestido de novia, pensó al verlas a las dos en el espejo de la habitación que Drea había designado como zona exclusiva para la novia, era perfecto, precioso y sencillo con la silueta recta que deseaba, y comprado, con toda su aprobación, en la tienda de vestidos de novia del pueblo.

Su madre había dado justo en el clavo.

Con él se puso los pendientes de diamante en forma de lágrima que Miles le había regalado por San Valentín y una única pulsera de diamantes de Nell, el objeto prestado.

Se sentía bella, y se dio cuenta de que también era la primera vez en su vida. No guapa, no atractiva, no lo bastante mona, sino bella sin más.

Se giró para mirar a Nell, que lo supervisaba todo con su precioso vestido lila con tiras de cristales. Jen lucía uno rosa claro.

Morgan cerró los ojos durante unos instantes y pensó en Nina, a quien le habría encantado presenciar cada segundo de aquello. Como bien sabía, la familia de Nina estaba en el jardín, ocupando una de las filas de sillas con faldón blanco. Y siempre les estaría agradecida por que hubiesen acudido, igual que a Sam y a su prometida.

«Se cierra el círculo, Nina. Se ha ido, se ha marchado de nuestras vidas, está en la cárcel, y se cierra el círculo. Te quiero. Nunca te olvidaré».

Drea apareció, cautivadora con un vestido morado claro.

—Todo va según lo previsto. Olivia, tengo que volver a decirte que las flores son espectaculares. ¿Qué os parece si tomamos todas una copa de champán? Una copa y respiramos hondo. Mi niño se va a casar y, madre mía, Morgan, eres una novia guapísima.

—Nuestros niños, Drea. —Audrey le tomó de las manos.

—Nuestros niños. Nell, sirve el champán y brindemos por nuestros niños.

—Antes quiero decir una cosa. —Olivia cogió la corona de flores, las peonías rosa claro entretejidas con lilas, y la colocó sobre la cabeza de Morgan antes de darle dos besos en las mejillas—. Te vas a casar con un Jameson, y yo no podría estar más contenta. Pero siempre serás una mujer Nash.

—¿Verdad que somos unas afortunadas? —Lydia le puso una mano a Olivia en el hombro—. Presenciamos un nuevo comienzo. Bebamos —ordenó—. Y luego, Drea, vayamos a que esos hombres tan guapos nos lleven hasta nuestro sitio.

Cuando se marcharon, Morgan cogió el ramo de flores. Era sencillo y precioso, con peonías y lilas, unos cuantos galios y tallos verdes livianos.

Bajó las escaleras de la casa que se había convertido en su hogar. Oyó la música que había seleccionado para ese preciso instante.

Jen le guiñó un ojo y cruzó las puertas. Nell se giró.

—A Miles le va a dar algo cuando te vea.

Morgan cogió el brazo de su madre y el de su abuela.

—Vamos allá.

Salieron al patio, donde Aullido estaba sentado como el buen chico que era con su collar de flores, y recorrieron el pasillo flanqueado por las sillas blancas rumbo al lugar en el que se encontraba Miles, con un flor lila en el ojal de su chaqueta negra.

Detrás de él, la fuente que habían construido juntos —una rana, claro, haciendo la postura de yoga del árbol— lanzaba agua por los aires.

Vio a la familia de Nina, a Sam, Nick, los Greenwald, los agentes Beck y Morrison, a tantísima gente que había formado parte de su vida y la había ayudado a crearla.

Y luego tan solo tuvo ojos para Miles, que la miraba como si ella lo fuera todo para él. Cuando llegó a su lado, se giró y besó a su madre y a su abuela.

—Os quiero.

Las dos dieron un paso atrás y se cogieron de la mano. Morgan dio un paso adelante y cogió la de Miles.

—Te estaba esperando —le dijo él.

—Se acabó la espera. Empecemos.

Las raíces ya estaban plantadas, pensó Morgan cuando se volvieron para intercambiarse los votos. Y, a partir de aquel día, las cuidarían y las verían crecer juntos.

«**Para viajar lejos no hay mejor nave que un libro**».

EMILY DICKINSON

Gracias por tu lectura de este libro.

En **penguinlibros.club** encontrarás las mejores
recomendaciones de lectura.

Únete a nuestra comunidad y viaja con nosotros.

penguinlibros.club

 penguinlibros